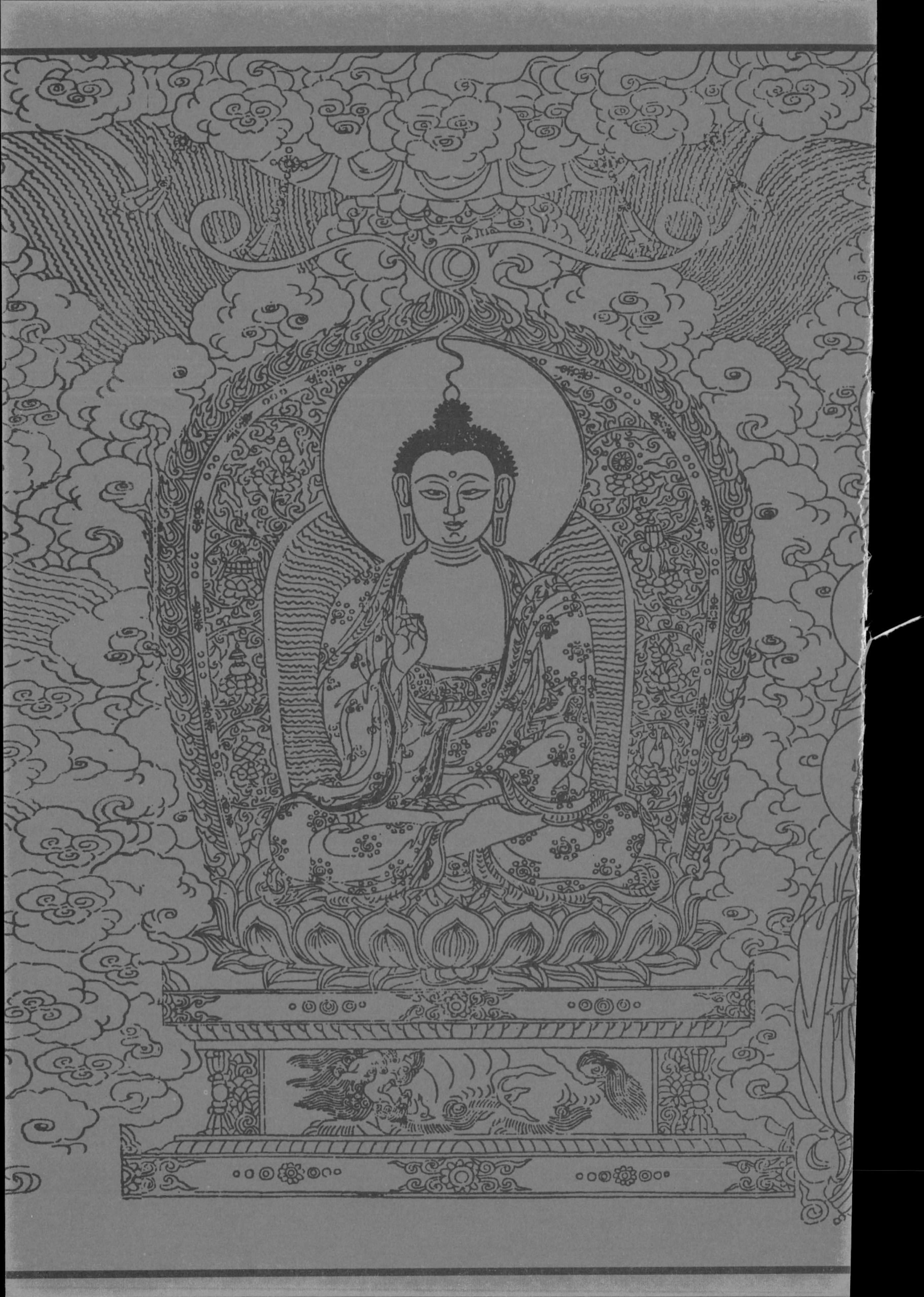

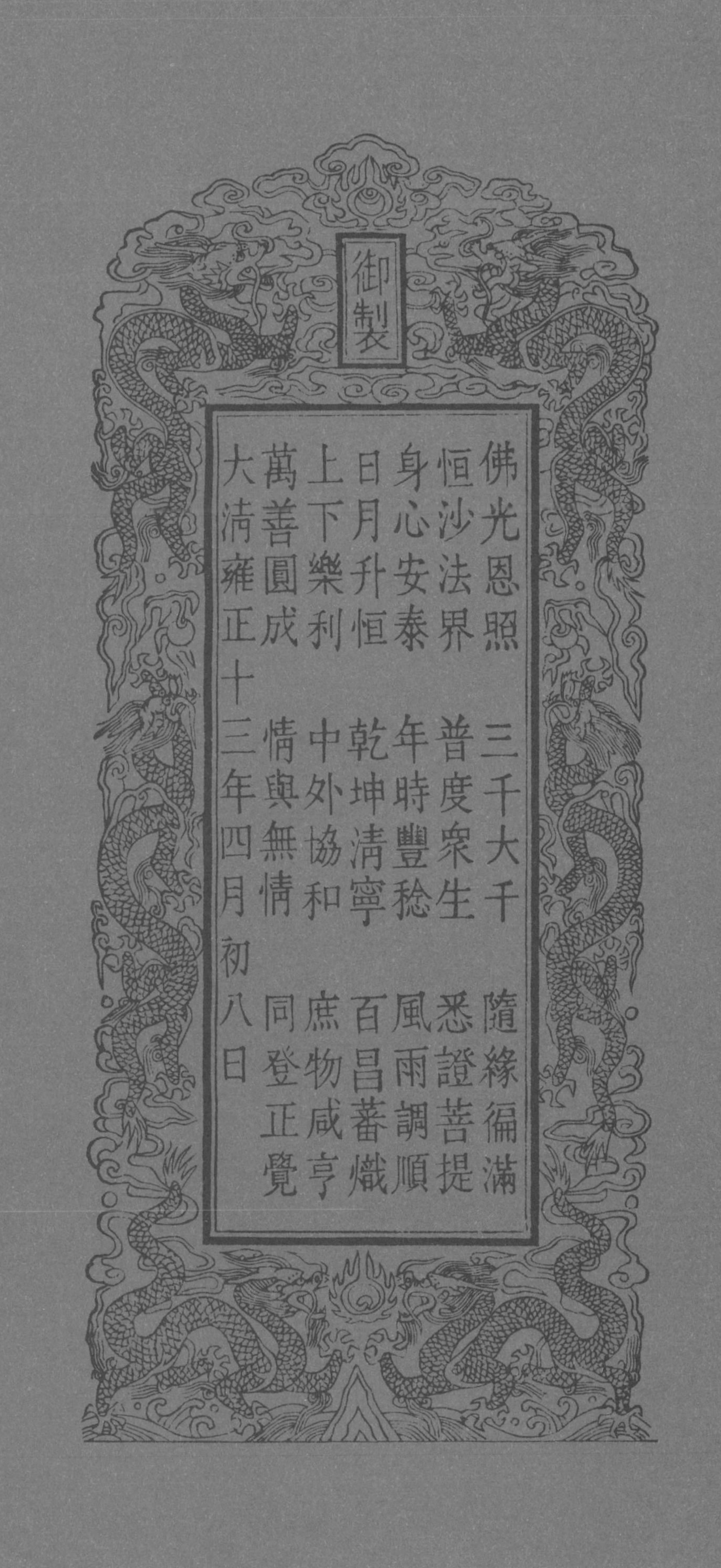

御製
佛光恩照　三千大千　隨緣徧滿
恒沙法界　普度衆生　悉證菩提
身心安泰　年時豐稔　風雨調順
日月升恒　乾坤清寧　百昌蕃熾
上下樂利　中外協和　庶物咸亨
萬善圓成　情與無情　同登正覺
大清雍正十三年四月初八日

第一四五册　此土著述（三五）

起信論疏筆削記

長水沙門　子璿　録

清刻龍藏佛說法變相圖

起信論疏筆削記卷第一

長水沙門　子璿　録

此文之作本乎石壁石壁慈甚蔓於章句凡伸一義皆先問發次舉疏荅後方委釋雖不忘本毋之體而有太過太不及焉講者用之未至穩暢今就其文取要當者筆而存之其繁緩者削以去之仍加添攺取其得中俾後學者不虛勞神智照無昧也故曰筆則筆削則削因以筆削命題云爾

中印度境有噳羅尾儞者此方翻爲馬鳴於佛滅後六百年内破邪見幢樹正法寶宗諸實教造茲一論名曰大乘起信說有五分大判爲三初因緣分即序分也明論發起由八因緣非同率爾無利益故後之一分勸修利益即流通也勸於論生信思惟修習得大利樂流至後代益衆生故中間三分即是正宗謂立義一分畧標綱要立一心法列二種門舉三大義因果俱運畧爲下文而張本故解

釋一分由前畧標義理未暢是宜廣釋令義昭然以生解故信心一分說四種信五種修行令諸衆生信根成熟入不退故此上三分是前因緣所起是後一分所勸由是俱號正宗已知論文三分大節應知能解疏文若何以疏前有序爲序分開章已下爲正宗分後文既無批述迴向乃闕流通既而三分不具即分爲二初論疏題目二初標題目者以題是一部大綱不得不預知悉故須畧解題中五字可對天台五重玄義天台凡解經題皆約五義今言大者體也乘者宗也起信用也論者教也一論所詮唯體宗用五字合故是即名也大謂體者此有總別總以一心爲體論之主質無出於斯謂信所緣故解所了故行所趣故證所入故因所感故果所顯故故

論初標以爲法體文云摩訶衍者一法二義所言法者謂衆生心是心即攝一切世間出世間法依於此心顯是摩訶衍義等此是直目其法名之爲大謂竪窮橫徧無礙圓融當體受名不因待小故涅槃云不因小空名爲大空涅槃亦爾不因小相名大涅槃別者約義所論即有三種謂體相用即開前一心以爲三義即大涅槃三德是也如下文云所言義者則有三種一者體大謂一切法真如平等不增減故二者相大謂如來藏具足無漏性功德故三者用大能生一切世間出世間善因果故故大之一字通於三也乘謂宗者即從因至果以取體故乘者就喻彰名運載爲義如世舟車可以運重致遠也即喻菩薩乘此大法越生死野渡煩惱河到菩提鄉登

涅槃岸故下文云一切諸佛本所乘故一切菩薩皆乘此法到如來地故此中能乘是始覺所乘是本覺能所冥符始本不二名究竟覺即是所至之處一相一味究竟平等更無三異於一體中義分能所爾亦名一乘亦名無上乘也起信謂用者以此論中能破疑執生正信故起即顯發信謂忍樂謂於前大乘一心三義境上顯發忍樂之心名爲起信故論云爲欲令衆生除疑捨邪執起大乘正信佛種不斷故此信起時必內由本覺爲因外由師教爲緣因緣和合內外相資故能顯發下論云因緣具足者所謂自有熏習之力又爲諸佛菩薩等慈悲願護故能起厭苦之心信有涅槃修習善根等然信之一法爲衆善之源萬行之始解行修證皆悉由之證極之

處名得涅槃苟非其信焉辦斯事故華嚴云信爲道源功德母長養一切諸善法斷除疑網出愛河開示涅槃無上道然此論中不唯起信亦兼解行謂五分論文二三是解四五是行既含多義普協輿情欲令自淺之深是故但標起信論謂教者即聖人被下之言教愚成智教凡爲聖故論者議論也謂假立賓主自問自荅循環研覈究暢真宗商議論量如上法義教誡學徒也然論有宗釋之異此宗論也謂馬鳴大士宗法華涅槃楞伽思益等百餘部實教大乘之所造故實謂義豐文約無法不收故下文云如是此論爲欲總攝如來廣大深法無邊義故應說此論又云如是摩訶衍諸佛秘藏我已總說又云諸佛甚深廣大義我今隨順總持說等然此論文是

證真大士後得智中宗經所造後人不思綆短却謂泉枯往往謗之言非圓實下文勸信非不發勤聞思修益備彰功利不信毁謗受苦彌劫豈不勉哉如上五字即法喻因果解行理智能化所化能詮所詮無不具足括盡一論以立此名也疏者疎也決也謂疎理法義旨趣決擇文言章句令悉通暢也然上大等六字約六釋分别總成五對一能乘所乘對謂人爲能乘大爲所乘所乘即大能乘之大大之乘故持業依士依主三釋兼通二能起所起對謂大乘爲能起信爲所起即大乘之起信依主釋三能信所信對謂信爲能信大乘爲所信所信即大乘大乘之能信持業依主二釋四所詮能詮對謂大乘起信爲所詮論爲能詮五能釋所釋對謂疏爲能釋上五爲所釋二皆依主并者兼共及也序者叙也謂叙述一論之大意故又訓緒也此文即製疏入作之端緒故二述注人名西太原寺者即長安崇福寺也以天下有五寺俱名太原爲揀餘四故言西也東即楊州南即荆南府西即長安北即太原(亦名崇福)中即東都(今之福先)俱稱大原者以則天生于太原此既皆彼捨宅所置爲敬生處故以爲名沙門者釋衆之通號此云勤息謂勤修戒定慧息滅惑業苦故受斯稱法藏者俗姓康氏華嚴第三祖勑謚賢首大師德業恢隆廣如傳録述者明非造作也如仲尼云述而不作信而好古明已勞謙故云述也草堂寺名在終南山宗密者姓何氏謚爲定慧禪師是乃學窮内外道映古今盛德大業備所聞見先以論疏二本别

行致其學者不能周覽既成互闕功進難前今列疏文以就於論既論下有疏論上有科文義昭然章段備矣學者披繹得不荷其優賜乎序文二初總敘宗旨二初序論之大意文四段所以列此四者蓋敘一論之意論之大意莫越於斯從始至末攝無不盡今初四句明一心法立義文云所言法者謂衆生心是心則攝一切世間出世間法依於此心顯示摩訶衍義解釋文云顯示正義者依一心法有二種門乃至二門不相捨離等今此敘之也言夫者發語之詞也如云夫孝德之本教之所由生又云夫易廣矣大矣或句中句下皆語詞也真心二字正指法體真謂真實揀非偽妄心謂靈鑒要妙中實凡言於心然有其四一者梵語訖利馱耶此云肉團心則人之心藏也其色赤形如蓮華上有七葉色法所攝二者質多此云集起即第八阿賴耶識以能集諸種子起現行故三者緣慮心此通八識心王以各能緣慮自分境故四者乾栗馱此云堅實心謂如來藏自性清淨不生不滅心也今所明者正是此爾所言真者揀餘心故若稱實言之但是一心貫於真妄以論標立爲大乘法體即總相心也於一心中方開二門今雖云真乃是以別顯總此心若在初門但名真如若在後門但名本覺應知真心是總真如是別寥謂空寂廓謂曠大空即中無妄染寂乃其性湛然曠謂德用無邊大則體周法界故下文云從本已來一切染法不相應故此心之空義也又經云妙覺湛然周徧法界斯寂義也又經云覺性徧滿圓

無際故當知六根徧滿法界乃至八萬四千陀羅尼門徧滿法界斯曠義也又下論云是一法界大總相法門體等則大義也既而清淨本然周徧法界湛然常住妙德無邊由是乃云真心寥廓故華嚴疏云寂寥虛曠沖深包博總該萬有即是一心也問太虛空界亦空寂亦曠大與心何異荅太虛則以無爲體故云空一向凝然故云寂闕其德用曠義不成爲心所包大義無準豈同真心彌滿清淨中不容他德用無邊性起爲相沖虛妙粹炳煥靈明越彼太虛方之海印也此上則顯心之德相也絕言下明心之離過絕謂斷絕於辭也言謂語言即聞慧境象謂似像屬於義也即思慧境故繫辭云聖人有以見天下之賾而擬諸形容象其物宜是故謂之象筌是捕魚之器罤即網兎之具此二即言象喻也今顯真心不可思議言語道斷心行處滅故云絕也謂心體離言非可以言語取心體離念不可以識情求口談詞喪心緣慮亡故下文云從本已來離言說相離心緣相又云非色非心非智非識非有非無畢竟不可說相等皆明心離過也筌罤喻言象者罤能網兎喻言能取象筌能捕魚喻象能取意今法喻雙舉者爲成文故然筌罤之語是周易畧例正文故彼文云言生於象故可尋言以觀象象生於意故可尋象以觀意意以象盡象以言著故得意忘象得象忘言猶罤者所以在兎得兎而忘罤筌者所以在魚得魚而忘筌然則言者象之罤也象者意之筌也存言者非得象存象者非得意象生於意而存象焉

則所存者乃非其象也言生於象而存言焉則所存者乃非其言也然易中舉此明尋言得象尋象得意得意須忘象得象須忘言苟不能忘皆非得旨此乃約人以明勸人捨筌今文但約本性直就法體說離言象非約勸修雖借彼文不同彼意苟欲強說於字來由恐乖文旨沖漠下別約橫竪以顯心之德相沖謂深也此明心之體性竪窮三際而洞然無底故經云甚深法性諸佛行處又云幽邃深遠等漠謂沙漠此顯心之德相橫徧十方而曠然無邊故經云覺徧十方界本性圓滿故此乃窮三際而三際不遷徧十方而十方無外又沖謂剛柔得所漠謂名目難及以此心性雖體離相而隨緣成事雖隨緣起而本性不變此隨緣不變之體不可以智知識識名言名目故云漠也經云不染而染難可了知染而不染難可了知希謂無聲夷謂無色老子云聽之不聞曰希視之不見曰夷此乃重顯深廣之相深故聽之不聞廣故視之不見謂此心體唯證相應非是見聞之所及故忘境等者此亦顯心離過忘謂於法不記斯亦絶無之義境謂所證之理智謂能證之心凡言境智能所者蓋約反迷從悟對染說淨皆屬生滅今此顯示非染淨之一心絶迷悟之極致尚不可立真妄之名豈存乎能所境智故楞伽云無存佛涅槃亦無涅槃佛遠離覺所覺又圓覺云覺所覺者不離塵故以一心之體絶凡聖亡因果離性離相不有不無焉可更言境智能所故云亡也楞嚴云性真常中求於去來迷悟生死了無所得斯之謂

歟非生滅下二顯真如門前門但約絕待亡詮旨離性相故云寥廓沖漠等今門約對生滅顯不生滅待妄立真故云真如門即下立義文云是心真如相即示摩訶衍體故解釋文云心真如者即一法界大總相法門體所謂心性不生不滅乃至云以離念境界唯證相應故今疏敘彼故云非生滅等非無也不也然生滅與不生滅須約三性分別且約三性自相說者謂徧計妄法一向生滅圓成實性一向不生滅依他假法相同徧計似生似滅性是圓成不生不滅若稱實言之則三性皆無生滅雖然且無義不同何則謂徧計即無法可生無法可滅如繩上蛇依他乃即生無生即滅無滅如麻上繩圓成即中無前二生滅之法如麻上無繩無蛇唯識頌云初即

相無性次無自然性後由遠離前所執我法性圓成實性即是真如故云非生滅也然此但明圓成當體不生不滅亦不和會泯於生滅之法故圓覺云如來寂滅性未曾有始終故下文云所謂心性不生不滅又云非前際生非後際滅畢竟恒常等此即顯真心不變也四相等者四相有三種一微細四相謂一刹那有九百生滅但是有爲皆爲所遷即生住異滅也二果報四相即生老病死涅槃經中名爲四山如彼經云有四大山從四方來欲害人民當有何計而能免彼波斯匿言設有此來無逃避處唯當專念持戒布施佛讚善哉我說四山即是衆生生老病死常來切人等三一期四相謂始從迷真終至造業八相生滅通束爲四謂生相有一住相有四異

相有二滅相有一若反迷斷時始從初信止滅相終至十地斷生相如下具明今言不遷者即微細四相兼於餘二以四相但遷有爲之法心是無爲非所作性故不能遷文中畧舉初後以攝中間故云非生滅也無去来者謂此真心不向前際去不從後際来亦不現在住現在住者即是諸有爲法故成唯識云住表此法暫有用今不同彼故云無也三際等者際時限也莫無也易謂變改三際雖是能易之法但能遷變有爲令其改易心非有爲故不能易淨名云但以文字數故説有三世非謂菩提有去来今。但以下三叙生滅門即下立義文云是心生滅因緣相能示摩訶衍自體相用故解釋文云心生滅者依如来藏有生滅心所謂不生不滅與生滅和合乃至此非心識分别能知以真如自在用義故今叙之也文有四句於中上句標生滅所以餘句釋生滅相初句言但者詞也以由也此性雖寂寥虛曠沖深包愽非生非滅不垢不淨然不住此一向寂滅非染淨中而隨彼能熏成一切法隨染即九相生滅隨淨即三乘聖道皆由真如以無住爲其種性亦由性是無住故能然也淨名云從無住本立一切法楞嚴云本此無住以立世界及諸衆生非同他宗明真如體一向堅密猶如玉石不受熏習不能隨緣但説賴耶爲染淨本受熏持種也隨派下喻明也水分流謂之派路分徑謂之岐今取岐派共爲一喻謂如一源之水隨何岐路分流成派真心亦爾隨何因緣作凡聖等如下即明逐迷下正辨生滅之相逐隨

也任從也迷則背覺合塵悟則背塵合覺然其迷悟各具因緣迷中以無明爲因境界爲緣悟中以本覺内熏爲因師教外熏爲緣若隨從迷中因緣即沈於生死則一切有漏染法起一切無漏淨法滅（滅則隱滅）若隨從悟中因緣即升於覺路則一切無漏淨法起一切有漏染法滅（滅即亡滅）如下文說無明爲因生三細境界爲緣生六麤即沈淪五道是爲逐迷也本覺内熏爲因師教外熏爲緣發解起行即超升佛果是爲從悟也迷之與悟皆是性爲迷悟雖殊不思議一故經云無始時來性一切法依止由此有諸趣及證涅槃果華嚴經中性起法門即所義也又涅槃云佛性隨流成衆味等楞嚴云譬如虛空體非羣相而不拒彼諸相發揮日照則明雲屯則闇等皆顯

眞如不住自性隨緣成法也雖復下四明二門不二也上說眞如生滅其義迢然雖行相不同然理歸一揆二而不二故有此門即下解釋文云復次顯示從生滅門即入眞如門所謂推求五陰色之與心六塵境界畢竟無念乃至若能觀察知心無念即得隨順入眞如門今此敘之也文二初法二初正明不二文中四句前二句明生滅不礙眞如後二句明眞如不礙生滅即互不相礙即不二之義也今初雖復者詞含縱奪貫下二句繁多興起鼓動躍跳也繁則染淨多途興則新新生起鼓則體非常住躍則相不久停以染淨因緣繁多興起鼓動跳躍念念生滅未曾暫住雖不暫住而其體不變不變之性即是心源心源即未嘗有動故下文云覺心初起心無

初相圓覺云覺者如虛空平等不動轉又下文云雖念因緣善惡果報而亦即念性不可得故云未始等靜謐下二句明真如不礙生滅謐亦靜也靜中之靜故名爲謐靜則相非生滅謐則體絶有無虛乃無礙圓通凝則寂而常照又無惑之喧煩曰靜無業之遷流曰謐離色之質礙曰虛非心之生滅曰寂雖真體若是而用常隨緣隨緣之用爲業爲果善惡樂苦形影不差故云未嘗乖等嘗曾也乖違也業因果報皆通善惡漏與無漏即不動真際而建立諸法故淨名云無我無造無受者所作之業亦不忘下文云雖念諸法自性不生而復即念善惡苦樂等報不失不壞故使下二釋成無礙前二句釋真如不礙生滅後二句釋生滅不礙真如言故使者即因前起後之詞亦通下二句故者所以義使令也由前真如不礙生滅所以令其不變之真體任運隨緣起成染淨染淨二字無法不攝從來不同非適今也故云恒殊然此染淨全性所起故下文云譬如種種瓦器皆同微塵性相如是無漏無明皆同真如性相不捨下二句釋生滅不礙真如由無礙故所以令其不捨差別妄緣即是一真實性妄緣差別凡聖收盡凡聖相異而體是一一體之内本無凡聖故云致一致理也遂也故下文云一切凡夫聲聞緣覺菩薩諸佛非前際生非後際滅畢竟常恒等故圓覺云於實相中實無菩薩及諸衆生又云衆生國土同一法性其猶下二喻也此中四句前二句喻真如不礙生滅後二句喻生滅不礙真如其者指法之詞猶

如也波動喻生滅染淨不同水溼喻真如一體無異波以動爲相有以溼爲性初句反顯以喻生滅門中無有異真如之染淨也故云波無等故即下順喻由不異故遂能即於一心而辨生滅故云即水等即喻前文不變性而緣起染淨恒殊也水無下二句喻生滅不礙真如初句反顯以喻真如門中無有異染淨之一心也故云水無等次句順喻由不異故遂能即彼生滅而顯真如故云即波等此喻前文不捨緣而即真凡聖致一也是以下結成不二也是以二字結指之詞動靜等三對說有通別通則不出真如生滅兩義謂動俗生死即生滅餘皆真如別則動靜約喻真俗約諦生死涅槃約染淨此諸二法本不相是法相迢然今以一性通之令動靜無別真俗不殊染淨同體一無所異良以性起爲相境智歷然相得性融身心廓爾故下文云如大海水因風波動風相水相不相捨離又經云二諦並非雙恒乖未嘗各又大集云生死涅槃二界平等即是佛界此中交徹雙融夷齊同貫等正顯二法不二之語徹通融和夷平齊等貫通也對文可見然上四門旨趣微妙初則標本以彰末使萬有星羅於義天後則攝末以歸本俾羣象泯同於性海乍舒乍卷或存或亡法乃同時義無前後由是阿鼻依正全處極聖之自心毘盧身土不逾下凡之一念圓實之旨其在茲焉問初敘一心後辨二門不二亦即一心初後何別荅初之一心心當能起後之一心心當所歸雖前後體同且始終義異但以本是一心離名絕相由

其迷悟萬法隨生生法本空一切唯識識如幻夢但是一心由是論依法説疏約論明次第四門故無所越一論之皆其在玆焉但以下明造論因由二令初反顯者欲顯菩薩造論先明不假論時如来在世即時勝緣勝根熟易調即根勝行勝謂牟尼釋尊成道已来未涅槃時法化流行聖賢輔賛人根成熟性行調柔非一佛所種諸善根於無量劫夂植德本一稟下明根行勝相不須再聞故言一承順聖旨故云稟尊言者八音四辯金口親宣聞而獲益逮無生忍故云懸契又懸者遠也不必親從金口但展轉傳聞如身子聞馬勝因緣目犍連承舍利轉教此之根性尚不藉結集之經豈假菩薩造論故下論云若如来在世衆生利根能説之人色心業勝圓音一演異類等解則不須論大師下正明二初叙謬述迷二初總叙也大師者德業高勝可軌可範即十號中天人師一號也緣終息化佛日韜光故云没後即時緣俱劣也爾時則昏衢失照世皆闇冥正法陵遲故名爲劣異執下明根行俱劣顛倒計著名爲異執亂於正理故曰紛綸紛亂綸理也此有三類執計不同故名爲異一凡夫依於鈍惑執五蘊色心計爲常樂我淨二外道依於分別於五蘊上計其有我或即蘊離蘊著斷著常起六十二見等三小乘雖破我執而起法見不知真常而計無常等四隨自見解各立已宗分爲二十餘部互相是非此即俱名異執或趣下明其劣相或者不定之詞此等根性既劣或隨利鈍使成凡外或聞權淺教爲小乘也凡

夫外道非佛正法故名邪途宗習歸向名之爲趣小徑者已離我執不名爲邪未得法空不名大道趣理偏僻厭心勤勞切募化城不求寶所唯貪自利豈能運他既匪大途故云小徑遂使下別顯二初迷理遂使者躡前起後之詞由前根緣既劣異執仍繁遂令迷本真心逐妄流轉功德法寶本有而無用圓解神珠垢覆而不現孤窮生死之路傭賃涅槃之門動經塵劫飄然浪迹三德秘藏莫之能入也此中二喻各出一經一貧家寶藏喻即如來藏經九喻中之第五也彼文云譬如貧家有珎寶藏寶不能言我在此中既不自知又無語者不能開發此珎寶藏一切衆生亦復如是如來知見大法寶藏在其身内不聞不知躭惑五欲輪轉生死受苦無量等匿隱

濟救乏闕也少而無父曰孤無財之極曰窮合法可知二衣内明珠喻即法華五百弟子受記之文廣說如彼賃力曰傭給使曰作餘文可解加以下二迷教也言加以者以如來滅度之後雖不親承金口然有結集教文可以尋言見象尋象得意衆生根性雖劣多起異見苟能聞於大法自然改正今又否能尋數廢置數宣圓理既而箴聞邪見於焉難革聖人既滅根行仍微圓實之教抑又不行故云加以文中四句前二句明大教穨綱後二句明迷者難改教非小道運至無上故曰大乘終極圓實揀異權淺故名深吉貝葉者即多羅樹葉也猶此方竹帛簡牘之類載能詮文可以披取見所詮理如說而行反迷歸悟今隱廢不行故云沈也下二句明迷者難改

羣有者即前凡夫外道小乘類各衆多故云羣有無正法眼不見佛性故曰肓徒馳謂奔趣異路即邪途小徑也既不能就之於有道正之以圓乘迷謬曰深習以成性服藥不瞑眩厥疾何瘳還復無因故云莫反爰有下二興悲造論三今初悲歎人法也初二句能歎爰曰也謂如來滅度已六百年人根雖劣正法尚存聖人示生興我眞教故云爰有大士謂馬鳴論主本成正覺號大光明迹居八地爲法身菩薩發大心信大法解大義修大行證大道趣大果非其小流故云大士也馬鳴者謂此菩薩生時及說法時感衆馬悲鳴故受斯稱如下廣釋慨此下二句所歎初句歎教無聲之歎曰慨稹網者喻也圓實之教尋斁既罕沈廢不行如大綱既稹網目何整人天魚無其滂漉佛彼岸何由得致游泳苦海無能出期道之不行職由斯也悼斯下傷迷悼傷淪沈溺沒也大士見教網沈綱稹而不舉迷徒溺喪淪而不升歎之傷之寧不思救故經云我以佛眼觀見六道衆生貧窮無福慧入生死險道相續苦不斷乃至不求大勢佛及以斷苦法爲是衆生故而起大悲心等將欲下二述造論意文有六句初二句明教顯理次二句破邪歸正後二句令獲頓益今初將者當也且也欲謂希願啓謂開發了義大乘名爲深經終實圓理故曰妙旨佛親說時利根者得入如人有目日光明照見種種色滅度之後昏鈍性障諸阿顛迦其猶昏衢昏衢之體是謂二障大士思欲發揮圓實旨趣令彼迷者失無明闇佛昔曾破今更重明

故云再曜次二句破邪歸正岸謂指破心行理外總名邪見非但不信因果而已此乃凡夫外道二乘俱名爲邪故迦葉言我等自此已前皆名邪見人也顛頂也以頭向下故名顛倒或顛者病也眸即目瞳此舉喻也如人眼之有病妄見空花毛輪二月等又顛即心狂由心狂故目覩諸物皆悉不正謂非親見親等彼邪見者亦復如是於性空處見生死涅槃於妙明中成分别見妄正趣者真菩提路也往而却還曰歸衆生迷見不依正道旁行五趣縱出三界亦落無爲阬中今欲令彼不循異轍還向直道無諸委曲也後二句結成頓益初喻次法水初出可以濫觴曰源者即人也如人泝洄窮其水本名爲還源以喻行者反生死流歸於本際也得本際者名覺心源故下文云覺心源者名究竟覺若準他説三無數劫修習廣大行願方成正覺如抱流討源也今言可即非遥者謂只於生滅之處示彼因緣無性四相本自不生死即真實如下論云四相本来平等唯一覺故又云一切法悉皆真故皆同如故圓覺云知幻即離不作方便離幻即覺亦無漸次又南岳云道源不遠性海非遥肇公亦云道遠乎哉觸事而真聖遠乎哉體之即神斯皆可即非遥之義也如示萬泒之水即是本源之水無二别也如是則一念契真即名爲佛豈待多劫而遠求耶頓益之義昭然可見造廣下三正造諸論二初廣論謂甘蔗論釋中本楞伽經義味豐美故立斯稱又造一心徧滿論融俗歸真論真如三昧論等一百餘部如来滅度方

六百載人根稍利堪受廣說故云當時遐遠羣衆品類也即普該衆類遠及未来凡是當機皆獲斯利故云遐益羣品既文下二畧論三今初出所以也既者已也即印前之詞文多謂甘蔗論六百卷或云一百卷此方無本難定是非邈遠也文句既多義又深遠後代雖有圓頓根性心力劣者扵此文義廣慱之論不能備覽非謂一向權小之機名爲淺識以此畧論正爲大乗頓根令悟入故故下文云自有衆生復以廣論文多爲煩心樂總持少文而攝多義能取解者又云爲欲解釋如来根本之義令諸衆生正解不謬故爲令善根成熟衆生於摩訶衍法堪任不退信故等斯則正爲大乗信解位人而作因縁及知扵此廣中但無心力名爲淺識悲末下二正造

論悲謂菩薩造論之心菩薩發心體有三種謂大悲大智大願悲則度生智則求證願則總攝今爲拔衆生苦與究竟樂而造斯論故須悲也下論云所謂爲令衆生離一切苦得究竟樂非求世間名利恭敬故末葉約時迷倫約類以佛滅後二千五百年去解脫智慧多聞禪定俱不牢固但隨迷見唯起諍論如斯類也誠堪愍之故造此論令其悟入葉世也倫類也可謂下三彰功益二今初畧能含廣可謂者印歎之詞論唯一軸二十四紙故云文約約畧也所詮之法義備河沙故云義豐豐多也斯則攝盡十方三世諸佛法藏故下文云諸佛甚深廣大義我今隨順總持說又云如是摩訶衍諸佛秘藏我已總說解行等者解即立義解釋二分所詮令生解故行

即修行信心及勸修利益所詮令起行故又云於真如法中深解現前所修離相又云知心妄動無前境界修遠離法等俱即是兼義意無別解行兩足故曰俱兼亦可俱則具於解行兼則解中有行行中有解目足更資方到清涼池爾中下下二巧被根緣謂中根巳下之類皆由此論開示而得悟入佛之知見若約位說悟當信解入當行證若依天台兼於開示總對圓教四十位人即住行向地如次以配開示悟入也今以深該淺故云悟入者矣辭也然此中下之言非謂對大揖小名爲中下以大乘圓頓之根自有上中下別今是圓根之中下也如圓覺經三根之義正同於此今言中下悟入以讓上根廣論被故

起信論疏筆削記卷第一

音釋

璿 似緣切丨璣玉衡也　噳 魚府切詩曰麀鹿　儞 音你汝也　覈 胡華切考實事也　賾 仕華切深也　篾 莫結切竹皮也　斁 余石切猒也　𢆉 音斥　泝 音素

起信論疏筆削記卷第二

長水沙門　子璿　録

将解下別釋義門二初開章懸叙中六者蓋有論緒何者夫聖人所作必不徒然兹論發興有何所以故受之以教起因縁也名教既興已知由漸釋氏之學三藏統收約法約人如何攝屬故受之以明藏所攝也論藏通乎大小菩薩有其權實不以義求罔知旨趣此論詮法分齊至何故受之以顯教義分齊也教所詮義以知至極未委何等機宜於此悟入故受之以教所被機也所詮所被既已昭然未審能詮以何爲體故受之以能詮教體也教體既明教下所詮宗於何事宗之畢竟趣向於何故受之以所詮宗趣也凡是教興悉須具此故今懸叙止斯六門謂論所因故論所攝故論所詮故論所被故論所依故論宗歸故然本疏開章具列十門前六同此但於此後更列四門謂釋論題目造論時代翻譯年月隨文解釋如次至十也今疏不依彼列者以是懸叙義門不欲雜於別解文義故将後四合在隨文注解之中由是懸叙但有六段一辨教下二釋文二初總標也十徵釋者十段之中皆初一句是徵餘皆釋也一依下別列十段今初依何智者起論之體莫先於智無智不能起論故佛法中智爲根本也斯則六因之中智生因也以有智故有義有義故立言故此十中先責其智謂依下釋也然菩薩之智有權有實實智詣理虚通往来符會真體名洞契心源心源即無相真理也契此理故名無生忍即根本智也權智幹

事建立佛法成就衆生隨其根性授與法藥令得服行名隨機巧妙之辯謂順其根欲上中下品故曰隨機言無踈拙曲成萬物而不遺故名之爲巧巧無巧相不可以言議思度故名妙也此智騰之於口故名爲辯此辯有四有七四謂四無礙辯即法義詞樂說也亦名四無礙智但在心在口用處不同故得智辨之名其體一也七辯者一捷辯卒荅不思須即言故二無斷辯相續連環而無竭故三迅辯明於理事心無凝閡言音迅疾如懸河故四隨應辯應於時機無差異故五無踈謬辯所說契理無差失故六豐義味辯名數理事皆無量故七一切世間最上妙辯此辯有五德一甚深如雷二清徹遠聞三其聲哀雅如迦陵頻伽四能令衆生入心愛敬五若有聞者歡喜無厭具此五者名最上也此上四七之辯皆因本智證理而後得故名後得智巧妙之相在次兩門然聖智圓通必須理事雙照隨闕一種則非圓智今論主迹居八地正證無生入真如門即根本實智照生滅門隨彼事量一一觀察知機設化應根巧說即後得權智權實二智隨用雖殊然體無二依此一體圓智而建立論文故十地論稱歎說者有三辯才智謂真實智體性智果智前二即根本後得後一即後得之用謂依體性起言巧說故言果也今此所明通前三智也示何法者已知論主所依非是下凡有漏之識但依二智無漏建立凡所有言盡合真理契會時機必無過矣如其所示是何法門令彼信解修斷入證耶故此徵之謂一心下釋也

然大乘法體是衆生諸佛無二真源不分染淨真妄差別而能具攝一切諸法寂焉不動靈鑒無昧故名一心而此心體非真非妄能真能妄故開二門門者無壅虛通往来出入自在開闔無妨之謂也依心無相立真如門依心具法立生滅門二門互通開闔自在俱以一心爲源故云心真如心生滅也三大者即二門下所示之義謂真如門唯示體大生滅門具示三大故下論云是心真如相即示摩訶衍體故是心生滅因緣相能示摩訶衍自體相用故四信者謂信真如及三寶也信心是一信境有四故成四信故下論云一者信根本所謂樂念真如法故乃至常念親近脩習如實行故五行謂行布施持戒忍辱精進止觀之法成就前来四種信心令成根不退入正道故如下廣明所言等者法相至多今疏從一至五增數畧列不及多云故言等也若具言之即二覺四位四相四鏡三細六麤等不能廣引然疏列雖少無法不該以生滅一門具明世出世間一切法故此等皆是所示之法雖通云示然示義有别謂於上諸法示令信解行斷證等配文可見由是疏中通云示也云何示者上之所列但是所示之法未知作何方便而顯示之巧謂權巧便謂方便此屬論主能示之智一味大乘即一心真理不分染淨因果凡聖空有等異故云一味揀對二乘故名大乘此之法體以智冥符離諸分别乃云一味若依言說示即開爲二謂法義也故論云摩訶衍者總說有二種一者法二者義仍開法爲二門演義爲三大故

論云依一心法有二種門一者心真如門二者心生滅門又云所言義者則有三種等備如前引由此下結指善權謂論主以一實智證無分別一味真理以方便力爲衆生故善用巧便而開一味成多法門多無多相不違一味故名善巧開即演一爲多示即顯令生解也以何顯者意責前之善巧乃是展彼義門令一成多今欲令此義理皎然可見由何方便而得顯明以由顯明也音即音聲字即文字聲無聲相字無字相故云妙善謂論主於權實無礙智上流演聲名句文是無漏善性所攝不同凡夫屬於無記故淨名云夫說法者無說無示斯則唯爲開導利益衆生不依文字也華嚴十地品中喻空中風畫等皆顯聲名句文非有非無也斯皆謂之妙音善字譬比也喻曉也即以近事比類令於深法得曉了故無著云喻者見邊義謂以所見邊與未所見邊和合正說名之爲喻師子覺云所見邊者謂已顯了分未所見邊者謂未顯了分以顯了分顯未顯了分令義平等所有正說名爲立喻然有二種一者同法二者異法同法者若於是處顯因同品決定有性謂若所作見彼無常譬如瓶等異法者若於是處說所立無因徧非有謂若是常見非所作如虛空等然離十過方爲正喻同喻五過謂能立法不成所立法不成俱不成無合倒合異喻五過謂所立法不遣能立法不遣俱不遣不離倒離宗謂所成立法因即宗家因由所以與前譬喻皆爲能立故因明論云由宗因喻多言開示諸有問者未了義故然宗者

有體有依依有能別所別依體之上共離九過方爲正宗謂現量相違比量相違世間相違自教相違自語相違能別不極成所別不極成俱不極成相符極成因有三相謂徧是宗法性同品定有性異品徧無性然因有二種謂生因了因生因如種生芽了因如燈照物然此二因各有三種生因三者一言生因二智生因三義生因了因三者一智了因二言了因三義了因廣如彼疏然此因支離十四過方爲正因謂兩俱不成隨一不成所依不成猶豫不成共不定不共不定同品一分轉異品徧轉異品一分轉同品徧轉俱品一分轉決定相違法自相相違法差別相違有法自相相違有法差別相違然此三支共離三十三過并諸闕減等今非正意不能具陳

然今論中雖說宗因譬喻不同因明三事合集成於比量但今文中或單舉宗義或舉宗因或舉宗喻或舉因喻如下論云一者法二者義此之法義但是因明前陳後說有法及法如立量云一心是有法定具三大故爲宗因云以有真如生滅二相故此但舉其宗因而不引喻或云真如是有法定不可立不可遣故爲宗因云以一切法悉皆真故皆同如故此亦但舉宗因也餘皆例知若以此論對五性宗應立量云一真如性是有法定能隨緣故爲宗因云是有爲法平等所依故同喻如虛空能令下結指謂前妙音等爲能顯法義理趣爲所顯由前巧便遂令義理明顯可見也此上二段即前巧妙之相依何本者此徵菩薩造論必有所憑若無依據便同虛誕

佛聖言即至教量正道理即比量定量即現量至教者謂一切智人無所不鑒具足五語言必誠諦依此立論決定可信無有虛妄故取爲本聖言之語通於三乘餘人有所不知由是揀之故言佛也先標比量者以論宗經故比量者謂藉衆相而觀於義衆相者謂因三相由彼爲因於所比宗義有正智生了知有火或無常等今言正道理者爲簡一切邪謬因故若因不正宗義亦邪由是故言正道理也現量者謂無分别若有正智於色等義離名種等所有分别現現别轉故名現量此有四類一五識身二五俱意三諸自證四一切定心此上四種皆現量也今言定量者以此四義緣色等境是決定故亦可前正道理中具含二量謂比度生解及自證知俱無謬妄咸正道理定量一句總指三量俱是決定取此爲本可信從故藉何力者此責論主依經造論上欲契聖下欲利凡流至後代破邪立正俾世世不絶燈燈無盡爲用自力爲假他威耶歸三寶者謂三寶吉祥一切衆生最勝良由有歸依者能辨大事生諸福智能離生死得涅槃樂故佛滅度凡諸弟子所有著述皆歸三寶示學有宗不自專巳離過失故今乞威加承力而作必至後代人無不信然加有二種一顯加謂現身說法二冥加但闇增智慧今通此二也能歸所歸如下廣釋爲何義者此責既假三寶威加造立兹論有何義意切慕如此耶助揚化者助謂賛輔揚謂發揮化謂教導是則賛輔如来發揮法門教導群品以十方諸佛迭爲師資互相賛弼令

法道流行衆生受化令論主示居因位師我牟尼宗經造論故云助化摧邪顯正者謂如来在日邪見者佛自調伏佛滅度後茍有斯類人無制止今論主爲摧彼邪徒令邪教不興立我正法令生正見故下論中顯示正義對治邪執是也護持遺法者謂佛所說法門至滅度後摠名遺法今造論發揚令無墜地者名爲護持展轉弘傳燈燈不絶以至来劫名久住世報如来恩者佛留教法意在傳弘展轉度人令至大果若不傳演違佛本懷是謂辜恩茍能顯發妙門光昭大教勞生獲益不絶大猷斯則順合佛心雅稱宗祖名爲報恩也故智論云假使頂戴經塵劫身爲牀座徧三千若不傳法利衆生畢竟無能報恩者若有傳持正法藏宣揚教理度群生修習一念契真如此是真報如来者然上五句說有二意一則各自別說一句是一意謂助佛揚化故摧邪故顯正故等二則躡迹通論從一至五展轉相由即助佛揚化者爲摧邪故摧邪爲顯正故乃至報如来恩故以何緣者此責如上所爲本緣何事耶令衆生者三聚五性一切衆生也離一切苦者離三苦八苦分段變易二生死苦也得究竟樂者謂得無上菩提覺法樂無上涅槃寂靜樂一得永得更無過者揀異人天二乘故云究竟由何起者此責菩薩造論之心因何而起大悲者即同體無緣揀非愛見故云大也愍謂哀愍即能悲之心物謂衆生即所悲之境凡夫戀生死執常樂我淨故云迷二乘愛涅槃著無常等四非其正趣認以爲正故名爲謬造論爲彼

令反迷爲悟捨偏入圓也機何益者既爲衆生造論其有被此化者得何利益謂令下有四益信謂十信聞思脩慧即三賢證入即十地因滿即究竟位此則未信者令信未解者令解未行者令行未證者令證未涅槃者令得涅槃始從凡夫終至等覺受斯化者咸得利益本疏則云六益謂信及三慧證入因滿大同小異開合兩通然上十因意義相續若不料簡寧免混然今近取譬令無所惑如構大厦先要有解（起造之解合二智也）次列所造（廳堂庠序等念一心二門三大等）三明其相（開架向背等合分三大等）四能造器（斤斧墨尺等合妙音善字等）五有所憑準（依經依匠合三量等）六旁籍陰功（禁宰先靈合三寶加祐）七上安所尊（父母等合報佛恩）八下蔭來裔（子孫男女合爲衆生）九念情深厚（有恩有愛合大悲愍物）十各得所安（隨彼穩便合信解入證）如上配合顯

然不同由是十文無相濫矣又此十中有因有緣有通有別通則因緣不分謂此十段總是造論因由緣起故別則第九爲因第八爲緣前六則因緣所資七十則因緣之果又此十中不出悲智謂第一是智第九是悲二三四五六七是智之相八十二門是悲之相也然論文之中自有八種因緣與此有同有異同則疏論兩文不出悲智二種異則論中但直述自已所懷爲法利物疏則具叙論主化智巧便妙權開示承力護法上報下化問論中何故不具叙耶荅疏叙他意故可具陳論主述已但明所爲若同疏中便成自伐故不具叙二諸藏所攝者三二不一故云諸皆能含攝故名藏謂明此論於三二中攝屬何藏三藏者經律論也此約所詮戒定慧學增勝

而立謂詮定增勝名爲經藏詮戒增勝名爲律藏詮慧增勝名爲論藏言增勝者以一一藏通餘二故第一經藏者梵云欲底修多羅或云修妬路素怛纜此云契經謂契當所詮法義契合所化機心經謂貫穿所說義理令無散失攝持所化物機使無顛墜故佛地論云貫穿持攝所應說義及所被機故契經即藏持業釋也第二律藏者梵語毗奈耶或云毗尼或毗那耶義翻爲律以明持犯法則軌度有如此方條法之制取此類也律法也古翻爲調伏謂調鍊三業制伏過非調鍊則通於止作制伏則唯明止惡或翻爲滅謂身語意惡焚燒行人義同火然戒能止滅故或云清涼以能息惡炎熾相故此則俱就所詮之行彰名調伏之藏等依主釋也第三論藏者

梵語阿毗達磨此云對法法則所對之境謂無爲涅槃及四真諦對即能對之心謂理量二智此二對彼妙盡理源揀擇法相分明指掌如對目前名爲對法即對法之藏依主釋也此論屬彼定非經律故云對法藏攝問瑜伽論說謂諸一切了義經典循環研覈摩呾哩迦據此則對法藏攝亦是佛說此論既是佛滅度後菩薩所造何得亦入對法藏耶答佛所說法有其三種一佛自說二加他說三懸記說今則後說也故摩耶經云佛記馬鳴然正法炬滅邪見幢善說法要既蒙懸記即同佛言故得此攝問若言懸記故得入論藏者豈佛滅後一切造論菩薩盡是懸記耶由斯難故今助一解以佛所說雖有論議並屬經藏以十二部俱名經故菩薩造者但名爲

論或宗彼經或隨解釋故此所攝亦不相違二藏者此則約人所立也謂於二藏之中詮示大乘理行果故名菩薩藏詮示小乘理行果故名聲聞藏故莊嚴論及攝大乘說由上下乘差別故有聲聞及菩薩藏然約人說人有三乘合分三藏以緣覺人多不藉教出無佛世或出佛世即攝屬聲聞以四法之中理果同故由是但立二種藏也若據教行有別亦可開爲三藏故普超三昧經及入大乘論說以約別義開爲三藏今依莊嚴等論約於同義合爲二藏開之與合各隨一意耳然三藏之中各具二藏二藏之內各有三藏但約人約法分此二三廣如圓覺疏所辨菩薩藏攝者以是大乘非詮小故故此所攝三教義分齊二初總標別列也教是能詮義即所詮

以所詮義顯能詮教即知此教分齊所至也詮法通局者通則大乘終頓圓以被機廣故詮義深故局即小乘及大乘始教以詮法淺故被機狹故又深必該淺故云通淺不至深故云局又一經能含多教故云通一經唯詮一教故云局以義分教者由諸家多約時分教有所未允遂招諍論敘彼如別所明今以義分故無舛謬此則義爲能分教爲所分得知教之淺深者由所詮義有近遠故二隨列別釋二初總敘諸教五今初小乘者運小根至小果故如羊鹿車但能引輕不能致遠故名小也但說下釋相也即正辨所詮之理但猶獨也唯也我空者此教所明凡有所爲皆因緣力中無主宰故爲我空縱少說者阿含經云無是老死無誰老死既言無是老死即

是法空之義雖有此說以百無一分故云少說但標而已更不解釋故不明顯以非教之正意故今望大乘分明顯了義邊故名爲但如河少水亦名無水故但依下所依根本六識者即前六識彼教三宗所說有異謂經部無別心所有部有別心所覺天所說唯一意識隨六根轉無別六異三毒建立者貪瞋癡使害物最深能損法身慧命故受毒稱若以此三爲能熏現在色心爲所熏造業受生輪轉三界此爲染根本若以無貪等三爲能熏現在色心爲所熏斷煩惱出三界此爲淨根本染之與淨由三有無除此更無所依故云但也未盡下結成不了不達如來藏心本具無漏功德故未盡淨法之源不了根本不覺是有漏因故未盡染法之源此教尚不詮七八二識豈況無明法性耶故云未盡等多諍論者二十部分宗各不相與如群盲摸象紛然是非故云諍論苟盡其源安見如此大乘者運大根至大果故如牛車引重可以致遠故名大乘下四雖權實有異以通對小乘故總名大乘也始分二教者且標兩名此中二教各詮一義是謂空相非謂一教而有二名但說下明所詮理即諸部般若明心境染淨等並空始自色心終乎種智無不如幻故云皆空般若云無色無受想行識乃至無智亦無得等又經云若有一法勝過涅槃我亦說爲如夢幻等未盡下判爲不了大乘法理不空不有而空而有既但說空當知未盡故法皷經云一切空經是有餘說中論云空是大乘初門故言始也又云以有空義故一切法

得成但說下即分教也一切法相者明所詮法然一切不出五位一百法謂一者心法有八二者心所有法有五十一三者色法有十一四者不相應行法有二十四五者無爲法有六縱說真如無爲是諸法性亦墮法相之數故云但說有不成佛下判爲不了謂五性之中定性二乘無性闡提及不定性中三分之二必不成佛既不皆成即名爲分終實二教者標名也此只一教以對前二故立二名非同於前二教異也說如来下順明緣起即生滅門故下論云心生滅者依如来藏故有生滅心所謂不生不滅與生滅和合非一非異名阿梨耶識等即前云不變性而緣起緣起下逆明緣性即真如門故論云心真如者即是一法界大總相法門體所謂心性不生不滅乃至一切法不可說不可念故名真如即前云不捨緣而即真也斯則從本起末故云隨緣末即同本故云無性如範金爲器器即是金定性等者三聚五性一切衆生皆有如来藏心總皆成佛故涅槃經云凡有心者定當作佛圓覺云有性無性齊成佛道上皆明所詮之法方盡下判爲了義詮法窮源故云至極也對前未盡終於始故名爲終教非同法相故云實理分教不了乃屬於權此中了義故云實教頓教者標名也一直而談更無委曲不歷階漸唯指本源故稱爲頓總不下釋相也不說法相者謂徧計依他色心假實法相雖廣不出於斯此既不說故名爲總即揀分教但說法相唯辨真性者此揀始教但說諸法皆空今說不空妙有即圓成實性

也此性圓滿成就凡聖因果平等所依只談此法故云唯辨此二句且畧標揀也下即廣示亦無等者釋不說法相也八識是法相之源一切最勝以勝攝劣故唯舉此然識如幻夢唯是一心故云亦無此中舉識以影所緣也呵教者斥其無實肇公云名無得物之功故圓覺云脩多羅者如標月指若復見月了知所標畢竟非月下文亦云一切言說假名無實但隨妄念不可得故勸離者令不執教使其捨詮也故下文云從本已来離言說相離名字相淨名云乃至無有文字語言是真入不二法門又云至於智者不著文字文字性離即是解脫達磨云我法以心傳心不立文字等能詮教既亡所詮義亦遣故但呵教也毀相者凡所有相皆虛妄故此則亡所證

境也泯心者心生則種種法生故此即亡能證智也經云幻塵滅故幻滅亦滅又云亦無能證者此乃妄識妄緣能詮所詮能證所證一切都泯故下文云一切法從本已来非色非心非智非識非有非無畢竟不可說相但一念等者念生既是凡夫相現性隱不生宜名為佛性顯相亡是故剎那登妙覺等佛於一朝故觀師云一念不生前後際斷照體獨立物我皆如更不假餘方便故云但也此則釋前唯辨真性不依下結成頓義既一念成佛豈立位焉位既不存不亦頓乎故思益經云得諸法正性不從一地至於一地圓覺云知幻即離不作方便離幻即覺亦無漸次圓教者謂此教中該收前四圓滿具足性相俱融剎海塵毛交徧互入即華嚴宗也所說下

一真法界也謂所説理事心境人法聖凡染淨等法以要言之未有一法離於法界故云所説唯是法界或可此句是總標下皆别列性海圓融者理法界謂理性深廣故如海也理體周徧無有一法而不融攝故云圓融緣起者事法界謂衆緣所造心境染淨情器因果大小一多各不同故無礙者理事無礙法界也謂緣起事法皆是理之所成緣起無性不礙於理理能隨緣不礙於事故得理事二無障礙相即相入下事事無礙法界也謂諸事法各全攝理即理之事互不相礙故得一一事法相即相入一即一切一切即一一入一切一切入一互爲主伴重重無盡如天網珠光影互入無礙無盡也然上五教所詮不出性相性相相望料揀應成六句一唯相非性小乘教也但説法相不言性故二唯性非相即頓教也唯辨真性毀相泯心故三相多性少即分教多説法相少説性故四性多相少即終教多説法性少説法相縱説法相亦不離性故五非相非性即始教但説諸法皆空未顯真如性故六全相全性圓教也謂説一真法界全體而起成染淨法即全相也染淨起時性體不隱全是真如即全性也又此五教與天台化法四教相望但開合有異而大况是同彼則開前合後此則開後合前四教者謂藏通别圓也且如此中初小乘教即彼藏教第二始教此有二類一始教但説諸法皆空即彼通教也二分教但説一切法相即别教也第三終教明如来藏隨緣成諸染淨緣起無性一切皆如即彼圓中雙照義也

第四頓教唯辨真性即彼圓中雙遮義也第五圓教明性相俱融即彼圓中遮照同時義以此三教所詮唯是一心具一切法即彼圓教不思議中道也故此三教皆屬圓收此即合彼通别爲一始教開彼圓教爲終頓圓三彼即開此始教爲通别二合此終等爲一圓教雖開合有異而法無異也然彼更約化儀論四約時論五廣説如彼若於下二與論相攝二初定分齊正唯終教者以有生滅門説如来藏隨緣作阿賴耶成諸染淨義故兼於頓者以有真如門顯體離言依言辨德故然雖説兩門以真如門中但畧顯法體而已如其説迷悟辨聖凡論染則二礙三細五意六麤論淨則二身三大四信五行具辨染淨熏習廣明四位階降説斷證明解行但是一切世出世法皆在生滅門中所明既而廣畧不同故於二教以判兼正也若將下二明相攝也五唯下以五教爲能攝此論爲所攝後三攝此者終頓圓也謂此論中説如来藏緣起是終教説真如門是頓教又真如門是理法界生滅門是事法界二門不二理事無礙法界一心是一真法界此即圓教故後三教攝得此論然頓教攝此亦且一往若以理推頓教義狹唯辨真性如何攝此若言以有真如義故得彼攝者此論亦有前二教義亦應前二攝得此論此唯下以此論爲能攝五教爲所攝也攝前四者此論備有前四義故不攝圓者以四法界中唯有三種而不明事事無礙以圓教宗於事事無礙義既不全故非攝彼然以義推亦合攝彼彼文四種統唯一真

法界今論一心之體正是一真法界是彼圓教之宗耳又彼事事得無礙者皆由真如隨緣故也故知真如隨緣是彼事事無礙之由故得攝也若以前科望於此義前文合云正唯終教兼於頓圓也

起信論疏筆削記卷第二

音釋

捷（疾葉切勝也）闔（户臘切門扇也）猷（大余周切圖也）

起信論疏筆削記卷第三

長水沙門　子璿　録

約法生起下二初標科總示依詮染者以淨法是攝末歸本義今明從本起末故唯取染略五重者廣即十四今於十四之中類束爲五故云略也對諸宗者即前五教也前以能詮爲門故云約教此以所詮爲門故云約法也二隨文別釋二初正明五段五中二三以略分真妄故云開云明後二唯約妄論具顯次第生起故言生也一心爲本源者爲是也謂此一心是一切染淨法之根本其猶水源爲萬流之本更無有法爲心之本故云唯一心本即源也經云諸法所生唯心所現一切因果世界微塵因心成體法喻雙顯故云本源華嚴下配教此是圓教之所宗故四法界者如前所列然四種皆稱法界而界義不同謂理法名界界是性義謂與一切染淨諸法爲體性故事法名界界是分義一一事法分限別故後二法界具性分義可知義雖有四而體是一故混四爲一一外無四故云統唯一真也謂寂寥下總萬有以出體彼曰法界此曰一心謂此一心是法之性故曰法界隨義立名體元無異故以一心爲法界體初二句顯德相寂謂無聲寥謂無色虛則中無妄染曠謂寬徧十方沖即是深豎通三際包即容受一切無餘博則能入一切咸徧總該下明該收萬有者一切法也萬有不出一心是故一切全爲心性心性無外攝無不周也此但意在出體不在收於萬法恐存心外之見故曰總該等也然諸教中皆說萬法一心而

淺深有異今約五教略爲辨之一愚法聲聞教假說一心謂世出世間染淨等法皆由心造業之所感推徵則一心之義不成故云假說二大乘權教明異熟賴耶以爲一心三界萬法唯識變故三終教說如來藏以爲一心識境諸法皆如夢故四頓教泯絕染淨以說一心顯體離言絕諸相故爲破諸數假名一也五圓教總該萬有以爲一心事理本末無別異故如上所說前二教淺後三教深於三教中義有淺深體唯真性今之所辨即第五也注正當此門者此論所詮理極於是故上指陳即華嚴經一真法界但彼以性相俱融名爲法界此約克指法體故曰一心圓實之旨以此爲異也體絕有無者肇公云欲言其有無狀無名欲言其無聖以之靈故下文云非有非無等相非生滅者非不也相謂無相之相相即性也論云非前際生非後際滅般若亦云不生不滅莫窮其始者莫無窮鞫始初也既非生滅有爲之法則無能尋鞫盡其初際然不唯無始抑亦無終此但影略故云無始此則覆釋前來相非生滅以非生故無始非滅故無終寧見中邊者邊謂二邊中即中道二邊既泯中道不存故云寧見寧何也此則覆釋前來體絕有無也有無即是二邊前則略舉但言有無今則具顯故云中邊注真如門者彼疏所說即是此中真如門義然但因以指配未是正開次下即明迷之下即序中逐迷悟而升沈之義解即初悟悟即證入也故經云無始時來界一切法等依由此有諸趣及涅槃證得即斯義也注文可知依

心開門者以論云依一心法有二種門也真如門者於中有離言依言依言之中復有空不空二具如下說頓教分者以此門中說心性不生不滅乃至離言絶慮等義故當此教密說者如心經云是諸法空相不生不滅不垢不淨不增不減等即是真如之相雖明其相而不克顯真如體性故云密說理實無異故今配之依如來藏下全引論文顯生滅相也終教者詮法窮極非同始教是衍初門故名終教今起信論正明此義以始教下揀顯以始教中亦說賴耶而不說是藏性所成今說性成故非彼分故密嚴云佛說如來藏以爲阿賴耶惡慧不能知藏即賴耶識後門謂生滅門也二義者論曰此識有二種義能攝一切法生一切法云何爲二一者覺義二者不覺義等故依此明也覺義者論云所言覺者謂心體離念離念相者等虚空界即是如來法身等於中有始覺本覺本覺復有隨染性淨之異具如論說注前真如等者通前後妨難或曰前真如門及此覺義爲何不明開義生法唯於後門後義明生起耶故此釋之不變非隨緣淨相是本覺反流即始覺也此上三義並不可說生起染法之理以義不順故唯此生滅及不覺義即可言其生染次也故前標云依染法從本起末而不言淨法從末向本由是前門前義不言生起也不覺義者論云所言不覺者謂不如實知真如法一故不覺心起而有其念等於中有根本枝末之異枝末復有三細六麤如次所引注文可知後義者即不覺也依此不覺起業等相此

三屬本識位對後事識六麤名之爲細故論云復次依不覺故生三種相與彼不覺相應不離等業相者約動作爲因二義得名故論云一者無明業相以依不覺故心動說名爲業覺則不動動則有苦果不離因故轉相者前之業相轉至此位爲能見故故論云二者能見相以依動故能見不動則無見現相者以依能緣之心帶起所緣之境故論云三者境界相以依能見故境界妄現離見則無境界注自體等者以唯識說有漏識自體生時轉似二分似能緣相名爲見分似所緣相名爲相分雖文異而義同故今注配自體即自證分也即唯識下配教齊業相者彼說諸法生起但依賴耶以爲其本故名此識爲總報主一切種子根身器界皆此識變仍獨說此以爲所熏熏成種已後起現行皆依此識故云生起本也以彼下出所以緣以彼宗未說一心是真如生滅二門之源以留之於終教說故若盡說已何分權實耶故說等者以不知真如即心故說無知無覺凝然不變者說此無知覺體堅如玉石不可受熏以不是可熏性故既不受熏焉能隨緣由是但執真如不變不許隨緣也但說等者既不許真如隨緣成諸染淨故說賴耶爲生滅本由是明法生起但齊業相也縱轉等者以彼所說轉第八爲大圓鏡智第七爲平等性智第六爲妙觀察智前五爲成所作智根本既唯生滅成智亦是有爲理是無爲不得相即如鎔金範土各成其器豈得相即耶故詮法下結成可知最後者即現相也六麤是事識位涉於外

塵其相顯著總名爲麤故論云以有境界緣故復生六種相智分別境界者智相也以有外境牽起内心令其分別是好是惡等故論云一者智相依於境界心起分別愛與不愛故生苦樂者因前分別遂起苦樂覺心故論云二者相續相依於智故生其苦樂覺心起念相應不斷故著苦樂者執前苦樂取之爲實故論云三者執取相依於相續緣念境界住持苦樂心起著故計名字者以執取實故聞名總相便生瞋喜等故論云四者計名字相依於妄執分別假名言相故造業者以貪瞋盛故發動身口造諸善惡不動等業故論云五者起業相依於名字尋名取著造種種業故受報者謂業累既成牽至苦果如繩所繫不自在故故論云六者業繫苦相以依業受果不自在故二乘下對教淺深第三者是我執俱生二乘教中說斷此者名爲我空故人天等者以彼教中但明善惡業緣受報好醜故當造業而不知業從何生故詮法分齊不到第四若取下二別示也血脉相承者但約迷本一心邐迤生起不斷絶義更不旁說真如本覺故云一向等略八重者廣則十四故以真如門及覺義非是生起倫次故生滅門不覺義全體是業相故智相相續皆法執故執取計名皆我執故由是相從略成八也四中文三一總明所被一切下此約畢竟無正合論故皆被也故涅槃經云九是有心定當作佛圓覺云有性無性齊成佛道又云譬如大海不讓小流乃至蚊虻及阿脩羅飲其水者咸得充足金剛經說發菩提心人令度

四生九類皆入無餘涅槃若其定有不成佛者何勞發此心耶以一切衆生皆本有佛性但得聞之無不獲益謂宿機深者悟入淺者信解都無宿種者亦皆熏成圓頓種子如華嚴經食金剛喻不同下揀權教彼說定性二乘性定無改况至無餘位中身智俱盡誰爲修行無性之人無其善種善種既無憑何修進以此判之俱非所被然彼但約即今長時而論故不統收亦是留在實教中說也然一切下二約三聚辨然有三說如小乘即以五無間業衆生爲邪定以學無學人爲正定以餘漏無漏人爲不定權教以無種性人爲邪以菩薩爲正以不定性人爲不定終教以一切異生爲邪三賢爲正十信爲不定今傣後說此論下正爲可知兼爲邪定者但得見聞自然成種他時顯發必至解脫故法華繫珠涅槃毒鼓華嚴有八難頓超之說又云設有不生信樂亦成善根無空過者乃至究竟入於涅槃此明雖謗墮惡由聞歷耳終醒悟故下論云爲令衆生離一切苦得究竟樂皆此類也兼正定者論云爲欲解釋如来根本之義令諸衆生至解不謬故疏配三賢故當正定也準此下據五性說然五性之說權實共出前教義中判爲未了者約彼定執三無二有故名爲權今說被教故須約性性雖說五俱爲所被非同權宗定執有無也正被下可知兼餘性者二乘及無種性也以二乘人實無定性雖亡分段然有變易之身但得聞斯教決定迴心涅槃說四果及縁覺極遲經八六四二萬十千劫如次迴心猶如醉人醒有

遲速三昧酒醒亦復如是故楞伽云三昧酒所醉乃至劫不覺酒消然後覺得佛無上身無性之人但無善性若聞斯教善種自成遇緣發起必當成佛楞伽經說一種闡提一大悲菩薩二斷善根者佛說二中永不入者唯大悲菩薩應知斷善根者聞經獲悟後必得入涅槃經中具有此說今此論云謂示修習立觀對治凡夫二乘心過故其中義含定性無性故下文云對治二乘不起大悲狹劣心過遠離凡夫不修善根且不起大悲豈非定性耶不修善根豈非無性耶當知實教雖說五性然非定五俱爲所被又因下三別指下文別明所被者一論所被不出三根說有通別通則不分論文但上中下根依之總入別則立義解釋兩分被上根悟入修行信心分被中根勸修利益分被下根然上根不必聞中下之法下根必兼聞中上之法中根可知此說猶是別中之通若更細論兼約地位所配則立義分及解釋分中顯示正義對治邪執被三賢菩薩爲上根悟入分別發趣道相被十信滿心爲中根修行信心分已下論文被十信住心入心爲下根又就十信位中自有三根之異謂以十信滿心爲上根此則如上所配以十信住心爲中根此依第四分中四種信心及四種修行悟入以十信初心爲下根就此下根復有三種謂以四行之後止觀之前一段論文被下根悟入以止觀一門被中根以勸生淨土一門被上根其勸修利益一分總策前三因緣一分但明論起由致故於此分不別明被如下疏配五中初總標

能詮教體者通明諸佛教法乃至此論以何爲體而能詮顯無量事理今且略以四門解釋二別釋有四初隨相者謂約六塵境相以出體故名句文者即聲上屈曲詮表是假非實屬不相應行所攝故論云一名二名多名是曰名身一句二句多句名曰句身一字二字多字名曰文身能詮諸法自性者名也名是能詮諸法自性是所詮如言色言心言水火等各各詮表法自性故差別者句也句是能詮諸法差別是所詮如言形色顯色真心妄心等諸法例然一一法中揀令別故二所依者文也二即名句文即是字以此通爲名句二法所依止故由是名則次第行列句則次第安布文則次第連合此等親能詮表義理由是取之以爲教體或唯下二唯音聲以

聲是教主言音謂佛唱詞評論語音語路語業語表故云音聲離聲下釋以名句文三雖親能詮表義理但是聲上屈曲之相從假建立無有自體聲是色法色法是實名等是不相應行非色非心但約色心分位假立由是實外無假所以攝假從實但取聲爲教體故云離聲無別名等婆沙論云佛教以語業爲體假實下三通四法也如上兩說各有理教爲定量故不可偏取今悉收之以唯音聲則不能詮義唯名句文則別無自體四法皆取始成教體如水與動方能運舟於此二中不可趣一如人汎然發聲不吐詞句何所詮表若無聲者名等何依故今雙取也故俱舍云牟尼說法蘊數有八十千彼體（教體）語（音聲）或名（名句）此色（音聲）行（名句）蘊攝又徧於下四徧一切也

一切雖多不出六塵境界但能生於物解即爲教體豈獨在於聲名句文故淨名云有以光明而作佛事有以菩提樹衣服卧具乃至八萬四千諸塵勞門衆生謂之疲勞諸佛即以此法而作佛事楞伽云大慧非一切佛土言語說法有佛國土直視不瞬口無言說乃至有佛國土動身名說法等且香積世界餐香飯而三昧顯極樂國土聽風柯而正念成絲竹可以傳心目擊以之存道既語默視瞬皆說則見聞覺知盡聽苟能得法契神何必要因言說如楞嚴經二十五聖於十八界七大性各從一門而得圓通此中六塵猶且約境餘者例知天台云手不執卷常是讀經口無言聲徧誦衆典佛不說法常聞梵音心不思惟徧照法界皆此義也唯識門者約妄心以出體今先約本影相對對於諸教總成四句一唯本無影即小乘教以不知諸法唯識所現皆影像故二唯影無本即終教也以佛果無別色聲功德唯有如如及如如智獨存但以大悲大智爲增上緣令彼根熟衆生心中現佛色聲說法是故佛教但是衆生心中影像故華嚴云諸佛無有法佛於何有說但隨其自心爲說如是法三亦本亦影即大乘權教謂以佛自宣說若文若義皆是妙觀察智相應淨識之所顯現名本質教若聞者識上所變文義爲影像教諸佛衆生互爲增上緣方有所起教故唯識云展轉增上力二識成決定四非本非影即頓教也非唯心外無佛色聲衆生心中影像亦空以性本離故相本絶故即無教之教耳故淨名云其說法者

無說無示其聽法者無聞無得今此所明即第二句唯影非本也說者淨識等者此中語勢似於本影具足一句然意明唯影非本雖云淨識所現意顯大悲大智爲增上緣又此但言佛爲衆生增上緣而不言衆生爲佛增上緣者意在唯影也又佛淨識即是衆生真心佛現即衆生現二俱影也引證文則明矣豈可見云淨識所現爲增上緣便作本影雙取同於權教須以意通不以文局學者思之故下文下具云一切諸法唯依妄念而有差別若離心念則無一切境界之相是故下結意言自心者即是妄識非謂真心下文云三界虛僞唯心所作離心即無六塵境界歸性門者約真心以出體也此識等者則前門中已收差別之境但唯能變識心今又攝前識心但是一心一心即真如性也名爲歸性故云此識無體也其猶人睡作夢見種種物物不離夢夢不離人即展轉推尋教法真實之體極至於此古人云心即是經即斯義也言一切者即色心等法非今方爾故云從本已來超過離名字相離心緣相故云乃至然離言說則非前音聲離文字則非前名句文離心緣則非前唯識一心真如則成此歸性門也亦同圓覺疏云生法本無一切唯識識如幻夢但是一心楞嚴云見與見緣似現前境元我覺明也無礙門者約三門無礙以出體也謂於下正釋心即唯識門境即隨相門理即歸性門事即一二門以對理成句故重牒之同一緣起者上之三門同爲一大法界緣起謂境不自境由心故境心不自心由境故

心未有依真之妄不從真生未有隨妄之真不依妄顯如是則境是心境心是境心真即妄真妄即真妄互相依倚互相資假隨有所闕則皆不成故云同一緣起也混融等者即無障礙法界也謂若心若境若理若事一多即入俱無礙故斯則動止縱横無非教體也以一下出所以如上心境理事得無障礙者以一切法不離二門二門唯一心故以歸性即當真如門前二即當生滅門二門不二即是一心以此一心融之故得同一緣起無礙自在也六中二初標章釋名前辨能詮文體此明所詮義趣義中可尊可重可崇尚者故名爲宗歸向往詣故名爲趣當部等者如法華宗一乘涅槃宗佛性華嚴宗法界維摩宗不思議解脫等然宗有多種若約立敵相對以明宗者即語之所表曰宗此則但取一期所論之義如言聲是有法定無常爲宗等若約修習行人以明宗者即心之所尚曰宗如各隨所習經律論等今明一部所崇尚者爲尊爲主目之爲宗宗於此者終歸何義謂令信解行此法故必至證入也故曰宗之所歸開章如文正辨中今初隨相法執者標名也宗於事法故云隨相計法定實語云法執小乘諸師者宗主也根本即上座大衆展轉分成二十部阿含等者所依經也等於正法念佛本行等經以造下所造論也即婆沙俱舍等論下諸門中例有此四真空無相者即色即空空病亦空故言真空離一切相故云無相般若等等於八部及諸空經中觀等等於百論十二門論之類唯識法相者唯遮境有

識揀心無一切諸法唯識所變宗相法故名法相宗唯識等等於對法百法之類如来藏緣起者即如来藏心隨染淨緣起成諸法也楞伽等等於勝鬘密嚴等經起信等等於佛性寶性等論圓融具德者圓謂圓滿性相周徧融謂融和理事無礙具德者重重無盡一塵一毛無不稱性無不包徧如前圓教中明今此下二指此論也第四者即如来藏緣起宗以論所詮明如来藏不生不滅與生滅和合名阿棃耶等廣辨染淨諸法緣起故然此下三會五教也然但佛說戒教人尚曰宗宗教不異由是本疏隨教而辨今則以經料揀故有寬狹不同也一經容多教者如華嚴中具說十惡十善即人天教也說四諦十二因緣即小乘教具列地位即分教三天偈云法

性本空寂無取亦無捨性空即是佛不可得思量即始教如心佛亦爾如佛衆生然心佛及衆生是三無差别即終教初發心時便成正覺即頓教一切無礙即圓教也餘經之中或五四三二多少不定宗具多經者如此一論宗百餘本大乘經也隨何等者但是諸經了義皆此所宗如一切經中空義皆是三論所宗餘皆倣此此上所明但約宗教俱寬義說若約狹義如前五教各詮一義互不相通如一經只詮一義此名教狹宗隨教說亦復如是此名宗狹也二唯明此論二初總一心法義者以此論中所詮義理雖即廣多然所宗尚者皆爲顯示一心法三大義也故爲其宗宗此法義者意在何也爲令生信正解不謬依解修行行成入證證極得果歸此一心

故名爲趣然若信一味空理則厭欣都絶若信一向法相則聖凡懸隔斯皆不能起行趣證今令信一心是凡聖之源但由迷悟使之有異則必能起修庶幾果證也別者下二別二初列釋教說等者以言詮義義顯言亡如乘筏渡河至岸捨筏如下文者具云當知如來善巧方便假以言說引導衆生其旨趣者皆爲離念歸於真如理事者先宗後趣合云事理下有倣此舉事等者廣說生滅染淨者皆爲歸於真如理故如從等者文云復次顯示從生滅門即入真如門所謂推求五陰色之與心六塵境界畢竟無念乃至若能觀察知心無念即得隨順入真如門以真俗等者真理一味向即心絶俗境萬差觀則智起因此以成止觀二門故下文云所言止者謂止

一切境界相隨順奢摩他觀義故所言觀者謂分別因緣生滅相隨順毗鉢舍那觀義故成信即十信位緣不退即三賢已上地前比觀未造真如意在登地親證聖性以因等者地上所行十波羅蜜意在剋證佛果菩提此五下二結示相由者初由教故得義二由義中事故顯理三由事理爲境故以成止觀行四由止觀故入證地位五由入證故得果斯則展轉相因從淺至深傳論宗趣也懸敘義門竟二隨文注解初論題中二初釋前四字四今初總釋四字言當體者不同權教解大者揀小爲義大外有小可揀豈成至大今以心性體無際畔絶諸分量心行處滅言語道斷無以名之強名爲大然大有二義一是常義謂豎通三世無始無終無有一法先之唯

此先於諸法故名大也涅槃云所言大者名之爲常二者徧義謂横該十方十方窮之無有邊涯涅槃又云所言大者其性廣愽猶如虚空包含者以論云是心則攝一切世間出世間法又經云心精徧圓含褁十方等體若不徧寧曰包含若不包含豈名爲大由是包含是大之義也運載等者然乘有五種謂人天聲聞緣覺菩薩雖則皆有運載之功總名爲乘且義有大小而載有近遠人乘者謂三歸五戒運載衆生越於三塗生於人間其猶小舩纔過谿澗天乘者謂上品十善及四禪八定運載衆生越四洲達於上界如以次舩渡小江河聲聞乘者謂四諦法門緣覺乘者謂十二因緣法門皆能運載衆生越於三界到有餘無餘涅槃成阿羅漢及辟支佛皆如大舩越大江河菩薩乘者謂悲智六度法門運載衆生總越三界二乘之境到無上菩提大般涅槃之彼岸也如乘大舶過於大海法華云若有衆生從佛世尊聞法信受勤修精進求一切智佛智自然智無師智如來知見力無所畏愍念安樂無量衆生利益天人度脱一切是名大乘菩薩求此乘故名爲摩訶薩此乃由能乘有利鈍故所乘有勝劣今所越有廣狹俾所至有近遠今言乘者則第五菩薩乘也然上所説但約常途以六度萬行爲所乘體今此論中明所乘者直約體相二大故下文云一切諸佛本所乘故一切菩薩皆乘此法到如來地故等由是亦名佛乘一乘最上乘今就通稱但言大也言雖不異其義不同由是此文逈異常説常途又説須待

能所相契方得名乘今論直目衆生心以爲大乘法豈得須具能所耶故涅槃云佛性者名爲一乘大乘下舉所信以明能信謂由有此一心三大爲勝境故緣此勝境而發忍樂之心名爲起信若不然者信何法是何信耶信憑何起耶是故心境合爲目也大乘之起信者謂由大乘爲所緣境故而發得能緣信心此則緣大乘以起信心非起餘心也所緣勝而能緣劣大乘之起信依主得名此約境以顯心也又亦下對宗以別行謂信通大小理宜揀之今起大乘之信非起餘信即以別揀通亦依主釋又大下二別釋大乘也就義等者論云所言義者則有三種云何爲三一者體大謂一切法真如平等不增減故二者相大謂如來藏具足無量性功德故三者用大能生一切世間出世間善因果故就人等者論云一切諸佛本所乘故一切菩薩皆乘此法到如來地故準本疏說於三大之中體相是所乘用大爲能乘三大之中唯一心轉是故亦大亦乘持業釋也又依下三別釋大字也七種相應者此皆約人而說境大性者以諸佛所說廣大教法爲所緣故行者自利利他二利行故智者我空法空二無分別智故精進者三祇修行無疲厭故方便者不住生死及涅槃故證得者佛地功德悉圓滿故業者應現十方化衆生故上六如初皆言大性然於七中前五是因後二是果果中之二前體後用體即智淨相用則不思議業相亦即四境之後二也莊嚴瑜伽顯揚等論並同此說起謂下四別釋起信二初正明以有本

覺等者約因緣以明發起也夫有爲法起必因緣力因緣互闕皆不成立今信所起須具因緣故論云自有熏習之力（自體相熏）又爲佛菩薩等慈悲願護故用熏能起厭苦之心信心乃能進趣向涅槃道勝境者如下所說信真如及佛法僧以信真如是萬法本佛是報身法是六度萬行僧是地上菩薩並餘三寶四諦最爲勝故希有信者以所信之境勝故令能信之心則爲希有也若信釋迦彌勒是佛等則爲易有今信衆生心中真如是凡聖通依迷之則六趣無窮悟之則三寶不斷此爲難有如信皇后王胎貧女聖孕難易可知此上五句解起字也能令下釋信字水清珠者清水珠也謂衆生心如水疑如濁信如珠珠投濁水水必澄徹信起疑心心必清淨故唯識云於實德能深忍樂欲心淨爲性如水清珠能清濁水金剛亦云信心清淨則生實相信即清淨心也何故下二通妨問意云從因至果有無量行門何故此中獨明於信又信是最淺之法望於解行證果未足爲奇如何題中唯明此耶行本者荅前問也信之一法爲入道之弄引河沙善品因之而起苟無其信安能起行而至證果爲初機者荅第二問初機即十信菩薩位居外凡未入劫數今論正被此輩故下文云是中依未入正定聚衆生故說修行信心然是初機之上根也根若稍下則先入小乘漸次之大自信已性等及華嚴文並證行本之義此義前未說故故偏引證初機之義懸談已明故此不說餘文可見論者下二釋論字然論有二類謂宗釋也

釋論即隨解佛經猶如章疏即智度金剛法華論等皆此類也宗論即宗經建立如瑜伽唯識婆沙俱舍等建立下此約宗經解論字謂建立決定顯了可爲軌則文句言辭判斷宣說佛經之中深妙法義行相理趣也依決下結謂論者是決判義也又論下約立理解論字謂纂集教法商議論量自問自荅往復徵詰開析道理發揮真趣令正理成立邪宗摧破也此上三解前釋後宗或可俱約宗論非釋論也然此五字之中有法有喻約理約行體用心境因果教義總爲題目也如前開題處說又此一論五分之文亦不出題中五字謂解釋分中顯示正義對治邪執是大分別發趣道相是乘修行信心分是起信初後二分義當於論立義分中即通大等四字造

論主疏三初釋馬鳴初生等者一義又善等者二義中印等者三義咸皆也躬身也餘並如文二釋菩薩具云等者以此方時俗不貴秦音故存梵語厭繁好簡又削提埵二字由是但云菩薩亦者例前義也例前馬鳴之三義故所求是佛佛即是覺所度是生生即有情也此即全取所求所度之境以彰能求能度之人即有財釋覺悟智者即始覺之智情慮識者即六染等識此亦全取所有覺智情識以立能有者名亦有財釋所求是佛智佛智即是覺能求是自身自身即有情此即求菩提之薩埵以勝顯劣依主釋也此三義中初唯約境次唯約心後雙約心境又初約悲智二約真妄三約人法由是約心境悲智真妄人法以明菩薩理無不盡也又智度論云

菩提爲無上智慧亦名爲覺亦名爲道薩埵云衆生或云大心或云勇猛心小品云是爲覺一切法無障礙故名爲菩薩當爲大衆作上首故名摩訶薩道行云是人於一切法悉了知故名菩薩天上天下最尊勝故名摩訶薩三釋造字製作者揀非撰述也佛滅等者明造論時二五百初解脱者少故造此論以被入證也摩耶等者準摩訶衍論說有六馬鳴前後異出一者勝頂王經說佛成道十七日有一外道問難於佛名曰馬鳴二者摩尼清淨經說佛滅後一百年有一菩薩出世名曰馬鳴三者變化功德經說佛滅度後三百年有一菩薩出世名曰馬鳴四者如䟫所引五者常德三昧經說佛滅後八百年有一菩薩出世名曰馬鳴六者莊嚴三昧經說過去

有一菩薩名曰馬鳴具說有六今當第四矣然準大論所說此菩薩道成先劫號大光明佛今乃助化示居八地父名盧伽母名瞿那又名功德日菩薩如別處明輩流類也真諦等者亦名拘那羅陀此云親依梁元帝等者以此三藏是梁武帝太清二年戊辰歲見帝於寶雲殿帝勑譯經自太清二年訖元帝承聖三年歲次甲戌於正觀等寺譯金光明彌勒下生等經起信論等一十一部合二十卷此論乃是其年九月十日與京邑英賢惠顯智愷等於衡州建興寺譯并翻論旨玄文二十卷屬侯景作亂遂欲汎舶西歸遇風飄還廣州刺史留住制止寺請譯經論自陳永定元年至太建元年巳丑更譯佛阿毗曇論及俱舍論等總梁陳二代共譯經論三十四部

一百四十一卷愽解者羣葳廣部罔不錯悰藝術異解制素諳練神異者或敷座以憑河或當暑而無汗餘如疏文大周者以則天初載二年九月九日改國號爲大周改元爲天授元年故曰大周則天也解前譯者以後譯之本是疏主證義恐涉情黨故解他本

起信論疏筆削記卷第三

起信論疏筆削記卷第四

長水沙門　子璿　録

歸依三寶者然諸論具闕不同有具歸者如智論等有唯歸佛者如地持論等有唯歸人者如十地論等有並不歸者如十二門論等此乃各隨作者之意今所歸者具也疏文二初叙意荷恩者佛大慈悲故垂之以教教不自闡傳之以僧使我於苦不至於樂有得即知三寶於我大有恩德爲感荷故而歸命之加護者將欲造論摧邪顯正先歸三寶請以冥資助增智慧使其通曉故云加也恐其魔嬈有成難事假以威力防外緣障故云護也生信者論主示居因位種智未圓所述論文恐鮮有信承力而作必信無疑儀式者夫臣子之道欲有所作必先告於君父今遺法弟子將造論文必先歸命三寶爲後代儀式也尊勝者三寶尊重首出衆物爲世良田論初歸之表殊勝也益物者然佛法僧能益庶品其利博於凡愚迷倒莫有知者故伸歸命以顯於物有大利益也論歸命下二釋文三初能歸至誠文二初釋文二今初事相釋依投等四字共成歸義謂歸依歸投歸趣歸向故御根下約能連持色心種子不斷功能名之爲命由命御之使根不壞即不相應行法所攝一身下命在身存命終身壞人之所重無以加焉舉此下約所歸以明能歸也命可重者由無二故佛可尊者由無上故今以可重之命歸於可尊之境是所宜也疏又歸下二觀行釋也衆生下且明迷源也雖言六根兼取六識俱從一心分湛所起以本是純元之

一心背之遂成六種根識識不自起由塵所發念念奔逸莫能自反即背覺合塵之義故佛頂經云元依一精明分成六和合今舉下正顯還源義總攝六情者情即根也以命能總御諸根故今舉總攝別但言歸命以命還於一心之時餘皆隨合故經云一根既反元六根成解脫又云一處成休復六用皆不成然上所說但派一爲多即是背義攝多爲一即是歸義實無能背所背能歸所歸也一心下謂有覺照爲佛可軌持爲法具萬德和合無違爲僧一心之上而辨三義故云一體疏然能下二通出體二一通約三業也能歸體即馬鳴身口意也業即三用欲顯下釋具三業所以疏有三意一顯佛勝德二圓自善根三爲彼来果以身業歸顯有天眼見以口業歸顯有天耳聞以意業歸顯有他心知圓滿下昔以三業悉皆不善謂殺等十支今既歸佛即三業皆善以身禮口讚心緣即殺盜婬等自然不生三輪因者三輪是果謂神通正教記心也因即三業善三輪之因依主釋以因中身業歸果獲神通輪謂如意天眼天耳通也此能引邪歸正故因中口業歸果獲正教輪謂宿命漏盡通也此能觀根說法令解脫故因中意業歸果獲記心輪謂他心通也此令未信者信未脩證者脩證或與記別等俱名輪者以能摧輾衆生惑障故或見下明歸之儀式此乃不論三業前後但隨見聞等處則用三業對而歸之此有四句如疏列配然上二句且約一期句數配屬則可若細推之就佛就機恐無此理如佛得自在豈有見

而不聞等處耶若就機者如見佛身不聞說法豈只以身作禮而不意敬口讚耶如聞說法不見形相豈只口讚而不運意作禮耶又雖不見聞如專意念佛之人豈無身口耶況身口由心所使意業不行身口不動若如此所配且約一期疏今云下二結屬意業以身口皆由意使故意爲根本餘二爲末況三界唯心萬法唯識誠爲可重故但意業論盡十方者二所歸分齊也疏二今初明處所分齊非直者不但也謂不但於一方三寶而展歸命此解十方也每方下釋盡字然有兩意謂每方不但一剎兩剎每剎不唯一佛二佛顯三寶下釋所以也普徧者經云毘盧遮那徧一切處此法身徧也法身是理報身是智理智不二報身亦徧法報是體應身是用即體之用應身亦徧餘二例知此約所歸廣大者約能歸由所歸普徧故能歸廣大能所相稱如函與蓋也簡小者約教釋也亦是通約能所以小乘中不信有他方佛今言盡十方故揀異彼也然三下二明三寶分齊也住持者雕鑄塑畫等像佛也經律論三藏教文法也比丘等五衆和合僧也依如是法而住持故別相者五教淺深不同佛即三身十身法即教理行果僧即三賢十聖八輩上人以五教不同三寶各異故同體者雖有本性觀行融通之異並以覺照爲佛軌持爲法和合爲僧皆約一法體上說故爲福下通釋寶義蓋能生福利故喻之以田咸可尊重故褒之以寶由是三皆可寶故云三寶帶數釋也然況論田有三種一敬田即三寶恭敬生福故二恩

田即父母報恩生福故三悲田即貧病悲愍生福故此約一期別義而説然亦非可局定如三寶豈無恩耶智度論説今傳法脩行報佛恩故疏中六意之初以荷恩德故又父母豈不敬耶如論語子游問孝子曰今之孝者是謂能養至於犬馬皆能有養不敬何以別乎貧病豈無恩耶佛因衆生方得成道故佛化身名爲恩德故華嚴云因於衆生而起大悲因於大悲生菩提心因菩提心成等正覺又云若無衆生一切菩薩終不能成無上正覺是故菩提由於衆生又此悲境豈得不敬乎故禮記曰毋不敬孝經云敬其父即子悦敬其君即臣悦敬一人而千萬人悦所敬者寡而悦者衆又佛法中一切恭敬又於父母豈無悲耶且悲能與樂孝經云養則致其樂

又於三寶豈無與樂之義苟能供養即斯義矣故知三田各通三義今約別説故以三寶獨稱福田今所歸下結簡該同體者以今法寶中體相二大正是同體三寶故云該也別相是正同體是兼在文可見疏中不配住持者以住持佛法二俱色收全用此中體大爲性故下云謂一切法真如平等不增減故又彼僧寶不離五衆此亦體大所攝故下文云真如自體相者一切凡夫聲聞緣覺菩薩諸佛無有增減等此中同體便攝住持故不言也論最勝下所歸三寶文三初佛中疏二初略配過小有兩意一佛果三身三德過於小乘之果故羅漢辟支佛二菩薩所歸之佛報身過於小乘所歸之佛化身超因亦二意一佛果妙覺超於菩薩之因故等覺已下二真應無礙自受用身超於菩薩

所見他受用身故然若據馬鳴所見合是他受用身今以意業歸之不取眼見眼見則隨其功力意歸則極至真身故當自受用爾上各二義中前義爲正業者下標謂意下釋也意明業之一字通身口意如疏所配然最勝之言亦通三業謂徧知是意業最勝等亦可救世利他餘當自利即自利利他悉圓滿也若配三德即如次爲智斷恩也疏徧知下別釋中四初明佛意業真智下亦名實智根本正體智等此智證理之時盡真如際無不圓極故名徧知即如理智證真義俗智下亦名權智後得等此智分別緣生染淨等法無不明了亦名徧知即如量智達俗義理量下雙結也謂此二智緣二境時不前不後亦不一時智體無二境亦無二智無二者其體不異

其用有殊約知真處名爲真智約知俗處名爲俗智境無二者謂色即是空爲真境空即是色爲俗境由是證真時必達俗達俗時必證真證真達俗竟無前後况無心外之境何有境外之心心境渾融爲一法界强分能所故曰智境了無能所方曰無倒徧知無倒即正也如理如事故疏色無下二明佛身業也華嚴等者即不思議品中一一根徧即大也不壞根性即小也性即體性不壞見聞之體故謂眼見耳聞對境不錯不雜等者正徧之時根相宛然各有區别不相渾雜所謂度量則不見邊涯覩對則未常移易是以極至梵天不見丈六之頂徧滿法界不起寂滅道場大小無礙爲若是也相作者謂一根皆能見聞覺知非同凡夫眼唯見色等炳然者謂分

明無亂之義斯即事也性空即理也謂所見之色全性而起色正起時即是性起也斯則事不礙理本疏復云妙理常湛而不礙業用廣大此句即理不礙事此乃性起爲相一多緣起而無邊相得性融千差涉入而無礙其猶鏡像水月思之可知華嚴云佛身無去亦無來所有國土皆明見又金剛云三十二相即是非相又下論云色性即智智性即色徧一切處等皆斯義也圓迴下然通兩意一約一會之中各見佛面二約他處徧應同時十方亦約處顯徧無有一處而不有佛故多機下約機釋疑聞說十方齊現将謂分身赴感今云多機頓感應唯一時而其佛身寂焉不動如一月影千萬人見各隨其人東西而去影且不分佛亦如是故華嚴云佛身充滿於法界普現一切衆生前隨緣赴感靡不周而常處此菩提座疏世者下三明佛口業中三今初所救三世間者智正覺世間衆生世間器世間正覺爲能化衆生爲所化器界爲化處以器界是無情正覺是佛故唯衆生爲所救也疏大悲下二能救也三緣者謂四無量心皆具三緣一衆生緣緣於衆生如父母眷屬等二法緣緣於衆生俱是衆法合成三無緣不見衆生及與法相今雖言悲必具四心無緣下釋大字於三緣中此最勝者謂與法性同體故名爲大也佛性下引證蹔救等者反顯也謂蹔起緣心好行小惠見貧苦者或施以金帛濟以衣食見危難者或施以無畏致之安樂不亡我人衆生之見有厚薄親疎之心此則必不長久不唯不久抑亦不普以

見衆生及以我相生疲勞故由是佛法訶爲愛見也永救等者順明也謂見衆生本成佛道如我無異傷此迷倒妄處輪迴若反其源定當作佛是故爲化一衆生於微塵處經無量劫難行苦行於一既爾於多亦然此乃不唯又永兼能普救方曰大悲故下文云所謂發願盡於未來化度一切衆生使無有餘皆令究竟無餘涅槃以隨順法性無斷絶故法性廣大徧一切衆生平等無二不念彼此究竟寂滅故疏然萬下三通妨也或曰佛具無量功德何以唯舉大悲故此通之萬德者謂三明八解五眼六通十力四無所畏十八不共法等佛德無量今言萬者舉大數爾以本性功德無量故果顯之德亦無量也大悲爲力等者準阿含説凡力有其六種謂孩子以

啼女人以瞋國王以憍慠沙門以忍辱羅漢以精進佛以大慈悲如佛垂登正覺魔兵大至佛入慈定魔即退敗況大慈悲是佛心體故經云佛心者大慈悲是今請加護理合稱之疏者者下四結德屬人也疏牒論文故重言者德即上説三業功德謂徧知者色無礙者救世者者謂人也論及彼下二法寶也疏二初出體四種即教理行果教淺者能詮麤顯是假名故理深者所詮真實智所證故行分者因位功力未究竟故果圓者智斷二德悉成就故今取下去取初二句標故約下正配論文約佛明法即當果法顯身等者身是用大依體相起由佛證得體相二大然後起用既爲所證即當理法疏標下二釋文二初解標文即論之初句中二今初單解及字簡

前者明法不是佛如言彼子及父即知子父不同也合集者明佛法皆歸如言請子及父即知非獨一人而已疏此中下通釋此文二初正釋文非一義者彼佛及法二不同故非異義者此法離佛非別有體即是彼身之體相故當知佛法不即不離也以是一心義説佛法也以用下二通伏難初正通也難曰既云彼身體相合配屬佛其義則順何以却云法寶耶故此釋之以佛有三身用大之中已攝報化即屬佛寶體相二大正是法身配歸法寶於理甚宜疏以彼下二轉釋或曰此句既屬法寶何故復言彼身彼身豈非佛耶故此釋之謂依體起用用不離體故今約用以標體相會用歸體故云彼身非謂都屬佛寶疏次二下解釋文三初正釋體相二初體中三初釋法性上句釋體大若即法性真如海一句釋上標中體之一字法性下畧標意謂顯真性平等頓周情與非情共一體故染淨因果皆此性故故云普徧非直下釋也若言佛性即但局於果不通諸法若言法性則無所不該不唯於佛也一切法則色心染淨等性謂真性即體大也即顯下結也染謂世間法淨謂出世法情通凡夫聖人非情通淨土穢土深則竪窮三際廣即横該十方故華嚴云法性徧在一切處一切衆生及國土三世悉在無有餘亦無形相而可得智論下引證今則一往隨名定義故有斯文若知三名一體情與非情俱佛性也只是真如一法相隨異名既名隨相異則法性語通佛性語局也以佛亦即是法以法未即是佛由此佛性法

性同而不同故金錍云然雖體同不無小異凡有性名者多在凡在理無性名者多通凡聖等應知名雖有異其體元同故圓覺云與一切法同體平等論下文云一者體大謂一切法真如平等不增減故言真下二釋真如此名下標意也以無變異故名真如真者下釋義僞謂詐僞鍮如真金妄謂虚妄影如本質今明法性悉無此事故名爲真無改異者過去如現在色中如受中染處如淨處等故經云不生不滅不垢不淨不增不減無有變異故名爲如又真者不可遣如者不可立故下文云無有可遣以一切法悉皆真故亦無可立以一切法皆同如故法性若此故曰真如三釋海字疑意釋意如跡可知法準思之者應云真如隨緣成於染淨染淨雖成真如不變無變之性不礙染淨染淨萬差不礙一性是故性相無二也由是海之一字以喻真如隨緣不變下句下二釋相大即無量功德藏一句釋上標中相之一字法身者約果如来藏者據因以體不二故雙舉也藏約含攝身名積聚所攝所積皆性功德如下文云二者相大謂如来藏具足無量性功德故所謂自體有大智慧光明義徧照法界義真實識知義乃至云無有所少義故名爲如来藏亦名如来法身跡或此下二却收教行初兩句標即是前来所揀淺分者今約義却收表無所遺謂教及行俱有含攝悉名爲藏教含下釋也教爲藏者以能含藏所詮無量事理之勝德故此乃所詮名德能詮名藏德之藏也教義二法不相捨離故華嚴云文隨於義義

随於文是以能詮之教名爲藏者即德藏也行攝等者釋行名藏也以行能攝藏所成功故此則所成名功能成名藏功之藏也然功行二法亦不相離但修習名行成就曰功是以能成之行名爲藏者即功藏也下文云如来功德皆因諸波羅密等無漏行熏之所成就當知下結也然理中含藏唯是性德果中含藏兼修生德教含義德行攝功德由是四種皆名藏也雖通四法但教行是兼理果是正宜善分別疏又海下三重釋海喻此有四義體相相半前二喻體後二喻相體則豎深而横廣相則具德而現法亦可體相皆具四義以此二法不相離故只是一體而有二名也故皆具四百非者此於一異有無等四字上明之謂一非一亦一亦非一非一非非一爲一四句異等例比共成十六又過現未来各有十六成四十八又已起未起各四十八共成九十六并根本之四都成百非然過雖無量總而言之不出一異等四是故約此以明百非此等俱無仍非斷爾故名永絶故下文云當知真如自性非一相非異相非非一相非非異相非一異俱相非有相非無相非非有相非非無相非有無俱相等若以此十句一一能生十使煩惱亦成百非也是則言語路絶心行處滅不可識識不可智知深中更深故云甚深故智論云智度大海唯佛窮底包含物者如下文云是心則攝一切世間出世間法諸法雖多不踰世與出世今皆攝盡此即大中又大故云廣大如楞嚴云外泊山河虚空大地咸是妙明真心中物無德不

備者如前所引相大中文結云乃至無有所少義故無不備者盖言備也無像不現者随染縁即現三細六麤等染像随淨縁即顯十力四無畏等淨像故下文云謂如實不空一切世間境界悉於中現不出不入不失不壞等楞嚴云色心諸縁及心所使諸所縁法唯心所現汝身汝心皆是妙明真精妙心中所現物華嚴云譬如深大海珍寶不可盡於中悉顯現衆生之形影甚深因縁海功德悉無盡清淨法身中無像而不現更有八奇特十勝相皆喻真性也論如實下三僧寶也疏三初總相簡辨凡聖者凡謂内凡三賢外凡十信及未入位者但方袍圓頂亦名凡僧聖謂小乘四果大乘十地實唯聖位者以能發無漏智斷障染證真理故菩薩爲勝者以行二利除二執斷二障證二空比對小聖此爲勝也是故下結揀大揀地前菩薩揀小若據馬鳴所歸合是九地已上今約地上同是如實行故所以歸之疏謂證下二正釋當句二今初依本論證理起行者謂地上菩薩發無漏智證真如理所起之行一一契真無不如實實即實相也行如於實名如實行下文即随染本覺智淨相文彼文但云依法力熏習如實修行滿足方便今疏随文配位故有是地前等言也地滿位者以地滿行絶故言位而不言行今舉如實以等地滿故云舉中等後二又依下依寶性也前約地位豎論故以地上等取地滿今約智行横説故以正體等取後得了如理者此依真如門修其止行亦是離相行亦即證真義故名如實備知等者此

約生滅門修其觀行亦是隨相行亦即違俗義故名徧修如下文云謂觀一切法自性無生離於妄見不住生死觀一切法因緣和合業果不失起於大悲修諸福德攝化衆生不住涅槃等此同淨名經云能善分别諸法相於第一義而不動然此二說約位約智雖即有殊俱就地上而論故皆取之然據論主示迹因地合歸一切聖賢若以此而言等字通於下位即以聖等賢以大等小自然合前歸心廣大理該同體之言也疏又一下三兼取上文三初正釋舉德取人者如名人爲三藏等隨修一行等者謂此菩薩修一行時具一切行以此一行如理起故理體具足無不攝故故云集成等法界者此之萬行既依理起故一一行皆契於理理徧行徧故云等也是謂非眞流之行無以契眞即斯義也積功所得者德者訓得也即地上菩薩所修等法界之行名之爲德由地前久積功力至於地上而獲得故此乃功力爲因是能得實行屬果是所得今因果合論故言功德人能攝德者功德多少屬於一人若無其人約何言德人有此德則人是功德之藏也正歎行德者是前積功所得之行即如實等法界行也據後下引證可知疏然菩薩下二通妨或曰此句既屬於僧何以前文指云法寶故有此釋如前教理行果俱名爲法今此是行故屬法寶也亦如下三引例此則前於佛中取體相後於僧中取功德共成法寶若使體相歸佛功德還僧則何有法寶而歸敬之通上下者在上爲法在下爲僧如前體相之文在上爲佛

在下爲法故引爲例也述意中二初顯意跡出兩意上正下兼爾跡初句下二釋文中二初總釋此偈三初釋初句所爲機者唯衆生二字餘皆能爲屬菩薩也衆生通於三聚五性於中爲有兼正如懸談所辨故云如前跡次二下釋中二句也文二初釋上句明離過二初正解此句言離過者過即疑執也由疑下釋疑執之相迷真者雖有如無謂之迷也故下文云所言不覺義者謂不如實知真如法一故不覺心起而有其念等既迷一真即菩提涅槃二無上樂棄之如遺故云失樂起妄者妄即五蘊色心認虛爲實謂之執此則因迷起似執似爲實從微至著展轉發生故圓覺經云妄認四大爲自身相六塵緣影爲自心相等既起於妄則三苦八苦自此而生

故云種苦故下文云動則有苦果不離因故十地論即天親所造解華嚴十地品也遠離等即前迷真失樂義具足等即前起妄種苦義彼二即失真樂具妄苦於此不知不覺故名顛倒失不知者如法華說窮子於已庫藏以爲他物雖付主執而無希取一餐之意斯則日用而不知也得不覺者亦如法華說火宅諸子戀著嬉戲了無出心亦復不知何者是火云何爲失但東西馳走視父而已然此三種不出於二以顛倒無體只就前二約不知覺便成顛倒合爲三也故今下結歸聖意以菩薩觀彼衆生有如是過是故造論跡故解下二通對下文一者正義既顯疑情自除真常二樂因茲永悟二者邪執雖多治之則捨無涯妄苦由此永離三者諸佛菩薩所證

道相分別令知使發心趣向即成信行也然此後段因配論文未是正釋疏既於下二解後句明成行二初釋大乘既於等三句躡前成問引起論文謂於下一句正以論荅以一下釋所以此中二句初句是出大乘體大乘之體只是一心爲萬法本德相具足應用無盡故論三義也次句正明於彼起行之由究竟者是決定無上義謂若說若解約行約證皆以此爲究竟決定之法根本者揀非枝末法也此是所說法門之根本故又一切染淨等法皆從生故故下文云一者信根本所謂樂念真如法故等又云謂欲解釋如來根本之義令諸衆生正解不謬故此即皆以一心等爲根本也若於此起行方名正行疏未知下二釋正信也初亦躡前問起也以信下釋

所以衆行雖多皆以信爲根本故十一善內五位之中皆信居首華嚴云功德母者即斯義也即翻下結配前句謂以正翻邪以信除疑是正敵對也疏後一下三釋後句也必使衆生離疑執之過求正信之行者意欲令其信滿入住趣證大果即是佛種不斷也信滿即十信位極也入住即三賢之初十住位也不退者通說則既入十住正定聚中信已成根根深難拔故云不退別則十住中第七名不退住也堪求佛果者信既不退決定成佛不同十信位中毛心未定故既入十住行願漸成功德增長唯進無退堪能紹繼得趣菩提佛種豈斷耶引文可知疏又解下二別釋除疑也此是海東疏義此義稍切故引用之多塗者謂疑佛疑法疑因疑果一多空有等

疑有無量故曰多塗求大乘者是決定求趣大乘之人故無率爾之疑但有茲二疑法等者疑云大乘法體爲一爲多法體若一彼此無異我即是佛何用更求衆生本成何須復度悲智既息願約亦止發心三種由是不爲故云障於發心也法體若多彼此成異彼自成道我自沈淪如何發心求彼佛道我既如此衆生皆然何須發心度令成佛又若多者如經所說十方世界唯有一乘心佛衆生三無差別一心一智無異亦然如何通會由此猶豫不能發心上求下化疑門等者疑云進趣之門合有無量未知於此依何等門若使總依如何頓入若取一二何是何非由是遲迴不能修行立一心等者謂大乘之法唯是一心一心之外更無別法但由無明迷自心海起成六道波浪波浪雖起不出一心之海約相即不妨上求下化約性則不礙彼此體同大悲大智由此發起故無疑也開二門等者謂行雖無量不出二門依真如門修於止行依生滅門起於觀行若止觀雙運萬行斯備入此二門諸門皆達由是解之疑心自息必修行也故圓覺云方便隨順其數無量圓攝所歸循性差別當有三種即是依此二門修止觀及俱行也論本爲此故立一心法開二種門矣標益起說疏一心等者論中所説道理雖多正宗法義不逾於此故立義分中特立此等以爲根本也論能起等者大乘法是能起信根是所起也大乘之體是一心等法若依此法而起信者名大乘信如前經題處說題目等者題云大乘起信此云起大乘

信但諸佛之語無別異也信理決定者以真如門中但唯顯理理體真實故云決定決定即不生不滅非有非無畢竟平等無有變異不可破壞爲一切法平等之性不增減故信業果者業果通於染淨若無明爲因生三細境界爲緣生六麤即是世間染因果不亡始覺反流翻九相成四位即是出世淨因果不亡隨流反流定有此事如影隨形必然之理故云不亡亡無也三寶等者以有體相二大故信法寶不壞以有用大故信佛僧不壞不壞亦即決定不亡之義然疏不說信一心者以二門三大即是心之行相但信於此即是信心故不言爾信滿入住者謂自外凡之內凡既離毛道信則決定不失不壞故云成根不退能持等者謂能任持前之信力自分不退故譬植草木根成必活生後等者信既成就即能生長後位功德漸勝漸進行向地果故如草木成根漸生華果然大乘中信之爲要具有六喻一如手華嚴云如人有手入寶山中自在取寶有信亦爾入佛法中自在取於無漏法財二如師子筋絃其聲一發一切諸絃皆悉斷絕若人發一信心一切惑障悉皆消滅三如師子乳或以一滴投餘乳中悉成清水若人發一信心一切惡魔悉皆變成清淨法流四如世財能養色身壽命信財能養法身慧命故七財之首名曰信財五如其根如前所辨六如力有力能伏剛硬強盛信力能催惡不善法故五力之中有信力也今言根者即當第五要須說者謂聖人利見理宜說法若不說者違本誓願如何名爲大慈

悲人求正覺者法門既塞苦趣道開茫茫羣生飄流何息論標列疏有由等者表異常人多率爾故由即因緣也分義皆同故下不釋綱要者綱上大繩曰綱能持一綱故云要也宗本者凡有所爲必須據本若其無本末從何生將欲廣陳故畧標本宗要既畧者欲張其本故攬廣以成畧欲生其解故展畧以爲廣謂於真如門明離言依言空義不空義於生滅門說染說淨辨因辨果隨流反流是本是末令不迷真妄正解無謬也依解起行者分別諸法令解不謬者所謂要起修行故也由行成於前解由解導於所行令解不成乾慧令行不成邪倒解行相濟有所至焉故須行也如貧數寶者是華嚴經喻餘文云自無半錢分於法不修行多聞亦如是意云本所

解者意在修行既不修行解將何用如人有目無足豈至前所行儀者四信五行等即修行之儀軌也舉益勸修者佛所說經尚多激勸菩薩造論得不然乎然五下合五爲三若據大疏有其三說一約論主謂歸敬述意是行起所依爲序分中間五分是所起行法爲正宗後迴向一偈是所起大願爲流通此即約一論前後始終而對三分二約法說即不取前後二偈但約中間五分以判初是法起因緣爲序分中間三分是正顯所說爲正宗末分是歎法功能爲流通三約法所益機說初舉所爲機心爲序分中間三分正受解行爲正宗後之一分舉益勸修爲流通後之二說但就中間五分約能被所被人法之異今疏所用是後二說也假問者一自作問起假

爲他故二實非有疑假作疑故以自問自答意令法義明了顯現故如此問也疏此門等者一部論文發起之意只爲衆生離苦得樂此即總相明因緣也又凡諸菩薩有所爲作皆爲衆生離苦得樂此則非但就此一論爲發起因由乃與一切論作發起因故云總相總通兼正者此即約所爲機說兼被正定邪定正被不定聚者今既合論故云通也別爲當機者一則向下七段爲機各別如七中第二第三爲正定餘爲不定聚者故云別爲二則但爲二聚之機不被邪定之者故云別爲不同此段總爲一切皆令離苦得究竟樂也斯則約法即發起一切論文約機則利樂一切羣品由是故名因緣總相疏苦苦者上是總報苦身下是別別苦事受有漏身已名爲

苦於上更加種種逼迫故名苦苦即生老等八是所加也壞即樂事已謝行即念念遷流故皆苦也準寶性論觀三界爲三苦謂欲界苦苦色界壞苦無色行苦然於中欲界具三色界兼二無色唯行分段者謂三界四生身有形段命有分限時極必終也變易者謂二乘菩薩斷煩惱障者雖離分段麤苦猶有棃耶變易行苦以四相所遷轉變改易故名變易又因移果易故名變易無上等者謂轉滅煩惱生死得此菩提涅槃一得永得故論云究竟更無過者故疏云無上既其大患永滅超度四流業惑並亡適然自得不亦樂乎然上令離苦是菩薩大悲此令得樂是菩薩大慈至覺之心於焉備矣論恭敬下疏約所化能化之兩說在文可見論根本之義下疏文

二初釋如来根本二令初總配下文與立義分者盡此一分論文皆爲所起然此分中若克的配文止可齊於三大之處從一切諸佛下明其乘義合是第三因緣所起疏不指者盖畧故爾顯示等者從此分初文云顯示正義者依一心法有二種門去至若能觀察知心無念即得隨順入真如門對治等者文云對治邪執者一切邪執皆依我見若離於我則無邪執乃至以念一切法令心生滅不入實智故此則第二因緣爲能發起如適所引三段論文爲所發起爲欲解釋如来根本之義令諸衆生正解不謬故有此文能所之說下皆例此疏以彼下二別釋令義二初約教法釋如来根本以二門是諸法之根本又一心是二門之根本彼文之中正明此義佛說法門雖則無量若其根本無出於斯此乃馬鳴菩薩解釋化身釋迦如来所說法門之中深與根本之義也疏又生下二約證法釋如来根本二初釋如来二初正釋迷時背覺合塵是如去雖名爲去而體性不動故受如稱即本覺也悟時背塵合覺名如来以如體上有淨用起反染歸淨名之爲来即始覺義真如體一来去隨緣故取本覺名如始覺名来始本不二者即究竟覺也究竟覺者即如與来合無始本異名曰如来如下文云若得無念者則知心相生住異滅乃至無有始覺之異以四相俱時而有皆無自立本来平等同一覺故此即下結判故轉法輪論云真諦名如正覺名来正覺真諦名曰如来此即約自受用報身名如来也非同前文約化身說此

二解中前約教則如来之根本依主釋也以能說者勝故此約證即依士釋心爲根本能生如来故思之可解疏諸衆生下二反顯以雖有本覺而無始覺故不得名如来斯則如義寬通来義局狹故淨名云一切衆生皆如也衆聖賢亦如也至於彌勒亦如也而不言来義也前雖有始覺以比觀修行未造真理未得智無分别不名如来地上雖有此智以障累未盡觀心有間始本二覺未得究竟冥合亦無斯稱以此推之唯妙覺一人餘皆不可然若約性德則無此揀故圓覺云衆生本来成佛又云一切障礙即究竟覺今約修論故有此說二結根本即指前之一心爲如来所證法之根本也良以如来依此一心而成就故是則信解行證皆依此心從微至著未

嘗離此若離於心得成佛者無有是處故華嚴云若人欲了知三世一切佛應觀法界性一切唯心造故名等者然則如来即一心一心即根本三義一體方爲至說但以據法名心對末稱本約人所說即號如来究體則一列義成三非三而三不一而一三一一體乃會玄文具釋下二釋正解不謬也具釋者謂於中明真如生滅二門始本二覺本末二不覺二身三大乃至二門不二等義此義盡是一心根本上之行相也三賢者謂隣真故前異凡夫後異聖人賢者善也順也此三十人皆積善所成順於真理故受斯稱比觀等者既未親證真如但能依教比擬觀察由是隨順不相違反故云相應即此比觀便名正解以地前屬解行位故爲生正解故有顯示正

義之文也離倒者以正解相應順真如理無諸邪僻也以離倒故即名不謬不即對治謬即邪執也

起信論疏筆削記卷第四

音釋

褒布刀切揚美也　錍匹迷切音𣏌　蹔祖鑑切不久也　激公的切感卜也

起信論疏筆削記卷第五

長水沙門　子璿　録

三令入不退分別等者文云分別發趣道相者謂一切諸佛所證之道一切菩薩發心脩行趣向義故乃至心若有垢法身不現故此正指配也以彼下釋所以下皆例之彼文云如是信心成就得發心者入正定聚畢竟不退名住如来種中正因相應故終心者十信一位有三種心謂入住終入謂始離異生入初信位終謂信心成滿即第十信也位心即中間八信十信既爾餘住行向等例皆如此成熟約現在十信終心說不退望未来十住入心言今為信成熟者稟於分別道相之文入不退故四脩習信心四種信心者下文云畧說信心有四種云何為四一者信根本所謂樂念真如法故二者信佛有無量功德常念親近供養恭敬發起善根願求一切智故三者信法有大利益常念修行諸波羅蜜故四者信僧能正修行自利利他常樂親近諸菩薩衆求學如實行故四修行者下文具明五行謂布施持戒忍辱精進止觀故文云修行有五門能成此信等以止觀一門別是第六因緣所發故言四種以彼下釋所以彼文云是中依未入正定聚衆生故說修行信心等十信住心者雖有八種不同更不分析通為住心也微少者即信心未熟也令稟此文習前信行進向滿故五離障出邪疏文兩段初都科四段文三令初總判也言四種者即指此下四段論文初心即入心也疏以此下二通疑也或曰前之三根各攝論文一段何

以信心初位獨用四文故此通之初位漸深望於初位故名根勝信根欲成縱遇惡緣亦少退屈故云難退然亦未必一向不退故云難也如鶖子入住猶自退轉況十信耶根劣者謂始自異生初登信位善根微薄不異輕毛遭善難進遇惡易退故假多方以助道力由是具四也疏四中下三別判也只此一類劣機復有上中下異今以第五爲下根第六爲中根第七爲上根第八總策勸也問據前次第皆自勝之劣何以此後却從劣向勝耶答勝根菩薩據尊卑以列之退位有情念劣者而先救故爲此次由是前顯菩薩之智後彰菩薩之悲也疏今初下別釋此文修行末文者彼文云復次若人雖修行信心以從先世來多有重罪惡業障故爲邪魔諸鬼之所惱亂或爲世間事務種種牽纏或爲病苦所惱有如是等衆多障礙是故應當勇猛精進晝夜六時禮拜諸佛誠心懺悔勸請隨喜迴向菩提常不休廢得免諸障善根增長故業重者文云重罪業障惑多者文云衆多障礙善根難發即三障既重善不易生如鑚溼木豈即有火宜應曝以風日出以浸潤假以繩鑚引以茅艾則其火可庶幾矣故云禮懺等也內離等由禮懺故業輕業輕故內無惑惱內既離惑外魔自消外魔即報障也故知外有障惱皆由內有惑業今之行人作善多阻爲道不迭蓋內心之所感也莫嫌影曲但責形凹如論修治必能出離左傳云心不則德義之經爲頑口不談忠信之言爲嚚今但通取一向癡闇慧解不生爲頑嚚也止觀者文

云云何修行止觀門所言止者謂止一切境界相隨順奢摩他觀義故所言觀者謂分別因緣生滅相隨順毘鉢舍那觀義故乃至若止觀不具則無能入菩提之道雙明等者彼文云若修止者對治凡夫住著世間能捨二乘怯弱之見若修觀者對治二乘不起大悲狹劣心過遠離凡夫不修善等勸生等者文云復次衆生初學是法欲求正信其心怯弱以住於此娑婆世界自畏不能常值諸佛親承供養懼謂信心難可成就意欲退者乃至常勤修習畢竟得生住正定故勝方便者文云當知如來有勝方便攝護其心謂以專意念佛因緣隨願得生他方佛土常見諸佛永離惡道等觀解等者文云若觀彼佛真如法身畢竟得生住正定故既觀法身即是作真

如觀觀佛純熟分得相應也後報等者以衆生夙業無量今雖發心修行其力微劣難敵強惡恐此報盡仍逐故業隨生諸趣如人負債強者先牽此報命終未知所往或經多劫徧歷三塗縱得人身尤拘緣障或蠻貊受質貧窮處身或諸病所纏六根不具或王事迫已塵羈在躬或少小無知強壯競勇方知樂善已是衰年雖悟非常難任進向況真法罔值善友莫逢縱遇此緣根性多昧儻是上智易悟法門縱辯宣揚巧開人意熾然惡習任運繁興積善既微強惡難免脫然墮落又是輪迴如蟻循環何當斷絕菩薩觀此深動悲懷若非方便無能垂救故論云有勝方便攝護其心故云恐後報遷遇緣成退也往生等者文云如修多羅說若人專念西方極樂世

界阿彌陀佛所修善根迴向願生彼世界者即得往生常見佛故終無有退等此意欲令衆生專意念佛欣求樂欲生彼國土凡所修善盡將迴向乃至有人無惡不為但能臨終至心十念乃至一念成就即得往生生彼國已見佛聞法任運修進直成菩提無諸惡緣令其退轉故云使不退也勸修等者文云已說修行信心分次說勸修利益分如是摩訶衍諸佛秘藏我已總說乃至云未來菩薩當依此法得成正信是故衆生應勤修學舉彼損益者文云若有衆生欲於如來甚深境界得生正信遠離誹謗入大乘道當持此論思惟修習畢竟能至無上之道乃至云此人功德無有邊際斯舉益也又云其有衆生於此論中毀謗不信所獲罪報經無量劫受大苦惱斯舉損也修則但應仰信如說而行捨則不應誹謗免招大苦總策等者據前疏所判即但策信位初心三根之行若更以理詳之無妨兼前三賢已下總而勸策則於八因緣中第一第八皆總相第一總利羣品第八總策勸修中間六段各別所為如前所配總結可知初難論具有等者先難破第二因緣發起一心二門二諦義也如勝鬘經云自性清淨心染而不染難可了知不染而染難可了知此豈不是一心二門之義乎況二門即是真俗二諦二諦何經不說豈假論主第二因緣而發起耶如圓覺經中說信等四位豈非分別道相之義乎況其從因至果入道行位諸經多說何須第三因緣所起如華嚴云菩薩發心求菩提非是無因無有緣於佛法僧生淨信以是而生廣

大心此豈不是信三寶耶况復令信三寶何經不説又如華嚴具説十地菩薩行十波羅蜜行豈唯施等行耶况施戒等是經皆説豈用第四因緣發耶如方等經中具明道場禮懺等事及普賢行願中説十種行願此豈不是消障方便耶亦不須假第五因緣又如華嚴云譬如有力王率土咸戴仰定慧亦如是菩薩所依賴定慧即是止觀又淨名經中説佛法身從止觀生何用第六發起緣耶如阿彌陀無量壽等經具説往生淨土之事况諸經中亦多引説亦不假其第七所起如勸讚修進勗勵慵惰是經則説何假第八如是則佛經已具菩薩更明豈非繁重耶菩薩見義則行無益且止重説佛經有何義利爲若此耶初畧標疏或利或鈍者即根不等根謂根機有利鈍故樂廣樂畧即行不等行謂意行所欲不同故假經即利根尋經便解不待解釋故假論即鈍根於經未曉須待論説故若其樂廣樂畧之言通於經論有樂廣經而得解者有樂畧經而得解者於論亦爾此乃於利鈍中各有所好不同然根不等則局於經論中各附一事故行不等則通於經論中各樂廣畧故然此但約解佛意不解佛意以明利鈍不須更約文持義持細作利鈍解釋智者應思受解緣別者受謂信領教法解謂開悟佛旨遇佛者謂與佛有緣則從佛受化生解與教有緣則遇教受化生解也此則但約於彼生解不生解説有緣無緣亦不約有見佛等細論如佛世諸羅漢等親從佛聞而證道果此是遇佛有緣者如天親等但遇其教

而得開悟此則遇教有緣者故云緣別然若據論意但約於經於論明受解緣別不須更約遇佛等說以前論中所問佛經已說何須更論今文已是總答前問下方別釋也論意云經中雖已具說其如衆生根性利鈍不同意行好樂有異信受教法開悟聖旨因緣別故若是根利又於佛語有因緣者則樂於經而便信受得悟聖旨不須更論若是鈍根又於經無緣但於菩薩語有緣者即樂造論解釋方曉佛意故云別也根行緣三既而有異何妨經外別造論耶豈非此文已是總答訖初遇佛悟無紙墨者佛在世時但說而已滅後結集方始有經當時尚不假經豈要造論論如来即釋迦也亦兼餘佛時勝者時無定體但約佛在彼時故言時勝根勝者但取一類當在佛世隨順言教有所證解者不取遇佛不悟之徒然佛世時證悟者多今就此說故云勝也緣勝者勝餘二乘菩薩故然說根之悟解不取教起因緣故指佛爲勝緣也論異類者但三乘五乘根性不同故名異類或可通於餘趣然非正意論等解者等謂齊等彼諸異類齊生解故此則生解義等非謂所解是同然此根勝與前時勝相望料揀以成四句謂時勝根不勝如佛在世六羣等根勝時不勝如後五百歲持戒修福者俱勝如舍利弗等俱不勝即佛滅後不生解者論不須論者據此兼不要經也然準論所問但責經中已說造論爲重殊不干於佛在之事今之答意欲顯佛滅度後根行不同於經於論取解各異故今先明佛在世時根緣皆勝尚不

假經何須造論以顯滅後根緣皆劣故須假經於經不了復須假論以勝顯劣也由是經論各被一根不同圓音普逗多類此下疏文兩段初畧配三業如文一音下別釋圓音二初釋義又二初約教義正明二初約說法差別顯圓義如来等者謂佛音無別故云一音說法成異故云圓音引證可知二約隨類言音顯圓義如来等者合云如来一音同一切音文無者畧謂佛音是一故名一音同彼異語故名圓音引證可知然疏中前後兩段引證甚自分明今更引文以證後義如普賢行願經云天龍夜叉鳩槃荼乃至人與非人等所有一切衆生語悉以諸音而說法疏中不引此文爲證者以此文中無一音之言故斯乃如来一音隨類同時差別非如前段說法

差別以一下二結得名所以以一切音即一音謂差別即無差別也一音即一切音謂無差別即差別也大意取無差即一差即爲圓差即無差無差即差二義同時竟無前後兩段之中俱有此義圓融無礙方是如来之口容也但以文不累書故成前後爾一一下二顯圓音相四今初正顯徧窮生界是圓義恒不雜亂是音義又徧窮者六趣咸聞不雜者五音逈異又徧窮者三乘同聽不雜者領解各殊若音下二反明不徧等者有不聞處何成圓義圓者徧也失曲等者無所詮表何成音義且如鐘皷之響普徧邇遐絲竹之音唯聞咫尺斯則圓音互非之義也今不下三結成不壞曲而等徧者即音以成圓不動徧而差韻者即圓以爲音也是乃正徧而差即差

而徧由是無不聞聲無不正解此是下四指歎非識等者佛無漏智所現圓音有漏凡夫馬能測度但可仰信不須推窮以非心識之境故非識境者不可以識識非心境者不可以智知思量即識識之相也然華嚴中具有十喻以顯如来圓音之相不能繁引二聞經悟疏自力者但取不假論疏解釋只於經文披而自解也廣經者有二意一則於大部經中或廣尋諸部見佛始終廣說義路方始解故斯則根行劣於少聞而多解者二則如疏具文義二持隨一一文皆能解故此乃根強勝下少聞也畧經者此亦二意一則於畧經文或一句一偈等便解如来甚深法理不假多說此則根行俱勝二則無多心力不能廣覽但於少分而得解了如疏中無文持有義持者今斯論意廣畧之中各取前說爲正以論畧中言多解廣中不言多字是以樂廣者爲鈍樂畧者爲利智者應思三廣論悟因於廣論者此有二意一則於經不解於論方解仍須假於廣部或尋諸論方解佛意此即劣於後段少文而攝多義得解者此如疏釋二則隨彼一一解釋悉能了故此則根勝強於次文也初機論心樂總持者亦二意一則聞少解多不假繁說故二則神根劣弱不能承受廣所說故具如疏文論文之意於廣畧中亦各取前意爲正也斯則於經論得解中各有利鈍但因畧說者爲利須廣說者爲鈍若以文義二持四句說者别是一意也二結疏文句雖少等者文雖一軸義備河沙所宗之經並是實教所詮之旨豈容麤淺以至諸論

圓實關要義理不出斯焉故云總攝等如理智境即真如門以離言說心緣等相故言深也如量智境即生滅門以染淨萬差多所詮博故云廣也無際者謂理智境即沖深無際量智境即廣多無際也無際之相已見論文然此兩門攝盡一切經論之義但是說染說淨凡聖迷悟因果善惡一切名相差別等法即生滅門攝盡若說無染淨絕凡聖遣迷悟離性相等義即真如門攝盡故海東疏云開二門於一心總括摩羅百八之廣詰摩羅即說楞伽經處以百八句答大慧菩薩百八問皆上句真下句俗同此二門示性淨於相染普綜逾闍十五之幽致逾闍國說勝鬘經處彼有十五章大義皆說染而不染同此生滅之真如義至如鶴林一味之宗涅槃經鷲山無二之趣法華經金鼓金光明經同性大乘同性經三身之極果華嚴瓔珞四階之深因大品大集曠蕩之至道日藏月藏秘密之玄門凡此等輩中衆典之肝心一以貫之者其唯此論乎既而宗旨深奧義理無邊有智之流請習無怠二立義分二寄問中疏文二初釋法大乘法體者大乘之體即是於心名心爲法也此中且說法爲大乘體次下一文方說心爲法體此乃展轉釋出其體也今言出大乘法體者恐多法字有智詳焉謂自下以三義釋名法之由夫言法者有其二義一任持自體義二軌生物解義今初一句即初義也謂本有自體真實不變非同依他從緣假立無有自性以從無始來任持不失故故下論云如實不空以有自體具足無量性功德故後二即軌生物解義又法者對智得名以此一心是法界理能軌於智令成無漏無分別

也斯則以無相境相無緣智故云對智下論云唯證相應故復能顯於三大之義未有一義不從法顯故下文云依於此心顯是摩訶衍義義理既彰物則生解故此二句皆後義也宗本法者謂一論所宗染淨根本故或可宗即是本謂約義所依曰宗能立萬法曰本故下䟽云依宗所顯差别義理又淨名云依無住本立一切法也又起論云謂欲解釋如来根本之義即斯法也大位在因者謂此論中所明法體大都所判屬於因位以文云所言法者謂衆生心既標衆生之言故知大槩合當因位不同佛性圓覺究竟覺不思議解脫等大位在果今約因中性德所標故明衆生心也通染淨者若隨名取義則位在於因若克論體性則通於因果因果即染淨也斯則心實通於因果以帶衆生之言故判在因也然亦有在果名心在因名覺之處如圓覺經云是諸衆生清淨覺地又云一切如来妙圓覺心故云通染淨也所以下文云是心則攝一切世間出世間法攝世間法是通染攝出世間法是通淨也䟽義者下二釋義文三初釋文也大乘名義者謂大乘是名名約義立故須辨義未有無義而有名者何故等者雙徵名義謂約於何義得名大乘未審大乘有於何義以雙徵故不言何故名而言何故是是之一字雙含兩勢盖文之巧也謂此下釋三大可知二運者有兩意一則自運運他二則已運當運今此論中正唯後意故下文云一切諸佛本所乘故一切菩薩皆乘此法到如来地故於此二中皆具自運運他也以

約此義名爲大乘是故下二結意也如文云所言法者謂衆生心是先顯法體次云所言義者則有三種等是後顯義理大乘之中唯兹法義今既法義並陳無所遺矣故云義足疏依宗下三彰位所依之法染淨雖通所顯之義唯局於淨體相用三各不相是故名差别離障所顯翻染得名故云唯淨故下相大文云心性無動則有過河沙等諸淨功德相義示現用大云除滅無明見本法身自然而有不思議業種種之用據此所說正唯屬果而言大位者以體大通染淨故今約多分判在果也又體大雖通於染以彼之名亦從顯得若在因時則無體大之名至相用顯時方對此一以彰體名由是三義皆屬淨也起下法體等者即起下顯正義中總之一段文云

顯示正義者依一心法有二種門乃至以是二門不相離故論衆生心者衆生即能依心即所依所依之體從能依以彰名前劣後勝衆生之心依士釋也故下文云衆生依心意意識轉故疏三初正釋出法體者前出大乘體名之爲法此出法體名之爲心從寛之狹此爲至也如來藏心者謂在纏自性清淨心具足含攝如來功德名如來藏如下自釋具和合下明心之行相也和合即生滅門以彼隨緣成染淨故不和合即真如門以約體絶相顯不變故以其下釋所以此心具上二種義者以在衆生位中辨故是故論云衆生心也若在下二反顯謂此心隨染之時則云與生滅和合今在佛位純淨無垢唯不生滅故無和合義也以始下出所以顯無生滅之相

故云唯是真如既無彼相但是一真約何說合故中論云一法云何合下文顯佛地云破和合識相滅相續心相顯現法身智純淨故所顯義者三大之義自此方彰生滅相無則唯局淨故無和合今就下順結却成前義衆生即染相以真體隨緣起爲衆生相不離體故名和合雖全體起相而體未嘗改相故名不和合由是在纏具二門也論出世間法下疏文二初總叙意初一句標指餘皆正叙體即真如門相即生滅門二門相攝不相捨離故云無礙染淨同依者二門之中各攝染淨真如門是染淨通相生滅門別顯染淨通別雖殊不出一心故云同依隨流謂不覺迷真乃至造業受報反流謂始覺翻染暨乎菩提涅槃迷悟雖殊唯此心轉故經云無始時来

性一切法依止由此有諸趣及證涅槃果是故萬法唯心即是主故其迷悟皆心所爲疏是故下二別是相二今初約生滅門釋不覺攝世間法者以不覺是世間法根本一切染法皆此所成由是所成之染皆不覺攝則三細六麤五意六染等是所攝之法也故下文云當知無明能生一切染法以一切染法皆是不覺相故攝出世法者以本始二覺是出世法本一切淨法皆覺所成由是所成之淨皆屬覺之所攝也本覺所攝即大智慧光明義徧照法界義真實識知義等始覺所攝即三明八解力無畏等然此且就相用有異分其二殊若約體同所攝無別此猶下結示可知疏若約下二約真如門釋也鎔融含攝者謂消和包納令彼染淨差別之相無有障礙

也染淨不殊者出鎔融之相也謂以一真如理融之使染即非染淨即非淨即染即淨渾爲一味故云不殊故下文云一切諸法唯依妄念而有差别若離心念即無一切境界之相乃至唯是一心故名真如斯則生滅門中名爲該攝真如門中名爲融攝該攝則染淨俱存融攝則染淨俱泯俱泯故一味不分俱存故歷然差别是故二門雖皆言攝而攝義不同也下文顯者相次即辨釋其法名者標指此文也法即是名今此文中正釋此心得名法之所以也謂依下於前三義中約第三顯義故名爲法也其餘二義論各有文已如前引責總立難疏二意中初意云心既通染不合顯得唯淨之義其猶雜鑛之金豈能鑄得純金之像二意云心既是一一則體狹大乘義多多故成廣豈能以狹而示於廣開别中疏二初總叙釋意大乘雖淨者牒縱所問也相用下分别正答對染者謂相大則翻染成淨如云心性不動即有大智慧光明義等用大則隨緣而起如云隨諸衆生見聞得益故説爲用等此上二義皆對染成故下文云當知染法淨法皆悉相待也今生滅下正明能顯既有覺不覺二義故云俱含染淨以有染故方能顯淨淨既不自淨待染以成淨何恠通染之心能顯唯淨之義耶此即結答也以廢下出對染所以或問曰何故須對於染方立淨也故此釋也故下文云若離不覺之心則無真覺自相可説又真如門中無染亦不立淨又云若離業識則無見相以諸佛法身無有彼此色相遞相見故心法雖一者牒

縱所問也而有下分別正答示大乘體者真如是泯相顯實門故以泯相而相不存故唯示體也具示三大者生滅是攬理成事門故以攬理而理不失故具三也大乘義下結成具示謂此三大義中具攝如來真應二身過河沙數德相妙用以要言之一切所有無漏功德盡不出於三大之義三大之體唯此一心是故一心能顯多義也總舉等者盡此一門之義也一法界等者具云心真如者即是一法界大總相法門體所謂心性不生不滅乃至若離於念名爲得入共有一十三行論文是此所起也真如相者相即義相如下文云復次真如者依言說分別有二種義義即相也不同生滅可狀之相復次下乃至終於此門共有一十二行論文是此所起也據此所配若言真如門則通言心真如真如相則別也論是心下疏二初釋前二句二初別釋當文也隨熏變動者謂隨染淨因緣所熏令心變改動轉成生滅故總舉等者攝下一門之義在此生滅二字之中故云總舉依如來藏等者具云心生滅者依如來藏故有生滅心所謂不生不滅與生滅和合乃至性染幻差別故都有七十五行論文是此所起也緣由者所以義起下等者具云復次生滅因緣者所謂衆生依心意意識轉故此義云何以依阿棃耶識說有無明乃至不能得隨順世間一切境界種種知故共有四十九行論文是此所起也狀謂形狀妄識所知境也揀異真如相是義相相即性也非識境界唯智所證故起下等者具云復次分別生滅相者有

二種云何爲二一者麤與心相應故二者細與心不相應故乃至唯癡滅故心相隨滅非心智滅共有一十四行是此起也然此立義分中所立義本即有八字謂真如相生滅因緣相下解釋分中共有一百六十三行逐段而釋如前所配從四熏習下即通明染淨生滅起之由致也若更束八字不出心之一字更展一百六十三行論文以成百餘部大乘經此顯論主證悟心中自在之用何故下二通前料揀先牒外難何故兩門一能一即耶故牒云者以真下釋不起者以真如有二義一不變義二隨緣義今此門中但約不變以顯其體不約隨緣故云不起所顯謂體大能顯即此門能顯爲詮所顯爲旨真如與體蓋是一義故云即也以是下因顯唯示體大也

起動者即隨緣義以隨緣故成生滅門染淨即生滅相也即此染淨爲能示之詮三大是所示之旨二義各別故云又分也能所下揀異前門也若喻顯者一心如水真如如溼生滅如波是水溼相即示水體是水波相能示水之自體(溼體)相(八功德相)用(鑒像潤物)故疏體謂下二釋後一句文二初釋本文二初別解當文本覺者即是前之真如至此門中轉名本覺以對始故名本對不覺故名覺也即此本覺是生滅家之自體也此顯生滅別無其體全攬本覺爲自體故生滅因者或問若此本覺是生滅體者本覺即是真如何故說爲生滅自體耶故此釋之謂生滅之相起時實賴真如爲因以真如不守自性爲無明熏成諸染相雖成染相其體不變以不變故熏彼無明令

厭生死樂求涅槃漸起始覺成其淨性也如是染淨皆由真如是故真如是生滅體故下文云依如来藏有生滅心又云所謂以有真如法故能熏習無明乃至名得涅槃成自然業亦辨體者謂前真如門當體是體此生滅門以真如爲體若無真如之體生滅終不能成故此門中須辨體也翻染下明示相用也淨相即相大謂大智慧光明義等業用即用大謂報化二身等是以下指文結示也以生滅門中文科兩段初釋能示生滅心法即生滅因緣相等後辨所示三大之義即體相用等下文具顯疏何故下二通前料揀牒外難可見以所下釋也前云能示顯詮旨不一今云自體顯詮旨不異此門雖即能所有殊非謂所詮在能詮外今顯非外故云自體等斯則生滅是真如家相真如是生滅家體體相雖異而不相離也其猶波水雖異豈得水在波外耶故知其水是波之自體也疏問真下二釋妨難也問意以兩門敵對而難詳之可了答中真如下二句牒門立理不必由起者真如本自立不藉於生滅也自性本長豈因他有由無下正釋謂有起必有相用無起但唯存體故前門中但只言一也生滅下二句牒門立理起必賴不起者異於前門也若無不起之真如何有起動之生滅如無其水豈有於波故須藉之起含不起下正釋真如舉體成生滅故今生滅含於真體也猶水起成波波含於水由是此門不唯示於相用亦示體也故云具示疏起下等者如論云復次真如自體相者一切凡夫聲聞緣覺菩薩諸佛

無有增減乃至真如自在用義故即有六十四行論文正是此所起也體大疏言真性者真謂揀非僞妄獨顯圓成性謂自體常住不變不異即揀諸法空性也深謂竪窮三際無去無來廣謂横徧十方非中非外凡即六趣差别聖即三乘不同染即穢土極於三界淨即淨土盡於十方然凡聖染淨各通二報今約别論故凡聖屬正染淨對依也以諸法雖廣不出依正二報正中不出凡夫聖人依中不出淨土穢土故舉此四以攝一切無不盡也皆以爲依者上之四法並用真如之體爲所依故故華嚴云未曾有一法得離於法性下文云如是無漏無明種種業幻皆同真如性相楞嚴云一切世界因果微塵因心成體既爲一切所依體大之名曰此而立

起信論疏筆削記卷第五

音釋

稟彼錦切以穀賜人也　鶖七由切水鳥也　迭徒結切代也　凹烏合切低下也　溼失及切水｜也　貊莫白切蠻｜也　螘宜倚切蚍蜉也

起信論疏筆削記卷第六

長水沙門　子璿　録

論真如平等者謂真性於一切法中爲平等體故如像中鏡非同諸法本空空故平等如鏡中像疏隨流等者約染淨二義顯不增減在文可見以性非染淨故染淨皆空故良以下結成上義染淨約法始終約時謂隨流爲始反流爲終下疏所説以衆生爲前以佛爲後前後即始終也或即此叚別約横竪以顯平等之義染淨不虧者横説也以見在生佛位中無虧缺故始終不易者竪説也以過去未来無改易故前約多人同時説此約一人異時説雖一多同異横竪別論皆顯真如平等之義二種等者謂如實空如實不空之二也空謂不與妄染相應不空謂具性功德今如後義故下文云所言不空者以顯法體空無妄故即是真心常恒不變淨法滿足則名不空不異等者謂一一德相即是體性故不異也非謂蔵爲能具德爲所具故有性言故下文云具足如是過於河沙不離不斷不異不思議佛法不同生滅之相定差別故性相異故可知見故如水八德者即阿耨池水具八功德一甘二冷三輭四輕五清六不臭七飲不傷喉八不傷腹不異之義合法可知三用大疏二初釋文隨染業行者謂隨彼彼染幻衆生起利他行即是如來不思議業故云業行若將隨染門中反染之業行爲此用大者恐非文意以彼但是能顯之淨法未可便將爲所顯故學者詳之報身即三賢已上之所見者化身即二乗十信已下之所見者麤

即化身隨類各應各見不同非受樂相故細者報體平等佛身身有無量色色有無量相好所住依果亦復無量種種莊嚴具足樂相故世善者謂有漏熏習善根力故起十善等此但有漏不逾人天故名世也出世者令厭生死樂求涅槃此皆無漏超過三界故言出世也於中雖通三乘究竟唯以一乘而得滅度下文用大廣顯其相疏何故下二通妨牒難可知以不下正釋若善因果内順眞如外治諸惡此法若起從因至果能感勝處故得名爲眞如淨用以從眞如内熏所起報化二用所發今兹用大宜發此法若不善因果内違眞理外被善治此法若起從因至果能感苦處何名淨用以從不覺所生塵勞發現故故此文中不言不善也若爾下轉難可知釋云下重釋雖是惡法以是不覺迷真所成所成之法不離眞體如水起波不離溼性故下文云以依眞如法故有於無明又云依覺故迷若離覺性則無不覺以違下結成前義可知然此用大正是果上二身如下具說今疏以善爲用者乃是旁義亦即以所生顯能生也然論不言滅惡者以善起必惡滅故標果望因者諸佛即果本即是因以諸如来本所脩行因地之時無别所乘之法唯以此心爲其所乘而至究竟舉因望果在文可見此中如来并前諸佛皆約自受用報身所辨非謂應化知之以成運者運即是乘二義無别但文變耳或可二義不同謂乘以運載爲義今前段約佛本乘方有載義故疏云以解乘今文約從因至果運義始彰故論云到如来地

疏云以成運也然佛是已乘菩薩是當乘今乘於中皆含自運運他之義即始下出能所乘體也始覺爲能乘者即前佛與菩薩也雖滿分不同俱屬始覺能乘智也本覺爲所乘者若約今文即前一心法爲所乘以對始故言本覺也若約三大言之則用大爲能乘體相二大爲所乘然用即始覺體相即本覺大即是乘持業釋也乘大性者但證本覺是乘之大性或雙證本始也由是前來標宗但言法義不別言乘今但次於三大言之亦不別舉題目解釋分中意亦如是解釋分者前雖義宗畧立理趣未詳若不解以廣文幽旨如何開釋此令生解已見前文故有此分徵列中疏所立等者即前分中所立一心法二門三大之義彰顯開示令生正解由是正義解

此即成正解也遣異計者非正道理妄生計著爲患頗深固宜除滌趣正等者發心趣道行相差別升降不同今當分別令其脩證無惑混濫也斯乃正義顯示令解邪執對治令遣道相分別令行又正義爲能治邪執爲所治正義爲所趣道相爲能趣皆爲正義有後二文也釋上等者謂釋前分之中所言法者謂衆生心是心即攝一切世間出世間法開門中論二門者謂一心上有其二義義具能通出入故目之爲門能通者謂真如生滅互相通故又此二門通一心故通一心者正是此段以一一門皆言心故互相通者以真如至真如也出入義者謂衆生迷惑流轉即出真如門入生滅門若覺悟脩證即出生滅門

入真如門既成道已即却出真如門入生滅門開悟衆生能事既畢息化歸真即却出生滅門入真如門安住秘藏也疏二初釋一心具二門又二初標也一如来藏者以二義不分故云一也若例言之即染淨凡聖空有理事等皆一也此之一義爲顯不二强名爲一非是數法故經云一亦不爲一爲離諸數故疏一約下二釋中二初真如門又二今初正釋約體等標立也非染下釋上絶相以顯一體謂染淨生滅動轉等皆屬於相表此俱無故言非也平等下約體以結平等約竪結以無高下故如經云是法平等無有高下一味約喻結猶如大海同一鹹味性無差别約横結淨名經云一切衆生皆如也一切法亦如也衆聖賢亦如也至於彌勒亦如也又平等

一味絶相也性無差别約體也故云約體絶相義衆生下二引證此正引前叚淨名經文彼文之後乃云諸佛知一切衆生畢竟寂滅即涅槃相不復更滅等今疏取意故文少異下皆如此疏二隨下生滅門中三今初正解隨緣等標立也謂隨下釋謂以無明熏真如起妄心妄境成一切染法真如熏無明滅妄心妄境成諸淨法廣如下釋染淨雖成下釋妨或曰既隨熏動云何復説衆生如耶故此釋之正於動時動處元来不動明非相不動故言性顯非塹不動故言恒也或曰性既不動如何能成染淨故云正由不動能成染淨斯則反成上義謂若性自動同生滅相即當時滅不能自立尚不自立将何成於染淨實由不動故能成也是故不動下二結指謂以

隨熏動時性未嘗變故得生滅門中有真如也故云不動亦在動門若真如門中則未必有生滅生滅門中則必有真如以生滅籍真如真如不籍生滅故畧如前釋廣在下文是故下指文本覺者即生滅門初云此識有二種義能攝一切法生一切法云何爲二一者覺義二者不覺義等即彼覺義便是生滅門中真如名爲不動但以至此門中別約形待義邊易名爲覺上文等者即立義分中云是心生滅因緣相能示摩訶衍自體相用故彼之自體亦即生滅門中真如也此上兩段正是動中有不動義勝鬘下三引證通證隨熏動轉動中有不動義不染而染即真如成生滅染而不染即動中有不動如來藏即真如無明七識即生滅阿棃耶識即上二和合也

謂真如隨緣成棃耶識以成識故與無明共俱亦可如來藏即是棃耶但以通相別相而異故云如來藏名阿棃耶識故經云佛說如來藏以爲阿賴耶惡慧不能知藏即賴耶識亦云如金與指環展轉無差別大海如棃耶波如無明七識水即如來藏以從無始時來真妄和合未曾捨離故云常無斷絶如來藏者即所熏之淨性虛僞惡習即能熏之染幻識藏即所成棃耶也爲善不善因者謂此性隨善緣起諸善法性即爲善因隨不善緣起諸不善法性即爲不善因隨善受樂性在其中隨惡受苦性亦在中故云與因俱若生等者循環諸趣生死無窮藏性於中隨而徧受而其體性未嘗去來故經云生滅去來本如來藏如技等者如人作戲變改服章體是一

人初未曾易故彼文云心如工技兒意如和技者五識如音樂受想觀技衆如人弄師子人入師子活人出師子死淨因無明時當知亦如是圭山云樂人本是一形軀乍作官人乍作奴名目服章雖改異始終奴主了無殊此等下結指如上所引並說真如随緣作生滅動中有不動也疏然此下二攝二門歸一心也舉體等者謂真如舉體成生滅生滅無性即真如是故生滅現時全真體現真如顯時全生滅顯舉一全收故云融通以融通故真無真相妄無妄相真妄相即一體無異故云際限不分既而不分際限豈更存於體相故云莫二波水之喻可以比知無二處者即此真妄融通之處實性存焉此之實性爲諸法主即是諸法中之實性也又表非二邊故名中離諸差別虛相故名實此上二句是約中實以解心也故經有中實理心之言不同下約靈鑒以解心謂虛空體亦無二邊亦非差別虛相然但昏鈍而無靈鑒今此實性自在靈通覺了不昧故云不同等故祖師云空寂體上自有本智能知知之一字衆妙之門大抵意云於一切染淨融通法中有真實之體了然鑒覺目之爲心斯則體相不二故云一中實神解故云心立中疏二初正釋二初對前牒文可見二以一下釋今文意三初總標意含通別者釋前文意也前文以二門未啓但約一心通總包含而說故云攝不言各也今分下標今意謂今文中二門既開每門之中皆各自攝一切法也若無標揀將謂二門共攝一切則有攝法不盡之過故言皆各

也以真下二別釋相二初約二門各攝解二初正釋通相者以真如門不分染淨雖攝染淨皆同性故所言相者謂義相也以此門中顯示染淨融通之義故云通相以染淨等法入此門中同爲一味真如之理更無差別故云無別染淨等故得下結可知別顯等者隨流反流各不相是功德塵勞歷然有異衆生諸佛凡聖宛然淨土穢土優劣不等無所不該者謂一切雖多不出染淨既攝染淨是故論云攝一切也通別下二結成謂通相別相二門雖殊所攝之法更無差異故云齊無所遺又以下約二門互攝解前約二門各攝通別不同齊門而說攝義有異初門通相但明融攝融則染淨無別故名爲通後門別相乃是該攝該則染淨不同故名爲別今此文中不分通別只就一義左右說之便成二門各攝之義今文所說生滅攝一切時即是真如攝一切也以生滅無體全即理故故云還攝等又真如攝一切時即是生滅攝一切也以全事之理非別外故今此疏文猶闕後義應更云真如既是諸法真性離真性外無別諸法還攝生滅門也若有此文於義方足成互攝也斯則生滅門攝法時真如門法亦在生滅中真如門攝法時生滅門法亦在真如中如是則真如中所攝染淨即是生滅門所攝染淨無二無別舉一全收故云二門互攝故下結云齊攝不二也問疏主何故不說真如攝生滅門耶荅前文通相已含此意故不復言也以此下結成一心良以二門相攝理齊鎔融不二以不二故得名一心斯則二門

一心體無別異若約義別說則一心是總二門是別又於別中真如約體生滅約相若克體圓融則性相無二即是一心今既二門互攝全奪兩亡唯是一心更無別法故今結成爲一心也疏問二門下二通難二今初二門示義通局難初句指定前義何故下引文正難意云真如既攝生滅門何不同彼示三大生滅既攝真如門何不同彼示一大示義既差攝法須別攝法若等示義應同如何攝法即同示義却別耶答中初句標定其門不壞下正明行相謂染淨之相全攬理成理非可壞全理之相亦不可壞以不壞故攝生滅盡成今相攝義以泯下爲即理故令染淨相亡泯不存以不存故唯真體在故成前文唯示體也生滅下標定其門不壞下明理在事中以全理而成事故事起而理不壞成今相攝義斯則事爲能攝理爲所攝以成下明事理俱存成前具示義成事故示相用二大體不失故示於體大疏問前下二性相存泯不齊難問意可知但躡前門相不存義以難後門理不失也答中前四句顯二門存泯之由各初一句所以後一句定義生滅等者事依理顯故理爲事本故如波必賴於水故下文云依如來藏有生滅心理不失者理若已失則無生滅也如水失則無波故論云若無空義者則無道無果未必等者真理本有不假緣成如水不籍於波故真如門中直云真如者即是一法界大總相等不言依生滅有泯相相不存者不泯則已泯則不存入理自亡何存生滅如水澄靜豈存波在下文云以一切

法皆同如故相不存下四句躡前正荅相不存者相存則可示於三不存但合示於體理不失等者生滅相起理又不亡不具示三於理如何是故下結荅雙示可知疏不可相從者從順也事理別故其猶水火敵體相違豈能互攝未容等者若分二別可言影互相攝今唯一心影攝何法斯則二別亦無攝義一心亦無攝義也論不相離者意明不一不二不一故二門各存不二故唯是一心以是一心故不相離以不相離故能影攝即反前責意也疏以體下體即真如相即生滅真如隨緣成生滅生滅無體即真如由是反覆言之故不相離也金具者金喻真如具喻生滅相收之義在文可見良以下結喻例法良者實也以者由也實由金具二門未曾有異故云一揆揆謂端揆即齊等也由不異故舉金時徧收具盡具全體是金舉具時徧收金盡金全體是具此義下例法也此義者即此不相離義也舉真如時徧收生滅盡生滅全體是真如舉生滅時徧收真如盡真如全體是生滅法喻正等故云亦然然猶如是也疏釋上等者立義文云何以故是心真如相即示摩訶衍體等今此正釋也科動靜不一不異如次是前二門與不相離義頓說實難故成前後觀智境者以體非名相之法故言念之所不及言念尚所不及豈落見聞唯久修觀智方得相應所以說者意令如此用心也故下文云離言說相離名字相離心緣相乃至若離於念名為得入亦如楞伽云真實離文字修行示真實次後科云生信境者以有空不

空二種義相既容言說故得聞者生於信心所以說者亦意令生信也故下文云依言說分別有二種義等亦如楞伽云言說別施行分別應初業疏釋上真如義者彼云是心真如相今且釋真如兩字論即是下一示法也疏二初釋上句二初釋一字二初約當體釋無二真心者竪窮横徧爲一切法平等所依衣正凡聖唯此爲體離實相外更無別法故云無二揀非僞妄靈鑒不昧故名真心此非下揀濫夫言一者見數之首今非此等也謂如下明一之相謂真如之理虚通圓融於一切法平等平等體非別異故云一也又對下二對二釋斯但對下空不空二以稱一也下但約相今唯顯體亦非筭數依生下二釋法界諸有聖法依此生故即菩提涅槃十力四無所畏等是聖人所證所得之法故名聖法故圓覺云無上法王有大陀羅尼門名爲圓覺流出一切清淨真如菩提涅槃及波羅蜜教授菩薩因義者法即聖法界即是因能生聖法故云法界問據前所說真性是凡聖染淨通依何故此文獨言聖法因義荅此中乃是以勝顯劣也非謂揀於凡法聖法尚依豈況凡耶此約終教故作此釋若就圓教事理無礙相即相入渾融含攝爲一真法界也疏二門之中下二釋下句三初釋大總相別相者生滅門總相者真如門然亦下釋成大義謂別相之中所有染淨諸法此門收盡竟無所遺故稱大也故次文云一切法離言說相等斯則揀非別故言總收別盡故言大然論總相有於四種謂下中上上上下者謂一切

有漏皆苦理通苦樂名爲總相不通無漏乃名爲下中者謂一切行無常理該三諦名爲總相雖通無漏不兼無爲故名爲中上者謂一切法無我理通四諦名爲總相猶是真詮真諦未窮實性第一義諦但名爲上也上上者謂真如是一切法之實性徧通凡聖情與非情無所不該故云上上論所明者當於第四超勝前三故云大總相也此一下二釋體字全作生滅即事法界全作真如即理法界既是一體所爲則令二無障礙即是理事無礙法界也二皆言作者生滅即隨緣變作真如即轉改其名曰作二義俱無能所義言作也軌生下三釋法門軌謂軌則物謂衆生解即智解謂諸衆生内有熏習之力於此法界體上生始覺智智起反照常依法界軌則而修即不空不有無我無人等是法界軌則始覺之智依而行之故下文云順本性故修檀波羅蜜等圓覺亦云流出波羅蜜等教授菩薩然法更有任持之義今以順文唯取斯義聖智等者謂法體虚通以能容彼聖智出入故受門稱遊即出入也謂入則自證出則利他佛及菩薩皆有二義然唯局登地已上乃至究竟不通凡位故云聖智以地前未發無漏未能親證

故前科云觀智境也論所謂下三釋成釋法體者論云心性性即體也反顯心相不妨生滅即屬後門隨妄不生者隨無明九相之妄妄生而心性不生約治不滅者約始覺反流四位治染妄滅而心性不滅此約妄生妄滅顯心性不生滅也修起不生者修行顯起大

智慧光明等及十力等功德生而心性不生處染不滅者處於生滅垢染十力等功德滅而心性不滅此約淨生淨滅顯心性不生滅也世間不破者明真如流轉世間世間有破而真如不破不破即不變義故下疏云在染不破出世間不盡者謂修行故真如顯出世間世間盡而真如不盡故下疏云治道不壞也會妄顯真者意令體妄即是不須待滅也如經云色即是空非色滅空論二初會妄疏妄執等者謂聞前叚真如是總相法門體即真如舉體作諸法若爾應知諸法生滅即是真如生滅何故乃言心性不生不滅釋意云諸法本無説何生滅如見空華本自無體説誰生滅論若離下二顯真疏疑者下徵其所以可知釋云下正顯文意又若下反以釋成

皆可解誰是病眼者須知見空華者是病眼若眼明淨必不見華楞嚴云若無翳目而能見華云何晴空號清明眼應知見諸法者是曰凡夫不見法者斯曰聖人聖人稱實既不見於諸法當知諸法凡夫妄見實無生滅也諸法既無生滅真性何曾動揺是故前云不生滅也論是故下三初標舉能離疏是所執下二句解是故二字是故者指前二叚爲所以也所執空即指前無一切境相真心不動即指前心性不生滅也由斯之故遂得一切諸法即真如也然此二句又造互相成乃由所執本空所以真心不動又由真心不動故得所執本空其猶萬像本空明鏡不動由此下正結真實由此二字指前所以一切下正顯真如即釋論中一切法下文也此中顯真

而舉一切法者以其性不離相故一切諸相性所成故人皆執相以迷性故今約相而顯性令知相即無相唯一真如觸境對緣任運合道動靜施作無非妙門然此論中從本之言與下畢竟之言相望互成影說謂從本二字約望過去以顯真義謂非是先來不離言等諸相而今方離以從本已来便自離相影取未来畢竟如是下畢竟二字約望未来以明如義謂非是只於今日平等不變不破以盡未来際畢竟平等不變不破亦影取過去從本以来便自如此又此二義各通下三句而轉又一切法言亦通下畢竟而轉思之可見論離言下正顯所離二初離妄相以顯真疏言語路絕者上句即音聲不及下句即名句文不及既聲名句文不及即當言語路絕也非聞慧境者聲名句文是所聞故意言分別者意言即是分別也以形口曰言在意曰分別今以所分別與所言同故云意言也夫人發言皆意中之事故詩序云情動於中而形於言也心行處滅者以相是心之行處行猶緣也既離於相心無所緣所緣既無能緣亦絕無相真理何思慧之所及乎離偽等者偽則鍮似真金妄謂影如本質凡是有名相法悉皆偽妄故金剛云凡所有相皆是虛妄又楞嚴云幻妄稱相以偽妄故則非是真今既離於名相即非偽妄故名爲真離異等者謂有差別有變異可破壞也今既皆離故名如也又若約的訓如者似也夫法異則不似不似即非如今既不異不異即相似似即如義也故圭山云謂此實體於未来常如過去

於色中常如受中真實相如非爲妄似展轉釋者爲何畢竟平等爲無有變異故因何無有變異爲不可破壞故又不可破壞者爲無有變異故無有變異者爲畢竟平等故離世間者世謂遷流間謂墮在其中以差别變異破壞是世間法今皆反此故云離也非修慧境者修即是定非定境也夫苦空無常不淨等皆是定所緣故正智相應者即如之智證即智之如除此之外莫能及焉故下文云以離念境界唯證相應故從上來下乃是通斷前後二文仍辨下段之意以對非三慧境也論畢竟下二離異相以顯如疏雖徧等者在染時與在淨時同謂凡夫真性的同諸佛真性如淨室空與穢室空等此約同時橫說也在緣者謂在染淨緣中過去如現在現在如

未來猶昨日空與今日空等染淨雖自改變真如於此無遷異也又染緣即以生相爲始業繫苦相爲終淨緣即以覺滅相爲始覺生相爲終真如於中竟無改變此約異時竪說不同有爲者是無作法故體若虚空欲何破壞在染不破等者隨流則妄染起而真體無損反流則妄染壞而真體如舊故圓覺疏云處生死流驪珠獨耀於滄海踞涅槃岸桂輪孤朗於碧天論唯是下三結體立名法體者一心即是法體故前文云所言法者謂衆生心諸法既無故唯心在如萬像本空唯是一鏡圓覺云諸幻盡滅覺心不動依義立名者於一心上依離僞妄變易之義以立真如之名疏言教非實等者以權設故因緣有故意令假其有言以契無言無言之理可以證悟

有言之教不可取著取之即成認指亡月也十地論說隨聲取義有五過失一不正信聽既逐聲不會深意二退勇猛由不正信則無勝解不能决定三誑他由不會故或以深爲淺以淺爲深四謗佛執權爲實或執事迷理便謂如来言成虛妄五輕法以謬解成性閙深不重釋無實所以者以一切境界皆從妄念所生念尚無體况所生法而是實耶故前文云一切境界唯依妄念而有差别若離心念則無一切境界之相由是一切言說皆是假名無有實體性不可得也疏恐諸下叙外疑可見故今下以論釋也若據疏意從一切言說下盡是釋前故名真如四字也在文可見然此釋疑之文合在次前文下注釋方得文便學者應知不相違者假名與離名雖言異而義同良以等者凡是有名皆依相立真如無相所立即空以徧計所緣不入真實故故楞伽下引證名相俱徧計也相從想生名依相立不相離故故曰相隨緣此相名又生妄想即徧計心也然此段論以愚詳之從以一切下四句合是前科所離相中釋所以也疏文節釋科解俱不穩暢今於疏外畧助一解或問曰何以真如體上離前言說等相耶故論釋云以一切言說假名無實故也此之二句乃是釋前離言說名字二相所以也謂心性真實不與虛妄相應言說名字但是虛妄假有無其實體不與真合是故離也但隨下二句文通兩勢一則釋前離心緣相所以也以心緣之相但是隨彼妄念而生念無自性緣相何有故云但隨妄念不可得故故字

通於前段以真體無念念則違真是故離也二則釋前假名無實所以此如疏解譯者務簡兩段一釋此文之巧畧也從言真如者下方是釋疑疑曰前云離言説等相以顯真如無相今復結云故名真如豈非言説等相耶故此牒而標云言真如者亦無有相疑者復云顯言真如正是名相何謂無相故論釋云謂言説之極因言遣言也意云非謂立此真如一名便滯於相以寄此假立之極名以遣於言相也有智至此希爲詳焉餘文如疏立名分齊下叙疑答釋文並可知諸名邊際者如極微是色邊際等今真如是名之邊際等今真如是名之邊際故此名後更無名也十種名者一法名謂蘊處界三科二人名謂信等五十二位三教名謂修多羅等十二分四義名謂蘊處界等所顯義理五性名謂無義文字無所詮表不生義解六畧名謂衆生等七廣名謂衆生等各有差別義名八不淨名謂凡夫等九淨名謂生滅即真十究竟名謂真如也故偈云人法及教義性畧及廣名不淨淨究竟十名差别境遣於名者遣於諸名也若不立此極名不能遣於諸名例如扣楗息喧若無此聲不能止於諸聲也若存等者若存真如名亦同不遣名雖是極名體畢竟假存而不亡豈稱法體須知雖立真如之名名即無名無名之名故曰假名即是離名也故淨名云文字性離即是解脱學者至此雖因名而生解必亡名而證耳疏一云下克就真如自體釋可知妙智等者既無名相則非心識所緣但唯微妙真智觀行所及謂徧計

所緣是假假故可遣妙智所證是實實故不可遣圓覺云諸幻滅盡覺心不動前則能所皆妄此則能所皆真也二云下會顯生滅無相釋意明非謂以真如體遣生滅法也何以下徵起下文以法下釋有二意初約唯真無法解即約真如門釋但有真如更無餘法性何可遣又以下二約有法無性解即約生滅門釋雖有染淨自性本空何用更遣前如鏡體無像後如影像即空也外人下約真如門釋離妄情者名相俱絕情有理無若使可立爲能離妄故下文云以離念境界唯證相應故又生滅下約生滅門釋生滅無性無性故即真真本自立故云不待斯則真如本立更不須待立生滅法以爲真也其猶於波本自是水何須待立以爲水耶何以下躡前徵起下文真故下約真如門釋夫真者非僞非妄如者不變不易今若可遣即成僞妄可立即成變改以先不立今方立故又生滅下約生滅門釋以真如從本以来舉體成生滅生滅無性常即真如如是性相曾不捨離以生滅顯時即如體顯也斯則本自顯然何須更立離言者不可說故絕慮者不可念故以前文云離名字相離心緣相故此結也然一切衆生從無始来執相迷性不能即妄會真雖終日行而不自覺故今示真而約生滅也學大乘者須終日不食終夜不寐以思此事何曾是無聖凡依正空色等時何處真體不常顯現何有一法不是性爲何有一法體不空寂又空法何嘗得離真性苟或不同此說則墮斷常無有是處是故論中每節顯真皆言一

切法也論若如是義者指上不可說不可念之義論諸衆生等者既發言違理動念乖真諸衆生等念念相續未曾離念欲得不乖如何隨順欲得契證如何造入論可說者即所說也念亦如是疏念即無念等者謂知念諸法時本無能念所念非謂滅此令無以念體本絕即無念也故圓覺云於諸妄心亦不息滅非滅下雙釋即念無念以離二邊若滅念令絕即墮斷見若不知念即空即墮常見也今既不滅復知即無故免斯過此則即言忘言非都不語即念非念非都不思故經云無離文字而說解脫文字性離即是解脫下文云衆生迷故謂心爲念心實不動若能觀察知心無念即得隨順入真如門於一下結益只於一念無念已離二過二過既無乃順中

道法性即不乖真如也又亦等者前則直就法體說念即無念此即起念之時用觀觀察能念所念已起未起了不可得說亦如是故云等也雖未離念者如是觀時麤念不起細念猶存故云未離如但得火滅火杖猶存而順無念者常觀無能所故如是觀時即是順無念也如下文云若有衆生能觀無念者則爲向佛智故如上等者以前來所說但是入理之方便故前疏云若方便觀即能等者由前觀察純熟便能離此能所之念契於無念真理以真無能所念想今既離此則能契真正觀者此觀正與真如相當如匣與蓋也又正者聖也位當登地已去名爲入理聖人前之方便即當地前契入即證義也以離能所念故得證真如名爲契入故唯識云若時於

所緣智都無所得爾時住唯識離二取相故然上所説且約一分得無漏正智名離念得入若約究竟離者唯妙覺一人而已智行處者真如是正智所遊履處明非倒惑所行之處故華嚴云甚深真法性妙智隨順入又亦等者前解約所觀念無今解約能觀亦無也觀念之心此心名爲知無能所之念茍存斯念然亦不入擬心即差故圓覺云離遠離幻亦復遠離得無所離即除諸幻荷澤云妄起即覺妄滅覺滅覺妄俱滅即是真如然則如體離念動即乖真茍能知念無念觀察不息如是隨順還有入期冀諸行人勤修妙智然據前之問荅雙明説念後荅正觀中不論於説者以細况麤故心念微細尚須遠離言語麤淺豈得存焉

起信論疏筆削記卷第六

起信論疏筆削記卷第七

長水沙門　子璿　録

釋真如相者前云是心真如相自此之前已釋真如兩字從此向後方釋相之一字初總標論復次真如者問此既說真如之相何不牒云相耶答以從無相中辨相相即無相不異離言之法故又相即義也今於真體之中開説二義故云有二種義義即相也一味者前云一心一法界故然且約理離諸相故强名為一而此一相即不可得法句經云森羅及萬像一法之所印一亦不為一為欲破諸數淺智之所聞見一謂為一幸諸深智者忘懷而體之有二者既容言說分別故有一二之相也不可隨言者前雖顯體離言不可執為無說以有二義故今雖分別二義不可取為有相以相即無相不異離言故故不得隨言執取也但為下必若無言憑何信解必若有二法體全乖證入絶分引文可知二略辨疏無妄染者以如實體中本不與九相六染相應故名為空不是真體是空如實之空者如實是真性空是無妄染如釋之空依主釋如言瓶空蓋為瓶中無物非謂瓶體是空涅槃經中具有此喻也論究竟者至極義意明立空之言至極只為顯於真實也遂能等者以妄空為能顯真實為所顯不因彼妄空焉知此真實異妄無體者妄攬真有真元自有故云異也有流者有謂三有二十五有流即四流九流以彼諸有煩惱能漂溺羣物故總名流即根隨等共有二十六使此論即三細四麤如是煩惱多不可計故曰恒沙若準此

論所説即過河沙數理實無量豈止河沙若有定數恐非了義所言異者彼曰煩惱此名功德彼染此淨彼空此有故相離者妄體本空無可相隨故下文云一切煩惱染法皆是妄有性自本無未曾與如來藏相應故無上法者即大智慧光明義等是佛所證之法故云無上此皆即性之德德皆是性不相捨離故曰相隨初略明疏能所分别者即心境也染法雖多統唯此攝故論云一切而疏云能所下即心境别明所取相者即境界相於中有色香味觸等不同故云差别能取見者即智相相續等於中分見聞覺知不同總名能取即下分離識也此即約雙遣心境釋又以下約唯遣境界釋前二句但説境無此則出境無所以謂凡是境界皆從心念所生心念既無境從何有故前文云一切境界唯依妄念而有差别若離於念則無一切境界據此是本識中能見相也以與智相生境取境功能别故良以下通釋文義情有理無者妄情中有真理中無猶如空華翳病故見理有已下反前可見故不相應者結前妄法理中既無説何相應斯則却與情為相應以從妄念生故離念則無一切法故論當知下二四句初有無四句疏離妄有者謂人執有故言非有若無所執約何言非妄有之言攝一切相惑者下為不了非有之言是遣情執之有却認法體是無今此釋云上但以非非汝執有不道此法便是於無故云非無雙非是真法者將謂真如是非有是非無故破云非非有相非非無相此皆上非字是能治之藥下三

字是所治之病釋云下細詳可解此中前後四箇謂字前二箇中上是計謂之謂下是言謂之謂後二例之還立等者執第一第二句同時有無相並爲真如也非許雙是等者我若單言非非則從汝雙執有相無相我以兩非和非有相非無相一時非却何以迷倒雙執有無故今論云非有無俱相俱相者即有無同時也今皆非却論非一下二一異四句疏準前等者但前約有無此約一異二執不同餘皆無別但如前疏配釋可知然執下結總攝別謂衆生執取無量無邊根本從此二四句起所以百非只約此說義見前文故廣下引例皆非真實者是妄計著不稱實理同此有無一異二四句也所執不同者四人各執一句有即有句是此初句所遣也非有即無句是此次句所遣也俱即亦有亦無句是此第四句所遣非即非有非無句是此第三句所遣一等例此配之隨次配者如上配爲四句然但一向就彼所配非與此論相配皆是妄執故云非真四宗外道者一數論外道執有等性與諸法一即當有句故彼破云此執非真所以者何若青等色與色性一應如色性其體皆同五樂等聲與聲性一應如聲性其體皆同眼等諸根與根性一應如根性其體皆同應一一根取一切境應一一境對一切根又一切法與有性一應如有性其體皆同二勝論外道說有等性與法非一當非有句此亦非真所以者何若青等色與色性異應如聲等非眼所行聲等亦爾又一切法異有性者應如兎角其體本無乃至廣破三

無慚外道執有等性與彼諸法亦一亦異當於亦有亦非有句此亦非真所以者何若有性等與色等一同數論過與色等異同勝論失一異二種性相相違而言體同理不成立一應非一以即異故如異異應非異以即一故如一乃至廣破四邪命外道執有等性與彼諸法非一非異當非有非非有句此亦非真所以者何如此所說非一非異者為但是遮為偏有表若偏有表應不雙非若但是遮應無所執有遮有表理互相違無遮無表言成戲論乃至廣破如是世間起四種謗謂有非有雙許雙非如次是增益損減相違戲論是故世間所執非實今此下揀異此是一人展轉彼乃四宗各殊又此則為顯真如彼則一向治執故不同也後段等者今但取皆非

真實已上文不取及顯外道已下也三總結疏妄計塵沙者顯妄執多也既從念生豈順無念真理故不相應然此文中但約心結而不約境者以一切境界皆從心生但說無心則知無境故略不言以對下謂如實之體約無妄故說名為空非謂真體是無名為空也亦可下通指此段總結之文皆是釋疑恐聞前真如自性非有相等便謂全無自體及功德法成斷滅見故今釋之云乃至等聞空謂真無妄相不空謂自性功德清淨本然初正釋疏牒前者牒前體空無妄顯下不空之法舉體者體是所依下常等諸義皆依此說故常者三際四相不能遷故樂者三苦八苦不能害故疏以恒為樂者以無生老病死故名恒此生老等正是苦法故今配此前約惑業

故配四相今約果報故配老死等我者是自在義為對所繫不自在故以離業行繫縛故論云不變不變是離行也行即是業既非業繫則得自在故云我也淨者染而不染故然此注合在淨字之下以滿足之言蓋是都結謂除此四德之外所有過河沙數功德悉在其中故云滿足即如下所説大智慧光明徧照法界等故本疏以淨法爲淨德不該滿足之言然法一字猶通上下又詳常恒不變之文但成一義縱此各配自是一塗今助一解則與疏異常恒不變者竪顯真體三際無窮斯則釋前以有自體也淨法滿足者横顯淨德十方無盡斯則顯前具足無漏等自體既常不變復具無漏功德法體若然豈是空耶故結不空二釋疑疏情執有者謂徧計所執色等諸法是妄情中有故是則等者真實法體自性功德雖無次少然無一相可得故不異空釋無相等者夫有相者是妄念所緣今既唯以證智相應故知無相故唯識偈云若時於所緣智都無所得爾時住唯識離二取相故科釋生滅心法者以立義分中云是心生滅因緣相能示摩訶衍自體相用故今此一文正解生滅因緣相也染淨生滅者以染法淨法各有生滅染以順流為生反流為滅淨以反流爲生順流爲滅又染法生時是淨法滅時淨法生時是染法滅時又染法生是妄生滅是盡滅淨法生是顯生滅是隱滅雖通云生滅而義有此異也初標體論如來藏者具三種義謂隱覆含攝出生義隱覆之中復有二義一者藏如來故名如來藏即煩惱

爲能藏如来爲所藏藏於如来如来之藏依主釋也如櫃中有金名爲金櫃櫃不是金故理趣般若云一切衆生皆如来藏勝鬘及如来藏経具有此說二者如来自隱不現名如来藏法身無相不可以智知識識況眼見耶斯如来即藏持業釋也如佛性論說含攝之中復有三義一體含用謂法身中有身土相用等二聖含凡謂一切衆生皆在如来智内亦如佛性論說三因含果謂因地已攝果位功德此則以因爲藏藏果佛故前二持業釋後一依主釋出生者謂十地證真名藏能成佛果名如来亦持業釋今論於六義中除於四六餘者皆通疏二今初正釋標體者說有通别别則唯取所依即如来藏是體通則兼取能依即如来藏與生滅心倶爲體以生滅

法皆依此故今通兩說然此下顯生滅與不生滅義說能依所依實無二體也但有相依之義理而無相依之法體如不動下喻顯當知下法合並如文言思之者意令細合使法如喻皆無二體也楞伽下引證経云大慧如来藏者輪轉苦樂因也亂意慧愚癡凡夫所不能覺勝鬘云世尊依如来藏故有生滅依如来藏故證涅槃世尊若無如来藏者不能厭生死苦樂求涅槃此顯下二揀濫如說依水有波意顯所依之水全起成能依之波不同依母有子非全母成子能所别故斯則舉一法以竪論非約兩法横說以此下出所以以是所依之真起成能依之妄故得有覺不覺二義以有二義故遂以不覺妄法顯示覺義之中三大也如水起成波已而動溼兩全

以有動溼故遂能以動顯於溼也若言依母有子母不在子中以不在中故不能以子顯母是故下結成上義所依即如來藏二辨相中疏二初釋和合義三今初略指非謂等者意云真如家所起生滅還與生滅家真如合和非謂別有一段生滅自外而來與真如合生滅之心者謂全妄之真也心之生滅者全真之妄也此則本末更互相攝非謂結成六釋無二相者心即是體生滅是相反覆皆一故無有二心之下二備釋二初正釋心之不生滅即真如門生滅之心即生滅門從本覺起者窮妄源也然是本覺起成生滅非謂別有生滅從覺而起如水起波斯義無別本覺即如來藏也無二體者前云無二相此云無二體意明只有一相一體以心是生滅體生滅是心相覺成不覺不覺與覺不相捨離故下文下二引證三初引文即隨染本覺中文此中下二釋意可知心亦下三法合神解者本覺不昧鑒照靈通也餘文可知疏此是下揀濫不生滅與生滅合者謂真隨妄轉流轉門也即背覺合塵義非是等者謂息妄歸真還滅門也即滅塵合覺義然此二中隨合則體隱相現反合則相泯體彰故前門云一切法悉皆真故皆同如故此反合也此門即云依如來藏故有生滅心又云依覺故迷等真隨合也由是疏中前義即生滅門後義即真如門論非一異中三初約法略明疏真如者即前不生滅也非少分動故云全體既全體動成生滅法何異之有雖成生滅而性不變從本便爾非適今也故云而恒生滅是變與

不變義別故云非一楞伽下二按經出體七識是見聞覺知末那餘文可知非異門下三據義廣釋三初離釋二初釋非異三然三段中皆以真如爲本生滅爲末初則以不生滅望生滅說次則以生滅望不生滅說後即兩門同時同處說其不異者義在能成即唯同俱六字之中隨文詳會問論云非一非異疏合順論以明何故先釋非一後解非異耶荅論順依真起妄義便故先舉非一後言非異文云依如来藏有生滅心不生不滅與生滅合此非一義也然此生滅既依心體不相離性故後方可言非異也疏文約法廣釋令人生解要先知體無二由無二故方成不一此則順法備明令悟本無真妄之異悟此法已任辨義異則不迷本也故下疏云此中非直不乖不異以明不一亦乃由不異故成於不一也今初以本從末釋經云即楞伽經善不善因者殺等十惡爲不善不殺等十爲善一切趣生者六趣四生其中兼有善與不善生滅者捨陰取陰之義斯則如来藏是具如善不善等爲生滅既言如来藏爲因爲造即不異也又經涅槃也文云譬如雪山有一味藥名曰樂味其味極甜在深叢下人無見者有人聞香知其地中當有是藥過去世有轉輪王於雪山中爲此藥故在在處處造作木筩以接是藥是藥熟時從地流出集木筩中其味正真其王殁後是藥或醋鹹鹹甜苦辛酸六味成別如是一味隨其流處有種種味喻如佛性以煩惱故出種種味所謂六道等此則佛性是真如六道爲生滅即言佛

性隨成即是無異之義二攝末下二初正釋令義衆生即如者淨名經也如前所引然衆生是生滅如是真如既言其即當知不異涅槃等者文云善男子我於諸經說若人見十二因緣者即是見法見法者即是見佛見佛者即見佛性何以故一切諸佛以此爲性善男子觀十二因緣有四種之智得四種菩提乃至云以是義故十二因緣名爲佛性斯則佛性是真如十二因緣爲生滅既說十二因緣爲佛性豈曰異乎十地等者此是華嚴經意彼經文云佛子菩薩復作是念三界所有唯是一心如来於此分別演說十二有支皆於一心如是而立今疏所引是彼論牒經也第一義諦者是論釋也心是中道實相故云第一義諦斯乃三界是生滅一心是真如唯之一字顯不異也以此下即始覺中文四相是生滅一覺即真如既云平等而同欲何為異然此非異之義深而且隱難有信解故此廣引經論證之又前下二對前重辨即重對前科以明非異也即末之本者重釋前科也此則以末收本無本而非末如以波攝水無水而非波更有何水與波爲異故云非異後即等者重辨此科攝末歸本義也此則以本收末無末而非本如以水攝波無波而非水更有何波與水為異前則唯末後則為本既無二相故云非異三本末平等中經云即楞伽經文云大慧如来藏藏識本性清淨為客塵所染而為不淨我為勝鬘夫人及餘深妙淨智菩薩說如来藏名為識藏與七識俱起令諸聲聞見法無我我為勝鬘說佛境界非

外道境界此言如来藏即是真如真如是本七識是生滅生滅是末既云其俱即平等義又經亦彼經也與前文小異而意大同詳之可會又論即十地論唯真不生者果佛無生故單妄不成者無所依故然唯真之法則容有單妄之法則全無今以相對且作斯說此則下都結亦通結三門詳之不一下釋非一文四今初躡前正釋四初正釋攝末之本即生滅之真如攝本之末即真如之生滅既一生滅一不生滅豈為一義是則於心不異中明不一義依是下二引證可知解云下三釋上引文意不在中者無中可在也不同二人同在一室中即如兩木成林兩木既分乃得云一木不在林中此約下四通妨或問曰義既不一應不和合故此釋之謂於二義之中

徧舉此義而說非謂壞彼和合以成不一即知正說此不一義時彼法元自和合何以故者徵意云何以不壞和合又能不一耶此中下釋也如来藏等者謂不生滅既是即生滅之不生滅當知此不生滅與自七識生滅未曾不和合於和合中而論不一也七識等者謂生滅既是即不生滅之生滅當知此生滅與自如来藏不生滅未曾不和合而於此中以論不一也所言自者顯非别外本不相離不相離者即和合也斯則只於非異處說非一義誰言破此和合耶此中下二反籍非異二初標可見二釋何以故者徵意云不乖非異其義已明有何所以能成非一若如等者釋意云若如来藏隨緣時失自不生滅體即兼無生滅相以無所依故此文且顯二法若

異有如此失是則不成不異義也彼義既不成兼此不一義亦不成以二義既失約於何法以明不一耶是故下明不異義今由不異故生滅起時不失不生滅由不失不生滅得存二義既存故得不一義成立豈非由不異故成得不一耶又亦由此非一義故得成彼非異義以真起成妄故得說有妄不異真妄若不起說何不異前段所不言者以未說後義故又此下三舉體相攝二初正辨真妄下各出其體如文可知此以無明爲非生滅者非麤相之生滅故非不生滅者以有細相流注之生滅故例如非想非非想處耳此四下正辨舉體相收且舉如來藏者必收諸法以是在纏名故又舉梨耶由無明動真妄合故若舉七識亦由無明與藏俱在梨耶中故若舉無明無明無體依覺有故亦在梨耶故下文說依梨耶有無明又說無明滅時和合識破由是舉一即攝諸也緣起等者衆法和合方成一大緣起之相此中下二釋疑或問曰若然者云何前引經言如來藏不在梨耶中故此釋通以義說如此非事異也餘義準此者今文舉喻且約溼性對浪而說以喻藏性唯不生滅對七識唯生滅一義以論即離對餘二義理亦準知故云思之故前文云隨舉一義即融攝自體也問既下四問荅通妨有二問荅初問中怪前所引經文云如來藏者不在阿梨耶中荅意云真與妄合方曰梨耶其如梨耶都無自體且約義說則真妄二法悉在其中由是梨耶爲總真妄爲別只合言在總中不合言在別中今既分動靜則使梨

耶總義不成無中可在故云不在梨耶中後問意云今梨耶既通動靜應合亦在真如門何故獨在生滅門耶荅中且說唯在生滅門意自然例知不在真如門也以梨耶是起靜以成動體不相離故靜隨動在此門中也非直等者意云謂不動尚在動門何況動靜兼者向以下徵釋可知應思準之者意令準知不在真如門也以梨耶雖有靜義然不在真如門者以此靜是隨動之靜非同真如門是不起之靜靜體雖同靜義且異梨耶既動靜相帶故不在真如門也以此門是唯靜故疏畧不說此義乃云應思準之又若下二合釋二義二初遮一異然則相無相宗學人有失意者於此二中各負一過離此等者故前云依如来藏有生滅心後云無明滅故智性不壞又若下二顯和合一初正釋無和合等者例如中論偈云染法染者一一法云何合染法染者異異法云何合此則由非一異義成和合義也如經下二引證三初雙標二喻即楞伽經也如文二若涅下單釋塵泥非彼所成者非彼微塵成泥團也應無差者塵末和水應名泥團既成泥團應曰微塵如是下三總以法合藏識非因者非無也因真相也既若成異則藏識不因真相所成如前泥團不因微塵又如何云依如来藏有生滅心藏識亦應滅者以無和合義故故下云破和合識相令言滅者但無一分生滅是故非真相滅者下文云妄心則滅法身顯現又云心相隨滅非心智滅業相滅者舉細攝麤也解云下三釋其所引文易可知今此下三總結成可

知立名中䟽二初正釋論意此生等者再牒前文之義自此下合彼二義以結此名或云下二廣辨名相二初對二師以辨名楚夏者謂如此方吴楚華夏言音訛轉西域五天亦爾故指彼同此又云阿梨耶阿陁那等此但輕重有異也無沒者即正與梵文敵對藏識即取名下義翻藏是下會二名也由彼我見所攝藏故遂令無始相續不斷故云不失是以義上之名雖少不同名下之義故無異也如佛性爲覺爲知了了分明等所攝下二約三藏以釋義於中有智藏所藏能藏之義如次辨識謂諸下標所以下釋似一者業相初起未分王數及與外境實非一而似一也似常者生滅微細似常而非常也楞嚴云又汝精明湛不搖處名恒常者於身不出見聞覺知若實精真不容習妄故云似常諸愚者一切異生無二空智者以似爲實即法執智相執之確然不改即六七二識是能執心也內我即我執於自身內而生執故以執他身及諸法各有自性亦名爲我故此揀云自內也我見下結爲藏義也攝即執也既爲我見所執故名爲藏執即藏也由是下出所以二種我見即人法也永不起位即第八地準唯識說此識有三位一我愛執藏位通一切異生二乘有學及七地已前菩薩皆起我執執第八見分爲我故第八識名阿賴耶此云執藏也二善惡業果位即通一切異生至十地滿心二乘無學等位由善惡因感無記果果異於因名異熟識三相續執持位即通因果一切位以第八識執持諸法種子等令不散失

故名阿陁那阿陁那義翻執持今云不起位者即第八地已上也以離我見所執不名賴耶故失斯名仍揀下位入觀之時有暫不起故云永也然不云識體故言失名又能藏下所藏義謂此識體藏在根身種子器世間中以根身等是此識之相分故如珠在像中不同身在室中若覔梨耶識只在色心中欲覔摩尼珠只在青黄内又能藏諸法下能藏義也謂根身等法皆藏在識體之中如像在珠内欲覔一切法總在梨耶中欲覔一切像總在摩尼内然但以前義互為能所也論云下引唯識證成可知科云釋上生滅心者以立義分中云是心生滅因緣相今則且釋心生滅也論二種義下疏二初釋開數二初標舉釋意稍難者以此一識二義之中含有多法外則包羅萬像内則能所俱成存之則生死無涯破之則涅槃有得若不分别何以了知行相幽隱故名為難然其深智於此可了故復言稍稍少也括檢也謂總檢括論之前後以釋此意然亦但齊生滅一門何者下二依義具釋中三初約真妄開合以釋義文有七一開真妄成四義然真之與妄皆依一法界心所說蓋以此心本来有體有用即用之體則蕩然空寂即體之用則了然覺知以無始迷之故於空寂之處則礶然根身塵境於覺知之處則紛然分别緣慮故肇公云法身隱於形骸之中真智隱於緣慮之内然其形骸緣慮本来體空空寂覺知元来不變不變之真本自隨緣體空之妄元来成事非因造作法爾如斯衆生身心見今若此即約此義以

明染淨緣起之義也今不别標一心者含在真字中以無二體故不變者未嘗不空寂未嘗不覺知故故論云所謂心性不生不滅又云一切染法不相應故又云所言覺者心體離念等虛空界隨緣者隨染順流而成九相故文云依如來藏故有生滅心等隨淨反本而成四位故下文云覺知前念起惡能止後念令其不起等體空者徧計之法情有理無故故論云一切諸法唯依妄念而有差别等又依他之法相有性無故故論云是故一切法如鏡中像無體可得成事者成染事則三界依正成淨事則三乘因果如下所說九相二身是也此則隨緣如作夢成事如夢物體空如夢物元虛不變如內身宛爾此真下二束四義成二門初義即真中不變妄中體空由此二義成真如門此門攝妄則妄體空攝真則真不變染淨平等一相無相故有此門後義即真中隨緣妄中成事由此二義成生滅門此門攝真則真隨緣攝妄則妄成事即成染淨諸法差别等相故有此門此隨下三開生滅成四義此約生滅門中真妄相對互論自他便成四義然真中違他順自即是妄中違自順他真中違自順他即是妄中違他順自但為門不同而義一也違順行相即見下文無明下四開四義成八義三初正示八義無明下且明妄中四義示性等者謂反流對染詮顯示現真性功德如下云不覺念起見諸境界故說無明心性不起即是大智慧光明義乃至若心有動具有過恒沙等妄染之義心性不動則有過恒沙等諸淨功德相

義示現又説性本無慳順脩檀度等知名義等者謂分別妄心順生滅時屬於無明名爲染用若順真如故名淨用故下文云以有不覺妄想心故能知名意爲説真覺若離不覺之心則無真覺自相可説又云無明染法實無淨用但以真如而熏習故則有淨用覆真者真理平等妄心差別差別之妄現時平等之真即隱故下云染心義者名煩惱碍能障真如根本智故無明義者名爲智碍能障世間自然業智故成妄心者以無明熏習之所起故故論云以有無明染法因故則熏習真如以熏習故則有妄心等又云無明熏習義有二種一者根本熏習以能成就業識義故二者所起見愛熏習以能成就分別事識義故真如下明真中四義顯真德者反流翻染形對妄法顯此真德即下隨染本覺中智淨相文云謂依法力熏習如實脩行滿足方便故破和合識相滅相續心相顯現法身智淳淨故起淨用者無明是妄恒起染用以真熏有力令彼反流順真如性故名淨用下云自體相熏習者從無始世来具無漏法備有不思議業作境界之相依此二義恒常熏習能令衆生厭生死苦樂求涅槃又云以有真如法故能熏習無明乃至得涅槃成自然業等隱真者即前説真如隨緣成梨耶識既成識已隱在識中以其隱故名如来藏已見上文現妄者真體既隱妄相即現謂境界相是也下云不了真如法故不覺念起現妄境界此上下二合對四覺然此覺與不覺但以真妄相對爲門不同各有四義故開成八今於真

妄各分體用故兩兩相從但唯有四如疏四段前二段約淨分其體用初段合二順體成本覺次又由下合二順用成始覺後又由下二段約染分其體用初段合二順體成根本不覺次又由下合二順用成枝末不覺是以二二合論乃成染淨各分體用故合前八成四義也此生下三結指廣畧然八門之廣則已極四門之畧則未極以次更有爲二爲一故言四義者即上違順等四非取今四覺爲四以此是結指上文也若約下五束八義成四門言分相者謂分齊法相也以一切淨緣分齊法相屬於二覺一切染緣分齊法相屬二不覺又於中淨法之體屬於本覺淨法之用屬於始覺染法之體屬根本不覺染法之相屬枝末不覺故合前八以成四也若本下六束四門成二義謂始覺是末不離本覺之本故下文云以始覺者即同本覺又云而實無有始覺之異乃至平等同一覺故枝末不覺不離根本不覺故下文云當知無明能生一切染法以一切染法皆是不覺相故然本始二覺但是體用之異本末二不覺但是麤細之異豈得離體有用離細有麤故唯二也若鎔融下七合二義成一門以本從一生滅門展轉開成八門之義乃是據本以彰末今却收束以成生滅門則是攝末以歸本也又若下二約諸識分齊以結成諸識等者即本事二識也然此二識分齊行相各不相是以本識是體事識屬用今以二本是體宜在體分以梨耶無始相續具覺不覺行相相順是故二本皆在其中故下文云以如来藏無前

際故無明之相亦無有始餘二等者始覺悟時方有六麤託境而生行相麤浮宜在麤分是故此二在生起識中此則攝四覺歸二識也若約本叉攝事識歸本識以體用不二如波與水是故四義俱不離本識也此即同前一生滅門耳但前約門說今約識論也故云下結由是廣之成八攝之成二二義皆從一識中出故今論云此識有二義問此下三約問荅通妨以辨異二初辨異二義問意可知荅中先分別正荅初辨一心二義即依一心法有二種門義隨緣即生滅門不變即真如門今此下辨一識二義即唯約生滅門不該真如門此中理淨即覺義染事即不覺義即前生滅不生滅和合之義廣如前釋無二相即前和合非異義染淨等即非一義是則下判成寬狹可知問此下二辨異二真問意云若言同者應合俱名真如不然俱名本覺何以前後立名別耶若言異者約何論別荅中約體絕相者如前云心真如者即是一法界大總相法門體乃至離言說名字心緣等相本覺等者是所示相大中文本者下釋所以謂本性功德即是覺也

起信論筆削記卷第七

音釋

礭苦角切鞕也　㲉苦角切鳥卵

起信論疏筆削記卷第八

長水沙門　子璿　録

今就畧以立名謂之本覺約廣以顯相號性功德也以此下結揀所異謂本覺之名不於真如門中說而於生滅門中說者以約翻妄而立故是故下引所示之法證成前義論生一切法中疏三今初對前門以通各義上二下牒外難以此下通釋狹義如前已見由含下正明攝一切也一切雖多不出染淨今有覺義故攝淨有不覺義故攝染故云一切法不言下明不同二門也以染淨相兼方成一切今覺義攝淨不攝染不覺義攝染不攝淨斯則二義共攝一切則可各攝一切則不可若一心二門之中則每門已自攝染攝淨由是不同故不言各也又上下二揀前文以釋生義先牒難以真下通釋無能生義者文云所謂心性不生不滅等故以不覺下約順流生諸染法即三細六麤等以本覺下約反流生諸淨法即四位二身等依此下通結下四下引說處問此門既有生義何不於二門之初便言耶荅前文以生滅與真如同處標示無便言之今此獨明故得言生也非直下三躡下句以辨攝義其猶金能成像像不離金水能生波波不離水即三藏之中能藏之義約淨等者覺是淨法於中有始有本則隨流時體本覺隱用始覺廢爲滅反流時體顯用起爲生論所言下二初正顯覺體謂心下標也疏離於等者心體真實本自靈鑒念想虛妄從來闇昧若心有念是謂闇昧名爲不覺心既離念則無闇昧唯一靈知名之爲覺復言體

離者當知本無以本無故名爲本覺論離念相下釋也相謂義相即下二義是也此之二義正是本覺相即相大也等謂齊等本覺之義與空齊等故也疏非唯等者即正釋相之一字即大智慧光明等義以一一義稱體而周不異不二皆等虚空故云與虚空等此文乃是海東疏義故今引用二義如下所配横徧三際者若言徧則合云凡聖若言通則合云三際今所異者以三際凡聖互有相通舉三際時一一際中必具凡聖凡聖皆如故云横徧三際舉凡聖時一一凡聖必具三際始終皆爾故云竪通凡聖蓋欲異於常説横不該竪故有此言顯無不徧也在纒等者此雖約時竪説語似未盡然理亦該收謂在纒必具情器出障必收身土二俱無二也論如来

下二會體立名如来者是應身法身是真身如来之法身依士釋意明心體與法身無二故云即是又離真無應應即是真故云即是又如来法身並同真身但以約人標法故曰如来法身亦是即義上二皆持業釋由是即字通兹三用然初一是正餘二是兼也學者應知言平等者聖凡情器無二圓滿故疏欲明等者欲顯在纒之本覺遂舉出纒之法身此則約果以顯因也名雖因果有殊而真實之體無二故論云即是也論依此等者依體立名也謂心體寂滅無有變改從本巳来可軌則故名之爲法是體依聚故名之爲身今依此體而立覺名者以顯法身非是一向凝然寂滅無知無覺也又顯此覺非是有爲生滅之法故約法身以立是則一體之上寂故

名法身照故名本覺所言依者但是依約之義不同草木依根有苗分能所也亦不同依如来藏有生滅心有真妄也此乃一體真實但約此體上靈照之義便名本覺也疏既是等者法身之理三乘教中同許不生不滅是本有之法既目此法爲覺是可爲本無性下引證本覺即法身義也以此宗中理智無別謂即理之智名爲本覺即智之理名爲法身如珠即明無二無別不同權宗爲無爲異二釋本覺名疏責意云二者但反覆成難而實無二故本疏云進退成難以對等者下云當知染法淨法皆悉相待今此且約對於新生立爲本有以始覺從修新生本覺性自元有由是對始以立於本又以下約別義釋前約對始名本今約生始名本原其始覺是本所生内因熏習外假緣力創然而有故名爲始生於始故名爲本也苟無所生亦不名本如女生子方得母稱以至下二初隨文別釋者此辯但名覺之所以以始本既合則無二相無二相故但是一覺故下文云亦無始覺之異以四相本来平等同一覺故又此下約別義釋前段是辯一覺所以此即辯始覺所以意明此段論文是明始覺以依本起始始還同本故名始覺以始得無念之覺名真始覺也已前雖亦名始覺以未離念猶名不覺或立相似隨分等名至此念盡已覺初相故名始覺是知直待合同本覺心源故名究竟覺智淨相等並同是始覺也問若下二問答違妨異不成始者以前文云是本所成故融同本體方名始覺故同不成始者以前云至心

源時始本無二平等一相無所待故既而同異二俱不立如何說言對始立本耶此問因次前疏文中来荅意昔日不覺而今始覺若窮其體與本不殊就生滅門相待義邊得名始本也形本不覺者形本覺故立爲始形不覺故立爲覺也若至心源巳屬真如門攝不同前難而實始覺等者無不覺之染緣可形待故無覺名與本平等不殊故無始名但名真如不名始本覺也由是真如門中但顯於體不顯相用二始覺疏明起等者正明始覺文雖在後轉推其源元因本覺由迷本覺方有妄念妄念即不覺也則前依如來藏有生滅心後依覺故迷等如依不睡人有睡人也論依不覺有始覺者如依睡人方有覺人疏三初別解文本覺等者下云以有真如法故能熏習無明以熏習故則令妄心厭生死苦樂求涅槃等究竟同本者下云而實無有始覺之異本来平等同一覺故下文引證者即随染本覺中文斯則本覺離染初淨便名始覺此文下二通辨論意此如好人成睡人睡人成覺人此顯展轉成立也始覺同本下明展轉泯絶也如覺人同好人以同好人故即無睡人無睡人故即無覺人無覺人故即無好人無好人故平等平等亦不可言平等者無始本異故再言之者有二意一則始覺與本覺平等始即本故本覺與不覺平等不覺即本覺故二即始本不覺竟無差別本自平等又差別平等亦復平等離言者欲言始覺體同本故欲言本覺無所對故欲言不覺體即覺故言之不及故云離言以離言故無相

可得心行處滅故云絶慮此即泯同真如門也是故下三總結示圓融者圓攝染淨覺與不覺融歸一體清虛無累故曰脩然迷覺中道一不住著故名無寄況有三身異者以三身由始本所成始本既不安立豈有三身之殊此揀權教定說三身差別於中分爲無爲別及三常之異也但隨下釋疑也或曰下說不思義業相緣熏習鏡報身應身又云無明盡有不思議業能現十方利益衆生此豈非報化之用何言無三身耶故此釋之但約機見有異名爲報化之身若約果海實無身說下文即真如用大文云諸佛如來唯是法身智相之身第一義諦無有世諦可見之法但隨衆生見聞得益故說爲用科始覺者亦可前畧明始覺體今廣明始覺相後始不異本即結相同體初標因果疏染心者即六染心性靜者即如來藏以汙淨成染故說淨爲染源故下文云是心從本以来自性清淨而有無明爲無明所染有其染心麤相者即轉現二相幷六麤等轉現亦是細中之麤並爲麤相生相即業相安中最細者以麤從細生故說細爲麤源故下文云麤中之細細中之麤菩薩境界細中細是佛境界然心源之言疏中兩解初解依士釋次解依士持業二釋俱通或可淨心即源持業釋此解與疏初解俱約所證之極疏之次解約所斷之極斯則心源二字通於真妄覺之一字即是始覺始覺至於生相足以斷除始覺至於性淨性淨足以冥合故下文云覺(始覺)心(性淨)初起(生相)心(冥合)無初相(斷除)以遠離微細念(上所斷者)故得見心

性心即常住上注合者名究竟覺能所合已别立此名始覺道圓者道即因義至此位中因滿成果無始本異名究竟覺即佛地也不了等者有生相等之所隔故金剛等者金剛喻定無間已還乃至一切異生即下文随分相似及不覺等是也斯則究竟是果非究竟是因也疏前三者則滅異住覺此三相已還名不究竟後一則生相此一相盡故名究竟此約反流故生相居後若約順流則滅相爲後科顯四位者此同圓覺凡賢聖果之四或開爲五位即資糧加行通達脩習究竟也或合爲三謂信行淨心究竟也廣即五十二位疏二初總叙意文七令初畧標大意麄則滅相細則生相中間相望互通麄細寄顯等者寄託四種塵勞相上顯明始覺功力分齊是則約所覺之麄細辨能覺之淺深也然此下二料揀四相意顯真心随無明熏從細至麄從惑至業寄此惑業之上說爲四義乃是一期之四相也非約等者刹那之中雖具四相非今所辨故乃揀之令以下三正釋本義二初標列如文二釋文二初總三初總叙起妄二初正叙原者鞫窮之義夫語辭也謂窮此四相之由本因迷心所成也或二字俱是發語之端心性下叙所迷心體即真如門如前文云所謂心性不生不滅乃至離心緣相等而有下明迷成生滅即生滅門如前云依如来藏故有生滅心等經云下二引證初則涅槃如前所引又經即法身不增不減經彼云即此法身爲過於恒河沙無邊煩惱所纏從無始世來隨順世間波浪漂流往来生死名爲衆生令疏畧

引大槩此下下即隨染本覺中文今就下二總配四相如文佛性下三引論釋成彼論所說一一有爲莫不皆爲四相所遷以證今論一期四相二别下二初畧配下文約位等者即將此覺四相位對下六染文即知此四别分各成多少不等如下文云一者執相應染依二乘解脱及信相應此遠離即是此文如二乘觀智初發意菩薩等覺於念異念無異相等下文具云二者不斷相應染依信相應地修學方便漸漸能捨得淨心地究竟離故乃至五者能見心不相應染依心自在地能離故此上四染即是此文云如法身菩薩覺於念住念無住相等又下文云六者根本業不相應染依菩薩盡地得入如來地能離故即是此文如菩薩地盡滿足方便一念相應覺心初起心無初相等也以此對彼足見四相别分之義但以彼約淨智翻染一向就煩惱道說故不說於滅相今文約覺起始終具論故總明四相也準海東疏配生相有三三細也住相四即七識四惑異相六即根本六煩惱滅相有七即身三口四然彼所說法體即同但開合有異今疏即就當論所辨以要順宗故無以棄近而就遠也生相下二廣釋四今初業相者標名謂由下釋相以無明下結成表此先無故名生相甚深下别歎下文下引證即生滅因緣中文即下文下類攝初一即業相後一即根本業不相應染第一即業識此等下都結但以所說爲門不同而法體是一故皆攝之爲門不同者九相是明不覺五意六染是明生滅因緣但五意是生因

緣六染是滅因緣也由義異故名字不同及說處亦別以體同故故通攝也下諸段標釋結攝例此住相下二住相此二等者已上三細是三不相應心屬於本識此二並在等者此是麤中之細屬於事識無明等者結成也確然不改故名堅住後二即轉相現相初二即智相相續相後四即轉識現識智識相續識中四即能見心不相應染所現色不相應染分別智相應染不斷相應染言異下三異相此在等者此二是麤中之麤屬於事識無明等者惑妄麤顯能發身口貪瞋等別故名異相下文下類攝中二者即執取計名字相初一者執相應染以合二相爲一染故意識即意之識言滅下四滅相滅前異心者謂惑至此終極入於業道也如小乘滅相滅現在心令入過去以無明等者從微至著起惑造業業因既成必招來果一期事畢故名周盡以周盡故故言滅相非謂從此不起煩惱如人謀事緣備事遂名爲周盡以果下或問曰生等四相於九相中已攝前八何故不攝業繫苦相耶故此釋之意云因則未造者不造已造者轉滅即有可斷之義若至果報已當受處即不可斷如已至地獄必當須受也故佛令知苦斷集不令斷苦是斯意也故今文中廢置不說言第六者即六麤之最後也是故下四總結前說唯一夢心喻也如有一人（真如）忽然睡著（無明）作夢（業相）見（轉相）種種事（現相）起心分別（智相）念念無間（相續）於其違順深生取著（執取）爲善爲惡是親是疎（計名）於善於親則種種惠利於惡於踈則種種陵損（起業）或有報恩受樂

或遭報怨受苦（業繫苦相）忽然覺來上事都遺當知此事唯一夢心皆因等者法也九相之興皆依此力如依於睡有諸夢事經云下引證即勝鬘經也彼云世尊如是無明住地力於有愛數四住地無明住地其力最大大論云譬如大地有勝力故持四重擔故名住地一大海二諸山三草木四衆生無明亦爾於五住地中此最難除故知力大下文則九相末都結之文雖復下五據理融攝先縱牒前文謂細不是麁惑不是業法執非我執本識非事識前位異後位故云階降然其下攝彼麁細差別以爲一念所言一念有兩意一則但是一無明之念二則一刹那之念且如一人忽逢一怨便行殺害（起業）如以爲張人王人（計名）定言於我有怨（執取）惡心無間（相續）分別是怨非親（智相）彼爲所見（現相）已爲能見（轉相）心念起動（業相）即於一念之中八相具足然於二義中正唯前義亦可一念者即一心也故下文云一念相應即無念之一念也爲麁下出所以或問曰既有麁細前後等差何得説爲一念故此釋也謂雖有麁細等差而是一心所作豈有心在滅相而生相中無心若言無者生何所依亦不可分此一心以應四相既心不可分復無前後如何四相得有前後耶如人是一夢種種事夢事雖多即無前後故説下引證即始覺末文正云而實無有始覺之異以四相俱時而有皆無自立本來平等同一覺故然末下六決通伏難或難云既四相同時何故覺者有其前後故此釋之達心源下以了四相同依心者方得俱時而知也如人夢中

說夢漸漸而知或至覺来方可併悟斯乃得失在人不應疑法経云下引證始者下轉釋所引並可知既因下七結成始覺二初順流釋所覺所覺即不覺也種種夢念即煩惱障轉至滅相即業障長眠下即報障既三障所覆殊不覺知無始至今未曾覺悟故云長眠三界即依報六趣謂正報於此六中數數歸往故名爲趣今因下二約反流以明能覺能覺即始覺二初明起覺因緣本覺熏者內因熏也覺力冥重微妙叵測名不思議本覺是體熏令厭求是用此即内因體用也又因下明外緣熏力真如是體所流教法是用此即外緣體用也梁攝論說從清淨法界流出正體智正體智流出後得智後得智流出大悲心大悲心流出十二分教清淨法界即是真

如據本而言故云真如所流教法聞熏者謂以聞慧熏得真流之教反資覺性令彼有力是則本覺所流教法還即熏於本覺以體下二顯覺起功用即指前內外熏力能起始覺也體同即外緣之體與內因體無二相故即真如同本覺也用融即外緣教法與內厭求二相通和不相違拒也領彼聞熏者正顯同融之相若不同融即不領受以領彼故遂能資益內熏覺性起始覺之解解力既增無明力劣故得反流漸向心源也始息滅相下明其漸向之義從初信位止其造惡次了我空漸斷法執覺至本識窮了生相纖塵既盡覺照獨存故曰朗然大悟即無明夢盡成究竟覺也覺了等者心源常湛本自不動動相既無對誰云靜下云覺心初起心無初相故又

云譬如有人迷東爲西方實不轉等平等者心無二相故再言之者平等之相亦復平等故或即本末平等能所平等自他平等以要言之諸相待法悉平等故如經下引證即華嚴經經云譬如有人夢中見身墮在大河爲欲渡故發大勇猛施大方便以大勇猛施方便故即便寤寤既寤寤已所作皆息菩薩亦爾見衆生身在四流中爲救度故發大勇猛起大精進以勇猛精進故至不動地既至此已一切皆息二行相行悉不現前彼之意者說此菩薩從有相有功用入此地無相無功用得無生忍不見我及衆生菩提涅槃生死煩惱故二行俱息以得法無分別故令此約究竟位始覺同本無相可覺平等平等位雖不同大意無異故云大意如此次正下二別

釋文二初示文可知二正釋論四今初疏總相徵者意問究竟與不究竟覺約人約法其義云何以躡總標之文而徵起故十信即劫外凡大夫言凡夫通至地前今此既能止惡則非迷倒之類未覺煩惱又非十住已上正在不定聚中故云十信二所觀相疏未入下且明所覺滅相未入信位迷倒之時所行之行唯惡是從身有三種謂殺盜淫口有四惡謂妄言綺語惡口兩舌不了此業定招苦果以不知故熾然造作斯則不識因果罔知罪福之時也今入下明能覺功用信於善惡業緣受報好醜如聲響形影必無差忒故覺滅相者方知此相過患如是論文但言覺知起惡而無滅相之言故疏對之三辨利益疏不造惡等者前念雖起但是惑門止後不生終

非業道意地既止即身口不爲也四結觀疏能知等者但知善惡之業不亡不知無我無造由是雖覺即是不覺此約當位釋此但下約望後位釋後位已覺惑故此位但覺於業惑與覺義敵體相翻業與始覺猶非敵對故但名止也論異相中初能觀疏十解即十住之異名彼名發心此云發意名義俱同等之一字意該九住及與行向故云後也留惑者伏而未斷故不證者意爲利生故謂此菩薩悟真本有達妄本空隨順真如脩唯識觀雙伏二障不起現行但留種子若準法相宗說以止觀力微不斷隨眠也若依涅槃經地前菩薩依教起行不可思議惑障不起以悲願力助惑潤業受生死身六道教化正當此義若唯識說初地已上悲增菩薩方有留惑之義今此疏中於三賢位而論留惑者以此是法性宗實教菩薩根性猛利初發心時便能頓了本性達妄體空順性脩行諸波羅蜜趣理速疾於惑自在故於三賢便說留也得自在者能入此觀能伏此惑故用觀既齊故同一位問論文何故不直言二乘而言觀智者何謂耶荅以二乘偏觀人空菩薩雙觀二空故分大小之別今但就用人空觀同處爲言故得合論也此則但約觀智力用分同菩薩而非全同如或直言二乘者恐成濫失此則不同而同須言觀智二所觀疏二種者執取計名字相分別等者於身内計我於外計所於中具含俱生分別故云見愛然於六根本中除我見是見惑餘皆是愛如常所論此二等者即二乘三賢同覺此相俱能了知此我

執故明本下明所覺異相發起因緣謂未起智時無明之念與異相和合起諸煩惱熾然不息殊不覺知也而今下明能覺功用謂於無明念中照察人我愛見有無道理知此煩惱由無明生始了麁念故云微覺是覺念中之異義三利益疏既能等者於無明中如理照察人我之體了無所得故云念無異相斯則我空義也四結觀論以捨等者此文兩勢一則結觀二是釋前下二相例知疏以於等者以覺我空故不起我執煩惱故云捨麁分別等而猶等者以未能覺法執故此乃通明二乘三賢俱名似覺以此下釋所以也菩薩未證本分是似二乘雖在自乘名爲入證以望大乘但得我空未證法空亦名未證故同似覺斯則望於初地證真故此名似問中引

前爲難可知荅中先縱若約下奪也謂依覺有不覺不覺是惑不覺與覺是正敵對轉依不覺之惑方始造業業與覺義猶隔一重故非敵對以敵對故名爲似覺非敵對故名爲不覺其猶塵鏡在匣匣與鏡非正敵對塵與鏡是正敵對也此義亦然住相四初能觀疏初地等者謂十地菩薩皆證真如依真如法爲自體故名法身菩薩以十地滿心便成正覺故此位中但標前九二所觀論覺念住者以此菩薩於無明念中次第覺於四種住相謂初地覺相續從二地至七地覺智相八地覺現相九地覺轉相此四俱名爲住故云覺於念住三利益疏雖知等者意明此地相續雖亡二地至六地智相猶在在觀則無出觀還有雖不故意任運如斯以是俱生脩道惑

故今論無住相者但約在觀時及後位說故又亦可此文是却說地前行相意明在地前時信教脩觀知一切法唯是識現不起麁念分別執者此即已離前異相也然未親證法空至出觀後而於深淨法上尚起法執分別即相續相也若至初地親證唯心境界遠離二取分別隨眠覺相續相乃至見相故云念無住相今論無住相者但通約後位而說也明彼下辨所覺住相生起因緣謂未覺之時無明之念與此住相和合堅執而住竟無所改也今與下明能覺功用謂於無明念中照察法我及能所心境有無道理了不可得即轉分別之心成無分別智故故云念無住相四結觀疏異前等者揀異前後前云麁分別執著今但云分別故異前也後云微細念今云麁念故異後也此四下明前九地所覺四種住相多少不同如前所配此菩薩以於無明念中各隨其分以始覺力離此念中四種相也然則前不離後後兼離前今就別意各指一相也下文即生滅因緣六染義中廣釋如彼眠生相等者然今且約通意而指生相若別而言之初地尚餘智等四相二地至七地餘現等三相八地餘轉生二相九地餘一生相由是隨其智力覺彼多少不同故名隨分生相初能觀疏學窮者十地滿心有學位極方便道者是證佛果之方便故萬行已圓故名滿足此明行滿無間道者自此相應永無間絕故無間道內以此爲初故論云一念此則無念之念也亦即始覺合本之一念也此明智圓故對法論云究竟道者謂金剛喻

定此有二種謂方便道攝無間道攝然準論文依常所配即此二句是標無間解脱也以無間道斷解脱道證故從覺心下至離微細念故是釋無間道得見心性下是釋解脱道尋文可解二所觀論覺心初起者始覺覺彼心體初起之相即生相也起謂生也三利益疏根本下明所覺生相所起因緣謂無始迷時根本無明轉靜令動最初微細名爲生相由與無明和合相續不滅漸至麄著起惑造業流轉無窮前位雖覺麄相至此位中微念方現也今乃下明能覺功能也謂於真淨心中照察能起有無道理於淨心中了無所得真淨心體本自不動故云本来寂由是本寂故無初相也此則十地住心猶有微念及至滿心不見微念也猶如下喻明可見前三下對前辨異然覺業之位不足可論且第二位中由有二相未盡第三位中有一相未盡既於念中覺念未得言心但於無明念中無住相等唯此窮極洞徹心體真淨獨存更無别法故特言心也四結觀疏念中最細者故下文云無明熏習所起識者乃至菩薩究竟地不能盡知唯佛窮了生相者配屬四相也以在九爲業在四名生今約四位故須配入又以論中無生相之言故如前凡位亦無滅相之言疏亦配也此相等者前諸位中但言以捨以離等而無遠字今以業相最微更無微細爲此相本既能覺了更無遺餘方稱遠離也真性現者以妄覆故真性不現以不現故不得見性今既離妄性即現前以現前故即得見性前三下對前辨異也下云一切衆生

不名爲覺以從本已來未曾離念故既有念在爲念所障豈得云見心性耶仁王云始從伏忍至頂三昧照第一義不名爲見所謂見者是薩婆若前三下敘前位也業識爲生滅本前既未離豈名常住今生下辨此位也前但夢中覺夢今此夢念都盡是謂大覺方名常住佛地論云如大夢覺即斯義也論究竟覺者此正結名也此有五義故稱究竟一斷究竟即前遠離微細念故二證究竟即見心常住也并前行滿智圓故成四矣四事既備即位究竟也即前云菩薩地盡也前未下敘前位既言望到則知未至今即下明此位可知以更無所進故名究竟也然此十地滿心與等妙二覺義說分三若究其體更無三異是故此文與後相望互出不定此中約斷四相只言菩薩地盡斷於生相便是究竟若下文中又云此無明所起識者乃至菩薩究竟地不能盡知唯佛窮了又云根本業染依菩薩盡地得入如來地能離又不了一法界義者從信相應地觀察學斷乃至如來地能究竟離應知第十地覺生相只一剎那覺生無生便是佛位義說前後也若準瓔珞經說等覺照寂妙覺寂照今見性常住即是照寂名究竟覺即是寂照此即一位之中約寂照二義而分二覺無二體也一引經證疏在因者以因中未能親觀無念真理故但能觀無念道理此約地前說耳然以無念是佛地故能觀此者是向佛地之智也亦可智字通於所觀是則向於佛智故後譯云能觀一切妄念無相則爲證得如來智慧以是下明引經意

經中既言觀無念者是向佛智當知佛果決定無念也此是等者衆生是因佛即是果能觀無念即是望義望即向也二重釋疏牒上等者恐聞前覺心初起之言将謂真心實有所起之相今方覺此名覺初相今欲釋出故此牒之非謂等者以迷時謂有覺處元無唯是一心何有初相此亦例前位皆無所知之相方成知異住等問既下躡前難起故爲下指論以荅如覺下約喻釋意覺心下合顯論文並可知三舉失疏是前下釋是故二字即顯下解餘文金剛已還者無間道前諸位菩薩與諸異生故云一切未離等者以生相念盡始得名覺當知前之三位皆名不覺況異生耶然則下對前釋成也以前說隨分覺及相似覺者以約無明夢中四相差别各齊一相而論故有覺義由分淺深遂有隨分等别今約無明眠之不别俱名不覺夢雖有差眠豈有異無明即生相也此顯等者顯無明即爲諸法之始以是五住煩惱之端十二因縁之首故故下云當知無明能生一切染法既爲能生則知無有先於此者斯則無始屬於他染無始之無明依士得名又無明下約當體釋無始也謂此無明無有初際以依真故斯則無始即無明持業得名故下文云以如来藏無前際故無明之相亦無有始四顯得疏若至等者此顯始覺覺至心源見自無念亦知一切衆生皆悉轉彼静心成四相差别也雖云知四相乃是知衆生同是一心本来成佛也如華嚴說如来成正覺時普見一切衆生悉皆成佛釋云等者佛得無念知念本

無衆生雖現在念中佛知彼念亦即無念也斯則佛無念與衆生有念義齊故云等也以念即無念故得彼無念始知四相念也此即生佛相望論等義又釋下約四相相望明等義意明四相皆是轉彼靜心所成所成四相既各無體豈不即是一靜心耶靜心即無念也既一一相皆即無念是故平等以平等故得無念者而能知之如一珠中現四色像見珠體者悉能知之然前以有念即無念爲等義此以四相各即無念爲等義也此上前解是海東疏依大論釋義則約覺至心源以已得無念故則知一切衆生生住異滅也然據論文只有知心相之言且無衆生之語今直就論文更助一解謂得此無念之時已覺初相本無所起常自一心本來無念由是則知四相皆然即是一心是心之相元未曾起非謂别有生住異滅從心而起也何以故以一一相皆同初相即是無念故云以無念等故無念唯一故云等也故次文云四相俱時同一覺故一覺即無念也故後譯云若妄念息即知心相生住異滅皆悉無相也即符此解有智請詳論初標立疏雖得無念等者謂得覺無念之始覺也本無起者即四相本無念故待何等者以因不覺有始覺今不覺既無始覺亦絶也二釋成論四相俱時有者以轉彼靜心一念所成一念本無念四相無自性故云皆無自立疏三初正釋也如依一水而有千波波無别體皆同一水然未下對前辨異初指昔今既下顯今並可知疏問下二問荅通妨二初正問荅問中兼難並可詳悉辨

竟者前正釋是也唯一下重釋處夢士者即金剛已還及一切異生也大覺即佛位並如前說文易可知攝論下二引證二初引攝論前二句舉喻後二句法合以須臾間睡成多年夢如有說言一夢之間經歷三世受身生死此之謂也此中下指引文意意云經年夢事不出須臾無涯生死不出刹那彼論刹那即今之無念指彼同此也楞伽下引楞伽三初正引可知二解文意云刹那生即無生以無自性故若非下反明也謂若刹那不是無生即有自性也既有自性即不流轉今既流轉即知無有自性是故無生也是故下結也由是刹那即無生故所以契無生者即是見刹那也此即例前四相諸念即無念故是故得無念者方覺四相唯是一心淨名下三重證不生等者意云無常之法必無自性以無性故即不生滅此與楞伽文異義同七識等者亦即流轉無性四相無念義故圓覺云知是空華即無流轉亦無身心受彼生死楞伽正文云五識身不流轉今云七識疏筆悮爾如来藏等者以有實體不可泯故故生滅處即如来藏楞嚴云生滅去来本如来藏妙真如性疏此下三總結大意文旨可知然前四位及引經下至後段正同圓覺依位漸證忘心頓證具明此者意令頓悟漸脩自然成位其猶學射心唯在的箭有近遠楞嚴亦云理即頓悟乘悟併消事非頓除因次第盡由是若不說漸位則階降何知若不說頓門則終卒難入由是具說以備脩行隨染本覺者亦前畧說是體文云心體離念故此段是相文

云生二種相故後四鏡是體相雙辨文云覺體相故初總標疏此二下以是本覺不合言生今隨染緣還淨而顯故有生義斯則顯故名生非創然而生也故下文云顯現法身等生已不離者其實即是今猶義説也其猶明鏡在塵出塵其體不別二徵列疏明本等者自隨流而還源自垢染而清淨亦即自隱而顯也覺處不覺久被染塵却復本真故云還淨明還等者昔以相隱而用廢今以相顯而用興其猶出塵之鏡形對而像生也此之下總明二相得稱隨染所以也然智淨相離自業識等染緣故不成以無能顯故故下云若離不覺之心則無真覺自相可説等若不思議業相離彼衆生等染緣故亦不成以無能感故故下云諸佛如來唯是法身智相之身

第一義諦無有世諦境界離於施作但隨衆生見聞得益故説爲用由是此二俱名隨染初因疏真如等者謂在内爲理法在外爲教法雖内外不同皆名爲法由是論中通言法也此在等者但由熏習力故緣教脩行從初信位終至第十迴向也資糧者謂十信三賢具脩福智爲成佛之資糧故亦名順解脱分善加行者即煖頂忍世第一四種加行此在三賢位後十地位前加功用行以求見道故亦名順決擇分善此四加行依四尋伺四如實觀觀名義名義自性名義差别假有實無如煖頂二位同修四尋伺觀忍世第一同脩四如實觀煖位脩明得定發下尋伺觀無所取頂位脩明增定發上尋伺重觀無所取忍位脩印順定印前順後發下如實智此有三

品下品印無所取中品順無能取上品印無能取言如實智者如實徧知名等四法離識非有所取若無能取亦無也世第一位依無間定發上如實智雙印二空又離所取能除徧計離能取除依他起雙印二空得圓成實猶帶空相非真唯識故彼頌云現前立少物謂是唯識性以有所得故非實住唯識也登地已上者初地見道二地已上即是修道以此二位證真起行還契於真也非同地前緣教而修故云如實以地前是教道此名證道故金剛等者於此定位二種道中方便道也義見前文後果疏由前等者即方便行爲能破生滅相爲所破又方便道爲能顯不生滅性爲所顯此根等者以未至此位之前根本無明與真淨心常相和合成此識相今至此位無明既盡唯一心在照體獨立與誰爲合故中論云一法云何合即顯等者此中疏意明今論文隔句顯發謂破和合識内根本無明生滅之相即顯不生滅法身本覺滅染心之中業等相續之相成淳淨圓智報身始覺今此且明初段顯法身義法身即本覺隱顯得名今雙舉者要對後始覺故也即於等者以六染心皆依無明與真和合而得相續今無明既盡和合不成染心依何而得相續故並隨滅然諸染心皆相妄而體真故相滅而體不滅故云不滅心體也故今等者此以無明和合染心相續故使本覺曠劫隨流今既無明破染心滅無所拘累故得此心却復元淨其猶窮子歸家摩尼出垢也成淳淨圓智者不雜故淳離染故淨無缺故圓滅識故智

成應身始覺者應字平聲呼謂始覺智與本覺相應即報身也真諦三藏亦呼報身爲應身然此始覺與前本覺皆是能成此應身與前法身皆是所成意謂識相破而性在性即本覺本覺能成法身心相滅而智淨智即始覺始覺能成報身此皆義說能所成也然此段文是海東疏義圭山參而用之石壁失照作應化解深爲不可以下不思議業相方是應化身故若如上解三身義足不爾文中便成欠剩剩一化身欠一報也有智請詳然此下始同本也以始覺是本之用由有染故本覺用起以爲對治今染緣既息用還歸體故轉其名爲圓淨智也斷德者除滓淨智外餘文悉是斷德識與心相是所斷故法身是彼斷所顯故後之一相即是恩德即三德備矣

若依此說前之應身正當屬報文理甚順初問疏問意等者前云依如来藏故有生滅心仍說和合不相捨離今生滅既滅真亦合滅如何却云滅相續心顯現法身智淳淨耶斯則約相即門以相難性也初法中三初釋正難疏意云等者前說心成識者但是心相成識今言識滅者亦是心相滅斯則生之與滅皆約心相不約心體故得說言滅相續心顯法身等此則約非一門性相不即而荅也轉難等者意云既若起滅不干心體斯則真妄迢然如何前云轉彼靜心成起滅耶此約性相相離義爲轉難也論無明下二釋轉難也疏如此等者意云前雖云相滅但是相融歸性義說爲滅以此識相不離覺性故是則真妄元無別體而難云離真有妄耶此乃約性

相不離義以呑也論非可壞下三雙結成前二義也前句結後義相不離性成得轉彼靜心爲起滅等後句結前義心相是無明成得滅相續心現法身等疏非一異等者後譯本云相與本覺非一非異非是可壞非不可壞等生滅門初已曾廣釋今却以彼非一異義成此文中非壞不壞義此即約義總標也若依下引經別釋無明即明故不可壞壞則壞於明體故涅槃具云明與無明凡夫爲二智者了達其性無二無二之性即是實性若就等者以識相即非心體故所以因滅無明得菩提也無明滅下結成可壞之義此即正顯前文滅相續心顯法身也如正法念經說水乳一處鵝王飲之乳盡水在滅惑準知者世人皆謂斷盡惑結然後證真殊不知惑體本真全覺之不覺如迷東爲西誰之過耶而欲求滅西相然後見東愚之甚矣二喻疏其隨妄轉者即下淨心因無明風動論水相風相不相捨離者溼是水相動是風相動處全溼溼處全動是不相捨離亦可水相者波動也風相者亦波動也以水之與風俱用波爲相故云不相捨離以喻一切染法依真而起由癡所發染法望真是真之相若望於癡是癡之相如下云以一切染法皆是不覺相故又云皆同真如性相故此喻之疏真妄相依者即下心與無明不相捨離真體不變者即下心非動性以心性寂滅本非動作以不守自性隨他無明故成起滅如水溼性本不動搖由風故動也息妄顯真者即下無明滅相續則滅智性不壞此明等者意明若真自性是

動法者識相滅時真性應滅今既不滅應知非自性動也如彼水性若自性動波相滅時溼性應滅今既不滅應知非自性動也三合疏水隨風動者即前大海因風波動也以水下喻文可知所況者應云以心不能自生要因無明以成識等無明不能自現妄相要因心方現妄相故無明動相即心動相無别體也故前云染法望真是真之相若望無明是無明相也風水相依者即前水相風相不相捨離然於中俱無形相義喻中不言故今疏中約法顯喻以溼下喻明心法下法說並可見若據疏意即約全奪兩亡之義今於疏外别助一解言心與無明俱無形相者此約真妄各住自位時說也舉此義者要顯真妄之相不相離故以真本無形相約染心以說其相無明亦無形相還指染心以爲其相斯則住自位時雖無形相而真妄和合共現染相以此染法亦是真如相亦是無明相故云不相捨離如父母共生一子此子亦是父之子亦是母之兒也問何故前喻中只言風相水相不相捨離而不云俱無形相耶荅以前文中但喻不相捨離義不喻無形相義以水不起波時亦有相故風亦如是但取分喻故不言無形相也問喻中云風相水相法中云俱無形相法喻豈齊耶荅喻中就所起共相說故皆云相法中就能起自相說故云俱無雖無自相之相而有共相之相法喻正齊也然喻中約已起故云相法中約未起故云俱無又喻中約合說故云相法中約開說故云俱無也然今法喻正意只明無明之相與覺性

不相捨離義不顯無形相義故前喻中不喻此也合中雖有無形相言正意亦要顯不相離有智請詳非爲僭越水性不動者即前水非動性風息顯水者即前云若風止滅動相則滅溼性不壞餘一一別配可知初總標論依智淨等者是依真起應如依鏡明現諸色像也謂前隨涤本覺之心始得湻淨依此智力現應化身與彼衆生作利益故故寶性論云何者成就自身利益謂得解脱遠離煩惱障智障得無障礙清淨法身故何者他身利益既得成就自身利益已無始世來自然依彼二種佛身示現世間自在力行是名成就他身利益他身即應身也故唯識云大圓鏡智能現能生身土智影等疏謂與等者一切雖多不出六境故標此也寶性下引論釋義

虛空無相者即前所依之真身唯是如如及如如智周徧一切無有差別故如虛空爲勝智者即能感應化之機深厭生死樂求涅槃故云勝智者此有二類一地上感勝應身二地前等感劣應身作六根境如文具顯二別辨疏顯業德者如下云身有無量色色有無量相相有無量好所住依果亦有無量種種莊嚴等業根者如下云隨其所應常能住持不毀不失斯則橫豎皆依真覺故得無量無斷勝能者如法華云應以佛身得度者即現佛身而爲說法等有感斯應不用加功如百水不上升一月不下降慈善根力法爾如此故曰自然也疏四顯下二初通釋上文勝益者或見形以發心或聞法以起行乃至知覺功不唐捐故云不虛此上二句猶是別指此

文也如此下則通釋上義報化等者報即地上所見亦名勝應化即地前所見亦名劣應此二種身皆淨智所顯真如之用也無始等者即前常無斷絕也下文自顯問始得下二問答釋妨二初問意云始得智淨相以自利方起不思議業以利他故上云以依智淨作勝境界若然者則利他有始何言無始耶二答三初約一佛釋以無明下如文言本覺常起用者有其兩意一約內熏說即自體相熏習義故下云從無始來具無漏法備有不思議業作境界之性依此二義恒常熏習等二約應化說應化不起者但以妄深覆之非謂本覺無此應用亦非固心抑令不起斯則過在於妄何責於覺實如崐竹有龍鳳之音塵鏡有光明之用如或栽之以利磨之於塵則何患乎雅韻精明而不顯發耶以一下二等諸佛釋通約十方三世諸佛皆以始覺同本故得應用無始終也此本覺下三同衆生釋以衆生真心與佛真心不別故佛應用即是衆生應用用即體起故云無二若就佛說用即屬佛若就衆生說則屬衆生畧同明月現在澄潭此所現月亦是月影亦是潭影下文廣釋初總標疏以空下二初雙標空鏡二喻若據論意但明覺相有四種義以一一義皆徧法界遂舉二喻以虛空喻周徧以淨鏡喻四種具明二喻者若單舉空喻則不顯四義若單舉鏡喻則不顯周徧遂舉二喻互相顯發也未必虛空亦有四義今隨鏡說故言皆有也一空下二單釋鏡中四義文三初畧配空者此就真體本無妄染如文云以從本已

来一切染法不相應故猶如於鏡唯有性明故云空也鏡中所現但是影像其相元無亦成空義不空等者雖無妄染然有自體及性功德若無其體将何現物餘二可見此四如次以配四義此中雙標而後單釋者以空隨鏡顯也但釋鏡義自挾虛空以一一義皆有周徧如虛空故是故單釋四中下二料揀配有五對第一性淨離垢對二因隱果顯對三空有體用對四體相對五空鏡對一三有空義者然空語雖同而空義不同以第一就因無妄體爲空第二據果離妄相爲空二四有鏡義者義亦不同二以本末現物爲鏡四以隨時照物爲鏡然則一三非無鏡義二四非無空義今但取增勝配之餘如本文後別釋四初空鏡三初標名疏本無等者以從本已

来不相應故非同隨相之說未斷則有斷已始無故名本無亦非推之使無故名本無論遠離下二辨相初二句正顯空義無法下一句重辨所空疏文法喻對顯昭然可見論非覺照下三結名疏二初正釋二初約妄無真照之功先法說違理者理有覺照妄既違理即無覺照既無照用理中豈能容彼妄耶由是前文云遠離也如鏡下喻顯也如鏡本有照用外物違鏡則無照用既無照用鏡中豈能容彼物耶以照與無照非和合故亦猶仁人之家豈容不仁共住以性相違故後約真無妄覺之用先法次喻並可知圓覺云無知覺明即斯義也然此二義之中雖約妄約真皆就無能照說也問妄屬無明容無能照真性明了教理俱成何言無照荅今言真無照

者但無能所之照不無性明之照如楞嚴云性覺必明妄爲明覺今此但無妄爲明覺之照也疏中約所顯能非謂但無所照義爾智者詳焉此約下二通妨或問曰次云一切境界悉於中現云何此言無可現耶故此釋通徧計情有理無依他相有性無故知此言無可現者無妄體故下云現者有虛相故其次云常住一心等即明依他無體唯是圓成則三性之義備矣論二鏡中二初標名出體疏現法因者以次云現境界故内熏因者其次云熏衆生故亦可下重辨斯則因義通而熏義局也以現法及熏習俱名因故現法非是熏習義故有自體者異妄無自體故及功德者異恒沙煩惱故妄則不唯無功德兼無自體真則不唯有自體兼有功德如前文云以有自體具足無量性功德故二别釋二因二初現法因二初正辨疏心外等者下論云三界虛僞唯心所現離心則無六塵境界明心等者待無明熏方變諸法若自出者無明斷後應出法無窮則脩斷何益故知不待無明法則不出離心等者雖云待熏方出非謂别有法自外而入爲能熏耳以是即心不覺爲能熏故能熏既非心外所現安得離真故非外入又此諸法全心而成非謂諸法從心内出而現於外也此即非如人從室内出名爲現也又非别有諸法自外而來入此心中而現其影此即非如形對於鏡而現其像也以心無内外故此二句揀濫後二句正顯如疏所明良以不失不壞常住一心故名爲現雖復等者心境歷然深淨宛爾故諸法緣集下

法喻可見斯則性起爲相故不失相同於性故不壞論常住一心者有二意一者以一切法常依一心而住故得不出不入不失不壞也二則諸法當體常住唯是一心一心之外無有一法可爲出入失壞也故經云世間相常住此二義中前義爲正以下有論自釋成故疏文可知二釋成疏釋成同體等者意云何以諸法常依一心而住耶故此釋云以法即是真實性故斯則以此二句轉釋前義也據疏指配合如此釋今疏却叙前文釋成此段意謂前後互釋皆得故此反明也二熏習因二初顯體離染疏以性下順釋文非直下別顯意先法次喻若不下反以結成並可知論以智下釋成因義疏以本下約本淨今淨明不動又雖下約現染不染明不動亦先法後喻並易解此本下釋論初句即下所說大智慧光明義等後結云乃至無有所少義故又與下釋論下句即自體相熏習義如前引勝鬘下引經論證可知道諦即出世因因即熏習義論三中二初標名出體疏謂真如下釋此當文前在下料揀前後性淨即初義不空即第二義如来藏者彼二在纏故通名如來藏但以空不空異耳今明不空等者與前不空義同法身者與前如来藏義異體同彼隱此顯故前云依法身說本覺後云名如來藏亦名如來法身然法身但屬第三鏡其後一鏡即是報化身也實性下引證同相者通凡聖故勝相者勝於因故然初淨即前二義後淨即後二義出法體者即前爲二因之法也故前云謂如實不空等今明離障故重指

之論出煩下二正辨疏麄細染心者四麄三細如下文云染心義者名煩惱礙所依無明者根本枝末是六染所依法故如下文云無明義者名爲智礙淨心出障者出前二礙礙即障也二障既出業識等亡心無所合故云離也離和合等二段疏即翻前和合煩惱智礙成此淳淨明等三字如疏可知然此三字淳字是總淨明爲別謂淳淨故淳明故淳淨即滿淨義揀異菩薩等是分淨故淳明即滿覺義揀異菩薩等是分覺故斯則六染盡故謂之淳淨二覺圓故謂之淳明也又此三字即圓三德謂如次是法身解脫般若備此三點以成大般涅槃四中二初標名顯體論緣熏等者緣即外緣爲諸衆生而作發起善根之外緣故熏習者熏謂資熏熏成習氣發善根故依法出離者依於體相以起用也二正釋其相論徧照等者即明此法出離惑染遂成三輪不思議化也徧照即意輪鑒機示現即身口設化以此爲緣熏習力故令脩善根也即彼下二初通釋上文與彼等者謂與二乘十信作差別緣與三賢十地作平等緣如下用熏習中說問前下二科揀前後二初辨異二義問意可知荅中前約等者意明前之二相與此二鏡法體無二爲門有殊謂前二相以智爲門故云俱就始覺說後二鏡以理爲門故云俱就法體說又前約相說故云生二種相此約性說故二種俱言法又前約對染明淨相故云智淨等此約自性顯大義故云有四種大義與虛空等也又前以顯爲門此以隱爲門所以有斯二說者恐有人言顯

時方淨隱時不淨故因說二隱又重說二顯故有法出離緣熏習又先明二顯者以取始覺之末文便故又亦即是始覺義故亦即隱處難信且就顯處而開示故餘義易知然法下二結同一體此明爲門雖異其體是一故此結同也但今下境即是法以是始覺所緣所證故言境也又以對體故稱用對因故稱緣斯皆不出真應之身也

起信論疏筆削記卷第八

音釋

翛（相邀切又式竹切）寤（音悟）煗（乃管切温也）缺（與鈌同）僭（子念切儗也）

起信論疏筆削記卷第九

長水沙門　子璿　録

不覺者即棃耶識中第二義不無覺明也是則無明之别號亦名之癡亦名爲迷無知等斯約染法以明心生滅義然生是妄生滅是妄滅其中三段亦名初體次相後即結相同體初法疏不了如理等者如理平等本唯一相無不覺之異今既不如理知故云不了不了即無明也由無明故妄生異相首楞嚴云無同異中熾然成異也如迷正方者不了是止東故業相等者以論云起念起即是動動即是業相也經中亦名爲起故文云起爲世界靜成虛空虛空爲同世界爲異邪方者前雖迷具正方且是不了是東今於東處别作西解故云邪方前即迷真此即起似也以根本無明有迷真執妄二義今論此段并下三細正是初義也下智相等即執妄義亦即楞嚴背覺合塵義經云迷失本妙圓妙明心寶明妙性認悟中迷等此皆具明二義也華嚴云於第一義不了名爲無明此迷真也圓覺云妄認四大緣慮爲身心等此執妄也然迷真必執妄執妄必迷真故此二經各舉一義也邪不離正者西處即東故不覺處即覺故二喻論依方迷者依東方故迷爲西方若離正東即無邪西亦如依水起波若離於水則無有波二顯覺疏初義者即文云以有不覺乃至爲說真覺後義者即文云若離不覺等此即解釋論文也良以下正辨其意依真下顯初意如依金之器方能顯金反之則不可也隨妄下顯後意如隨器之金還待器顯反

之亦不可也此乃前依覺故迷則爲妄之所損今依迷顯覺則爲妄之所益也然論之大意明不覺與覺皆是相待以顯生滅染淨無有自相皆不可得也此中初言以有不覺妄想心者無明所起妄想分別由此分別能知名義故有言說說於真覺是明真覺之名待於妄立也若離不覺即無真覺自相可說者是反明真覺必待不覺若不相待即無自相待他而有豈成自相自相既無他亦不立是顯染淨無所得義故後譯云然彼不覺自無實相不離本覺復待不覺以說真覺不覺既無真覺亦遣如下文云當知一切染法淨法皆悉相待無有自相可說故圓覺云依幻說覺亦名爲幻智論亦云若世諦如毫氂許有實者第一義諦亦應有實此之謂也二枝末

疏二初列二釋釋中二初疏文十一重喻合義相昭然尋文易解然此翳喻亦未全似若以首末比況最切者不過夢喻已見前文皆由無明力者如下文云當知無明能生一切染法無明爲因等者楞伽云妄想爲因境界爲緣和合而生疏中用此以科論文經中妄想即無明也無明生三細者下文即展轉相生今但約根本而言故云無明爲因初總標疏相不離體者業等九相不離不覺體故以即體之相即相之體故不相離末不離本者三細六麤之枝末不離不覺無明之根本以即本之末即末之本故不相離依無明起妄心者即不覺生三相如下云以依無明有梨耶依妄心起無明者以依阿梨耶識說有無明也其猶依水起波波相起已不離於水由

斯義故名曰相應非約心王心數說相應義以此三種是不相應染故別解中三各有標名所依正釋講者詳之初標名論無明業相者意表此二無有異體也所以知者前說業相盡處便見心性成究竟覺但以約義故說相依顯體無別故令雙舉又揀本覺隨染業相故云無明業相顯覺不覺皆有業相而真妄不同也論以依下二所依疏根本無明者以是所依故當根本如夢依睡也論心動下二正釋疏二初別解論文論二初動作義疏動作是業義者是無明之業用後之八相亦是動作亦是無明業用然約別義以立其名唯此最初起用之始故名爲業反舉等者如不睡則無夢始覺者即究竟時也論動則下二爲因義疏爲因是業義者然九中前八皆得名因所以不言業者亦約別義故今此初相能爲苦本故名業也如得下反顯以靜是妙樂之因故反知動念即是苦因也動因苦果等者以一念起動即具微細四相四相之苦果不離一念之動因據此位中即是梨耶行苦若準前明四相俱時而有故四相攝於九相分段麤苦亦在其中所以次第說者文不頓書故義有因依故若約時說則一念不覺無有前後故有說云一念不覺五蘊俱生即斯義也此雖下二通明行相此乃九相之端細中之細未有轉現心境差別故云一相能所不分等即當等者自體即自證分也如無相下引證相即自體境界即所緣當知下會彼同此二轉相疏依前等者轉猶起也是前業相起爲此見然餘相皆有起義不名轉

者亦約别義故如依於夢而有夢心若依下若約果海性淨不動則無有彼此之見應知有見者但依動故如無於夢則無夢心如是下就此一相位中以明不說境界所以以微細故且說能見以爲轉相然此境界便是向下現相以論中分能見所見各爲一相今此見相由内所發非託境生故名爲轉依此轉相帶起所緣復立現相非謂於此能見之中又自别有微細境也學者應知攝論下引證意識即第六識智相是也三世境者諸有爲法非三世境者諸無爲法斯皆意識所緣之境可知者意識麤浮能所緣念可以現今分别取解也以有三世等境爲可知故此識等者即第八也以無可知境故既無境可知故唯就能緣見分以明此識也如説十二因緣始不可知此亦如是唯識亦云不可知執受處既云下結意三現相疏依前等者如依夢心而有夢境反釋者應云聖人離見既無此境當知此境定從見生如無夢心則無夢境然上三相皆反以釋成者以此是八地已上所知境界非下流所覺由是以聖人不見相等比決反驗令義明了可見可信也疏即分别事識下二初引經料揀二初引經指配事即是境分别境事之識故名分别事識楞伽等者具云藏識海常住(本識)境界風所動(見識)種種諸識浪騰躍而轉生(事識)問下二問答釋妨三初問也末那者具云訖利瑟吒耶末那此云染汙意謂與四惑相應故云染汙恒審思量故云意即第七也問意可知二答三初六八相從答二初約能執從所執故不説必執

相應者謂第七種子在第八中第八見分爲第七所執故曰相應况二識相依互爲根耶瑜伽下引證可知又由下二約所依從能依故不說内依等者以第八第七互依第六依於七八前五依六七八及同境依故有偈云五四六有二七八一俱依但說能依必知有所故略不云二以下二以義不便答二初無和合義故不說無明等者前說無明與真和合成棃耶三相末那但一向生滅無和合義若言和合自成棃耶若無和合識從何生義既不便求說不及又由下二無緣外義故不說末那無緣外者以前五唯緣外塵第八緣内根身種子及器世間第六通緣一切第七唯緣第八見分今六麤皆緣外境故不說也亦可下三約計内外荅此約我我所分亦屬

六八故不言第七意云第七正是執我我所今分兩處無體可言楞伽下三引證二初引經可知經中下二釋義現識等者正配釋可知所以下辨事識義也既云攀緣外境非六而誰由是論依經說故不復論第七識也故知下結會彼此然上多義明此論中不說第七者要異曉公說下智相即第七故彼文云言智相者是第七識麤中之始始有慧數分別我塵故名智相夫人經說六識及心法智今之智相即心法智也若具而言之緣於本識計以爲我緣所現境計爲我所今就麤現說依境界心起分別又此境界不離現識猶如影像不離鏡面此第七識直爾内向計我我所而不別計心外有塵故餘處說還緣彼識問云何得知第七末那非但緣識亦緣

六塵答此有二釋一依比量二聖言量比量者量云意根是有法必與意識同境故是宗因云不共所依故同喻如眼等根異喻如次第滅意三支無過故知意根徧行六塵聖言量者一金鼓經云眼根受色耳分別聲乃至意根分別一切諸法大乘意根即是末那故知徧緣一切也又對法論十種分別中言第一相分別者謂身所居處所受用義彼復如其次第如諸色根器世間色等境界爲相第二相顯分別者謂六識身及意如前所說所取相而顯現故此中五識唯現色等塵意識及意通現色根及器世界色等境界設使末那不緣色根器世界等即能現分別唯應取六識而言及意故知通緣已上皆略彼疏今此疏意說無第七乃是影攝無違常式意不緣外故有多義也初揔標論以有等者此之六相雖則展轉各有所依今亦但取根本而言故云依境也楞伽境界風所動種種諸識浪騰躍而轉生此之謂也一中論依於境界者此但外由境緣牽起內根發生故云心起也疏於前等者不知內發謂是外來楞伽云外實無有色唯自心所現愚夫不覺知妄分別有爲不知外境界種種皆自心智者悉了知境界自心現創起等者隨其心王復起心數揀擇染淨決定如此故名智也體是別境心所中慧故云慧數二中疏依前等者於順情可愛之境心與喜俱名樂受覺於違情不愛之境心與瞋俱名苦受覺不苦即樂不樂即苦違順之境既續苦樂之心豈斷略以辨麤故不論其捨而實有之但在苦樂之間耳

自相續者當相不斷故又能等者以自相續故復能發起煩惱潤於已熟之業令受報未熟之業令成熟由是引導任持令其生死不斷不絕此則令他後四相續不斷也廣如下生滅因縁五意中釋三中論住持等者謂於苦樂境上堅固停止無有變改執持不捨也疏上皆等者是執取相所依故具牒之是此下唯此一句是第三相以不知違順境如空華不了苦樂心如幻化的取爲實確然不改故云深取故下等者即下因縁意識中文四中疏依前下境本非善以順已之情便名爲善境亦非惡以違已之情便名爲惡且善惡相已自不實況其名字起自倒情寧非是假何以故他人於此或以善爲惡以惡爲善二不定故肇公云物無當名之實名無得物之功由此名故不待眼見違順之相但耳聞善惡之名便生喜怒是故目爲計名字也楞伽下引證義見前文上來下配三障自此以上直至根本無明盡名爲惑若準佛名経云獨頭無明爲煩惱種則別開無明以爲煩惱所依其實無明是癡乃根本六惑之數若也合論皆名煩惱開合雖異俱是惑門自下等即業苦斯則三障即三道也五中疏執相等者謂於我執貪瞋愛見發動身口七支造善惡不動等無量差別之業於中雖有善及不動然俱有漏不出三界三界無安猶如火宅故皆苦因也六中疏招果必然者必定然是也斯有兩義一不得不受故二善不爲苦惡不爲樂故書云天作孽猶可違自作孽不可逭涅槃經云非空非海中非入山石間無有地

方所脫之不受報故云必然三界輪轉無有罷期故曰循環死此生彼不能脫免故云長縛如螘循環如蠶作繭終而復始不自在故正法念云如繩繫飛鳥雖遠攝即還衆生業所牽當知亦如是苟非覺悟無有解期今約此言故云長縛一正釋中疏三細等者染法雖多不出三界因果惑業今以三細六麤攝之罄無不盡如是染法皆由根本無明迷真所起故云當知等二轉釋疏問意可知荅文便是解論意也業氣即差別相此相皆是不覺業用氣分然此不覺是九相之總名九相乃不覺之別號故圓覺云身心等相皆是無明即斯義也雙辨同異者向說覺與不覺染淨迢然又說依覺故迷不離本覺若言其異云何依覺故迷若言其同云何染淨不等又若定同定異皆無進修之門何也同則聖凡一等欣厭都絕異則染淨抗行迷悟永隔由昧二門不即不離之旨故有斯惑然於相無相宗失意者各墮一邊故今辨釋用袪迷謬一喻疏染淨等者染即不覺三細六麤淨則覺義二相四境以者用也緣真如是摠相門故能通與二法爲性又真如無相故以此二法爲相斯則二相同依一性一性同生二相由是同字性相俱用喻染淨者器有精麤故餘文可知合中疏此二者即上無漏無明義如下說而非實有者從分別生故經云幻妄稱相然幻之一喻諸教多引以喻染淨其體不實良以五天此術頗衆見聞既審法理易明今依古德解釋此義法喻略開五種喻之五者如結一巾幻作一馬一所依巾二幻師

術法三所幻馬四馬有即空五癡執爲實法之五者一真性二識心三依他起四我法即空五迷執我法更無别體者經云其性真爲妙覺明體淨相即智淨不思議業及後二鏡已見前文下文即熏習中文然則前三細六麤雖是涂相以約不覺義說故不引用今别引下文者意證此涂是真如相故文云真如之法實無有涂但以無明而熏習故則有涂相若前九相初標後結皆約不覺不言皆是真如相故由是疏文引用雅當正引中疏依此等者衆生即不覺也不覺無體即是真如真如之理即涅槃性性自寂滅何待更滅滅度涅槃即彼此方言也淨名下彌勒章文如前所引大品亦云斷一切結入涅槃者是世俗法非第一義何以故空中無有滅亦無所滅者諸法畢竟空即是涅槃故依此等者菩提梵音秦言云覺覺即始本二覺二覺既是真如菩提豈從修得故大品云以何義故名菩提空義故是菩提如義法性義實際義等是菩提也此上約衆生明不覺即真如故本來涅槃諸佛覺亦真如故菩提不可修作既言修作應知約果所得故疏云諸佛也以本有故何須修作而後得耶故云非可等义前下重以真如二字釋此二段也舊入者故圓覺云始知衆生本來成佛故云舊來又一切衆生即究竟覺故云無新得也然舊來入與無新得義同文異但以如爲涅槃真爲菩提爲别也又時人多謂涅槃爲相所累故說不覺即如本來涅槃計菩提修因所生故說覺性即真亦非新得由是相即無相故約不覺

說涅槃非是修生元自本有故約真性說菩提望涅槃等者涅槃合是修其智了所顯以不覺即如如即涅槃豈待了因了之方顯斯則未嘗不顯何待更顯故上文云舊來入涅槃望菩提等者菩提合是生因所作以菩提是覺覺性即真故不待作之始生斯則未嘗不有更何作耶故上云菩提無新得然據前疏云諸佛菩提非修等即將此二句獨就菩提而論今又分此修作以望兩處所說又似別是一解學者知之此之下既是本有之法不合言得以體如實常不變故不同妄法無實可得斯無得法元真實故疏疑云下二初叙疑文顯易知然此段文若在科下注之其文則便今太近上講者應悉二隨釋論二初正釋疑疏法性等者楞伽云真實中無物云何起分別又經云佛真法身猶如虛空此皆約無色也又疑下約應難真也論而有下一釋轉難疏彼見下謂佛果海但有大定智悲而無色相衆生見色相者以彼業識所現屬於無明差別之相故下文云但隨衆生見聞得益故說爲用也非此下約離相釋故下文說諸佛如來唯是法身智相之身第一義諦無有世諦可見既云法身智相第一義諦豈於此中而有色等不空性耶又亦下約性德釋彼是真善妙色即性之相雖名爲色亦非可見之相故論云智色以本下前云以離念境界唯證相應故後云諸佛法身無有彼此色相迭相見故論異相下二初喻前同相則以生滅望真如說以相望性明其同也今異相秪就生滅一門染淨自相望以成異也二

合疏別明等者以無漏淨法體是覺性覺性無差但隨無明故現差別以彼下明無明本性自是差別若不差別則不能迷平等理也下文即真如體相熏習中文諸無漏法即通指本始二覺修性功德也直論性者剋就真體說也是前門中所示真如體故但隨下約對染差別說淨差別即後門中所示本覺相也此如一月影現萬水月本無差隨水影別下文即相大文也又由下約始覺義說由爲治慳貪等染法成布施等波羅蜜無漏淨行及果上十力四無畏等萬德之義也前則待差染以成差此則治差染以成差亦可前相後用耳又以隨差別衆生以成差也前已問荅故此闕之具此三義故云隨染差別也如是下釋染淨法皆如幻義以對待之法本不立故如經云若有一法勝過涅槃我亦說爲如夢幻等金剛亦云凡所有相皆是虛妄然上所說同異之義即是真如生滅二門不相離義約生滅門即同而異約真如門即異而同苟得一心二門之旨即無惑於此摠標論生滅因緣者以立義分中云是心生滅因緣相於中心生滅已如上釋今則釋因緣兩字然是生滅家之因緣故復言生滅也疏二初解牒文牒前以標者謂牒前立義分中之所宗標爲此下論文之所釋棃耶下一重是能生三細之因緣心體者即真如於中唯取隨緣一義以不守自性故根本下以是親迷真覺故不取枝末又此唯當成事之義不取體空又無明下一重能生六麤之因緣然此兩重因緣正如楞伽所說不思議熏變及取種

種塵無始妄想熏等廣如下説又此兩重但有三法謂真如唯因境界局緣無明則望真爲緣望境爲因結文可知諸識下二解標文然此但唯約心故云諸識若云五陰和合中生斯則兼於色心也而無下如波無別體唯依於水上文云依如來藏故有生滅心等自相心者即前不守自性生滅因也能依等者但以約法約人立名有異意與意識即是衆生無別體也即前諸識生滅相集而生也又衆生是摠意等是別摠別雖殊其一體也指從心起以心爲依然此中能所依起以心意意識相望分別有通有局思之可見楞伽亦云藏識説名心第八思量性名意第七能了諸境相是則名爲識前六今此心是如來藏意是五意識唯第六故不同彼問中疏此心下既云

衆生依於心體有意等起其相云何論以依下疏二初釋文是上等者以黎耶是摠覺及無明是摠中別義今既説無明依黎耶有應知唯取覺義爲所依也論文約摠取別故云黎耶疏中釋出別義故云是上所説心即不守自性真如也餘文可知欲明等者此但指前第一重之因緣也上摠下或問曰前云依心有意等轉故兼云無明者何謂也故今釋之問上説下二問答二初問舉前所説如云依覺故迷又云依如來藏有生滅心等今此却云依棃耶有豈同前説二荅中二初正荅三初約迷真執似釋與無明爲依等者如風動水成波風還依此波中故前云風相水相不相捨離又云依不覺生三種相與彼不覺相應不離故何者下重釋前義依迷者是依

無明迷真而有棃耶真與妄俱似一似常故即迷真義也經云迷本圓明是生虛妄迷似等者依棃耶有無明迷似一爲實一迷似常爲實常經云所既妄立生汝妄能即執妄義也即此二義一識所論前後互出故不相違二云下二揔別義異釋就本等者剋就真體豎說也覺即是本依本起末故今就下都位即通約真妄横說也如風動水成波風水俱在波中也三云下三約末起已起釋末起等者從末有棃耶時說成就等者已有棃耶處說然此下二結答也意云若唯取初義則似真前妄後之失亦有悟後再迷之過亦同數論宴初生覺若唯取後義則似諸法不由迷真而成但從本識建立則有真妄別體之失亦何異法相宗耶今以後義免前過以前義免後過故互言也以二義更互用之隱顯相成如綺之文故云綺互一略明中跡依似起迷者即依妄心起枝末無明依迷起似者即依根本不覺起妄心也此言似者即以創迷真性成此妄心微細流注似其不動似無差別故云似一似常楞嚴呼爲妄覺影明斯之謂也此二下義有前後時無前後如前三義荅問秖就一識一時而說故不可作前後之異餘文可知依此等者謂依心起業識乃至依智識起相續生於意識斯則後依止前前能生後次第依止及與能生也於中能所依生前後相望有通有局如文可解攝論下引證可知一中跡心不自起等者心非動性故性雖不動然隨緣故動以不守自性故即四鏡中不出義也如水不自浪因風力也由此

免於無窮之過正明起相者以覺則不動不動則無相不覺則動動則相起也起動是業者於二義中不舉爲因義者亦含在其中也以動即有苦果故二中跡依前下正釋此文可知轉識有二下對下辨異無明所動者此從内起位屬本識當於三細名爲轉識若其境界所動者此從外起位屬事識當於六麤名爲智識上如泉涌之波此如風擊之浪但以常徒所明轉識唯取前七今此所説在本識中恐有所濫故此揀之三中跡能現功者即前轉識能現相故就此功能便名現識以其下釋行相也故下文云以有妄心即熏習無明不了真如法故不覺念起現妄境界通現一切謂有漏無漏色心諸法非獨五塵也若依下引論對辨五根即眼等五色根及根依處種子即善惡無記等三性種子器世間即山河大地等斯皆第八相分然此相分皆爲第八執受執謂攝義持義受謂領以爲境領生覺受於中種子具三義一攝爲自體二持令不散三領以爲境根身具二闕攝爲自體故器界唯一但領以爲境故唯識云不可知執受處亦可種子根身緣而執受器世間量但緣非執受故今此下或問若然者何故此中唯言現五塵耶故此釋也以對所牽事識故於一切中偏舉此五論云對至即現意在此也非如下約相續不斷義以解常在前也如第六識在五無心位即有斷滅故唯識云意識常現起除生無想天及無心二定睡眠與悶絶又第七入滅盡定時雖云淨分不斷且有盡七之言爲約染分亦成斷義又

成唯識所熏四義中云若法始終一類相續能持習氣乃是所熏此揀前七轉識如風聲等既言如風聲等斯則非是相續有閒斷故又爲下約爲先義解常在前也意云前者先也以迷時先有爲諸法本更無有法先於此故末那無此義故揀之也此即單揀第七也然前揀六七之文是海東意後之一義是今疏意故云又也若言初句標揀次唯揀第六又爲下方揀第七者海東無後一意如何摶句以讀文耶學者應知四中疏細分者法執俱生故迷唯心境見從外來起微細心分別淶淨故云不了五中論二一直明本相疏亦細分者此是法執分別麤於俱生故除微字但云細分此上二識皆云細者以是麤中之細故同是法執故論住持下二别顯功能二

一能起潤惑住持等者住謂留住持謂任持謂留住任持令業不失也疏以此等者謂過去無明所發業行種子未成熟者以有此識發愛取煩惱潤之使令成熟堪爲来世感果之有有即業種變異也若無下如植種於土無水則焦結業待果無貪則敗經云愛水由潤業故又復等者謂潤已熟業令受果報善惡樂苦自然相應不相違反如印印物故曰無差又現在即現報未来即生後二報如是下通釋前段以結其名斯則潤過去未熟業令成現在已熟業潤現在已熟業令招未来果報如是循環無有斷絕由不斷絕故名相續然其潤業等即是令他相續義也論能令下二能起念慮已經者是過去下即未来上當相相續即現在也顯此下疏二初正釋此

文以此識既能起麤分別念慮三世與前智相微細不同非法分別而誰此上下二通前重示二初結屬此識文意可知又爲下二總通前五三細功能者以第八識能集種子起現行故後二功能者於中但約分別不斷而分二異故攝論云意識緣三世境等即斯義也順結中疏是前等者此解是故二字故說等者三界不出五意五意唯依一心故云三界唯心作也以現識中具有根身種子器世間故故楞伽云從於無色界乃至地獄中普現爲衆生皆是唯心作現似曰虛者依他起法如麻上繩似有其相究體不實詐現曰僞者徧計所起如繩上蛇相畢竟無分別妄現唯心作者如繩蛇無體不離麻故十地經即華嚴十地品文云了知三界依心有十二因緣亦復然一切皆由心所作心若滅者生死盡反結疏離彼等者謂心起成識依識有塵究其根本唯一心作故經云由心生故種種法生又圭山云生法本空一切唯識識如幻夢但是一心然此三界六塵皆攝色心等法是故順結反結皆歸一心問中疏現有等者意云若是唯心則不合有境以心無相不可見故既有所見云何唯心荅中二一答無塵疏以一切下意云一切法從心起故所起無體即是一心楞伽云心亦唯是心非心亦心起種種諸色相通達皆是心又疑下躡所荅處以起此疑疑意云既是真淨一心因何起作諸法楞嚴滿慈圓覺剛藏皆同此意由妄等者其猶淨眼不合見華但以翳覆便見華相妄念即根本無明也又亦下是前疑中之

別意非續次所起文意可知但前約依他釋此約徧計也釋云下意云如見空華是汝眼病如楞伽云如愚不了繩妄取以爲蛇不了自心現妄分別外境論一切下二顯唯心疏境唯等者如像唯鏡現故分別像者是分別鏡也楞嚴云自心取自心非幻成幻法無塵唯識者如唯識頌云唯識無境界以無塵妄見如人目有翳見毛月等事論心不見心者意云心是一心不合自見當知有所見者皆是妄也故楞伽云如刀不自割如指不自觸而心不見心其事亦如是既塵等者意云塵境若存則可以心緣境塵既不有縱有心在亦不自緣也識不生者意云以有塵故牽彼識生既無塵境識不生也故經云由法生故種種心生今法既不生心亦不生也既無他

可見亦不能自見所見無故能見不成也能所俱寂者心無心相是能緣寂境無境相即所緣寂楞伽云能見及所見一切不可得此中大意欲顯一心本無能所能所俱寂方是真心亦非泯之令寂本自寂也攝論下引證具云所說諸法唯識所現無有少法能取少法亦可論文從一切下展轉釋疑疑云是法既無云何分別釋云一切分別即分別自心又云若如是者即應見心故釋云心不見心反明分別悉皆是妄又疑云云何心不見心釋云無相可得斯則心無相故不可見心心外又無一法當知有所見者皆妄見也能所既寂唯一心在即法空門下所顯真性也故經云諸幻滅盡覺心不動論結文二初正結疏無明根本等者揀非枝末故以依無明力

而任持託業識心而安住故下文云以有無明染法因故即熏習真如以熏習故則有妄心以有妄心即熏習無明不了真如法故不覺念起現妄境界等故云由此而成也現識等者等下六麤皆是所現色心境界也故一切境由此住持者無明等者以依無明故有妄心依妄心故現妄境界所以無明未盡心境不滅如風未息波浪不滅離心無體者皆從心起非外來故即心無體者所起之法同能起故鏡喻兩意如法可知論唯心下釋成二初正釋疏虛妄現者妄念熏真起諸虛妄法故亦可此文是結前諸法無體所以也此中二意一唯心故二虛妄故如前鏡像一體同鏡故二體不實故由斯諸法無體可得也論以心下二轉釋疏二初解文三初略標意

反驗等者反釋上文心現之義法既隨心生滅當知法從心生生法皆妄也此中下二别解文初明生義即指前段論文也此則下顯意非謂心是能生法是所生以真心隨熏全體成動而作諸法如金生器等故云生也若無明下顯滅義即下文因滅故緣滅等也此則下明意也明此心體反本還源獨顯性淨故云心滅此但心中無其妄動寂故名滅也故疏云心源還淨故云滅也此約真心顯生滅義若約妄心說者即業轉二識名之爲心斯則妄心於真心中若生若滅真心不生滅也如前文云相續心滅智性不壞如波相滅溼性不壞如上約真約妄雖皆有生滅之義究實而論皆妄有生滅真無生滅也既心下三總結釋上文無體義也以上云一切法如

鏡中像無體可得故此結成問上說下二釋妨問意云前明九相生滅後即結云當知無明能生一切染法以一切染法皆是不覺相故今文復云唯心虛妄心生法生心滅法滅二文不相遠何以頓爾不同耶答下意云前辨生滅單就不覺說故結過屬無明以功在不覺故今此下明今文意意明此文具說真如爲因無明爲緣由此因緣道理和合成就色心諸法既屬因緣遂令諸法無性之義顯然可見真如隨緣不住之理煥然明矣彰明也故結下既明和合本因真如隨緣成和合義今結屬心正其宜也如水初動功在於風故前文中結屬無明動無別體則全屬於水故此文中結屬心也故不可言波無別體而唯屬於風法理亦然如喻可知一辨麤疏此

生下明此意之識是前第五相續識之所生故名生起識然無異體但約麤細而分二別故云同是一識若更細論亦即是前智識也以同依境界之所起故今不指此而偏指相續者以是意識親所依故但前下對前辨異以相續識是法執分別望於我執見愛此名細惑又約能生依止義邊說之爲意此中下明今義謂依前細相之上生起此麤分別識此識與人我貪瞋見愛麤惡煩惱相應故下文云此識依見愛煩惱增長義故即就所起義說故云從前起門即是執取計名也以是分別之中麤分別故名爲意識意之識者依於五意所起之識故本疏云依意之識依主釋也簡非聖者即二乘及地前菩薩也此二種人已能遠離意之識故故約凡夫以顯麤

也又以五意亦名意識恐有所濫故此約人揀之其實五意名識是持業釋故不同此無對治等者謂無始覺觀慧也二乘三賢得入空觀既無取著當知凡夫取著深者蓋無觀慧也其猶重病既不與藥厥疾寧瘳惑體論計我我所者正釋取著之相由計我及我所故名爲深䟽心外計境者此是法執屬前智相及相續相亦復等者正是此識屬於我執即蘊謂凡夫所執我但通執自五蘊爲主宰故離蘊即外道所執神我然有三宗一數論計我體常而量周徧猶如虛空二勝論計我體常而量不定隨身卷舒猶如牛皮三無慚計我體常猶如微塵應於根門如是衆多故云種種依緣䟽但緣倒境者如執苦爲樂不淨計淨無我計我無常計常等故云倒境不了正理謂不知無我等也故金剛云凡夫之人貪著其事立名䟽此論等者謂於一意之識中分出眼等五識兼本成六以對六塵然前相續智識亦緣六塵以彼不與愛見相應故屬前意也故前云六麤屬意識故依六根等者謂依內六根發於六識緣外六塵斯則聚緣內搖趣外奔逸既以一爲六即分離義也如佛頂經云元依一精明分成六和合又能下以此意識徧緣一切通三量故假實俱緣如前云能令現在已經之事忽然而念未來之事不覺妄慮內外者內根外塵色心諸法亦即計我我所也所依䟽見一處等五住地中之一數此是三界分別麤惑迹理起者同於見道處斷故名見道惑欲色有三愛即三界俱生細惑迷事起者於脩道位中所除

斷故名脩道惑以此等者謂以此見愛煩惱熏於第八令彼識中第六種子有增益生長故即起現行也上六下類攝然執取計名正當此識起業一相是此所生摠別報業是此識造令約所造從能造說亦是此識所攝故云相從入也六染之中合此二相以爲一染正當此識標歎論三牒上所說疏牒上等者上云謂無明力不覺心動故謂心與無明和合起成業等三細也論非凡下依位別歎三凡小非分疏凡小非分等者凡夫尚不知意之識況此三細耶二乘方覺事識中麤分尚不覺細分正認三細以爲涅槃以是無明所起之識非其境界也於五住地中但覺前四是前見愛所增長識也若根本無明是第五住非彼所覺論

起信論疏筆削記卷第九

音釋

礭若角切 肇治小切始也 孽魚傑切庶子也 逭古滿切逃也 螘魚紀切 迭徒結切遞也更也道也 厥居月切其也 瘳丑鳩切病愈也

起信論疏筆削記卷第十

長水沙門　子璿　録

謂依下二菩薩分知疏十信等者謂此菩薩雖位在外凡而能信教了知本識因緣所生無有自性決定無體唯是眞如方成正信故下說十信菩薩信眞如及脩眞如三昧以成正信之行因果體者因即無明果即本識三相也體即眞如也三賢等者異前位之信殊後位之證故言觀察比觀者既未親證但比度觀察即相似覺也論證法身即初地已去究竟即十地乃至之言攝於中入隨分覺故不能盡知然初地且約破法執故說爲少知若克就識論八地方覺此識現相也論唯佛下三唯佛窮了疏四相俱了者以覺前者則不覺後覺後者必能覺前是故此中通言四相故前云若得無念者則知心相生住異滅一徵疏緣起妙理者眞如爲因無明爲緣起成諸識斯則性起爲相是不思議徵妙理趣故云妙理問意可知即淨而染疏因即黎耶心體是其覺義即不思議變者緣者即根本無明是不覺義即不思議熏者論染心即業等諸識以於不可熏變處而熏變故不染而染者不染即前自性心體非是染法以不守自性故隨熏成染故下云眞如之法實無於染但以無明而熏習故則有染相常淨疏即染等者雖隨熏成染其體常淨如鏡現穢其體不動斯則正由不動而得隨緣正由隨緣顯得不動結難測論唯佛知者欲言其淨則九相紛然欲言其染則一味無變若非佛智孰能知焉自性心難了者以能隨緣成染故

所染難了者以即染而常淨故言甚深智者即八地已上以覺轉現少分而知然從初地亦得少知以證真故故前云若證法身得少分知顯不變論常無念者無念即覺義既常是覺即無不覺無不覺故名爲不變疏雖舉等者如杌不作鬼繩不爲蛇東處無西等緣起因體即前自性淨心是此緣起體也故云心性此顯下疏二初釋心不相應此明無明之體初起微細未分王數心境之相應故又此無明是全性之惑故加心字又亦可此惑是與真心不相應之法如前云從本以來不與妄染相應故今以不如實知故忽然而起說此以爲根本無明也唯此下二釋忽然念起三初正釋今義是諸染法始起之本故故約忽起以表其先也如纓下二引經證成四

任前使者即無明使也無法起者意顯無明使外別無有法爲能起無明之本也是則下三會彼同此二一正會如文此約下二結揀意明無前之忽然非有始之忽然也言無前者以此無明最微細故更無有法前於此者前即始也由無始起之本故故說忽然故本疏云以起無初故肇公云如鏡忽塵如空忽雲即斯義也標中論染心者以上云無明所染有其染心今釋此相有其六種差別不同也然此下疏二初叙意逆次配者以前說隨流生起故從細至麤爲順次今明反流除斷故從麤至細爲逆次前取近理爲先今取易斷爲先也由此下配第一染以二乘三賢同斷此故便借下將前科此免更會同誠爲省要二釋文論分六段今初二初障疏是六下

據用科名合無此說今此重對者爲通前類攝故此即九相中二相見愛等即五意中意之識麤分别即異相也但麤下釋此别名外執於境與境相應内起見愛計我我所故汙其下釋此通名淨行即真如根本智也此智有二一人空智二法空智此智不起者由染心有力爲能障故故名爲汙若漸脩此觀觀成智起即翻染心故名爲治斯則敵體相違故成治義然此以對始覺名染義也若據論意則約對本覺之淨以明其染故前文云是心自性清淨而有無明爲無明所染有其染心也問障染何别荅體雖無别名義有殊障則對始覺立如下文云能障真如根本智故染則對本覺立如前引文是心自性清淨等論依二乘下二治疏無學等者此是見等四住煩惱辟支羅漢悉能離故疏十解下二初約三賢以明行位二初正顯行位據此則三賢菩薩同受此名以皆不退失故故地下二引論證成無著論即金剛論彼論三地謂信行地淨心地究竟地疏此菩薩下二對二乘以顯斷惑又二初覈劣以明麤惑二初表異凡小得人空者以此菩薩得此觀故能伏現行不同凡夫然於種子不盡除滅不同二乘言隨眠者種子異名謂隨逐有情眠伏藏識令此論中約現行說名爲遠離非約種子攝論下引證上心則現行也二意者留此惑種潤於故業受分段身修習種智斷所知障即自利也兼俯就羣品攝化利益即利他也若不留惑種即同二乘獨出三界二利俱失也故圓覺云菩薩示現世間非愛爲本但以慈

悲令彼捨愛假諸貪欲而入生死問菩薩既留惑種後起現行受分段身與凡夫何異答前引圓覺足辨其異雖留惑種受分段身以有智故終不起過假此分段爲所依故廣修種智及行大悲終不令此起於新業如禁蚍法雖不令死亦不噬人故攝論云煩惱伏不起如毒呪所害留惑煩惱至惑盡所知證佛一切智疏此約下二揀定權實初地下約頓悟說謂此菩薩在地前時以二空觀雙伏二障分別至見道位種現俱斷從此位去若智增者便伏煩惱現行至佛方斷若悲增者故意令生極至八地現行方伏留隨眠惑以助願力化利衆生今此論中約生起時一向竪說及至斷時從麤至細故在地前已除我執俱生分别至登地時唯斷法執分别二地已

去秖斷法執俱生更無煩惱不同彼教横說二障種子在第八中良以權實教異與此相望校一僧祇學者要知須明彼教然智解可以旁通起行須依了義與諸學者審而詳之言如餘論者即瑜伽唯識等廣明今此下二起勝以除細執三初正明以是實教菩薩從初正信便達真如本有無明本空隨順無念於此地前能修法空真如三昧自然令彼法執不生伏於無明與真相應故云分斷但伏故名斷也故此論下二引證不了一法界義即無明也下說發直等三心修無住等四方便及施等六度皆是此也令但下三結意以是約執取人非約人明執故不論也二中一障疏但執下即是法執相續生起不斷故前云相續今云不斷其義一也論依信下二治

䟽十解等者謂從三賢位中觀察尋伺分斷此染直到初地方能全離修唯識觀即資糧位中習行順解脫分尋伺方便即加行位中習行順決擇分初地即見道位無漏智火燒煩惱薪通達佛法名歡喜地三無性者謂徧計相無性依他無自然性圓成無前徧計我法之性故唯識云初即相無性次無自然性後由遠離前所執我法性徧滿真如者即徧行真如所言徧者唯識云謂此真如二空所顯無有一法而不在故所言證者以無分別智契無差別理能所兩亡也故唯識頌云若時於所緣智都無所得爾時住唯識離二取相故法執等者由修習唯識觀故至此成就無漏智相分得現行由是此執分別永得除滅三中障䟽以能下釋名可知法執修惑者

所知障中俱生之分以脩道所斷故名脩惑治中䟽七地等者以此地已還法空觀有間斷有相有功用遂於染淨境界未免分別然從二地已來分分除斷故云漸也八地下釋得離此染所以以若殘此染則不登七地豈況至八故至七地門中都盡此染也以二地下釋二地名謂攝律儀善法衆生三聚具足以遠離微細破戒垢故名離垢地準華嚴說十地如次修十波羅蜜此即正當戒波羅蜜餘地非不持戒以約增勝說故以七下釋七地名斯則八地名無相七地名方便謂與無相地作方便故斯則無相之方便也以八地下轉釋可知四中障䟽根本下則無明動心成業轉現相現相即境界也此義前已頻說故䟽但舉初後治中䟽以八地等者以色自

心生故心能變色故由是能毛容剎海芥納須彌色心不相妨自他無分隔也本業經云所謂無相大慧方便大用無有色習無明亦盡百萬刼事無量佛土事以一念心一時行現如佛形現一切衆生形以一念心中一時行已無功用故三世間自在者謂此菩薩觀此三種麤細之色無不通達無分別智任運相續相用煩惱不能動故以色下舉下位以反釋意云七地已前現識不亡既色不自在令得自在者蓋現識亡也然於七地觀斷至八地盡前後皆然學者應知五中治疏善知下於他心得自在十種稠林者華嚴云此菩薩以如實智慧知衆生一心稠林二煩惱三業四根五解六性七樂頻八隨眠九受生習氣相續十三聚差別一一皆云稠林者此等諸法稠密如林故以喻之淨名云善知衆生往來所趣及心所行此歎九地菩薩本業經云一切功德行皆成就心習已滅無明亦除也又以下明於自心得自在四十無礙智者準華嚴說有十種四無礙智四者一法二義三詞四樂說十者世親判爲十相一自相二同相三行相四說相五智相六無我相七業相八因相九果相十住持相一一具四故成四十廣如彼說有礙下結所離之染也起即不自在故如前經中心習已滅也六中治論菩薩盡地者即菩薩究竟地也如前云乃至菩薩究竟地有本多云地盡義亦有在不如地字在下義順以前後皆結云地故此即第十地如來即妙覺斯則從九地觀斷佛地方盡無垢地即如來地與十地終心竟無有異

然本業經中目等覺爲無垢地此即別開今此所明等妙二覺合爲一位也辨無明等者如上六染但是無明所起之法今已分配因果諸位明斷竟然上云不達一法界故名爲無明未知此使依何位人能遠離耶故今辨之疏麤者枝末無明從初地漸離至十地方盡細者根本無明此即下上說自性清淨心爲無明所染有其染心當知無明是染心之所依染心是無明之所起也上云者即智淨相然此六染之中各有二分一分屬於無明一分屬於染心以皆有和合及相續義故但約與前和合迷執不改即是無明約展轉起後相續不斷即是染心由是地前便有斷無明義也今言初地方離者以約破法執位明斷義不乖諸說故標此位也今無明下明生起時義說前後以論因緣和合義故若除斷時則無前後以能依所依不相離故釋相應等者以上六染中有相應不相應言此義未顯今則顯之論二初標也疏皆麤心者以是前六緣總別相行相麤顯故依境下既依境生則與境爲相應也論謂心下二初約法辨異疏心謂下約王數釋心王即前六識心王心所即徧行等六位心所然六識中心所多少不同今此論中總名念法亦可此文舉一蔽諸故言念法即別境之一也迦栴下引證即通指心所俱名心所念法然論王數相應總有五義一同所依根二同緣一境三同一行相謂同作青等解四同一心事王所各一體故五同一時王所同一刹那故由是故得相應又心下約心境釋可知所依等者識依

此境所引生故又是彼識所分別故以有此染淨爲所依故遂起心王心數令相應也以有此境爲所分別故遂與能分別爲相應也論而知下二正顯相應若心王下約王數釋同義如師徒資隨其事不異然雖云王數相應理須約境以辨能知同者此體有二以相應故名爲同也所緣同者此唯一境以望王數故名同也斯則能所雖皆云同而同義有異也又於下約心境釋同義此即心隨於境名之爲同同即相應也論不相應下二初標也疏無明者以前云不達一法界故心不相應名爲無明等故今指也論即心下二釋疏二初約王數釋論二初顯無別異疏即此等者心是真心由動故成不覺不覺與覺一體無異故云即也向無覺不覺異豈有王數耶

論不同下二正遣相應疏二初正釋翻前義既無等者如單巳一人與誰爲同故無相應義也以此下重釋前即義三初正釋然前說不覺即動心令說染心即不覺有斯異耳上文下二引證既展轉相即動無動相元即靜心也非是下三揀濫此中言不相離者以染心即不覺故非謂有於王數相應而言不離以相應不離二義別故下文引證是下生滅相中文此文雙證二義一證不相離義二證不是相應義在文可見二亦下約心境釋二初正釋前義謂此無明等者意云染心即無明無明是不覺不覺依於覺覺即是本心都無外境相應故云即心不覺此言即心亦即本覺真心也亦可通於真妄二心如文易見揀相應者既無境爲相對約何以明相應耶

此不相應下二指陳違妨以相宗說此第八識有徧行心所又與器界外境相應仍不說有覺義故和會如別說者尋檢其文未見所出今且略會二宗所說者如法相宗說第八識能緣三境以彼秖據現在成就位中橫說八識不明根本始起元由但言一切衆生法爾皆具八種識從自種生皆能緣慮自分境界以同是識了別義故故能緣境又說此識從自種生雖從自種而假境爲所緣緣故方得生起故須緣境雖能緣境微細難知不同前七執我執法今此論中竪說諸識迷眞所成從細至麤不說種生故第八識但有生境之功而無緣境之義以從無明内熏習起非外境界牽故令生故經說爲流注生滅者是此内起也由是故無緣境之義今若會彼同此論者彼宗既言此識緣境微細難知當知密同今論之意以彼宗說從種生故同是識分不得不說緣境界也又若會此同彼說者此論所明前六緣境即是第八麤分功用由於境界熏彼本識起此分別斯則本識有緣境義以是麤故隔爲事識不名第八又彼宗說第八心王有徧行五心所相應者由說此識能緣境界是故有王心所相應如正緣境時須有作意能警其心引心趣境以趣境故根境識三分別變異令心觸彼以觸境故四種和合領納違順以領納故於境取像施設種種名言之事以取像故遂令其心造作驅役此五皆由緣境故得是故第八有五相應今論既不說此緣境亦無心所與之相應故不同彼又彼宗中不說第八生起元由從眞

起妄但據現在成就位説故無覺義然亦説有無始本有菩提種子而不即是本覺眞如以未了故且隱密説今論所明依如來藏有生滅心以迷覺故成於不覺雖成不覺覺性不變故有覺義以依實教顯了相説故不同彼若彼已説有覺義者如何彰此二教淺深學者應知舉上染心等者舉上六染之心及無明對於所障之境束爲二礙以一切障染不離二種所謂煩惱及以所知今此染心及以無明二障分別如何收攝故此明之標立論二初惑障二初標法定名疏六染心者各取於中一分相續義故以此一分喧擾動亂不寂靜故名爲煩惱論能障下二顯其礙義疏二初釋文照寂下釋所障智名復名旨智證體智實智等以能證如實理故名如理智能生後得故名根本智上文下出所障智體也染心下釋成礙相並可知今此下二通妨或問曰如諸處説依於二執起於二障與此何別又前秖將六麤前四以配二障何故此中六染俱名煩惱耶故此釋之彼依二執起二障者依五意上起所知意之識上起煩惱今此則以染心所依無明爲所知能依染心爲煩惱故不同也應知若約二執説二障即局此依染心説二障即通有斯異也無明下二智障二初標法定名也疏根本無明者若取諸識中之一分亦兼枝末以末從本故作此標論能障下二顯其礙義疏二初釋文後得下釋所障智名復名徧智俗智權智等以根本智證眞如後方得起故名後得智如其事量而知名如量智也即上下出所障智體

以無明下釋其礙相從所障得名者智之礙故依主釋也不同煩惱即礙是持業釋此明下二通妨或問此言自然與外道自然何別故此釋之此以無心應物任運現化爲自然不同外道無因果之自然斯則言同而義異也煩惱中䟽先問等者約麤細以成難也秖合細法障細法麤法障麤法方是其宜何故不爾前二染者以業相微細未分能所欲成礙義難見相違故今偏約轉現二相以酬前難然雖不言意亦含攝以依動心說能見故可以意知前三染即分別智已前三者皆是事識故依境起以此等者以理智無能所染心有能所敵體相違故成礙義智礙䟽所迷法性者此是即眞之俗故常靜無起無起即眞故云法性故前又云一切法離言說相乃

至無有變異不可破壞唯是一心等不了等者正釋違義法性寂靜而無明起動動靜相反故成違義正釋等者本䟽云以内迷眞理識外見塵故於如量之境不能隨順種種知也如人動目天地傾摇故不能得如實知也然前則約麤細而難問今則約相違而通釋也故下文云無明頓盡名一切種智如下論釋論生滅相者以立義分中云是心生滅因縁相於中生滅與因縁已如上釋今則分別相之一字故言復次然是生滅家之相故兼言也略顯䟽相生滅者分別染淨念慮三世人我見愛貪瞋熾然覽而可別故云相也無心法者法之一字通於數境謂心所使法心所縁法也如前可知流注生滅者似乎流之水望如恬靜故解深密經云阿陀那識甚深

細一切種子如暴流雜心論云相似相續不知無常然此論中與心相應等言取義不便爲有與之一字盖翻譯之家不細磨琢也後譯秖言一者麁謂相應心二者細謂不相應心也斯言甚便對顯疏俱名麁者分別智等皆因外境起故更麁者貪瞋見愛執我我所取著轉深故論凡夫境界者是彼内凡所覺所除之境界故其實亦是二乘境界今取文便略而不言十地等者於中初地至七地覺麁中之細八地九地覺細中之麁今就通意但言菩薩地順辨生緣者此中雖有因義以望真如亦是緣故從微至著顯於生起故云順辨通緣疏以根本等者前云由不覺故生三種相又云以有境界緣故復生六種相如是雖即次第而生然推其根無明爲本别因

疏三今初略消其文以各自推其親所因故故因生三細緣生六麁可知此中下二引經廣釋三初標指闕具二正引經文云不思議熏變者然若一向可熏可變即同衣等是可思議即是凡夫所見若一向不可熏變即如王石亦是可思議便同權教所説今以俱非此二故不思議三廣釋經義二初細中二因三初解云下正釋言不可熏等者以自性清淨心從本已来不與妄染相應故又無明之法本性虛妄今以虛妄之法而能熏動性淨之體是不可熏處而熏也言熏則不熏者雖熏真如而真如性且不動又此無明體全是覺一相無異將何以爲能熏所熏雖無能所而現法宛然故云不熏之熏言不可變而變者夫真如者是無變異義本不合變而受無

明熏之成變動故變動相者即業相等是又變即不變者雖動成識相而性淨無改雖性無改而全體見動如水成波而溼性不變溼雖不變而全體動故云不變之變勝鬘下二引經證同不染者即前不可熏及不可變異也而染者即前而能熏及而變異也然此下三結屬不相應心也以能熏是無明之妄所熏是真如之心心與無明俱無形相故微隱也以能起因緣微隱故令所起現識行相亦細故此三種俱名爲細也於中等者以舉細則未必有麤舉麤則必有其細也又此現識即棃耶之異名自含三相也取種種塵下釋麤中二因二初正釋動彼心海者即棃耶心海也識浪即智相等故經云境界風所動種種識浪生故下論云以有妄境界染法緣故即熏習妄心令其念著等妄念習氣等者即枝末無明是迷似爲實之者此無明就㝡初與真和合則名根本就至成識之後依在識中轉名枝末也故此名爲妄念習氣此塵等者內有無明外有境界因緣具足事識生焉以妄下二結屬相應心也內熏是枝末不覺外熏是所現六塵以能起因緣麤顯故所起事識亦復明著疏經中下三經論對辨得生等者若無無明爲熏習終不自生若無真如爲所依終不自住斯則三細隨妄生已依真而住事識等者若無外境界爲資熏終不自生若無棃耶爲所依終不自住斯則事識隨外境生已依本識而住其猶波浪無風終不自生無水終不自住是故依風而生依水而住也令此下正明論意生緣者以無明及境

界是本事二識生起緣也謂本識生起以無明爲緣事識生起以境界爲緣秪說二種生緣不說二種生因故云不論依住依住即因也餘文可見逆論滅義者夫斷除妄染理合從麁至細今反於此故云逆也蓋直約道理不對人治故正辨疏得對治等者以無明爲因能生三細境界是三中之一復能爲緣而生六麁因既已滅緣依何立故隨滅也此依下揀濫恐有疑云此生滅是刹那念念之生滅故今揀之言始終者隨流以第六染爲始初染爲終反流以初染爲始第六染爲終起則六染紛然曠劫流浪盡則一念都絕究竟寂常又起盡即始終也非同刹那念念不住之生滅爾問中疏若境界等者以上云依如來藏有生滅心今復云心滅心若滅者即藏性滅此則約通名以難別體是疑相應心體滅也若體滅者八地之中便合成佛以無心爲所依故三細則亡亡則無可斷也不成何待若言等者以依心體有於無明心體既常無明亦常故能依三細則不可滅此疑不相應心永不得滅法中論心相滅等者此約體相以釋通疏麁相等者妄相差別故論麁細真心無差故唯一體也

起信論疏筆削記卷第十

音釋

杌 五骨切樹無枝也

噬 時制切齧噬

恬 徒兼切靜也

起信論疏筆削記卷第十一

長水沙門　子璿　録

喻中論二初總立喻本疏喻無明等者前疑心體若滅無明三相不得相續今舉風水相依之喻以顯心體不滅故得三相相續不斷如風依水而有波也此示下明無明依真而現生滅故前文云心與無明俱無形相故論若水下二别顯喻相二初喻相應心疏此示等者順於所疑亦是牒而縱之以境下正釋所疑以境滅時相應心相雖滅心體不滅以不滅故三細相續此如猛風滅故麤浪滅非水體滅也然克而論之唯有二相以境界即是現相今已滅故而言三細者蓋通言也良以下出其所以以前云因滅故緣滅非謂緣滅故因滅意云麤不該細細尚得存況心體不亡何疑斷絶由是下結荅所問斯則相應心相雖隨境滅而細相不滅論唯風下二喻不相應心疏非靜心等者以水非動性故波滅而水不滅心非動性故染滅而心不滅此如微風滅故細波滅亦非水滅論無明亦爾下初合總喻若心下合别喻一一以喻對之可見斯則麤染滅時細染不滅故八地菩薩未得成佛無明滅時細染方盡故得從此已上脩證佛果理極昭著論衆生者即依業轉二相之衆生也斯則八地已上皆依業轉得名衆生今心體既滅衆生無依故斷絶也又業轉二相即是衆生如前云衆生依心意意識轉故疏今以下結成一心二門也以前論生起須約生滅門中以辨今約滅惑終歸之處須會入一心也若不然者便應生滅之義

永不入於一心故須配入也體即智也相即
癡也不覺等者同前究竟覺智淨相法出離
鏡等義始本不二唯一心在故經云生滅既
滅寂滅現前前則迷一心以成九相今則滅
九相以歸一心無不皆從法界流無不皆歸
此法界也染淨相資資取也即籍賴之義謂
染法淨法自不能生以互相取假其勢力以
爲籍賴之緣方得生故又資者助益義謂互
相資助令生染淨故以前科但明染淨當位
生滅之義而未廣明染法淨法生起行相今
即說之意明染淨互相資假互相助益生一
切法如染助於淨淨假於染則淨法隨流生
諸染法淨助於染染假於淨則染法反流生
諸淨法本雖相違反成相順染法淨法遞互
相假也疏文二初叙章意互者更互熏謂擊
發亦即生義謂遞互相生擊發令染淨不斷
相資互熏名異義同爾相生者即互熏也不
斷者且各就一期所論其實淨法即不斷染
法即有斷斷不斷義如下所辯能生等者即
生滅門初云此識有二種義能攝一切法生
一切法前科已明攝義即二覺之文是也今
此正辯生義故說相資問何以先明攝義後
明生義耶荅攝義是正是故先說生義是彼
攝義所因故居其後所以立義分中唯言能
攝不言能生或恐有疑從無而生生已方攝
今則意明阿梨耶識未始不生未始不攝攝
之與生竟無前後故或可攝義非局前文但
齊此生滅一門於中所有染淨以二覺之義
攝之無不盡矣徵列疏此是下或問曰前說
真如是泯相顯性門不分染淨今文何故却

說真如爲淨法耶故此釋之以此真如是生滅門中隨緣之義有三義故說名爲淨非約前門不變義說本淨等者性淨解脫此通凡聖未曾染故始淨等者離障解脫此唯局聖斷染方淨故此中雙言體相者以有相則必有體有體則未必有相故又相淨則必兼體淨體淨則未必相淨故攝論下引證具云一所成立境謂十波羅蜜是真如十種功德能成十波羅蜜釋曰十種功德即十地所證十真如謂徧行等新生正行即十地所起十波羅蜜行由真如中有此十種功德故能起十種正行而隨順之如下文云以知法性體無慳貪順本性故行布施波羅蜜此則不同相宗却以真如功德爲所成立兼復證有能所熏義淨緣等者報應二身能與衆生爲淨緣

故令此三中中即智淨相後則不思議業相又於四鏡中初是前二鏡次即第三鏡後則第四鏡又前二是自體相熏習後一是用熏習亦名内外因緣熏也六染等者前云當知無明能生一切染法以一切染法皆是不覺相故通事識者即智相以資熏枝末無明令念相續起於我執造業受報故業識能資熏根本無明令起轉現故令攝下明舉細攝麤也但舉業識之細自攝事識之麤事識所緣者以此六塵能熏動心海起諸識浪增長念取生諸過故此三下或問曰此四義中何故染具說三淨唯說一耶令此釋之以染法本性自差別故仗因託緣方得生故須說三義淨法一味雖分體用用還同體無別異故仗託因緣者於此三中無明是因妄境是緣妄

心是因緣所起本識事識各有因緣如前廣辨體用無別者但内熏爲體外熏爲用用合體時非別外来融同一味故衆生心内之佛還化自己衆生故說一種喻中論如世間等者若望法合則有二說一者以衣喻一心香喻染淨以香有可意不可意故二者以衣本無香而熏之有香通喻染淨熏習之義以淨本無染熏之有染染本無淨熏之有淨但取大抵通意不必分喻別配後意爲正合中論二一染熏淨疏無相等者此約真釋相字相即九相然前說九相是不覺相者以約親生義說故今此說爲真如相者就根本說故是則兼彼無明不覺亦是真如相如前云如是無漏無明種種業幻皆同真如性相也又顯下約妄解相字以妄有差別可覽可別而無

自體故又自不能反染歸淨用義亦無然非無染用今就反流名無用也既無此用故但云相此約下顯意可知然此染淨二法各不無相用且迷真執妄起惑造業豈非染用智淨相法出離鏡大智慧光明義等豈非淨相今此文中意在影畧故各舉一義疏文所釋且一往耳惡習所熏等即楞伽經如前畧辨然準他宗於能所熏中皆揀真如以是堅密及不生滅今此實教約不思議熏變故有斯義論無明下淨熏染疏此是等者以生滅是攬理成事門染淨相存故有熏習之義若真如是泯相顯性門則鎔融生滅爲一真體無所敵對故無熏義由此等者若順流違真如時即是染用今以本覺熏習使反順真乃名淨用其猶逆叛之徒既已降伏乃奉赤心於

主也昔則背之爲逆黨今則順之爲忠臣此釋下即勝鬘經已如前引意云所以能生厭求者蓋真如之熏力也狂寇歸伏者乃明主之化也涅槃下引證彼言下會彼同此良以下結歸今意二義即覺不覺覺義即今真如不覺即今無明無明具含妄心妄境此中等者覺之與佛但唐梵異音本對於末性對於相性相本末文異義同别中先明染熏者據理合然也以先成染法方反染成淨未有先淨後成染法若先說淨後說染者便有妄起無窮之過亦有悟後更迷之失故先說染也問中踈各二者染淨皆有故習熏者自内順起後念續於前念也心體者此通染淨染熏則熏真心體淨熏則熏無明體資熏者從外反擊前念引起後念也如次文說無明熏真如起於妄心即是習熏妄心却反熏無明令增迷倒起轉現等即是資熏餘皆例此心即業識境即現相諸惑即見愛等畧中論二一總舉能所熏體者就此門中即無明是能熏真如是所熏若在後門即真如爲能無明爲所亦可下别義以無明本無自體單說不得凡欲舉之必須帶所依真體真體即無明本起之處如欲說波必須兼水也雖復雙舉意取無明或則意顯無明非實有體依他起故本来即空或則意顯染淨互熏之所以也若本抗行則不可熏故如相宗說無明真如敵體有異是故真如堅如玉石不能受熏也論以有無明下二别明熏習之義三初無明熏真如踈根本等者附真之者故非枝末本業經云迷第一義諦起者名生得惑即此無明

也熏習者合云習熏以對下資熏故若不爾者何成解釋耶論以熏下是無明熏習之功真如雖是淨法被無明染法熏故而起妄心如楞伽云不思議熏變是現識因等論以有妄心下二妄心熏無明不了下亦妄心熏習之功不了等即迷真義不覺等是起妄義以不了真如無相而妄現其相如人好眼爲熱氣所逼遂成瞖眼以有瞖所覆故依此瞖眼便見空華故云現妄境界䟽以此下以是反擊故云資熏也增不了者無明已是不了又爲妄心所助更加不了如賊遇惡人盗心轉甚遂成盗事論以有妄境下三境界熏妄心令其下是妄境熏習之功由外境熏故令內心起念分別相續執著計名造善惡等業受三界等報三界無安故名苦也如惡人爲財物等所牽引故恣行盗竊致令彰顯受於囹圄刑戮之患䟽後二同者以此望彼俱名業苦依惑下釋上名同之義上之三重鈎鎖相續謂無明熏真如起妄心妄心熏無明現境界境界熏妄心起念著造業受報此則染緣事足九相之極故止於斯也從後向前者取其文勢相躡故逆次前三是乃自本之末以畧標從末向本以廣釋也境熏中論增長念熏者即是由熏習故令念增長下皆例此䟽智相者由外境有違順等相熏故牽起內心愛惡等念名之智相以境不斷故念亦不斷名相續相猶像有姸媸者蓋質之好惡也響不斷絕者蓋聲之相續也法執分別者非謂對俱生以言分別但通指智及相續俱名分別以此二相分別染淨念念不斷故此是分

别心非是分别惑學者自知妄心熏中論能
受者合是能令阿羅漢等受生死苦論文語
倒阿羅漢此云無賊賊即我執煩惱此惑無
故辟支佛此云緣覺覺緣離而即真故疏迷
於無相者以此業識反資無明增其不了於
無相理妄生有相遂成轉現兼彼能熏共成
棃耶離事識等者然有全分不同若地前菩
薩及二乘人但離事識中我執麤分初地方
離細中一分二地至七地則全離事識麤細
二分若分段苦但約麤除即得遠離以無惑
業即不受生故無生老等八苦變易行苦者
三細生滅念念遷流故上論云動則有苦果
不離因然此下出三乘人受變易所以然此
棃耶細苦九類同有今獨說三乘人偏受者
以約離麤苦故細苦方現處說是則一切凡
夫二苦皆有三乘賢聖有細無麤凡夫雖有
細苦以彼麤苦所蓋都未覺知由此不說聖
人已離麤苦方乃覺知今就覺知義邊故說
三乘所有如人重病不知餘物所侵病愈之
時方覺微痛然迴心菩薩十信已來即受變
易若直往菩薩約終教說在地前時即受變
易始教即初地已去方受變易智增初地悲
增八地悲智平等四五六地若二乘未迴心
者滅苦依後法爾便受變易身也以事識等
者前則業識熏根本住地無明令起轉現共
成棃耶使三乘聖人受變易細苦此則智識
熏枝末現行無明令起相續執取計名造業
受報共成事識使六道衆生受分段麤苦無
明熏中疏謂根本等者即前依不覺生三種
相也論不備舉故但標一亦可無明熏真但

成業識業識熏無明方起轉現故但標一也謂枝末等者然今事識親從境起境界不亡者蓋緣枝末無明念念熏習真如之力如何熏習但是於境不了虚無定執有實名爲熏習以定執故起後諸相也此則取迷前者爲能成能成即枝末不覺起後者爲所成所成即六麤事識如前所說睡夢之事心境已具於中取著不了是夢如能成之無明分別前境如所成之事識然不了妄即是熏真互相成也引文可知但末下釋上所起之言謂根本無明是能起故對上根本以彰枝末也正明中論所謂等者則真如爲能熏無明爲所熏真如當體真實無始本有不假他因故不同前兼舉所依也以熏習下明真熏之功無明雖是隨流染法被真如淨法所熏便能反順真如起兹欣厭知昔日所愛者是苦故厭之所背者有樂故欣之如前惡人却被善者勉諭後行君子之行以此下則妄心爲能熏真如爲所熏疏反熏者妄心本是隨流之法今却反有益真之力也又是資熏反從外擊故增勢力者真如本自有力能熏妄心起此厭求今復被此淨用資助更增其力成始覺智如惡人既反爲善故於善人每有諮詢或加之諫諍由是善者或因問而增解或因諍而除非深練仁行愈脩德業也本即習熏新即資熏科功能者由前内外熏力遂成信解行證以至極果也文二初地前行論信已性等者初一句知真次二句達妄謂知真本有達妄本空實教行人初心合爾此則圓覺初章信解真正也下一句即依解脩行也疏十

信者入道初心先信根本非同權門但信三實及戒故下文云一者信根本所謂樂念真如法故以信是萬行初首故須言信又以真如是萬行根本故信已性也三聖圓融觀云信者不信法界信即是邪解者十解位即十住也解業轉故言知心妄動解現相故言無前境界但是解了未能斷除然何啻十住方有前位豈無此解耶疏文配信太近於前問信位菩薩如何得解業等相耶荅以信已真如寂然不動無有一相故知動心相境誠爲妄也性本無故者不解此焉稱實教初心人耶論脩遠離法者法謂法行以此法行能破心境故云遠離疏依解成行者即十住位滿進十行位也有解無行其解必孤故須依所解處而脩行也尋伺等即所行之行信解非淺其行必深大車將行軌轍寧小然此中意通明十向及四加行謂煖頂二位以四尋伺觀觀所取名等四法假有實無即所取空是遠離境也忍世第一以四如實智印所取空觀能取空即遠離心也廣如前辨今云等者等如實觀也唯識等者了知諸法唯依妄念而有差別故行此行而隨順之故頌云唯識無境界以無塵妄見如人目有翳見毛月等事此即資糧位中所脩也論以如實下二地上行也疏見道等者即通達位離不斷相應染證一分真如名淨心地若準諸處說行布施波羅密斷異生性障及二種愚謂執著我法愚惡趣雜染愚證徧行真如住歡喜地脩道者即二地至等覺以此位中如次行戒等波羅密行餘非不脩但隨力隨分故云萬行

廣如華嚴所説以此脩行對治障染稱順本性令體顯現故云顯真疏無能所相者正同唯識見道頌云若時於所緣智都無所得爾時住唯識離二取相故然此脩道證真起行一如初地俱無能所故言不取等三祇者通前三賢所論若但取二地已去則唯有二謂二地至八地爲一僧祇八地至佛果爲一僧祇然三祇延促之義廣如下釋然此段論舊文於疏外别配則以自信已性爲十信位知心妄動無前境界爲十住脩遠離法爲十行以如實知下爲十向加行不取不念爲見道以乃至久遠熏習力故爲脩道今復詳此信之一位對文太局今若對者但從初至脩遠離法俱是信位以此位中非空有信亦能脩行如十信名及下論説脩五行等從以如實下至隨順行通對三賢於中前二句猶是翻前信位之解智者請詳二果論二初滅惑翻染疏妄心盡者即業轉二識也以無無明爲能熏故妄境滅者以無妄心爲能熏故皆滅惑者通指無明已下之文此上展轉滅惑翻染義如前逆論滅義之中廣辯三種染者即後三種不相應染可知疏證理成德者即下涅槃是斷業用是恩得之一字屬能證智是智德也斯皆脩行翻染成淨故論以因等兩句但是再牒翻染之文顯此以明所顯之德疏染心即通六染以無明滅故業等三染心盡境界滅故智等三染心盡一切心相不出六染故云皆盡故上云因滅故不相應心滅緣滅故相應心滅心體轉依等者以心體在纏依九相等名爲生死今九相既滅生死已

盡心體空寂名爲涅槃義說其依實無能所又轉之一字義兼兩勢謂轉滅生死轉得涅槃又轉滅則無法可滅而似滅轉得則無法可得爲真得轉依多義如別所明業用者依涅槃空寂之體隨機感現無不利益無心而應故論云自然業心言罔及故疏云不思議斯則翻前妄心妄境故得涅槃（六染心皆煩惱癡故）翻前無明成自然業（無明爲智癡故）然此因果兩科凡賢聖果四位具足此皆真如內熏妄心外助令真有力始從凡夫終至果位起茲淨業也意識者意之識也論凡夫者即十信已前不了唯識而修行者以此諸下且明所依之識以此麤識本是境界爲緣之所起者不知諸法本依現識而生以不知故復執爲實凡夫下明能依之人且二乘不知七八二識及事

識細分但修我空觀智凡夫悠悠修行不知唯識道理但依麤識起欣厭心而求佛果不能亡相由此與二乘同處而言由此下明得道分齊作意者作發趣佛道之意即欣厭心也又後等者以趣心無輟漸能解了唯識道理如實修行還得成道以用心迂會故不速疾乃云又後菩提即無上道也論菩薩十信已上了唯識者疏二初正釋識量等者一切境界唯識所現所現境界一一如識故得識染即境染識淨即境淨等既知唯識所現終不定執實法虛妄取著故云捨彼等了唯心者有智能了諸法無性心相亦空唯一真如不生妄取念念與理相稱故得速疾趣於涅槃也問下二通妨初問也妄心並熏者五意及意之識皆熏真如令其有力遂厭生死苦

樂求涅槃修反流行意熏等者五意前三屬梨耶識故斯則三乘之人俱有梨耶熏真之理何故菩薩發心勇猛速趣涅槃二乘凡夫不同此轍而踈遠耶熏既是同發心合等云何不爾答下二答二初正答凡夫不覺者以不聞大乘教不遇真善友故於諸法不知梨耶所變又不知能變之識真妄和合無有自性故云不覺資持力者謂依意識分别心外見有生死涅槃從此起心厭生死苦樂求涅槃資熏真如真如任持能熏之力由是發心修行也不達本者以不能了自心則生二妄想道目前而遠覓佛在内而外求解既不正行亦迂會故向菩提不能速疾故云踈遠也了本者既知諸法唯心所現終不隨順麤識分别執心外法擬棄生死别求涅槃雖修諸行而無行可行雖度衆生而無生可度故經云了心及境界妄想即不生斯則了本識而修行也既而忘縁内照稱順本性速得合道故云親而且近如下順性修檀等前云自信已性知心妄動無前境界修遠離法等即斯行也問五意後二亦是事識菩薩既依此熏而起修行何得異前凡夫二乘答前則唯知事識不知本識不知本識故不了境從心起已知事識故但覺心自境生依此修心故成踈遠此門二識皆知以知之故雖心縁境達境唯心故於事識而不信用依此修行故親而且近此約下二結答也所依即本事二識及真如也以三乘人等各依其識熏彼真如而起行故相資者本因真如熏妄心令起厭求然後妄心熏真如令修此行是則若依事

識熏真如真如還資事識之行若依本識熏真如真如還資本識之行故相資也但緣識有内起外發之異故使行有内照外求不同遲速之因自兹而得證發心中者文云是菩薩發心相者有三種心微細之相云何爲三一者真心二者方便心三者業識心廣說如下論體相合論者如珠與光不相離故下亦如是正顯論二初明熏習疏不空者不空如来藏也以有自體本具河沙性徳故㝠謂闇也物即衆生其猶衣珠潜照而貧者莫知黄金纏弊行者罔測故非能了也㝠熏作用揀異出纏應化之用論境界性者此是體熏以表體相無二故標中則先體後相釋中則先相後體如何熏習以能爲境界牽彼智生即是熏義非直下躡前也亦乃下正釋前則本覺熏令起智智即始覺也此乃對智成所觀境境亦本覺是則本覺相爲能熏之心體作所觀之境一體之上義分二別如前說法有對智顯義等論依此下顯功能疏心境者由心之所發由境之所牽雖分二法體唯本覺無二別也亦名體相有力者妄心劣故本覺勢強熏力猛盛也昔以隨流則妄有力而真劣今既反流則真熏功盛而妄心勢衰也論自信巳身等者約人所說故言巳身以巳真如熏自妄心有勢力故遂能反照信巳身中真如與佛無異但由妄惑所覆故不顯現今發直等三心修施等五行對治妄惑令體顯現問有三段一指前按定論悉有真如等者凡是有情皆具本覺無二圓滿以皆具故熏義合齊故云等皆論云何下二述其所疑現

在等者約橫說也現今且見有信者寡無信者衆論無量等者今云前後無量差别譯者迴文不盡也未来等者此約竪說約望未来發起信心遲速不等故云前後更有厚薄進退邪正等異故云無量差别此乃橫則有無差别竪則前後差别前後之言亦通過去内熏等者熏既是齊信亦合齊不合有於如是差别論皆應下三結成其難一時者有二意一揀信之有無二揀起之前後自知有真如法是信解勤修方便是行等入涅槃是證一時之言須通此三而轉執别等者謂執有信無信前後等别便疑真如亦有等類不同也論答中二初標所疑也本一者凡聖一體平等無二也淨名云一切衆生皆如也衆聖賢亦如也至於彌勒亦如也此一句標所疑之

通下則釋所執之别論而有下二釋所執三初明所依根本差别也疏根本等者既是生滅妄法法爾不得平等衆生具此各各不同不同真如一體平等故云厚薄前後亦爾者厚者即遲信薄者則速信信之厚薄退進等例知非彼等者過在無明有厚薄不是真如成等差論過河沙下二約能依二障差别二先所知障等上者意明煩惱數過河沙等上又約所障法門既多能障之惑遂成無量故云河沙等上等者等微塵也詳之疏無知者迷俗諦門中事法以不能正知不能盡知故麤分者以所知中有二分故一迷理者爲細二迷事爲麤天台號爲塵沙小乘名爲不染汙無知今是此分也論我見下二煩惱障也疏四住者即六麤之中二也何故不對五意

以五意是所依衆生無知四住是彼所有今取此二正障信心及諸觀智故偏舉也疏文亦爾何故二障俱名煩惱以此二障體皆虚妄性喧煩故非是寂靜通名煩惱論如是下三雙結難了疏皆依下若據生起即次第而生今此横論故皆依無明也非一謂二障互爲前後差別則等分偏增有殊佛了等者降此已還各随其分未能盡知唯佛窮證故能知也故前疏云若至心源得於無念則徧知一切衆生一心動轉四相差别立理中疏若獨等者反縱所難然今下順通其義故致下給荅故上下引證並可見喻中論木喻衆生火性喻本覺人知喻佛等方便即鑽燧之事喻悲願說法燒木即先有火起火喻發心修行燒木喻斷煩惱此中若無及不假之言正顯闕緣也法中論爲緣者即慈悲願護說法教導合正用鑽燧等入涅槃者合上火出木盡灰飛煙滅也上喻中雖無顯文以燒木之言便含此義闕因中論未有熏力者如溼木之遇繩鑽雖有火性而鑽之不生障者亦爾雖有本覺聞法亦不悟解不能究竟等者亦有聞法信受暫時發心然鮮克有終不能久永如下所說或有見佛色相或供衆僧或因二乘或學他發心悉不决定或退凡夫二乘之地此如溼木鑽時還有熱氣然不能出火燒木如世聞法甚衆於中信解修趣者實難其人良以内熏力微惑障厚重以喻類法昭然可見明得中論因緣具者如乾木之遇繩鑽也諸佛等者此則揀異二乘等以顯遇真善知識也然此段文有二種加義初以慈悲

等是冥加由冥加故起信修善次從以修下是顯加謂現身說法由顯加故進行證果於中修善成熟一句躡前起後也然前喻文正喻初段冥加之意若喻後段顯加之文應如加之以積薪鼓之以烈風則令前木都盡也疏自分者創發其心始修善行此親賴前因緣之力故云自分也勝進者若推其本亦是前來內外熏力今約末而論並前自分又校一重故云勝進示義等者謂示義令解教行令行獲大法利故生法喜斯則自分當信位勝進當解行向即十迴向道即地上行涅槃即佛果也然善友與行人相值誠難且如世間有欲發心者則不遇真善知識有真善知識則不見發心之人感應道交實爲不易如涅槃中針芥之喻并法華中龜木之喻此皆顯善友難值今之行者黨偶斯緣聞法解悟豈不思夙植德本而無欣慶乎而不求進乎豈不思後世爲先業所牽得如今世遇勝友乎誠宜勉之

起信論疏筆削記卷第十一

音釋

叛 薄半切奔他國也　妍 五堅切美好也　媸 赤脂切丨妍也　嗇 失利切不丨也

迂 憶俱切曲也

起信論疏筆削記卷第十二

長水沙門　子璿　録

二徵列疏爲於下約能應明差別凡小是機爲彼機故現形不同也謂應以佛菩薩等身得度者即現其身等隨機萬變不可一準以彼事識從境而起不了唯心隨其分別情量所不同也此則差別在佛差別即緣也亦可下約能感明差別三乘不同已是差別況復各有勝劣之異宜樂之殊此則差別在機緣即屬佛差別之緣也然由機之差別遂令應有差別非謂佛身有異相爾如鏡光是一像異由形也謂三賢下出差別緣體下說十住菩薩便能現八相化利衆生況其上位豈不然乎爲諸下約能化顯平等菩薩則始從信位終至十地業識者必兼現轉但現一味佛身更無三乘之異故云唯現以此菩薩深解境界唯心不外執定相故現平等佛身與其爲緣此即平等在佛也故下文云以同體智力故隨應見聞而現作業亦可下約所化顯平等同發大心同信大法同解大義同修大行同無退轉故皆平等此則平等在機也故文云依於三昧乃得平等見諸佛身持業依士亦同前説謂初地下出緣體謂登地已去菩薩以無分別智證平等理知一切衆生真如平等無異故現平等佛身應衆生也一感用因疏機欲人者此人是樂欲脩進之機即諸求三乘人也外緣體者即三賢已上菩薩及佛皆能作此緣故修行時者謂始起厭求修習善根時也於中有發意求三乘道果之異論乃至得佛者有二義一則於中有羅漢

辟支故云乃至二者此中但說從始發心終至成佛中間所經劫數值遇外緣不能具敘時節故超越而言云乃至也器者喻也方圓大小各有分量一乘勝劣可以類之則受道之機器也開總中論父母等者如釋迦之度羅睺父之力也又度諸母子姪等眷屬諸親力也又如淨德與淨藏淨眼共化妙莊嚴王亦眷屬之力也謂彼等宜以此類化度故佛爲現父母等身餘意例同論給使者即供給走使涅槃經云榮豪自貴我於其人爲作僕使趨走給侍淨名云見須供侍者現爲作僮僕既悦可其意乃發以道心論知友者知聞朋友如秋子之化目連以切磋琢磨共成其器論寃家者如未生寃王殺害父母令其獲得果證又如無厭足王以殺事故令衆皆得

解脱門論四攝者一布施令他附已二愛語爲他說法熏成淨種三利行隨彼所行方便利之令善根成熟四同事遇惡同惡而斷彼惡遇善同善而進彼善以此四事隨機曲誘攝令入道然於五中唯第四是逆方便餘皆順也二攝別中論無量行緣者若干種心皆須稱可隨時方便難以具陳不能言數故云無量如法華說觀音妙音現化等即斯事也二辨用中論以起下是能熏衆生下是所熏增長善根是利益也善根謂信心展轉能生解行證等枝葉華果故言增長若見者或見其形或覩神變如前現其差別形事令彼見者歡喜生善破惡入理乃至一二三四益等故淨名云或有怖畏或歡喜或生厭離或斷疑等若聞者或聞彼教勸令入道或因聞彼

所誦經教尋文生解成聞慧故或則聞說自他功德而發善心一就根闕緣中論近遠二緣者由障有厚薄故遂令內熏有力無力由內熏故外值勝緣發起善根遂有勝劣由勝劣故令根有熟不熟以此遂成利根鈍根入道遲速也二各闕中論增長行緣者諸佛爲緣爲令三乘行人各增自行以入正觀故疏方便行者即正觀之方便也見道已前所脩諸行皆是入理之方便故論受道緣三乘行人入見道已去親證真如名爲受道此亦諸佛爲緣令其入證也疏四攝者謂諸佛菩薩爲緣增長彼行人行四攝法以利他也三空等者謂空無相無願解脫門亦是爲彼作緣令其住於三解脫門以自利也非謂諸佛欲爲衆生作緣先要內住三空之理斯二種緣皆依古釋然此二緣若據論意理合徧通因果諸位如未入信前不信因果三寶真如名未受道佛菩薩等以之爲緣令彼信受始爲道器名受道緣既入信已所修十種信心之行亦假其緣令行增長名增長行緣如未入十解十地佛地等名未受道假其緣力而得受解入證得涅槃等俱名受道若從解位已去修地前行見道已去修地上行佛等爲緣令行增長名增長行如八地菩薩得無相無功用故擬入涅槃不進九地佛爲此故現身七勸然後發行進入彌遠豈非增長行緣耶乃至垂成證覺亦假諸佛爲緣也受道增長或先或後二俱通也問此是差別緣如前疏文只配凡夫二乘如何將此爲三賢已上耶荅若如疏配何故前論云從初發意始求道

時乃至得佛於中若見若念耶應知此差別一緣通爲凡夫二乘諸位菩薩也問平等一緣如疏唯配三賢已上前信位中得有此緣否答若據論意亦可通前以下文云所謂衆生依於三昧乃得平等見諸佛故如十信位正修真如三昧於中見者豈非平等緣耶應知前差別緣不約定中所見但是隨類隨宜現十界身等故名差別若依三昧見平等佛身無分齊相者即平等緣疏中前文且約依識熏習以辨二緣亦一往爾學者知之一能作平等疏平等心者九願皆度不揀擇故論自然熏習者有二一以本悲願常熏本覺不曾捨離二無緣慈悲常熏衆生攝取不捨不待作意故曰自然疏常用者無作妙用有感斯應也論同體智者謂此智與真如體同故

又能知一切凡聖染淨同一真故此根本智也下云而現作業即後得智疏釋成常用者亦是釋成平等所以以真如之性平等無斷無盡故能普度常不捨離此如下信成就發心大願平等方便中說論隨應見聞者隨彼菩薩位中所應見者各見佛身及與淨土可應聞者各聞說法示教利喜現作業者謂現大小化身土之業用也此則現身說法皆是起緣熏之用故疏云顯其用相也亦可文中皆願度脱是第一心也度脱即是令得滅度解脱也一切衆生是廣大心常恒不捨是常心同體智是不顛倒心以有智故無人我相也已上皆顯平等緣體也後二句顯其用相二對機中論三昧秦言正受不受諸受故即念佛三昧平等見佛即法身佛也以依三昧

見佛色身即見法身以不取色分齊相故此即同真如三昧也疏無有彼此等釋前平等可知一標中論此體用熏習下略不言相者與體無二故此以所起行望能熏體用以辨相應三釋疏明行劣等者意識五意皆是妄心能所分別未稱平等真如但依信力修進而隨順之凡即未入信位菩薩即十信三賢已去此義正如上妄心熏真如處說論未得等者以未得無分別心故未與真如體相應以地前菩薩未亡能所分別故即所起行未與能熏體合也疏正體智即是無分別心正能會理之智名正體智體即會合義正體即智持業得名若以正體爲真如即依主釋法身體即真如也但以約人所說故云法身化身等約法所說故云真如體用等論未得自在業者以證真之後所有起行盡是真如妙用平等之行一一行皆從真起皆稱如理是真體之業用也故云自在業今此位中未得此行故不得與用相應此則所起行未與能熏用合也以能熏用從真體起自在業亦從真起二用若合同是一體名曰相應地前闕此故云未得若至地上即得相應便能與三賢等人作能熏緣也問若然者何以前說三賢起用與小乘等爲外緣耶荅前所說者但是依於願力及三昧力能起差別緣實未能有自然業用爲平等緣爾疏證真後得智者證真之後所起之智故或可此智亦能證真以能重麤緣真作相見道故二中論法身菩薩者初地已上乃至十地皆名法身以得平等智證真如理以真如法爲身故疏如理等

者所起行與能熏體合也即上法身是其所合謂此菩薩以法爲身人法不異故然如理即前正體之異名能證真如理之智依主釋論與諸佛等者既得無分別心與理冥會依真起行徧脩一切自利利他含佛智用二用一體名曰相應然此段論若望前文有所不齊以前文說未相應則正體後得各舉一能一所今此段文於前舉能於後舉所文之巧略互現而已別無他意疏文順解便成義補其理昭然疏如量智者即上後得之異名如彼彼衆生器量如彼彼俗諦分量悉皆知故證真等者依所證真理爲軌則故所行之行皆契真如故云法力但有信力者地前既未契真但能信順緣真脩行故非法力地上名真脩地前名緣脩即斯義也八地已去者約無功用行以釋自然也諸說自發心脩行已来至此地已經二無數劫自此之後任運相應如下水船不勞篙棹然猶更經一無數劫方至佛果今詳此段論意不須別配八地方說自然但是地上菩薩證真起行皆依法力皆是自然未必須到八地學者知之論熏習真如等者證真起行還熏真如何有無明而不除滅如日輪發照還照日輪豈有昏闇在中而能違拒哉疏妄滅行成者謂九相既滅萬行成就萬行成故德備河沙九相滅故妙絶塵累問地上菩薩亦有智識等四意如何得說相應而異地前耶答相續識是法執分別初地已除故得無分別智與理相契智識雖在但是俱生不障見道又出觀即有入觀即無況從二地已去分除七地都盡二麤之

識既盡妙平二智已成内證外現于何所礙雖殘三細之識以妙智爲主不乖相應故論中但云得無分別心更不言三細之識由是不同地前事識現行而未相應也疏中不言文略故也染淨盡不盡者上說染淨各有功能互相熏習成於世間出世間未知究竟何勝何劣何法有盡何法不盡若俱不盡則徒爲進脩若後俱盡則成斷滅若言一盡盡於何法故此明也初文論復次染法至不斷者未入十信位前九相熾然六染相續惑業習襲報應輪綸塵沙劫波莫之遏絕故前云一切衆生不名爲覺以從本來念念相續未曾離念故說無始無明又下云以如來藏無前際故無明之相亦無有始然亦無有悟後更迷之人故經云覺迷迷滅覺不生迷如木成灰不重爲木是知無有初起之際乃至得佛後則有斷者内外熏力發厭求心始入十信苟能止業猶自未能斷除惑染從三賢位方乃覺除直至佛地始得斷盡是知斷字貫通諸位諸位即分斷漸斷佛位即普斷永斷今以略於下位故云乃至又云得佛後斷者以斷後始得佛故非謂得佛後方始斷論文語濫故下文云無明頓盡名一切種智又前云遠離微細念故得見心性又云破和合識滅相續心顯現法身等諸文非一此皆滅妄成佛之義是知虛妄之法不能究竟故云有終也次文疏正顯者亦是標也此中通於因緣體用總名淨法論常熏習者即内因體相熏習也妄心滅者以真熏有力滅無明能起行對治妄心則滅成淳淨圓智也法身顯現者

以所熏妄心滅故能熏體相顯現即破和合識內生滅之相顯此不生滅體也即在纏如來藏至此顯處名爲法身即前究竟覺智淨相法出離鏡得涅槃等是也起用熏習者法身既現即能起自然業用應化衆生此則用熏習義便成差別平等二緣即前不思議業相緣熏習鏡成自然業等也故無斷者則三身並常也不斷即常義今茲實教但說二身相即無礙豈得不常然今科云有始者亦且一往約用熏義說若準體相熏習即無有始故文云以真如法常熏習故又前云從無始來具無漏法備有不思議業作境界之性等又次云非前際生又下云以如來藏無前際故今且形對妄法權作此科不可定執同不了義疏文可知辨所示義疏二初敘章意前

法者即指前科生滅心法也既具明染淨法相生滅不同此生滅法遂有顯於三大功能故今指之也問下具如立義分中詮旨者詮謂能詮即顯了義說文云詮者具也謂具說事理故今此真如一門門爲能詮體爲所詮既目門爲真如真如即所詮旨故門之與體無二無別也法義殊者即一心三大法義也此等皆如立義分中已說初體中論一切者通凡及聖凡夫謂六凡界即一切異生聲聞下即四聖界此顯平等真如從凡至聖若大若小若因若果一體無異凡迷未曾減聖悟未曾增小大因果例然又染起不增障盡不減又用隱不減德顯不增也然此體大徧通情器故經云一切因果世界微塵因心成體今且偏就有情而言也疏優勝也謂諸佛最

勝凡夫最劣中間相望通於勝劣真體等者謂性德正因其猶太虛雖茅室紺殿有殊其中虛空豈有別異故心經云是諸法空相不生不滅不垢不淨不增不減凡位等者明此法體非謂於前凡位中從無而有亦非於後佛位中從有而無也然至而論之其實凡位與真如俱無前際非謂凡夫即有前際真性無前際佛位亦然故下文云以如來藏無前際故無明之相亦無有始又云以如來藏無後際故諸佛所證涅槃與之相應則無後際然今論意未必約位而言但云窮於過去非有前際而生起也鞠於未來亦非有後際而滅盡也際時也然觀論文大似不無前後際但是真體不於前後際中生滅也遂令疏文有茲釋爾有智詳之可以意會論常恒者蓋

一義也疏中別配亦且一往皆顯等者亦可不增減非生滅皆是顯常恒所以又不生不滅方是不增減畢竟常恒若有生滅則有增減非是常恒又此一句是顯不垢淨也謂在纏不垢出障不淨若不然者即有變異豈曰常恒又如故無增減真故不生滅後句總結也又此三義即是前文畢竟平等無有變異不可破壞也如次對之一總中論從本等者顯無有始故云從本已來揀非體外故云自性明無欠少故云滿足意在普該故云一切功能德業故云功德二別論大智等者此有通別通則智即是慧光即是明又智慧即是光明別則以義目之名智慧以相取之曰光明智即是體慧即是用光即體之相也明即用之相也如摩尼珠體有光明以自瑩曰光

照物曰明徧通凡聖名大依法所顯曰義復言自體者顯是即體之相無二別故疏本覺智明者但取通意爾論徧照等者即始覺也法界有二謂理及事始覺照理即如理智始覺照事即如量智理量齊鑑故云徧也疏本覺者就體而言也即彼本覺顯照義邊便名始覺始覺之體元是本覺故論真實等者依根所發了境義邊名爲識知了如理事永離諸過故云真實疏無倒者即離四倒及餘執計也論自性等者非假他緣故云自性在纏不染故曰清淨諸法中實乃名爲心疏云離染但得一義論常樂等者常謂窮三際而無改樂謂在衆苦而不干我謂處六道而莫拘淨謂歷九相而非染此自性涅槃之四德也疏圓備者諸德雖多不過此四以此四法收一切德故論清涼等者無惑之熱惱故曰清涼此顯般若也無報之生滅故云不變此法身也無業之繫縛故云自在此解脫也即離三障成三德爾疏云無遷亦但三中之一此文仍與上句義理不別何謂清即淨義涼即樂義不變即常義自在即我義今但離爲三四各說故成二段三結論過河沙者上但略顯不能具載故不離者隨舉一德全攝真性及一切德疏文可解論不斷者無始無終疏云相續即無終也論不異者上云不離恐謂如樹不離地手不離腕等故云不異不異者真如即德德即真如故疏云同味語猶疎略論不思議者即一性而有多義即多義而全一性不可以定量所得心行處滅言語道斷也疏舉一義影以顯之論佛法者佛即是覺

意明上之功德盡是本覺之法故故金剛云一切法皆是佛法跡唯佛等者約始覺釋佛字謂佛是始覺之極法即前諸功德顯此諸法非因位而究了故佛之法也所覺法者此約本覺釋佛字佛即法也義如前釋論乃至者越彼河沙故云乃至滿足即無所少意云乃至過河沙數義理悉皆滿足無所欠少也跡若此下以脩顯性此反顯也既證下順釋如文如海有寶餘人不知涉海者既獲旁底豈不信乎立名中論如來藏者具有三義一隱覆義二含攝義三出生義廣如前說隱時等者似當初後二義隱故名藏此則如來自隱不現也又因地能生果地功德故名藏也論如來法身者若以應身爲如來即依士釋若以真身爲如來即持業釋然其身者亦具

三義一者體義真如自體任持不失故二者依義爲彼報應之所依故三者聚義一切功德之所集故故唯識云體依聚義總說名身顯時等者即後義謂萬德名法依止名身然德有脩性若約脩說即屬報應成依止義也若約性說即聚集義也其體之一義當於前段體中故此不言也問法身既屬無爲且非積聚何言聚耶荅功德既是無多之多何妨聚是無聚之聚斯皆義說圓廻無滯非實法聚有可揀也一問中論上說真如者謂前門中云從本已來離言說相離名字相離心緣相畢竟平等無有變異不可破壞唯是一心故名真如云何下對前正難前說離相平等今說功德差別前後矛盾其義安在荅中初正明論雖實下縱存今文差別相也而無下

不違前門平等之義等同一味者等齊也即指前差別之法同者諸法無性唯一真如一味喻明如水之八德一味無差一真如者法說疏亦法喻兼明也二徵釋疏非能分別者無虚妄分別故非所分別者既無虚妄之心即離所分別相故前文云心滅則種種法滅無能所者由前心境並亡故得差別即無差別同一真如也一略中疏既其等者既而能所俱亡遂令一體無二者如前差別之相依何建立以依等者前云是心生滅因緣相能示摩訶衍自體相用故能顯既多所顯亦廣俱喻河沙也且舉下釋舉本彰末可知二對顯論三初舉所迷理疏所迷理者即真如之理義具真如門論而有下二別翻配三初別舉八重初無明智慧對論妄心者即前不如實知也不覺起念即前不覺心動名爲業相見境界即前轉相現相此之三相即是無明阿棃耶識又見字義寛亦通四麤故疏云細麤也疏依真下即生滅之相義具前文將欲下釋意淨因染得故須然也真如門無染可對故無示義此生滅門染淨既分故須翻對以顯相大諸句例然者隨文可見云何顯者牒難以起下文論心性不起者不起念也疏既起下故前云一切衆生不名爲覺以念念相續未曾離念故反顯無念即名覺智論若心起下二局見普照對疏妄見不周者如人見東不見西近遠内外明闇等亦爾故經云衆生洞視不過分寸以存能見心故故於諸境有所不見也真照圓明者以無見故無所不見故肇論云般若無知而無所知初地得

名真見道者以不存能所見故論若心有下三妄見真知對非真識知者動則不如實知故非真也疏反之等者以心無動故則所知真實真實者離僞妄故從此巳下至不自在一一文初應合皆有若心有動之言仍於本句之末更云心性無動等即隨句翻對論文存略但舉能對之妄也論無有自性四無性有體對疏妄染無體者依真妄動何有自體淨心者心無動故離緣獨立獨立之體本來無染斯則不逐緣生不因境起故云自性清淨心也論非常下五顛倒真實對疏四倒者即無常苦無我不淨心動故起於有漏色心有漏色心實非常等凡夫計爲常等故成四倒反之等者以不動故色心不起以不起故唯真如性常住清淨自在安樂故成四德論

熱惱者六熱惱清涼對疏諸惑者由心動故起於貪瞋等惑煩惱熾然故成熱惱故説等者心不動故即是真如真如無惑則非熱惱既無熱惱故曰清涼論衰變者七變易疑然對疏妄染遷改者以心動故起於九相九相生住異滅老病死等故成衰變反顯等者心不動故即是真如真如之中本無九相生滅遷改故云不變也論則不自在者八繫縛自在對疏業果等者由心動故起業受報墮五趣中名爲繫縛真如自在者心不動故即是真如真如之中無有業繫故云自在上云等者以此段中皆舉能顯妄染以對顯前淨德論文略故不具列之故今疏中略指後之三義也論乃至下二總舉諸法言乃至者既過河沙不可具述故云乃至對此義者河沙染

法心動故成心不動時諸淨功德亦過沙數諸淨等者即真實識知已下諸義等疏一一等者以心性動與無動反覆明諸染淨今要省文故以心動在前無動居後所顯諸法攝在中間於中又闕淨德之目若欲一一別對令人易解者應云若心有動非真識知心性無動即是真實識知義故乃至若心有動則不自在心性無動則得自在如前疏文逐段反顯是也若更取類言之復應云若心有動則是繫縛心性無動則名解脫他皆倣此不可具言然前八對初之兩段各約別義言起念起見斯亦不出心動之義若欲各舉別義者真實知識等亦有別義應云心起分別非真識知心離分別即是真實識知義故乃至心若起業則不自在心離業繫即得自在等

當知心動義通餘皆是別也論若心下二別彰滿足疏妄心等者若於心外見法而生追求終不能足却有所少亦可若有一法在於心外是可念者則性中功德有所欠少如人於他求物當知家間所無淨德等者以心性無外故一切功德皆悉具足則可忘懷而契之不可起心而求之當知有所見者皆是虛妄以從分別生故此意顯異權宗所說佛果無漏功德並是脩生今此論宗但即脩顯本自有故金銀生像可以喻之論名爲下三結得名雙約因果如前所明一悲行中論佛本在因者爲菩薩時所行諸行以慈悲爲本無不先以利他爲首攝化衆生也諸波羅蜜下謂以諸度攝令附己化令從善也以布施攝貧窮持戒攝毀禁等此通二利故維摩經云

資財無量攝諸貧民奉戒清淨攝諸毀禁以忍調行攝諸恚怒以大精進攝諸懈怠一心禪定攝諸亂意以決定慧攝諸無智二大願疏廣大心者即四弘中衆生無邊誓願度亦同金剛中佛令發菩提心人普度四生九類彌勒所釋亦云廣大心長時心者此同華嚴行願經說衆生界盡我行方盡以衆生界無有盡故我此行願亦無有盡上則約處橫說故云等衆生界此則約時豎論故云盡於未来三方便疏悲深者直見衆生如父母等亦不如見同已身方爲至深智深者了唯心故知諸衆生本無性故元無念故舊来涅槃不待滅故小乘權教不能亡此相者蓋緣智淺今實教菩薩反之故云深也兼上謂兼悲深不顛倒者衆生本與已同同皆無相故見異相即成顛倒今皆反此也長時所以者兼釋廣大所以疏文闕略也若不能了同已身亡其相者豈能如此普度永度耶徵所以者意云以何義故得如已身而又不取衆生相耶依真如門等者以此門中顯一切法皆即真故皆同如故故得彼身我身平等無二豈不愍之而欲度耶又既同一真皆悉無相誰爲能度誰爲所度故不取其衆生之相然此段文細尋其意但將以取一切下兩句陽就前段爲釋廣長所以從而亦不取下爲舉本大智下之徵釋但顯不取相之所以詳之可見二顯果三一牒舉前因論大方便智者說有通別通者方便即智復有二義一者謂隨順出離之智皆方便故此通金剛無間已下不唯地前故十地位後名爲滿足方便圓覺亦

云雖有多方便皆名隨順智二者此智是大悲之方便故若無智爲方便則非大悲愓愛見故故前說衆生而不取衆生之相疏中釋爲智深也然或有因智而起悲知物同已方欲度故或因悲而起智不知所以裁之學方便故其實兩說左右兼通别者證真名智涉俗爲方便即根後之異名也則是斷根本無明見法身是智之功起不思議業化利衆生是方便力也今之論意具此通别二明自利果疏自利果者同智淨相也果位法身即是因中本覺舉因顯果故云見本法身前舉果顯因則云依法身說本覺與此互相顯也三明利他果三初明用甚深疏業用即不思議業相微妙難解心言罔及不用先謀而後起化故曰甚深非作意等攝論等者具云若佛果是無分别智所顯離分别者諸佛何得依衆生作利益事如理不顛倒無功用作事故重說偈曰如摩尼天鼓無思成自事如此不分别種種佛事成此顯如來三業無功用作事俱不思議摩尼梵語此云垢離亦云增長舊云如意此喻如來身意二業若隨其所對現像不同即喻佛身業若隨人所須出種種物即喻佛意業也天鼓則天帝所有脩羅軍來其鼓音中自然出聲則言賊來去言賊去喻佛口業也此之二物雖有其用而無思慮故可喻佛自然之三業爾成自事者現像發聲各隨其用而辨事業亦可取珠鼓自事但喻身口皆無思慮同喻意業也二明用廣大疏稱理用者以即體之用體徧用徧俱無方所若不然者豈曰真如用耶三用而常寂二

初正顯論又亦等者前無所化衆生相此無能化應用相望於前文故云又亦用常寂者雖現種種身不動真實際雖說種種法常住無言理二徵釋疏三身者今雖通舉意責化身化身是用相故論法身智相身合之爲真身也理智無二故第一等者約二諦料揀也意明是無相故非世諦也是無爲故離施作也疏廢機者不對衆生說也妙理即法身本智即智相身無應化等者凡是有相皆屬世諦以從機感緣所生故今既廢機故云更無但隨等者有感斯應也既逐緣生緣無自性用則常寂故云無用此有二義得言無用一者屬因因即悲智然有親疎疎即是智親即是悲依智起悲故故論云從後得智流出大悲心若無其因化終不起如二乘無悲凡夫無智何有化耶二者屬緣即根熟衆生若無其緣化亦不起以十方中有無佛世故斯則二義相須因緣具足乃得成辨既屬因緣何有化體而可得耶如波下喻故用下合寂即體也故杜順云用則波騰鼎沸全真體以建行體則鏡靜川澄舉隨緣而會寂涅槃下引證此身者化身也等者彼文具云吾今此身即是常身法身金剛不壞之身以三身皆有常義故復言法身以揀濫也恐人不曉法身之相故乃舉喻猶若金剛不可壞也如如即法身智即報身獨存者法䧱合故重牒如如表無二故名法身者攝智歸如約本立稱然涅槃即攝用歸體攝論即直顯真身雖言說不同而義意不異疏雖真下經云佛真法身猶若虛空應物現形如水中月寂而常用斯

之謂也一應身論二一約識舉人疏凡夫等者二乘迷於本識故凡夫即十信已還一切凡夫也信位雅信真如已知唯識然其事識麤顯猛利任運分別心外法也今見等者境通染淨雖見是佛猶屬淨境亦謂心外亦可等者前以事識爲所依今以事識爲所覺言所覺者但能知有非謂覺斷然所依即是所覺竟無異爾依此麤識等者其猶明鏡對質現像不同豈有質陋而像美耶斯則妍媸在質而鏡無好惡應身之目由此而立二釋見麤所以疏迷唯心者佛從心內現反見心外來不知唯識故云迷心論取色下迷境也由迷唯識現故遂見心外實有境界不知即空故取分齊也不能盡知者不知色如其心無分齊故但見分齊故不盡也疏不達下文三

一略消其文不達者色自心生本無其體元是自心心無分齊故令色等亦無分齊令凡夫二乘不達此義見從外來故作分齊而取也疏問佛身下二廣陳問荅通有十四今初佛身凡識不分難也衆生識者以論云不知轉識現故意明佛身是轉識所現而凡小不知今問意云轉識有漏屬於衆生應身無漏自屬於佛何故淨身唯茲染識豈非凡聖染淨不分耶疏荅衆生下二源同派異迷悟荅衆生至無二者標本也衆生是妄以對於妄故言真心諸佛是相以對於相故云其體平等者顯無增減無二者一體不分謂衆生真心即是諸佛之體無有增減不分二別但衆生下釋未顯用也以無明有力遂令真如體隱但現染法起於九相真既無力故不能現

應身淨用如水爲風所擊但起波而不能現像也以彼下出用顯所以也内熏妄心者如前文云以有真如法故即熏習無明令其妄心厭生死苦樂求涅槃等今文通説故云熏妄心厭求劣者凡夫二乘雖有厭求而未能起勇猛精進唯心大行故所現用但是應身麤而且顯厭求增者三賢已上乃至十地所見報身漸漸微細以隨厭求增勝現故厭求息者無明盡故所證窮故始覺等者無妄可斷故始覺同本覺無生可度故化身歸法身平等者始本平等真應平等故再言之無二無別亦復如是未至下結荅既佛身麤細皆由欣厭勝劣此不亦唯識之義耶是故論云轉識現也疏問若據下三真起識現相違難意云上説隨流迷真故不起用反流悟理是故起用當知此用是從真起何得論言轉識所現疏荅轉識下四隨流反流相資荅依此等者論云以依能見故境界妄現此識等者轉識是真心隨流所成性相不離故云和合和合即梨耶識也離真不立者妄必依真如波依水故論云一切心識之相皆是無明無明之相不離覺性又依覺故迷若離覺性則無不覺離妄不顯者以用不自起必假於緣此有二義一約自體説謂衆生本有真如是用之體若無妄心爲所熏緣而此真用莫之能起起之何爲以有妄心爲所熏故即顯真心有其功力令其厭求漸於自識而現用相也二約佛體説謂佛應化之用若非衆生爲緣亦無由起起亦無用彼此推之誠由妄也若離於妄實無用相故真如門唯顯自體及

至果海亦泯同一覺故下文云無有彼此色相迭相見也次前疏云用還歸體平等無二故就等者如淨眼人不見空華全失明者亦不見華患熱瞖者乃見空華故華嚴云如瞖眼所觀非內亦非外世間見諸佛應知亦如是疏問若據下五心佛外佛差別難意云若如前說真如之體假於妄緣而起用者斯則衆生自已真心麤細之用何得說爲他佛報化身耶疏答衆生下六心體佛體無差荅佛體等者意云衆生真心既即諸佛真體當知衆生所起應化即是諸佛應化此即先指體同也華嚴下引證義一者體也真如之體無差別故既從下結答用同據前答問合云何得不是衆生真心之應化耶疏文但結法身法身即是衆生真心故存略也疏問義若下

七師資義一文異難意云若言佛法身起用即衆生真心之用者斯則自佛起用還自教化何故復言佛悲願力熏令起用耶疏荅即此下八文異還同一義荅意云佛之悲願即是衆生真心之悲願無二無別若就佛說名佛悲願若就衆生說即是真心之悲願也謂無下釋成謂真心即是悲願性故性是佛體佛體所起之用宜名佛悲願也猶如一物本屬大家男女各用皆稱已有性起者性無彼此用何成二耶疏問衆生下九心佛不起化用難以前云衆生真心即同佛體諸佛應化即是衆生之用故意云衆生真心無不皆有何故諸佛能起化用衆生不能起耶疏荅未有下十未起厭求乖用荅如前第二荅中所說詳之疏問既下十一不能熏令發心難如

前所說衆生所以能起厭求皆由本覺內熏之力既若元有本覺何不同他諸佛早熏起厭求耶疏荅無明下十二引前因緣互闕荅廣如前自體相熏習中問荅所辨疏問若真心下十三真佛何假脩因難意云若從行生則本未是佛何得前云衆生真心同諸佛體而論應化之身乎疏荅此約下十四因果無性同源荅意云所言從行生者但以本覺隨流成染始覺反流成淨故有行致之說如其剋就真心則與佛體竟無有異此則因果迷悟悉無差別今疏一向約始覺同本覺顯無差別者以果例因也疏上來下三權實對辨實教如上所辨若權教所說衆生諸佛互爲增上緣故文於自識而現影像今此疏文且就衆生一邊而論故假佛悲智爲增上緣自識有見佛種子爲因緣託佛所現化身爲本質然於自識變起影像而見於佛唯此影像是自識現故云唯識若彼本質自攝歸佛識非屬衆生若如此說還是於自識外別自有佛本質何成一切唯心非同今文所說應化唯是自心所現縱說由佛悲願此亦自心悲願無二無別故今引彼對辨要知權實有異也餘如下指廣說處一約識舉人論究竟地即第十地非謂妙覺也順業識者謂業相展轉現諸境界是則境從識生十住已去諸菩薩等深達此理依此脩行故見報身佛也初發意言即信成就發心也亦可初信已去名初發心此中但是依三昧心所見者即前平等緣也依正二報者其實此中文有三段謂從初至無量好爲正報從所住至莊嚴爲依

報從隨所下是通明二報顯無邊無盡之相也初文疏身無分齊者無量即無分齊故經云如来色無盡依身有相者色即是身依彼色身有大相也依相有好即依大相流出小相斯則身有異相相皆妙好也然相下釋現相好意也指公亦云表德名相愜情稱好若無功德則不敬重若不敬重則不憶念以念佛者利益深故現相也世人苟能易彼常情念世美色之心而念佛相者則其道可庶幾矣然吾未見好德如好色者也悲夫嚴身者嚴飾佛身令其妙好若不妙好則不愛樂若不愛樂則不親近不親近故則不聞法乃至解脫佛意在兹故示其好智度論云醜人說妙法聽者心不欣肇公云爲尊形者亦相好爾豈俗飾之在心乎二依報疏能依等者依正相稱皆廣大故以無邊功德之身住無量莊嚴之土是所宜也莊嚴之相具在諸經不能備引頗胝迦者此云水玉或云水珠三通明無盡二一横顯無邊論隨所下此明正報即根根無邊依報即塵塵周徧無窮盡者以不可涯畔故疏由此下釋見無分齊所以以菩薩順唯識理了色唯心無有分齊由此解故所見之相稱彼觀心皆徧法界互融自在也地上已去親證此理故無所疑然於其中隨彼智力所見優劣淺深不同如下論云地前少分見若得淨心所見微妙乃至菩薩地盡見之究竟今就通說不分優少下文自知二竪顯無盡論隨其下若常有感佛之機佛則爲之常住苟不見者非其器故功過在機不在於佛如月於器不顯現者由器破故

如下即明非三災等火水風也如次能壞初二三禪且第四禪未出三界尚不能壞名不動地況佛之果報出超三界依真而住而可壞耶故法華云常在靈鷲山及餘諸住處衆生見劫盡大火所燒時我此土安隱天人常充滿若準華嚴所說無有一法不是毗盧遮那佛身無有一塵不是華藏世界海令意同彼故依正皆言無量等也三結果由因等者意令衆生脩樂因證樂果也此與前科相次正同華嚴四分之初二也準地持論十信種因十住已去解方便初地分得八地已上圓滿相續佛地究竟論如是至成就結果由因也初一句結上依正二果皆因下有三因諸波羅蜜等是緣了二因總名資熏不思議熏是正因習熏也具足下釋名也以報是酬因爲義上之依正皆無量者爲酬因時無漏不思議所熏脩故疏無障礙者謂依正不相妨大小互相入根根塵塵皆徧法界互現無盡此有六句謂依中現依依中現正等故云無礙不思議事者横無邊際豎無窮盡不壞諸相一一周徧殊勝清淨豈思議之所及乎十度謂施戒忍進定慧方便願力智深行者皆順性故如下所說於真如法中深解現前所脩離相等二因者生了也即緣了二因俱名生因正因即了因也但開合異爾樂相等者報既酬因必須相稱因脩既妙得果寧麤故此樂相名爲報也重牒分別者廣明前之二身隨見差別一應疏簡凡異小者此且說凡夫一類所見不論二乘斯則十信已前異生凡夫也黒象脚者觀佛三昧海經云觀佛相

好者如人執鏡照自面像若生垢惡不善心者見佛純黑猶如炭人釋子衆中有五百人見佛色身猶如灰人比丘衆中有一千人見佛色身如赤土人優婆塞衆中有十六人見佛色身如黑象脚優婆夷衆中有二十四人見佛色身猶如聚墨如彼經第三説五百釋子昔毗婆尸佛像法之中有長者子名日月德有五百子不信佛法同遇身病父即教令稱三寶名敬父教故三稱未畢而各命終以稱佛故生四天王天天上命盡以邪見因墮大地獄以苦所逼憶然之教乃稱佛名以念佛故從地獄出生貧賤家如是尸棄乃至迦葉佛出但聞佛名不見佛形以聞如是六佛名故生釋種中宿業因縁見佛灰色佛令稱七佛及彌勒名號并稱其父雨淚懺悔乃見

如来金色相好成阿羅漢又有一千比丘於然燈佛末法之中出家學道於和尚所生不淨心其師已是阿羅漢果後諸弟子隨壽脩短將命終時無所依怙師令一心稱然燈佛乘兹善力得生天上天上壽盡以前虛食信施之業墮餓鬼中八萬四千歳後墮畜生畜生罪畢爲貧賤人復因前世出家力故稱南無佛以稱佛故八千世中常值佛世而眼不見乃至今日遇佛釋迦見如赤土正長五尺是時世尊即現胷上德字令比丘讀讀已懺悔見佛金色即爲授記次第作佛又優婆塞衆中有十六人昔曾於閻浮提皆作國王隨順惡友非法説法墮阿鼻獄由曾聞法今得遇佛而見世尊如黑象脚佛令懺悔並見金色成阿羅漢又寶蓋燈王佛像法中有一比

丘入婬女舍持鉢乞食諸婬女等盛滿鉢飯而戲之言汝顔色可惡猶若聚墨身所著衣狀若乞人比丘聞已擲鉢空中現通而去諸女見已悔恨發願由以施食因緣二千劫中常不飢渴以惡口罵比丘及婬欲因緣故墮黑闇地獄由前發願力故今得遇佛而見佛身猶如聚墨佛令懺悔成阿羅漢如是四衆各各異見差別不同由自業故覩佛色身優劣如是三尺身者即瞿師羅長者所見提謂等者佛於菩提樹下初成正覺提謂過以根熟故佛力制之車馬不進渠謂山林神祇幻作如此遂尋見佛謂是樹神以偈歎問曰容顔甚奇特猶若紫金山未審誰家子種族是何人未知何所證因何此處居不食来幾日未知何所須佛荅偈云我是金輪王聖帝族中子厭俗如涕唾出家證菩提成道来七日無人施我食提謂即以麨蜜奉施聞法得果證須陀洹若準此說以提謂先未識佛疑是樹神非謂見樹神相智者詳之二乘等者其實聲聞即見佛爲老比丘相緣覺見佛爲辟支也然此亦未是出世相以非是樂相故二報三一住上分見劣四一明能見淺深論少分見者意明少分見報身之用由此菩薩以深信力入真如三昧能知法界一相所見報身知身無有去来分齊之相故後譯云初行菩薩見中品用疏見真如理者由入似觀見真理故遂見報相無有去来惟心影現不離真如也二明所見分齊論無来去者不同凡小見佛王宮生雙林滅有来去相疏性無分別者無去来相離分齊相知事即理不可

分別如像即鏡無定量故然分別字合是分齊字下文云然此菩薩猶自分別後文準此三釋無分齊所以論唯依心現者了境唯識也不離真如者知相即性也疏二初牒難釋通釋無下指論文攝論下正牒難或問曰準攝論說地上菩薩方見報身云何今文地前亦見耶故此牒之彼據下正釋通彼論約證相應說今論說此菩薩發直等三心脩無住等四方便隨順真如不執色相雖非親證故見而能信解深達唯心故見樂相雖見樂相亦不同地上親見微妙是故前文但云知彼色相無來去等也既非下二結會重辨若言全見即有相違既言分見足可通會如疏可見論然此下四箇地上者以此菩薩雖達唯心猶未覺斷事識事識既在分別不亡不同

地上得無分別證相應故論若得下二地上分見勝淨心等者初地名也與證相應過於地前故云微妙從於二地至第十地漸漸又細故云轉勝地盡者第十地也然轉勝之言亦通能見之智以智用勝故所見勝也疏漸細者十重報相身土不同後後勝於前前故云漸細金剛後心即解脱道用歸體者約能見即始覺歸本覺約所見即報身歸法身他受用土歸法性土用既歸體則無所見故云究竟反此則未究竟窮源二字各通二義謂斷窮妄染之源即生相盡也證窮真如之源即法身現也然復詳此論中見究竟言意明第十地中所見報相最極微細此外更無殊勝之相故云究竟非謂相盡證窮名爲究竟若如疏釋未敢聞命以次文云若離業識則

無見相此文方可作相盡謟窮而解也智者請詳論若離下三究竟位無見二初明無見也以佛位中更無報身可見之相以離微細念故惟一心在有何可見論以諸下二釋所以法身無相彼此念絶一真平等何相見之有迭遞也

起信論疏筆削記卷第十二

音釋

磋七何切治象牙曰丨　擬魚紀切度也　篙古榮切進船等　棹音櫂義同　揩口皆切　愜古協切伏也

起信論疏筆削記卷第十三

長水沙門　子璿　録

一問論云何現色等者報應屬色法身既離於色云何能現報應之色如虚空無色終不能現色此可類之論荅下二初釋法身能現二初標也法身是色體者意明法身雖非是色而是報化之體故能現色即同虚空體非羣相而不拒彼諸相發揮疏言總者據文亦是標爾論所謂下釋二初總明不二色心不二者性相同如體用一致也疏謂彼下法喻可知論色性下二别明相即二初色即心以色性即智者報化之色對緣所成自無其性即以本覺法身智爲體性法身之體既無形相以用從體遂令報化亦無形相以無形故故名智身智身即法身也故金剛論目法身爲智相身化身爲異相身疏文可知論智性下二心即色也即色者法身之智既爲色體報化之色現時即是全體起用即此報化徧一切時便是法身徧一切處也疏如水等者明體徧在用中有報化處即有法身故華嚴云法性徧在一切處一切衆生及國土三世悉在無有餘亦無形相而可得即顯前段如波全即於水也疏不言者略也二釋所現論隨心能現者有兩意一隨彼各各差别之心而現無量差别依正也二一切諸色皆隨真如心性所現遂令依正皆無分齊以心無分齊故無量菩薩及報身者横應則彼彼不同竪説則地地有異故皆無量莊嚴者通佛菩薩及與依報相好珍寶莊嚴之義廣如華嚴各各差别者依正不同身相有異故皆無分

齊者正報則根根周圓依報則塵塵徧滿不相妨者顯前差別而無分齊也若有相妨即有分齊非成周徧又相妨故則壞諸根之相等今以不壞相而等徧故皆無分齊不動徧而各異故各各差別故云而不相妨此非下遮疑恐常情聞此分別欲知及不能知便生疑惑故此遮止如小乘尚不知菩薩境界豈況凡夫能測如来功德耶以真如下出所以既是真如之用安可以有漏心識能知此顯不思議也疏以彼下可知於中下牒釋菩薩初約能化釋準華嚴說具有十身之異豈唯菩薩耶亦可下約所化釋然前正後兼也頓赴者既多機頓感佛亦頓赴是故報身亦無量也此即機應無礙以一一下釋前各各差別已下文以如次三句釋三句對文可見即

大小無礙也餘文可知會相入實者上来先說從真如門起生滅門今則會彼生滅入於真如前則從本起末此則攝末歸本無不皆從法界流無不還歸於法界即二門不二也亦同智論云若無空義者一切法不成又云先分別諸法後說畢竟空然說之雖異法乃同時文不頓書故成前後又若不分別焉知此是空故次明也一標論即入者非色滅空不捨緣故故淨名云明無明為二無明實性即是明於其中平等無二者是為入不二法門五陰者三科之初能攝有為一切法故陰謂陰覆能覆真理令不顯現亦名為蘊蘊積含藏有為法故能造所造二具八法皆色陰攝受想行識諸心心所名為四陰俱屬於心初觀色疏先觀色等者五蘊之首最麤現故

故大般若亦復先明境從心起等者如前云一切諸法唯依妄念而有差别等又云以依能見故境界妄現離見則無境界既離見無境復何可念此約所念說也非真等者恐謂心能生境境在心中心外既無心内應有故作此觀以袪彼惑前則等者以心是色之根本故約心而求色若依此文正是觀色未是觀心如因推我空徴求蘊法一喻論方不轉者東方不曾蹔轉爲西但迷人謂爲西相圓覺云譬如迷人四方易處東喻真心西喻五陰等不轉喻無念也二法疏已滅等者約過去未來現在三世推求動性無得如於東方推西相不得故前云覺心初起心無初相等三結論知心無念者覺知真心本不動也疏方便者能所未亡故正觀者心境雙泯故問前標所觀通於心色云何雙結但約心耶荅心細色麤本末殊等觀色空則未必得入觀心空則必能入也然此會相之文今復詳之但可從初至真如門爲標從所謂下是釋結文如疏科就釋中分法喻合法中初至無念是正觀察推求即觀察也五陰等是所觀五陰者總舉初科色心下別指法體色通根境心通王數六塵別舉所縁畢竟無念者此即正觀生滅色心歸無念真如也念通能所今皆寂故名爲無也非推之使無本自無故言畢竟今言推求者以先未知使令知故斯則心之與色總而觀之也以心下釋所以何故色心境界皆無念耶以此同是真心現故真心離相故云無形以無相故求不可得能現之心尚所叵得所現蘊法豈得存乎如前

論云心不見心無相可得是知無念之言早已色心俱盡非謂後文方始觀心智者請詳對治邪執者乖真曰邪取著名執相形曰對攻擊名治則前正義是能治今邪執是所治正義既顯邪執自亡今則敘釋其相也論一切下正標若離下反顯我是根本起復由之故云依我而有離我而無二徵列疏總相等者不能分別五蘊差別但總相執取爲主宰也然其我相有於四種一衆生相是過去衆緣和合之所生故二壽者相是現在一期住壽不斷緣故三人相是未來數於餘趣而受生故四我相是三世之總主故故今云我爲總相主宰也此是下揀濫此約學大乘初心凡夫聞大乘教不解佛旨隨自妄心曲裁聖典習以成性故作此見非是外道者彼有三宗所計不同如前已說今非此類計一切等者計色等法各自有實體性故攝論云若執法體是有名法我執等以二乘人依二麤事識修行但了法中無我不知法體全空如前云見從外來取色分齊等於染淨境執有自性故名法執其猶翳目既存空華豈滅論云何下疏二初約義通辨此五何別者牒外所問約果者於如來法身之上起於執故通因果者皆依如來藏之所執故如來藏性通於因果又於五中初二多是習頓教空教及南宗禪學失意者所執次二多是習大乘法相及北宗禪學失意者所執後一唯是外道邪見所執如科文者如下可見問此下二問荅釋名問意云真如是法於此生執合是法執云何反名人我執耶此一向約所執以成難

一云下約能執者以通此則約有人我者作此執故非約所執得名二云下約所執法以通本覺是人者以所執法中有一分覺照義屬智故名爲人執此爲我故名人我也理實者約寂體說即當所觀屬於法也執事空爲法體者此即世間頑虚之空是識所變由色所顯非是三乘所證理法故云事空執此事空爲真法體故一執緣論法身如空者金鼓經云佛真法身猶若虚空華嚴云普賢身相如虚空淨名云不著世間如蓮華常善入於空寂行達諸法相無罣礙稽首如空無所依又經云虚空無中邊諸佛身亦然不生不滅故敬禮無所觀此文至多不能具引二執相疏礙相等者謂衆生定執佛有三十二相等色見有去来取色分齊質礙等相迷意等者

佛意以空有無相無礙之義喻同法身體不言虚空便是法身斯迷喻爲法也法喻不分最爲淺近一立論空相者以虚豁無礙爲相也是妄法者妄識所變故是色所對故生大覺中如一漚故一人發真歸元十方虚空悉皆消殞誠爲妄法疏情有者妄情見有理合是妄論體無不實者有二意一明真體之中無此不實之妄空故二明空體自無本不實故疏云理無正當初義兼於後義二釋論對色故有者與色法相對待故離色所顯故名爲空若無色顯空不得有可見相者以是空一顯色故有色處則見無空無色處則見有空有時無時亦爾令心生滅者有時則見有心生見無心滅無時則見無心生見有心滅既能引心生滅豈是法身若是法身不合令

心生滅疏相待者釋前對色故有也妄念緣者釋前是可見相非法身者法身異此無有無處無有無時亦無一相可得尚不可以智知豈容妄念所緣今既妄念所及故非法身論若無色下正顯體無也以能顯之色尚不可得所顯之空理應是虛楞嚴亦云空性無形因色顯發又云色相既無誰明空質疏文可知三結疏結情有者亦是釋無色之所以即前依轉相有現相義然此且是正釋論一切境界者即色空俱攝也疏結理無者亦是轉釋或名反釋即前心無起故境界隨滅乃至得涅槃等是知虛空但是真性之中一分妄相故楞嚴云空生大覺中如海一漚發辨法同喻等者即因便取喻非論正意若據論意但約爲遮情執之有故以爲喻非謂表於

真如體徧故前云寂寞如空次云廣大性智非如虛空等有智請詳二真非妄疏豈同等者有兩義一究竟不究竟故二覺知不覺知故故圓覺疏云方之海印越彼太虛華嚴云解如來身非如虛空無量功德妙法所圓滿故問上云正義爲能治邪執爲所治前既已顯正義此文只應但明邪執何故後有能治之文豈不重耶荅前文正義雖是能治以未能約執對顯今此文中逐段別舉執相將前正義別別對破斯則由此邪執顯得前義正真亦由前義明得此執僞妄故須別舉治文也只如此段對治之文即當前云一切諸法唯依妄念而有差別又云非有相非無相又云依此法身說名本覺又智淨相法出離鏡又以法身爲智身等並是此能治之文也一

執緣論涅槃空者圓覺云生死涅槃猶如昨夢真如空者楞嚴云言妄顯諸真妄真同二妄又云無爲無起滅不實如空華等疏大品等者具云時五百天子默然憶念云何說涅槃等亦如夢耶善現知諸天子作如是念而告之言若當有法過涅槃者我亦說爲如幻如夢何以故從本已來本自空故二執相疏不知等者本爲破於有取之心故說爲空空者意明離名離相之義不無圓成實體具性功德不了佛意謂同徧計之法舉體全空斯則傷之太甚三治論自體不空者即前如實不空以有自體義及前體大不增減等具功德者即前所示相大大智慧光明義等是此對治文也一執緣論體備等者圓覺云無上法王有大陀羅尼門名爲圓覺流出一切清淨真如菩提涅槃及波羅蜜等圓覺即如來藏之異名也更有諸經不能具引二執相論不解者此是表詮令生信解不同前二遮詮遣執故言不解不言爲破著也下皆如此三治論依真如義說者此約真性顯功德也真體本一義說有差既於一體之上說功德義即差別而無差別也疏二之不二者上論云雖實有此諸功德義而無差別之相等同一味唯一真如以無分別離分別相等論因生滅等者此對妄法顯功德也既對妄顯此亦差即無差也疏不二之二者如前文云若心起見則有不見之相心性離見即是徧照法界義等如上等者即能治之文一執緣論諸法不離真如者圓覺云一切衆生種種幻化皆生如來圓覺妙心華嚴云三界所有唯是

一心又云未曾有一法得離於法性二執相踈隨緣等者此明真如隨無明緣成世間法以不敏故謂真體中本有此染一奪踈淨德妙有者即不空如来藏也大抵同前第二中能治之文廣如相大中辨妄染理無者有二意一真理中無此妄染即空如来藏也二據妄自性道理亦無上文云以一切法皆從心起妄念而生又云一切法如鏡中像無體可得等妄不入真者即不相應也上文云從本已来一切染法不相應故以妄體本空將何入真與真相應二縱破論無有是處者妄若實有證時不合除滅證者既能除滅當知妄本不有以真體證時畢竟不無故近有人闢性具義不能深究理趣便謂本性具有十界色心漏無漏法起用之時各於本法自體上

起名全體之用究如第八識中含種無異此同前段執性德同色心又說真性除無明有差別義即同此段執法性本有染往往形於簡牘疑誤後生反謗圓文却謂方便菩薩懸知今日垂此對治善哉大士悲救何甚儻無悛意確乎迷情豈唯邪見之門不高抑亦阿鼻之路尤近也悲夫廣有破席已見別章一執緣踈名二法者謂執緣執相對治之文皆雙顯生死涅槃二法在文可見論有生死涅槃者此是勝鬘經文已如前引又經云無始時来性爲諸法依止由此有諸趣及證涅槃果二執相論不解等者佛意言如来藏是迷悟所依之根本迷則生死悟則涅槃然則生死無初涅槃無盡不違此理遂成始終之見下文具顯亦同圓覺剛藏三問中第三問也文云若諸衆生本來成佛

後起無明一切如来何時復生一切煩惱亦如楞嚴第四所明斯則生死涅槃悉有始終也疏外道等者謂數論師以彼依非想定發世俗通應於邪道知過去八萬劫事過此即不知以生死智通知未来八萬劫死此生彼之事後亦不知也彼之所計冥性是常從此生於世間諸法冥寞難知故云冥性云何而生謂從冥初生覺從覺生我心從我心生五唯量謂色聲香味觸從五唯量生五大謂地水火風空從五大生十一根謂五知根眼耳鼻舌身五作業根手脚口大小便根及心平等根爾時名生死成執一神我爲受用主我思勝境冥性變生爲我受用我受用故爲境纏縛不得解脱我苦不思冥性不變神我解脱名爲涅槃此有二十五諦冥性爲初能變

起故一生死無初論無明無始者即前依如来藏有生滅心等又云一切衆生不名爲覺以從本來未曾離念故說無始無明皆是能治之文疏仁王等者彼經第一云善男子一切衆生煩惱不出三界諸佛應化法身亦不出三界三界無衆生佛何所化是故我言三界外別有一衆生界者是外道大有經中說非七佛之所說也大有經者彼勝論師說有六句一實二德三業四大有五同異六和合此六句中彼大有性能有一切法離一切法別有體故二中論涅槃無後際者即前云所謂心性不生不滅又云非前際生非後際滅又云法身顯現起用無斷等皆是能治之文一執緣論人無我者小乘藏中所說以根非利故但爲分別蘊中無人令證人空也二執

相論說不究竟者未說法空教名半字然有多義名不究竟一行但行自利未能利他二智但得生空智不得法空智三斷但斷煩惱不斷所知四證但證生空理不證法空理五得但得有餘無餘涅槃不得無住處涅槃見五陰者雖於蘊中不見人相而見蘊等是其實法既執陰法實有故見三界不安猶如火宅希求出離如救頭然望到寂滅安樂之處三治論五陰自性不生等者即前真如門云一切法從本已來離言說名字心緣等相畢竟平等又云一切法即真實性等又同相文云一切衆生本來常住入於涅槃下文復云以信一切法從本已來自涅槃故會相入實文中皆是能治也二究竟離者前且據其病狀隨病設藥故對空說有對有說空未能究竟今則具約真理一切皆遣言說道斷心行處滅平等一味方名究竟是則對治符於依言真如究竟符於離言真如也一總顯論染淨無自相者所以得名染者以待淨立當知染相非自相也淨相亦爾餘本末有空生佛乃至世出世等倣此而知故淨名云若見垢實性即無淨相順於滅相是爲入不二法門疏因待者若染法因待淨成即淨法還爲染待如是展轉墮無窮過無因待等者若本無染爲因爲待則何有淨爲所成法相待無相待下或問曰此諸染淨應可在迷之時未得離於相待悟後方得相待即無相待耶故此釋云法體本爾非謂由悟始得如是以染淨法本離言說分別畢竟平等何須待悟方始無耶如下自釋二類求疏顯上非心者此顯

非智等一句上則總標非色非心今此非智等重示非心義也顯上非色者如前可見亦可此句重覆前非色等義謂非色心智識等即以攝盡世出世間一切相待諸法皆無也令恐聞此無故便作無解隨於斷見令則覆踈有無俱絕也又是覆前對治離中能治所治空有之法俱不立也前則以藥治病此則藥病俱遣究竟離義於斯顯矣論畢竟不可說相者結也此有兩意一約時謂明色心等相非唯蹔時不可說盡於未來畢竟亦不可說二約法非謂法體不可作色心等相說餘一異凡聖因果生死涅槃一切相畢竟不可說故前真如門云一切法從本已來離言說相離名字相等今則相盡歸如合於本體入真如門也一正會伏疑者和會佛意以釋疑難此疑不顯但有釋文伏而不現故云伏疑

疏離性者本性無故本性既無何相之有如前所離之文故經云凡是有相皆是虛妄種種言說者即前顯示正義之文也假言等者如假筏渡河意不在筏以此土衆生皆以聞思修入三摩地故須以音聲爲佛事也故經云此方真教體清淨在音聞欲趣三摩提實以聞中入又經云總持無文字佛以文字說二辨意論離念歸如等者意令離前邪執有無等念歸於真如故智論云念想觀已除言語法皆滅如是尊妙人則能見般若二釋成論令心生滅者心通真妄但依主持業之異詳之實智即本覺能入即始覺十地已還不得入者蓋緣有念也故前文云一切衆生不名爲覺以從本已來念念生滅未曾離念故

分別發趣道相者前雖正義已顯邪執又亡直論見解茍無偏僻然於發心趣求修證階降殊未諳悉若止而不進則前解何爲有解無行如風中燈照物不了亦如有目無足豈到前所茍或進之則知復何往故此分別令知知已令進則免其叨濫上流及自輕退屈爾自此已下則釋立義分中所立乘義也一標意釋名者文中但有標章釋名而無標意之語恐章字誤爲意字智者詳之疏覺道者即所證菩提果也佛果圓通故名爲道論發心即發三種心修行即始從信位終至金剛已還所行二利諸波羅蜜一一皆能趣向上位故疏欲明等者通敘其意明即分別也種類不同者釋相之一字即發心與行各有不同故名相也如發心橫有真（信成就發心等）僞（覺也發心）等也豎有淺（信成就發心）深（證發心解行發心通於深淺）故行則可知一標論發心三種者義有通別通則總名發趣故標云發心修行趣向義故別則前二是發起後一是開發又心爲所發人及菩提爲能發謂人能起發菩提能引發謂此人有內勳爲因緣善根爲增上緣菩提爲所緣境由此衆緣而發其心斯則以能望所名爲發心又隨位別有能所發趣之義至文當辨二徵列疏十信等者斯則十信滿心人爲能發直等三心爲所發又十信滿心爲能趣十住位爲所趣二位出入心同時義如前說解法空者即下云以知法性無慳貪乃至無無明等知即解也順行十度者下說順性修行檀波羅蜜乃至般若波羅蜜等能所發趣例上可知初地等者此以二地乃至佛果辨能

所發趣等義前二下料揀優劣相似者以有分別心故名相似覺真實者以得無分別智故即隨分覺通約證理故云真實然此三中初該信住次該行向後該地果此三種心從因至果一切行位靡不足矣一問論依何等人者約何位人說發心義修何等行者由行何行而得發心據下荅意即依十信位人修信進念等十種善行十千劫滿至第十信滿心則能發也疏前信等者即明此荅中前後兩科意也一能修人疏多門者謂小乘及權實等異已見前文於此三中今取實教明三聚義如疏分別二所修論信業果報者業通善惡果通樂苦果能酬因故名爲報此通而言也非約總別十善者即不殺等十非謂十種信心若信等十下文方配疏謂有下聞熏

通師教内熏兼體相善根者若準過去還因熏力所成今望現在且名宿善就因所論故名爲根能信下即止滅相義也昔雖有善以創熏故善根微劣方成其種未能起信勤求諸行今以再習再熏及三事併力故能起也是則善根在昔爲所成在今爲能起正同法華繫珠解珠之譬也福德分分即因義此十善行始成世間有漏福終成出世無漏福故亦即福德中之一分也以福有無量故亦即福德之分齊也顯非智慧故論厭生死等者信解漸增故能知三界不安猶如火宅所以厭之知菩提佛果是極清凉所以求之疏菩提分等亦如前說此二分并上福德分至果成就如次爲智斷恩之三德也行因者欣厭之事情動於中因此起行故名行因問修十

善因已是其行云何目爲行因耶荅望後出世之行故以世善爲因斯則世間有漏行與出世無漏行爲因也問厭生死求菩提豈非出世行耶荅雖有此心未有其事厭欲之言思之可見又此厭求但是事善未與理觀相應不名正行然據此文猶在信前未入十信且爲十信作方便也如世起厭求心欲行善者豈便是十信人耶故疏云上皆辨行因者是此義也次云修行信心方是正十信位論得值等者佛即據位合是應身於中隨機現化不定一種謂作父母眷屬等已如前說今但言佛者據本而言也亦可偏舉以佛形得度者說親近承事供給供養亦可親承者謂親得承受佛之教誨也既爲現身必聞法要即聞法生解修行信心疏行緣者即用熏習中差別緣也謂約等者以前云因緣具足乃得成辦故不可闕十信心者謂信進念定慧施戒護捨願也於此位中具起四種信心行五種妙行修習真如三昧漸入漸深以至成熟堪入初住爾三行成論一萬劫者約根利鈍料揀有四句一利根不精進二利根精進(此二劫數皆不可定)三鈍根精進極遲一萬劫四鈍不精進此乃困而不學何足以議其劫數耶今此論中取第三者故云一萬劫故本業經云是信相菩薩十千劫行十戒法當出十信心入初住位又彼經云若一劫二劫三劫修十善法亦退亦出若值善友能信佛法若一劫二劫方入住位疏行成者本疏云時滿行成時謂十千劫行謂十信心滿至出心也論諸佛菩薩者即前所值佛菩薩等此中既教令

發心猶在信位所值之佛或化或報也疏約勝緣者即佛及菩薩衆生苦正法滅皆是勝緣佛菩薩等既垂誨勖焉不發心我等每遇微智片福之人有所勸喻尚自發心况佛及菩薩親授教誨耶或觀一切衆生與已無異但以迷真執妄枉受輪迴是故起大悲心咸欲濟度自愧力小事與願違故且發心趣求佛果尅備神用方堪拯濟故十地經云見諸衆生孤獨無侶生哀愍心此如有人見民疲極賦重役繁正令不行罔知所訴自惟無力如何治之因而進德修業求薦取仕務去民瘼令上下無怨以致治也或見佛法將滅衆生無依爲欲護持又寡道力故發心修行以希入證隨其力用方能振舉然夫言法者具教理行果今之滅者但於四中約教行滅理果不滅教滅者且佛垂教意在弘通若沈癈不行即是滅義不必如始皇之煨燼師子之焚燒正如序中沈貝葉之義也行滅者無人修故故智論云法滅者謂修行滅今所護持亦唯教行即書寫讀誦隨分解說奬勸後學使燈燈相續明明無盡是護教也若尅已修進勖勵有緣令佛種不斷是護行也若復細詳理果二法亦有滅義然與上教行相因而滅由無教故無行無行故無證無證故無果也此四雖皆名滅而滅義不同謂教行唯斷滅理法唯隱滅果約性相兼於二義故涅槃說有二種因緣令正法久住一者内有持戒比丘二者外有篤信檀越又說釋迦遺法最後滅時諸比丘等不是闕乏供養令佛法滅却因四事豐足憍恣心生天魔得便釋迦遺

法從是永滅苟或發心趣求佛果豈唯持戒故其佛法無以見滅今論中言或者即不定義於前三中隨當一事即能發心也勝緣下然此菩薩萬劫修行器用非淺因緣發趣豈唯此三故今略而舉之以二利行中緣有無量不可具載故云略也於中下配自他以由他所教出自巳心二不同故亦同下配所發心直心者下云一者直心正念真如法故以黨親教遂能發心正念真如離於沈掉一切邪曲名爲直也深心者爲欲護法故須創意備修萬行具諸功德即成此心餘同即大悲心也如文可見三結成疏不墮凡小等者故十地論說令護二行謂護煩惱行及二乘行若初心人聞責凡夫行却落二乘行聞呵二乘行却入凡夫行不肯行於中道今得信心

成就故不墮爾習種性者本業經中從因至果攝爲六種性謂十住習種性十行性種性十廻向道種性十地聖種性等覺性妙覺性令即初也順内熏者反與真如體相相順此揀地上無分別心之相應也以地上與理合故名爲相應今此地前但隨順故名爲相應以未得無分別心故定當得果者由住佛果之正因故謂此菩薩入正定聚與佛正因相應既順其因決定得果故云入如來種中種即因也一内因論善根微少者根劣也以夙熏善種不能多故疏惑重者貪瞋熾然不能制故論値佛者此通滅後見佛形像亦得供養故疏倒求者樂修五戒十善但希人天果報人天不離生死合是所猒而反求之故云倒也約果言因故論云種子異求者謂怖畏

生死樂觀諦緣求二乘果雖出三界未能究竟不與三世諸佛同塗故云異也論進退等如下自辨然此段文從初至供養合俱是德薄以善根等是德本故餘皆行劣也詳之二外緣論或有供養至墮二乘地盡是辨求大乘者進退之相也疏時未滿者以約鈍根精進者說故以色見佛者既以色見聲求是人行邪道不能見如來故前云不知轉識現故見從外來取色分齊或見如來塑畫形像等住相供僧者不能達三輪體空無住行施也隨劣教者此與前起二乘種子別前則因劣此則緣劣也學他迹者但隨彼而行自無決擇斆他外迹不自照心此則見他退而還退或心鬧而自退此等者結揀以悲智是菩提心體故夫大乘行人最初發菩提心要先有

智了真性本有無明本空求斷本空無明求證本有真性次須具悲盡於未來度衆生界然後以願要制不令蹔捨無致疲勞此三具故方是真正大乘初行既不同彼故云非也然此中發心之言且是信位初心始發求道之意非同信滿發心入住則如今之行人始發大乘信心之者此即猶在信位之初也二結成論惡緣者五欲及二乘退失者失所發心不入信位退凡夫地此以五欲爲惡緣故墮二乘地者此以二乘爲惡緣故經云百千萬人發菩提心若一若二至於佛果餘皆墮二乘也又經云菩薩發大心魚子菴樹華三事因時多得果甚少然此前後勝劣相望各有七事且劣之七事者一位次劣（十信初心）二內熏劣（無力）三善根劣（微少）四時限劣（未經萬劫）五外

縁劣(色相見佛)六起行劣(人天二乘)七究竟劣(退入凡夫二乘)勝之七事者一位次勝(十信位滿)二内熏勝(有力)三善根勝(久植德本)四時限勝(經一萬劫)五外縁勝(遇佛受教)六起行勝(直深悲等)七究竟勝(正定不退)一牒章論發何等心者前之所說但是能發之因縁未知所發之心作何行相故此徵也二標徵疏向理等者真如妙理體離有無一異凡聖染淨等一切邊邪之相若欲造詣必須正念正念即正慧正慧即是直心也斯則理無別故向心必直故占察經說真如能成行人質直心故如虵行性曲入筒則直三昧調心亦復如是此中正念即真如三昧也二行本者此直心通與二行爲本也下之二心别爲行本所以此通與二行爲本者謂念真如具無漏功德一切衆生同有此性皆當作佛以知具德

故能起自利行以知性同故能起利他行(行所依本)又以念真如非前際生非後際滅故能令二行究竟無有疲厭(行不斷本)又知此性離言說分别畢竟平等故能令二行離相成無漏因(行相應本)故此一心通爲二本也論樂集等者樂謂希欲專注決定之謂也由是知之不如好之好之者不如樂之者也疏備具萬德者六度萬行一切皆修所修之行一一翻對妄染以顯性上河沙功德如以智慧翻破無明顯成性上大智慧光明義等是知修行蓋爲顯德故約所成以解修行據此則不唯深心亦得名廣大心以萬行齊修故(廣也)皆徹心源故(深也)今論標之以竪故曰深心釋之以横故云一切意以一文相顯也故今疏文亦兼二義若有深而不廣(徹理之一行)或復廣而不深(多行世善)

皆非大乘之行今此兼明以成菩薩之大行矣自利行本者深心願樂故若不願樂安能行之是故爲本論欲拔等者欲謂希望與樂字義同可以互言疏廣拔物苦者廣大心也三界普度無怨親故令得菩提者第一心也迴出人天及二乘故若不爾者寧曰大悲然拔物苦正是大悲令得菩提是大慈也以菩提是樂果慈能與樂故今論但舉大悲拔苦必有大慈與樂故疏兼而釋之也若無此心焉能度脫故云行本妙行下顯略攝廣文雖三種義包一切理事兼行自他俱利攝無不盡也以此下正配諸行三聚戒者直心即攝律儀戒正念真如離諸過故深心即攝善法戒悲心即攝衆生戒三德者直心成斷德即法身深心成智德即般若悲心成恩德即解脫三身即如次配法報化是彼者即指信成就發心之人迴自己心趣向三處故名迴向實際者真如即是真實際故菩提者以一切善行皆以大智爲其首故衆生可知據此則三中初一爲離相行後二是隨相行離相是總隨相是別說雖前後行即同時以前一具後二故雖觀空而萬行迢然後二同前一故雖涉有而一真寂爾苟或互闕即二乘斷空凡夫有漏初後相濟方爲大乘中道妙行也由是諸行雖多此三攝盡更有三法三寶三菩提三涅槃等一切三法類此配之故淨名說此以爲淨土之行故經云直心是菩薩淨土菩薩成佛時不諂衆生來生其國深心是菩薩淨土菩薩成佛時具足功德衆生來生其國四無量心是菩薩淨土菩薩成佛時成

就慈悲喜捨衆生來生其國等一問論上說下引前所說以爲義宗即前云所言覺義者謂心體離念離念相者等虚空界無所不徧法界一相等

又真如門及真如體相中具說何故下對以成難意云衆生真如即同佛體但念真如便可得道何用别更修諸行耶斯乃但可只用直心不合更說後二初喻論摩尼等者寶體雖淨而相不淨故要治之一正合論真如等者約體雖本來空淨約相則現有塵勞若不起行對治無以得同諸佛將知佛與衆生但體同而相不同也衆生相則六染熾然諸佛相則衆善普會霄壤之遠何可雷同故天台圓教具明六即即故真如平等六故行位元殊豈同闇證但理而已故宜修進蠲去塵惑

若其但念未免沈空止觀相須方爲佛法目足之喻宜可思焉二委釋論以垢等者謂衆生從無始來背覺合塵於色聲等一切法上起貪瞋等無量煩惱諸垢染法今既覺知過患宜起對治所治之垢既多能治之善寧一其猶病多藥非一種故修一切行也金剛亦云以無我無人修一切善法則得阿耨菩提等三順真論自然等者諸不善行既違真理一切善行誠宜順真疏外違等者如行布施外違慳貪内順無慳乃至般若外違無明内順明體也重顯方便者以前荅所問云不以方便熏修終無得淨今此重明所修方便前但發心未行其事今兹所說正是所行則前爲能起之心此爲所起之行故前疏標皆言行本應知前文但顯發心相此明修行相一

標數論言方便者汎論有四種一進趣方便二權巧方便三修行方便四集成方便此文正當一三兼於二四也疏注文三者如次是前三心所起之行前後相對如文可知初科不住道者兩意一者不猶無也道即因也無住之因行故故本疏云無住行二者道即真如性此性本無住故二意合論方同論旨蓋以性本無住故以無住之行而隨順之論一者下標名行之方便即根本故以明此科與後二利行爲根本爾論謂觀下正示下皆做此疏智者若見諸法有生滅即成凡夫妄識是住生死當知反此宜稱爲智亦即依真如不變義修止行也論因緣等者若染因緣和合即惡業苦果不失若淨因緣和合即善因樂果不失斯則染惡等唯三塗淨善等通人

天二乘及佛道也起大悲者既見因緣和合善惡果報故可翻迷成悟轉凡爲聖乃起大悲咸欲濟度修福等者具修施戒忍進禪定以攝衆生謂布施攝貧窮持戒攝毀禁等以此五行是福德門故斯則爲化衆生而修福德因利他而自利也故淨名云衆生之類是菩薩淨土等不住下若住涅槃則一向寂靜既言化生修福當知不住亦是依真如隨緣義修觀行也以隨下明所以法性本來非有故令不住生死本來非無故令不住涅槃又以性不變故不住生死隨緣故不住涅槃乃至凡聖斷常一異等諸二邊法不可盡言離此二邊方名隨性今以即悲之智爲自利行本以即智之悲爲利他行本又此一文即以一心三觀義同謂觀法無生即空觀觀真諦

也觀因緣和合即假觀觀俗諦也隨順法性即中觀觀第一義諦即三而一即一而三不縱橫並別諦觀皆然斷德中疏勤斷二惡者已起之惡斷令不續未起之惡斷令不起止持者以約惡法而論故止名持作名爲犯論慙愧者即善十一之二數慙謂尊貴增上崇重賢善羞恥過罪息諸惡行愧謂呵厭增上輕拒暴惡羞恥過罪息諸惡業悔過者梵語懺摩此云悔過謂陳露先罪改往修來於中能止一切惡法六字通已起未起餘皆局於已起也是惡皆止故云一切此文已起之惡既令不增未生之者自然不起論以隨下明所以性本離過起過則違令既止之故當順理過盡性顯名爲法身法身即是斷德故今疏中以此名科三智德疏勤修二善者已起之善修令增長未起之善修令發生故今文云發起增長是標二義也作持者謂約善法所論作故名持止故名犯論供養者然有三種財法觀行禮拜者勒摩三藏說有七種一我慢禮二唱和禮此二非儀三恭敬禮敬從心發運於身口五輪著地四無相禮深入法性離能所相五起用禮觀身與佛同一緣起如幻如影普運身心徧禮一切六內觀禮但禮身內法身真佛不緣他佛七實相禮若內若外若凡若佛同一實相見佛可禮亦是邪見觀身實相觀佛亦然名平等禮敬故文殊偈云不生不滅故敬禮無所觀準離垢慧所問禮佛法經總有八重一供養二讚歎三禮佛四懺悔五勸請六隨喜七迴向八發願八中正意禮佛餘七皆是禮佛緣由謂供讚是

禮佛流類懺勸隨喜是禮佛之意七是都廻禮等功德向於三處八是叙陳意所希望然此八重各能除障供養除慳貪障感大財富讚歎除惡口得無礙辯才禮佛除我慢得尊貴身懺悔除三四障得依正具足勸請除謗法得多聞智慧隨喜除嫉妬得大眷屬廻向除狹劣成廣大善發願除退屈總持諸行今此文中具有五法前文有懺悔後文有發願然闕廻向影在文中也約緣修行者約三寶勝緣修入住正行愛敬四句可知若準儒教說母唯愛君唯敬父兼愛敬故孝經云資於事父以事母而愛同資於事父以事君而敬同故母取其愛而君取其敬兼之者父也然此且約多分而說今以事父之心奉於三寶故兼愛敬論淳厚者鄭重(厚也)之心而無雜亂(淳也)亦有四句一淳而不厚謂蹔時誠懇二厚而不淳謂長久渾雜三俱謂沒齒無乖四不俱謂輒無虔想今取第三也論信增等者從十信位遷入正定也此則内因修行力又因下外緣加護力亦可前名生智益後名滅障益消業等者前禮讚等各能除障已如前配復能成善如下第四分中所說論以隨下明意性本離其癡障今以修智斷障豈非順性此行成就即顯報身報身即智德故爲此科利他行中論發願者發謂策勵運意願謂希求樂欲然有四種要約其心故名誓願今此段文即四中之一也餘之三願已在前文謂能止方便及消障離癡即無邊煩惱誓願斷發起善根增長方便即無量法門誓願學行此二法皆爲菩提即佛道無上誓願成也疏

長時心者度盡爲期不限劫數故盡來際廣大心者無有揀擇四生九類悉皆度故第一心者超過人天二乘之境令得無上寂滅樂故論以隨法性下次第釋前三心所以初一句釋長時心謂法性常住無始無終故今度生盡於未來無有疲厭而隨順也疏文可解論法性下三句釋廣大心謂性徧滿平等無二故今化度無有揀擇平等濟拔而隨順也不念下二句釋第一心謂性本無彼此分別常寂靜故故令化令咸至寂滅究竟涅槃是順性也然後之二段釋所以文但初標法性後結故字而不逐段一一標結隨順等言者譯人巧略也疏二明下指後二段文意可知亦常心者意明此文有究竟寂滅之言故名常也然與長時實有相濫智者詳焉發心利益者由前發心行諸妙行故得入初住見於法身起用利益也一顯勝德疏依人空見者以於人空得自在故若約法空但相似見未是證故名爲少分若依人空此即已證但未得法空故名少分此約兼明非今正意發心住中作此事者隨其悲願之力能作八相成道利樂衆生同今釋迦化儀也此如華嚴所說然此科中有自利利他之異詳之可見若前後相望說者由佛菩薩教故發直心行無住行由護法故發深心行自利行由大悲故發大悲心行利他行又由自利行故得見法身由利他行故能現八種等二微過中疏未證等者但比觀相應未離分別故異所以者此明先世所造世間業因通於善惡斯往業不亡也論微苦者二意一者變易行苦二者

隨業有分段苦以得自在不同凡夫故云微苦修短等者變易之身願智所資無定齊限能變麤身爲細質易短命爲長年故云自在留惑等者以有大願故留煩惱不斷潤生受報以有大智故能自在隨意長短不爲惑染非同凡夫爲煩惱所使不能斷也斯則未名法身故異地上以其下是所以非業繫故異凡夫以有下是所以既上異聖人下殊凡品故當賢位三通權教疏瓔珞下引所舉教七住前退者第七方名不退住故然彼經文但說淨目等各至第六住遇惡知識緣故退而不說彼所值因緣行相待撿續入今釋下明釋通意今詳論中未入正位者通其兩意一則未入初住二則未至一住正因不退之位故云正位前意爲正四歎實行疏於下不戀者謂於二乘凡夫果報不生著故論若聞等者如法華云佛道長遠久受勤苦乃可得成疏於上不怯者於菩提涅槃有勤勇心修諸苦行不生畏故釋所以者亦釋不戀所以以知自性涅槃終非外得遲速由己何定劫時故雖聞是言而無怯懼斯則以於上不怯故於下不戀是故疏中但釋不怯所以也由此兩文之内皆有不怯之言此即下據此以序彼此明其實非權說故一總標論解行等者謂依住行位滿發深解行入十向位非同前信故云轉勝一時勝疏隣初地者從初住至初地爲一僧祇今十迴向與初地相近是隣真故一總疏解者解徹真如故云深解分明顯了更無闇昧故云現前又超前故云深異後故云解也行者真如無相順真如故所行

之行一一無相如金剛不住色布施不住聲香等布施諸行皆然故云離相二別論無慳貪者慳謂吝惜已物輙不與人貪謂希欲他財以将入已知法性之中本無此事故疏云解也論檀波羅蜜者具云檀那此云布施波羅蜜此云到彼岸彼岸即是涅槃涅槃即是真如之理今離相行施與理相應則是到彼岸義餘皆倣之然則輟已惠人名之爲施但順無慳以此亦順無貪之義何則已物尚與他人他物固應不取以深況淺也謂離下明所離相三輪即施者受者所施之物達此三相體不可得故名離也苟能離相則因成無漏果證菩提有運轉義故名爲輪復能摧輾一切惑障有摧輾義號爲輪也以十下釋離相之由得法空者但約深入此觀未是證得

然此由是約教道説若其實説十信位中便能深入如下信心修真如三昧豈非法空也發心所依者解即十住行即十行斯則十向爲能依住行爲所依又住行爲能發十向爲所發謂依此解行發迴向心故以垢下釋順真之由謂慳等是障常乖背性性本無慳等常不與障合故行布施等行外違慳等障内順無慳等性也論五欲者色聲香味觸等五境此五能令衆生起欲心故故前云以有妄境界染法縁故則熏習妄心令其念著造種種業受於一切身心等苦又無常經云常求於欲境不行於善事於境生欲故名爲過過即是染知法性中本無此染也尸者具云尸羅此云戒戒謂防非止惡即離五欲過也論瞋惱者因他惱觸生瞋恚故亦可因惱生瞋

瞋故熱惱熱惱即苦知性本無此苦也羼提此云忍辱忍彼辱境即離瞋惱論懈怠等者爲執身心遂成懈怠今既性淨不見身心爲誰懈怠故云離也毗離耶此云精進精謂精純一心無雜進謂進趣勇猛不退即離懈怠論常定約顯體說無亂約離過說禪者具云禪那此云靜慮即慧之定定即無亂論離無明等者本覺明中本無不覺故般若此云智慧智慧即是明明即離無明也即定之慧故此與第五是自性定慧本是一法但約體用義分異爾然準華嚴說十地菩薩如次行十波羅蜜行者以彼是證真之後如實修行此中六度是隨順修行淺深有異

起信論疏筆削記卷第十三

音釋

殞 云粉切 殂也
奞 息晉切 奮丨也
確 苦角切 固也
㡿 昌石切 遂也遠也
諳 烏含切 記憶也
瘼 慕各切 病也
勗 音朂 勉也

起信論疏筆削記卷第十四

長水沙門　子璿　録

一標地依者以文云證何境界所謂真如此則真如是十地所依境也然地者就喻彰名以喻真智能生聖法令約真如是智所依故名地依論證發心等者然此十地菩薩雖斷障有分數多少行行有差別淺深隨其位次一一皆證其所證者同一真如但有滿分之殊而無差別之體故此通標真如爲所證境界也華嚴十地品中亦同此説故彼出體偈云如來大仙道微妙難可知非念離諸念求見不可得疏根本者即根本智證真諦理是真見道也論以依等者或問曰真如離心緣相又若證者離於能所何以言真如爲境界耶故此釋之疏必依轉相起者即此轉識約現境處便名現識竟無別體但據次第義説相依斯則依能見心有所見境故前論云以依能見故境界妄現本智證者智與理冥心與神會一相一味平等平等實無能所之異故頌云若時於所縁智都無所得爾時住唯識離二取相故今但下對此重解依轉識説爲境界之意此有二義一約菩薩未離業識猶有見相入觀雖與無分別智相應不分能所出觀則與此識相應約此識上説前證時以爲境界二約後得智中相見道内重慮縁真變起影像彷正證時説真爲境此但似境非謂實有然亦不離是轉識現故疏雙標後得智中業識未盡也然至釋相但約業識未盡義説故云轉現猶存等也以後得下出第二義或問曰如上所説業識未盡是即聞命

後得智中如何分別故此釋之意明根本實證之時但是一心真見道無分別能所之相若後得智中以能見心反緣所證以有此能緣心故便有真如影像當情爲所緣境界像雖不實還似真如秖據此義說後得智中依於轉識名境界也如人飲水正飲之時不能說其冷煖飲水之後方得說之說時雖不得水體其如所說之水還似所飲之水也而實等者真如是所證智是能證能所無二方名法身以法身本具理智理智本無二故斯則住唯識理離二取相也三明用跡後得者權智達俗出假化物一中論一念至無餘世界者若準華嚴說初地菩薩能至百佛世界二地千佛世界乃至十地不可說不可說阿僧祇世界此盖隨其分位勝劣不同今此文中意在通論十地故以無餘之言而通貫之也跡請法者於彼彼世界彼彼衆中勵已率先爲衆導首請佛說法請意者新譯論云唯爲衆生而作利益非求聽受美妙言辭夫請說法誠在所顯修行義意令其衆會如聞攝取思而行之兾展轉遐益衆生豈在徒聽言辭而已耶則如圓覺十二菩薩各伸請問皆言願爲此會及爲末世等二中跡促等者謂有一類衆生根性怯弱聞說佛道長遠久受勤苦乃可得成却生退屈不肯脩進是故菩薩爲此衆生示現超越位地不經劫數證於佛果令彼思齊發心進趣如釋迦六年脩行便成正覺是茲例矣又如善財一生龍女一念等延等者爲有一類衆生亦欲進趣將謂佛果容易而成懈怠因循不能勤勇若復示

其超果轉令懈慢終不成就是故菩薩爲彼説言我於無量劫中脩行方成佛道以兹警策不令懈怠使其勤進故法華云智積菩薩言我見釋迦如來於無量劫難行苦行積功累德求菩提道未曾止息即其類也然促中云示延中但云説者促在一生可令現見延歷多劫但説令知也結者根器既多方便非一口不可説心不可測故云無數等故法華云佛知衆生有種種欲深心所著隨其本性以種種因縁譬喻言辭方便説法如此皆爲得一佛乘一切種智故是諸衆生從佛聞法究竟皆得一切種智三中論種性根等者等謂齊同同是一乘種性非三五等乘性故根謂信等五根有上中下今同是上根非中下故此二約昔所論故疏云因等也疏行等者

同發菩提心行二利行故若克就地上則同得無分別智行如次同行十波羅蜜行然此發心之言通於前位所説證等者同證二空理故若克就地上則同證徧行真如乃至十地同證業自在所依真如等論無有超過之法者此明菩薩因行證等既同更無別有超越殊勝之法可爲行證也亦可此是位等即三賢十聖皆須歷故無有超過以一切下是時等論疏易解據此亦似通明上諸等之所以詳之可見論大意云若一種是菩薩種性根器則發心脩行斷證位次始終劫數竟無差別也所言阿僧祇者若準本業經初以忉利天衣仍用彼天時分三年一拂盡四十里石爲小劫次以梵天衣拂盡八十里石爲中劫後以淨居天衣拂盡八百里石爲大劫雜

阿含中與此有異又劫章頌云風災爲一數乃至不可知此極長遠時名一僧祇劫謂以此風災爲數數至不可數更若數時心則狂亂齊此數不得處名一僧祇若以此等計三僧祇方成佛道則百千萬人中無有一人發心脩進縱有懼於三塗苦者但脩人天戒善或有畏於三界生死亦但脩二乘之行焉敢希冀佛果脩菩薩行盖爲作此長久而解有是大失今所會通則特異於彼何者且梵語劫波此云時分大劫小劫長時短時下至刹那皆名時分阿僧祇此云無數無數之言亦不定久近如人經年不相見便云無數時竟日不見亦云無數時脩行時分意亦同此謂始從具足凡位發心脩進法爾經無數時方得親證真如名爲見道是一無數時從見道已去漸斷俱生二障法爾又經無數時方得不假功用自然相應至第八地是第二無數時從此任運進趣消遣餘累法爾又經無數時方得成佛是第三無數時斯則無數時是定有然延促不可定也若此所解方有脩行之人況時無定體唯心所現故法華說日月燈明佛說法華經六十小劫時會聽者謂如食頃又論釋經劫數之言或云年歲或日月等又攝論云處夢謂經年覺乃須臾頃故時雖無量攝在一刹那四中論衆生世界不同者或分情器或唯有情通兹二意以世界及衆生各有無量差別故所見等者爲彼彼衆生根機種性樂欲不同故示所行業用乃至現身說法各隨彼彼見聞差別也例如觀音妙音品說發心相中疏二智所依等者此二

種智本從彼識之所顯生故說爲依非謂現今能與二智爲體問二智是淨棃耶是染云何淨智依染識生耶荅以有染心故翻此染心得成淨智若本無染淨亦不生故前云以有不覺妄想心故能知名義爲說真覺若離不覺之心則無真覺自相可說廣如隨染本覺二相中明也又棃耶是染淨和合淨智依生故無疑也又若隨相所明謂棃耶本有二智種子從無始來以本識爲依止處故云所依也理實等者既言棃耶合通三細今但言業識者意在舉細攝麄舉本攝末也亦可現相八地盡轉相九地盡業相十地盡業相最通故標通者斯則於諸菩薩無所屈矣此非下或問二智是淨從來未得今始開發可名發心相生滅業識無始來有何故至此名發心相耶故此釋之意明此菩薩亦能證真亦能達俗亦有生滅以證真故揀異地前以有生滅不同佛位其猶鍊金光色漸顯麄鑛已落細鑛猶存欲顯此時應云幾分是金幾分是鑛斯則不同麄鑛亦異鈍金故且通說金已顯發此亦如是一總中跡現報等者即以此身成正覺故即自受用身功德圓滿也論色究竟處者色界之頂是色邊際故最高大身者色究竟天身量一萬六千由旬自在天王身量三萬二千踰善那十地菩薩示爲自在天王身量倍增故云最高大也色身之大莫過此天故跡後報等者依前報體方起此故即他受用身功德亦圓滿也然其因窮果顯但義說二相時無前後現後二報亦復同時譬如夜盡即曉豈分前後摩醯首羅此云

大自在智處者一切智人所起智處故經中說摩醯首羅於一念中能知三千界中雨滴之數何故下牒難一義下釋通十王等者準仁王經說十信菩薩鐵輪王王去聲一閻浮提十住菩薩銅輪王王二天下十行菩薩銀輪王王三天下十向菩薩金輪王王四天下初地菩薩閻浮王王百佛土二地菩薩忉利王王千佛土三地菩薩夜摩王王萬佛土四地菩薩兜率王王億佛土五地菩薩化樂王王百億佛土六地菩薩他化王王千億佛土七地菩薩初禪王王萬億佛土八地菩薩二禪王王百萬億佛土九地菩薩三禪王王百萬億阿僧祇佛土十地菩薩四禪王王不可說不可說佛土如來法界王王無量佛土說一切法門即彼經除佛有十三法師兼信十四及佛十五今疏不論地前及果位故但十王然第十下顯最後身菩薩示於彼天成佛之相即轉第十地菩薩身以爲佛身若準真實成佛但當前云功德成滿即無方所亦不可見今爲應於十地菩薩故示彼天說成正覺餘義如別說者以此菩薩示成佛時於第四禪色究竟頂自在天上有妙淨土出過三界十地菩薩當生其中菩薩坐於大寶蓮華其座縱廣百萬三千大千世界於蓮華外有十三千大千世界微塵數小蓮華座以爲眷屬各有菩薩而坐其上是大菩薩放十種光謂於足下出百萬阿僧祇光明照十方世界一切地獄乃至第十頂上放若干光明照十方世界所有諸佛光繞十匝住於空中成光明雲網臺高廣嚴淨於光明中悉雨寶香寶珠

瓔珞諸莊嚴具供養諸佛光明入諸佛足下爾時諸佛一時同放白毫相光照大菩薩其光即入大菩薩頂又放阿僧祇眷屬光照眷屬華座諸小菩薩其光各入諸菩薩頂已應時得佛無量三昧應時得佛無量智慧即得佛位墮在佛數復有五意故在彼天一以二乘人執化八相爲真佛不信别有聖人又不知即心是佛又信彼第四禪中是聖人生處今且同與二乘在彼天處攝示令知八相非真故在此天二緣三災不及故當此天三緣欲界色質麁重是有無色界都無色質是無今此天中表離有無契於中道故在此天四爲摩醯首羅天王面有三目不縱不横表證三德涅槃亦爾故在此天五爲下界慧多定少上界四空定多慧少此天定慧平等故在此天以禪者翻云靜慮靜揀於下慮揀於上偈云欲界及無色佛不於彼成色界中上天離欲中得道科云别者前但直顯德滿位彰今則具明二智滿相及顯無明頓盡等即是明前心相中二心圓滿一心滅除也疏始覺等者此始覺慧與本覺心源最初契合之時名爲一念此約究竟相應發始之一念不是蹔時相應謂之一念又此一念前則屬因此一念後則屬果其猶曙色在朝夕之端矣無明等者無明未盡既有所不知無明若盡則無所不照即大智慧光明徧照法界也一切諸法種類若干無不知之故云一切種智故大般若云煩惱不生名一切種智若具言之得三種智謂一切智道種智一切種智準天台説因脩一心三觀果得一心三智謂脩即

空觀得一切智脩即假觀得道種智脩即中觀得一切種智今此論中依真如門脩奢摩他即是空觀果得一切智依生滅門脩毗鉢舍那即是假觀果得道種智此二雙運爲禪那即是中觀果成一切種智今論舉中所成以攝空假故但云一切種智亦可等者謂此始覺慧至心源時約斷惑邊名無間道約證理邊名解脱道即顯等者謂前發心三種相中真心彼有業之所累猶爲菩薩至此業識永盡無餘唯真獨存更無所累故名佛也上皆下同上二報利益但前標此釋非别有説顯上方便者即前發心相中後得智至此圓滿也問前後皆言自然則因果何别耶荅前是有心自然以帶業識故此是無心自然唯真獨存故昭然可解又亦下類攝前文前約法説此約人説理無别也皆是下釋類攝所以以前文是本覺隨染之文今顯果位亦即本覺隨染二文既同故應相攝其實亦同四鏡中之後二也雖約性淨隨染爲門之異而法體無别問中二一陳疑可解二設難疏非直等者意云所知之境既甚多無量縱有心在早自難知豈况永斷心想却能了别而名一切種智耶立理疏意云等者總叙荅意即反於所問義在下次論一切下立二正理一元是真心故論云一切境等也謂諸法唯心無外境界今證心源是合了知誠無疑處二本來無念故論云離於想念也謂既本是心元來離念唯是真實今以離妄方了此更無疑故下論文但反此二意爲失合此二意爲得也疏境雖下釋前意真心下釋後意並可

知之然此論中且是立理未顯能了能知疏中要義圓備故預結之云了知也若於此中體知論旨下文逐段自然無惑仍更隨釋彌爲彰顯顯失論文此中有二反前正理故成不知之失一迷本真心故論云以衆生等也諸法本來唯心以衆生迷本唯心妄見有境以妄見有限齊故遂令境有分齊所以不能徧知也此即對前第一本來唯心以顯其失疏見有限等者境即無限但能見之心有限故論云心有分齊不言境有分齊二妄起想念故論云以妄起等也謂一真心本來無妄常住法性以衆生妄起想念違於無妄不稱真性所以不能徧知也此即對前第二離於妄念以顯其失疏二釋成等者據論二段總是對前釋成失義不唯此文詳之可知即明等者性本離念妄起想念即是乖真以乖真故不能了知不了知言貫通前段義則顯矣論諸佛下至諸法之性者即雙反前非合初正理也文有二段初反前彰得二初總顯也謂總反前非以彰其得論諸佛至不徧者離見故反前妄起想念之失合初離念之得離相故反前妄見境界之失合初一心之得既合正理即能徧知故云無所不徧也疏無妄等者釋前離見也離見即能離相故現一義也論心真實下二別結初一句結離見也既離妄見即是一心心即真實也疏文可見論即是諸法性者結前離相也既離妄相唯是於性性無不徧也既無二非之失即成合理之得正理既合不了何待由是科云舉是彰得也然此下釋法性義以本依如來藏有生

滅故生滅是法如來藏是性今從生滅門入真如門故離見相即顯法性性即本覺立義分中指爲自體也論自體顯照下二約義結名也疏一切下貼釋可知故上等者引因以證果即用大中文前則因心現果法今則果心現因法因果雖殊心體是一故金錍云阿鼻依正全處極聖之自心毘盧身土不逾下凡之一念良以下釋所以生佛體同無二相故猶如父子共有一鏡若照子時子在父鏡中亦在自鏡中若照父時父在子鏡中亦在自鏡中鏡是一體攝屬二人各成自鏡互照互現無別有體以喻真心生佛各具雖云各有而理不可分疏云無二是斯意也華嚴下引證三無差別謂衆生心即佛心佛心即衆生心又衆生是佛心中衆生佛是衆生心中

佛以生佛相同一心體無差別故以同體等者意云匪但心體照法而已復能起大神用利樂衆生斯則依智淨相起不思議業相依法出離鏡作緣熏習鏡義也問中論若諸下至生者是牒前文也一切下至得利是案定也皆可解多不見者非全不見故云多也又聞說者必見身見身者未必聞法今約局所標故但言不見尚不得見何況得聞荅中三一法論諸佛下據前所問即問報化今約法身體徧故報化是即體之用亦徧一切據本而言但云法身也疏徧衆生心者論云一切處故一切之言意說情器亦如華嚴云法性徧在一切處(橫說)一切衆生及國土(別顯情器)三世悉在無有餘(竪說)亦無形相而可得(泯迹)據此則不唯徧於衆生心今疏且約所問之處故但

言徧衆生心也但有等者此則功過在機佛無私應故華嚴云菩薩清涼月遊於畢竟空衆生心水淨菩提影現中上文等者即用大中七重問荅廣明斯義論衆生下二喻也應更合云諸佛之身猶如色像論舉一隅故不具說論如是下三合疏明無等者意云論言垢者但是障見佛之垢即是無機善星下引例此人生於佛世是佛弟子常見佛身然有煩惱現行以起惡故生墮地獄如涅槃說論法身不現下疏文三今初約本論以通能現然據義合云報化不現而言法身不現者以約本說故如言鏡不現者謂不現像也此同圓覺云由寂靜故十方世界諸如來心於中顯現心即法身皆是據本說也又應化亦名法身本業經云法身二種一法性法身二應化法身謂第一諦法流水中從實性生智故實智爲法身法名曰自體集藏名身一切衆生善根感此實智法身故能現應無量法身所謂十種身等疏如攝論下二引他論以明不現三初引本文十二甚深者一受生甚深二安立數三現等覺四離欲五蘊六成就七顯現八示現等覺涅槃九住十自體十一斷煩惱十二不思議今言顯現即第七也合移彼字安顯現字上文即順矣餘如次釋釋曰下二引釋文此亦論文今疏隨引便爲解釋初標也而世間下徵譬如下釋先喻如是下法合奢摩他此云止也輭滑者非麤惡過失故則戒如器水如定戒能資定故以譬之過失者如前破器以有破戒垢故定水不停佛月不現也華嚴經中亦同此說疏此中

下三會文意初牒前文是過去下正顯意以散下出所以如阿難唯好多聞何曾有定不妨給侍如來後遭石室之呵亦緣無定不能斷結又諸菩薩例皆慧多定少得見佛者無限皆斯類也彼攝下對辨二文之旨此論下明此論意並可知此義亦於因緣分中已説修行信心分者修謂學習行謂進趣所行五種如下自辨信心者起忍樂意境有四種亦如下辨來意等者此約論題所配若準立義分中所立即與分別發趣道相並當乘義標意疏勝人即前發直等三心行不住等四行入正定者劣人即前見佛色相或退二乘發人天等心却退失者以四信等者意不令信佛僧等色相起人天二乘等劣行還依等者信既成滿應如前文發直等三心脩無住等四行入於十住乃至獲利更發解證等心也斯則前雖揀退今即教脩也標數中疏四不壞信者信彼四事皆不可壞不壞即常住也以所信之境不可壞故使能信之心亦不可壞能所相稱俱名不壞故經云妙信常住是也列釋中疏諸佛所師者約人顯根本也謂佛因地本於真如起於信解又依真如軌則脩行又乃證極真如方得成佛故華嚴云以諸如來尊重法故以如説行出生諸佛故約此義邊故云真如是佛師也故經云諸佛所師所謂法也以法常故諸佛亦常既是佛師故名根本衆行下約法顯根本謂一切行門皆從真起故圓覺云無上法王有大陀羅尼門名爲圓覺乃至流出諸波羅蜜教授菩薩等所以前標直心爲二利行本是知非真流

之行無以契真何有契真之行不從真起此乃爲信等諸行之根本也問何故不約僧顯根本耶荅約佛顯時已攝僧故因地信解軌則脩行即是僧寶今疏文雖有二義必兼三故約能生三寶名爲根本也又是所信法中之根本故以終教所宗唯此真法萬緣所起起自真如會緣入實入於真如菩薩發心先緣真如起信發解脩行契證咸歸真如故於所信法中爲根本也信若不信真如信則名邪故寶性論云不信真如有五種失謂自輕輕他執人執法起惡見是知反此則爲五得由是發心先令信此非直等者不但起信亦乃樂觀樂觀即行也然此行是即信之行行所成信方爲實信故問云何是信真如之相耶荅不信一切法是信真如之相也以真如理中本無諸法若見諸法爲有是信諸法不信真如今則不信諸法是信真如也亦可樂念觀察方名爲信如世間人勸彼所作彼順所勸方名爲信若不爾者焉爲信耶故信則所言之理順順則師資之道成矣故以樂念釋成其信論信佛等者是信報身謂身語意業法門辯才色相具足依報莊嚴故云無量功德故前論云身有無量色色有無量相相有無量好所住依果亦有無量種種莊嚴常念等者以信佛有功德故願成此身具一切智以願求故而念恭敬供養起於善根脩佛因也論信法等此是行法此法能除慳貪毀禁等障是大利益常念等者即施戒等六度以信有益故復勤而行之論信僧等者此是登地已上大菩薩僧故云正脩如實等也常

樂等者揀非二乘故云菩薩揀非地前故云如實脩行然常途四信謂信三寶及戒此即人天乘中之信今之四信乃是終實教中不唯真如與戒不同亦乃三寶淺深有異問前說善根微少者亦遇佛見僧求法與此何別荅前以未信真如故所見三寶皆不稱實由是遇緣却成退失今以先信真如故得所信三寶悉皆如實由是增進使信成滿也斯則信真如爲佛本信佛爲所成信法爲所依信僧爲所學又此四種即是教理行果前三如次是理果行信僧即教也僧能轉教就彼求學故疏各二等者詳論可知舉數中疏有信等者信若無行非實信也以信是順義順而行之乃爲真信將知此行是成信之行信是即行之信此信則決定不退也如前所退者不能如此故徵起中疏止觀等者以諸經論皆說六度此中唯五者以後二脩時不得相離故初脩爲止觀脩成爲定慧但時異而體不異也問何故止觀合脩耶荅若不雙脩皆成邪故涅槃經說定多慧少不見佛性慧多定少見性不了定慧等學明見佛性又諸處說不見佛性無明邪見自此而生故今合脩免招二過下文自釋施中論一切來求索者即受施人也不同善德局七種人故云一切則不擇冤親老幼病健高下貧窮遠近等所有下是所施物隨力之言似有兩意一隨貧富之力二隨捨施之力若隨其力必不強爲免生惱也以自下即行施意自捨慳貪者隨性行檀是自利行令彼歡喜者濟物垂惠是利他行故知菩薩雖舉一行二利已兼此則

以布施攝貧窮也疏資財施者資身之物故亦名外財身外物故亦名資生財資於生命故準正法念經說十二種垢施一於衆生不平等施二爲男女欲因緣故施三有所怖畏施與王者而求救故四以癡心施如外道齋會等五不知業果但學他施六乞者苦求方與七知他有物施之令信後得侵損八施物囑之令破和合共爲一友後與衰惱九與男女物令使成親或令男與女或即反之十賤買諸物於齋會日貴價賣之少分饒之十一爲名稱故施十二妻子饑貧與物離此十二即名淨施除此復有十二種具足施不能繁述優婆塞戒經菩薩行施應離五法一施時不選有德無德二施時不說善惡三施時不擇種姓四施時不輕求者五施時不惡口復有三事施已不得勝妙果報一先多發心後則少與二選擇惡物持施與人三既行施已心生悔恨離茲三事其果勝妙論厄難恐怖危逼者受施人也隨已堪任者所施力也盡力所及不惜不吝施與無畏者正行施也亦是行施意或縲紲之難或水火之災或狼虎之殃或寃家之怖如是一切衆生凡有所畏之事皆護令安樂得無所畏若有衆生來求法者即受施人三乘五乘或請或問皆名求法隨已下所施法不能不解者輒不與言於能解處即與說之方免誤人亦免尤難孔子曰知之爲知之不知爲不知是知也又云多聞闕疑慎言其餘則寡尤方便說者要以種種言辯巧便引勸使其信受不得直置令其誹謗故法華云有問難不瞋隨順爲解說不

應下明行施意不貪名利等是反明其非故前論云所謂爲令衆生離一切苦得究竟樂非求世間名利恭敬故唯念下順明其是自既如此令他亦然準智論云佛説施中法施第一何以故財施有量法施無量財施欲界報法施出三界報財施不能斷漏法施清升彼岸財施但感人天法施通感三乘果財施愚智俱能法施智人方能財施唯能施者得福法施通益能所財施愚畜能受法施唯局聰人財施但益色身法施能和心神財施能增貪病法施能除三毒由是比校法施第一願諸學者審而行之戒中論所謂下如次是其十善則離身三口四意三之惡也不煞者普該蠢物不唯於人不盜者一針一草不但五錢已上不婬者觸身即犯不論道與非道

兩舌者鬭搆兩頭惡口者無稽之語妄言者虚誑之語綺語者粉飾之談此等並無故皆言不貪謂惡欲嫉謂妬忌欺謂陵犯詐謂虚僞諂謂罔冒曲謂違理其嫉欺恚是瞋之分諂曲是貪之分邪見者亦名惡見即身邊等五見也今言邪者五中之一此等並無故言遠離然菩薩以慈悲愍物故殺戒爲先小乘以猒離生死故婬戒爲首旨趣有異故教儀不同若據十善本是人天因緣今菩薩所脩趣果則異準華嚴經説有五等人皆脩十善感果不同謂凡夫聲聞緣覺菩薩及佛淨名云持戒是菩薩淨土菩薩成佛時行十善道滿願衆生來生其國十善是菩薩淨土菩薩成佛時命不中天大富梵行所言誠諦常以輭語眷屬不離善和諍訟言必饒益不嫉不

恚正見衆生來生其國故知十善不異脩心不同也然行十惡準俱舍說各招三種果一異熟二等流三增上異熟可知略辨餘二殺生中一等流果者壽命短促二增上果者光澤鮮少偷盜中一財物匱乏二多遭雷雹邪行中一妻不貞良二多諸塵埃妄語中一多遭誹謗二多諸臭穢兩舌中一親友乖穆二所居險曲惡口中一常聞惡聲二田多荊棘稼穡匪宜綺語中一言無威肅二時候變改貪中一令貪熾盛二令少果瞋中一令瞋熾盛二令果麁糲邪見中一令癡盛二令無果此皆約是等流二是增上也疏攝律儀者此殺等十是惡律儀止之不行即成善法攝取不捨即名爲戒論出家等者前律儀戒即通在家出家此善法戒則唯出家者爲折伏下

處靜之意若處人衆難斷煩惱故須脫俗離塵燕居林藪故遺教經云於閑靜處思滅苦本念所受法勿令至失月藏經中廣有此說且釋迦如來捨王室詣雪山因行六年果圓萬德垂斯軌者蓋爲此也少欲等者見得思義故云知足財無苟得故云少欲頭陀此云抖擻謂抖擻三界煩惱業報故然有十二種謂衣三食三六依處說處六者一住空閑處謂離衆閙居阿練若身遠離故心離欲蓋益諸善故二端坐不臥謂若行若立心動難攝然亦不久應受常坐若欲睡時脇不著席三樹下坐謂順佛法故如佛成道轉法輪入涅槃皆在樹下能治房舍貪易入道故四塚間坐謂塚間常有悲哭聲死屍狼藉無常不淨觀道易成五露地坐謂樹如半屋愛著猶生

又雨溼鳥喧汚穢不淨若露地處光明徧照令心明利空觀易成六隨有草坐謂隨心所得而坐其上離所愛著不惱他故食中三者一常乞食謂依法乞當制六根不著六塵亦不分別男女等相得與不得若好若惡不生增愛若請食者或得不得貪恨易生若同僧食處分使人心則散亂不入道故二節量食謂念身中八萬戶蟲蟲得此食皆悉安隱我今以食攝此諸蟲後得道時以法攝彼又雖一食恣貪極噉腹脹氣塞妨廢行道隨所得食三分食二身則輕安名節量食三一坐食謂若重食者失半日功不爲養身斷數數食即四分律不作餘食法頭陀經中云中後不飲漿衣中三者一唯畜三衣謂白衣好畜種種衣外道苦行裸形而已今佛弟子應捨二邊但三衣也又離多求及守護故二糞掃衣請拾糞掃物納作衣故以此覆寒障露離貪遠賊無奪命難故三毳衣謂或三衣或長衣一切皆用毛毳而作不畜餘衣故然此十二盖是知足之行涅槃智論瑜伽俱明其義故知惡貪多欲出家者是所不宜應深誡之乃至等者以小況大意云小罪尚須生畏大過豈得安然超越之言故云乃至欲作即怖巳作即畏畏墮苦故慚天愧人故云慚愧又慚謂崇重賢善愧謂輕拒暴惡改悔者改於往過別脩善業悔前所作憶恨在心不得輕戒者如菩薩戒說於十重戒中犯微塵許罪便不得發菩提心失比丘位國王位乃至佛位仍二劫三劫墮三塗中不聞父母三寶名字何況具足犯十戒也故戒序云莫輕小罪以

爲無殃水滴雖微漸盈大器刹那造罪殃墜無間故涅槃中有浮囊之譬故知佛所制戒豈得輕而犯之疏攝善法者依此戒約則一切善法自然攝取護戒心者謂夕惕若厲造次弗離護之若珠纖毫無犯也攝衆生戒者此當涅槃所説息世譏嫌戒也謂行非律儀及受畜非法之物招人譏謗即生他罪他罪所生本由於已故須護之護之即不謗不謗即自然發心發心即受化受化即成攝取義也忍中疏他不饒益者亦名耐怨害忍謂被寃家惱害是他不饒益忍耐彼苦無懷報心然所不報有其二意一爲解怨結故如律中長生王偈云以怨報怨怨終不止唯有無怨怨自息耳智度論中亦同此説二爲證佛果故以有智慧知彼此境空無所有能忍是事彼疑有瞋現同伴侶與其諧和因之得證無上菩提此如瑜伽論説行人若遭他苦時應作三思五想以忍彼事三思者一責業牽殃思謂菩薩若遇他害應作是思此我先業應合他害今若不忍更增苦因便非愛已成自苦縛是故須忍二性皆行苦思又自他身性皆行苦彼無知故增害我身我既有知寧增彼苦是故須忍三引劣況勝思二乘自利尚不苦他我既利他應忍斯苦也五想者一親善想二唯法想三無常想四有苦想五攝受想廣如彼説又金剛忍辱仙人亦同此意論語中説以直報怨以德報怨今同以直報怨若準上怨與上樂即以德報怨仁與菩薩優劣可知安受苦忍者於違順境安然忍受不動念故財榮潤已者不論多少但取一切潤

已之事盡名爲利損耗侵陵者此亦不論多少但取一切損已之事皆名爲衰越過毀者如有小過毀之言大越德歎者如有片善譽令其廣依實讚者如有一德亦言一德依實過論者如有一過亦言一過逼迫侵形者打擲寒熱饑渴蚊蚋等但是一切有不安者盡名爲苦心神適悅者清凉飽煖視聽香味等凡是一切暢適之事悉名爲樂有說得財名利失財名衰談惡爲毀談善爲譽對面談善爲稱對面談惡爲譏苦樂即二受也與此所說各是一意於利譽稱樂忍之不喜於衰毀譏苦忍之不瞋是故論中通言忍也然境界雖多總攝不過違順之二又於二中各有四義收盡二四合說以成八風謂之風者能擊衆生心海起貪瞋煩惱浪故今令忍之則八風不能動也然於中違則易忍順則難忍不唯難忍抑亦難防如賊與子盜於家財防之難易可以比知故天台說爲強輭二賊不能安忍無生聖智何以現前且如令尹子文三仕三黜無喜無愠況行菩薩之行焉得於違順境而不忍乎更有諦察法忍但於忍境體法無生唯心所現三輪空寂唯一眞實即是此忍也四進中論諸善事者前三後二一切善法心不懈退者身由於心故但言心懈謂懈怠不能敏行退謂退墮中道而廢疏勤勇精進者勤恪勇猛也勤故不懈勇故不退斯則於有義事勇而進也如子路問孔子曰君子尚勇乎子曰義以爲尚君子有勇而無義爲亂小人有勇而無義爲盜又云見義不爲無勇也異諸行者審而勇之勇之相者淨名

云譬如勝怨乃可名勇難壞者志堅不怯決定取辨詩云我心匪石不可轉也我心匪席不可卷也所以然者以知生死定爲苦故以知佛果必爲樂故以知衆生與巳無異足可度故由是千化不變其慮萬境順通其道乃至喪身致命不捨菩提之心故寶藏論云決歸者不顧其疲決戰者不顧其死決學者不顧其身決道者不重其事此其難壞也無足者脩諸善行意無厭足夫異二乘得少爲足則欲而不貪也以念等下正釋論意可知此同唯識三鍊磨中第二鍊磨無性頌云汝已惡道經多劫無利勤苦尚能超少行苦行得菩提大利不應生退屈論是故等者從來爲不脩身心常苦惱如今若不脩依前是苦惱由是尅已造脩於行無惰也則善人行善唯日不足故遺教經云汝等比丘若勤精進則事無難者是故汝等常勤精進譬如小水常流則能穿石若行者之心數數懈廢譬如鑽火未熱而息雖欲得火火難可得是故精進然此一文亦可初是正明從當念巳下爲方便於中初反釋後順結詳文可見障中論若人者此十信初心之下品也疏業障者亦有煩惱障今但舉麤論邪魔等者邪謂外道魔謂天魔諸鬼謂堆惕等如下所說事務者世間一切公私之事其數衆多故曰種種疏外感報障者由內有業障故前說善根熏習便見佛身今明惡業因緣乃見魔鬼將知外境皆由內心如形端則影直源濁則流昏矣治中疏總明除障者準華嚴經行願中亦是別除一障即我慢障也與今疏文各是一意如

人下自釋可知論誠心者以諸障起時心皆猛惡故令除遣必在虔誠故智論云身精進爲小心精進爲大外精進爲小内精進爲大猶如赫日可以消堅氷烈風可以摧巨木苟有至誠必能動天地感鬼神故使事不違願也懺悔者陳露先罪改往脩來疏除惡業者三障四障也得依正具足故論勸請者於中有請轉法輪請佛住世之異今通而言之但云勸請疏除謗法障者得多聞智慧論隨喜者三乘四類所有片善皆隨順歡喜疏除嫉妬障者得廣大眷屬論向菩提者亦合迴向實際及與衆生意含此二疏除樂三有障者成廣大善也論常不休廢者念念相續無有間斷疏能治謂行此四行皆不廢故所治即上之四障皆脫免故論善根增長者謂信心漸進無有退故結益下可知初一者謂先由迷倒不知罪福妄行十惡今由懺悔畢故不造新故云止持勸請隨喜等是行善故應作須作故云作持廣說如行願經五止觀者此被十信初心之中品也止中疏先由等者此明未脩行已前今以下正明脩止謂以始覺覺知諸塵境界唯識所現無外境相塵境既寂分別不生心境俱止也即破塵相爲止境無分別爲止心心境兩亡寂常心現此同禪宗無念義謂一切善惡都莫思量言下自絶念想圓覺云應當正念遠離諸幻方便者脩止之方便故先德云趣寂之前萬境俱泯發慧之後一切皆如但今等者意在顯別故雙標唐梵正脩名奢摩他脩前方便名爲止也觀亦準此以雙下釋出別意既言隨順將知

未是正止也以即觀之止方名正止即止之觀方名正觀今既一向止息但是止之方便未得名爲止行故云隨順奢摩他也問此行是止云何言觀答正脩之時止觀雙運止若無觀不名真止觀若無止不名真觀是故正脩止亦名觀故圓覺中名爲靜觀雖亦名觀今言止者以就泯相觀於真如真如無相向即心絶心絶則成止義亦是即空觀也觀中論觀義故者此是即止之觀亦是即假觀也圓覺中名爲幻觀疏三初釋義依生滅門者前依真如門泯相絶心照而常寂故名爲止今約生滅門觀諸法相隨流反流染淨因果凡聖色心差別不同寂而常照故名爲觀此則能善分別諸法相前則於第一義而不動也如瑜伽下二引證二初正引彼文菩薩也

者彼論有十七地此是菩薩地中文無所分別即根本智因也世俗妙慧即後得智因也是知下二會釋彼義可見然二門下三釋成雙運所以謂依一心上開二種門依此二門脩於止觀止觀雙運方得契心契心方名真止觀也故天台云法性寂然名止寂而常照名觀此乃以脩止觀契性止觀也雙脩之旨豈徒然哉三俱中論二義者即前止一切境界觀生滅因緣也不相捨離者然此止觀初首方便行人脩時雖未雙現習此之際須相資而行不可孤運輙相捨離疏有二體者此二通與十度爲體其猶於水澄而復清方能鑒像以二門開於一心焉得不俱定慧耶上文具顯外緣中疏閑居等者不作衆事名之爲閑無憒閙故名之爲靜意令心寂當須離

喧若欲離喧宜去聚落居阿練若繁塵不對止則易成此有三處可脩禪定一深山絶人處二湏阿蘭若處離於聚落極近三里即放牧聲絶無諸憒閙三者遠白衣舍清淨伽藍之中皆名閑靜處故當第一戒淨者欲盛妙饌必資淨器戒若不淨定則不生若知先所曾破戒者當宜依法懺悔令戒如故以戒不淨者即有業障令脩止不成便感邪魔病事等以爲侵撓也衣食等者一衣具足以根有三故上者如雪山大士隨得一衣蔽形而已中者如迦葉糞掃三衣不畜餘長下者如多寒國土及忍力未成之者許三衣之外百一資身二食具足者此有四類上者隨得充饑而已中者常行頭陀受乞食法下者阿蘭若處受檀越送食下下者僧常食及受請除此

異求多積長貪妨道今湏衣食者若闕一種心有所慮得定無由善知識者有三一者辦力資緣二者同行勸發三者教授法門如雫三足闕一不可息諸緣務者有四一生活二人事三功巧伎術四學問讀誦隨有一事即有所妨令不得定正脚等者押一脚爲半加於中以右押左爲降魔坐以左押右爲吉祥坐若兩脚相押爲全加此坐能令儀相端好廣如智論說故偈云見畫加趺坐魔王尚驚怖何况入道人端身不傾動緩衣帶者恐坐久氣滿不安故不令脫落者儀相不妙或恐風寒故約上斷者禦風閉氣免神散心馳故然欲閉口先且吐胷中穢氣吐時開口放氣而出想身百脉不通處教悉開通出氣令盡然始閉口鼻中内清氣然閉口時但得脣齒

纔相柱耳眼不全合者全開則掉全合則昏故但令斷外光而已二卷止觀者即彼初學坐禪止觀本只一卷應開成二也彼有十門以脩止觀第一具緣略如疏明第二訶欲謂色聲香等五欲所言訶者了知此五惱惑衆生因之受苦不得解脫深生厭離不復追攀乃名訶也第三棄蓋蓋謂貪欲睡眠恚掉悔疑也所言棄者覺知此五蓋覆衆生心性不得解脫如日月爲煙雲等翳不得照明今皆遠離即名棄也第四調和者謂調飲食不饑不飽調睡眠不節不恣調身不寬不急調息不澀不滑調心不浮不沈令此五事和暢得所故也第五方便行者謂欲進念慧一心以能志樂脩諸禪定出離世間晝夜精勤進諸善法念世無常可輕可賤禪定智慧可貴可重於漏無漏揀擇苦樂虛實之相一心決定脩行止觀以此名爲方便行也第六正脩止觀於中有坐時脩歷緣對境脩並如彼文第七善根發即同下文現報十益等第八覺知魔事如下文說第九治病者先須知病所起起有四種一從四大起二從五藏起三鬼神所作四業因所感既知病已即以止觀治前二以咒力治第三脩福懺悔治於第四第十證果即入住不退並如彼說略知大況若要備見可尋本文調心者心即是意調伏心意令趣向真正故末世下出不正相然戒定慧學及諸雜行多有是患菩薩戒疏云佛法内人多約四位起行謂三學及雜行初約戒學者有二類一矯異者謂雖不破戒性非質直依邪思計現異威儀眩耀世間以求名利本

無片心以求出離然普抑餘人無異威儀者悉爲無德此是沙門賊亦是威儀賊也如迦葉寶積等經說二淺識者謂性非深智恃已戒行將爲出離陵他乘急戒緩之衆聞諸法空便生恐怖此是佛法怨賊也出佛藏經二約定學亦二類一約貪狂者謂性樂名利久在山中心必澄靖現得定相眩耀世人招大名聞普抑餘人無此相者悉以爲非此是阿蘭若賊也出華手經二約邪慢者謂性非多聞依山習定鬼神加力心定有見既不善覺知即恃此起慢當大名聞陵滅餘人悉以爲非毀傷佛法此是魔黨大賊也出起信論及華手經三約慧學者亦有二類一約淺者謂性少聽誦學無次第爲名利衝心急預講說已見臆斷非毀古今唯求利名元無出意恃自無行亦輕侮戒定此是賣佛法賊當招大苦出華嚴經魔業中二約深者謂性明辯雖於二乘三藏文義少通然猶未得佛意既當傳法唯讚名利以勸後學非毀古今顯自獨絕恃此爲德起慢陵人但誦持法藥而不自滅病已負深愆況更法中起病甚不可救奇哉水中出火以何滅之此是害佛法之賊出佛藏十輪等經四約雜行者亦二類一約福行者謂性非質直苟爲姦計共崇奇福眩耀世人招引重䞋意在以少呼多用此活命既遂其所求即恃此起慢陵蔑餘人無利養者悉以爲非利養既爾名聞亦然此是賣佛法賊出迦葉經二約餘行者謂性非慧悟隨學一法即便封著眩此所學以招名利撥餘脩者皆非究竟此亦愚人蠹害佛法賊也行人

苟沾一患宜深戒之離此下明今意皆可解離境中疏皆是事定者兼前數息等不唯此五十一切處即青等四空等五及識爲十言一切處者觀一一法皆徧一切處故由此亦名十徧處觀亦可等者謂不依心散亂時眼所見色乃至意所知法等六塵聞謂耳鼻覺謂舌身知即是意攝六略盡今舉能取所也於此下釋意以推此等唯識所現無別有體既知心外無塵豈合將心外託若不然者豈名脩止耶已上諸定所緣皆是權小教中之所施設蹔令制心漸發無漏今此實教故並不依即直賜寶乘不與羊鹿也論一切下二初遣妄想中一正遣疏餘心皆遣者此有二義一除見聞覺知外更有心想隨何等念悉皆除遣二除前數息骨鎖十徧處境觀想之外更有九想八背等一切事定觀想悉皆不依以今心心向理故揀去事想故云皆除所遣等者依幻說覺亦名爲幻若說有覺猶未離幻說無覺者亦復如是故亦須除是則幻心滅故幻滅亦滅也餘文易解論以一切下二釋成疏順法性者雖言一切法意在真性以一切法悉皆真故皆同如故廣如真如門說斯則離心緣相也轉釋等者科指此文良以下釋此文意前言法性本無想者實由想體自空本自不生今則無滅此盖本空非推之使空也此乃下會釋文旨非謂待無念時方始不生不滅以念念生處即是無生念念滅時即是不滅如經云初生即有滅不爲愚者說又經云當處出生隨處滅盡喻明可見論亦不下三重揀疏若心等者先反縱意云

外境若實有體抑心不緣終不可得以不可不緣之故後得以心除心此即縱其可除也然剩者之一字復詳此文似剩不故者之三字但只可言抑令不緣可得後以心除心也義方彰顯請更詳之今既下正明既知無境心自不生豈得放心外緣後更除遣豈非自徒勞耶如人令子爲非又復譴責斯何理耶論心若下住正念二初正顯也疏初習等者此與前爲異前則不放心外緣此乃任運馳散外境唯心等者本無境界妄起攀緣是名不正今則觀境無境知心無心唯一實相實相外更無別法當爾之時分別不生故名正念論即後下二離相疏唯心寂者此唯心之相亦不可得前則離能所分別唯一實相名爲正念今則正念亦無自相以凡所有相皆

虛妄故斯則亦不知知寂亦不自知知自性了然故不同於木石也餘威儀中者即同天台歷緣對境脩也謂歷行住坐卧作語等六緣對色聲香味觸法等六境且如欲行便自思唯我今何故行有利則行無利則不行然於行時了知行心及行中一切事皆不可得不可得故妄念自息名爲脩止即觀上不可得法一一空寂因緣故有名爲脩觀住等例此又於見色時脩止觀者見一切色如鏡像水月悉不可得不生分別想念名爲脩止色等因緣故有畢竟空寂名爲脩觀聲等例此若止若觀俱順法性以法性常寂常照故然天台脩止自分三正觀亦復然以約三諦三境脩故也今此文中約真如生滅二門而脩止觀皆順一心即是雙運雙運即是息二邊

分別中道第一義諦止觀也餘文可知止成中疏止成者止前方便成也未是即觀之止附心者以久習故隨心成止以隨心故即成三昧即真如三昧也真如三昧方是即觀之止爲奢摩他梵語三昧此云正定故伏惑等者伏四住見脩煩惱未能斷故故云伏惑然此亦有伏無明義論言深伏意含此也此當信位若更增進速入初住故云信滿入住入住即不退顯障中疏於理猶豫者於上甚深義理是非不定故不能入如圓覺經脩二十五輪云一念疑悔則不能入闡提者阿闡提此云無信此則一向以爲不是故不同疑惑外道者爲宗習邪法故誹謗正道此乃非唯不信更加此過故異前也五逆者殺父母阿羅漢破和合僧出佛身血四重者殺盜淫妄

問前疏文云有業障者但令懺悔今何除之荅此中所除約不懺者懺則能入不同小乗有定業故涅槃經云未入我法業則決定若入我法則不決定恃我者此或恃我故不脩或脩之存我亦不能入故圓覺云彼脩道者不除我相是故不能入清淨覺放逸者或貪放逸故不脩或脩之不勤亦不得入學如不及猶恐失之況此類乎是六下非謂具此六障方不得入但於六中或有一障便能障道不得三昧顯勝中論諸佛法身與衆生身無二者有三意一意取衆生法身故二者法身流轉五道名曰衆生故三者衆生相空即法身故於此三中初後爲正故淨名云如自觀身實相觀佛亦然平等即無二無二即一相也論一行三昧者即真如三昧也謂住真如

境故名真如三昧以真如無異相故但行造此法故名一行三昧此乃由境一故使智行亦一也前則從境得名此則通於法行科云能生者其實即是義說能生也二中疏法界一相者所緣之境繫緣法界者繫緣即能緣之心也停心諦理與境冥合故諸佛法界者諸佛如來所證法門河沙無量隔別不同然亦一一不異法性入此三昧者皆悉得知無有差別也以此真如等者由真如是一切法根本故脩此三昧亦與一切三昧爲根本也論若人等者此三昧既是根本若入此者則能生長一切三昧以末從本生故諸三昧自此成也辯魔事者梵語魔羅此云殺者謂能奪行人功德之財殺智慧之命言事以如佛以功德智慧度衆生令入涅槃爲事魔不如

是常以破壞衆生善根令流轉生死爲事以魔樂生死故三界羣品盡屬於魔今脩行之人志欲出離三界又發弘誓廣度衆生魔懼減少眷屬故來嬈之令其退墮行人要須辯識而降伏之然有四種之異一煩惱魔二蘊魔三死魔四鬼神魔前三在内以内脩伏之鬼魔在外故今甄辯一中疏障礙者障入道人礙令退故堆惕精魅並如下說三種者魔鬼神也一者違情五塵或大或小恐怖萬端故令失志二者順情五塵對男現女對女現男令其生染三者平等五塵揀去前二即是此境以魔鬼神之三種各能現違順平等之事也對治疏二初正釋論旨一切等者如上所現但是境之一數故故前云若離心念則無一切境界之相又云心生則種種法生心

滅則種種法滅等以此下唯心之義方便教者尚不能知豈彼魔外能解此理大論云蠅能緣一切物唯不能緣熱鐵若緣熱鐵蠅則成火魔能緣一切境界唯不能緣實相魔若緣實相魔亦成實相也通遣者凡所見聞但用此法而治如天甘露是病皆治故圓覺云除彼所聞一切境界皆不可取此皆通遣也別門下二出對治二初畧明三初治魔如諸藥草各有功能般若者金剛摩訶之類咒者諸陀羅尼其數非一默念者恐彼聞之而解使咒等無力如授藥令服不可令知堆惕鬼者禪病經云羅旬逾長者子初出家時迦葉佛所教數息觀靜處見一鬼面如琵琶四眼兩口舉面放光以手擊攊人兩腋下及餘身分口言堆惕堆惕如旋火輪似掣電光或滅

或生或作鼠形或作馬聲或作鬼吟或復竊語種種惱亂令行人發狂佛言此鬼是拘那含牟尼佛時有一比丘垂向初果犯邪命故爲衆擯出瞋恚命終自誓爲鬼惱亂四衆堆惕者以口云也臘吉支者禪經云此起尸鬼也言偷者或是此鬼愛偷死屍故或是連下梵語且兩存之非謂因偷夏臘也故經云諸臘吉支手捉鐵棒等戒律即聲聞戒諸部律文三歸五戒可知少男女等者即順情境謂作父母兄弟諸佛形像等可畏身者或爲虎狼師子羅刹之形種種可畏之像來怖行人如嵬禪師所見或無頭師見之曰善哉汝無頭痛之患或無腹五藏等皆以言戲之又見年少女人師曰貧道身如枯木心若死灰無以革囊見試此鬼即時飛空而反仍有偈云

大海可竭須彌可傾彼上人者秉志堅貞兕者有說似牛青色一角重千餘斤牙爪銛利能伏千虎乃至者若多於夘時來者必是兎麞鹿等辰時來即龍鼉魚等巳時即虵蚪鰍等午時即馬驢駝等未時即羊鴈鷹等申時即猴玃猨等酉時即雞烏雉等戌時即狗狼豺等亥時即豬㺄豕等子時即鼠鷰蝠等丑時即牛螃蠏等現形中論先是現形如掬多令魔現佛形八部翊從不覺禮拜等若說下是說法陀羅尼云遮持謂持善遮惡故然有多字一字無字魔所說者應唯前二也以不知唯心故不能說無字平等至無頗即三解脫門無怨下顯空義可知此魔但能說而不能證天台云魔能說別異空假中不能證也

起信論疏筆削記卷第十四

音釋

錍 房脂切鈚斧也　縲 力追切索也　紲 先結切繫也　黜 丑律切貶下也

慍 烏本切恚怒也恨怨也　譴 去戰切責問也　攊 音歷繫皃　兕 音寺　恪 苦各切敬也

齶 五各切　侮 文甫切慢也侵也輕也　蔑 莫結切陵丨也

蠹 當故切食木蟲也　麈 之乳切鹿屬　玃 居縛切大母猴也

起信論疏筆削記卷第十五

長水沙門　子璿　録

得通中論先是得通魔得有漏五通故令行人亦得此通此中過去是宿命未来是天眼現在是他心前現形即神境唯不顯天耳含在其中也辯才無礙是起辯起惑中初起惑以正定令人滅惑魔定令人起惑由行人善根微少故偷三昧引此邪相也或捨已下是造業據定中初據定得自然下是得禪自然飲食者禪悅食故或於禪中得人間上妙飲食五中初是食差顏色巳下是顏變疏二初寄别揔指問如下二約通料揀二初問宿世等者如前所說三賢已上乃至於佛能與二乘凡夫作差别縁故今定中所現聞見既同寧知邪正答下二答二初歎難解慣邪網者以邪爲正故楞嚴云若作勝解即受群邪退失善根者以正爲邪故由是取之捨之二俱有過是故難也如蹈火受焚見寶不取故二皆失失故無進趣之日也今且下二正揀辨四初標依古法一者深入禪定二者勿移舊志三者察其本末如經下二引經爲據二試等者若燒之益粹打之彌堅磨而不磷可謂真矣共事者若𩓙會聚當共與之從事從事則體其情性也情則易變性則不改故可知之如或未辨久則見之仁者則久而彌芳不仁者不可以久處約也而又未辨當用善巧觀察視其所以觀其所由察其所安自然可見其邪正矣今借此意下三依法正揀經中三喻以驗行人真實虚僞故文云行人亦爾也故共事等三試之今文将以驗於定境不

同經意故云借此等但借其喻非取法也不淨觀者隨看當初所修何觀或數息或不淨等今於此禪發其境界即却依本時脩習即驗邪正也如燒下四合顯經喻二初喻也但舉一喻餘則例知故不言也此中下二合定譬等者據義順合可知以此下三結三驗等者既以定石磨之行槌打之慧火燒之邪正鎔金足可彰矣對治論以是義者指前五對疏依自等者隨巳所有慧力觀彼境界不妄領受當觀諸法實相無邪不破以知境界唯心本自不生終不信任妄有取著墮於邪網若不等者以隨彼境界苟能取著其心則亂以心亂故失於正受正受者不受諸受也今既受彼即名爲失以失正故即墮於邪無所疑矣邪不干正者以邪法虛妄正法真實真實若立虛妄自壞以修行者深住真如三昧故自然退也若取等者魔所現境意在令人取著念心纔起墮彼無疑若深入唯心是邪則滅是正則存耳是故等者不著則迴邪作正著之則變正爲邪然天台治魔不離二種一止治謂凡見一切外境好惡等事悉知虛誑不愛不怖亦不取捨亦不分別息心寂然彼自當滅二觀治謂若見如上所說種種魔境用止不去即反觀能見之心不見處所彼何能惱如是觀時尋當謝滅若遲遲不去但當正念勿生恐怖不惜身命正心不動知魔界如佛界如一如無二如魔界無所捨佛界無所取即佛法自現魔境自滅今此論中前是觀治故云智慧觀察從當勤正念下是止治止觀二治皆不取也智度等者以生心取

境境便成魔境惑其心即爲魔事具如色等諸法取之則成塵賊不取則成妙境今觀一切唯是實相實相外更無諸法是故見有法者皆是於魔况於定中所見境界可不是魔耶偈云等者如經中說有一比丘魔欲惑之經七千歲竟不得便何以故以是比丘不起心故其猶密室風不能入風得入者由孔隟故魔得便者由起念故從當下示前論文以對三試之中以定研磨及依本修治之二也以此下釋所以或曰準論正念之言但當其定云何得有依本脩治耶故此釋之故前云不依氣息形色地水火風等此則揀去餘事觀想也又云是正念者當之唯心無外境界即復此心亦無自相可得又云久習淳熟其心得住以心住故漸漸猛利隨順得入真如三昧等故知深入此定即是依本修治更無別法以爲本修也問據前所說但是魔境及至今文結其所離何故乃言離業障耶答此有二義一則行人內有業障故外感魔境若離業障則無魔事今就本言故云業障也二則若墮魔網則成業障以魔樂生死起愛見貪著世間名利恭敬由是造業故成業障今離魔事即是離業障也四邪中疏我見等者迷此三惑即名爲癡即我癡等是末那中俱生四惑以是俱生故云常相應皆是無明住地所攝故名爲使不滅煩惱等者脩定本爲除斷煩惱既不能斷何用定爲如服藥病增則知非藥安可更服據謂依仗憑託之義不可憑仗而行也正中疏不味著者不同外道有見愛故此通指下二句忘心境者絶能所

故是不味著相也出定等者本不以懈慢故入定所以出定時亦得如此不同外道有我慢故貪瞋等者意本斷惑故得漸薄不同外道貪名利等如服藥病除是爲良藥既知良藥不可不服也真中論若諸等者文意反明疏即順釋要依等者以真如是如来之性故脩此三昧方是如来之種如人生於王家必繼王業此亦如是除此等者楞嚴云十方如来一門超出妙莊嚴路又云十方薄伽梵一路涅槃門也十住已去者謂六種種性之初即習種性也不退位者不退有四一信二位三證四行今即位也僞中疏四禪即色界亦靜亦慮故謂之禪四空即無色界有靜無慮故唯云定不淨即觀身五種謂種子住處自體自相究竟不淨廣如下說安般者梵語安那般那此云出息入息上二即五停心觀之二也等者更等後三及四無量六妙門十六特勝通明禪等一切事定也取境相者以非理定但緣彼息等諸相不稱真如不出三界故名世間定也然天台明諸禪定揔爲三一世間禪二出世間禪三出世間上上禪世間復二種一世間味禪即四禪四無量四空定也二世間淨禪即六妙門十六特勝通明禪二出世間禪有四一觀禪謂九想八背捨八勝處十一切處二鍊禪謂九次第定三熏禪謂師子奮迅三昧四修禪即超越三昧也三出世間上上禪有九謂自性禪一切禪難禪一切門禪善人禪一切行禪除惱禪此世他世禪清淨淨禪行相廣如次第禪門略如法界次第學者要知應檢彼文論味著等者不

同真如三昧不住見相及得相故䟽同得等者三乘人及凡夫外道皆修此定然凡夫多味著外道帶異計所修雖同修心有異故得果各別也若離等者故前說善知識緣中須教授善知識要知邪正以差之毫釐失之千里夫於善友豈合辜恩故法句經中重重顯讃然修行禪定不易其人欲具諳其門須徧覽諸教唯天台三種止觀明諸禪修證行相廣在彼文今略依初學禪觀明邪正發相邪定發相者或身手紛動或時身重如物鎮壓或身輕欲飛或逶迤睡熟或煎寒壯熱見諸異境或其心闇蔽或起諸惡覺或念外散善或歡喜躁作或憂愁悲思或惡覺觸身身毛驚竪或時大樂惛醉如是種種邪法與禪俱發名為邪偽此之邪定若人愛著即與九十五種鬼神法相應多好失心顛狂或諸鬼神等知人念著其法即加勢力令發諸深邪定智慧辯才神通感動世人見者謂得道果皆悉信服而内心顛倒專行鬼法是人命終若不值佛及善知識所護還墮鬼神道中若更生來多行惡法即墮地獄行者修止觀時若證如是等禪有此諸邪偽相即當却之若知虛誑不愛不著即當謝滅若起念著即墮群邪正禪發相者若於坐中發諸禪時無有如上所說諸邪法等隨正禪發時即覺與定相應空明清淨内心喜悅澹然快樂無有覆蓋善心開發信敬增長智鑒分明身心柔輭微妙虛寂厭患世間無為無欲出入自在是為正禪發相此二種相如人與惡人共事常相觸惱若與善人共事久久逾見其美斯亦如

是行者宜深察之故須善友教授揔標疏後世等者妄盡習除證真起化德充法界應用無窮攝護中疏以修等者略同金剛所說持經之者爲如来知見護念等如王世子修德進業堪紹國位特爲君之所寳也爲佛所念理合如此故云法應惡緣中疏離天魔外道等者如上所治以知諸法實相故不爲恐惑九十五外道者如華嚴說有九十六謂六師各有十六種所學法一法自學餘之十五各教十五弟子師徒合論故成此數今滅一如餘處說惑業中論甚深者即般若妙慧深達實相今既入此深定故不誹謗也重罪薄者已達罪性福性非内外中間我心自空罪福無主三昧漸深其罪漸滅故云薄也疑者謂於理猶豫覺觀謂語之加行令達諸法唯心

無外境界内離尋伺於理决定何所疑耶故皆滅也行成中疏於理增信者信欲成根必務增長漸入不退故不怯者知法如幻故無所怯繩虵非毒杌鬼無心何所怯耶故下文云若修止者能捨二乘怯弱之見既不怯弱則非同二乘不壞者了他如已故得柔和柔和故不憍慢不憍慢故人則不惱不惱故不壞不壞行也無世滋味者世人不學此法則愛見深固貪著世間今既知三界虚僞誑人六根焉可貪而樂之不樂則離愛離愛即滅煩惱也故下云若修止者對治凡夫住著世間得禪定者真如三昧成也論外緣即通舉六塵音聲即别指耳所對也故楞嚴云純音無塵根境圓融無對所對又云不自觀音以觀觀者能令衆生觀其音聲即得解脱斯則

同諸法無行經入音聲慧法門何所動耶今於六塵中唯舉聲塵者阿含說此以爲禪刺也然上疏文俱於一二等下注者以此解釋便當科文令易解故非謂太近前也觀中論心沈沒者以真如無相向即心絕分別不起故云沈沒此如二乘取空爲證也由沈寂故遂成二失如下列釋論或起下正顯失疏初觀即法相觀於中復有苦無常無我不淨之異以見不淨故不可愛苦故不可忍無我故不自在無常故不可保由是深厭世間而求出離樂修衆善以備將來夙興夜寐無敢怠惰第四即精進觀勝心既發念念精勤敏則有功故能成辦第二即大悲觀謂見諸衆生漂流苦海無有福慧不知苦本躭樂生死不求出離故起大悲哀愍之意故法華云見六

道衆生貧窮無福慧入生死險道相續苦不斷不求大勢佛及與斷苦法爲是衆生故而起大悲心第三即大願觀悲心既發以願要期不擇怨親勝劣皆令脫苦逮得涅槃衆生界盡我願方盡故能成矣疏四非常者謂非局彼常情所執之四境故無常中論一切有爲者除六無爲外餘之四位並是有爲無得久停者諸法既生生已即滅如露如電不可久留故戒經云壯色不停猶如奔馬人命無常過於山水今日雖存明亦難保無常經云假使妙高山劫盡皆散壞大海深無底亦復有枯竭大地及日月時至皆歸盡未曾有一事不被無常吞苦觀中論一切心行等如經中說一念有九十刹那一刹那中九百生滅既速生速滅誠爲苦也故前云動則有苦果

不離因然苦者逼迫爲義五苦八苦種種不同略而論之不離三種謂苦苦壞苦行苦三苦之内行苦最通不唯五趣皆有抑亦三乘悉具今就通義故標一也無我中論恍忽如夢者念過去法恍恍忽忽似有而無如存若亡徒有言說實不可得故云如夢何啻過去現在亦然故淨名云是身如夢虛妄見也疏難追者非謂有體而求之不易故曰難追以全體自空但有言說故云無體也論如電光者應念諸法前屬過去後屬未來於二中間無體可住終不可取故云如電故淨名云是身如電念念不住也疏刹那者時之邊際也不住者經云初生即有滅不爲愚者說又經云刹那刹那念念之間不得停住論如雲等者雲起晴空何曾有本法生真界寧見所從以生時無有來處故滅時亦無去處淨名云是身如雲須臾變滅也疏緣集等者兼能集之緣亦無來處並同於雲然此段文正是空觀今科云無我者以要對破常等四倒故三世既空則無有法法尚不可得豈更存乎我耶故曰無我四中論不淨等者淨名云是身不淨穢惡充滿然有五種一種子不淨父精母血之所成故二住處不淨生熟二藏中間住故三自體不淨三十六物共和合故三十六者外相三四醜謂髮毛爪齒肢淚涕唾垢汗便利身器二六成謂皮膚血肉筋脈骨髓肪膏腦膜中含十二穢謂脾腎心肺肝膽腸胃赤痰白痰生熟二藏四自相不淨九孔常流諸穢惡故五究竟不淨身壞命終不可堪故形骸若斯復何可樂疏除四倒者常樂我

淨是凡夫所執四種顛倒故今以無常等四觀一一對治如以四藥治於四病大悲中論如是等者以悟自身非常既爾當念衆生亦復如是無明迷故不自覺知故起大悲也三界九類故云一切從無始下窮其苦源蓋是無明所作故前文云以有無明染法因故則熏習真如以熏習故則有妄心乃至造業受於一切身心等苦已受下明三世皆苦也難捨等者無明未盡已前不能免故故法華云一切衆生爲生老病死憂悲苦惱之所燒煑亦以五欲財利故受種種苦又以貪著追求故現受衆苦後受地獄餓鬼畜生之苦若生天上及在人間貧窮困苦愛别離苦怨憎會苦如是等種種諸苦衆生沒在其中歡喜游戲不覺不知不驚不怖亦不生猒不求解脫

疏無心猒背等者反知猒背苦則有邊故前文說染法得佛後則有斷故十地經云有無數身已滅今滅如是生滅不能於身而生猒離轉更增長機關苦事隨生死流不能還反深發悲心者衆生與已性無二源真樂本有而背之不求妄苦本空而愛之不捨迷頭認影枉此艱辛行者觀之必生悲濟大願中疏因悲立願者思惟衆生三世之苦難捨離故猛立希欲要結之心樂具德行濟度彼苦願體者若有分别則不能普度永度便成顛倒不稱法性以法性離分别故然此亦是不顛倒心也長時心者於中初之三句且是内修德本若自無德行焉以化人先利其器必善其事也故華嚴疏云川有珠而不枯山有玉而增潤内無德本外豈能談又淨名云若自

有縛能解彼縛無有是處若自無縛必能解縛也後之一句正是長時廣大心者文云一切則九類四生無不攝盡故成廣大初句即是能度方便若無方便則焉令發心故以漚和善巧令悉從化也第一心者高出人天二乘之境更無過此故稱第一也今詳文中具有四願謂離分别即誓斷煩惱徧脩諸行即誓學法門盡未來等即誓度衆生令得涅槃即誓成佛道既令彼得功歸於已即是自希證也精進中論以起等者既發如是希欲之心應行是事而無怠惰斯則以思無益不如於學故一切善法勤而行之苟能無處不修無時不作勤勇匪懈心不厭捨則自然成就自利利他也結觀中論若餘等者謂燕坐則唯專於止若從坐起餘諸威儀當應思察利害之事念欲去取也疏順理者一切善法順真如理前文云若人修行一切善法自然歸順真如法故以諸善行外違妄染内順真如故云順理即作持門也違理者一切惡法諸不律儀内與法性相違外能招報諸苦故不應作即止持門也摠標中論若行等者此約四儀六緣之中皆須止觀雙修定慧俱運疏動靜别修者雖云别修應須習其雙運以前文中雖先止後觀次第别辯然至修時豈得相離以文不累書故成前後今此文中説俱者亦是重辯前文恐人修時各自習故勸皆應止觀俱行也以因時俱行果方雙運如有足無目有目無足皆不到清涼池獨輪之車豈免覆轍故經云因地心與果地覺無二無别方曰始終不相離也即止中論自性不

生者故中論曰諸法不自生亦不從他生不共不無因是故知無生今舉四中之一故云自性此即無我無造無受者也下即善惡之業亦不亡非有義者徧計全空故言非有依他不泯故不言無若言無者則墮斷過以非同兎角畢竟無故論即念因緣等者故經云諸法因緣生諸法因緣滅又云因緣和合虛妄有生等疏非無義者依他宛然故言非無徧計全空故不言有若言有者即墮常過以非同妄情有所得故此二者性相有殊不二者體用常俱此順等者有二義一順教即此所引是佛聖言二順理謂不動真際是性不變建立諸法即性隨緣一法二義故云即也故前疏云不變性而緣起染淨常殊良以等者經云法身流轉五道名爲衆生中論云以有空義故一切法得成也故能等者約境修心以成觀行境既即亡而存心亦即止成觀也然前段即真如門後段即生滅門二門不二但是一心故得止觀雙運即觀中論雖念因緣等者即前非無義也而亦下即前非有義也疏不分配者以前影後故疏文二初正釋文旨故疏序云不捨緣而即真凡聖致一此乃即隨緣而不變故良以等者經云一切衆生皆如也前文云以一切法即真實性故故能下亦同前文約境修心以成止行境既即存而亡心亦即觀成止也配歸二門及前可見說時下二通示用心說有前後等者文不累書言不頓發故觀之與止前後而辯若在行人修心之際須止觀融鎔無前無後謂即止而修觀寂而常照也即觀而修止照而

常寂也寂照之體即是一心一心名爲實性故云法性寂然名止寂而常照名觀此中不唯止觀不二抑亦心境一如謂以無緣智緣無相境以無相境相無緣智境智一如如水與水唯一實相更無別法方名圓頓止觀真如三昧對障中䟽治二過等者凡夫不知諸法自性無生見有人法而起貪愛樂住世間令修止道令知法本不然今則無滅自然見三界虛妄如虛空華不樂住著也二乘得之見法無我於苦不怖豈欲速取寂滅涅槃耶以止下釋所以可知正治二乘者以二乘一向沈空以空爲證怖懼生死但求自利不起利他不成佛法今修觀道知一切法因緣和合虛妄有生因緣別離虛妄名滅知病識藥即起諸幻以除幻者變化諸幻而開幻衆此則自然離於狹劣之見而起大悲普能救濟也若凡夫得之則能知無常苦空無我不淨而修諸善行以修觀門不壞緣法能除此障揔結䟽非不樂世間者意云不樂世間方能修善斯則止成於觀非不怖等者意云不怖生死方能起悲此乃觀成於止猶如合繩乍似相違究竟相順也故雜阿含說佛在瞿師國阿難問上座若比丘於空處樹下閑房思惟當以何法專精脩習上座云當以二法所謂止觀阿難曰多脩習已當何所成上座曰脩習於止終成於觀脩習觀已終成於止止觀俱脩得諸解脫阿難復問五百比丘亦作是說阿難歡喜問佛佛深印可止觀相須等者亦如於繩合之方用故涅槃經說二乘菩薩脩不均故不見佛性無明邪見自此而生

無上菩提由之難入如能具足修習不相捨離則能疾到薩婆若海故涅槃云定慧等學明見佛性法華亦云如其所得法定慧力莊嚴以此度衆生自證無上道由是菩薩行門雖多揔攝不過定慧故華嚴云譬如有力王率土咸戴仰定慧亦如是菩薩所依賴天台宗於止觀深意在此故彼云涅槃真法入乃多塗論其急要不過止觀止乃伏結之初門觀乃斷惑之正要止乃養心識之善資觀則照神解之妙術等若人成就定慧二法斯乃自利利人法無不備也今之學流焉可偏習如天台説若行者如是修止觀時即能了知一切諸法皆由心生因縁虚假不實故空以知空故即不得一切諸法名字相貌爾時上不見佛果可求下不見衆生可度是名從假入空觀亦名二諦觀亦名慧眼亦名一切智若住此觀即墮聲聞辟支佛地故法華中諸聲聞等自歎言我等若聞淨佛國土教化衆生心不喜樂所以者何一切諸法皆悉空寂無生無滅無大無小無漏無爲如是思惟不生喜樂當知若見無爲入正位者終不能發三菩提心此即定力多故不見佛性若菩薩爲度一切衆生成就一切佛法故不應取著無爲爾時應脩從空入假觀即當諦觀心性雖空對縁之時亦能出生一切諸法猶如幻化雖無實體亦有見聞覺知等相差别不同行者如是觀時雖知一切諸法畢竟空寂能於空中修種種行如空中種樹亦能分别衆生諸根性欲性欲無量故則説法無量若能成就無量辯才即能利益五道衆生是名從

空入假觀亦名平等觀亦名法眼亦名道種智住此觀中智慧力多雖見佛性而不明了菩薩雖復成就如此二觀猶是方便非是正觀故瓔珞云前二觀爲方便因二空觀得入中道第一義諦觀雙照二諦心心寂滅自然流入薩婆若海菩薩欲於一念中具足一切法者應修中道正觀若能諦觀心性非空非假而不壞空假之法若能如是照了即於心性通達中道圓照二諦若能於自心見中道二諦即見一切諸法中道二諦亦不取中道二諦以決定性不可得故是名中道正觀如中論云因緣所生法我說即是空亦名爲假名亦是中道義此偈非唯是分別正觀亦是兼明前二種方便觀門當知中道正觀即是佛眼即是一切種智若住此觀即是定慧力等了了見於佛性即是安住大乘行步平正其疾如風入薩婆若海即行如来行入如来室著如来衣坐如来座以如来莊嚴而自莊嚴獲得六根清淨入佛境界於一切法無所染著即一切諸佛皆現在前成就念佛三昧安住首楞嚴定普現色身能入十方佛土教化衆生嚴淨一切佛刹供養十方諸佛受持一切諸佛法藏具足一切諸波羅蜜即入頓悟大菩薩位即與普賢文殊共爲等侣即常住法性身中爲十方諸佛稱歎授記能入相成道於十方國究竟一切佛事具足真應三身是名初發心住菩薩然上所說依經明其三觀行相似成別異若在行人即須三智一心中得不縱横並別方是圓修也天台空觀即此止門假觀即觀門中觀即俱運也大約

如此防退中論衆生者十信初心之上品也怯弱等者謂於生死中創起覺悟惑業則無始積集善行則方將修學境强心弱障重力微在於觀心寧無恐劣娑婆者此云堪忍具足五濁實不可居故經云此濁惡世地獄餓鬼畜生充滿多不善聚唯佛如來堪忍住故亦可修忍勝餘方故不能常值等者以穢土之中雖有佛出然不久住即入滅度動經多刼空過無佛行者或生佛前或生佛後皆不得值以不值故不能供養親近承受聖旨懼謂等者其猶孤子未及成人便失恃怙寧不憂勞將無所損行人亦爾無佛爲勝緣内心又微弱况玆穢境五濁混然期心上求實爲難進擬退聖道聖意中論勝方便者即念佛三昧十六觀門及佛願力等隨願下如隨願往生經所說十方皆有淨土若欲生者隨願往生引經中論修多羅等者即阿彌陀無量壽瑞相及觀經等如小彌陀經說從是西方過十萬億佛土有世界名曰極樂樂事極故名爲極樂有佛號阿彌陀阿彌陀者此云無量光明壽命弟子國土莊嚴悉無量故其國土莊嚴佛身功德微妙殊絶難可思議廣在經文不能具述然凡往生者都有九品因行有勝劣往生有升降華開有遲速成道有前後上上品者發三種心謂志誠心深心迴向心具足戒行讀誦大乘一日乃至七日即得往生佛及菩薩親來迎接觀音菩薩執金剛臺等至行者前其人乘此隨佛之後如彈指頃即生彼國生巳見佛聞法開悟經須臾頃徧至十方於諸佛前次第受記還至本國得

無量百千陀羅尼門乃至下下品者五逆十惡具諸不善以惡業故合墮地獄經歷多劫臨命終時遇善知識教令稱佛名號於念念中除八十億劫生死重罪具足十念乘華往生佛及菩薩共来迎接生彼池中蓮華之内滿十二大劫蓮華乃開觀音勢至而爲說法聞法歡喜滅罪除障發菩提心等如要備見請覽彼經問準隨願往生經就十方皆有淨土云何偏指西方荅因易緣强勝餘方故因易者十念爲因故緣强者彼佛願力故以彼佛因中有四十八種廣大誓願於中云若有衆生欲生我國十念成就不得生者不取正覺有茲所以故偏指也具如瑞相經常見佛者約生彼說也若觀法身者約令修因也疏三位者料揀往生之人正是說於已生彼者

若觀經中具明九品天台所判上三品人始從習種終至解行菩薩中三品是十信已下以能持戒孝養等而求生故下三品是今時悠悠凡夫以作衆惡重罪臨命終時遇善友勸方願生故上上品見佛聞法便證無生故是道種人上中品位當性種上下品位當習種一得道有遲速二所乘有勝劣得道遲速者上上品如前生已便證無生上中者生經七日得不退轉經一小劫得無生忍上下者經三七日能游十方過三小劫得百法明門住歡喜地乘勝劣者初金剛臺次紫金臺後金蓮華今疏約三位者但就九品中前六品說初位即彼中三品人也第二位即彼上下品人第三位即彼上中上上品人也以是料揀不退義故故此判也無退緣者以彼壽

命長遠又無女人無三塗無寒暑無饑渴無究親無老病所欲隨心常與聲聞大菩薩等而爲伴侶常見佛聞法水鳥樹林皆演苦空無常無我念佛念法由是善業則自然增長塵勞則任運消除直至菩提更無退轉故彌陀經云若有人已發願今發願當發願欲生彌陀佛國者皆得不退於阿耨多羅三藐三菩提與此穢土修行胥壞有隔猶如二人共至前所一則徒步一則乘載如是二人難易可見彼此三境修行等差亦復如是然今有人不審利害於兩土察因緣之勝劣說空行有數寶受貧往往窮理以無西沈空而謗教信鄙俚於後代非方便於先覺恃已爲是何是之有謂我情忘何情之忘及乎讚喜謗瞋惑之盛矣殊不知存我入覺覺思遠焉而罔

信安養爲息肩脫屣之地者吾爲之傷之弗能已也佛記等者楞伽經說龍樹比丘住初歡喜地能破有無見往生安樂國後二位者即十信滿足及三賢位人以觀真如法身勤修習故願生彼國即是九品中上三品人也反知初位信行未滿者即可對前常見於佛終無有退之文也然今論云若觀真如法身畢竟得生斯則觀已方生住正定也故知不可作生後方觀而解有智請詳勸修利益者即流通分也既陳法義廣示修行圓頓之根必依悟入令總舉前說勸令受持聞思修習得利益故文中具說三慧益相仍舉不信毀謗之過今但云勸修利益者何也謂舉深該淺故不言聞思因勸而修故自無疑謗由是但云勸修利益結前生後中論如是等者指

前三分所詮法也謂一心二門二覺二不覺四位二相三細六麤五意六染二礙四熏習三大二身二見三心四方便六度三心相四信五行等並已說了然此等諸法盡是大乘之中差别法義故云如是摩訶衍等諸佛祕藏者即大涅槃三德甚深是佛所證非因位能窮故名祕多所含容而無積聚故名藏此之祕藏具足三法謂摩訶般若解脱法身一一皆具常樂我淨故名爲德雖有三名而無三體如天面三目不縱横並别非一二三而一二三故名祕藏然上所說差别法義以此三法徃收罄無不盡何謂也如上一心是揔舉祕藏體具足三大義故二門不離真俗二諦真中泯相即空是般若顯實是法身生滅是俗諦正是解脱二覺中本覺是法身始覺是般若始本不二是解脱四位中隨一一位皆有能證智是般若所證理是法身離障處即解脱二相中智淨相是法身般若不思議業相是解脱四鏡中如實空鏡是法身因熏習鏡是般若後二鏡是解脱又初是法身二是般若解脱後二中三是般若法身四是解脱九相中前七屬煩惱是般若造業是解脱受報是法身五意六染二礙攝入九相可以意得四熏習中染熏方離無明妄心境界起成惑業流轉生死如九相所配淨熏中真如是法身熏起始覺是般若離障處即解脱三大中體是法身相是般若用是解脱二身中真身屬法身般若應身是解脱對治邪執能對是般若二見無處即解脱正理顯處即法身三心中直心即法身深心即般若大悲心

即觧脫六度中度度皆具三種如云以知是般若法性是法身本無慳貪是解脫三心相中真心即般若法身方便及業識心即解脫四信中信眞如即法身信佛即般若信法與僧即解脫五行中前四即解脫止即法身觀即般若或一一行皆具三種以此三法統收一切靡不皆盡此三不離前之一心斯則十方三世一切佛法皆此論攝故名祕藏我巳揔說也舉益論如來甚深境界者一心二門三大也一心則法甚深三大則義甚深二門則理事甚深皆是如來所證之境故正信者以此爲實不信諸法故既生正信故離誹謗離誹謗故入大乘道道即因義能通佛果故持此論者教是大乘之門欲入大乘故湏持教或讀或誦揔名爲持視聽所知悉名聞慧疏思慧者思惟其義修慧者如說修行論究竟等者始因聞思終得佛果故又一得永得故云究竟佛果圓通名之爲道聞益中論若人等者有二意一者但能如此不怯他時必得如來授記如寶藏佛說釋迦後時必得然燈如來授記二者景行若斯義合得記如圓覺經清淨慧章末云若人聞此法門不生驚畏是則名爲淨覺隨順汝等當知如是衆生巳曾供養百千萬億恒河沙諸佛植衆德本佛說是人名爲成就一切種智義同此也又如法華說如來滅後若有人聞妙法華經乃至一句一偈一念隨喜者我亦與授阿耨多羅三藐三菩提記思益中論假使者實無此人假設而立故三千大千世界者俱舍云四大洲日月蘇迷盧欲天梵世各一千名一小

千界此小千千倍說名一中千此千倍大千皆同一成壞配亦可知十善者化人令行十善果招天上雖即數多不離三界不成無漏若思此法是佛之因究竟令得無上佛道時雖不多功不可喻豈將世善而可並耶德多中論受持者領受法義任持在心食頃之際散心思惟功不可喻况一日一夜定心觀察時長行勝所獲功德誠如此言不可思說也校量中論假令等者此中校勝文雖不多義則甚廣以能歎之人是無上大覺具一切智有無礙辯凡所歎說無不究竟今則不獨一佛所歎仍舉十方一切諸佛是人勝而復多也又非於少時間仍各於無量無數劫中是稱歎時長也非謂多佛於長時中歎其功德令得邊際而又復言亦不能盡是知義豐文約之教比餘處校勝之文實爲盡矣所以中論何以故者果人無量劫數無邊於爾所時經爾所佛歎所不及有何所以耶謂法性下釋也謂性無邊故功德如性亦復無邊以修習斯論者即是深入法性之所獲故謗毀中既罪重者受持既若福多毀謗合招罪重準大般若經說謗法衆生入阿鼻地獄經無量劫遇此境壞則寄餘界地獄如是展轉徧歷十方還至本處罪由未盡今言無量大苦是此類也亦如法華經說謗經之人其人命終入阿鼻獄具足一劫劫盡更生如是展轉至無數劫從地獄出當墮畜生等止謗者亦是勸信獲罪若是宜可止之故勝鬘說若自有智則自體會若不解處則仰推如來非我境界苟能如此則何患殃及於後世耶論以深

下或問曰以何義故不信毀謗者獲罪如斯故此釋之亦如法華云斷佛種故受斯罪報以一下又難曰但謗此論如何乃言斷三寶種成自他之害耶故此釋之疏果人得涅槃等者此但約人互顯影略而言據理則一得俱得故非别證如般若心經說菩提薩埵依般若得涅槃三世諸佛依般若得菩提此亦如是法寶等者以論中如來是佛寶菩薩是僧寶若不信此法則無菩薩修行即僧寶斷絶若無修行則不證菩提涅槃是法寶斷絶若不證果即無如來是佛寶斷絶三寶斷絶皆由不信毀謗是故獲罪經無量劫受大苦也將知大罪莫大於謗法耳結勸中論過去即釋迦之流現在即馬鳴之類未來即今之行者楞嚴文殊歎觀音圓通云過去諸如來斯門已成就現在諸菩薩今各入圓通未來修學人當依如是法我亦從中證非唯觀世音無異路者經云此是微塵佛一路涅槃門又云十方如來一門超出妙莊嚴路揔結中論諸佛等者諸佛謂能證能說之人甚深下即所證所說之法此中深廣等是揔指三大深約竪論大約横說二皆絶待故加甚廣之言謂深中之深非對淺之深故云甚深大中之大非對小之大故云廣大或可深廣大三字别對體相用之三義深是體大謂實相真法非因位能窮唯佛究盡故大論云智度大海唯佛窮底又法華云深固幽遠無人能到此則約過去無始未來無終不生不滅故云深也廣是用大謂過河沙之妙用潛興密應無有休息無有窮盡此無盡之用一一同於

覺性無有邊涯無有分限故楞嚴云我以不生不滅合如來藏而如來藏本妙圓心周徧法界是故於中一爲無量無量爲一小中現大大中現小不動道場徧能含受十方國土坐微塵裏轉大法輪等故云廣也大是相大相謂義相即前所辯大智慧光明義徧照法界義等過於河沙無漏性德與真如體不離不斷不異不思議非深非廣能深能廣故受大名所言甚者通貫三字謂甚深甚廣甚大俱絶待故此之三法徧能含攝一切佛法亦攝一切衆生法含攝雖多俱不離一心一心者是諸佛所證之極致是諸佛所說之根本故前論云謂欲解釋如來根本之義令諸衆生正解不謬故令論主以少言句隨順此法略而說之言雖約略理無不備故云揔持說也故前文云如是此論爲欲揔攝如來廣大深法無邊義故應說此論論如法性者法性徧滿圓無際故造論功德如性廣大亦無有際法性甚深無窮盡故造論功德如性甚深亦無有盡法性無漏離諸染故造論功德如性無漏非垢非染法性無爲離施作故造論功德如性無作非有爲相不可破壞盡於未來如是功德無量無盡無漏無爲欲何所利由是論云普利一切衆生界然利衆生不出二種一令離苦謂離分段變易二生死故二令得樂謂得菩提涅槃二無上樂以衆生有三乘五性四生九類差別不同故云一切令迴如性功德普霑利之令彼隨自根性咸得其益終至究竟無上覺道耳

起信論疏筆削記卷第十五

南山高麗講起信玄叙　玉峯可堂　師會　撰

夫文武微而仲尼憂楊墨化而孟軻懼豈曰愛惡特甚皂白太多蓋言善不可遺惡不可長也且如来示滅衆聖韜光六師馳騁於當時諸部分張於異路爰有大士號稱馬鳴獨步五天聲高千古轉眄則群邪辟易從容而興類歸誠扶顛除疑奮躃雪耻證住向位入隔檀門宗百洛义了義大乘立三十三甚深妙法将修行種因海爲能運以性德圓滿海爲旨歸囊括衆經造起信論不二大乘之根本統攝華嚴一心法界之義天全該性德鏡臨三大珠貫五重群賢資以通經諸祖得爲秤斟文唯二十八紙義該一大藏經等精糶之含容肖氣絲之舒攝噫真宗再闡佛日重輝其唯此論乎豈與夫釋十地之一品解六相之單門權實偏圓曾無眉目者同日而語哉有高弟弟子龍阿周那親授靈文深明意樂作華文十軸建大義千條舉論攝經而文有所歸摘經爲論而義意綸貫由是覺樹生芽於砂磧義華破蕚於春風人解衣珠室開祕寶雖以傳芳於彼土未能擅美於此邦有壅流通何啻千載至相上人首開寶冊得如意珠辭句淵玄解者希少於是康藏和尚清凉大師再吐新奇用廣古訓共申義海各讚靈篇爭爲開世之英才竟作當時之大手但論疏隻別浮沉有馬者耳故我圭峯尊者章堂丈人乃賢首之嫡孫清凉之長子馬鳴之苗裔五教之祖師患其在兹再此調治嘆曰此真秤斟也遂移疏注於論文判教宗經理盡斯矣今所講者實其注文擬唱格言久坐

大衆氷鎔三藏微言囊括百億雅詁有馬鳴之論興馬設五重秤斟度衆典重輕則賢首之疏判矣論旨趣深疏文致遠長水之記又從而作之然記主楞嚴尊者示跡皇朝學無常師運無緣慈愍諸未悟裁石壁之煩長筆正義於玄綱撮綜陶甄集成斯記文唯六軸義貫五章使諸見聞意地開發義天煥明從聞思修殊功叵測而已是知記爲入法之權輿疏乃玄解之妙術論爲契證之崇基若謂語默視聽目擊道存塵塵具足物物全彰其疏記之作悉爲賸語蓋以初學之士用此三法相因而入取次而忘其猶見月忘指濟河焚舟無離文字說解脫是也余故於是慨此板廢亡已久惜斯文壅遏不通久蘊私衷轉將襯施鏤方牘而翼遠其傳俾當器而盡窮厥趣旹嘉定庚辰中元日真如賢首教院住持傳教

止堂 戒月 敬書

起信論疏筆削記卷第十五

音釋

磷力珍切水在石間 隟豈逆切孔也嫌恨也 逶於爲切丨拖也 鄙甫委切丨陋也 屣踈士切履不躡跟也 韜土刀切藏也 癖普擊切痃癖病也 斗當口切十升也 絲音絲 磧千的切水淺石見也 裔餘制切苗丨也 賸食證切益也餘也丨 牘徒谷切簡丨又樂器

五燈會元
宋沙門大川濟纂

清刻龍藏佛說法變相圖

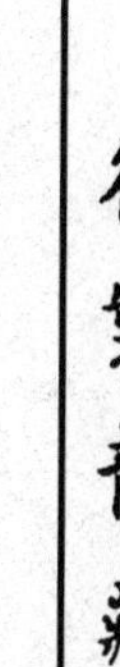

五燈會元目錄卷上

四祖下五世

持禪師法嗣

牛頭山智威禪師

四祖下六世

威禪師法嗣

牛頭山慧忠禪師　安國玄挺禪師

天柱崇慧禪師　鶴林玄素禪師

四祖下七世

忠禪師法嗣

佛窟惟則禪師

鶴林素禪師法嗣

徑山道欽禪師

四祖下八世

佛窟則禪師法嗣

天台雲居智禪師

徑山欽禪師法嗣

鳥窠道林禪師

五祖大滿禪師旁出法嗣第一世

北宗神秀禪師　嵩嶽慧安國師

蒙山道明禪師

資州智侁禪師（不列章次）

五祖下二世

北宗秀禪師法嗣

五臺巨方禪師　中條智封禪師

降魔藏禪師　壽州道樹禪師

嵩山普寂禪師（不列章次）

嵩嶽安國師法嗣

福先仁儉禪師

嵩嶽破竈墮和尚　嵩嶽元珪禪師

資州侁禪師法嗣

資州處寂禪師（不列章次）

五祖下三世

嵩山寂禪師法嗣

終南山惟政禪師

破竈墮和尚法嗣

嵩山峻極禪師

資州寂禪師法嗣

益州無相禪師（不列章次）

五祖下四世

無相禪師法嗣

保唐無住禪師

卷第五

六祖大鑒禪師旁出法嗣第一世

西域堀多三藏　韶州法海禪師

吉州志誠禪師　匾擔曉了禪師

洪州法達禪師　壽州智通禪師

江西志徹禪師　信州智常禪師

廣州志道禪師　永嘉玄覺禪師

温州淨居尼玄機　司空本淨禪師

婺州玄策禪師　河北智隍禪師

南陽慧忠國師　荷澤神會禪師

卷第六

六祖下二世

南陽忠國師法嗣

耽源應真禪師

荷澤會禪師法嗣

蒙山光寶禪師

磁州法如禪師（不列章次）

六祖下三世

磁州如禪師法嗣

卷第十二

紫桐和尚　日容遠和尚

關南常禪師法嗣

關南道吾和尚　漳州羅漢和尚

高安大愚禪師法嗣

末山尼了然禪師

天龍和尚法嗣

金華俱胝和尚

南嶽下五世

睦州陳尊宿法嗣

刺史陳操尚書

光孝覺禪師法嗣

長慶道巘禪師

六祖大鑒禪師法嗣

青原行思禪師

青原思禪師法嗣第一世

石頭希遷禪師

青原下二世

石頭遷禪師法嗣

藥山惟儼禪師　丹霞天然禪師

潭州大川禪師　大顛寶通禪師

長髭曠禪師　京兆尸利禪師

招提慧朗禪師　興國振朗禪師

汾州石樓禪師　法門佛陀禪師

水空和尚　大同濟禪師

卷第十三

青原下三世

藥山儼禪師法嗣

道吾宗智禪師　雲巖曇晟禪師

船子德誠禪師　椑樹慧省禪師

百巖明哲禪師　澧州高沙彌

刺史李翱居士

丹霞然禪師法嗣

翠微無學禪師　孝義性空禪師

米倉和尚　丹霞義安禪師

本童禪師

潭州川禪師法嗣

仙天禪師　福州普光禪師

大顛通禪師法嗣

三平義忠禪師　馬頰本空禪師

本生禪師

長髭曠禪師法嗣

石室善道禪師

青原下四世

道吾智禪師法嗣

石霜慶諸禪師　漸源仲興禪師

淥清禪師

雲巖晟禪師法嗣

洞山良价禪師（語其別卷）　杏山鑒洪禪師

神山僧密禪師　幽溪和尚

卷第十四

青原下四世

船子誠禪師法嗣

夾山善會禪師

翠微學禪師法嗣

清平令遵禪師　投子大同禪師

道場如訥禪師　白雲山約禪師

孝義性空禪師法嗣

歙州茂源禪師　棗山光仁禪師

青原下五世

石霜諸禪師法嗣

大光居誨禪師　九峰道虔禪師
湧泉景欣禪師　雲蓋志元禪師
谷山藏禪師　中雲蓋山禪師
南際僧一禪師　棲賢懷祐禪師
覆船洪薦禪師　德山存德禪師
吉州崇恩禪師　石霜山暉禪師
郢州芭蕉禪師　肥田慧覺禪師
鹿苑山暉禪師　寶蓋山約禪師
雲門海晏禪師　湖南文殊禪師
鳳翔石柱禪師　大通存壽禪師
南嶽玄泰禪師　潭州雲蓋禪師
龍湖普聞禪師　張拙秀才

卷第十五

青原下五世

夾山會禪師法嗣

洛浦元安禪師　逍遙懷忠禪師
蟠龍可文禪師　黃山月輪禪師
韶山寰普禪師　上藍令超禪師
鄆州四禪禪師　太原海湖禪師
嘉州白水禪師　天蓋山幽禪師

清平遵禪師法嗣

三角令珪禪師

投子同禪師法嗣

投子感溫禪師　牛頭山微禪師
香山澄照禪師　陝府天福禪師
中梁山古禪師　襄州谷隱禪師
安州九嵕禪師　盤山二世禪師
九嵕敬慧禪師　觀音巖俊禪師
濠州思明禪師　鳳翔招福禪師

青原下六世

卷第十六

青原下六世

卷第十九

青原下六世

雪峯存禪師法嗣

感潭資國禪師法嗣

卷第二十

青原下七世

卷第二十一

青原下七世

開先紹宗禪師　傾心法瑫禪師
水陸洪儼禪師　廣嚴咸澤禪師
報慈慧朗禪師　長慶常慧禪師
石佛院靜禪師　觀音清換禪師
東禪契訥禪師　長慶弘辯禪師
東禪可隆禪師　仙宗守玭禪師
永安懷烈禪師　閩山令含禪師
新羅龜山和尚　資國道殷禪師
祥光澄靜禪師　報慈從瓌禪師
龍華契盈禪師
太傅王延彬居士

保福展禪師法嗣

延壽慧輪禪師　保福可儔禪師
海會如新禪師　漳江慧廉禪師
報慈文欽禪師　萬安清運禪師

報恩道熙禪師　鳳凰從琛禪師
永隆慧瀛禪師　清泉守清禪師
報恩行崇禪師　潭州嶽麓和尚
德山德海禪師　後招慶和尚
梁山簡禪師　建山澄禪師
招慶省僜禪師　康山契穩禪師
西明院琛禪師

鼓山晏國師法嗣

天竺子儀禪師　白雲智作禪師
鼓山智嚴禪師　龍山智嵩禪師
鳳凰山彊禪師　龍山文義禪師
鼓山智岳禪師　襄州定慧禪師
鼓山清諤禪師　淨德冲煦禪師
報恩清護禪師

龍華照禪師法嗣

卷第二十二

青原下七世

青原下八世

嘉州黑水和尚　黃龍智顒禪師
昌福院達禪師　呂巖洞賓真人
明招謙禪師法嗣
報恩契從禪師　普照院瑜禪師
雙溪保初禪師　湧泉院究禪師
羅漢院義禪師
羅漢琛禪師法嗣
清凉文益禪師語且別卷　清溪洪進禪師
清凉休復禪師　龍濟紹修禪師
延慶傳殷禪師　南臺守安禪師
天龍院秀禪師
天龍機禪師法嗣
雪嶽令光禪師
仙宗符禪師法嗣
仙宗洞明禪師　福清行欽禪師

國泰瑫禪師法嗣
齊雲寶勝禪師
白龍希禪師法嗣
廣平玄旨禪師　白龍清慕禪師
靈峯志恩禪師　東禪玄亮禪師
報劬玄應禪師
招慶匡禪師法嗣
報恩宗顯禪師　龍光澄忋禪師
永興可休禪師　太平清海禪師
慈雲慧深禪師　興陽道欽禪師
報恩資禪師法嗣
福林院澄禪師
翠峯欣禪師法嗣
報恩守真禪師
鷲嶺遠禪師法嗣

鷲嶺通禪師

龍華球禪師法嗣

仁王院俊禪師　酒仙遇賢禪師

延壽輪禪師法嗣

歸宗道詮禪師　龍興宄裕禪師

保福儔禪師法嗣

隆壽無逸禪師

大龍洪禪師法嗣

大龍景如禪師　大龍楚勛禪師

普通從善禪師

白馬靄禪師法嗣

白馬智倫禪師

白兆楚禪師法嗣

保壽匡祐禪師

青原下九世

黃龍達禪師法嗣

眉州黃龍禪師

清溪進禪師法嗣

太平從漪禪師　圓通緣德禪師

清涼復禪師法嗣

奉先慧同禪師

龍濟修禪師法嗣

河東廣原禪師

南臺安禪師法嗣

鷲嶺善美禪師

歸宗詮禪師法嗣

九峯義詮禪師

隆壽逸禪師法嗣

隆壽法騫禪師

卷第二十三

五燈會元目錄卷上

五燈會元目錄卷中

卷第二十五

青原下九世

清涼益禪師法嗣

卷第二十六

青原下九世

清涼益禪師法嗣

青原下十世

功臣覺軻禪師　天童清簡禪師
百丈恒禪師法嗣
棲賢澄湜禪師　萬壽德興禪師
雲門永禪師
永明潛禪師法嗣
千光瓌省禪師　鎮境志澄禪師
崇福慶祥禪師
報恩明禪師法嗣
保明道誠禪師
報慈言導師法嗣
雲居義能禪師
崇壽稠禪師法嗣
雲臺令岑禪師　資國圓進山主
淨土惟素禪師不列章次
報恩安禪師法嗣

棲賢道堅禪師　歸宗慧誠禪師
長安規禪師法嗣
長安辯實禪師　雲蓋用清禪師
雲居錫禪師法嗣
般若從進禪師　清化志超禪師
青原下十一世
長壽彥禪師法嗣
長壽法齊禪
雲居齊禪師法嗣
雲居契瓌禪師　靈隱文勝禪師
瑞巖義海禪師　廣慧志全禪師
大梅居煦禪師　南明惟宿禪師
清溪清禪師
支提隆禪師法嗣
靈隱玄本禪師

羅漢林禪師法嗣
慧力紹珍禪師　大寧慶璁禪師
功臣軻禪師法嗣
尧峯顥暹禪師　聖壽志昇禪師
功臣守如禪師
棲賢湜禪師法嗣
興教惟一禪師　西余體柔禪師
定山惟素山主
淨土素禪師法嗣
淨土惟正禪師

青原下十二世
靈隱勝禪師法嗣
靈隱延珊禪師　薦福歸則禪師
瑞巖海禪師法嗣
翠巖嗣元禪師

卷第二十八
臨濟宗
南嶽下四世
黃檗運禪師法嗣
臨濟義玄禪師
南嶽下五世
臨濟玄禪師法嗣
興化存獎禪師　寶壽沼禪師
三聖慧然禪師　魏府大覺和尚
灌溪志閑禪師　涿州紙衣和尚
定州善崔禪師　鎮州萬壽和尚
幽州譚空和尚　襄州歷村和尚
滄州米倉和尚　智異山和尚
善權徹禪師　金沙和尚
齊聳禪師　雲山和尚

卷第三十

南嶽下九世

首山念禪師法嗣

葉縣歸省禪師　神鼎洪諲禪師

谷隱蘊聰禪師　廣慧元璉禪師

三交智嵩禪師　鐵佛智嵩禪師

首山懷志禪師　仁王處評禪師

智門迥罕禪師　鹿門慧昭山主

丞相王隨居士

南嶽下十世

汾陽昭禪師法嗣

石霜楚圓禪師　琅邪慧覺禪師

大愚守芝禪師　石霜法永禪師

卷第三十一

南嶽下十世

汾陽昭禪師法嗣

法華全舉禪師　芭蕉谷泉禪師

龍華曉愚禪師　天聖皓泰禪師

龍潭智圓禪師　投子圓修禪師

太子院一禪師

葉縣省禪師法嗣

浮山法遠禪師　寶應法昭禪師

大乘慧果禪師

石門守進禪師（不列章次）

神鼎諲禪師法嗣

開聖寶情山主　妙智光雲禪師

谷隱聰禪師法嗣

金山曇頴禪師　洞庭慧月禪師

仗錫修己禪師

龍華齊岳禪師（不列章次）　大乘德遵禪師

竹園法顯禪師　永福延照禪師
景清居素禪師　仁壽嗣珍禪師
雲門顯欽禪師　永慶光普禪師
駙馬李遵勗居士　英公夏竦居士
廣慧璉禪師法嗣
華嚴道隆禪師　慧力慧南禪師
廣慧德宣禪師　文公楊億居士

南嶽下十一世

石霜圓禪師法嗣
黃龍慧南禪師語具別卷
楊岐方會禪師語具別卷　翠巖可真禪師
蔣山贊元禪師　武泉山政禪師
雙峯省回禪師
菩提光用禪師不列章次　大寧道寬禪師
道吾悟真禪師　蔣山保心禪師

百丈惟政禪師　香山藴良禪師

卷第三十二

南嶽下十一世

石霜圓禪師法嗣
南峯惟廣禪師　大溈德乾禪師
靈山本言禪師　廣法源禪師
靈隱德章禪師
琅邪覺禪師法嗣
定慧超信禪師
玉泉務本禪師不列章次　泐潭曉月禪師
姜山方禪師　白鹿顯端禪師
琅邪智遷禪師　涼峯洞淵禪師
真如方禪師　興教坦禪師
歸宗可宣禪師　長水子璿講師
大愚芝禪師法嗣

雲峯文悅禪師　端光月禪師
洞山子圓禪師
石霜永禪師法嗣
福嚴保宗禪師　大陽如漢禪師
浮山遠禪師法嗣
淨因道臻禪師　興化仁岳禪師
玉泉謂芳禪師　定林惠琛禪師
本覺若珠禪師　華嚴普孜禪師
清隱惟湜禪師　衡嶽奉能禪師
寶應昭禪師法嗣
琅邪方鋭禪師　興陽希隱禪師
石門進禪師法嗣
瑞巖智才禪師
金山頴禪師法嗣
普慈崇珍禪師　瑞竹仲和禪師

金山懷賢禪師　石佛顯忠禪師
淨住居說禪師　西余拱辰禪師
般若善端禪師
節使李端愿居士
洞庭月禪師法嗣
薦福院亮禪師
仗錫已禪師法嗣
黃巖保軒禪師
龍華岳禪師法嗣
西余淨端禪師 或出洞庭月下
南嶽下十二世
翠巖真禪師法嗣
大溈慕喆禪師　西林崇奥禪師
蔣山元禪師法嗣
雪竇法雅禪師　丞熙應悅禪師

武泉政禪師法嗣
慶善宗震禪師不列章次
雙峯回禪師法嗣
光國文贊禪師
菩提用禪師法嗣
淨土善思禪師不列章次
定慧信禪師法嗣
穹窿智圓禪師
雲峯悅禪師法嗣
壽寧齊曉禪師
玉泉本禪師法嗣
護國齊月禪師不列章次
淨因臻禪師法嗣
長慶惠暹禪師　棲勝繼超禪師
興化岳禪師法嗣
興化紹清禪師
玉泉芳禪師法嗣
慧力善周禪師
卷第三十三
南嶽下十三世
大溈喆禪師法嗣
智海道平禪師　泐潭景祥禪師
光孝慧蘭禪師　東明仁仙禪師
普照曉欽禪師　東林自遵禪師
福嚴眞禪師　東明遷禪師
雪竇雅禪師法嗣
光孝普印禪師
慶善震禪師法嗣
慶善普能禪師
淨土思禪師法嗣

萬壽法詮禪師　慶善守隆禪師
護國月禪師法嗣
護國慧本禪師
南嶽下十四世
智海平禪師法嗣
淨因繼成禪師　法輪彥孜禪師
開福崇哲禪師
泐潭祥禪師法嗣
鴻福德昇禪師　萬壽慧素禪師
香山道淵禪師　開善道瓊首座
寶峯景淳知藏　懷玉用宣首座
光孝蘭禪師法嗣
蘆山法真禪師
南嶽下十五世
淨因成禪師法嗣

瑞巖如勝禪師　治父道川禪師
曹洞宗
青原下四世
雲巖晟禪師法嗣
洞山良价禪師
卷第二十四
青原下五世
洞山价禪師法嗣
曹山本寂禪師　雲居道膺禪師
疎山匡仁禪師　青林師虔禪師
白水本仁禪師　白馬遁儒禪師
龍牙居遁禪師
卷第二十五
青原下五世
洞山价禪師法嗣

華嚴休靜禪師　九峯普滿禪師
北院通禪師　洞山道全禪師
京兆蜆子和尚　幽棲道幽禪師
越州乾峯和尚　吉州禾山和尚
天童咸啓禪師　寶蓋山和尚
欽山文邃禪師　九峯通玄禪師

青原下六世

曹山寂禪師法嗣

洞山道延禪師　金峯從志禪師
鹿門處眞禪師　曹山慧霞禪師
草庵法義禪師　曹山光慧禪師
曹山智炬禪師　育王弘通禪師
華光範禪師　廣利容禪師
小溪行傳禪師　布水巖和尚
蜀川西禪和尚　韶州華嚴和尚

雲居膺禪師法嗣

同安丕禪師　歸宗懷惲禪師
嵇山章禪師　雲居懷岳禪師
杭州佛日禪師　永光眞禪師
歸宗澹權禪師　蘄州廣濟禪師
水西南臺和尚　朱溪謙禪師
楊州豐化和尚　雲居道簡禪師
大善慧海禪師　鼎州德山和尚
南嶽南臺和尚　雲居山昌禪師
晉州大梵和尚　新羅雲住和尚
呤珏和尚（呤音領）

卷第三十六

青原下六世

踈山仁禪師法嗣

護國守澄禪師　靈泉歸仁禪師

五峯遇禪師　踈山證禪師
百丈安禪師　黃檗慧禪師
伏龍奉璘禪師　大安省禪師
百丈超禪師　天王和尚
正勤蘊禪師　洞山瑞禪師
京兆三相和尚
青林虔禪師法嗣
廣德延禪師　石門獻蘊禪師
龍光諲禪師　郢州芭蕉和尚
石藏慧炬禪師
白水仁禪師法嗣
重雲智暉禪師　瑞龍幼璋禪師
白馬儒禪師法嗣
青剉如觀禪師
龍牙遁禪師法嗣

報慈藏嶼禪師　含珠審哲禪師
西川存禪師
華嚴靜禪師法嗣
紫陵匡一禪師
九峯滿禪師法嗣
同安威禪師
北院通禪師法嗣
京兆香城和尚
青原下七世
洞山延禪師法嗣
上藍慶禪師　同安慧敏禪師
金峯志禪師法嗣
天池智隆禪師
鹿門眞禪師法嗣
谷隱智靜禪師　益州崇眞禪師

卷第三十七

延慶歸曉禪師　舍珠山眞禪師

紫陵一禪師法嗣

廣福道隱禪師　紫陵微禪師

興元大浪和尚　洪州東禪和尚

同安威禪師法嗣

陳州石鏡和尚

青原下八世

谷隱靜禪師法嗣

谷隱知儼禪師　普寧法顯禪師

同安志禪師法嗣

梁山緣觀禪師

歸宗章禪師法嗣

普淨常覺禪師

護國遠禪師法嗣

雲頂德敎禪師

大陽堅禪師法嗣

石門聰禪師　北禪契念禪師

石門徹禪師法嗣

石門紹遠禪師　北禪懷感禪師

靈竹守珍禪師　四面津禪師

承天義懃禪師　青峯義誠禪師

廣德智端禪師　石門筠首座

青原下九世

谷隱儼禪師法嗣

谷隱契崇禪師

梁山觀禪師法嗣

大陽警玄禪師　梁山巖禪師

藥山利昱禪師　羅紋得珍山主

石門遠禪師法嗣

道吾契詮禪師　雲頂鑒禪師

廣濟方禪師　清居昇禪師
北禪感禪師法嗣
南禪聰禪師
青原下十世
大陽玄禪師法嗣
投子義青禪師　興陽清剖禪師
福嚴審承禪師　羅浮顯如禪師
白馬歸喜禪師　大陽慧禪師
雲門靈運禪師　雲頂海鵬禪師
乾明機聰禪師
梁山巖禪師法嗣
梁山善冀禪師
道吾詮禪師法嗣
天平契愚禪師
青原下十一世
投子青禪師法嗣
芙蓉道楷禪師
卷第三十八
青原下十一世
投子青禪師法嗣
大洪報恩禪師　洞山雲禪師
福應文禪師　龍蟠曇廣禪師
青原下十二世
芙蓉楷禪師法嗣
丹霞子淳禪師　淨因法成禪師
寶峯惟照禪師　石門元易禪師
淨因自覺禪師　天寧禧誧禪師
天寧齊璉禪師　梅山巳禪師
普賢善秀禪師　鹿門法燈禪師
資聖南禪師　洞山微禪師

龜山義初禪師　保寧興譽禪師
北山法通禪師
天童覺禪師法嗣
雪竇嗣宗禪師　善權法智禪師
淨慈慧暉禪師　瑞巖法恭禪師
石門法眞禪師　光孝思徹禪師
大洪法爲禪師　長蘆琳禪師
大洪預禪師法嗣
慧力悟禪師　雪峯慧深首座
天封歸禪師法嗣
東林通理禪師
天衣聰禪師法嗣
慧日法安禪師　護國欽禪師
吉祥元實禪師　投子道宣禪師
青原下十五世

天童珏禪師法嗣
雪竇智鑑禪師
雪竇宗禪師法嗣
廣福道勤禪師
善權智禪師法嗣
超化藻禪師

雲門宗

青原下六世
雪峯存禪師法嗣
雲門文偃禪師

卷第四十

青原下七世
雲門偃禪師法嗣
白雲子祥禪師　德山緣密禪師
巴陵顥鑒禪師　雙泉師寬禪師

香林澄遠禪師　洞山守初禪師
泐潭道謙禪師　奉先深禪師
雙泉郁禪師　披雲智寂禪師
舜峯義韶禪師　般若啓柔禪師
妙勝臻禪師　薦福承古禪師
清涼智明禪師　南臺道遵禪師
雙峯竟欽禪師　資福詮禪師
黃雲元禪師　龍境倫禪師
雲門爽禪師　白雲聞禪師
淨法章禪師　温門滿禪師
大容諲禪師　羅山崇禪師
雲門常實禪師　林溪竟脫禪師
韶州廣悟禪師　華嚴慧禪師
長樂政禪師　英州觀音和尚
韶州林泉和尚　雲門煦禪師

黃檗法濟禪師　康國耀禪師
谷山豐禪師　羅漢匡果禪師
滄溪璘禪師　洞山清稟禪師
北禪寂禪師　天王永平禪師
永安朗禪師　湘潭明照禪師
青城秉禪師　普通封禪師
淨源眞禪師　大梵圓禪師
藥山圓光禪師　鵞湖雲震禪師
開先清耀禪師　奉國清海禪師
韶州慈光禪師　雙峯慧眞禪師
保安師密禪師　雲門法球禪師
佛陀遠禪師　慈雲深禪師
化城鑒禪師

卷第四十一

青原下七世

雲門偃禪師法嗣

廬山護國和尚　天王崴禪師

廬山慶雲和尚　永福朗禪師

芭蕉弘義禪師　趙横山和尚

西禪欽禪師　南天王海禪師

覺華普照禪師　鐵幢覺禪師

延長山和尚　福化充禪師

黄龍贊禪師　大聖守賢禪師

天柱山和尚　雲門朗上座

纂子山庵主

青原下八世

白雲祥禪師法嗣

韶州大歷和尚　連州寶華和尚

月華山月禪師　南雄地藏和尚

樂淨含匡禪師　後白雲和尚

白雲福禪師

德山密禪師法嗣

文殊應眞禪師　南臺勤禪師

德山紹晏禪師

黑水承璟禪師不列章次　鹿苑文襲禪師

藥山可瓊禪師　乾明普禪師

中梁山崇禪師　黄龍志愿禪師

東禪秀禪師　普安道禪師

巴陵鑒禪師法嗣

泐潭靈澄散聖　興化興順禪師

雙泉寬禪師法嗣

五祖師戒禪師　福昌重善禪師

乾明居信禪師不列章次　四祖志諲禪師

興化奉能禪師　天睦慧滿禪師

建福智同禪師　延慶宗本禪師

大龍炳賢禪師　自巖上座

香林遠禪師法嗣

智門光祚禪師　灌州羅漢和尚

香林信禪師

洞山初禪師法嗣

福嚴良雅禪師　開福德賢禪師

報慈嵩禪師　乾明睦禪師

廣濟同禪師　東平洪教禪師

泐潭謙禪師法嗣

了山宗盛禪師

奉先深禪師法嗣

蓮花峯祥庵主　崇勝御禪師

雙泉郁禪師法嗣

德山慧遠禪師　含珠山彬禪師

披雲寂禪師法嗣

開先照禪師　金陵天寶和尚

舜峯韶禪師法嗣

桃園曦朗禪師　法雲智善禪師

般若柔禪師法嗣

藍田縣眞禪師

妙勝臻禪師法嗣

雲峯欽山主

薦福古禪師法嗣

淨戒守密禪師

清涼明禪師法嗣

祥符雲豁禪師

青原下九世

文殊眞禪師法嗣

洞山曉聰禪師

南臺勤禪師法嗣

高陽法廣禪師　石霜節誠禪師

德山晏禪師法嗣

德山志先禪師

黑水璟禪師法嗣

黑水義欽禪師

五祖戒禪師法嗣

泐潭懷澄禪師　洞山自寶禪師

北塔思廣禪師　四祖端禪師

雲蓋志顒禪師　海會通禪師

洞山妙圓禪師　義臺子祥禪師

天童懷清禪師　寶嚴叔芝禪師

五祖秀禪師　白馬辯禪師

水南智昱禪師

卷第四十

青原下九世

福昌善禪師法嗣

上方齊岳禪師　育王常坦禪師

金山瑞新禪師

夾山惟俊禪師（不列章次）

乾明信禪師法嗣

藥山彝肅禪師

智門祚禪師法嗣

雪竇重顯禪師　延慶子榮禪師

百丈智映禪師　南華寶緣禪師

護國壽禪師　九峯勤禪師

雲蓋繼鵬禪師　黃龍海禪師

彰法澄泗禪師　雲臺省因禪師

福嚴雅禪師法嗣

北禪智賢禪師　衡嶽振禪師

開福賢禪師法嗣

日芳上座
報慈嵩禪師法嗣
興陽遜禪師
德山遠禪師法嗣
開先善暹禪師
欽山悟勤禪師（不列章次）
禾山楚材禪師
資聖盛勤禪師
鹿苑圭禪師
青原下十世
洞山聰禪師法嗣
雲居曉舜禪師
大溈懷宥禪師
佛日契嵩禪師
太守許式郎中
泐潭澄禪師法嗣
育王懷璉禪師
靈隱雲知禪師
承天惟簡禪師
九峯鑒韶禪師
西塔顯殊禪師
崇善用良禪師

慧力有文禪師
雪峯象敵禪師
雲居守億禪師
洞山来孚禪師
令滔首座
洞山寶禪師法嗣
洞山清辯禪師
北塔廣禪師法嗣
玉泉承皓禪師
四祖端禪師法嗣
廣明常委禪師
雲蓋顒禪師法嗣
雲居文慶禪師
上方岳禪師法嗣
國慶順宗禪師
金山新禪師法嗣
天聖守道禪師

五燈會元目録卷中

卷第四十四

青原下十一世

啓霞思安禪師　雲門靈侃禪師
太平元坦禪師　佛日文祖禪師
望仙宗禪師　五峯用機禪師
佛足處祥禪師　明因慧贇禪師
西臺其辯禪師　侍郎楊傑居士
稱心倧禪師法嗣
慧日堯禪師
報本蘭禪師法嗣
中際可遵禪師　法明上座
稱心明禪師法嗣
上藍光寂禪師
廣因要禪師法嗣
妙峰如璨禪師
雲居元禪師法嗣
百丈淨悟禪師　善權慧泰禪師

崇福德基禪師　寶林懷吉禪師
資福宗誘禪師
智海逸禪師法嗣
黄檗志因禪師　大中德隆禪師
簽判劉經臣居士
青原下十二世
蔣山泉禪師法嗣
清獻趙抃居士
慧林本禪師法嗣
法雲善本禪師　金山善寧禪師
資壽巖禪師　本覺守一禪師
投子修顒禪師　地藏守恩禪師
甘露仲宣禪師　瑞巖有居禪師
廣靈希祖禪師　淨因惟岳禪師
乾明慧覺禪師　長蘆崇信禪師

卷第四十五

青原下十二世

長蘆信禪師法嗣

慧林懷深禪師　萬壽如璝禪師

天衣如哲禪師　智者法銓禪師

徑山智訥禪師

金山慧禪師法嗣

報恩覺然禪師

法雲白禪師法嗣

智者紹先禪師　福聖仲易禪師

慧林慧海禪師　建隆原禪師

保寧英禪師法嗣

廣福惟尚禪師　雪竇法寧禪師

開先珣禪師法嗣

延昌熙詠禪師　開先宗禪師

甘露顒禪師法嗣

光孝元禪師

雪竇榮禪師法嗣

雪峯大智禪師

元豐滿禪師法嗣

雪峰宗演禪師　衢州王大夫

育王振禪師法嗣

岳林眞禪師

招提湛禪師法嗣

華亭觀音和尚

青原下十四世

淨慈明禪師法嗣

淨慈象禪師　雪峯隆禪師

長蘆和禪師法嗣

甘露達珠禪師　靈隱惠淳禪師

雪竇明禪師（不列章次）

雪峯慧禪師法嗣

淨慈道昌禪師　徑山了一禪師
金山了心禪師
香嚴月禪師法嗣
香嚴如璧禪師
慧林深禪師法嗣
靈隱慧光禪師　國清妙印禪師
國清普紹禪師　九座慧邃禪師
圓覺曇禪師章次不列
報恩然禪師法嗣
資聖元祖禪師
慧林海禪師法嗣
萬杉壽堅禪師
開先宗禪師法嗣
黄檗惟初禪師　嶽麓海禪師
雪峯演禪師法嗣

西禪慧舜禪師
青原下十五世
雪竇明禪師法嗣
啫山寧禪師
淨慈昌禪師法嗣
五雲悟禪師
靈隱光禪師法嗣
中竺元妙禪師
圓覺曇禪師法嗣
靈巖圓日禪師
嶽麓海禪師法嗣
玉泉思達禪師
青原下十六世
中竺妙禪師法嗣
光孝深禪師

卷第四十六

臨濟宗

南嶽下十一世

石霜圓禪師法嗣

黃龍慧南禪師

南嶽下十二世

黃龍南禪師法嗣

黃龍祖心禪師　東林常總禪師
寶峰克文禪師　雲居元祐禪師
大溈懷秀禪師　黃檗惟勝禪師
祐聖法宮禪師　開元子琦禪師
仰山行偉禪師　福嚴慈感禪師
雲蓋守智禪師　玄沙合文禪師
建隆昭慶禪師　報本慧元禪師
隆慶慶閑禪師　三祖法宗禪師
泐潭洪英禪師　保寧圓璣禪師
五祖曉常禪師　黃龍元肅禪師
石霜琳禪師　華光恭禪師
上藍順禪師（自常禪師至此不列章次）　雲峯道圓禪師

卷第四十七

南嶽下十二世

黃龍南禪師法嗣

四祖法演禪師　清隱清源禪師
興國契雅禪師　靈巖重確禪師
廉泉曇秀禪師　高臺宣明禪師
三角慧澤禪師　法輪文昱禪師
靈鷲慧覺禪師　積翠永庵主
歸宗志芝庵主

南嶽下十三世

黃龍心禪師法嗣

卷第四十八

南嶽下十三世

清涼慧洪禪師　超化靜禪師

石頭懷志庵主　雙溪印首座

南嶽下十三世

雲居祐禪師法嗣

智海智清禪師不列章次　羅漢系南禪師

慈雲彥隆禪師　子陵自瑜禪師

景福省悅禪師　白藻清儼禪師

寶相元禪師　永豐慧日庵主

南峯永程禪師

大潙秀禪師法嗣

大潙祖瑃禪師　福嚴文演禪師

南臺允恭禪師

黃檗勝禪師法嗣

昭覺純白禪師

祐聖寤禪師法嗣

道林了一禪師不列章次

開元琦禪師法嗣

薦福道英禪師　尊勝有朋講師

仰山偉禪師法嗣

龍王善隨禪師　黃檗永泰禪師

慧日明禪師

福嚴感禪師法嗣

育王法達禪師

雲蓋智禪師法嗣

道場法如禪師　寶壽冣樂禪師

石佛慧明禪師

玄沙文禪師法嗣

廣慧達杲禪師

建隆慶禪師法嗣

泗州用元禪師

卷第四十九

法輪應端禪師　長靈守卓禪師
博山子經禪師　百丈以棲禪師
光孝曇清禪師　光孝德週禪師
寺丞戴道純居士
泐潭清禪師法嗣
黃龍道震禪師　萬年法一禪師
雪峯慧空禪師　育王普崇禪師
青原信禪師法嗣
梁山懽禪師　正法希明禪師
嶽山祖庵主
夾山純禪師法嗣
欽山普初禪師
泐潭乾禪師法嗣
勝因咸靜禪師
雪峯有需禪師（不列章次）　龍牙宗密禪師

東禪從密禪師　天童普交禪師
圓通道旻禪師　三靈知和庵主
開先瑛禪師法嗣
慈氏瑞仙禪師　大溈海評禪師
圓通僊禪師法嗣
淨光了威禪師　明招文慧禪師
浮山法眞禪師
祥符立禪師（自慧禪師至此不列章次）
象田卿禪師法嗣
雪竇持禪師　石佛益禪師
褒親瑞禪師法嗣
壽寧道完禪師
兜率悅禪師法嗣
踈山了常禪師　兜率慧照禪師
丞相張商英居士

育王介諶禪師
道場慧琳禪師
道場居慧禪師
顯寧圓智禪師
烏回良範禪師
本寂文觀禪師
黃龍震禪師法嗣
德山慧初禪師
萬年一禪師法嗣
報恩法常首座
嶽山祖庵主法嗣
延慶叔禪師
勝因靜禪師法嗣
萬壽普信禪師
慧日興道禪師
光孝果慜禪師
雪峯需禪師法嗣
雪峯慧忠禪師
天童交禪師法嗣

蓬萊圓禪師
圓通旻禪師法嗣
圓通守慧禪師
黃龍觀禪師
左丞范冲居士
樞密吳居厚居士
諫議彭汝霖居士
中丞盧航居士
左司都貺居士
明昭慧禪師法嗣
宣祕禮禪師
浮山眞禪師法嗣
靈巖徽禪師
祥符立禪師法嗣
報慈淳禪師
雲巖遊禪師法嗣
徑山智策禪師

信相顯禪師法嗣
金繩文禪師
南嶽下十六世
育王諶禪師法嗣
萬年曇賁禪師　天童了朴禪師
西巖宗回禪師　高麗坦然國師
龍華本禪師
道場琳禪師法嗣
東山吉禪師
道場慧禪師法嗣
靈隱道樞禪師
光孝慜禪師法嗣
光孝初首座
南嶽下十七世
萬年賁禪師法嗣

龍鳴賢禪師　大溈鑑禪師
南嶽下十一世
石霜圓禪師法嗣
楊岐方會禪師
南嶽下十二世
楊岐會禪師法嗣
白雲守端禪師
卷第五十一
南嶽下十二世
楊岐會禪師法嗣
保寧仁勇禪師　石霜守孫禪師
比部孫居士
南嶽下十三世
白雲端禪師法嗣
五祖法演禪師　雲蓋智本禪師

琅琊永起禪師　保福殊禪師
崇勝珙禪師
提刑郭祥正居士
保寧勇禪師法嗣
壽聖智淵禪師　壽聖楚文禪師
寶積宗映禪師　景福日餘禪師
上方日益禪師
南嶽下十四世
五祖演禪師法嗣
昭覺克勤禪師
卷第五十二
南嶽下十四世
五祖演禪師法嗣
太平慧懃禪師　龍門清遠禪師
開福道寧禪師　大隨元靜禪師

無爲宗泰禪師　五祖表自禪師
龍華道初禪師　九頂清素禪師
元禮首座　普融藏主
法閦上座
雲蓋本禪師法嗣
承天自賢禪師
琅琊起禪師法嗣
金陵俞道婆
南嶽下十五世
昭覺勤禪師法嗣
徑山宗杲禪師
卷第五十三
南嶽下十五世
昭覺勤禪師法嗣
虎丘紹隆禪師　育王端裕禪師

大溈法泰禪師　護國景元禪師
玄沙僧昭禪師　南峯雲辯禪師
靈隱慧遠禪師　洪福子文禪師
正法建禪師　華藏安民禪師
昭覺道元禪師　中竺中仁禪師
象耳袁覺禪師　華嚴祖覺禪師
福嚴文演禪師　明因曇玩禪師
虎丘元淨禪師　天寧梵思禪師
君山覺禪師　寶華顯禪師
東山覺禪師　天封覺禪師
道祖首座　宗振首座
樞密徐俯居士
郡王趙令衿居士
侍郎李彌遜居士　祖氏覺庵道人
令人明室道人　成都范縣君

太平懃禪師法嗣
文殊心道禪師　南華知昺禪師

卷第五十四

南嶽下十五世

太平懃禪師法嗣
龍牙智才禪師　蓬萊卿禪師
何山守珣禪師　泐潭擇明禪師
寶藏本禪師　祥符清海禪師
淨衆了燦禪師　谷山海禪師

南嶽下十五世

龍門遠禪師法嗣
龍翔士珪禪師　雲居善悟禪師
西禪文璉禪師　黃龍法忠禪師
烏巨道行禪師　白楊法順禪師
雲居法如禪師　歸宗正賢禪師

道場明辯禪師　方廣深禪師

世奇首座

淨居尼惠温禪師　給事馮楫居士

開福寧禪師法嗣

大溈善果禪師

大隨靜禪師法嗣

石頭自回禪師　護聖居靜禪師

南巖勝禪師　梁山師遠禪師

能仁紹悟禪師　子言庵主

南修道者　尚書莫將居士

龍圖王蕭居士

五祖自禪師法嗣

龍華高禪師

卷第五十五

徑山杲禪師法嗣

教忠彌光禪師　東林道顏禪師

西禪鼎需禪師　東禪思岳禪師

西禪守淨禪師　開善道謙禪師

育王德光禪師　華藏宗演禪師

天童淨全禪師　大溈法寶禪師

玉泉曇懿禪師　薦福悟本禪師

育王遵璞禪師　能仁祖元禪師

靈巖了性禪師　蔣山善直禪師

萬壽自護禪師　大溈景暈禪師

靈隱了演禪師　光孝致遠禪師

雪峯蘊聞禪師　連雲道能禪師

雲隱道印禪師　竹原宗元庵主

近禮侍者

淨居尼妙道禪師

資壽尼妙總禪師

卷第五十六

南嶽下十六世

徑山杲禪師法嗣

侍郎張九成居士　叅政李邴居士

寶學劉彥修居士

提刑吳偉明居士

門司黃彥節居士　秦國夫人計氏

虎丘隆禪師法嗣

天童曇華禪師

育王裕禪師法嗣

清涼坦禪師　淨慈師一禪師

道場法全禪師　延福慧升禪師

大溈泰禪師法嗣

慧通清旦禪師　靈巖仲安禪師

正法灝禪師　昭覺辯禪師

護國元禪師法嗣

國清行機禪師　焦山師體禪師

華藏智深禪師

叅政錢端禮居士

靈隱遠禪師法嗣

東山齊已禪師　疎山如本禪師

覺阿上人　內翰曾開居士

知府葛郯居士

華藏民禪師法嗣

徑山寶印禪師

昭覺元禪師法嗣

鳳棲慧觀禪師

文殊道禪師法嗣

楚安慧方禪師　文殊思業禪師

佛燈珣禪師法嗣

稠巖了贇禪師
待制潘良貴居士

卷第五十七

南嶽下十六世

泐潭明禪師法嗣
無爲守緣禪師

龍翔珪禪師法嗣
雲居德昇禪師　狼山慧温禪師

雲居悟禪師法嗣
雙林德用禪師　萬年道閑禪師
中際善能禪師　雲居自圓禪師

烏巨行禪師法嗣
薦福休禪師　龜峯慧光禪師
長蘆守仁禪師

白楊順禪師法嗣
青原如禪師

雲居如禪師法嗣
隱靜彦岑禪師　報恩成禪師

道場辯禪師法嗣
覺報清禪師　何山然首座

黄龍忠禪師法嗣
信相戒修禪師

西禪璉禪師法嗣
西禪希秀禪師

淨居尼温禪師法嗣
淨居尼法燈禪師

大溈果禪師法嗣
玉泉宗璉禪師　大溈行禪師
道林淵禪師　大洪祖證禪師
泐潭德淳禪師　保安可封禪師

五燈會元目錄卷下

五燈會元序

沙　門　廷　俊　撰

原夫菩提達磨遡大龜氏於釋迦文佛眴青蓮目而得教外别傳之旨之二十八代之祖也既佩佛心印於梁普通之初至東震旦時學者方以講觀相高廼曰吾不立文字直指人心見性成佛之爲宗六傳至曹溪大鑑支而爲南嶽青原又分而爲雲門臨濟曹洞潙仰法眼五宗支分派列演溢於天下矣圭峰密公禪源詮曰禪之目有五曰外道禪曰凡夫禪曰小乘禪曰大乘禪曰最上乘禪若古高僧之功用與夫他宗之所謂禪者則皆前四種禪惟達磨展轉相傳者頓同佛體迥異諸門葢最上乘禪也紫陽朱文公曰達磨盡翻窠臼倡爲禪宗視義學尤爲高妙矣又曰顧眄指心性名言超有無用是知文公深明别傳之旨要非言教所及世之人徒見公衛道植教之語而於吾氏未能窺班訾斥輙肆詆訾是不知公也近時淛人黄氏自負博洽以教外别傳爲非佛氏之學而别爲一學吁得稱通儒哉是又朱子之罪人矣别傳之道本無言説然必因言顯道顧雖明悟如釋迦文佛亦由然燈記莂故知祖祖授受機語不得無述焉宋景德間吳僧道原作傳燈録眞宗詔翰林學士楊億裁正而叙之天聖中駙馬都尉李遵勗爲廣燈録仁宗御製叙建中靖國元年佛國白禪師成續燈録徽宗作序淳熙十年淨慈晦翁明禪師作聯燈會要淡齋李泳序之嘉泰中雷菴受禪師作普燈録陸游叙斯五燈之所由始與藏典並傳宋季

靈隱大川禪師濟公以五燈爲書浩博學者罕能通究迺集學徒作五燈會元以惠後學恩至渥也國朝至元間於越雲壑瑞禪師作心燈録最爲詳盡特援丘玄素所製塔銘以龍潭信公出馬祖下致或人沮抑不大傳於世識者惜焉法華經曰世尊放眉間白毫相光照東方萬八千世界慈氏發問文殊決疑以謂日月燈明佛本光瑞如此維摩經云有法門名無盡燈無盡燈者如一燈然百千燈冥者皆明明終不盡昔王介甫呂吉甫同在譯經院介甫曰所謂日月燈明佛爲何義吉甫曰日月迭相爲明而不能並明其能並日月之明而破諸幽暗者惟燈爲然介甫擊節稱善吾宗以傳燈喻諸心法而相授受者其有旨哉會稽開元大沙門業海清公蚤叅佛智熙公於南屏既得其旨復典其藏教久而歸故隱闢一室以禪燕自娛廣智訢公題之曰那伽室而銘之其鄉先生韓莊節公爲之記公今年及八十每慨五燈會元板燬學者於佛祖機語無所攷見於是罄衣鉢之資以倡施者惟是太尉開府儀同三司上柱國江浙等處行中書省左丞相兼知行樞密院領行宣政院事康里公首捐俸資而吳越諸師聞而翕然相之板刻既成使其叅徒妙嚴徵言叙其端予視清公蓋諸父也嘗承其教誨挹其高風茲復樂公之所以爲惠來學之志有成用不辭蕪陋而序之云爾至正廿四年龍集甲辰夏四月結制後五日杭中天竺天曆萬壽永祚禪寺住持番易釋廷俊序江浙等處行中書省左右司員外郎林鏞書

五燈會元卷第一

宋沙門大川濟纂

七佛

古佛應世綿歷無窮不可以周知而悉數也近故譚賢劫有千如來暨於釋迦但紀七佛按長阿含經云七佛精進力放光滅暗冥各各坐樹下於中成正覺又曼殊室利爲七佛祖師金華善慧大士登松山頂行道感七佛引前維摩接後今之撰述斷自七佛而下

毘婆尸佛（過去莊嚴劫第九百九十八尊）偈曰身從無相中受生猶如幻出諸形象幻人心識本來無罪福皆空無所住長阿含經云人壽八萬歲時此佛出世種刹利姓拘利若父槃頭母槃頭婆提居般頭婆提城坐波波羅樹下說法三會度人三十四萬八千神足二一名騫茶二名提舍侍者無憂子方膺

尸棄佛（莊嚴劫第九百九十九尊）偈曰起諸善法本是幻造諸惡業亦是幻身如聚沫心如風幻出無根無實性長阿含經云人壽七萬歲時此佛出世種刹利姓拘利若父明相母光耀居光相城坐分陀利樹下說法三會度人二十五萬神足二一名阿毘浮二名婆婆侍者忍行子無量

毘舍浮佛（莊嚴劫第一千尊）偈曰假借四大以爲身心本無生因境有前境若無心亦無罪福如幻起亦滅長阿含經云人壽六萬歲時此佛出世種刹利姓拘利若父善燈母稱戒居無喻城坐婆羅樹下說法二會度人一十三萬神足二一扶遊二鬱多摩侍者寂滅子妙覺

拘留孫佛（見在賢劫第一尊）偈曰見身無實是佛身

了心如幻是佛幻了得身心本性空斯人與佛何殊別長阿含經云人壽四萬歲時此佛出世種婆羅門姓迦葉父禮得母善枝居安和城坐尸利沙樹下說法一會度人四萬神足二一薩尼二毘樓侍者善覺子上勝

拘那含牟尼佛（賢劫第二尊）偈曰佛不見身知是佛若實有知別無佛智者能知罪性空坦然不怖於生死長阿含經云人壽三萬歲時此佛出世種婆羅門姓迦葉父大德母善勝居清淨城坐烏暫婆羅門樹下說法一會度人三萬神足二一舒槃那二鬱多樓侍者安和子導師

迦葉佛（賢劫第三尊）偈曰一切衆生性清淨從本無生無可滅卽此身心是幻生幻化之中無罪福長阿含經云人壽二萬歲時此佛出世種婆羅門姓迦葉父梵德母財主居波羅奈城坐尼拘律樹下說法一會度人二萬神足二一提舍二婆羅侍者善友子集軍

釋迦牟尼佛（賢劫第四尊）姓刹利父淨飯天母大清淨妙位登補處生兜率天上名曰勝善天人亦名護明大士度諸天衆說補處行於十方界中現身說法普曜經云佛初生刹利王家放大智光明照十方世界地涌金蓮華自然捧雙足東西及南北各行於七步分手指天地作師子吼聲上下及四維無能尊我者卽周昭王二十四年甲寅歲四月八日也至四十二年二月八日年十九欲求出家而自念言當復何遇卽於四門遊觀見四等事心有悲喜而作思惟此老病死終可厭離於是夜子時有一天人名曰淨居於窻牖中叉手

白言出家時至可去矣太子聞已心生歡喜卽逾城而去於檀特山中修道始於阿藍迦藍處三年學不用處定知非便捨復至鬱頭藍弗處三年學非非想定知非亦捨又至象頭山同諸外道日食麻麥經於六年故經云以無心意無受行而悉摧伏諸外道先歷試邪法示諸方便發諸異見令至菩提故普集經云菩薩於二月八日明星出時成道號天人師時年三十矣卽穆王三年癸未歲也旣而於鹿野苑中爲憍陳如等五人轉四諦法輪而證道果說法住世四十九年後告弟子摩訶迦葉吾以清淨法眼涅槃妙心實相無相微妙正法將付於汝汝當護持并敕阿難副貳傳化無令斷絕而說偈曰法本法無法無法法亦法今付無法時法法何曾法爾時世尊說此偈已復告迦葉吾將金縷僧伽梨衣傳付於汝轉授補處至慈氏佛出世勿令朽壞迦葉聞偈頭面禮足曰善哉善哉我當依敕恭順佛故爾時世尊至拘尸那城告諸大衆吾今背痛欲入涅槃卽往熈連河側娑羅雙樹下右脅累足泊然宴寂復從棺起爲母說法特示雙足化婆耆并說無常偈曰諸行無常是生滅法生滅滅已寂滅爲樂時諸弟子卽以香薪競荼毘之燼後金棺如故爾時大衆卽於佛前以偈讚曰凡俗諸猛熾何能致火爇請尊三昧火闍維金色身爾時金棺從座而舉高七多羅樹往反空中化火三昧須臾灰生得舍利八斛四斗卽穆王五十二年壬申歲二月十五日也自世尊滅後一千一十七年教至中夏卽後漢永平十年戊

辰歲也世尊纔生下乃一手指天一手指地周行七步目顧四方曰天上天下唯吾獨尊世尊一日陞座大衆集定文殊白椎曰諦觀法王法法王法如是世尊便下座世尊一日陞座默然而坐阿難白椎曰請世尊說法世尊云會中有二比丘犯律行我故不說法阿難以他心通觀是比丘遂乃遣出世尊還復默然阿難又白適來爲二比丘犯律是二比丘已遣出世尊何不說法世尊曰吾誓不爲二乘聲聞人說法便下座世尊一日陞座大衆集定迦葉白椎曰世尊說法竟世尊便下座世尊九十日在忉利天爲母說法及辭天界而下時四衆八部俱往空界奉迎有蓮花色比丘尼作念云我是尼身必居大僧後見佛不如用神力變作轉輪聖王千子圍繞最初見佛果滿其願世尊纔見乃訶云蓮花色比丘尼汝何得越大僧見吾汝雖見吾色身且不見吾法身須菩提巖中宴坐却見吾法身世尊昔因文殊至諸佛集處值諸佛各還本處唯有一女人近彼佛坐入於三昧文殊乃白佛云何此人得近佛坐而我不得佛告文殊汝但覺此女令從三昧起汝自問之文殊遶女人三帀鳴指一下乃托至梵天盡其神力而不能出世尊曰假使百千文殊亦出此女人定不得下方過四十二恒河沙國土有罔明菩薩能出此女人定須臾罔明大士從地涌出作禮世尊世尊敕罔明出罔明却至女子前鳴指一下女子於是從定而出世尊因波斯匿王問勝義諦中有世俗諦否若言無智不應二若言有智不應一一二之義

其義云何佛言大王汝於過去龍光佛法中曾問此義我今無說汝今無聽無說無聽是名爲一義二義世尊一日見文殊在門外立乃曰文殊文殊何不入門來文殊曰我不見一法在門外何以教我入門世尊一日坐次見二人舁豬過乃問這箇是甚麽曰佛具一切智豬子也不識世尊曰也須問過世尊因有異學問諸法是常邪世尊不對又問諸法是無常邪亦不對異學曰世尊具一切智何不對我世尊曰汝之所問皆爲戲論世尊一日示隨色摩尼珠問五方天王此珠而作何色時五方天王互說異色世尊復藏珠入袖却擡手曰此珠作何色天王曰佛手中無珠何處有色世尊歎曰汝何迷倒之甚吾將世珠示之便各彊說有青黃赤白色吾將眞珠示之便總不知時五方天王悉皆悟道世尊因乾闥婆王獻樂其時山河大地盡作琴聲迦葉起作舞王問迦葉豈不是阿羅漢諸漏已盡何更有餘習佛曰實無餘習莫謗法也王又撫琴三徧迦葉亦三度作舞王曰迦葉作舞豈不是佛曰實不曾作舞王曰世尊何得妄語佛曰不妄語汝撫琴山河大地木石盡作琴聲豈不是王曰是佛曰迦葉亦復如是所以實不曾作舞王乃信受世尊因外道問昨日說何法曰說定法外道曰今日說何法曰不定法外道曰昨日說定法今日何說不定法世尊曰昨日定今日不定世尊因五通仙人問世尊有六通我有五通如何是那一通佛召五通仙人五通應諾佛曰那一通你問我世尊因普眼菩薩欲見普賢不可得

見乃至三度入定徧觀三千大千世界覓普賢不可得見而來白佛佛曰汝但於靜三昧中起一念便見普賢普眼於是纔起一念便見普賢向空中乘六牙白象世尊因自恣日文殊三處過夏迦葉欲白椎擯出纔拈椎乃見百千萬億文殊迦葉盡其神力椎不能舉世尊遂問迦葉汝擬擯那箇文殊迦葉無對世尊因長爪梵志索論義預約曰我義若墮我自斬首世尊曰汝義以何爲宗志曰我以一切不受爲宗世尊曰是見受否志拂袖而去行至中路乃省謂弟子曰我當回去斬首以謝世尊弟子曰人天衆前幸當得勝何以斬首志曰我寧於有智人前斬首不於無智人前得勝乃歎曰我義兩處負墮是見若受負門處麁是見不受負門處細一切人天二乘皆不知我義墮處唯有世尊諸大菩薩知我義墮回至世尊前曰我義兩處負墮故當斬首以謝世尊曰我法中無如是事汝當回心向道於是同五百徒衆一時投佛出家證阿羅漢世尊昔欲將諸聖衆往第六天說大集經敕他方此土人間天上一切獰惡鬼神悉皆輯會受佛付囑擁護正法設有不赴者四天門王飛熱鐵輪追之令集旣集會已無有不順佛敕者各發弘誓擁護正法唯有一魔王謂世尊曰瞿曇我待一切衆生成佛盡衆生界空無有衆生名字我乃發菩提心世尊嘗與阿難行次見一古佛塔世尊便作禮阿難曰此是甚麽人塔世尊曰此是過去諸佛塔阿難曰過去諸佛是甚麽人弟子世尊曰是吾弟子阿難曰應當如是世尊因有外

道問不問有言不問無言世尊良久外道讚歎曰世尊大慈大悲開我迷雲令我得入乃作禮而去阿難白佛外道得何道理稱讚而去世尊曰如世良馬見鞭影而行世尊一日敕阿難食時將至汝當入城持鉢阿難應諾世尊曰汝既持鉢須依過去七佛儀式阿難便問如何是過去七佛儀式世尊召阿難阿難應諾世尊曰持鉢去世尊因有比丘問我於世尊法中見處即有證處未是世尊當何所示世尊曰比丘某甲當何所示是汝此問世尊成道後在逝多林中一樹下跏趺而坐有二商人以五百乘車經過林畔有二車牛不肯前進商人乃訝見之山神報言林中有聖人成道經逾四十九日未食汝當供養商人入林果見一人端然不動乃問曰爲是梵

王耶帝釋耶山神耶河神耶世尊微笑舉袈裟角示之商人頂禮遂陳供養世尊因耆婆善別音響至一塚間見五髑髏乃敲一髑髏問耆婆此生何處曰此生人道世尊又敲一曰此生何處曰此生天道世尊又別敲一問此生何處耆婆罔知生處世尊因黑氏梵志運神力以左右手擎合歡梧桐花兩株來供養佛佛召仙人梵志應諾佛曰放下著梵志遂放下左手一株華佛又召仙人放下著梵志又放下右手一株華佛又召仙人放下著梵志曰世尊我今兩手皆空更教放下箇甚麼佛曰吾非教汝放捨其華汝當放捨外六塵内六根中六識一時捨却無可捨處是汝免生死處梵志於言下悟無生忍世尊因靈山會上五百比丘得四禪定具五神通未得

法忍以宿命智通各各自見過去殺父害母及諸重罪於自心内各各懷疑於甚深法不能證入於是文殊承佛神力遂手握利劍持逼如來世尊乃謂文殊曰住住不應作逆勿得害吾吾必被害爲善被害文殊師利爾從本已來無有我人但以内心見有我人内心起時我必被害卽名爲害於是五百比丘自悟本心如夢如幻於夢幻中無有我人乃至能生所生父母於是五百比丘同讚歎曰文殊大智士深達法源底自手握利劍持逼如來身如劍佛亦爾一相無有二無相無所生是中云何殺世尊因地布髮掩泥獻華於然燈然燈見布髮處遂約退衆乃指地曰此一方地宜建一梵刹時衆中有一賢於長者持標於指處挿曰建梵刹竟時諸天散華讚曰

庶子有大智矣世尊因七賢女遊屍陁林一女指屍曰屍在這裏人向甚處去一女曰作麼作麼諸姊諦觀各各契悟感帝釋散華曰惟願聖姊有何所須我當終身供給女曰我家四事七珍悉皆具足唯要三般物一要無根樹子一株二要無陰陽地一片三要叫不響山谷一所帝釋曰一切所須我悉有之若三般物我實無得女曰汝若無此爭解濟人帝釋罔措遂同往白佛佛言憍尸迦我諸弟子大阿羅漢不解此義唯有諸大菩薩乃解此義世尊因調達謗佛生身入地獄遂令阿難問你在地獄中安否曰我雖在地獄如三禪天樂佛又令問你還求出否曰我待世尊來便出阿難曰佛是三界大師豈有入地獄分曰佛既無入地獄分我豈有出地獄分世

尊因文殊忽起佛見法見被世尊威神攝向二鐵圍山城東有一老母與佛同生而不欲見佛每見佛來卽便囬避雖然如此囬顧東西總皆是佛遂以手掩面於十指掌中亦總是佛殃崛摩羅因持鉢至一長者門其家婦人正值產難子母未分長者曰瞿曇弟子汝爲至聖當有何法能免產難殃崛語長者曰我乍入道未知此法待我囘問世尊却來相報及返具事白佛佛告殃崛汝速去報言我自從賢聖法來未曾殺生殃崛奉佛語疾往告之其婦得聞當時分免世尊嘗在尼俱律樹下坐次因二商人問世尊還見車過否曰不見商人曰還聞否曰不聞商人曰莫禪定否曰不禪定曰莫睡眠否曰不睡眠商人乃歎曰善哉善哉世尊覺而不見遂獻白氎兩叚世尊在靈山會上拈華示衆是時衆皆默然唯迦葉尊者破顔微笑世尊曰吾有正法眼藏涅槃妙心實相無相微妙法門不立文字教外別傳付囑摩訶迦葉世尊至多子塔前命摩訶迦葉分座令坐以僧伽梨圍之遂告曰吾以正法眼藏密付於汝汝當護持傳付將來世尊臨入涅槃文殊大士請佛再轉法輪世尊咄曰文殊吾四十九年住世未曾說一字汝請吾再轉法輪是吾曾轉法輪邪世尊於涅槃會上以手摩胸告衆曰汝等善觀吾紫磨金色之身瞻仰取足勿令後悔若謂吾滅度非吾弟子若謂吾不滅度亦非吾弟子時百萬億衆悉皆契悟

西天祖師

一祖摩訶迦葉尊者摩竭陀國人也姓婆羅

門父飲澤母香志昔爲鍛金師善明金性使其柔伏付法傳云嘗於久遠劫中毘婆尸佛入涅槃後四衆起塔塔中像面金色有缺壞時有貧女將金珠往金師所請飾佛面既而因共發願願我二人爲無姻夫妻由是因緣九十一劫身皆金色後生梵天天壽盡生中天摩竭陀國婆羅門家名曰迦葉波此云飲光勝尊蓋以金色爲號也繇是志求出家冀度諸有佛言善來比丘鬚髮自除袈裟著體常於衆中稱歎第一復言吾以清淨法眼將付於汝汝可流布無令斷絕涅槃經云爾時世尊欲涅槃時迦葉不在衆會佛告諸大弟子迦葉來時可令宣揚正法眼藏爾時迦葉在耆闍崛山畢鉢羅窟覩勝光明卽入三昧以淨天眼觀見世尊於熙連河側入般涅槃乃告其徒曰如來涅槃也何其駛哉卽至雙樹間悲戀號泣佛於金棺出示雙足爾時迦葉告諸比丘佛已荼毘金剛舍利非我等事我等宜當結集法眼無令斷絕乃說偈曰如來弟子且莫涅槃得神通者當赴結集於是得神通者悉集王舍耆闍崛山畢鉢羅窟時阿難爲漏未盡不得入會後證阿羅漢果由是得入迦葉乃白衆言此阿難比丘多聞總持有大智慧常隨如來梵行清淨所聞佛法如水傳器無有遺餘佛所讚歎聰敏第一宜可請彼集修多羅藏大衆默然迦葉告阿難曰汝今宜宣法眼阿難聞語信受觀察衆心而宣偈言比丘諸眷屬離佛不莊嚴猶如虛空中衆星之無月說是偈已禮衆僧足升法座而宣是言如是我聞一時佛住某處說某

經教乃至人天等作禮奉行時迦葉問諸比丘阿難所言不錯謬乎皆曰不異世尊所說迦葉乃告阿難言我今年不久留今將正法付囑於汝汝善守護聽吾偈言法法本來法無法無非法何於一法中有法有不法說偈已乃持僧伽梨衣入雞足山俟慈氏下生卽周孝王五年丙辰歲也尊者因外道問如何是我我者曰覓我者是汝我外道曰這箇是我我師我何在者曰汝問我覓尊者一日踏泥次有一沙彌見乃問尊者何得自爲者曰我若不爲誰爲我爲

二祖阿難尊者王舍城人也姓刹利帝父斛飯王實佛之從弟也梵語阿難陀此云慶喜亦云歡喜如來成道夜生因爲之名多聞博達智慧無礙世尊以爲總持第一嘗所讚歎加以宿世有大功德受持法藏如水傳器佛乃命爲侍者尊者一日白佛言今日入城見一奇特事佛曰見何奇特事者曰入城時見一攢樂人作舞出城總見無常佛曰我昨日入城亦見一奇特事者曰未審見何奇特事佛曰我入城時見一攢樂人作舞出城時亦見樂人作舞一日問迦葉曰師兄世尊傳金襴袈裟外別傳箇甚麼迦葉召阿難阿難應諾迦葉曰倒却門前刹竿著後阿闍世王白言仁者如來迦葉尊勝二師皆已涅槃而我多故悉不能覩尊者般涅槃時願垂告別尊者許之後自念言我身危脆猶如聚沫況復衰老豈堪久長阿闍世王與吾有約乃詣王宮告之曰吾欲入涅槃來辭耳門者曰王寢不可以聞者曰俟王覺時當爲我說時阿闍

世王夢中見一寶蓋七寶嚴飾千萬億衆圍繞瞻仰俄而風雨暴至吹折其柄珍寶瓔珞悉墜於地心甚驚異旣寤門者具白上事王聞失聲號慟哀感天地卽至毘舍離城見尊者在恒河中流跏趺而坐王乃作禮而說偈曰稽首三界尊棄我而至此暫憑悲願力且莫般涅槃時毘舍離王亦在河側說偈言尊者一何速而歸寂滅場願住須臾間而受於供養尊者見二國王咸來勸請乃說偈言二王善嚴住勿爲苦悲戀涅槃當我淨而無諸有故尊者復念我若偏向一國諸國爭競無有是處應以平等度諸有情遂以恒河中流將入寂滅是時山河大地六種震動雪山有五百仙人覩茲瑞應飛空而至禮尊者足胡跪白言我於長老當證佛法願垂大慈度脫我等尊者默然受請卽變殑伽河悉爲金地爲其仙衆說諸大法尊者復念先所度脫弟子應當來集須臾五百羅漢從空而下爲諸仙人出家授具其仙衆中有二羅漢一名商那和修二名末田底迦尊者知是法器乃告之曰昔如來以大法眼付大迦葉迦葉入定而付於我我今將滅用傳於汝汝受吾教當聽偈言本來付有法付了言無法各各須自悟悟了無無法尊者付法眼藏竟踊身虛空現十八變入風奮迅三昧分身四分一分奉忉利天一分奉娑竭羅龍宮一分奉毘舍離王一分奉阿闍世王各造寶塔而供養之乃厲王十二年癸巳歲也

三祖商那和修尊者摩突羅國人也亦名舍那婆斯姓毘舍多父林勝母憍奢耶在胎六

年而生梵語商諾迦此云自然服卽西域九枝秀草名也若聖人降生則此草生於淨潔之地和修生時瑞草斯應昔如來行化至摩突羅國見一青林枝葉茂盛語阿難曰此林地名優留荼吾滅度後一百年有比丘商那和修於此轉妙法輪後百歲果誕和修出家證道受慶喜尊者法眼化導有情及止此林降二火龍歸順佛教龍因施其地以建梵宮尊者化緣既久思付正法尋於吒利國得優波毱多以爲給侍因問毱多曰汝年幾耶荅曰我年十七者曰汝身十七性十七耶荅曰師髮已白爲髮白耶心白耶者曰我但髮白非心白耳毱多曰我身十七非性十七也尊者知是法器後三載遂爲落髮授具乃告曰昔如來以無上法眼付囑迦葉展轉相授而至於我我今付汝勿令斷絶汝受吾教聽吾偈言非法亦非心無心亦無法說是心法時是法非心法說偈已卽隱於罽賓國南象白山中後於三昧中見弟子毱多有五百徒衆常多懈慢尊者乃往彼現龍奮迅三昧以調伏之而說偈曰通達非彼此至聖無長短汝除輕慢意疾得阿羅漢五百比丘聞偈已依教奉行皆獲無漏尊者乃現十八變火光三昧用焚其身毱多收舍利葬於梵迦羅山五百比丘各持一幡迎導至彼建塔供養乃宣王二十三年乙未歲也

四祖優波毱多尊者吒利國人也亦名優波崛多又名鄔波毱多姓首陀父善意十七出家二十證果隨方行化至摩突羅國得度者甚衆由是魔宮震動波旬愁怖遂竭其魔力

以害正法尊者卽入三昧觀其所由波旬復伺便密持瓔珞縻之於頸及尊者出定乃取人狗蛇三屍化爲華鬘輭言慰諭波旬曰汝與我瓔珞甚是珍妙吾有華鬘以相酬奉波旬大喜引頸受之卽變爲三種臭屍蟲蛆壞爛波旬厭惡大生憂惱盡已神力不能移動乃升六欲天告諸天主又詣梵王求其解免彼各告言十力弟子所作神變我輩凡陋何能去之波旬曰然則奈何梵王曰汝可歸心尊者卽能除斷乃爲說偈令其回向曰若因地倒還因地起離地求起終無其理波旬受教已卽下天宮禮尊者足哀露懺悔尊者告曰汝自今去於如來正法更不作嬈害否波旬曰我誓回向佛道永斷不善尊者曰若然者汝可口自唱言皈依三寶魔王合掌三唱華鬘悉除乃歡喜踊躍作禮尊者而說偈曰稽首三昧尊十力聖弟子我今願回向勿令有劣弱尊者在世化導證果最多每度一人以一籌置於石室其室縱十八肘廣十二肘充滿其間最後有一長者子名曰香衆來禮尊者志求出家尊者問曰汝身出家心出家荅曰我來出家非爲身心尊者曰不爲身心復誰出家荅曰夫出家者無我我故無我我故卽心不生滅心不生滅卽是常道諸佛亦常心無形相其體亦然尊者曰汝當大悟心自通達宜依佛法僧紹隆聖種卽爲剃度授具足戒仍告之曰汝父嘗夢金日而生汝可名提多迦復謂曰如來以大法眼藏次第傳授以至於我今復付汝聽吾偈言心自本來心本心非有法有法有本心非心非本法付

法已乃踊身虛空呈十八變却復本座跏趺而逝提多迦以室内籌用焚師軀收舍利建塔供養卽平王三十一年庚子歲也

五祖提多迦尊者摩伽陀國人也梵語提多迦此云通眞量初生之時父夢金日自屋而出照耀天地前有大山諸寶嚴飾山頂泉涌滂沱四流後遇毱多尊者爲解之曰寶山者吾身也泉涌者法無盡也日從屋出者汝今入道之相也照耀天地者汝智慧超越也尊者聞師說已歡喜踊躍而唱偈言巍巍七寶山常出智慧泉回爲眞法味能度諸有緣毱多尊者亦說偈曰我法傳於汝當現大智慧金日從屋出照耀於天地提多迦聞師妙偈設禮奉持後至中印度彼國有八千大仙彌遮迦爲首聞尊者至率衆瞻禮謂尊者曰昔與師同生梵天我遇阿私陀仙授我仙法師逢十力弟子修習禪那自此報分殊途已經六劫尊者曰支離累劫誠哉不虛今可捨邪歸正以入佛乘彌遮迦曰昔阿私陀仙人授我記云汝却後六劫當遇同學獲無漏果今也相遇非宿緣邪願師慈悲令我解脫尊者卽度出家命諸聖授戒其餘仙衆始生我慢尊者示大神通於是俱發菩提心一時出家尊者乃告彌遮迦曰昔如來以大法眼藏密付迦葉展轉相授而至於我我今付汝當護念之乃說偈曰通達本法心無法無非法悟了同未悟無心亦無法說偈已踊身虛空作十八變火光三昧自焚其軀彌遮迦與八千比丘同收舍利於班荼山中起塔供養卽莊王七年己丑歲也

六祖彌遮迦尊者中印度人也既傳法已遊化至北天竺國見雉堞之上有金色祥雲歎曰斯道人氣也必有大士爲吾嗣乃入城於闤闠間有一人手持酒器逆而問曰師何方來欲往何所祖曰從自心來欲往無處曰識我手中物否祖曰此是觸器而負淨者曰師識我否祖曰我卽不識識卽非我復謂之曰汝試自稱名氏吾當後示本因彼說偈荅曰我從無量劫至於生此國本姓頗羅墮名字婆須密祖曰我師提多迦說世尊昔遊北印度語阿難言此國中吾滅度後三百年有一聖人姓頗羅墮名婆須蜜而於禪祖當獲第七世尊記汝汝應出家彼乃置器禮師側立而言曰我思往劫嘗作檀那獻一如來寶座彼佛記我曰汝於賢劫釋迦法中宣傳至教今符師說願加度脫祖卽與披剃復圓戒相乃告之曰正法眼藏今付於汝勿令斷絕乃說偈曰無心無可得說得不名法若了心非心始解心心法祖說偈已入師子奮迅三昧踴身虛空高七多羅樹却復本座化火自焚婆須蜜收靈骨貯七寶函建浮圖寘於上級卽襄王十七年甲申歲也

五燈會元卷第一

音釋

臠　盧轉切音孌切肉也　攷　與考同　氎　達協切音牒細毛布也　駛　師止切音史疾也　殑　巨興切音殑伽河名

五燈會元卷第二

宋沙門大川濟纂

七祖婆須蜜尊者北天竺國人也姓頗羅墮常服淨衣執酒器遊行里閈或吟或嘯人謂之狂及遇彌遮迦尊者宣如來往誌自省前緣投器出家受法行化至迦摩羅國廣興佛事於法座前忽有智者自稱我名佛陀難提今與師論義祖曰仁者論卽不義義卽不論若擬論義終非義論難提知師義勝心卽欽服曰我願求道霑甘露味祖遂與剃度而授具戒復告之曰如來正法眼藏我今付汝汝當護持乃說偈曰心同虛空界示等虛空法證得虛空時無是無非法卽入慈心三昧時梵王帝釋及諸天衆俱來作禮而說偈言賢劫衆聖祖而當第七位尊者哀念我請爲宣佛地尊者從三昧起示衆曰我所得法而非有故若識佛地離有無故語已還入三昧示涅槃相難提卽於本座起七寶塔以葬全身卽定王十九年辛未歲也

八祖佛陀難提尊者迦摩羅國人也姓瞿曇氏頂有肉髻辯捷無礙初遇婆須蜜出家受教旣而領徒行化至提伽國毘舍羅家見舍上有白光上騰謂其徒曰此家有聖人口無言說眞大乘器不行四衢知觸穢耳言訖長者出致禮問何所須祖曰我求侍者長者曰我有一子名伏馱蜜多年已五十口未曾言足未曾履祖曰如汝所說眞吾弟子伏馱聞之遽起禮拜而說偈曰父母非我親誰是最親者諸佛非我道誰爲最道者祖以偈荅曰汝言與心親父母非可比汝行與道合諸佛

心卽是外求有相佛與汝不相似欲識汝本心非合亦非離伏馱聞偈已便行七步祖曰此子昔曾值佛悲願廣大慮父母愛情難捨故不言不履耳長者遂捨令出家祖尋授具戒復告之曰我今以如來正法眼藏付囑於汝勿令斷絕乃說偈曰虛空無內外心法亦如此若了虛空故是達眞如理伏馱承師付囑以偈讚曰我師禪祖中當得爲第八法化衆無量悉獲阿羅漢爾時佛陀難提卽現神變却復本座儼然寂滅衆與寶塔葬其全身卽景王十二年丙寅歲也

九祖伏馱蜜多尊者提伽國人也姓毘舍羅旣受八祖付囑後至中印度行化時有長者香蓋攜一子而來瞻禮祖曰此子處胎六十歲因號難生嘗會一仙者謂此兒非凡當爲法器今遇尊者可令出家祖卽與落髮授戒羯磨之際祥光燭座仍感舍利三七粒現前自此精進忘疲旣而祖告之曰如來大法眼藏今付於汝汝護念之乃說偈曰眞理本無名因名顯眞理受得眞實法非眞亦非僞祖付法已卽入滅盡三昧而般涅槃衆以香油旃檀闍維收舍利建塔於那爛陀寺卽敬王三十五年甲寅歲也

十祖脇尊者中印度人也本名難生初將誕時父夢一白象背有寶座座上安一明珠從門而入光照四衆旣覺遂生後值九祖執侍左右未嘗睡眠謂其脇不至席遂號脇尊者焉初至華氏國憩一樹下右手指地而告衆曰此地變金色當有聖人入會言訖卽變金色時有長者子富那夜奢合掌前立祖問曰

汝從何來荅曰我心非往祖曰汝何處住荅曰我心非止祖曰汝不定邪曰諸佛亦然祖曰汝非諸佛曰諸佛亦非祖因說偈曰此地變金色預知有聖至當坐菩提樹覺華而成已夜奢復說偈曰師坐金色地常說眞實義回光而照我令入三摩諦祖知其意卽度出家復具戒品乃告之曰如來大法藏今付於汝汝護念之乃說偈曰眞體自然眞因眞說有理領得眞眞法無行亦無止祖付法已卽現神變而入涅槃化火自焚四衆各以衣裓盛舍利隨處興塔而供養之卽貞王二十二年巳亥歲也

十一祖富那夜奢尊者華氏國人也姓瞿曇氏父寶身既得法於脇尊者尋詣波羅奈國有馬鳴大士迎而作禮問曰我欲識佛何者卽是祖曰汝欲識佛不識者是曰佛既不識焉知是乎祖曰既不識佛焉知不是曰此是鋸義祖曰彼是木義祖問鋸義者何曰與師平出馬鳴却問木義者何祖曰汝被我解馬鳴豁然省悟稽首皈依遂求剃度祖謂衆曰此大士者昔爲毘舍利國王其國有一類人如馬裸露王運神力分身爲蠶彼乃得衣王後復生中印度馬人感戀悲鳴因號馬鳴焉如來記云吾滅度後六百年當有賢者馬鳴於波羅柰國摧伏異道度人無量繼吾傳化今正是時卽告之曰如來大法眼藏今付於汝卽說偈曰迷悟如隱顯明暗不相離今付隱顯法非一亦非二尊者付法已卽現神變湛然圓寂衆興寶塔以閟全身卽安王十四年戊戌歲也

十二祖馬鳴大士者波羅柰國人也亦名功勝以有作無作諸功德最爲殊勝故名焉旣受法於夜奢尊者後於華氏國轉妙法輪忽有老人座前仆地祖謂衆曰此非庸流當有異相言訖不見俄從地涌出一金色人復化爲女子右手指祖而說偈曰稽首長老尊當受如來記今於此地上宣通第一義說偈已瞥然不見祖曰將有魔來與吾較(音角)力有頃風雨暴至天地晦冥祖曰魔之來信矣吾當除之卽指空中現一大金龍奮發威神震動山岳祖儼然於座魔事隨滅經七日有一小蟲大若蟭螟潛形座下祖以手取之示衆曰斯乃魔之所變盜聽吾法耳乃放之令去魔不能動祖告之曰汝但歸依三寶卽得神通遂復本形作禮懺悔祖問曰汝名誰邪眷屬多少曰我名迦毘摩羅有三千眷屬祖曰盡汝神力變化若何曰我化巨海極爲小事祖曰汝化性海得否曰何謂性海我未嘗知祖卽爲說性海曰山河大地皆依建立三昧六通由玆發現迦毘摩羅聞言遂發信心與徒衆三千俱求剃度祖乃召五百羅漢與授具戒復告之曰如來大法眼藏今當付汝汝聽偈言隱顯卽本法明暗元不二今付悟了法非取亦非離付囑已卽入龍奮迅三昧挺身空中如日輪相然後示滅四衆以眞體藏之龍龕卽顯王三十七年甲午歲也

十三祖迦毘摩羅尊者華氏國人也初爲外道有徒三千通諸異論後於馬鳴尊者得法領徒至西印度彼有太子名雲自在仰尊者名請於宮中供養祖曰如來有敎沙門不得

親近國王大臣權勢之家太子曰今我國城之北有大山焉山有一石窟可禪寂於此否祖曰諾卽入彼山行數里逢一大蟒祖直前不顧盤繞祖身祖因與授三皈依蟒聽訖而去祖將至石窟復有一老人素服而出合掌問訊祖曰汝何所止荅曰我昔嘗爲比丘多樂寂靜有初學比丘數來請益而我煩於應荅起嗔恨想命終墮爲蟒身住是窟中今已千載適遇尊者獲聞戒法故來謝爾祖問曰此山更有何人居止曰北去十里有大樹蔭覆五百大龍其樹王名龍樹常爲龍衆說法我亦聽受耳祖遂與徒衆詣彼龍樹出迎曰深山孤寂龍蟒所居大德至尊何枉神足祖曰吾非至尊來訪賢者龍樹默念曰此師得決定性明道眼否是大聖繼眞乘否祖曰汝雖心語我已意知但辨出家何慮吾之不聖龍樹聞已悔謝祖卽與度脫及五百龍衆俱授具戒復告之曰今以如來大法眼藏付囑於汝諦聽偈言非隱非顯法說是眞實際悟此隱顯法非愚亦非智付法已卽現神變化火焚身龍樹收五色舍利建塔焉卽赧王四十一年壬辰歲也

十四祖龍樹尊者西天竺國人也亦名龍勝始於摩羅尊者得法後至南印度彼國之人多信福業祖爲說法遞相謂曰人有福業世間第一徒言佛性誰能覩之祖曰汝欲見佛性先須除我慢彼人曰佛性大小祖曰非大非小非廣非狹無福無報不死不生彼聞理勝悉回初心祖復於座上現自在身如滿月輪一切衆唯聞法音不覩祖相彼衆中有長

者子名迦那提婆謂衆曰識此相否衆曰目所未覩安能辨識提婆曰此是尊者現佛性體相以示我等何以知之葢以無相三昧形如滿月佛性之義廓然虛明言訖輪相卽隱復居本座而說偈言身現圓月相以表諸佛體說法無其形用辨非聲色彼衆聞偈頓悟無生咸願出家以求解脫祖卽爲剃髮命諸聖授具其國先有外道五千餘衆作大幻術衆皆宗仰祖悉爲化之令歸三寶復造大智度論中論十二門論垂之於世後告上首弟子迦那提婆曰如來大法眼藏今當付汝聽吾偈言爲明隱顯法方說解脫理於法心不證無瞋亦無喜付法訖入月輪三昧廣現神變復就本座凝然禪寂迦那提婆與諸四衆共建寶塔以葬焉卽秦始皇三十五年巳丑歲也

十五祖迦那提婆尊者南天竺國人也姓毘舍羅初求福業兼樂辯論後謁龍樹大士將及門龍樹知是智人先遣侍者以滿鉢水置於座前尊者覩之卽以一鍼投之而進欣然契會龍樹卽爲說法不起於座現月輪相唯聞其聲不見其形祖語衆曰今此瑞者師現佛性表說法非聲色也祖旣得法後至迦毘羅國彼有長者曰梵摩淨德一日園樹生耳如菌味甚美唯長者與第二子羅睺羅多取而食之取已隨長盡而復生自餘親屬皆不能見祖知其宿因遂至其家長者廼問其故祖曰汝家昔曾供養一比丘然此比丘道眼未明以虛霑信施故報爲木菌唯汝與子精誠供養得以享之餘卽否矣又問長者年多

少荅曰七十有九祖乃說偈曰入道不通理復身還信施汝年八十一此樹不生耳長者聞偈已彌加歎伏且曰弟子衰老不能事師願捨次子隨師出家祖曰昔如來記此子當第二五百年爲大教主今之相遇葢符宿因卽與剃髮執侍至巴連弗城聞諸外道欲障佛法計之旣久祖乃執長旛入彼衆中彼問祖曰汝何不前祖曰汝何不後彼曰汝似賤人祖曰汝似良人彼曰汝解何法祖曰汝百不解彼曰我欲得佛祖曰我灼然得佛彼曰汝不合得祖曰元道我得汝實不得彼曰汝旣不得云何言得祖曰汝有我故所以不得我無我故我自當得彼辭旣屈乃問祖曰汝名何等祖曰我名迦那提婆彼旣夙聞祖名乃悔過致謝時衆中猶互興問難祖折以無礙之辯由是歸伏乃告上足羅睺羅多而付法眼偈曰本對傳法人爲說解脫理於法實無證無終亦無始祖說偈已入奮迅定身放八光而歸寂滅學衆興塔而供養之卽前漢文帝十九年庚辰歲也

十六祖羅睺羅多尊者迦毘羅國人也行化至室羅筏城有河名曰金水其味殊美中流復現五佛影祖告衆曰此河之源凡五百里有聖者僧伽難提居於彼處佛誌一千年後當紹聖位語已領諸學衆泝流而上至彼見僧伽難提安坐入定祖與衆伺之經三七日方從定起祖問曰汝身定邪心定邪提曰身心俱定祖曰身心俱定何有出入提曰雖有出入不失定相如金在井金體常寂祖曰若金在井若金出井金無動靜何物出入提曰

言金動靜何物出入言金出入金非動靜祖曰若金在井出者何金若金出井在者何物提曰金若出井在者非金金若在井出者非物祖曰此義不然提曰彼義非著祖曰此義當墮提曰彼義不成祖曰彼義不成我義成矣提曰我義雖成法非我故祖曰我義已成我無我故提曰我無我故復成何義祖曰我無我故故成汝義提曰仁者師誰得是無我祖曰我師迦那提婆證是無我難提以偈讚曰稽首提婆師而出於仁者仁者無我故我欲師仁者祖以偈荅曰我已無我故汝須見我我汝若師我故知我非我我難提心意豁然即求度脫祖曰汝心自在非我所繫語已即以右手擎金鉢舉至梵宮取彼香飯將齋大衆而大衆忽生厭惡之心祖曰非我之咎汝等自業即命難提分座同食衆復訝之祖曰汝不得食皆由此故當知與吾分座者即過去娑羅樹王如來也愍物降跡汝輩亦莊嚴劫中已至三果而未證無漏者也衆曰我師神力斯可信矣彼云過去佛者即竊疑焉難提知衆生慢乃曰世尊在日世界平正無有丘陵江河溝洫水悉甘美草木滋茂國土豐盈無八苦行十善自雙樹示滅八百餘年世界丘墟樹木枯悴人無至信正念輕微不信眞如唯愛神力言訖以右手漸展入地至金剛輪際取甘露水以琉璃器持至會所大衆見之即時欽慕悔過作禮於是祖命僧伽難提而付法眼偈曰於法實無證不取亦不離法非有無相內外云何起祖付法已安坐歸寂四衆建塔當前漢武帝二十八年戊辰

歲也

十七祖僧伽難提尊者室羅筏城寶莊嚴王之子也生而能言常讚佛事七歲卽厭世樂以偈告其父母曰稽首大慈父和南骨血母我今欲出家幸願哀愍故父母固止之遂終日不食乃許其在家出家號僧伽難提復命沙門禪利多爲之師積十九載未嘗退倦每自念言身居王宮胡爲出家一夕天光下矚見一路坦平不覺徐行約十里許至大巖前有石窟焉乃燕寂於中父旣失子卽擯禪利多出國訪尋其子不知所在經十年祖得法受記已行化至摩提國忽有涼風襲衆身心悅適非常而不知其然祖曰此道德之風也當有聖者出世嗣續祖燈乎言訖以神力攝諸大衆遊歷山谷食頃至一峰下謂衆曰此峰頂有紫雲如蓋聖人居此矣卽與大衆徘徊久之見山舍一童子持圓鑑直造祖前祖問汝幾歲耶曰百歲祖曰汝年尚幼何言百歲童曰我不會理正百歲耳祖曰汝善機耶童曰佛言若人生百歲不會諸佛機未若生一日而得決了之祖曰汝手中者當何所表童曰諸佛大圓鑑內外無瑕翳兩人同得見心眼皆相似彼父母聞子語卽捨令出家祖攜至本處授具戒訖名伽耶舍多他時聞風吹殿鈴聲祖問曰鈴鳴耶風鳴耶舍多曰非風鈴鳴我心鳴耳祖曰心復誰乎舍多曰俱寂靜故祖曰善哉善哉繼吾道者非子而誰卽付法眼偈曰心地本無生因地從緣起緣種不相妨華果亦復爾祖付法已右手攀樹而化大衆議曰尊者樹下歸寂其垂蔭後裔

乎將奉全身於高原建塔衆力不能舉卽就樹下起塔當前漢昭帝十三年丁未歲也

十八祖伽耶舍多尊者摩提國人也姓鬱頭藍父天蓋母方聖嘗夢大神持鑑因而有娠凡七日而誕肌體瑩如琉璃未嘗洗沐自然香潔幼好閑靜語非常童持鑑出遊遇難提尊者得度後領徒至大月氏國見一婆羅門舍有異氣祖將入彼舍舍主鳩摩羅多問曰是何徒衆祖曰是佛弟子彼聞佛號心神竦然卽時閉戶祖良久扣其門羅多曰此舍無人祖曰荅無者誰羅多聞語知是異人遽開關延接祖曰昔世尊記曰吾滅後一千年有大士出現於月氏國紹隆玄化今汝值吾應斯嘉運於是鳩摩羅多發宿命智投誠出家授具訖付法偈曰有種有心地因緣能發萌於緣不相礙當生生不生祖付法已踊身虛空現十八種神變化火光三昧自焚其身衆以舍利起塔當前漢成帝二十年戊申歲也

十九祖鳩摩羅多尊者大月氏國婆羅門之子也昔爲自在天人（欲界第六天）見菩薩瓔珞忽起愛心墮生忉利（欲界第二天）聞憍尸迦說般若波羅蜜多以法勝故升於梵天（色界）以根利故善說法要諸天尊爲導師以繼祖時至遂降月氏後至中天竺國有大士名闍夜多問曰我家父母素信三寶而常縈疾瘵凡所營作皆不如意而我隣家久爲旃陀羅行而身常勇健所作和合彼何幸而我何辜祖曰何足疑乎且善惡之報有三時焉凡人但見仁夭暴壽逆吉義凶便謂亡因果虛罪福殊不知影響相隨毫釐靡忒縱經百千萬劫亦不磨

滅時闍夜多聞是語已頓釋所疑祖曰汝雖已信三業而未明業從惑生惑因識有識依不覺不覺依心心本清淨無生滅無造作無報應無勝負寂寂然靈靈然汝若入此法門可與諸佛同矣一切善惡有爲無爲皆如夢幻闍夜多承言領旨卽發宿慧懇求出家旣受具祖告曰吾今寂滅時至汝當紹行化迹乃付法眼偈曰性上本無生爲對求人說於法旣無得何懷決不決又云此是妙音如來見性清淨之句汝宜傳布後學言訖卽於座上以指爪剺面如紅蓮開出大光明照耀四衆而入寂滅闍夜多起塔當新室十四年壬午歲也

二十祖闍夜多尊者北天竺國人也智慧淵沖化導無量後至羅閱城敷揚頓敎彼有學衆唯尚辯論爲之首者名婆修盤頭常一食不臥六時禮佛清淨無欲爲衆所歸祖將欲度之先問彼衆曰此徧行頭陀能修梵行可得佛道乎衆曰我師精進何故不可祖曰汝師與道遠矣設苦行歷於塵劫皆虛妄之本也衆曰尊者蘊何德行而譏我師祖曰我不求道亦不顚倒我不禮佛亦不輕慢我不長坐亦不懈怠我不一食亦不雜食我不知足亦不貪欲心無所希名之曰道時徧行聞已發無漏智歡喜讚歎祖又語彼衆曰會吾語否吾所以然者爲其求道心切夫絃急卽斷故吾不贊令其住安樂地入諸佛智復告徧行曰吾適對衆抑挫仁者得無惱於衷乎徧行曰我憶念七劫前生常安樂國師與智者月淨記我非久當證斯陀含果時有大

光明菩薩出世我以老故策杖禮謁師叱我曰重子輕父一何鄙哉時我自謂無過請師示之曰汝禮大光明菩薩以杖倚壁畫佛面以此過慢遂失二果我責躬悔過以來聞諸惡言如風如響況今獲飲無上甘露而反生熱惱邪惟願大慈以妙道垂誨祖曰汝久植衆德當繼吾宗聽吾偈曰言下合無生同於法界性若能如是解通達事理竟祖付法已不起於座奄然歸寂闍維收舍利建塔當後漢明帝十七年甲戌歲也

二十一祖婆修盤頭尊者羅閱城人也姓毘舍佉父光蓋母嚴一家富而無子父母禱於佛塔而求嗣焉一夕母夢吞明暗二珠覺而有孕經七日有一羅漢名賢衆至其家光蓋設禮賢衆端坐受之嚴一出拜賢衆避席云回禮法身大士光蓋罔測其由遂取一寶珠跪獻試其眞僞賢衆即受之殊無遜謝光蓋不能忍問曰我是丈夫致禮不顧我妻何德尊者避之賢衆曰我受禮納珠貴福汝耳汝婦懷聖子生當爲世燈慧日故吾避之非重女人也賢衆又曰汝婦當生二子一名婆修盤頭則吾所尊者也二名芻尼（此云野鵲子）昔如來在雪山修道芻尼巢於頂上佛既成道芻尼受報爲那提國王佛記云汝至第二五百年生羅閱城毘舍佉家與聖同胞今無爽矣後一月果產二子尊者婆修盤頭年至十五禮光度羅漢出家感毘婆訶菩薩與之授戒行化至那提國彼王名常自在有二子一名摩訶羅次名摩拏羅王問祖曰羅閱城土風與此何異祖曰彼土曾三佛出世今王國有

二師化導王曰二師者誰祖曰佛記第二五百年有二神力大士出家繼聖卽王之次子摩拏羅是其一也吾雖德薄敢當其一王曰誠如尊者所言當捨此子作沙門祖曰善哉大王能遵佛旨卽與授具付法偈曰泡幻同無礙如何不了悟達法在其中非今亦非古祖付法已踊身高半由旬屹然而住四衆仰瞻虔請復坐跏趺而逝荼毘得舍利建塔當後漢殤帝十二年丁巳歲也

二十二祖摩拏羅尊者那提國常自在王之子也年三十遇婆修祖師出家傳法至西印度彼國王名得度卽瞿曇種族歸向佛乘勤行精進一日於行道處現一小塔欲取供養衆莫能舉王卽大會梵行禪觀咒術等三衆欲問所疑時祖亦赴此會是三衆皆莫能辨祖卽爲王廣說塔之所因（塔阿育王造者此不繁錄）今之出現王福力之所致也王聞是說乃曰至聖難逢世樂非久卽傳位太子投祖出家七日而證四果祖深加慰誨曰汝居此國善自度人今異域有大法器吾當往化得度曰師應迹十方動念當至寧勞往邪祖曰然於是焚香遙語月氏國鶴勒那比丘曰汝在彼國教導鶴衆道果將證宜自知之時鶴勒那爲彼國王寶印說修多羅偈忽覩異香成穗王曰是何祥也曰此是西印土傳佛心印祖師摩拏羅將至先降信香耳曰此師神力何如曰此師遠承佛記當於此土廣宣玄化時王與鶴勒那俱遙作禮祖知已卽辭得度比丘往月氏國受王與鶴勒那供養後鶴勒那問祖曰我止林間已經九白（印度以一年爲一白）有弟子龍

子者幼而聰慧我於三世推窮莫知其本祖曰此子於第五劫中生妙喜國婆羅門家曾以旃檀施於佛宇作槌撞鐘受報聰敏爲衆欽仰又問我有何緣而感鶴衆祖曰汝第四劫中嘗爲比丘當赴會龍宮汝諸弟子咸欲隨從汝觀五百衆中無有一人堪任妙供時諸弟子曰師常說法於食等者於法亦等今既不然何聖之有汝卽令赴會自汝捨生趣生轉化諸國其五百弟子以福微德薄生於羽族今感汝之惠故爲鶴衆相隨鶴勒那問曰以何方便令彼解脫祖曰我有無上法寶汝當聽受化未來際而說偈曰心隨萬境轉轉處實能幽隨流認得性無喜復無憂時鶴衆聞偈飛鳴而去祖跏趺寂然奄化鶴勒那與寶印王起塔當後漢桓帝十九年乙巳歲也

二十三祖鶴勒那尊者（勒那梵語鶴卽華言以常感羣鶴戀慕故名耳）月氏國人也姓婆羅門父千勝母金光以無子故禱於七佛金幢卽夢須彌山頂一神童持金環云我來也覺而有孕年七歲遊行聚落覩民間淫祀乃入廟叱之曰汝妄興禍福幻惑於人歲費牲牢傷害斯甚言訖廟貌忽然而壞由是鄉黨謂之聖子年二十二出家三十遇摩拏羅尊者付法眼藏行化至中印度彼國王名無畏海崇信佛道祖爲說正法次王忽見二人緋素服拜祖王問曰此何人也祖曰此是日月天子吾昔曾爲說法故來禮拜良久不見唯聞異香王曰日月國土總有多少祖曰千釋迦佛所化世界各有百億迷盧日月我若廣說卽不能盡王聞忻然

時祖演無上道度有緣衆以上足龍子早夭有兄師子博通强記事婆羅門厥師既逝弟復云亡乃歸依尊者而問曰我欲求道當何用心祖曰汝欲求道無所用心曰既無用心誰作佛事祖曰汝若有用卽非功德汝若無作卽是佛事經云我所作功德而無我所故師子聞是語已卽入佛慧時祖忽指東北問曰是何氣象師子曰我見氣如白虹貫乎天地復有黑氣五道横亘其中祖曰其兆云何曰莫可知矣祖曰吾滅後五十年北天竺國當有難起嬰在汝身吾將滅矣今以法眼付囑於汝善自護持乃說偈曰認得心性時可說不思議了了無可得得時不說知師子比丘聞偈欣慊然未曉將罹何難祖乃密示之言訖現十八變而歸寂闍維畢分舍利各欲興塔祖復現空中而說偈曰一法一切法一切一法攝吾身非有無何分一切塔大衆聞偈遂不復分就馱都場而建塔焉卽後漢獻帝二十年己丑歲也

二十四祖師子比丘者中印度人也姓婆羅門得法遊方至罽賓國有波利迦者本習禪觀故有禪定知見執相捨相不語之五衆祖詰而化之四衆皆默然心服唯禪定師達磨達者聞四衆被責憤悱而來祖曰仁者習定何當來此既至于此胡云習定彼曰我雖來此心亦不亂定隨人習豈在處所祖曰仁者既來其習亦至既無處所豈在人習彼曰定習人故非人習定我當來此其定常習祖曰人非習定定習人故當自來時其定誰習彼曰如淨明珠内外無翳定若通達必當如此

祖曰定若通達一似明珠今見仁者非珠之徒彼曰其珠明徹內外悉定我心不亂猶若此淨祖曰其珠無內外仁者何能定穢物非動揺此定不是淨達磨達蒙祖開悟心地朗然祖既攝五衆名聞遐邇方求法嗣遇一長者引其子問祖曰此子名斯多當生便拳左手今既長矣終未能舒願尊者示其宿因祖覩之卽以手接曰可還我珠童子遽開手奉珠衆皆驚異祖曰吾前報爲僧有童子名婆舍吾嘗赴西海齋受䞋珠付之今還吾珠理固然矣長者遂捨其子出家祖卽與授具以前緣故名婆舍斯多祖卽謂之曰吾師密有懸記罹難非久如來正法眼藏今轉付汝汝應保護普潤來際偈曰正說知見時知見俱是心當心卽知見知見卽於今祖說偈已以僧伽梨密付斯多俾之他國隨機演化斯多受教直抵南天祖謂難不可以苟免獨留罽賓時本國有外道二人一名摩目多二名都落遮學諸幻法欲共謀亂乃盜爲釋子形像潛入王宮且曰不成卽罪歸佛子妖既自作禍亦旋踵王果怒曰吾素歸心三寶何乃構害一至於斯卽命破毀伽藍祛除釋衆又自秉劍至尊者所問曰師得蘊空否祖曰已得蘊空王曰離生死否祖曰已離生死王曰既離生死可施我頭祖曰身非我有何悋於頭王卽揮刃斷尊者首白乳涌高數尺王之右臂旋亦墮地七日而終太子光首歎曰我父何故自取其禍時有象白山仙人者深明因果卽爲光首廣宣宿因解其疑網（事具聖胄集及寶林傳）遂以師子尊者報體而建塔焉當魏齊王

二十年巳卯歲也

二十五祖婆舍斯多尊者罽賓國人也姓婆羅門父寂行母常安樂初母夢得神劒因而有孕既誕拳左手遇師子尊者顯發宿因密授心印後適南天至中印度彼國王名迦勝設禮供養時有外道號無我尊先爲王禮重嫉祖之至欲與論義幸而勝之以固其事乃於王前謂祖曰我解黙論不假言說祖曰孰知勝負彼曰不爭勝負但取其義祖曰汝以何爲義彼曰無心爲義祖曰汝既無心豈得義乎彼曰我說無心當名非義祖曰汝說無心當名非義我說非心當義非名彼曰當義非名誰能辨義祖曰汝名非義此名何名彼曰爲辨非義是名無名祖曰名既非名義亦非義辨者是誰當辨何物如是往返五十九番外道杜口信伏於時祖忽面北合掌長吁曰我師師子尊者今日遇難斯可傷焉卽辭王南邁達於南天潛隱山谷時彼國王名天德迎請供養王有二子一名德勝凶暴而色力充盛一名不如密多和柔而長嬰疾苦祖乃爲陳因果王卽頓釋所疑又有咒術師忌祖之道乃潛置毒藥於飲食中祖知而食之彼返受禍遂投祖出家祖卽與授具後六十載德勝卽位復信外道致難於祖不如密多以進諫被因王遽問祖曰予國素絶妖訛師所傳者當是何宗祖曰王國昔來實無邪法我所得者卽是佛宗王曰佛滅已千二百載師從誰得邪祖曰飲光大士親受佛印展轉至二十四世師子尊者我從彼得王曰予聞師子比丘不能免於刑戮何能傳法後人祖

曰我師難未起時密授我信衣法偈以顯師承王曰其衣何在祖卽於囊中出衣示王王命焚之五色相鮮薪盡如故王卽追悔致禮師子真嗣既明乃赦密多密多遂求出家祖問曰汝欲出家當爲何事密多曰我若出家不爲其事祖曰不爲何事密多曰不爲俗事祖曰當爲何事密多曰當爲佛事祖曰太子智慧天至必諸聖降迹卽許出家六年侍奉後於王宫受具羯磨之際大地震動頗多靈異祖乃命之曰吾已衰朽安可久留汝當善護正法眼藏普濟羣有聽吾偈曰聖人說知見當境無是非我今悟眞性無道亦無理不如密多聞偈再啓祖曰法衣宜可傳授祖曰此衣爲難故假以證明汝身無難何假其衣化被十方人自信向不如密多聞語作禮而退祖現於神變化三昧火自焚平地舍利可高一尺德勝王創浮圖而秘之當東晉明帝太寧三年乙酉歲也

二十六祖不如密多尊者南印度天德王之次子也既受度得法至東印度彼王名堅固奉外道師長爪梵志暨尊者將至王與梵志同覩白氣貫於上下王曰斯何瑞也梵志預知祖入境恐王遷善乃曰此是魔來之兆耳何瑞之有卽鳩諸徒衆議曰不如密多將入都城誰能挫之弟子曰我等各有咒術可以動天地入水火何患哉祖至先見宫牆有黑氣乃曰小難耳直詣王所王曰師來何爲祖曰將度衆生王曰以何法度祖曰各以其類度之時梵志聞言不勝其怒卽以幻法化大山於祖頂上祖指之忽在彼衆頭上梵志等

怖懼投祖祖愍其愚惑再指之化山隤滅乃爲王演説法要俾趣眞乘謂王曰此國當有聖人而繼於我是時有婆羅門子年二十許幼失父母不知名氏或自言瓔珞故人謂之瓔珞童子遊行閭里丐求度日若常不輕之類人問汝行何急卽荅曰汝行何緩或曰何姓乃曰與汝同姓莫知其故後王與尊者同車而出見瓔珞童子稽首於前祖曰汝憶往事否童曰我念遠劫中與師同居師演摩訶般若我轉甚深修多羅今日之事葢契昔因祖又謂王曰此童子非他卽大勢至菩薩是也此聖之後復出二人一人化南印度一人緣在震旦四五年內却返此方遂以昔因故名般若多羅付法眼藏偈曰眞性心地藏無頭亦無尾應緣而化物方便呼爲智祖付法

已卽辭王曰吾化緣已終當歸寂滅願王於最上乘無忘外護卽還本座跏趺而逝化火自焚收舍利塔而瘞之當東晉孝武帝太元十三年戊子歲也

二十七祖般若多羅尊者東印度人也既得法已行化至南印度彼王名香至崇奉佛乘尊重供養度越倫等又施無價寶珠時王有三子曰月淨多羅曰功德多羅曰菩提多羅其季開士也祖欲試其所得乃以所施珠問三王子曰此珠圓明有能及否第一王子第二王子皆曰此珠七寶中尊固無踰也非尊者道力孰能受之第三王子曰此是世寶未足爲上於諸寶中法寶爲上此是世光未足爲上於諸光中智光爲上此是世明未足爲上於諸明中心明爲上此珠光明不能自照

要假智光光辨於此既辨此已卽知是珠卽知是珠卽明其寶若明其寶寶不自寶若辨其珠珠不自珠珠不自珠者要假智珠而辨世珠寶不自寶者要假智寶以明法寶然則師有其道其寶卽現衆生有道心寶亦然祖歎其辯慧乃復問曰於諸物中何物無相曰於諸物中不起無相又問於諸物中何物最高曰於諸物中人我最高又問於諸物中何物最大曰於諸物中法性最大祖知是法嗣以時尚未至且默而混之及香至王厭世衆皆號絕唯第三子菩提多羅於柩前入定經七日而出乃求出家既受具戒祖告曰如來以正法眼付大迦葉如是展轉乃至於我我今囑汝聽吾偈曰心地生諸種因事復生理果滿菩提圓華開世界起尊者付法已卽於座上起立舒左右手各放光明二十七道五色光耀又踊身虛空高七多羅樹化火自焚空中舍利如雨收以建塔當宋孝武帝大明元年丁酉歲祖因東印度國王請祖齋次王乃問諸人盡轉經唯師爲甚不轉祖曰貧道出息不隨衆緣入息不居蘊界常轉如是經百千萬億卷非但一卷兩卷

五燈會元卷第二

音釋

閈侯幹切音翰里門曰閈　氐音而切音支月氐西域國名　洫呼臭切音恤田間水道也　瘵側賣切音鄒勞病也　剺良脂切音梨劃也

五燈會元卷第三

宋　沙　門　大　川　濟　纂

東土祖師

初祖菩提達磨大師者南天竺國香至王第三子也姓剎帝利本名菩提多羅後遇二十七祖般若多羅至本國受王供養知師密迹因試令與二兄辨所施寶珠發明心要既而尊者謂曰汝於諸法已得通量夫達磨者通大之義也宜名達磨因改號菩提達磨祖乃告尊者曰我既得法當往何國而作佛事願垂開示者曰汝雖得法未可遠遊且止南天待吾滅後六十七載當往震旦設大法藥直接上根慎勿速行衰於日下祖又曰彼有大士堪爲法器否千載之下有留難否者曰汝所化之方獲菩提者不可勝數吾滅後六十餘年彼國有難水中文布自善降之汝至時南方勿住彼唯好有爲功業不見佛理汝縱到彼亦不可久留聽吾偈曰路逢跨水復逢羊獨自栖栖暗渡江日下可憐雙象馬二株嫩桂久昌昌又問曰此後更有何事者曰從是已去一百五十年而有小難聽吾讖曰心中雖吉外頭凶川下僧房名不中爲遇毒龍生武子忽逢小鼠寂無窮又問此後如何者曰却後二百二十年林下見一人當得道果聽吾讖曰震旦雖濶無別路要假兒孫脚下行金雞解銜一粒粟供養十方羅漢僧復演諸偈皆預讖佛教隆替（事具寶林傳及聖胄集）祖恭稟教義服勤左右垂四十年未嘗廢闕迨尊者順世遂演化本國時有二師一名佛大先二名佛大勝多本與祖同學佛陀跋陀小乘禪

觀佛大先旣遇般若多羅尊者捨小趣大與祖並化時號二甘露門矣而佛大勝多更分徒而爲六宗第一有相宗第二無相宗第三定慧宗第四戒行宗第五無得宗第六寂靜宗各封已解別展化源聚落崢嶸徒衆甚盛祖喟然歎曰彼之一師已陷牛迹況復支離繁盛而分六宗我若不除永纏邪見言已微現神力至有相宗所問曰一切諸法何名實相彼衆中有一尊長薩婆羅荅曰於諸相中不互諸相是名實相祖曰一切諸相而不互者若名實相當何定邪彼曰於諸相中實無有定若定諸相何名爲實祖曰諸相不定便名實相汝今不定當何得之彼曰我言不定不說諸相當說諸相其義亦然祖曰汝言不定當爲實相定不定故卽非實相彼曰定旣不定卽非實相知我非故不定不變祖曰汝今不變何名實相已變已往其義亦然彼曰不變當在在不在故故變實相以定其義祖曰實相不變變卽非實於有無中何名實相薩婆羅心知聖師懸解潛達卽以手指虛空曰此是世間有相亦能空故當我此身得似此否祖曰若解實相卽見非相若了非相其色亦然當於色中不失色體於非相中不礙有故若能是解此名實相彼衆聞已心意朗然欽禮信受祖瞥然匿跡至無相宗所問曰汝言無相當何證之彼衆中有波羅提荅曰我明無相心不現故祖曰汝心不現當何明之彼曰我明無相心不取捨當於明時亦無當者祖曰於諸有無心不取捨又無當者諸明無故彼曰入佛三昧尚無所得何況無相

而欲知之祖曰相既不知誰云有無尚無所得何名三昧彼曰我説不證證無所證非三昧故我説三昧祖曰非三昧者何當名之汝既不證非證何證波羅提聞祖辯析卽悟本心禮謝於祖懺悔往謬祖記曰汝當得果不久證之此國有魔非久降之言已忽然不現至定慧宗所問曰汝學定慧爲一爲二彼衆中有婆蘭陀者荅曰我此定慧非一非二祖曰既非一二何名定慧彼曰在定非定處慧非慧一卽非一二亦不二祖曰當一不一當二不二既非定慧約何定慧彼曰不一不二定慧能知非定非慧亦復然矣祖曰慧非定故然何知哉不一不二誰定誰慧婆蘭陀聞之疑心氷釋至第四戒行宗所問曰何者名戒云何名行當此戒行爲一爲二彼衆中有

一賢者荅曰一二二一皆彼所生依教無染此名戒行祖曰汝言依教卽是有染一二俱破何言依教此二違背不及於行內外非明何名爲戒彼曰我有內外彼已知竟既得通達便是戒行若説違背俱是俱非言及清淨卽戒卽行祖曰俱是俱非何言清淨既得通故何談內外賢者聞之卽自慚伏至無得宗所問曰汝云無得無得何得既無所得亦無得得彼衆中有寶靜者荅曰我説無得非無得得當説得得無得是得祖曰得既不得得亦非得既云得得得得何得彼曰見得非得非得是得若見不得名爲得得祖曰得既非得得得無得既無所得當何得得寶靜聞之頓除疑網至寂靜宗所問曰何名寂靜於此法中誰靜誰寂彼衆中有尊者荅曰此心不

動是名爲寂於法無染名之爲靜祖曰本心不寂要假寂靜本來寂故何用寂靜彼曰諸法本空以空空故於彼空空故名寂靜祖曰空空已空諸法亦爾寂靜無相何靜何寂彼尊者聞師指誨豁然開悟既而六衆咸誓歸依由是化被南天聲馳五印經六十載度無量衆後值異見王輕毀三寶每云我之祖宗皆信佛道陷於邪見壽年不永運祚亦促且我身是佛何更外求善惡報應皆因多智之者妄構其說至於國內耆舊爲前王所奉者悉從廢黜祖知已歎彼德薄當何救之即念無相宗中二首領其一波羅提者與王有緣將證其果其二宗勝者非不博辯而無宿因時六宗徒衆亦各念言佛法有難師何自安祖遥知衆意即彈指應之六衆聞云此是我

師達磨信響我等宜速行以副慈命即至祖所禮拜問訊祖曰一葉翳空孰能翦拂宗勝曰我雖淺薄敢憚其行祖曰汝雖辯慧道力未全宗勝自念我師恐我見王大作佛事名譽顯達映奪尊威縱彼福慧爲王我是沙門受佛教旨豈難敵也言訖潛去至王所廣說法要及世界苦樂人天善惡等事王與之往返徵詰無不詣理王曰汝今所解其法何在宗勝曰如王治化當合其道王所有道其道何在王曰我所有道將除邪法汝所有法將伏何人祖不起於座懸知宗勝義墮遽告波羅提曰宗勝不禀吾教潛化於王須臾理屈汝可速救波羅提恭禀祖旨云願假神力言已雲生足下至大王前默然而住時王正問宗勝忽見波羅提乘雲而至愕然忘其問荅

曰乘空之者是正是邪提曰我非邪正而來正邪王心若正我無邪正王雖驚異而憍慢方熾卽擯宗勝令出波羅提曰王旣有道何擯沙門我雖無解願王致問王怒而問曰何者是佛提曰見性是佛王曰師見性否提曰我見佛性王曰性在何處提曰性在作用王曰是何作用我今不見提曰今現作用王自不見王曰於我有否提曰王若作用無有不是王若不用體亦難見王曰若當用時幾處出現提曰若出現時當有其八王曰其八出現當爲我說波羅提卽說偈曰在胎爲身處世爲人在眼曰見在耳曰聞在鼻辨香在口談論在手執捉在足運奔徧現俱該沙界收攝在一微塵識者知是佛性不識喚作精魂王聞偈已心卽開悟悔謝前非咨詢法要朝夕忘倦迄於九旬時宗勝旣被斥逐退藏深山念曰我今百歲八十爲非二十年來方歸佛道性雖愚昧行絕瑕疵不能禦難生何如死言訖卽自投崖俄有神人以手捧承置於巖上安然無損宗勝曰我忝沙門當與正法爲主不能抑絕王非是以捐身自責何神祐助一至於斯願垂一語以保餘年於是神人乃說偈曰師壽於百歲八十而造非爲近至尊故薰修而入道雖具小智慧而多有彼我所見諸賢等未嘗生珍敬二十年功德其心未恬靜聰明輕慢故而獲至於此得王不敬者當感果如是自今不疎怠不久成奇智諸聖悉存心如來亦復爾宗勝聞偈欣然卽於巖間宴坐時王復問波羅提曰仁者智辯當師何人提曰我所出家卽娑羅寺烏沙婆三

藏爲受業師其出世師者卽大王叔菩提達磨是也王聞祖名驚駭久之曰鄙薄忝嗣王位而趣邪背正忘我尊叔遽敕近臣特加迎請祖卽隨使而至爲王懺悔往非王聞規誡泣謝於祖又詔宗勝歸國大臣奏曰宗勝被讁投崖今已亡矣王告祖曰宗勝之死皆自於吾如何大慈令免斯罪祖曰宗勝今在巖間宴息但遣使召當卽至矣王卽遣使入山果見宗勝端居禪寂宗勝蒙召乃曰深愧王意貧道誓處巖泉且王國賢德如林達磨是王之叔六衆所師波羅提法中龍象願王崇仰二聖以福皇基使者復命未至祖謂王曰知取得宗勝否王曰未知祖曰一請未至再命必來良久使還果如祖語祖遂辭王曰當善修德不久疾作吾且去矣經七日王乃得

疾國醫診治有加無瘳貴戚近臣憶師前記急發使告祖曰王疾殆至彌留願叔慈悲遠來診救祖卽至慰問時宗勝再承王召卽別巖間波羅提亦來問疾謂祖曰當何施爲令王免苦祖卽令太子爲王宥罪施恩崇奉三寶復爲懺悔願罪消滅如是者三王疾有間師念震旦緣熟行化時至乃先辭祖塔次別同學後至王所慰而勉之曰當勤修白業護持三寶吾去非晚一九卽回王聞師言涕淚交集曰此國何罪彼土何祥叔旣有緣非吾所止惟願不忘父母之國事畢早回王卽具大舟實以衆寶躬率臣寮送至海壖祖汎重溟凡三周寒暑達於南海實梁普通七年庚子歲九月二十一日也廣州刺史蕭昂具主禮迎接表聞武帝帝覽奏遣使齎詔迎請舊板

年甲差誤今依梁僧寶唱續法記宋嵩禪師正宗記前後改云十月一日至金陵帝問曰朕卽位已來造寺寫經度僧不可勝紀有何功德祖曰並無功德帝曰何以無功德祖曰此但人天小果有漏之因如影隨形雖有非實帝曰如何是眞功德祖曰淨智妙圓體自空寂如是功德不以世求帝又問如何是聖諦第一義祖曰廓然無聖帝曰對朕者誰祖曰不識帝不領悟祖知機不契是月十九日潛回江北十一月二十三日屆於洛陽當魏孝明帝正光元年也寓止於嵩山少林寺面壁而坐終日默然人莫之測謂之壁觀婆羅門時有僧神光者曠達之士也久居伊洛博覽羣書善談玄理每歎曰孔老之敎禮術風規莊易之書未盡妙理近聞達磨大士住止少林至人不遙當造玄境乃往彼晨夕參承祖常端坐面壁莫聞誨勵光自惟曰昔人求道敲骨取髓刺血濟饑布髮掩泥投崖飼虎古尚若此我又何人其年十二月九日夜天大雨雪光堅立不動遲明積雪過膝祖憫而問曰汝久立雪中當求何事光悲淚曰惟願和尚慈悲開甘露門廣度羣品祖曰諸佛無上妙道曠劫精勤難行能行非忍而忍豈以小德小智輕心慢心欲冀眞乘徒勞勤苦光聞祖誨勵潛取利刀自斷左臂置於祖前祖知是法器乃曰諸佛最初求道爲法忘形汝今斷臂吾前求亦可在祖遂因與易名曰慧可可曰諸佛法印可得聞乎祖曰諸佛法印匪從人得可曰我心未寧乞師與安祖曰將心來與汝安可良久曰覓心了不可得祖曰我與汝安心竟越九年欲返天

竺命門人曰時將至矣汝等盍各言所得乎時有道副對曰如我所見不執文字不離文字而爲道用祖曰汝得吾皮尼總持曰我今所解如慶喜見阿閦佛國一見更不再見祖曰汝得吾肉道育曰四大本空五陰非有而我見處無一法可得祖曰汝得吾骨最後慧可禮拜依位而立祖曰汝得吾髓乃顧慧可而告之曰昔如來以正法眼付迦葉大士展轉囑累而至於我我今付汝汝當護持并授汝袈裟以爲法信各有所表宜可知矣可曰請師指陳祖曰內傳法印以契證心外付袈裟以定宗旨後代澆薄疑慮競生云吾西天之人言汝此方之子憑何得法以何證之汝今受此衣法却後難生但出此衣并吾法偈用以表明其化無礙至吾滅後二百年衣止不傳法周沙界明道者多行道者少說理者多通理者少潛符密證千萬有餘汝當闡揚勿輕未悟一念回機便同本得聽吾偈曰吾本來茲土傳法救迷情一花開五葉結果自然成祖又曰吾有楞伽經四卷亦用付汝卽是如來心地要門令諸衆生開示悟入吾自到此凡五度中毒我嘗自出而試之置石石裂緣吾本離南印來此東土見赤縣神州有大乘氣象遂踰海越漠爲法求人際會未諧如愚若訥今得汝傳授吾意已終別記云祖初居少林寺九年爲二祖說法秖教外息諸緣內心無喘心如墻壁可以入道慧可種種說心性曾未契理祖秖遮其非不爲說無念心體可忽曰我已息諸緣祖曰莫成斷滅去否可曰不成斷滅祖曰此是諸佛所傳心體更勿疑也言已乃與徒衆往禹門千聖寺止三日有期城太守楊衒之早慕佛乘問祖曰西天五印師承爲祖其道如何

祖曰明佛心宗行解相應名之曰祖又問此外如何祖曰須明他心知其今古不厭有無於法無取不賢不愚無迷無悟若能是解故稱爲祖又曰弟子歸心三寶亦有年矣而智慧昏蒙尚迷眞理適聽師言罔知攸措願師慈悲開示宗旨祖知懇到即說偈曰亦不覩惡而生嫌亦不觀善而勤措亦不捨智而近愚亦不拋迷而就悟達大道兮過量通佛心兮出度不與凡聖同躔超然名之曰祖衒之聞得悲喜交并曰願師久住世間化導羣有祖曰吾即逝矣不可久留根性萬差多逢患難衒之曰未審何人弟子爲師除得否祖曰吾以傳佛秘密利益迷途害彼自安必無此理衒之曰師若不言何表通變觀照之力祖不獲已乃爲讖曰江槎分玉浪管炬開金鎖五口相共行九十無彼我衒之聞語莫究其端默記於懷禮辭而去祖之所讖雖當時不測而後皆符驗時魏氏奉釋禪雋如林光統律師流支三藏者乃僧中之鸞鳳也覩師演道斥相指心每與師論義是非蜂起祖遐振玄風普施法雨而偏局之量自不堪任競起害心數加毒藥至第六度以化緣已畢傳法得人遂不復救之端居而逝即魏莊帝永安元年戊申十月五日也其年十二月二十八日葬熊耳山起塔於定林寺後三歲魏宋雲奉使西域回遇祖於葱嶺見手攜隻履翩翩獨逝雲問師何往祖曰西天去雲歸具說其事及門人啓壙唯空棺一隻革履存焉舉朝爲之驚歎奉詔取遺履於少林寺供養至唐開元十五年丁卯歲爲信道者竊在五臺華

嚴寺今不知所在初梁武遇祖因緣未契及聞化行魏邦遂欲自撰師碑而未暇也後聞宋雲事乃成之代宗諡圓覺大師塔曰空觀

年號依紀年通譜通論曰傳燈謂魏孝明帝欽祖異迹三屈詔命祖竟不下少林及祖示寂宋雲自西域還遇祖於葱嶺孝莊帝有旨令啓壙如南史普通八年即大通元年也孝明以是歲四月癸丑殂祖以十月至梁蓋祖未至魏時孝明已去世矣其子即位未幾爲爾朱榮所弑乃立孝莊帝由是魏國大亂越三年而孝莊殂又五年分割爲東西魏然則吾祖在少林時正値其亂及宋雲之還則孝莊去世亦五六年其國至於分割久矣烏有孝莊令啓壙之說乎按唐史云後魏未有僧達磨航海而來既卒其年魏使宋雲於葱嶺回見之門徒發其墓但有隻履而已此乃實錄也

二祖慧可大師者武牢人也姓姬氏父寂未有子時嘗自念言我家崇善豈令無子禱之既久一夕感異光照室其母因而懷姙及長遂以照室之瑞名之曰光自幼志氣不羣博涉詩書尤精玄理而不事家產好遊山水後覽佛書超然自得即抵洛陽龍門香山依寶靜禪師出家受具於永穆寺浮游講肆徧學大小乘義年三十三却返香山終日宴坐又經八載於寂默中倏見一神人謂曰將欲受果何滯此邪大道匪遙汝其南矣祖知神助因改名神光翌日覺頭痛如刺其師欲治之空中有聲曰此乃換骨非常痛也祖遂以見神事白於師師視其頂骨即如五峰秀出矣乃曰汝相吉祥當有所證神令汝南者斯則少林達磨大士必汝之師也祖受敎造於少室其得法傳衣事迹達磨章具之矣自少林託化西歸大師繼闡玄風博求法嗣至北齊天平二年有一居士年踰四十不言名氏聿來設禮而問祖曰弟子身纏風恙請和尚懺

罪祖曰將罪來與汝懺士良久曰覓罪不可得祖曰與汝懺罪竟宜依佛法僧住士曰今見和尚已知是僧未審何名佛法祖曰是心是佛是心是法法佛無二僧寶亦然士曰今日始知罪性不在內不在外不在中間如其心然佛法無二也祖深器之卽爲剃髮云是吾寶也宜名僧璨其年三月十八日於光福寺受具自茲疾漸愈執侍經二載祖乃告曰菩提達磨遠自竺乾以正法眼藏并信衣密付於吾吾今授汝汝當守護無令斷絕聽吾偈曰本來緣有地因地種華生本來無有種華亦不曾生祖付衣法已又曰汝受吾敎宜處深山未可行化當有國難璨曰師既預知願垂示誨祖曰非吾知也斯乃達磨傳般若多羅懸記云心中雖吉外頭凶是也吾校年代正在於汝汝當諦思前言勿罹世難然吾亦有宿累今要酬之善去善行俟時傳付祖付囑已卽往鄴都隨宜說法一音演暢四衆皈依如是積三十四載遂韜光混跡變易儀相或入諸酒肆或過於屠門或習街談或隨厮役人問之曰師是道人何故如是祖曰我自調心何關汝事又於筦城縣匡救寺三門下談無上道聽者林會時有辯和法師者於寺中講涅槃經學徒聞師闡法稍稍引去辯和不勝其憤興謗於邑宰翟仲侃翟惑其邪說加祖以非法祖怡然委順識眞者謂之賞債時年一百七歲卽隋文帝開皇十三年癸丑歲三月十六日也葬磁州滏陽縣東北七十里唐德宗諡大祖禪師皓月供奉問長沙岑和尚古德云了卽業障本來空未了應須償宿債只如師子尊者二祖大師爲甚麼得償債去沙曰大德

不識本來空月曰如何是本來空沙曰業障
是曰如何是業障沙曰本來空是月無語沙
以偈示之曰假有元非有假滅亦
非無涅槃償債義一性更無殊

三祖僧璨大師者不知何許人也初以白衣謁二祖既受度傳法隱於舒州之皖公山屬後周武帝破滅佛法祖往來太湖縣司空山居無常處積十餘載時人無能知者至隋開皇十二年壬子歲有沙彌道信年始十四來禮祖曰願和尚慈悲乞與解脫法門祖曰誰縛汝曰無人縛祖曰何更求解脫乎信於言下大悟服勞九載後於吉州受戒侍奉尤謹祖屢試以玄微知其緣熟乃付衣法偈曰華種雖因地從地種華生若無人下種華地盡無生祖又曰昔可大師付吾法後往鄴都行化三十年方終今吾得汝何滯此乎卽適羅浮山優游二載却還舊址逾月士民奔趨大設檀供祖爲四衆廣宣心要訖於法會大樹下合掌立終卽隋煬帝大業二年丙寅十月十五日也唐玄宗謚鑑智禪師覺寂之塔師信心銘曰至道無難唯嫌揀擇但莫憎愛洞然明白毫釐有差天地懸隔欲得現前莫存順逆違順相爭是爲心病不識玄旨徒勞念靜圓同太虛無欠無餘良由取捨所以不如莫逐有緣勿住空忍一種平懷泯然自盡止動歸止止更彌動唯滯兩邊寧知一種一種不通兩處失功遣有沒有從空背空多言多慮轉不相應絕言絕慮無處不通歸根得旨隨照失宗須臾返照勝却前空前空轉變皆由妄見不用求眞唯須息見二見不住愼莫追尋纔有是非紛然失心二由一有一亦莫守一心不生萬法無咎無咎無法不生不心

能由境滅境逐能沉境由能境能由境能欲知兩段元是一空一空同兩齊含萬象不見精麄寧有偏黨大道體寬無易無難小見狐疑轉急轉遲執之失度必入邪路放之自然體無去住任性合道逍遥絶惱繫念乖真昏沉不好不好勞神何用疎親欲取一乘勿惡六塵六塵不惡還同正覺智者無爲愚人自縛法無異法妄自愛著將心用心豈非大錯迷生寂亂悟無好惡一切二邊良由斟酌夢幻空華何勞把捉得失是非一時放却眼若不睡諸夢自除心若不異萬法一如一如體玄兀爾忘緣萬法齊觀歸復自然泯其所以不可方比止動無動動止無止兩既不成一何有爾究竟窮極不存軌則契心平等所作俱息狐疑盡淨正信調直一切不留無可記憶虛明自照不勞心力非思量處識情難測真如法界無他無自要急相應唯言不二不二皆同無不包容十方智者皆入此宗宗非促延一念萬年無在不在十方目前極小同大忘絶境界極大同小不見邊表有即是無無即是有若不如是必不須守一即一切一切即一但能如是何慮不畢信心不二不二信心言語道斷非去來今

四祖道信大師者姓司馬氏世居河内後徙於蘄州廣濟縣生而超異幼慕空宗諸解脱門宛如宿習既嗣祖風攝心無寐脅不至席者僅六十年隋大業十三載領徒衆抵吉州值羣盜圍城七旬不解萬衆惶怖祖愍之教令念摩訶般若時賊衆望雉堞間若有神兵乃相謂曰城内必有異人不可攻矣稍稍引

去唐武德甲申歲師却返蘄春住破頭山學侶雲臻一日往黄梅縣路逢一小兒骨相奇秀異乎常童祖問曰子何姓荅曰姓即有不是常姓祖曰是何姓荅曰是佛性祖曰汝無姓邪荅曰性空故無祖黙識其法器即俾侍者至其母所乞令出家母以宿縁故殊無難色遂捨爲弟子以至付法傳衣偈曰華種有生性因地華生生大縁與性合當生生不生遂以學徒委之一日告衆曰吾武德中游廬山登絶頂望破頭山見紫雲如蓋下有白氣横分六道汝等會否衆皆黙然忍曰莫是和尚他後横出一枝佛法否祖曰善後貞觀癸卯歲太宗嚮師道味欲瞻風彩詔赴京祖上表遜謝前後三返竟以疾辭第四度命使曰如果不起即取首來使至山諭旨祖乃引頸就刄神色儼然使異之回以狀聞帝彌加欽慕就賜珍繒以遂其志迄高宗永徽辛亥歲閏九月四日忽垂誡門人曰一切諸法悉皆解脫汝等各自護念流化未來言訖安坐而逝壽七十有二塔於本山明年四月八日塔户無故自開儀相如生爾後門人不敢復閉代宗諡大醫禪師慈雲之塔

五祖弘忍大師者蘄州黄梅人也先爲破頭山中栽松道者甞請於四祖曰法道可得聞乎祖曰汝已老脫有聞其能廣化邪儻若再來吾尚可遲汝迺去行水邊見一女子浣衣揖曰寄宿得否女曰我有父兄可往求之曰諾我即敢行女首肯之遂回策而去女周氏季子也歸輙孕父母大惡逐之女無所歸日傭紡里中夕止於衆館之下已而生一子以

爲不祥因抛濁港中明日見之泝流而上氣體鮮明大驚遂舉之成童隨母乞食里人呼爲無姓兒逢一智者歎曰此子缺七種相不逮如來後遇信大師得法嗣化於破頭山咸亨中有一居士姓盧名慧能自新州來參謁祖問曰汝自何來盧曰嶺南祖曰欲須何事盧曰唯求作佛祖曰嶺南人無佛性若爲得佛盧曰人卽有南北佛性豈然祖知是異人乃訶曰著槽廠去盧禮足而退便入碓房服勞於杵臼之間晝夜不息經八月祖知付授時至遂告衆曰正法難解不可徒記吾言持爲已任汝等各自隨意述一偈若語意冥符則衣法皆付時會下七百餘僧上座神秀者學通內外衆所宗仰咸推稱曰若非尊秀疇敢當之神秀竊聆衆譽不復思惟乃於廊壁書一偈曰身是菩提樹心如明鏡臺時時勤拂拭莫使惹塵埃祖因經行忽見此偈知是神秀所述乃讚歎曰後代依此修行亦得勝果其壁本欲令處士盧珍繪楞伽變相及見題偈在壁遂止不畫各令念誦盧在碓房忽聆誦偈乃問同學是何章句同學曰汝不知和尚求法嗣令各述心偈此則秀上座所述和尚深加歎賞必將付法傳衣也盧曰其偈云何同學爲誦盧良久曰美則美矣了則未了同學訶曰庸流何知勿發狂言盧曰子不信邪願以一偈和之同學不荅相視而笑盧至夜密告一童子引至廊下盧自秉燭請別駕張日用於秀偈之側寫一偈曰菩提本無樹明鏡亦非臺本來無一物何處惹塵埃祖後見此偈曰此是誰作亦未見性衆聞祖語

遂不之顧逮夜祖潛詣碓房問曰米白也未盧曰白也未有篩祖於碓以杖三擊之盧卽以三鼓入室祖告曰諸佛出世爲一大事故隨機大小而引導之遂有十地三乘頓漸等旨以爲教門然以無上微妙秘密圓明眞實正法眼藏付於上首大迦葉尊者展轉傳授二十八世至達磨屆於此土得可大師承襲以至於今以法寶及所傳袈裟用付於汝善自保護無令斷絶聽吾偈曰有情來下種因地果還生無情旣無種無性亦無生盧行者跪受衣法啓曰法則旣受衣付何人祖曰昔達磨初至人未之信故傳衣以明得法今信心已熟衣乃爭端止於汝身不復傳也且當遠隱俟時行化所謂受衣之人命如懸絲也盧曰當隱何所祖曰逢懷卽止遇會且藏盧禮足已捧衣而出是夜南邁大衆莫知五祖自後不復上堂大衆疑恠致問祖曰吾道行矣何更詢之復問衣法誰得邪祖曰能者得於是衆議盧行者名能尋訪旣失潛知彼得卽共奔逐五祖旣付衣法復經四載至上元二年忽告衆曰吾今事畢時可行矣卽入室安坐而逝壽七十有四建塔於黄梅之東山代宗謚大滿禪師法雨之塔

六祖慧能大師者俗姓盧氏其先范陽人父行瑫武德中左官于南海之新州遂占籍焉三歲喪父其母守志鞠養及長家尤貧窶師樵採以給一日負薪至市中聞客讀金剛經至應無所住而生其心有所感悟而問客曰此何法也得於何人客曰此名金剛經得於黄梅忍大師祖遽告其母以爲法尋師之意

直抵韶州遇高行士劉志畧結爲交友尼無盡藏者即志畧之姑也常讀涅槃經師暫聽之即爲解說其義尼遂執卷問字祖曰字即不識義即請問尼曰字尚不識曷能會義祖曰諸佛妙理非關文字尼驚異之告鄉里耆艾曰能是有道之人宜請供養於是居人競來瞻禮近有寶林古寺舊地衆議營緝俾祖居之四衆霧集俄成寶坊祖一日忽自念曰我求大法豈可中道而止明日遂行至昌樂縣西山石室間遇智遠禪師祖遂請益遠曰觀子神姿爽拔殆非常人吾聞西域菩提達磨傳心印於黃梅汝當往彼參決祖辭去直造黃梅之東山即唐咸亨二年也忍大師一見默而識之後傳衣法令隱於懷集四會之間至儀鳳元年丙子正月八日屆南海遇印

宗法師於法性寺講涅槃經祖寓止廊廡間暮夜風颺刹幡聞二僧對論一曰幡動一曰風動往復酬荅曾未契理祖曰可容俗流輒預高論否直以風幡非動動自心耳印宗竊聆此語竦然異之明日邀祖入室徵風幡之義祖具以理告印宗不覺起立曰行者定非常人師爲是誰祖更無所隱直敘得法因由於是印宗執弟子之禮請授禪要乃告四衆曰印宗具足凡夫今遇肉身菩薩乃指座下盧居士曰即此是也因請出所傳信衣悉令瞻禮至正月十五日會諸名德爲之剃髮二月八日就法性寺智光律師授滿分戒其戒壇即宋朝求那跋陀三藏之所置也三藏記云後當有肉身菩薩在此壇受戒又梁末眞諦三藏於壇之側手植二菩提樹謂衆曰却

後一百二十年有大開士於此樹下演無上乘度無量衆祖具戒已於此樹下開東山法門宛如宿契明年二月八日忽謂衆曰吾不願此居欲歸舊隱卽印宗與緇白千餘人送祖歸寶林寺韶州刺史韋據請於大梵寺轉妙法輪并受無相心地戒門人紀録目爲壇經盛行於世後返曹溪雨大法雨學者不下千數中宗神龍元年降詔云朕請安秀二師宮中供養萬機之暇每究一乘二師並推讓曰南方有能禪師密受忍大師衣法可就彼問今遣內侍薛簡馳詔迎請願師慈念速赴上京祖上表辭疾願終林麓簡曰京城禪德皆云欲得會道必須坐禪習定若不因禪定而得解脫者未之有也未審師所說法如何祖曰道由心悟豈在坐也經云若見如來若坐若臥是行邪道何故無所從來亦無所去若無生滅是如來清淨禪諸法空寂是如來清淨坐究竟無證豈況坐邪簡曰弟子回主上必問願和尚慈悲指示心要祖曰道無明暗明暗是代謝之義明暗無盡亦是有盡相待立名故經云法無有比無相待故簡曰明喻智慧暗況煩惱修道之人儻不以智慧照破煩惱無始生死憑何出離祖曰煩惱卽是菩提無二無別若以智慧照煩惱者此是二乘小見羊鹿等機大智上根悉不如是簡曰如何是大乘見解祖曰明與無明其性無二無二之性卽是實性實性者處凡愚而不減在賢聖而不增住煩惱而不亂居禪定而不寂不斷不常不來不去不在中間及其內外不生不滅性相如如常住不遷名之曰道簡

曰師說不生不滅何異外道祖曰外道所說不生不滅者將滅止生以生顯滅滅猶不滅生說無生我說不生不滅者本自無生今亦無滅所以不同外道汝若欲知心要但一切善惡都莫思量自然得入清淨心體湛然常寂妙用恒沙簡蒙指教豁然大悟禮辭歸闕表奏祖語有詔謝師并賜磨衲袈裟絹五百匹寶鉢一口十二月十九日敕改古寶林爲中興寺三年十一月十八日又　敕韶州刺史重加崇飾賜額爲法泉寺祖新州舊居爲國恩寺一日祖謂衆曰諸善知識汝等各各淨心聽吾說法汝等諸人自心是佛更莫狐疑外無一物而能建立皆是本心生萬種法故經云心生種種法生心滅種種法滅若欲成就種智須達一相三昧一行三昧若於一切處而不住相彼相中不生憎愛亦無取捨不念利益成壞等事安閑恬靜虛融澹泊此名一相三昧若於一切處行住坐臥純一直心不動道場真成淨土名一行三昧若人具二三昧如地有種能含藏長養成就其實一相一行亦復如是我今說法猶如時雨溥潤大地汝等佛性譬諸種子遇茲霑洽悉得發生承吾旨者決獲菩提依吾行者定證妙果先天元年告諸四衆曰吾忝受忍大師衣法今爲汝等說法不付其衣蓋汝等信根淳熟決定不疑堪任大事聽吾偈曰心地含諸種普雨悉皆生頓悟華情已菩提果自成說偈已復曰其法無二其心亦然其道清淨亦無諸相汝等慎勿觀淨及空其心此心本淨無可取捨各自努力隨緣好去嘗有僧舉臥輪

禪師偈曰臥輪有伎倆能斷百思想對境心不起菩提日日長祖聞之曰此偈未明心地若依而行之是加繫縛因示一偈曰慧能沒伎倆不斷百思想對境心數起菩提作麽長（臥輪非名卽住處也）祖說法利生經四十載其年七月六日命弟子往新州國恩寺建報恩塔仍令倍工又有蜀僧名方辯來謁曰善捏塑祖正色曰試塑看方辯不領旨乃塑祖眞可高七尺曲盡其妙祖觀之曰汝善塑性不善佛性酬以衣物辯禮謝而去先天二年七月一日謂門人曰吾欲歸新州汝速理舟檝時大衆哀慕乞師且住祖曰諸佛出現猶示涅槃有來必去理亦常然吾此形骸歸必有所衆曰師從此去早晚却回祖曰葉落歸根來時無口又問師之法眼何人傳授祖曰有道者得無心者通又問後莫有難否祖曰吾滅後五六年當有一人來取吾首聽吾記曰頭上養親口裏須飡遇滿之難楊柳爲官又曰吾去七十年有二菩薩從東方來一在家一出家同時興化建立吾宗締緝伽藍昌隆法嗣言訖往新州國恩寺沐浴跏趺而化異香襲人白虹屬地卽其年八月三日也時韶新兩郡各修靈塔道俗莫決所之兩郡刺史共焚香祝曰香煙引處卽師之欲歸焉時鑪香騰涌直貫曹溪以十一月十三日入塔壽七十六時韶州刺史韋據撰碑門人憶念取首之記遂先以鐵葉漆布固護師頸塔中有達磨所傳信衣（西域屈眴布也緝木緜華心織成後人以碧絹爲裏）中宗賜磨衲寶鉢以辯塑眞道具等主塔侍者尸之開元十年壬戌八月三日夜半忽聞塔中如拽

鐵索聲僧衆驚起見一孝子從塔中走出尋見師頸有傷具以賊事聞於州縣縣令楊侃刺史柳無忝得牒切加擒捉五月於石角村捕得賊人送韶州鞫問云姓張名淨滿汝州梁縣人於洪州開元寺受新羅僧金大悲錢二十千令取六祖大師首歸海東供養柳守聞狀未即加刑乃躬至曹溪問祖上足令韜曰如何處斷韜曰若以國法論理須誅夷但以佛教慈悲冤親平等況彼欲求供養罪可恕矣柳守嘉歎曰始知佛門廣大遂赦之爾後甚有名賢贊述檀施珍異文繁不錄上元元年肅宗遣使就請師衣鉢歸內供養至永泰元年五月五日代宗夢六祖大師請衣鉢七日敕刺史楊瑊曰朕夢感禪師請傳法袈裟却歸曹溪今遣鎮國大將軍劉崇景頂戴而送朕謂之國寶卿可於本寺如法安置專令僧衆親承宗旨者嚴加守護勿令遺墜後或爲人偷竊皆不遠而獲如是者數四憲宗謚大鑒禪師塔曰元和靈照皇朝開寶初王師平南海劉氏殘兵作梗祖之塔廟鞠爲煨燼而眞身爲守塔僧保護一無所損尋有制興修功未竟會太宗皇帝即位留心禪宗頗增壯麗焉

五燈會元卷第三

音釋

壖 與堧同岸邊地也

皖 胡官切音桓地名在舒春秋時皖國漢爲皖縣縣西有皖山皖水

瑊 諸深切音斟石次玉也

五燈會元卷第四

宋 沙 門 大 川 濟 纂

四祖大醫禪師旁出法嗣第一世

牛頭山法融禪師者潤州延陵人也姓韋氏年十九學通經史尋閱大部般若曉達眞空忽一日歎曰儒道世典非究竟法般若正觀出世舟航遂隱茅山投師落髮後入牛頭山幽棲寺北巖之石室有百鳥銜華之異唐貞觀中四祖遥觀氣象知彼山有奇異之人乃躬自尋訪問寺僧此間有道人否曰出家兒那箇不是道人祖曰阿那箇是道人僧無對別僧曰此去山中十里許有一懶融見人不起亦不合掌莫是道人麽祖遂入山見師端坐自若曾無所顧祖問曰在此作甚麽師曰觀心祖曰觀是何人心是何物師無對便起作禮曰大德高棲何所祖曰貧道不決所止或東或西師曰還識道信禪師否祖曰何以問他師曰嚮德滋久兾一禮謁祖曰道信禪師貧道是也師曰因何降此祖曰特來相訪莫更有宴息之處否師指後面曰別有小菴遂引祖至菴所遶菴唯見虎狼之類祖乃舉兩手作怖勢師曰猶有這箇在祖曰這箇是甚麽師無語少選祖却於師宴坐石上書一佛字師覩之竦然祖曰猶有這箇在師未曉乃稽首請說眞要祖曰夫百千法門同歸方寸河沙妙德總在心源一切戒門定門慧門神通變化悉自具足不離汝心一切煩惱業障本來空寂一切因果皆如夢幻無三界可出無菩提可求人與非人性相平等大道虛曠絕思絕慮如是之法汝今已得更無闕少

與佛何殊更無别法汝但任心自在莫作觀行亦莫澄心莫起貪瞋莫懷愁慮蕩蕩無礙任意縱横不作諸善不作諸惡行住坐卧觸目遇緣總是佛之妙用快樂無憂故名爲佛師曰心既具足何者是佛何者是心祖曰非心不問佛問佛非不心師曰既不許作觀行於境起時心如何對治祖曰境緣無好醜好醜起於心心若不强名妄情從何起妄情既不起真心任徧知汝但隨心自在無復對治即名常住法身無有變異吾受璨大師頓教法門今付於汝汝今諦受吾言只住此山向後當有五人達者紹汝玄化祖付法訖遂返雙峰終老師自爾法席大盛唐永徽中徒衆乏糧師往丹陽緣化去山八十里躬負米一石八斗朝往暮還供僧三百二時不闕三年

邑宰蕭元善請於建初寺講大般若經聽者雲集至滅靜品地爲之震動講罷歸山博陵王問師曰境緣色發時不言緣色起云何得知緣乃欲息其起師曰境色初發時色境二性空本無知緣者心量與知同照本發非發爾時起自息抱暗生覺緣心時緣不逐至如未生前色心非養育從空本無念想受言念生起發未曾起豈用佛教令問曰閉目不見色境慮乃便多色既不關心境從何處發師曰閉目不見色内心動慮多幻識假成用起名終不過知色不關心心亦不關人隨行有相轉鳥去空中真問曰境發無處所緣覺了知生境謝覺還轉覺乃變爲境若以心曳心還爲覺所覺從之隨隨去不離生滅際師曰色心前後中實無緣起境一念自疑忘誰能

計動靜此知自無知知知緣不會當自檢本形何須求域外前境不變謝後念不來今求月執立影討跡逐飛禽欲知心本性還如視夢裏譬之六月氷處處皆相似避空終不脫求空復不成借問鏡中像心從何處生問曰恰恰用心時若爲安隱好師曰恰恰用心時恰恰無心用曲譚名相勞直說無繁重無心恰恰用常用恰恰無今說無心處不與有心殊問曰智者引妙言與心相會當言與心路別合則萬倍乖師曰方便說妙言破病大乘道非關本性譚還從空化造無念爲真常終當絶心路離念性不動生滅無乖悞谷響既有聲鏡像能回顧問曰行者體境有因覺知境亡前覺及後覺并境有三心師曰境用非體覺覺罷不應思因覺知境亡覺時境不起

前覺及後覺并境有三遲問曰住定俱不轉將爲正三昧諸業不能牽不知細無明徐徐躡其後師曰復聞別有人虛執起心量三中事不成不轉還虛妄心爲正受縛爲之淨業障心塵萬分一不了說無明細細習因起徐徐名相生風來波浪轉欲靜水還平更欲前途說恐畏後心驚無念大獸吼性空下霜雹星散穢草摧縱橫飛鳥落五道定紛綸四魔不前却既如猛火燎還如利劍斫問曰賴覺知萬法萬法本來然若假照用心只得照用心不應心裏事師曰賴覺知萬法萬法終無賴若假照用心應不在心外問曰隨隨無揀擇明心不現前復慮心闇昧在心用功行智障復難除師曰有此不可有尋此不可尋無揀卽真擇得闇出明心慮者心眞昧存心託

功行何論智障難至佛方爲病問曰折中消息間實亦難安怗自非用行人此難終難見師曰折中欲消息消息非難易先觀心處心次推智中智第三脈推者第四通無記第五解脫名第六等眞僞第七知法本第八慈無爲第九徧空陰第十雲雨被最盡彼無覺無明生本智鏡像現三業幻人化四衢不住空邊盡當照有中無不出空有內未將空有俱號之名折中折中非言說安怗無處安用行何能決問曰別有一種人善解空無相口言定亂一復道有中無同證用常寂知覺寂常用用心會眞理復言用無用智慧方便多言亂與理合如如理自如不由識心會旣知心會非心心復相泯如是難知法永劫不能知同此用心人法所不能化師曰別有證空者還如前偈論行空守寂滅識見暫時翻會眞是心量終知未了原又說息心用多智疑相似良由性不明求空且勞已永劫住幽識抱相都不知放光便動地於彼欲何爲問曰前件看心者復有羅縠難師曰看心有羅縠幻心何待看況無幻心者從容下口難問曰久有大基業心路差互間得覺微細障卽達於眞際自非善巧師無能決此理仰惟我大師當爲開要門引導用心者不令失正道師曰法性本基業夢境成差互實相微細身色心常不悟忽逢混沌士哀怨愍羣生託疑廣設問抱理內常明生死幽徑徹毀譽心不驚野老顯分荅法相媿來儀蒙發羣生藥還如色性爲顯慶元年邑宰蕭元善請住建初師辭不獲免遂命入室上首智巖付囑法印令以

次傳授將下山謂衆曰吾不復踐此山矣時鳥獸哀號踰月不止菴前有四大桐樹仲夏之月忽自凋落明年正月二十三日不疾而逝窆於雞籠山

四祖下二世旁出

金陵牛頭山融禪師法嗣

牛頭山智巖禪師者曲阿人也姓華氏弱冠智勇過人身長七尺六寸㕔大業中爲郎將常以弓挂一濾水囊隨行所至汲用累從大將征討頻立戰功唐武德中年四十遂乞出家入舒州皖公山從寶月禪師爲弟子後一日宴坐覩異僧身長丈餘神姿爽拔詞氣清朗謂師曰卿八十生出家宜加精進言訖不見嘗在谷中入定山水瀑漲師怡然不動其水自退有獵者遇之因改過修善復有昔同從軍者二人聞師隱遁乃共入山尋之旣見因謂師曰郎將狂邪何爲住此師曰我狂欲醒君狂正發夫嗜色淫聲貪榮冐寵流轉生死何由自出二人感悟歎息而去師後謁融禪師發明大事融謂師曰吾受信大師眞訣所得都亡設有一法勝過涅槃吾說亦如夢幻夫一塵飛而翳天一芥墮而覆地汝今已過此見吾復何云山門化導當付之於汝師稟命爲第二世後以正法付方禪師師住白馬栖玄兩寺又遷石頭城於儀鳳二年正月十日示滅顔色不變屈伸如生室有異香經旬不歇遺言水葬焉

金陵鍾山曇璀禪師者吳郡人也姓顧氏初謁融禪師融目而奇之乃告之曰色聲爲無生之鴆毒受想是至人之坑穽子知之乎師

默而審之大悟玄旨尋晦迹鍾山多歷年所茅菴瓦缶以終老焉唐天授三年二月六日恬然入定七日而滅

四祖下三世四世旁出不列章次

四祖下五世旁出

金陵牛頭山持禪師法嗣

牛頭山智威禪師者江寧人也姓陳氏依天寶寺統法師出家謁法持禪師傳授正法自爾江左學徒皆奔走門下有慧忠者目爲法器師嘗有偈示曰莫繫念念成生死河輪迴六趣海無見出長波忠荅曰念想由來幻性自無終始若得此中意長波當自止師又示偈曰余本性虛無緣妄生人我如何息妄情還歸空處坐忠荅曰虛無是實體人我何所存妄情不須息卽汎般若船師知其了悟乃付以院事隨緣化導終於延祚寺

四祖下六世旁出

金陵牛頭山威禪師法嗣

牛頭山慧忠禪師者潤州人也姓王氏年二十三受業於莊嚴寺聞威禪師出世乃往謁之威纔見曰山主來也師感悟微旨遂給侍左右後辭詣諸方巡禮威於具戒院見凌霄藤遇夏萎悴人欲伐之因謂之曰勿剪慧忠還時此藤更生及師回果如其言卽以山門付囑訖出居延祚寺師平生一衲不易器用唯一鐺嘗有供僧糓兩廩盜者窺伺虎爲守之縣令張遜者至山頂謁問師有何徒弟師曰有三五人遜曰如何得見師敲禪牀有三虎哮吼而出遜驚怖而退後衆請入城居莊嚴舊寺師欲於殿東別創法堂先有古木羣

鵲巢其上工人將伐之師謂鵲曰此地建堂汝等何不速去言訖羣鵲乃遷巢他樹初築基有二神人定其四角復潛資夜役遂不日而就繇是四方學徒雲集得法者有三十四人各住一方轉化多衆師有安心偈曰人法雙淨善惡兩忘直心眞實菩提道場大曆三年石室前挂鐺樹挂衣藤忽盛夏枯死四年六月十五日集僧布薩訖命侍者淨髮浴身至夜有瑞雲覆其精舍空中復聞天樂之聲詰旦怡然坐化時風雨暴作震折林木復有白虹貫於巖壑五年春荼毘獲舍利不可勝計

宣州安國寺玄挺禪師初參威禪師侍立次有講華嚴僧問眞性緣起其義云何威良久師遽召曰大德正興一念問時是眞性中緣起其僧言下大悟或問南宗自何而立曰心宗非南北

舒州天柱山崇慧禪師者彭州人也姓陳氏唐乾元初往舒州天柱山創寺永泰元年賜額僧問如何是天柱境師曰主簿山高難見日玉鏡峰前易曉人問達磨未來此土時還有佛法也無師曰未來且置即今事作麼生曰某甲不會乞師指示師曰萬古長空一朝風月僧無語師復曰闍梨會麼曰不會師曰自己分上作麼生干他達磨來與未來作麼他家來大似賣卜漢見汝不會爲汝錐破卦文纔生吉凶盡在汝分上一切自看僧曰如何是解卜底人師曰汝纔出門時便不中也問如何是天柱家風師曰時有白雲來閉戶更無風月四山流問亡僧遷化向甚麼處去

也師曰灊嶽峰高長積翠舒江明月色光暉問如何是大通智勝佛師曰曠大劫來未曾壅滯不是大通智勝佛是甚麼曰爲甚麼佛法不現前師曰只爲汝不會所以成不現前汝若會去亦無佛可成問如何是道師曰白雲覆青嶂蜂蝶戀庭華問從上諸聖有何言說師曰汝今見吾有何言說問宗門中事請師舉唱師曰石牛長吼眞空外木馬嘶時月隱山問如何是和尚利人處師曰一雨普滋千山秀色問如何是天柱山中人師曰獨步千峰頂優游九曲泉問如何是西來意師曰白猿抱子來青嶂蜂蝶銜華綠蘂間大曆十四年歸寂塔於山之北

潤州鶴林玄素禪師者延陵人也姓馬氏晚參威禪師遂悟性宗後居鶴林寺一日有屠者禮謁願就所居辦供師欣然而往衆皆見訝師曰佛性平等賢愚一致但可度者吾卽度之復何差別之有僧問如何是西來意師曰會卽不會疑卽不疑又曰不會不疑底不疑不會底有僧扣門師問是甚麼人曰是僧師曰非但是僧佛來亦不著曰爲甚麼不著師曰無汝棲泊處

四祖下七世　旁出

金陵牛頭山忠禪師法嗣

天台山佛窟巖惟則禪師者京兆人也姓長孫氏初謁忠禪師大悟玄旨乃曰天地無物也物我無物也雖無物也而未嘗無物也如此則聖人如影百姓如夢孰爲死生哉至人以是能獨照能爲萬物主吾知之矣遂南遊天台隱於瀑布之西巖元和中慕道者日至

有弟子可素遂築室廬漸成法席佛窟之稱自師始也僧問如何是那羅延箭師曰中的也忽一日告門人曰汝其勉之閲二日跏趺而寂後三年塔全身於本山（唐韓文公撰碑今存國清寺）

鶴林素禪師法嗣

杭州徑山道欽禪師者蘇州崑山人也姓朱氏初服膺儒教年二十八遇素禪師謂之曰觀子神氣温粹眞法寶也師感悟因求爲弟子素躬與落髪乃戒之曰汝乘流而行逢徑即止師遂南邁抵臨安見東北一山因問樵者樵曰此徑山也乃駐錫焉僧問如何是道師曰山上有鯉魚海底有蓬塵馬祖令人送書到書中作一圓相師發緘於圓相中著一點却封回（忠國師聞乃云欽師猶被馬師惑）問如何是祖師西來意師曰汝問不當曰如何得當師曰待吾滅後即向汝說馬祖令智藏來問十二時中以何爲境師曰待汝回去時有信藏曰如今便回去師曰傳語却須問取曹溪崔趙公問弟子今欲出家得否師曰出家乃大丈夫事非將相之所能爲公於是有省唐大曆三年代宗詔至闕下親加瞻禮一日同忠國師在內庭坐次見帝駕來師起立帝曰師何以起師曰檀越何得向四威儀中見貧道帝悅謂國師曰欲錫欽師一名國師欣然奉詔乃賜號國一焉後辭歸本山於貞元八年十二月示疾說法而逝謚大覺禪師

四祖下八世（旁出）

佛窟則禪師法嗣

天台山雲居智禪師嘗有華嚴院僧繼宗問見性成佛其義云何師曰清淨之性本來湛

然無有動揺不屬有無淨穢長短取捨體自翛然如是明見乃名見性性卽佛佛卽性故曰見性成佛曰性旣清淨不屬有無因何有見師曰見無所見曰旣無所見何更有見師曰見處亦無曰如是見時是誰之見師曰無有能見者曰究竟其理如何師曰汝知否妄計爲有卽有能所乃得名迷隨見生解便墮生死明見之人卽不然終日見未嘗見求名處體相不可得能所倶絶名爲見性曰此性徧一切處否師曰無處不徧曰凡夫具否師曰上言無處不徧豈凡夫而不具乎曰因何諸佛菩薩不被生死所拘而凡夫獨縈此苦何曾得徧師曰凡夫於清淨性中計有能所卽墮生死諸佛大士善知清淨性中不屬有無卽能所不立曰若如是說卽有能了不了人師曰了尚不可得豈有能了人乎曰至理如何師曰我以要言之汝卽應念清淨性中無有凡聖亦無了不了人凡之與聖二倶是名若隨名生解卽墮生死若知假名不實卽無有當名者又曰此是極究竟處若云我能了彼不能了卽是大病見有淨穢凡聖亦是大病作無凡聖解又屬撥無因果見有清淨性可棲止亦大病作不棲止解亦大病然清淨性中雖無動揺且不壞方便應用及興慈運悲如是興運之處卽全清淨之性可謂見性成佛矣繼宗踊躍禮謝而退

徑山國一欽禪師法嗣

杭州鳥窠道林禪師本郡富陽人也姓潘氏母朱氏夢日光入口因而有娠及誕異香滿室遂名香光九歲出家二十一於荆州果願

寺受戒後詣長安西明寺復禮法師學華嚴經起信論禮示以眞妄頌俾修禪那師問曰初云何觀云何用心禮久而無言師三禮而退屬代宗詔國一禪師至闕師乃謁之遂得正法及南歸孤山永福寺有辟支佛塔時道俗共爲法會師振錫而入有靈隱寺韜光法師問曰此之法會何以作聲師曰無聲誰知是會後見秦望山有長松枝葉繁茂盤屈如蓋遂棲止其上故時人謂之鳥窠禪師復有鵲巢於其側自然馴狎人亦目爲鵲巢和尚有侍者會通忽一日欲辭去師問曰汝今何往對曰會通爲法出家和尚不垂慈誨今往諸方學佛法去師曰若是佛法吾此間亦有少許曰如何是和尚佛法師於身上拈起布毛吹之通遂領悟玄旨元和中白居易侍郎出守茲郡因入山謁師問曰禪師住處甚危險師曰太守危險尤甚白曰弟子位鎮江山何險之有師曰薪火相交識性不停得非險乎又問如何是佛法大意師曰諸惡莫作衆善奉行白曰三歲孩兒也解恁麼道師曰三歲孩兒雖道得八十老人行不得白作禮而退師於長慶四年二月十日告侍者曰吾今報盡言訖坐亡（有云師名圓修者恐是謚號）

五祖大滿禪師旁出法嗣第一世

北宗神秀禪師者（耶舍三藏誌云艮地生玄旨通尊媚亦尊北有三九族足下一毛分）開封人也姓李氏少親儒業博綜多聞俄捨愛出家尋師訪道至蘄州雙峰東山寺遇五祖以坐禪爲務乃歎伏曰此眞吾師也誓心苦節以樵汲自役而求其道祖默識之深加器重祖旣示滅秀遂住江陵當陽山

唐武后聞之詔至都下於内道場供養特加欽禮命於舊山置度門寺以旌其德時王公士庶皆望塵拜伏暨中宗卽位尤加禮重大臣張說嘗問法要執弟子禮師有偈示衆曰一切佛法自心本有將心外求捨父逃走神龍二年於東都天宮寺入滅謚大通禪師羽儀法物送殯於龍門帝送至橋王公士庶皆至葬所張說及徵士盧鴻一各爲碑誄門人普寂義福等並爲朝野所重

嵩嶽慧安國師（耶舍三藏誌云九女出人倫八女絶婚姻扔林添六脚心祖衆中尊）荊州枝江人也姓衞氏隋開皇十七年括天下私度僧尼勘師師曰本無名遂遁於山谷大業中大發丁夫開通濟渠饑殍相枕師乞食以救之獲濟者衆煬帝徵師不赴潛入大和山暨帝幸江都海内擾攘乃杖錫登衡嶽行頭陀行唐貞觀中至黃梅謁忍祖遂得心要麟德元年遊終南山石壁因止焉高宗嘗召師不奉詔於是徧歷名迹至嵩少云是吾終焉之地也自爾禪者輻湊有坦然懷讓二僧來參問曰如何是祖師西來意師曰何不問自己意曰如何是自己意師曰當觀密作用曰如何是密作用師以目開合示之然於言下知歸讓乃卽謁曹溪武后徵至輦下待以師禮與秀禪師同加欽重后嘗問師甲子多少師曰不記后曰何不記邪師曰生死之身其若循環環無起盡焉用記爲況此心流注中間無間見漚起滅者乃妄想耳從初識至動相滅時亦只如此何年月而可記乎后聞稽顙信受神龍二年中宗賜紫袈裟度弟子二七人仍延入禁中供養三年又賜

摩衲辭歸嵩嶽是年三月三日囑門人曰吾死已將屍向林中待野火焚之俄爾萬回公來見師猖狂握手言論傍侍傾耳都不體會至八日閉戶偃身而寂春秋一百二十八隋開皇二年壬寅生唐景龍三年己酉滅時稱老安國師門人遵旨舁置林間果野火自然闍維得舍利八十粒內五粒色紫留於宮中至先天二年門人建浮圖焉

袁州蒙山道明禪師者鄱陽人陳宣帝之裔也國亡落於民間以其王孫嘗受署因有將軍之號少於永昌寺出家慕道頗切往依五祖法會極意研尋初無解悟及聞五祖密付衣法與盧行者卽率同志數十人躡迹追逐至大庾嶺師最先見餘輩未及盧見師奔至卽擲衣鉢於磐石曰此衣表信可力爭耶任君將去師遂舉之如山不動踟躕悚慄乃曰我來求法非爲衣也願行者開示於我盧曰不思善不思惡正恁麼時阿那箇是明上座本來面目師當下大悟徧體汗流泣禮數拜問曰上來密語密意外還更別有意旨否盧曰我今與汝說者卽非密也汝若返照自己面目密却在汝邊師曰某甲雖在黃梅隨衆實未省自己面目今蒙指授入處如人飲水冷暖自知今行者卽是某甲師也盧曰汝若如是則吾與汝同師黃梅善自護持師又問某甲向後宜往何所盧曰逢袁可止遇蒙卽居師禮謝遽回至嶺下謂衆人曰向陟崔嵬遠望杳無蹤迹當別道尋之皆以爲然師既回遂獨往廬山布水臺經三載後始往袁州蒙山大唱玄化初名慧明以避六祖上字故名道明弟子等盡遣過嶺南叅禮六祖

五祖下二世旁出

北宗秀禪師法嗣

五臺山巨方禪師安陸人也姓曹氏幼稟業於明福院朗禪師初講經論後叅禪會及造北宗秀問曰白雲散處如何師曰不昧秀又問到此間後如何師曰正見一枝生五葉秀黙許之入室侍對應機無爽尋至上黨寒嶺居焉數歲之間衆盈千數後於五臺山闡化二十餘年示寂塔於本山

河中府中條山智封禪師姓吳氏初習唯識論滯于名相爲知識所詰乃發憤罷講遊方見秀禪師疑心頓釋乃辭去居於蒲津安峰不下山十年木食澗飲州牧衛文昇建安國院居之緇素歸依憧憧不絶使君問曰某今日後如何師曰日從濛汜出照樹全無影使君初不能諭拱揖而退少選開曉釋然自得師來往中條山二十餘年得其道者不可勝紀滅後門人於州城北建塔焉

兗州降魔藏禪師趙郡人也姓王氏父爲亳掾師七歲出家時屬野多妖鬼魅惑於人師孤形制伏曾無少畏故得降魔名焉即依廣福院明讃禪師落髮後遇北宗盛化便誓摳衣秀問曰汝名降魔此無山精木怪汝翻作魔邪師曰有佛有魔秀曰汝若是魔必住不思議境界師曰是佛亦空何境界之有秀懸記之曰汝與少皥之墟有緣師尋入泰山數稔學者雲集一日告門人曰吾今老朽物極有歸言訖而逝

壽州道樹禪師唐州人也姓聞氏幼探經籍年將五十因遇高僧誘諭遂誓出家禮本部

明月山慧文爲師師恥乎年長求法淹遲勵志遊方無所不至後歸東洛遇秀禪師言下知微乃卜壽州三峰山結茅而居常有野人服色素朴言譚詭異於言笑外化作佛形及菩薩羅漢天仙等形或放神光或呈聲響師之學徒覩之皆不能測如此涉十年後寂無形影師告衆曰野人作多色伎倆眩惑於人只消老僧不見不聞伊伎倆有窮吾不見不聞無盡唐寶曆元年示疾而終

嵩嶽安國師法嗣

洛京福先寺仁儉禪師自嵩山罷問放曠郊鄽謂之騰騰和尚唐天冊萬歲中天后詔入殿前仰視天后良久曰會麽后曰不會師曰老僧持不語戒言訖而出翌日進短歌一十九首天后覽而嘉之厚加賜賚師皆不受又令寫歌辭傳布天下其辭並敷演眞理以警時俗唯了元歌一首盛行於世

嵩嶽破竈墮和尚不稱名氏言行叵測隱居嵩嶽山塢有廟甚靈殿中唯安一竈遠近祭祀不輟烹殺物命甚多師一日領侍僧入廟以杖敲竈三下曰咄此竈只是泥瓦合成聖從何來靈從何起恁麽烹宰物命又打三下竈乃傾破墮落須臾有一人青衣峩冠設拜師前師曰是甚麽人曰我本此廟竈神久受業報今日蒙師說無生法得脫此處生在天中特來致謝師曰是汝本有之性非吾彊言神再禮而沒少選侍僧問曰某等久侍和尚不蒙示誨竈神得甚麽徑旨便得生天師曰我只向伊道是泥瓦合成別也無道理爲伊侍僧無言師曰會麽僧曰不會師曰本有之

性爲甚麼不會侍僧等乃禮拜師曰墮也墮也破也破也後義豐禪師舉似安國師安歎曰此子會盡物我一如可謂如朗月處空無不見者難搆伊語脉豐問曰未審甚麼人搆得他語脉安曰不知者時號爲破竈墮僧問物物無形時如何師曰禮卽唯汝非我不禮卽爲我非汝其僧乃禮謝師曰本有之物物非物也所以道心能轉物卽同如來有僧從牛頭處來師問曰來自何人法會僧近前叉手遶師一匝而出師曰牛頭會下不可有此人僧乃回師上肩叉手而立師曰果然果然僧却問曰應物不由他時如何師曰爭得不由他曰恁麼則順正歸元去也師曰歸元何順曰若非和尚幾錯招愆師曰猶是未見四祖時道理見復道將來僧却遶師一匝而出師曰順正之道今古如然僧作禮又僧侍立久師乃曰祖祖佛佛只說如人本性本心別無道理會取會取僧禮謝師乃以拂子打之曰一處如是千處亦然僧乃叉手近前應喏一聲師曰更不信更不信僧問如何是大闡提人師曰尊重禮拜曰如何是大精進人師曰毀辱嗔恚其後莫知所終

嵩嶽元珪禪師伊闕人也姓李氏幼歲出家唐永淳二年受具戒隸閑居寺習毗尼無懈後謁安國師頓悟玄旨遂卜廬於嶽之龐塢一日有異人峩冠袴褶（徒頰切）而至從者極多輕步舒徐稱謁大師師覩其形貌奇偉非常乃諭之曰善來仁者胡爲而至彼曰師寧識我邪師曰吾觀佛與衆生等吾一目之豈分別邪彼曰我此嶽神也能生死於人師安得

一目我哉師曰吾本不生汝焉能死吾視身與空等視吾與汝等汝能壞空與汝乎苟能壞空及汝吾則不生不滅也汝尚不能如是又焉能生死吾耶神稽首曰我亦聰明正直於餘神詎知師有廣大之智辯乎願授以正戒令我度世師曰汝既乞戒即既戒也所以者何戒外無戒又何戒哉神曰此理也我聞茫昧止求師戒我身爲門弟子師即爲張座秉爐正几曰付汝五戒若能奉持即應曰能不能即曰否曰謹受教師曰汝能不淫乎曰我亦娶也師曰非謂此也謂無羅欲也曰能師曰汝能不盜乎曰何乏我也焉有盜取哉師曰非謂此也謂饗而福淫不供而禍善也曰能師曰汝能不殺乎曰實司其柄焉曰不殺師曰非謂此也謂有濫誤疑混也曰能師曰汝能不妄乎曰我正直焉有妄乎師曰非謂此也謂先後不合天心也曰能師曰汝不遭酒敗乎曰能師曰如上是爲佛戒也又言以有心奉持而無心拘執以有心爲物而無心想身能如是則先天地生不爲精後天地死不爲老終日變化而不爲動畢盡寂默而不爲休信此則雖娶非妻也雖饗非取也雖柄非權也雖作非故也雖醉非惛也若能無心於萬物則羅欲不爲婬福淫禍善不爲盜濫誤疑混不爲殺先後違天不爲妄惛荒顛倒不爲醉是謂無心也無心則無戒無戒則無心無佛無衆生無汝及無我孰爲戒哉神曰我神通亞佛師曰汝神通十句五能五不能佛則十句七能三不能神悚然避席跪啓曰可得聞乎師曰汝能戾上帝東天行而西

七曜乎曰不能師曰汝能奪地祇融五嶽而結四海乎曰不能師曰是謂五不能也佛能空一切相成萬法智而不能卽滅定業佛能知羣有性窮億劫事而不能化導無緣佛能度無量有情而不能盡衆生界是爲三不能也定業亦不牢久無緣亦是一期衆生界本無增減亘無一人能主其法有法無主是謂無法無法無主是謂無心如我解佛亦無神通也但能以無心通達一切法爾神曰我誠淺昧未聞空義師所授戒我當奉行今願報慈德効我所能師曰吾觀身無物觀法無常塊然更有何欲邪神曰師必命我爲世間事展我小神功使已發心初發心未發心不信心必信心五等人目我神蹤知有佛有神有能有不能有自然有非自然者師曰無爲是無爲是神曰佛亦使神護法師寧隳叛佛邪願隨意垂誨師不得已而言曰東巖寺之障莽然無樹北岫有之而背非屛擁汝能移北樹於東嶺乎神曰已聞命矣然昏夜必有喧動願師無駭卽作禮辭去師門送而且觀之見儀衛逶迤如王者之狀嵐靄煙霞紛綸間錯幢幡環珮凌空隱沒焉其夕果有暴風吼雷奔雲掣電棟宇搖蕩宿鳥聲喧師謂衆曰無怖無怖神與我契矣詰旦和霽則北巖松栝盡移東嶺森然行植師謂其徒曰吾沒後無令外知若爲口實人將妖我以開元四年丙辰歲囑門人曰吾始居寺東嶺吾滅汝必寘吾骸於彼言訖若委蛻焉

五祖下三世旁出

嵩山寂禪師法嗣

終南山惟政禪師平原人也姓周氏受業於本州延和寺詮澄法師得法於嵩山普寂禪師卽入太一山中學者盈室唐文宗好嗜蛤蜊沿海官吏先時遞進人亦勞止一日御饌中有擘不張者帝以其異卽焚香禱之乃開見菩薩形儀梵相具足帝遂貯以金粟檀香合覆以美錦賜興善寺令衆僧瞻禮因問羣臣斯何祥也或奏太一山惟政禪師深明佛法博聞强記詎詔問之帝卽頒詔師至帝問其事師曰臣聞物無虛應此乃啓陛下之信心耳故契經云應以此身得度者卽現此身而爲說法帝曰菩薩身已現且未聞說法師曰陛下覩此爲常邪非常邪信邪非信邪帝曰希奇之事朕深信焉師曰陛下已聞說法竟皇情悅豫得未曾有詔天下寺院各立觀音像以荅殊休留師於内道場累辭歸山詔令住聖壽寺至武宗卽位師忽入終南山隱居人問其故師曰吾避仇矣終後闍維收舍利四十九粒而建塔焉

破竈墮和尚法嗣

嵩山峻極禪師僧問如何是修善行人師曰擔枷帶鏁曰如何是作惡行人師曰修禪入定曰某甲淺機請師直指師曰汝問我惡惡不從善汝問我善善不從惡僧良久師曰會麼僧曰不會師曰惡人無善念善人無惡心所以道善惡如浮雲俱無起滅處僧於言下大悟後破竈墮聞舉乃曰此子會盡諸法無生

五祖下四世

益州無相禪師法嗣

益州保唐寺無住禪師初得法於無相大師乃居南陽白崖山專務宴寂經累歲學者漸至勤請不已自此垂誨雖廣演言教而唯以無念爲宗唐相國杜鴻漸出撫坤維聞師名思一瞻禮遣使到山延請時節度使崔寧亦命諸寺僧徒遠出迎引至空慧寺時杜公與戎帥召三學碩德俱會寺中致禮訖公問曰弟子聞今和尚說無憶無念莫妄三句法門是否師曰然公曰此三句是一是三師曰無憶名戒無念名定莫妄名慧一心不生具戒定慧非一非三也公曰後句妄字莫是從心之忘乎曰從女者是也公曰有據否師曰法句經云若起精進心是妄非精進若能心不妄精進無有涯公聞疑情盪然公又問師還以三句示人否師曰初心學人還令息念澄停識浪水清影現悟無念體寂滅現前無念亦不立也於時庭樹鵶鳴公問師聞否師曰聞鵶去已又問師聞否師曰聞公曰鵶去無聲云何言聞師乃普告大衆曰佛世難值正法難聞各各諦聽聞無有聞非關聞性本來不生何曾有滅有聲之時是聲塵自生無聲之時是聲塵自滅而此聞性不隨聲生不隨聲滅悟此聞性則免聲塵之所轉當知聞無生滅聞無去來公與僚屬大衆稽首又問何名第一義第一義者從何次第得入師曰第一義無有次第亦無出入世諦一切有第一義卽無諸法無性性說名第一義佛言有法名俗諦無性第一義公曰如師開示實不可思議公又曰弟子性識微淺昔因公暇撰得起信論章疏兩卷可得稱佛法否師曰夫造

章疏皆用識心思量分別有爲有作起心動念然可造成據論文云當知一切法從本以來離言說相離名字相離心緣相畢竟平等無有變異唯有一心故名眞如今相公著言說相著名字相著心緣相旣著種種相云何是佛法公起作禮曰弟子亦曾問諸供奉大德皆讚弟子不可思議當知彼等但徇人情師今從理解說合心地法實是眞理不可思議公又問云何不生云何不滅如何得解脫師曰見境心不起名不生不生卽不滅旣無生滅卽不被前塵所縛當處解脫不生名無念無念卽無滅無念卽無縛無念卽無脫舉要而言識心卽離念見性卽解脫離識心見性外更有法門證無上菩提者無有是處公曰何名識心見性師曰一切學道人隨念流浪蓋爲不識眞心眞心者念生亦不順生念滅亦不依寂不來不去不定不亂不取不捨不沈不浮無爲無相活鱍鱍平常自在此心體畢竟不可得無可知覺觸目皆如無非見性也公與大衆作禮稱讚踊躍而去師後居保唐寺而終

五燈會元卷第四

音釋

誄魯水切音壘謚也壘也壘述前人之功德也　亳白各切音泊商湯所都

憧昌容切音衝意不定也

五燈會元卷第五

宋　沙　門　大　川　濟　纂

六祖大鑒禪師旁出法嗣第一世

西域崛多三藏者天竺人也於六祖言下契悟後遊五臺見一僧結菴靜坐師問曰孤坐奚爲曰觀靜師曰觀者何人靜者何物其僧作禮問曰此理何如師曰汝何不自觀自靜彼僧茫然師曰汝出誰門邪曰秀禪師師曰我西域異道最下種者不墮此見兀然空坐於道何益其僧却問師所師者何人師曰我師六祖汝何不速往曹溪決其真要其僧卽往叅六祖六祖垂誨與師符合僧卽悟入師後不知所終

韶州法海禪師者曲江人也初見六祖問曰卽心卽佛願垂指諭祖曰前念不生卽心後念不滅卽佛成一切相卽心離一切相卽佛吾若具說窮劫不盡聽吾偈曰卽心名慧卽佛乃定定慧等持意中清淨悟此法門由汝習性用本無生雙修是正師信受以偈贊曰卽心元是佛不悟而自屈我知定慧因雙修離諸物

吉州志誠禪師者本州太和人也初叅秀禪師後因兩宗盛化秀之徒衆往往譏南宗曰能大師不識一字有何所長秀曰他得無師之智深悟上乘吾不如也且吾師五祖親付衣法豈徒然哉吾所恨不能遠去親近虛受國恩汝等諸人無滯於此可往曹谿質疑他日回當爲吾說師聞此語禮辭至韶陽隨衆叅請不言來處時六祖告衆曰今有盜法之人潛在此會師出禮拜具陳其事祖曰汝師

若爲示衆師曰嘗指誨大衆令住心觀靜長坐不臥祖曰住心觀靜是病非禪長坐拘身於理何益聽吾偈曰生來坐不臥死去臥不坐一具臭骨頭何爲立功過師曰未審和尚以何法誨人祖曰吾若言有法與人卽爲誑汝但且隨方解縛假名三昧聽吾偈曰心地無非自性戒心地無癡自性慧心地無亂自性定不增不減自金剛身去身來本三昧師聞偈悔謝卽誓依歸乃呈偈曰五蘊幻身幻何究竟回趣眞如法還不淨

匾擔山曉了禪師者傳記不載唯北宗門人忽雷澄禪師撰塔碑盛行於世其畧曰師住匾擔山號曉了六祖之嫡嗣也師得無心之心了無相之相無相者森羅眩目無心者分別熾然絕一言一響響莫可傳傳之行矣言莫可窮窮之非矣師得無無之無不無於無也吾今以有有之有不有於有也不有之有去來非增不無之無涅槃非滅嗚呼師住世兮曹谿明師寂滅兮法舟傾師譚無說兮寰宇盈師示迷徒兮了義乘匾擔山色垂慈色空谷猶留曉了名

洪州法達禪師者洪州豐城人也七歲出家誦法華經進具之後禮拜六祖頭不至地祖訶曰禮不投地何如不禮汝心中必有一物蘊習何事耶師曰念法華經已及三千部祖曰汝若念至萬部得其經意不以爲勝則與吾偕行汝今負此事業都不知過聽吾偈曰禮本折慢幢頭奚不至地有我罪卽生亡功福無比祖又曰汝名甚麽對曰名法達祖曰汝名法達何曾達法復說偈曰汝今名法達

勤誦未休歇空誦但循聲明心號菩薩汝今有緣故吾今爲汝說但信佛無言蓮華從口發師聞偈悔過曰而今而後當謙恭一切惟願和尚大慈畧說經中義理祖曰汝念此經以何爲宗師曰學人愚鈍從來但依文誦念豈知宗趣祖曰汝試爲吾念一徧吾當爲汝解說師卽高聲念經至方便品祖曰止此經元來以因緣出世爲宗縱說多種譬喻亦無越於此何者因緣唯一大事一大事卽佛知見也汝慎勿錯解經意見他道開示悟入自是佛之知見我輩無分若作此解乃是謗經毁佛也彼既是佛已具知見何用更開汝今當信佛知見者只汝自心更無別體葢爲一切衆生自蔽光明貪愛塵境外緣内擾甘受驅馳便勞他從三昧起種種苦口勸令寢息莫向外求與佛無二故云開佛知見汝但勞勞執念謂爲功課者何異犛牛愛尾也師曰若然者但得解義不勞誦經邪祖曰經有何過豈障汝念只爲迷悟在人損益由汝聽吾偈曰心迷法華轉心悟轉法華誦久不明已與義作讐家無念念卽正有念念成邪有無俱不計長御白牛車師聞偈再啓曰經云諸大聲聞乃至菩薩皆盡思度量尚不能測於佛智今令凡夫但悟自心便名佛之知見自非上根未免疑謗又經說三車大牛之車與白牛車如何區別願和尚再垂宣說祖曰經意分明汝自迷背諸三乘人不能測佛智者患在度量也饒伊盡思共推轉加懸遠佛本爲凡夫說不爲佛說此理若不肯信者從他退席殊不知坐却白牛車更於門外覔三車

況經文明向汝道無二亦無三汝何不省三車是假爲昔時故一乘是實爲今時故只教你去假歸實歸實之後實亦無名應知所有珍財盡屬於汝由汝受用更不作父想亦不作子想亦無用想是名持法華經從劫至劫手不釋卷從晝至夜無不念時也師既蒙啓發踊躍歡喜以偈贊曰經誦三千部曹谿一句亡未明出世旨寧歇累生狂羊鹿牛權設初中後善揚誰知火宅内元是法中王祖曰汝今後方可爲念經僧也師從此領旨亦不輟誦持

壽州智通禪師者安豐人也初看楞伽經約千餘徧而不會三身四智禮拜六祖求解其義祖曰三身者清淨法身汝之性也圓滿報身汝之智也千百億化身汝之行也若離本性別說三身卽名有身無智若悟三身無有自性卽名四智菩提聽吾偈曰自性具三身發明成四智不離見聞緣超然登佛地吾今爲汝說諦信永無迷莫學馳求者終日說菩提師曰四智之義可得聞乎祖曰既會三身便明四智何更問邪若離三身別譚四智此名有智無身也卽此有智還成無智復說偈曰大圓鏡智性清淨平等性智心無病妙觀察智見非功成所作智同圓鏡五八六七果因轉但用名言無實性若於轉處不留情繁興永處那伽定轉識爲智者教中云轉前五識爲成所作智轉第六識爲妙觀察智轉第七識爲平等性智轉第八識爲大圓鏡智雖六七因中轉五八果上轉但轉其名而不轉其體也師禮謝以偈贊曰三身元我體四智本心明身智融無礙應物任隨形起修皆妄動守住匪眞精妙旨因師曉終亡汙染

名

江西志徹禪師姓張氏名行昌少任俠自南北分化二宗主雖亡彼我而徒侶競起愛憎時北宗門人自立秀禪師爲第六祖而忌大鑑傳衣爲天下所聞然祖預知其事卽置金十兩於方丈時行昌受北宗門人之囑懷刃入祖室將欲加害祖舒頸而就行昌揮刃者三都無所損祖曰正劒不邪邪劒不正只負汝金不負汝命行昌驚仆久而方蘇求哀悔過卽願出家祖遂與金曰汝且去恐徒衆翻害於汝汝可他日易形而來吾當攝受行昌禀旨宵遁投僧出家具戒精進一日憶祖之言遠來禮覲祖曰吾久念於汝汝來何晚曰昨蒙和尚捨罪今雖出家苦行終難報於深恩其唯傳法度生乎弟子嘗覽涅槃經未曉常無常義乞和尚慈悲畧爲宣說祖曰無常者卽佛性也有常者卽善惡一切諸法分別心也曰和尚所說大違經文祖曰吾傳佛心印安敢違於佛經曰經說佛性是常和尚却言無常善惡諸法乃至菩提心皆是無常和尚却言是常此卽相違令學人轉加疑惑祖曰涅槃經吾昔者聽尼無盡藏讀誦一徧便爲講說無一字一義不合經文乃至爲汝終無二說曰學人識量淺昧願和尚委曲開示祖曰汝知否佛性若常更說甚麽善惡諸法乃至窮刼無有一人發菩提心者故吾說無常正是佛說真常之道也又一切諸法若無常者卽物物皆有自性容受生死而真常性有不徧之處故吾說常者正是佛說真無常義也佛比爲凡夫外道執於邪常諸二乘人

於常計無常共成八倒故於涅槃了義教中破彼偏見而顯說眞常眞樂眞我眞淨汝今依言背義以斷滅無常及確定死常而錯解佛之圓妙最後微言縱覽千徧有何所益行昌忽如醉醒乃說偈曰因守無常心佛演有常性不知方便者猶春池拾礫我今不施功佛性而見前非師相授與我亦無所得祖曰汝今徹也宜名志徹師禮謝而去

信州智常禪師者本州貴谿人也髫年出家志求見性一日叅六祖祖問汝從何來欲求何事師曰學人近禮大通和尚蒙示見性成佛之義未決狐疑至吉州遇人指迷令投和尚伏願垂慈攝受祖曰彼有何言句汝試舉看吾與汝證明師曰初到彼三月未蒙開示以爲法切故於中夜獨入方丈禮拜哀請大通乃曰汝見虛空否對曰見彼曰汝見虛空有相貌否對曰虛空無形有何相貌彼曰汝之本性猶如虛空返觀自性了無一物可見是名正見無一物可知是名眞知無有青黃長短但見本源清淨覺體圓明卽名見性成佛亦名極樂世界亦名如來知見學人雖聞此說猶未決了乞和尚示誨令無凝滯祖曰彼師所說猶存見知故令汝未了吾今示汝一偈曰不見一法存無見大似浮雲遮日面不知一法守空知還如太虛生閃電此之知見瞥然與錯認何曾解方便汝當一念自知非自己靈光常顯見師聞偈已心意豁然乃述一偈曰無端起知解著相求菩提情存一念悟寧越昔時迷自性覺源體隨照枉遷流不入祖師室茫然趣兩頭

廣州志道禪師者南海人也初叅六祖問曰學人自出家覽涅槃經僅十餘載未明大意願和尚垂誨祖曰汝何處未了對曰諸行無常是生滅法生滅滅已寂滅爲樂於此疑惑祖曰汝作麽生疑對曰一切衆生皆有二身謂色身法身也色身無常有生有滅法身有常無知無覺經云生滅滅已寂滅爲樂者未審是何身寂滅何身受樂若色身者色身滅時四大分散全是苦苦不可言樂若法身寂滅卽同草木瓦石誰當受樂又法性是生滅之體五蘊是生滅之用一體五用生滅是常生則從體起用滅則攝用歸體若聽更生卽有情之類不斷不滅若不聽更生卽永歸寂滅同於無情之物如是則一切諸法被涅槃之所禁伏尚不得生何樂之有祖曰汝是釋子何習外道斷常邪見而議最上乘法據汝所解卽色身外別有法身離生滅求於寂滅又推涅槃常樂言有身受者斯乃執吝生死耽著世樂汝今當知佛爲一切迷人認五蘊和合爲自體相分別一切法爲外塵相好生惡死念念遷流不知夢幻虛假枉受輪迴以常樂涅槃翻爲苦相終日馳求佛愍此故乃示涅槃眞樂刹那無有生相刹那無有滅相更無生滅可滅是則寂滅見前當見前之時亦無見前之量乃謂常樂此樂無有受者亦無不受者豈有一體五用之名何況更言涅槃禁伏諸法令永不生斯乃謗佛毀法聽吾偈曰無上大涅槃圓明常寂照凡愚謂之死外道執爲斷諸求二乘人目以爲無作盡屬情所計六十二見本妄立虛假名何爲眞實

義唯有過量人通達無取捨以知五蘊法及以蘊中我外現衆色象一一音聲相平等如夢幻不起凡聖見不作涅槃解二邊三際斷常應諸根用而不起用想分別一切法不起分別想劫火燒海底風鼓山相擊眞常寂滅樂涅槃相如是吾今强言說令汝捨邪見汝勿隨言解許汝知少分師聞偈踊躍作禮而退

永嘉眞覺禪師諱玄覺本郡戴氏子丱歲出家徧探三藏精天台止觀圓妙法門於四威儀中常冥禪觀後因左谿朗禪師激勵與東陽策禪師同詣曹溪初到振錫遶祖三匝卓然而立祖曰夫沙門者具三千威儀八萬細行大德自何方而來生大我慢師曰生死事大無常迅速祖曰何不體取無生了無速乎師曰體卽無生了本無速祖曰如是如是于時大衆無不愕然師方具威儀參禮須臾告辭祖曰返太速乎師曰本自非動豈有速邪祖曰誰知非動師曰仁者自生分別祖曰汝甚得無生之意師曰無生豈有意邪祖曰無意誰當分別師曰分別亦非意祖歎曰善哉善哉少留一宿時謂一宿覺矣師翌日下山乃回溫州學者輻湊著證道歌一首及禪宗悟修圓旨自淺之深慶州刺史魏靖緝而序之成十篇目爲永嘉集並行於世△慕道志儀第一夫欲修道先須立志及事師儀則彰乎軌訓故標第一明慕道儀式戒憍奢意第二初雖立志修道善識軌儀若三業憍奢妄心擾動何能得定故次第二明戒憍奢意也淨修三業第三前戒憍奢畧標綱要今子細

檢責令麁過不生故次第三明淨修三業戒乎身口意也奢摩他頌第四已檢責身口令麁過不生次須入門修道漸次不出定慧五種起心六種料揀故次第四明奢摩他頌也毘婆舍那頌第五非戒不禪非禪不慧上既修定定久慧明故次第五明毘婆舍那頌也優畢叉頌第六偏修於定定久則沈偏學於慧慧多心動故次第六明優畢叉頌等於定慧令不沈動使定慧均等捨於二邊三乘漸次第七定慧既均則寂而常照三觀一心何疑不遣何照不圓自解雖明悲他未悟悟有深淺故次第七明三乘漸次也事理不二第八三乘悟理理無不窮窮理在事了事即理故次第八明事理不二即事而眞用祛倒見也勸友人書第九事理既融內心自瑩復悲遠學虛擲寸陰故次第九明勸友人書也發願文第十勸友雖是悲他專心在一情猶未普故次第十明發願文誓度一切也△優畢叉頌畧曰復次觀心十門初則言其法爾次則出其觀體三則語其相應四則警其上慢五則誡其踈怠六則重出觀體七則明其是非八則簡其詮旨九則觸途成觀十則妙契玄源第一言法爾者夫心性虛通動靜之源莫二眞如絕慮緣計之念非殊惑見紛馳窮之則唯一寂靈源不狀鑒之則以千差千差不同法眼之名自立一寂非異慧眼之號斯存理量雙銷佛眼之功圓著是以三諦一境法身之理常清三智一心般若之明常照境智冥合解脫之應隨機非縱非橫圓伊之道玄會故知三德妙性宛爾無乖一心深廣難

思何出要而非路是以卽心爲道者可謂尋流而得源矣第二出其觀體者只知一念卽空不空非空非不空第三語其相應者心與空相應則譏毀讚譽何憂何喜身與空相應則刀割香塗何苦何樂依報與空相應則施與劫奪何得何失心與空不空相應則愛見都忘慈悲普救身與空不空相應則內同枯木外現威儀依報與空不空相應則永絕貪求資財給濟心與空不空非空非不空相應則實相初明開佛知見身與空不空非空非不空相應則一塵入正受諸塵三昧起依報與空不空非空非不空相應則香臺寶閣嚴土化生第四警其上慢者若不爾者則未相應也第五誡其踈怠者然渡海應須上船非船何以能渡修心必須入觀非觀無以明心

心尚未明相應何日思之勿自恃也第六重出觀體者只知一念卽空不空非有非無不知卽念卽空不空非非有非非無第七明其是非者心不是有心不是無心不非有心不非無是有是無卽墮是非有非無卽墮非如是只是是非之非未是非是非非之是今以雙非破兩是是破非是猶是非又以雙非破兩非非破非非卽是是如是只是非是非非之是未是不非不不非不是不不是是非之惑綿微難見神清慮靜細而研之第八簡其詮旨者然而至理無言假文言以明其旨旨宗非觀藉修觀以會其宗若旨之未明則言之未的若宗之未會則觀之未深深觀乃會其宗的言必明其旨旨宗旣其明會言觀何得復存邪第九觸途成觀者夫再演言詞重

標觀體欲明宗旨無異言觀有逐方移移言則言理無差改觀則觀旨不異不異之旨卽理無差之理卽宗宗旨一而二名言觀明其弄引耳第十妙契玄源者夫悟心之士寧執觀而迷旨達教之人豈滯言而惑理理明則言語道斷何言之能議旨會則心行處滅何觀之能思心言不能思議者可謂妙契寰中矣先天二年十月十七日安坐示滅塔於西山之陽謚無相大師塔曰淨光

温州淨居尼玄機唐景雲中得度常習定於大日山石窟中一日忽念曰法性湛然本無去住厭喧趍寂豈爲達邪乃往叅雪峯峯問甚處來曰大日山來峯曰日出也未師曰若出則鎔却雪峯峯曰汝名甚麽師曰玄機峯曰日織多少師曰寸絲不挂遂禮拜退纔行三五步峯召曰袈裟角拖地也師回首峯曰大好寸絲不挂（世傳玄機乃永嘉大師女弟嘗同遊方以景雲歲日考之是矣弟所見雪峯非眞覺存也永嘉旣到曹溪必嶺下雪峯也未詳法嗣故附於此）

司空山本淨禪師者絳州人也姓張氏幼歲披緇於曹溪之室受記隷司空山無相寺唐天寶三年玄宗遣中使楊光庭入山採常春藤因造丈室禮問曰弟子慕道斯久願和尚慈悲畧垂開示師曰天下禪宗碩學咸會京師天使歸朝足可咨決貧道隈山傍水無所用心光庭泣拜師曰休禮貧道天使爲求佛邪問道邪曰弟子智識昬昧未審佛之與道其義云何師曰若欲求佛卽心是佛若欲會道無心是道曰云何卽心是佛師曰佛因心悟心以佛彰若悟無心佛亦不有曰云何無心是道師曰道本無心無心名道若了無心

無心即道光庭作禮信受旣囘闕庭具以山中所遇奏聞即勑光庭詔師到京勑住白蓮亭越明年正月十五日召兩街名僧碩學赴内道場與師闡揚佛理時有遠禪師者抗聲謂師曰今對聖上較量宗旨應須直問直荅不假繁辭只如禪師所見以何爲道師曰無心是道遠曰道因心有何得言無心是道師曰道本無名因心名道心名若有道不虛然窮心旣無道憑何立二俱虛妄總是假名遠曰禪師見有身心是道已否師曰山僧身心本來是道遠曰適言無心是道今又言身心本來是道豈不相違師曰無心是道心泯道無心道一如故言無心是道身心本來是道道亦本是身心身心本旣是空道亦窮源無有遠曰觀禪師形質甚小却會此理師曰大德只見山僧相不見山僧無相見相者是大德所見經云凡所有相皆是虛妄若見諸相非相即見其道若以相爲實窮劫不能見道遠曰今請禪師於相上說於無相師曰淨名經云四大無主身亦無我無我所見與道相應大德若以四大有主是我若有我見窮劫不可會道也遠聞語失色逡巡避席師有偈曰四大無主復如水遇曲逢直無彼此淨穢兩處不生心壅決何曾有二意觸境但似水無心在世縱横有何事復云一大如是四大亦然若明四大無主即悟無心若了無心自然契道志明禪師問若言無心是道瓦礫無心亦應是道又曰身心本來是道四生十類皆有身心亦應是道師曰大德若作見聞覺知解會與道懸殊即是求見聞覺知之者非

是求道之人經云無眼耳鼻舌身意六根尚無見聞覺知憑何而立窮本不有何處存心焉得不同草木瓦礫明杜口而退師有偈曰見聞覺知無障礙聲香味觸常三昧如鳥空中只麽飛無取無捨無憎愛若會應處本無心始得名爲觀自在眞禪師問道既無心佛有心否佛之與道是一是二師曰不一不二曰佛度衆生爲有心故道不度人爲無心故一度一不度何得無二師曰若言佛度衆生道無度者此是大德妄生二見如山僧即不然佛是虛名道亦妄立二俱不實總是假名一假之中如何分二曰佛之與道總是假名當立名時是誰爲立若有立者何得言無師曰佛之與道因心而立推窮立心心亦是無心既是無即悟二俱不實知如夢幻即悟本空彊立佛道二名此是二乘人見解師乃說無修無作偈曰見道方修道不見復何修道性如虛空虛空何所修徧觀修道者撥火覔浮漚但看弄傀儡線斷一時休法空禪師問佛之與道俱是假名十二分教亦應不實何以從前尊宿皆言修道師曰大德錯會經意道本無修大德彊修道本無作大德彊作道本無事彊生多事道本無知於中强知如此見解與道相違從前尊宿不應如是自是大德不會請思之師有偈曰道體本無修不修自合道若起修道心此人不會道棄却一眞性却入閙浩浩忽逢修道人第一莫向道安禪師問道既假名佛云妄立十二分教亦是接物度生一切是妄以何爲眞師曰爲有妄故將眞對妄推窮妄性本空眞亦何曾有故

故知眞妄總是假名二事對治都無實體窮其根本一切皆空曰既言一切是妄妄亦同眞眞妄無殊復是何物師曰若言何物何物亦妄經云無相似無比況言語道斷如鳥飛空安慙伏不知所措師有偈曰推眞眞無相窮妄妄無形返觀推窮心知心亦假名會道亦如此到頭亦只寧達性禪師問禪師至妙至微眞妄雙泯佛道兩亡修行性空名相不實世界如幻一切假名作此解時不可斷絕衆生善惡二根師曰善惡二根皆因心有窮心若有根亦非虛推心既無根因何立經云善不善法從心化生善惡業緣本無有實師有偈曰善既從心生惡豈離心有善惡是外緣於心實不有捨惡歸何處取善令誰守傷嗟二見人攀緣兩頭走若悟本無心始悔從前咎又有近臣問曰此身從何而來百年之後復歸何處師曰如人夢時從何而來睡覺時從何而去曰夢時不可言無既覺不可言有雖有有無來往無所師曰貧道此身亦如其夢師有偈曰視生如在夢夢裏實是鬧忽覺萬事休還同睡時悟智者會悟夢迷人信夢鬧會夢如兩般一悟無別悟富貴與貧賤更無分別路上元二年歸寂謚大曉禪師

玄策禪師者婺州金華人也遊方時届於河朔有隍禪師者曾謁黃梅自謂正受師知隍所得未眞往問曰汝坐於此作麽隍曰入定師曰汝言入定有心邪無心邪若有心者一切蠢動之類皆應得定若無心者一切草木之流亦合得定曰我正入定時則不見有有無之心師曰既不見有有無之心卽是常定

何有出入若有出入則非大定隍無語良久問師嗣誰師曰我師曹谿六祖曰六祖以何爲禪定師曰我師云夫妙湛圓寂體用如如五陰本空六塵非有不出不入不定不亂禪性無住離住禪寂禪性無生離生禪想心如虛空亦無虛空之量隍聞此說遂造於曹谿請決疑翳而祖意與師冥符隍始開悟師後却歸金華大開法席

河北智隍禪師者始參五祖雖嘗咨決而循乎漸行乃往河北結菴長坐積二十餘載不見情容後遇策禪師激勵遂往參六祖祖愍其遠來便垂開決師於言下豁然契悟前二十年所得心都無影響其夜河北檀越士庶忽聞空中有聲曰隍禪師今日得道也後回河北開化四衆

南陽慧忠國師者越州諸暨人也姓冉氏自受心印居南陽白崖山黨子谷四十餘祀不下山道行聞於帝里唐肅宗上元二年敕中使孫朝進賫詔徵赴京待以師禮初居千福寺西禪院及代宗臨御復迎止光宅精藍十有六載隨機說法時有西天大耳三藏到京云得他心通肅宗命國師試驗三藏纔見師便禮拜立於右邊師問曰汝得他心通那對曰不敢師曰汝道老僧卽今在甚麼處曰和尚是一國之師何得却去西川看競渡良久再問汝道老僧卽今在甚麼處曰和尚是一國之師何得却在天津橋上看弄猢猻師良久復問汝道老僧只今在甚麼處藏罔測師叱曰這野狐精他心通在甚麼處藏無對僧問仰山曰大耳三藏第三度爲甚麼不見國師山曰前兩度是涉境心後入自受用三昧所

以不見△又有僧問玄沙沙曰汝道前兩度還見△玄覺云前兩度見後來為甚麼不見且道利害在甚麼處△僧問趙州大耳三藏第三度不見國師未審國師在甚麼處州云在三藏鼻孔上僧後問玄沙既在鼻孔上為甚麼不見沙云只為太近一日喚侍者者應諾如是三召三應師曰將謂吾孤負汝却是汝孤負吾僧問玄沙國師喚侍者意作麼生沙云却是侍者會雲居錫云且道侍者會不會若道會國師又道汝孤負吾若道不會玄沙又道却是侍者會且作麼生商量玄覺徵問曾甚麼處是侍者會處僧云若不會爭解恁麼應玄覺云汝少會在又云若於這裏商量得去便識玄沙僧問法眼國師喚侍者意作麼生眼云且去別時來雲居錫云法眼恁麼道為復明國師意不明國師意△僧問趙州國師喚侍者意作麼生趙州云如人暗裏書字字雖不成文彩已彰南泉到參師問甚麼處來曰江西來師曰還將得馬師眞來否曰只這是師曰背後底聻南泉便休長慶稜云大似不知△保福展云幾不到和尚此間△雲居錫云此二尊宿盡扶背後只如南泉休去為當扶面前扶背後麻谷到參繞禪床三匝振錫而立師曰汝既如是吾亦如是谷又振錫師叱

曰這野狐精出去上堂禪宗學者應遵佛語一乘了義契自心源不了義者互不相許如師子身中蟲夫為人師若涉名利別開異端則自他何益如世大匠斤斧不傷其手香象所負非驢能堪僧問若為得成佛去師曰佛與衆生一時放却當處解脫曰作麼生得相應去師曰善惡不思自見佛性曰若為得證法身師曰越毗盧之境界曰清淨法身作麼生得師曰不著佛求耳曰阿那箇是佛師曰卽心是佛曰心有煩惱否師曰煩惱性自離曰豈不斷邪師曰斷煩惱者卽名二乘煩惱不生名大涅槃曰坐禪看靜此復若為師曰不垢不淨寧用起心而看淨相問禪師見十方虛空是法身否師曰以想心取之是顛倒見問卽心是佛可更修萬行否師曰諸聖皆

具二嚴豈撥無因果邪又曰我今荅汝窮劫不盡言多去道遠矣所以道說法有所得斯則野干鳴說法無所得是名師子吼上堂青蘿夤緣直上寒松之頂白雲淡泞出没太虚之中萬法本閑而人自閙師問僧近離甚處曰南方師曰南方知識以何法示人曰南方知識秪道一朝風火散後如蛇退皮如龍換骨本爾眞性宛然無壞師曰苦哉苦哉南方知識說法半生半滅曰南方知識即如是未審和尚此間說何法師曰我此間身心一如身外無餘曰和尚何得將泡幻之身同於法體師曰你爲甚麼入於邪道曰甚麼處是某甲入於邪道處師曰不見教中道若以色見我以音聲求我是人行邪道不能見如來南陽張濆行者問承和尚說無情說法某甲未

體其事乞和尚垂示師曰汝若問無情說法解他無情方得聞我說法汝但聞取無情說法去濆曰只約如今有情方便之中如何是無情因緣師曰如今一切動用之中但凡聖兩流都無少分起滅便是出識不屬有無熾然見覺只聞無其情識繫執所以六祖云六根對境分别非識有僧到叅禮師問藴何事業曰講金綱經師曰最初兩字是甚麼曰如是師曰是甚麼僧無對有人問如何是解脱師曰諸法不相到當處解脱曰恁麼即斷去也師曰向汝道諸法不相到斷甚麼師見僧來以手作圓相相中書日字僧無對師問本淨禪師汝已後見奇特言語如何淨曰無一念心愛師曰是汝屋裏事肅宗問師在曹谿得何法師曰陛下還見空中一片雲麼帝曰

見師曰釘釘著懸挂著帝又問如何是十身調御師乃起立曰會麼帝曰不會師曰與老僧過淨瓶來帝又曰如何是無諍三昧師曰檀越蹋毘盧頂上行帝曰此意如何師曰莫認自己清淨法身帝又問師都不視之曰朕是大唐天子師何以殊不顧視師曰還見虛空麼帝曰見師曰他還貶目視陛下否魚軍容問師住白崖山十二時中如何修道師喚童子來摩頂曰惺惺直言惺惺歷歷直言歷歷已後莫受人謾師與紫璘供奉論議師陞座奉曰請師立義某甲破師曰立義竟奉曰是甚麼義師曰果然不見非公境界便下座一日師問紫璘供奉佛是甚麼義曰是覺義師曰佛曾迷否曰不曾迷師曰用覺作麼奉無對奉問如何是實相師曰把將虛底來曰虛底不可得師曰虛底尚不可得問實相作麼僧問如何是佛法大意師曰文殊堂裏萬菩薩曰學人不會師曰大悲千手眼師以化緣將畢涅槃時至乃辭代宗代宗曰師滅度後弟子將何所記師曰告檀越造取一所無縫塔帝曰就師請取塔樣師良久曰會麼帝曰不會師曰貧道去後有侍者應眞却知此事乞詔問之大曆十年十二月十九日右脅長往塔於黨子谷謚大證禪師代宗後詔應眞問前語眞良久曰聖上會麼帝曰不會眞述偈曰湘之南潭之北中有黃金充一國無影樹下合同船瑠璃殿上無知識

西京荷澤神會禪師者襄陽人也姓高氏年十四爲沙彌謁六祖祖曰知識遠來大艱辛將本來否若有本則合識主試說看師曰以

無住爲本見卽是主祖曰這沙彌爭合取次語便打師於杖下思惟曰大善知識歷劫難逢今旣得遇豈惜身命自此給侍他日祖告衆曰吾有一物無頭無尾無名無字無背無面諸人還識否師乃出曰是諸法之本源乃神會之佛性祖曰向汝道無名無字汝便喚作本源佛性師禮拜而退祖曰此子向後設有把茆蓋頭也只成得箇知解宗徒（法眼云古人授記人終不錯如今立知解爲宗卽荷澤也）師尋往西京受戒唐景龍年中却歸曹谿閱大藏經於內六處有疑問於六祖第一問戒定慧曰所用戒何物定從何處修慧因何處起所見不通流祖曰定卽定其心將戒戒其行性中常慧照自見自知深第二問本無今有有何物本有今無無何物誦經不見有無義眞似騎驢更覔驢祖曰前念惡業本無後念善生今有念念常行善行後代人天不久汝今正聽吾言吾卽本無今有第三問將生滅却滅將滅滅却生不了生滅義所見似聾盲祖曰將生滅却滅令人不執性將滅滅却生令人心離境未卽離二邊自除生滅病第四問先頓而後漸先漸而後頓不悟頓漸人心裏常迷悶祖曰聽法頓中漸悟法漸中頓修行頓中漸證果漸中頓頓漸是常因悟中不迷悶第五問先定後慧先慧後定定慧後初何生爲正祖曰常生清淨心定中而有慧於境上無心慧中而有定定慧等無先雙修自心正第六問先佛而後法先法而後佛佛法本根源起從何處出祖曰說卽先佛而後法聽卽先法而後佛若論佛法本根源一切衆生心裏出祖滅後二

十年間曹谿頓旨沈廢於荆吴嵩嶽漸門盛行於秦洛師入京天寶四年方定兩宗南能頓宗北秀漸教乃著顯宗記盛行於世一日鄉信至報二親亡師入堂白槌曰父母俱喪請大衆念摩訶般若衆纔集師便打槌曰勞煩大衆師於上元元年奄然而化塔於龍門

五燈會元卷第五

音釋

趍陳知切音馳又俗趨字　絳古巷切音降地名　隈烏魁切音隈水曲也

泞直呂切音宁瀅也濘也　濆符分切音汾水厓也

五燈會元卷第六

宋 沙 門 大 川 濟 纂

六祖下二世旁出

南陽忠國師法嗣

吉州耽源山應眞禪師爲國師侍者時一日國師在法堂中師入來國師乃放下一足師見便出良久却回國師曰適來意作麽生師曰向阿誰說卽得國師曰我問你師曰甚麽處見某甲師又問百年後有人問極則事如何國師曰幸自可憐生須要覔箇護身符子作麽異日師攜籃子歸方丈國師問籃裏甚麽物師曰青梅國師曰將來何用師曰供養國師曰青在爭堪供養師曰以此表獻國師曰佛不受供養師曰某甲只恁麽和尚如何國師曰我不供養師曰爲甚麽不供養國師曰我無果子百丈海和尚在泐潭山牽車次師曰車在這裏牛在甚麽處丈斫額師乃拭目麻谷問十二面觀音豈不是聖師曰是麻谷與師一摑師曰想汝未到此境國師諱日設齋有僧問曰國師還來否師曰未具他心曰又用設齋作麽師曰不斷世諦

荷澤會禪師法嗣

沂水蒙山光寶禪師并州人也姓周氏初謁荷澤澤謂之曰汝名光寶名以定體寶卽已有光非外來縱汝意用而無少乏長夜蒙照而無間歇汝還信否師曰信則信矣未審光之與寶同邪異邪澤曰光卽寶寶卽光何有同異之名乎師曰眼耳緣聲色時爲復抗行爲有回互澤曰抗互且置汝指何法爲聲色之體乎師曰如師所說卽無有聲色可得澤

曰汝若了聲色體空亦信眼耳諸根及與凡與聖平等如幻抗行囘互其理昭然師由是領悟禮辭而去初隱沂水蒙山於唐元和二年圓寂

六祖下三世四世（旁出不列章次）

六祖下五世（旁出）

遂州圓禪師法嗣

終南山圭峰宗密禪師者果州西充人也姓何氏家本豪盛髫亂通儒書冠歲探釋典唐元和二年將赴貢舉偶造圓和尚法席欣然契會遂求披剃當年進具一日隨衆僧齋于府吏任灌家居下位以次受經得圓覺十二章覽未終軸感悟流涕歸以所悟之旨告于圓圓撫之曰汝當大弘圓頓之教此諸佛授汝耳行矣無自滯於一隅也師涕泣奉命禮辭而去因謁荊南忠禪師（南印）忠曰傳教人也當宣導於帝都復見洛陽照禪師（奉國神照）照曰菩薩人也誰能識之尋抵襄漢因病僧付華嚴疏卽上都澄觀大師之所撰也師未嘗聽習一覽而講自欣所遇曰向者諸師述作罕窮厥旨未若此疏辭源流暢幽賾煥然吾禪遇南宗教逢圓覺一言之下心地開通一軸之中義天朗耀今復偶茲絕筆罄竭于懷暨講終思見疏主時屬門人泰恭斷臂醻恩師先齋書上疏主遥敘師資往復慶慰尋泰恭痊損方隨侍至上都執弟子之禮觀曰毗盧華藏能隨我遊者其汝乎師預觀之室惟日新其德而認筌執象之患永亡矣北遊清凉山回住鄠縣草堂寺未幾復入終南圭峰蘭若大和中徵入內賜紫衣帝累問法要朝士

歸慕唯相國裴公休深入堂奥受教爲外護師以禪教學者互相非毁遂著禪源諸詮寫録諸家所述詮表禪門根源道理文字句偈集爲一藏（或云一百卷）以貽後代其都序畧云禪是天竺之語具云禪那此云思惟修亦云静慮皆定慧之通稱也源者是一切衆生本覺眞性亦名佛性亦名心地悟之名慧修之名定定慧通名爲禪此性是禪之本源故云禪源亦名禪那理行者此之本源是禪理忘情契之是禪行故云理行然今所集諸家述作多譚禪理少說禪行故且以禪源題之今時有人但目眞性爲禪者是不達理行之旨又不辨華竺之音也然非離眞性别有禪體但衆生迷眞合塵卽名散亂背塵合眞方名禪定若直論本性卽非眞非妄無背無合無定無亂誰言禪乎況此眞性非唯是禪門之源亦是萬法之源故名法性亦是衆生迷悟之源故名如來藏藏識（出楞伽經）亦是諸佛萬德之源故名佛性（涅槃等經）亦是菩薩萬行之源故名心地（梵網經云是諸佛之本源行菩薩道之根本是大衆諸佛子之根本也）萬行不出六波羅蜜禪者但是六中之一當其第五豈可都目眞性爲一禪行哉然禪定一行最爲神妙能發起性上無漏智慧一切妙用萬行萬德乃至神通光明皆從定發故三乘人欲求聖道必須修禪離此無門離此無路至於念佛求生淨土亦修十六觀禪及念佛三昧般舟三昧等也又眞性卽不垢不淨凡聖無差禪門則有淺有深階級殊等謂帶異計欣上厭下而修者是外道禪正信因果亦以欣厭而修者是凡夫禪悟我空偏眞之

理而修者是小乘禪悟我法二空所顯眞理而修者是大乘禪（上四類皆有四色四空之異也）若頓悟自心本來清淨元無煩惱無漏智性本自具足此心卽佛畢竟無異依此而修者是最上乘禪亦名如來清淨禪亦名一行三昧亦名眞如三昧此是一切三昧根本若能念念修習自然漸得百千三昧達磨門下展轉相傳者是此禪也達磨未到古來諸家所解皆是前四禪八定諸高僧修之皆得功用南嶽天台令依三諦之理修三止三觀教義雖最圓妙然其趣入門戶次第亦只是前之諸禪行相唯達磨所傳者頓同佛體逈異諸門故宗習者難得其旨得卽成聖疾證菩提失卽成邪速入塗炭先祖革昧防失故且人傳一人後代已有所憑故任千燈千照洎乎法久成弊錯謬者多故經論學人疑謗亦衆原夫佛說頓教漸教禪開頓門漸門二教二門各相符契今講者偏彰漸義禪者偏播頓宗禪講相逢胡越之隔宗密不知宿生何作熏得此心自未解脫欲解他縛爲法亡於軀命愍人切於神情（亦如淨名經云若自有縛能解他縛無有是處然欲罷不能驗是宿習難改故）每歎人與法差法爲人病故別撰經律論疏大開戒定慧門顯頓悟資於漸修證師說符於佛意意旣本末而委示文乃浩博而難尋汎學雖多秉志者少況迹涉名相誰辨金鍮徒自疲勞未見機感雖佛說悲增是行而自慮愛見難防遂捨衆入山習定均慧前後息慮相繼十年微細習情起滅彰於靜慮差別法義羅列現於空心虛隙日光纖埃擾擾清潭水底影像昭昭豈比夫空守默之癡禪

但尋文之狂慧者也然本因了自心而辨諸
教故懇情於心宗又因辨諸教而解修心故
虔誠於教義敎也者諸佛菩薩所留經論也
禪也者諸善知識所述句偈也但佛經開張
羅大千八部之衆禪偈撮畧就此方一類之
機羅衆則莽蕩難依就機則指的易用今之
纂集意在斯焉裴休爲之序曰諸宗門下皆
有達人然各安所習通少局多故數十年來
師法益壞以承稟爲戶牖各自開張以經論
爲干戈互相攻擊情隨函矢而遷變周禮曰函人爲
甲孟子曰矢人豈不仁於函人哉函人唯恐
傷人矢人唯恐不傷人益所習之術使然也
今學者但隨宗徒彼此相非耳法逐人我以高低是非紛拏
莫能辨析則向者世尊菩薩諸方教宗適足
以起諍後人增煩惱病何利益之有我圭峰
大師久而歎曰吾丁此時不可以默矣於是

以如來三種教義印禪宗三種法門鎔缾盤
釵釧爲一金攪酥酪醍醐爲一味振綱領而
舉者皆順荀子云如振裘領屈五指而頓之順者不可勝數據會要
而來者同趣周易畧例云據會要以觀方來則六合輻湊未足多也都序據
圓教以印諸宗雖百家亦無所不統也尚恐學者之難明也又
復直示宗源之本末眞妄之和合空性之隱
顯法義之差殊頓漸之異同遮表之回互權
實之深淺通局之是非若吾師者捧佛日而
委曲回照疑噎盡除順佛心而橫亘大悲窮
劫常益則世尊爲闡教之主吾師爲會教之
人本末相符遠近相照可謂畢一代時教之
能事矣或曰自如來未嘗大都而通之今一
旦違宗趣而不守廢關防而不據無乃乖秘
藏密契之道乎荅曰如來初雖別說三乘後
乃通爲一道三十年前或說小乘或說空教或說相教或說性教聞者各隨

（機證悟不相通知也四十年後坐靈鷲而會三乘詣拘尸而顯一性前後之執則也）故涅槃經迦葉菩薩曰諸佛有密語無密藏世尊讚之曰如來之言開發顯露清淨無翳愚人不解謂之秘藏智者了達則不名藏此其證也故王道興則外戶不閉而守在戎夷佛道備則諸法總持而防在魔外（涅槃圓教和會諸法唯揀別魔說及外道邪宗）不當復執情攘臂於其間也（師又著圓覺大小二疏鈔法界觀門原人等論皆裴休爲之序引盛行于世）蕭俛相公呈己見解請禪師注釋荷澤云見清淨體於諸三昧八萬四千諸波羅蜜門皆於見上一時起用名爲慧眼若當眞知相應之時萬化寂滅（善惡不思空有不念萬法俱從思想緣念而生皆是虛空故云化也既一念不生則萬法不起故不待泯之自然寂滅也）此時更無所見（照體獨立夢智亡階）三昧諸波羅蜜門亦一時空寂更無所得（散亂與三昧此岸與彼岸是相待對治之說若知心無念見性無生則定亂眞妄一時空寂故無所得也）不審此是見上一時起用否（然見性圓明理絕相累卽絕相爲妙用住相爲執情於入萬法門一一皆爾一法有爲一聖一法空爲一用故云見清淨體則一時起用矣）望於此後示及俛狀荅史山人十問一問如何是道何以修之爲復必須修成爲復不假功用荅無礙是道覺妄是修道雖本圓妄起爲累妄念都盡卽是修成二問道若因修而成卽是造作便同世間法虛僞不實成而復壞何名出世荅造作是結業名虛僞世間無作是修行卽眞實出世三問其所修者爲頓爲漸漸則忘前失後何以集合而成頓則萬行多方豈得一時圓滿荅眞理卽悟而頓圓妄情息之而漸盡頓圓如初生孩子一日而肢體已全漸修如長養成人多年而志氣方立四問凡修心地之法爲當悟心卽了爲當别有行門若别有行門何

名南宗頓旨若悟卽同諸佛何不發神通光明答識氷池而全水藉陽氣而鎔消悟凡夫而卽眞資法力而修習氷消則水流潤方呈漑滌之功妄盡則心靈通始發通光之應修心之外無別行門五問若但修心而得佛者何故諸經復說必須莊嚴佛土教化衆生方名成道答鏡明而影像千差心淨而神通萬應影像類莊嚴佛國神通則教化衆生莊嚴而卽非莊嚴影像而亦色非色六問諸經皆說度脫衆生且衆生卽非衆生何故更勞度脫答衆生若是實度之則爲勞旣自云卽非衆生何不例度而無度七問諸經說佛常住或卽說佛滅度常卽不滅滅卽非常豈不相違答離一切相卽名諸佛何有出世入滅之實乎見出沒者在乎機緣機緣應則菩提樹下而出現機緣盡則娑羅林間而涅槃其猶淨水無心無像不現像非我有盍外質之去來相非佛身豈如來之出沒八問云何佛化所生吾如彼生佛旣無生生是何義若言心生法生心滅法滅何以得無生法忍耶答旣云如化化卽是空空卽無生何詰生義生滅滅已寂滅爲眞忍可此法無生名曰無生法忍九問諸佛成道說法秖爲度脫衆生衆生旣有六道佛何但住在人中現化又佛滅後付法於迦葉以心傳心乃至此方六祖每代秖傳一人旣云於一切衆生皆得一子之地何以傳授不普答日月麗天六合俱照而盲者不見盆下不知非日月不普是障隔之咎也度與不度義類如斯非局人天揀於鬼畜但人道能結集傳授不絕故秖知佛現人中

也滅度後委付迦葉展轉相承一人者此亦槃論當代爲宗教主如土無二王非得度者唯爾數也十問和尚因何發心慕何法而出家今如何修行得何法味所行得至何處地位今住心邪修心邪若住心妨修心若修心則動念不安云何名爲學道若安心一定則何異定性之徒伏願大德運大慈悲如理如如次第爲說荅覺四大如坏幻達六塵如空華悟自心爲佛心見本性爲法性是發心也知心無住卽是修行無住而知卽爲法味住著於法斯爲動念故如人入闇則無所見今無所住不染不著故如人有目及日光明見種種法豈爲定性之徒旣無所住著何論處所又山南温造尚書問悟理息妄之人不結業一期壽終之後靈性何依師曰一切衆生無不具有覺性靈明空寂與佛無殊但以無始劫來未曾了悟妄執身爲我相故生愛惡等情隨情造業隨業受報生老病死長劫輪回然身中覺性未曾生死如夢被驅役而身本安閑如水作冰而濕性不易若能悟此性卽是法身本自無生何有依託靈靈不昧了了常知無所從來亦無所去然多生妄執習以性成喜怒哀樂微細流注眞理雖然頓達此情難以卒除須長覺察損之又損如風頓止波浪漸停豈可一生所修便同諸佛力用但可以空寂爲自體勿認色身以靈知爲自心勿認妄念妄念若起都不隨之卽臨命終時自然業不能繫雖有中陰所向自由天上人間隨意寄託若愛惡之念已泯卽不受分段之身自能易短爲長易麤爲妙若微細流

注一切寂滅唯圓覺大智朗然獨存卽隨機應現千百億化身度有緣衆生名之爲佛謹對釋曰馬鳴菩薩撮畧百本大乘經宗旨以造大乘起信論論中立宗說一切衆生心有覺義不覺義覺中復有本覺義始覺義上所述者雖但約照理觀心處言之而法義亦同彼論謂從初至與佛無殊是本覺也從但以無始下是不覺也從若能悟此下是始覺也始覺中復有頓悟漸修從若能至亦無所去是頓悟也從然多生妄執下是漸修也漸修中從初發心乃至成佛有三位自在從初至隨意寄託者是受生自在也從若愛惡之念下是變易自在也從若微細流注下至末是究竟自在也又從但可以空寂爲自體至自然業不能繫正是悟理之人朝暮行心修習止觀之要節也宗密先有八句之偈顯示此意曾於尚書處誦之奉命解釋偈曰作有義事是惺悟心作無義事是狂亂心狂亂隨情念臨終被業牽惺悟不由情臨終能轉業師會昌元年正月六日於興福院誡門人令舁尸施鳥獸焚其骨而散之勿得悲慕以亂禪觀每清明上山講道七日其餘住持儀則當合律科違者非吾弟子言訖坐滅道俗等奉全身于圭峰荼毘得舍利明白潤大後門人泣而求之皆得於煨燼乃藏之石室暨宣宗再闡眞教追諡定慧禪師塔曰青蓮

西天東土應化聖賢

文殊菩薩一日令善財採藥曰是藥者採將來善財徧觀大地無不是藥却來白曰無有不是藥者殊曰是藥者採將來善財遂於地

上拈一莖草度與文殊文殊接得呈起示衆曰此藥亦能殺人亦能活人文殊問菴提遮女曰生以何爲義女曰生以不生生爲生義殊曰如何是生以不生生爲生義女曰若能明知地水火風四緣未嘗自得有所和合而能隨其所宜是爲生義殊曰死以何爲義女曰死以不死死爲死義殊曰如何是死以不死死爲死義女曰若能明知地水火風四緣未嘗自得有所離散而能隨其所宜是爲死義菴提遮女問文殊曰明知生是不生之理爲甚麼却被生死之所流轉殊曰其力未充天親菩薩從彌勒内宫而下無著菩薩問曰人間四百年彼天爲一晝夜彌勒於一時中成就五百億天子證無生法忍未審說甚麼法天親曰秖說這箇法秖是梵音清雅令人樂聞

維摩會上三十二菩薩各說不二法門文殊曰我於一切法無言無說無示無識離諸問荅是爲菩薩入不二法門於是文殊又問維摩仁者當說何等是菩薩入不二法門維摩默然文殊讚曰乃至無有語言文字是菩薩真入不二法門

善財參五十三員善知識末後到彌勒閣前見樓閣門閉瞻仰讚歎見彌勒從别處來善財作禮曰願樓閣門開令我得入尋時彌勒至善財前彈指一聲樓閣門開善財入已閣門卽閉見百千萬億樓閣一一樓閣内有一彌勒領諸眷屬并一善財而立其前善財因無著菩薩問曰我欲見文殊何者卽是財曰汝發一念心清淨卽是無著曰我發一念心

清淨爲甚麽不見財曰是眞見文殊

須菩提尊者在巖中宴坐諸天雨華讚歎者曰空中雨華讚歎復是何人云何讚歎天曰我是梵天敬重尊者善說般若者曰我於般若未嘗說一字汝云何讚歎天曰如是尊者無說我乃無聞無說無聞是眞說般若尊者一日說法次帝釋雨華者乃問此華從天得邪從地得邪從人得邪釋曰弗也者曰從何得邪釋乃舉手者曰如是如是

舍利弗尊者因入城遥見月上女出城舍利弗心口思惟此姊見佛不知得忍不得忍否我當問之纔近便問大姊往甚麽處去女曰如舍利弗與麽去弗曰我方入城汝方出城何言如我恁麽去女曰諸佛弟子當依何住弗曰諸佛弟子依大涅槃而住女曰諸佛弟子既依大涅槃而住而我亦如舍利弗與麽去舍利弗問須菩提夢中說六波羅蜜與覺時同異提曰此義深遠吾不能說會中有彌勒大士汝往彼問舍利弗問彌勒彌勒云誰名彌勒誰是彌勒舍利弗問天女曰何以不轉女身女曰我從十二年來求女人相了不可得當何所轉卽時天女以神通力變舍利弗令如天女女自化身如舍利弗乃問言何以不轉女身舍利弗以天女像而荅言我今不知云何轉面而變爲女身

殃崛摩羅尊者未出家時外道受教爲憍尸迦欲登王位用千人拇指爲花冠已得九百九十九唯欠一指遂欲殺母取指時佛在靈山以天眼觀之乃作沙門在殃崛前殃崛遂釋母欲殺佛佛徐行殃崛急行追之不及乃

喚曰瞿曇住住佛告曰我住久矣是汝不住殃崛聞之心忽開悟遂棄刃投佛出家

賓頭盧尊者因阿育王內宮齋三萬大阿羅漢躬自行香見第一座無人王問其故海意尊者曰此是賓頭盧位此人近見佛來王曰今在何處者曰且待須臾言訖賓頭盧從空而下王請就座禮敬者不顧王乃問承聞尊者親見佛來是否者以手策起眉曰會麼王曰不會者曰阿耨達池龍王曾請佛齋吾是時亦預其數

障蔽魔王領諸眷屬一千年隨金剛齊菩薩覓起處不得忽一日得見乃問曰汝當依何而住我一千年覓汝起處不得齊曰我不依有住而住不依無住而住如是而住

那吒太子析肉還母析骨還父然後現本身運大神力爲父母說法

秦跋陁禪師問生法師講何經論生曰大般若經師曰作麼生說色空義曰衆微聚曰色衆微無自性曰空師曰衆微未聚喚作甚麼生罔措師又問別講何經論曰大涅槃經師曰如何說涅槃之義曰涅而不生槃而不滅不生不滅故曰涅槃師曰這箇是如來涅槃那箇是法師涅槃曰涅槃之義豈有二邪某甲秖如此未審禪師如何說涅槃師拈起如意曰還見麼曰見師曰見箇甚麼曰見禪師手中如意師將如意擲于地曰見麼曰見師曰見箇甚麼曰見禪師手中如意墮地師斥曰觀公見解未出常流何得名誼宇宙拂衣而去其徒懷疑不已乃追師扣問我師說色空涅槃不契未審禪師如何說色空義師曰

不道汝師説得不是汝師秖説得果上色空不會説得因中色空其徒曰如何是因中色空師曰一微空故衆微空衆微空故一微空一微空中無衆微衆微空中無一微

寶誌禪師初金陵東陽民朱氏之婦上巳日聞見啼鷹巢中梯樹得之舉以爲子七歲依鍾山大沙門僧儉出家專修禪觀宋太始二年髮而徒跣著錦袍往來皖山劍水之下以翦尺拂子拄杖頭負之而行天鑑二年梁武帝詔問弟子煩惑未除何以治之荅曰十二帝問其旨如何荅曰在書字時節刻漏中帝益不曉帝嘗詔畫工張僧繇寫師像僧繇下筆輒不自定師遂以指剺面門分披出十二面觀音妙相殊麗或慈或威僧繇竟不能寫他日與帝臨江縱望有物泝流而上師以杖引之隨杖而至乃紫旃檀也卽以屬供奉官俞紹令雕師像頃刻而成神彩如生師問一梵僧承聞尊者喚我作屠兒曾見我殺生麼曰見師曰有見見無見見不有不無見若有見見是凡夫見無見見是聲聞見不有不無見是外道見未審尊者如何見梵僧曰你有此等見邪汾陽曰不枉西來師垂語曰終日拈香擇火不知身是道場又曰大道秖在目前要且目前難覩欲識大道眞體不離聲色言語又曰京都鄴都浩浩還是菩提大道法眼曰京都鄴都浩浩不是菩提大道

善慧大士者婺州義烏縣人也齊建武四年丁丑五月八日降于雙林鄉傅宣慈家本名翕年十六納劉氏女名妙光生普建普成二子二十四與里人稽亭浦漉魚獲已沈籠水

中祝曰去者適止者留人或謂之愚會有天竺僧嵩頭陀曰我與汝毗婆尸佛所發誓今兜率宮衣鉢見在何日當還因命臨水觀影見圓光寶蓋大士笑謂之曰鑪鞴之所多鈍鐵良醫之門足病人度生爲急何思彼樂乎嵩指松山頂曰此可棲矣大士躬耕而居之有人盜菽麥瓜果大士卽與籃籠盛去日常營作夜則行道見釋迦金粟定光三如來放光襲其體大士乃曰我得首楞嚴定天嘉二年感七佛相隨釋迦引前維摩接後唯釋尊數顧共語爲我補處也其山頂黄雲盤旋若蓋因號雲黄山梁武帝請講金剛經士纔陞座以尺揮按一下便下座帝愕然聖師曰陛下還會麽帝曰不會聖師曰大士講經竟又一日講經次帝至大衆皆起唯士端坐不動近臣報曰聖駕在此何不起士曰法地若動一切不安大士一日披衲頂冠靸履朝見帝問是僧邪士以手指冠帝曰是道邪士以手指靸履帝曰是俗邪士以手指衲衣大士心王銘曰觀心空王玄妙難測無形無相有大神力能滅千災成就萬德體性雖空能施法則觀之無形呼之有聲爲大法將心戒傳經水中鹽味色裏膠青決定是有不見其形心王亦爾身内居停面門出入應物隨情自在無礙所作皆成了本識心識心見佛是心是佛是佛是心念念佛心佛心念佛欲得早成戒心自律淨律淨心心卽是佛除此心王更無别佛欲求成佛莫染一物心性雖空貪嗔體實入此法門端坐成佛到彼岸已得波羅蜜慕道眞士自觀自心知佛在内不向外尋

卽心卽佛卽佛卽心心明識佛曉了識心離心非佛離佛非心非佛莫測無所堪任執空滯寂於此漂沉諸佛菩薩非此安心明心大士悟此玄音身心性妙用無更改是故智者放心自在莫言心王空無體性能使色身作邪作正非有非無隱顯不定心性離空能凡能聖是故相勸好自防愼剎那造作還復漂沉清淨心智如世黃金般若法藏並在身心無爲法寶非淺非深諸佛菩薩了此本心有緣遇者非去來今有偈曰夜夜抱佛眠朝朝還共起起坐鎭相隨語默同居止纖毫不相離如身影相似欲識佛去處秖這語聲是又曰空手把鋤頭步行騎水牛人從橋上過橋流水不流又曰有物先天地無形本寂寥能爲萬象主不逐四時凋四相偈曰生曰老曰病曰死識託浮泡起生從愛慾來昔時曾長大今日復嬰孩星眼隨人轉朱脣向乳開爲憐迷覺性還却受輪迴覽鏡容顏改登階氣力衰咄哉今已老趨拜復還虧身似臨崖樹心如念水龜尚猶耽有漏不肯學無爲忽染沉痾疾因成臥病身妻兒愁不語朋友厭相親楚痛抽千脈呻吟徹四隣不知前路險猶尚恣貪嗔精魄隨生路遊魂入死關秖聞千萬去不見一人還寶馬空嘶立庭華永絕攀早求無上道應免四方山

南嶽慧思禪師武津李氏子因誌公令人傳語曰何不下山敎化衆生目視雲漢作甚麽師曰三世諸佛被我一口吞盡何處更有衆生可化示衆曰道源不遠性海非遙但向已求莫從他覓覓卽不得得亦不眞偈曰頓悟

心源開寶藏隱顯靈通現眞相獨行獨坐常巍巍百億化身無數量縱令畐塞滿虛空看時不見微塵相可笑物兮無比況口吐明珠光晃晃尋常見說不思議一語標名言下當又曰天不能蓋地不載無去無來無障礙無長無短無青黃不在中間及內外超羣出衆太虛玄指物傳心人不會

天台山修禪寺智者禪師諱智顗荊州華容陳氏子在南嶽誦法華經至藥王品曰是眞精進是名眞法供養如來於是悟法華三昧獲旋陀羅尼見靈山一會儼然未散

泗州僧伽大聖或問師何姓師曰姓何曰何國人師曰何國人

天台山豐干禪師因寒山問古鏡未磨時如何照燭師曰冰壺無影像猿猴探水月曰此是不照燭也更請道看師曰萬德不將來教我道甚麼寒山拾得俱作禮而退師欲遊五臺問寒山拾得曰汝共我去遊五臺便是我同流若不共我去遊五臺不是我同流山曰你去遊五臺作甚麼師曰禮文殊山曰你不是我同流師尋獨入五臺逢一老人便問莫是文殊麼曰豈可有二文殊師作禮未起忽然不見（趙州代曰文殊文殊）

天台山寒山子因衆僧炙茄次將茄串向一僧背上打一下僧回首山呈起茄串曰是甚麼僧曰這風顛漢山向傍僧曰你道這僧費却我多少鹽醋因趙州遊天台路次相逢山見牛跡問州曰上座還識牛麼州曰不識山指牛跡曰此是五百羅漢遊山州曰既是羅漢爲甚麼却作牛去山曰蒼天蒼天州呵呵

大笑山曰作甚麼州曰蒼天蒼天山曰這厮兒宛有大人之作

天台山拾得子一日掃地寺主問汝名拾得因豐干拾得汝歸汝畢竟姓箇甚麼拾得放下掃帚叉手而立主再問拾得拈掃帚掃地而去寒山搥胸曰蒼天蒼天拾得曰作甚麼山曰不見道東家人死西家人助哀二人作舞笑哭而出國清寺半月念戒衆集拾得拍手曰聚頭作想那事如何維那叱之得曰大德且住無嗔卽是戒心淨卽出家我性與你合一切法無差

明州奉化縣布袋和尚自稱契此形裁腲烏罪切腇奴罪切䠜額皤腹出語無定寢臥隨處常以杖荷一布囊并破席凡供身之具盡貯囊中入鄽肆聚落見物則乞或醯醢魚葅纔接入口分少許投囊中時號長汀子一日有僧在師前行師乃拊其背僧回首師曰乞我一文錢曰道得卽與汝一文師放下布袋叉手而立白鹿和尚問如何是布袋師便放下布袋曰如何是布袋下事師負之而去先保福和尚問如何是佛法大意師放下布袋叉手福曰爲秖如此爲更有向上事師負之而去師在街衢立有僧問和尚在這裏作甚麼師曰等箇人曰來也來也歸宗柔和尚別曰歸去來師曰汝不是這箇人曰如何是這箇人師曰乞我一文錢師有歌曰秖箇心心心是佛十方世界最靈物縱橫妙用可憐生一切不如心眞實騰騰自在無所爲閑閑究竟出家兒若覩目前眞大道不見纖毫也大奇萬法何殊心何異何勞更用尋經義心王本自絕多智智者

秪明無學地非聖非凡復若何不強分別聖情孤無價心珠本圓淨凡是異相妄空呼人能弘道道分明無量清高稱道情攜錫若登故國路莫愁諸處不聞聲又有偈曰是非憎愛世偏多子細思量柰我何寬却肚腸須忍辱豁開心地任從他若逢知已須依分縱遇冤家也共和若能了此心頭事自然證得六波羅我有一布袋虛空無罣礙展開遍十方入時觀自在吾有三寶堂裏空無色相不高亦不低無遮亦無障學者體不如來者難得樣智慧解安排千中無一匠四門四果生十方盡供養吾有一軀佛世人皆不識不塑亦不裝不雕亦不刻無一滴灰泥無一點彩色人畫畫不成賊偷偷不得體相本自然清淨非拂拭雖然是一軀分身千百億又有偈曰一鉢千家飯孤身萬里遊青目覩人少問路白雲頭梁貞明三年丙子三月師將示滅於岳林寺東廊下端坐磐石而說偈曰彌勒真彌勒分身千百億時時示時人時人自不識偈畢安然而化其後復現于他州亦負布袋而行四衆競圖其像

法華志言大士壽春許氏子弱冠遊東都繼得度於七俱胝院留講肆久之一日讀雲門録忽契悟未幾宿命遂通獨語笑口吻囁嚅日常不輟世傳誦法華因以名之丞相呂許公問佛法大意師曰本來無一物一味却成真集仙王質問如何是祖師西來意師曰青山影裏潑藍起寶塔高吟撼曉風又曰請法華燒香師曰未從齋戒覓不向佛邊求國子助教徐岳問祖師西來意師曰街頭東畔底

徐曰某甲未會師曰三般人會不得僧問世有佛不師曰寺裏文殊有問師凡邪聖邪師遂舉手曰我不在此住慶曆戊子十一月二十三日將化謂人曰我從無量劫來成就逝多國土分身揚化今南歸矣言畢右脇而逝

扣冰澡先古佛建寧新豐翁氏子母夢比丘風神炯然荷錫求宿人指謂曰是辟支佛已而孕生於武宗會昌四年香霧滿室彌日不散年十三求出家父母許之依烏山興福寺行全爲師咸通乙酉落髮受具初以講說爲衆所歸棄謁雪峰手攜皂茈一包醬一器獻之峰曰包中是何物師曰皂茈峰曰何處得來師曰泥中得峰曰泥深多少師曰無大數峰曰還更有麼曰轉有轉深又問器中何物曰醬峰曰何處得來曰自合得峰曰還熟也未曰不較多峰異之曰子異日必爲王者師後自鵞湖歸温嶺結菴(今爲永豐寺)繼居將軍巖二虎侍側神人獻地爲瑞巖院學者爭集嘗謂衆曰古聖修行須憑苦節吾今夏則衣褚冬則扣冰而浴故世人號爲扣冰古佛後住靈曜上堂四衆雲臻敎老僧說箇甚麼便下座有僧燒炭積成火龕曰請師入此修行曰眞玉不隨流水化琉璃爭奪衆星明曰莫秖這便是麼曰且莫認奴作郎曰畢竟如何曰梅華臘月開天成戊子應閩主之召延居內堂敬拜曰謝師遠降賜茶次師提起槖子曰大王會麼曰不會曰人王法王各自照了留十日以疾辭至十二月二日沐浴陞堂告衆而逝王與道俗備香薪蘇油茶毘之祥耀滿山獲舍利五色塔於瑞巖正寢謚曰妙應法

威慈濟禪師
千歲寶掌和尚中印度人也周威烈十二年丁卯降神受質左手握拳七歲祝髮乃展因名寶掌魏晉間東遊此土入蜀禮普賢留大慈常不食日誦般若等經千餘卷有詠之者曰勞勞玉齒寒似迸巖泉急有時中夜坐堦前神鬼泣一日謂衆曰吾有願住世千歲今年六百二十有六故以千歲稱之次遊五臺徙居祝融峰之華嚴黃梅之雙峰廬山之東林尋抵建鄴會達磨入梁師就扣其旨開悟武帝高其道臘延入內庭未幾如吳有偈曰梁城遇導師叅禪了心地飄零二浙遊更盡佳山水順流東下由千頃至天竺往鄮峰登太白穿鴈蕩盤礴於翠峰七十二菴回赤城憩雲門法華諸暨漁浦赤符大巖等處返飛來棲止石竇有行盡支那四百州此中偏稱道人遊之句時貞觀十五年也後居浦江之寶巖與郎禪師友善每通問遣白犬馳往朗亦以青猿爲使令故題朗壁曰白犬銜書至青猿洗鉢回師所經處後皆成寶坊顯慶二年正旦手塑一像至九日像成問其徒慧雲曰此肖誰雲曰與和尚無異卽澡浴易衣趺坐謂雲曰吾住世已一千七十二年今將謝世聽吾偈曰本來無生死今亦示生死我得去住心他生復來此頃時囑曰吾滅後六十年有僧來取吾骨勿拒言訖而逝入滅五十四年有剌浮長老自雲門至塔所禮曰冀塔洞開少選塔戶果啓其骨連環若黃金浮卽持往秦望山建窣堵波奉藏以周威烈丁卯至唐高宗顯慶丁巳攷之實一千七十二年

抵此土歲歷四百餘僧史皆失載開元中慧

雲門人宗一者嘗勒石識之

五燈會元卷第六

音釋

齔初謹切，音䶫，毀齒也。男八月生齒，八歲而齔；女七月生齒，七歲而齔。 醻時流切，音讎，主人進客也。

醢許亥切，音海，肉醬也。 葅通葅，側魚切，音菹，醡也。 囁嚅上日涉切，音攝；下汝朱切，音儒。囁嚅，多言也。

五燈會元卷第七

宋 沙門 大川 濟 纂

六祖大鑒禪師法嗣

南嶽懷讓禪師者，姓杜氏，金州人也。於唐儀鳳二年四月八日降誕，感白氣應於玄象，在安康之分。太史瞻見，奏聞高宗皇帝。帝乃問是何祥瑞，太史對曰：國之法器，不染世榮。帝傳勑金州太守韓偕親往存慰其家。家有三子，唯師最小，炳然殊異，性唯恩讓，父乃安名懷讓。年十歲時，唯樂佛書。時有三藏玄靜過舍，告其父母曰：此子若出家，必獲上乘，廣度衆生。至垂拱三年，方十五歲，辭親往荆州玉泉寺，依弘景律師出家。通天二年受戒，後習毗尼藏。一日自歎曰：夫出家者，爲無爲法，天上人間無有勝者。時同學坦然知師志氣高邁，勸師謁嵩山安和尚。安啓發之，乃直指詣曹谿參六祖。祖問：甚麼處來？曰：嵩山來。祖曰：甚麼物恁麼來？師無語。遂經八載，忽然有省，乃白祖曰：某甲有箇會處。祖曰：作麼生？師曰：說似一物即不中。祖曰：還假修證否？師曰：修證則不無，汙染即不得。祖曰：秖此不汙染，諸佛之所護念。汝既如是，吾亦如是。西天般若多羅讖汝足下出一馬駒，踏殺天下人，病在汝心，不須速說。師執侍左右一十五年。先天二年往衡嶽，居般若寺。開元中，有沙門道一（即馬祖也）在衡嶽山常習坐禪。師知是法器，往問曰：大德坐禪圖甚麼？一曰：圖作佛。師乃取一甎，於彼庵前石上磨。一曰：磨作甚麼？師曰：磨作鏡。一曰：磨甎豈得成鏡邪？師曰：磨甎既不成鏡，坐禪豈得作佛？一曰：如何即是？師曰：如

牛駕車車若不行打車即是打牛即是一無對師又曰汝學坐禪爲學坐佛若學坐禪禪非坐臥若學坐佛佛非定相於無住法不應取捨汝若坐佛即是殺佛若執坐相非達其理一聞示誨如飲醍醐禮拜問曰如何用心即合無相三昧師曰汝學心地法門如下種子我說法要譬彼天澤汝緣合故當見其道又問道非色相云何能見師曰心地法眼能見乎道無相三昧亦復然矣一曰有成壞否師曰若以成壞聚散而見道者非見道也聽吾偈曰心地含諸種遇澤悉皆萌三昧華無相何壞復何成一衆開悟心意超然侍奉十秋日益玄奧入室弟子惣有六人師各印可曰汝等六人同證吾身各契其一一人得吾眉善威儀(常浩)一人得吾眼善顧盼(智達)一人得吾耳善聽理(坦然)一人得吾鼻善知氣(神照)一人得吾舌善譚說(嚴峻)一人得吾心善古今(道一)又曰一切法皆從心生心無所生法無所住若達心地所作無礙非遇上根宜慎辭哉有一大德問如鏡鑄像像成後未審光向甚麼處去師曰如大德爲童子時相貌何在(法眼別云阿那箇是大德鑄成底像)曰秖如像成後爲甚麼不鑑照師曰雖然不鑑照謾他一點不得後馬大師闡化於江西師問衆曰道一爲衆說法否衆曰已爲衆說法師曰總未見人持箇消息來衆無對因遣一僧去囑曰待伊上堂時但問作麼生伊道底言語記將來僧去一如師旨回謂師曰馬師云自從胡亂後三十年不曾少鹽醬師然之天寶三年八月十一日圓寂於衡嶽諡大慧禪師最勝輪之塔

南嶽讓禪師法嗣第一世

江西道一禪師漢州什邡縣人也姓馬氏本邑羅漢寺出家容貌奇異牛行虎視引舌過鼻足下有二輪文幼歲依資州唐和尚落髮受具於渝州圓律師唐開元中習禪定於衡嶽山中遇讓和尚同參六人唯師密受心印讓之一猶思之遷也同源而異派故禪法之盛始于二師劉軻云江西主大寂湖南主石頭往來憧憧不見二大士爲無知矣西天般若多羅記達磨云震旦雖闊無別路要假兒孫脚下行金雞解銜一粒粟供養十方羅漢僧又六祖謂讓和尚曰向後佛法從汝邊去馬駒踏殺大下人厥後江西嗣法布於大下時號馬祖始自建陽佛迹嶺遷至臨川次至南康龔公山大曆中隸名於鍾陵開元寺時連帥路嗣恭聆風景慕親受宗旨由是四方學者雲集座下一日謂衆曰汝等諸人各信自心是佛此心即是佛心達磨大師從南天竺國來至中華傳上乘一心之法令汝等開悟又引楞伽經文以印衆生心地恐汝顛倒不自信此一心之法各各有之故楞伽經以佛語心爲宗無門爲法門夫求法者應無所求心外無別佛佛外無別心不取善不捨惡淨穢兩邊俱不依怙達罪性空念念不可得無自性故故三界唯心森羅萬象一法之所印凡所見色皆是見心心不自心因色故有汝但隨時言說即事即理都無所礙菩提道果亦復如是於心所生即名爲色知色空故生即不生若了此意乃可隨時著衣喫飯長養聖胎任運過時更有何事汝受吾教聽吾偈曰心地隨時說菩提亦秖寧事理俱無礙當生即不生僧問和尚爲甚麼說即心即佛師曰爲止小兒啼曰啼止時如何師曰非心非佛曰除此二種人來如

何指示師曰向伊道不是物曰忽遇其中人來時如何師曰且教伊體會大道問如何是西來意師曰即今是甚麼意龐居士問不昧本來人請師高著眼師直下覷士曰一等沒絃琴唯師彈得妙師直上覷士禮拜師歸方丈居士隨後曰適來弄巧成拙又問如水無筋骨能勝萬斛舟此理如何師曰這裏無水亦無舟說甚麼筋骨一夕西堂百丈南泉隨侍翫月次師問正恁麼時如何堂曰正好供養丈曰正好修行泉拂袖便行師曰經入藏禪歸海唯有普願獨超物外百丈問如何是佛法旨趣師曰正是汝放身命處師問百丈汝以何法示人丈豎起拂子師曰秖這箇為當別有丈抛下拂子僧問如何得合道師曰我早不合道問如何是西來意師便打曰我若不打汝諸方笑我也有小師耽源行脚回於師前畫箇圓相就上拜了立師曰汝莫欲作佛否曰某甲不解揑目師曰吾不如汝小師不對鄧隱峯辭師師曰甚麼處去曰石頭去師曰石頭路滑曰竿木隨身逢場作戲便去纔到石頭即繞禪床一匝振錫一聲問是何宗旨石頭曰蒼天蒼天峯無語却回舉似師師曰汝更去問待他有荅汝便噓兩聲峯又去依前問石頭乃噓兩聲峯又無語回舉似師師曰向汝道石頭路滑有僧於師前作四畫上一畫長下三畫短曰不得道一畫長三畫短離此四字外請和尚荅師乃畫地一畫曰不得道長短荅汝了也（忠國師聞別云何不問老僧）有講僧來問曰未審禪宗傳持何法師却問曰座主傳持何法主曰忝講得經論二十餘

本師曰莫是師子兒否主曰不敢師作嘘嘘聲主曰此是法師曰是甚麼法主曰師子出窟法師乃黙然主曰此亦是法師曰是甚麼法主曰師子在窟法師曰不出不入是甚麼法主無對（百丈代云見麼）遂辭出門師召曰座主主回首師曰是甚麼主亦無對師曰這鈍根阿師洪州廉使問曰喫酒肉即是不喫即是師曰若喫是中丞祿不喫是中丞福師入室弟子一百三十九人各爲一方宗主轉化無窮師於貞元四年正月中登建昌石門山於林中經行見洞壑平坦謂侍者曰吾之朽質當於來月歸茲地矣言訖而回既而示疾院主問和尚近日尊候如何師曰日面佛月面佛二月一日沐浴跏趺入滅元和中謚大寂禪師塔曰大莊嚴

南嶽下二世

馬祖一禪師法嗣

洪州百丈山懷海禪師者福州長樂人也姓王氏丱歲離塵三學該練屬大寂闡化江西乃傾心依附與西堂智藏南泉普願同號入室時三大士爲角立焉師侍馬祖行次見一羣野鴨飛過祖曰是甚麼師曰野鴨子祖曰甚處去也師曰飛過去也祖遂把師鼻扭負痛失聲祖曰又道飛過去也師於言下有省却歸侍者寮哀哀大哭同事問曰汝憶父母邪師曰無曰被人罵邪師曰無曰哭作甚麼師曰我鼻孔被大師扭得痛不徹同事曰有甚因緣不契師曰汝問取和尚去同事問大師曰海侍者有何因緣不契在寮中哭告和尚爲某甲說大師曰是伊會也汝自問取他

同事歸寮曰和尚道汝會也教我自問汝師乃呵呵大笑同事曰適來哭如今爲甚却笑師曰適來哭如今笑同事罔然次日馬祖陞堂衆纔集師出卷却席祖便下座師隨至方丈祖曰我適來未曾說話汝爲甚便卷却席師曰昨日被和尚扭得鼻頭痛祖曰汝昨日向甚處留心師曰鼻頭今日又不痛也祖曰汝深明昨日事師作禮而退師再參侍立次祖目視繩牀角拂子師曰即此用離此用祖曰汝向後開兩片皮將何爲人師取拂子竪起祖曰即此用離此用師挂拂子於舊處祖振威一喝師直得三日耳聾自此雷音將震檀信請於洪州新吳界住大雄山以居處巖巒峻極故號百丈既處之未朞月參玄之賓四方麕至潙山黃檗當其首一日師謂衆曰佛法不是小事老僧昔被馬大師一喝直得三日耳聾黃檗聞舉不覺吐舌師曰子已後莫承嗣馬祖去麽檗曰不然今日因和尚舉得見馬祖大機之用然且不識馬祖若嗣馬祖已後喪我兒孫師曰如是如是見與師齊減師半德見過於師方堪傳授子甚有超師之見檗便禮拜（潙山問仰山百丈再參馬祖因緣此二尊宿意旨如何仰云此是顯大機大用潙云馬祖出八十四人善知識幾人得大機幾人得大用仰云百丈得大機黃檗得大用餘者盡是唱導之師潙云如是如是）有僧哭入法堂來師曰作麽曰父母俱喪請師選日師曰明日來一時埋却潙山五峯雲巖侍立次師問潙山併却咽喉脣吻作麽生道山曰却請和尚道師曰不辭向汝道恐已後喪我兒孫又問五峯峯曰和尚也須併却師曰無人處斫額望汝又問雲巖巖曰和尚有也未師曰喪

我見孫師謂衆曰我要一人傳語西堂阿誰去得五峯曰某甲去師曰汝作麼生傳語峯曰待見西堂即道師曰見後道甚麼峯曰却來説似和尚師每上堂有一老人隨衆聽法一日衆退唯老人不去師問汝是何人老人曰某非人也於過去迦葉佛時曾住此山因學人問大修行人還落因果也無某對云不落因果遂五百生墮野狐身今請和尚代一轉語貴脫野狐身師曰汝問老人曰大修行人還落因果也無師曰不昧因果老人於言下大悟作禮曰某已脫野狐身住在山後敢乞依亡僧津送師令維那白椎告衆食後送亡僧大衆聚議一衆皆安涅槃堂又無病人何故如是食後師領衆至山後巖下以杖挑出一死野狐乃依法火葬師至晚上堂舉前因緣黃檗便問古人錯祇對一轉語墮五百生野狐身轉轉不錯合作箇甚麼師曰近前來向汝道檗近前打師一掌師拍手笑曰將謂胡鬚赤更有赤鬚胡（溈山舉問仰山仰曰黃檗常用此機溈曰汝道天生得從人得仰曰亦是稟受師承亦是自性宗通溈曰如是如是）時溈山在會下作典座司馬頭陀舉野狐話問典座作麼生座撼門扇三下司馬曰太麤生座曰佛法不是這箇道理問如何是奇特事師曰獨坐大雄峯僧禮拜師便打上堂靈光獨耀迥脫根塵體露眞常不拘文字心性無染本自圓成但離妄緣即如如佛問如何是佛師曰汝是阿誰曰某甲師曰汝識某甲否曰分明箇師乃舉起拂子曰汝還見麼曰見師乃不語普請钁地次忽有一僧聞鼓鳴舉起钁頭大笑便歸師曰俊哉此是觀音入理之門

師歸院乃喚其僧問適來見甚麼道理便恁麽曰適來肚饑聞鼓聲歸喫飯師乃笑問依經解義三世佛寃離經一字如同魔說時如何師曰固守動靜三世佛寃此外別求即同魔說因僧問西堂有問有答即且置無問無答時如何堂曰怕爛却那師聞舉乃曰從來疑這箇老兄曰請和尚道師曰一合相不可得師謂衆曰有一人長不喫飯不道饑有一人終日喫飯不道飽衆無對雲巖問和尚每日區區爲阿誰師曰有一人要巖曰因甚麼不教伊自作師曰他無家活問如何是大乘頓悟法要師曰汝等先歇諸緣休息萬事善與不善世出世間一切諸法莫記憶莫緣念放捨身心令其自在心如木石無所辨別心無所行心地若空慧日自現如雲開日出相似但歇一切攀緣貪嗔愛取垢淨情盡對五欲八風不動不被見聞覺知所縛不被諸境所惑自然具足神通妙用是解脫人對一切境心無靜亂不攝不散透過一切聲色無有滯礙名爲道人善惡是非俱不運用亦不愛一法亦不捨一法名爲大乘人不被一切善惡空有垢淨有爲無爲世出世間福德智慧之所拘繫名爲佛慧是非好醜是理非理諸知見情盡不能繫縛處處自在名爲初發心菩薩便登佛地問對一切鏡如何得心如木石去師曰一切諸法本不自言空不自言色亦不言是非垢淨亦無心繫縛人但人自虛妄計著作若干種解會起若干種知見生若干種愛畏但了諸法不自生皆從自已一念妄想顛倒取相而有知心與境本不相到當

處解脫一一諸法當處寂滅當處道場又本有之性不可名目本來不是凡不是聖不是垢淨亦非空有亦非善惡與諸染法相應名人天二乘界若垢淨心盡不住繫縛不住解脫無一切有為無為縛脫心量處於生死其心自在畢竟不與諸妄虛幻塵勞蘊界生死諸入和合逈然無寄一切不拘去留無礙往來生死如門開相似夫學道人若遇種種苦樂稱意不稱意事心無退屈不念名聞利養衣食不貪功德利益不為世間諸法之所滯礙無親無愛苦樂平懷麤衣遮寒糲食活命兀兀如愚如聾稍有相應分若於心中廣學知解求福求智皆是生死於理無益却被知解境風之所漂溺還歸生死海裏佛是無求人求之即乖理是無求理求之即失若著無求復同於有求若著無為復同於有為故經云不取於法不取非法不取法非法又云如來所得法此法無實無虛若能一生心如木石相似不被陰界五欲八風之所漂溺即生死因斷去住自由不為一切有為因果所縛不被有漏所拘他時還以無因縛為因同事利益以無著心應一切物以無礙慧解一切縛亦云應病與藥問如今受戒身口清淨已具諸善得解脫否師曰少分解脫未得心解脫亦未得一切處解脫曰如何是心解脫及一切處解脫師曰不求佛法僧乃至不求福智知解等垢淨情盡亦不守此無求為是亦不住盡處亦不欣天堂畏地獄縛脫無礙即身心及一切處皆名解脫汝莫言有少分戒身口意淨便以為了不知河沙戒定慧門無

漏解脫都未涉一毫在努力向前須猛究取莫待耳聾眼暗面皺髮白老苦及身悲愛纏綿眼中流淚心裏憧惶一無所據不知去處到恁麼時節整理脚手不得也縱有福智名聞利養都不相救為心眼未開唯念諸境不知返照復不見佛道一生所有善惡業緣悉現於前或忻或怖六道五蘊俱時現前盡敷嚴好舍宅舟船車轝光明顯赫皆從自心貪愛所現一切惡境皆變成殊勝之境但隨貪愛重處業識所引隨著受生都無自由分龍畜良賤亦總未定問如何得自由分師曰如今得即得或對五欲八風情無取舍慳嫉貪愛我所情盡垢淨俱亡如日月在空不緣而照心心如木石念念如救頭然亦如香象渡河截流而過更無疑滯此人天堂地獄所不能攝也夫讀經看教語言皆須宛轉歸就自己但是一切言教秖明如今鑒覺自性但不被一切有無諸境轉是汝導師能照破一切有無諸境是金剛慧即有自由獨立分若不能恁麼會得縱然誦得十二韋陀典秖成憎上慢却是謗佛不是修行但離一切聲色亦不住於離亦不住於知解是修行讀經看教若准世間是好事若向明理人邊數此是壅塞人十地之人脫不去流入生死河但是三乘教皆治貪瞋等病秖如今念念若有貪瞋等病先須治之不用求覓義句知解知解屬貪貪變成病秖如今但離一切有無諸法亦離於離透過三句外自然與佛無差既自是佛何慮佛不解語秖恐不是佛被有無諸法縛不得自由以理未立先有福智載

去如賊使貴不如先立理後有福智若要福智臨時作得撮土成金撮金爲土變海水爲酥酪破須彌爲微塵攝四大海水入一毛孔於一義作無量義於無量義作一義伏惟珍重師有時說法竟大衆下堂乃召之大衆回首師曰是甚麼藥山目之爲百丈下堂句師兒時隨母入寺拜佛指佛像問母此是何物母曰是佛師曰形容似人無異我後亦當作焉師凡作務執勞必先於衆主者不忍密收作具而請息之師曰吾無德爭合勞於人既徧求作具不獲而亦忘食故有一日不作一日不食之語流播寰宇矣唐元和九年正月十七日歸寂諡大智禪師塔曰大寶勝輪

池州南泉普願禪師者鄭州新鄭人也姓王氏幼慕空宗唐至德二年依大隗山大慧禪師受業詣嵩嶽受具足戒初習相部舊章究毘尼篇聚次遊諸講肆歷聽楞伽華嚴入中百門觀精練玄義後扣大寂之室頓然忘筌得遊戲三昧一日爲衆僧行粥次馬祖問桶裏是甚麼師曰這老漢合取口作甚麼語話祖便休自餘同參之流無敢詰問貞元十一年憩錫于池陽自建禪齋不下南泉三十餘載大和初宣城廉使陸公亘嚮師道風遂與監軍同請下山伸弟子之禮大振玄綱自此學徒不下數百言滿諸方目爲郢匠上堂然燈佛道了也若心相所思出生諸法虛假不實何以故心尚無有云何出生諸法猶如形影分別虛空如人取聲安置篋中亦如吹網欲令氣滿故老宿云不是心不是佛不是物且教你兄弟行履據說十地菩薩住首楞嚴

三昧得諸佛秘密法藏自然得一切禪定解脫神通妙用至一切世界普現色身或示現成等正覺轉大法輪入涅槃使無量入毛孔演一句經無量劫其義不盡教化無量億千衆生得無生法忍尚喚作所知愚極微細所知愚與道全乖大難大難珍重上堂曰王老師自小養一頭水牯牛擬向溪東牧不免食他國王水草擬向溪西牧亦不免食他國王水草不如隨分納些些總不見得師問僧曰夜來好風曰夜來好風師曰吹折門前一枝松曰吹折門前一枝松次問一僧曰夜來好風曰是甚麼風師曰吹折門前一枝松曰是甚麼松師曰一得一失師有書與茱萸曰理隨事變寬廓非外事得理融寂寥非內僧達書了便問萸如何是寬廓非外萸曰問一答

百也無妨曰如何是寂寥非內萸曰覩對聲色不是好手僧又問長沙沙瞪目視之僧又進後語沙乃閉目示之僧又問趙州州作喫飯勢僧又進後語州以手作拭口勢後僧舉似師師曰此三人不謬為吾弟子南泉山下有一庵主人謂曰近日南泉和尚出世何不去禮見主曰非但南泉出世直饒千佛出興我亦不去師聞乃令趙州去勘州去便設拜主不顧州從西過東又從東過西主亦不顧州曰草賊大敗遂拽下簾子便歸舉似師師曰我從來疑著這漢次日師與沙彌携茶一瓶盞三隻到庵擲向地上乃曰昨日底昨日底主曰昨日底是甚麼師於沙彌背上拍一下曰賺我來賺我來拂袖便回上堂道箇如如早是變了也今時師僧須向異類中行歸

宗曰雖行畜生行不得畜生報師曰孟八郎漢又恁麼去也上堂文殊普賢昨夜三更相打每人與二十棒趂出院去也趙州曰和尚棒教誰喫師曰且道王老師過在甚處州禮拜而出師因至莊所莊主預備迎奉師曰老僧居常出入不與人知何得排辦如此莊主曰昨夜土地報道和尚今日來師曰王老師修行無力被鬼神覷見侍者便問和尚旣是善知識爲甚麼被鬼神覷見師曰土地前更下一分飯（玄覺云甚麼處是土地前更下一分飯雲居錫云是賞伊罰伊只如土地前見是南泉不是南泉）師有時曰江西馬祖說即心即佛王老師不恁麼道不是心不是佛不是物恁麼道還有過麼趙州禮拜而出時有一僧隨問趙州曰上座禮拜便出意作麼生州曰汝却問取和尚僧乃問適來諗上座意作麼生州曰他却領得老僧意旨黄檗與師爲首座一日捧鉢向師位上坐師入堂見乃問曰長老甚麼年中行道檗曰威音王已前師曰猶是王老師兒孫在下去檗便過第二位坐師便休師一日問黄檗黄金爲世界白銀爲壁落此是甚麼人居處檗曰是聖人居處師曰更有一人居何國土檗乃义手立師曰道不得何不問王老師檗却問更有一人居何國土師曰可惜許師問黄檗定慧等學明見佛性此理如何檗曰十二時中不依倚一物師曰莫是長老見處麼檗曰不敢師曰漿水錢且置草鞋錢教阿誰還師見僧斫木次師乃擊木三下僧放下斧子歸僧堂師歸法堂良久却入僧堂見僧在衣鉢下坐師曰賺殺人問師歸丈室將何指南師曰昨夜三更

失却牛天明起來失却火師因東西兩堂爭猫兒師遇之白衆曰道得即救取猫兒道不得即斬却也衆無對師便斬之趙州自外歸師舉前語示之州乃脫履安頭上而出師曰子若在即救得猫兒也師在方丈與杉山向火次師曰不用指東指西直下本分事道來山插火箸叉手師曰雖然如是猶較王老師一線道有僧問訊叉手而立師曰太俗生其僧便合掌師曰太僧生僧無對一僧洗鉢次師乃奪却鉢其僧空手而立師曰鉢在我手裏汝口喃喃作麼僧無對師因入菜園見一僧師乃將瓦子打之其僧回顧師乃翹足僧無語師便歸方丈僧隨後入問訊曰和尚適來擲瓦子打某甲豈不是警覺某甲師曰翹足又作麼生僧無對 後有僧問石霜云南泉翹足意作麼生霜舉手云還恁麼無 上堂王老師賣身去也還有人買麼一僧出曰某甲買師曰不作貴不作賤汝作麼生買僧無對 臥龍代云屬某甲去也禾山代云是何道理趙州代云明年與和尚縫一領布衫 師與歸宗麻谷同去參禮南陽國師師於路上畫一圓相曰道得即去宗便於圓相中坐谷作女人拜師曰恁麼則不去也宗曰是甚麼心行師乃相喚便回更不去禮國師 玄覺云只如南泉恁麼道是肯語是不肯語雲居錫云比來去禮拜國師南泉爲甚麼却相喚回且道古人意作麼生 師在山上作務僧問南泉路向甚麼處去師拈起鎌子曰我這茆鎌子三十錢買得曰不問茆鎌子南泉路向甚麼處去師曰我使得正快有一座主辭師師問甚麼處去對曰山下去師曰第一不得謗王老師對曰爭敢謗和尚師乃噴嚏曰多少主便出去 雲居膺云非師本意先曹山云賴也石霜云不爲人斟酌長慶

云請領話雲居錫云座主當時出去是會不會師一日掩方丈門將灰圍却門外曰若有人道得即開或有祇對多未愜師意趙州曰蒼天師便開門師翫月次僧問幾時得似這箇去師曰王老師二十年前亦恁麼來曰即今作麼生師便歸方丈

陸亘大夫問弟子從六合來彼中還更有身否師曰分明記取舉似作家曰和尚不可思議到處世界成就師曰適來總是大夫分上事陸異日謂師曰弟子亦薄會佛法師便問大夫十二時中作麼生曰寸絲不挂師曰猶是堦下漢師又曰不見道有道君王不納有智之臣上堂次陸大夫曰請和尚為衆說法師曰教老僧作麼生說曰和尚豈無方便師曰道他欠少甚麼曰為甚麼有六道四生師曰老僧不教他陸大夫與師見人雙陸指骰子曰恁麼不恁麼正恁麼信彩去時如何師拈起骰子曰臭骨頭十八又問弟子家中有一片石或時坐或時臥如今擬鐫作佛還得否師曰得陸曰莫不得否師曰不得雲巖云坐即佛不坐即非佛洞山云不坐即佛坐即非佛趙州問道非物外物外非道如何是物外道師便打州捉住棒曰已後莫錯打人去師曰龍蛇易辨衲子難謾師喚院主主應諾師曰佛九十日在忉利天為母說法時優塡王思佛請目連運神通三轉攝匠人往彼彫佛像秖雕得三十一相為甚麼梵音相雕不得主問如何是梵音相師曰賺殺人師問維那今日普請作甚麼對曰拽磨師曰磨從你拽不得動著磨中心樹子那無語保福代云比來拽磨如今却不成法眼代云恁麼即不拽也一日有大德問師曰即心是佛又不得非心非佛又

不得師意如何師曰大德且信即心是佛便了更説甚麼得與不得秖如大德喫飯了從東廊上西廊下不可總問人得與不得也師住庵時有一僧到庵師向伊道我上山去作務待齋時作飯自喫了送一分上來少時其僧自作飯喫了却一時打破家事就牀卧師待不見來便歸庵見僧卧師亦就伊邊卧僧便起去師住後曰我往前住庵時有箇靈利道者直至如今不見師拈起毬子問僧那箇何似這箇對曰不似師曰甚麼處見那箇便道不似曰若問某甲見處和尚放下手中物師曰許你具一隻眼陸大夫向師道肇法師也甚奇怪解道天地與我同根萬物與我一體師指庭前牡丹花曰大夫時人見此一株花如夢相似陸罔測又問天王居何地位師曰若是天王即非地位曰弟子聞説天王是居初地師曰應以天王身得度者即現天王身而爲説法陸辭歸宣城治所師問大夫去彼將何治民曰以智慧治民師曰恁麼則彼處生靈盡遭塗炭去也師入宣州陸大夫出迎接指城門曰人人盡喚作雍門未審和尚喚作甚麼門師曰老僧若道恐辱大夫風化曰忽然賊來時作麼生師曰王老師罪過陸又問大悲菩薩用許多手眼作甚麼師曰秖如國家又用大夫作甚麼師洗衣次僧問和尚猶有這箇在師拈起衣曰爭奈這箇何玄覺云且道是一箇是兩箇師問僧良欽空劫中還有佛否對曰有師曰是阿誰對曰良欽師曰居何國土欽無語問祖祖相傳合傳何事師曰一二三四五問如何是古人底師曰待有即道曰

和尚爲甚麼妄語師曰我不妄語盧行者却妄語問十二時中以何爲境師曰何不問王老師曰問了也師曰還曾與汝爲境麼問青蓮不隨風火散時是甚麼師曰無風火不隨是甚麼僧無對師問不思善不思惡思總不生時還我本來面目來曰無容止可露（洞山云還曾將示人麼）師問座主你與我講經得麼曰某甲與和尚講經和尚須與某甲說禪始得師曰不可將金彈子博銀彈子去曰某甲不會師曰汝道空中一片雲爲復釘釘住爲復藤纜著問空中有一珠如何取得師曰斫竹布梯空中取曰空中如何布梯師曰汝擬作麼生取僧辭問曰學人到諸方有人問和尚近日作麼生未審如何秖對師曰但向道近日解相撲曰作麼生師曰一拍雙泯問父母未生時鼻孔在甚麼處師曰父母已生了鼻孔在甚麼處師將順世第一座問和尚百年後向甚麼處去師曰山下作一頭水牯牛去座曰某甲隨和尚去還得也無師曰汝若隨我即須銜取一莖草來師乃示疾告門人曰星翳燈幻亦久矣勿謂吾有去來也言訖而逝

杭州鹽官海昌院齊安國師海門郡人也姓李氏生時神光照室後有異僧謂之曰建無勝幢使佛日回照者豈非汝乎長依本郡雲琮禪師落髮受具後聞大寂行化於龔公山乃振錫而造焉師有奇相大寂一見深器之乃令入室密示正法僧問如何是本身盧舍那師曰與老僧過淨瓶來僧將淨瓶至師曰却安舊處著僧送至本處復來詰問師曰古佛過去久矣有講僧來參師問座主蘊何事

業對曰講華嚴經師曰有幾種法界曰廣說則重重無盡畧說有四種師竪起拂子曰這箇是第幾種法界主沉吟師曰思而知慮而解是鬼家活計日下孤燈果然失照保福聞云若禮拜即喫和尚棒禾山代云某甲不煩和尚莫怪法眼代拊掌三下僧問大梅如何是西來意大梅曰西來無意師聞乃曰一箇棺材兩箇死漢玄沙云鹽官是作家師一日喚侍者曰將犀牛扇子來者曰破也師曰扇子既破還我犀牛兒來者無對投子代云不辭將出恐頭角不全資福代作圓相心中書牛字石霜代云若還和尚即無也保福云和尚年尊別請人好師一日謂衆曰虛空爲鼓須彌爲椎甚麼人打得衆無對有人舉似南泉泉云王老師不打這破鼓法眼別云王老師不打有法空禪師到請問經中諸義師一一答了却曰自禪師到來貧道總未得作主人法空曰請和尚便作主人師曰今日夜也且歸本位安置明日却來法空下去至明旦師令沙彌屈法空禪師法空至師顧沙彌曰咄這沙彌不了事教屈法空禪師屈得箇守堂家人來法空無語法昕院主來參師問汝是誰對曰法昕師曰我不識汝昕無語師後不疾宴坐示滅謚悟空禪師

廬山歸宗寺智常禪師上堂從上古德不是無知解他高尚之士不同常流今時不能自成自立虛度時光諸子莫錯用心無人替汝亦無汝用心處莫就他覓從前秖是依他解發言皆滯光不透脫秖爲目前有物僧問如何是玄旨師曰無人能會曰向者如何師曰有向即乖曰不向者如何師曰誰求玄旨又曰去無汝用心處曰豈無方便門令學人得入師曰觀音妙智力能救世間苦曰如何是

觀音妙智力師敲禺盖三下曰子還聞否曰聞師曰我何不聞僧無語師以棒趂下師嘗與南泉同行後忽一日相别煎茶次南泉問曰從來與師兄商量語句彼此已知此後或有人問畢竟事作麽生師曰這一片地大好卓庵泉曰卓庵且置畢竟事作麽生師乃打翻茶銚便起泉曰師兄喫茶了普願未喫茶師曰作這箇語話滴水也難銷僧問此事久遠又如何用心師曰牛皮鞔露柱露柱啾啾叫凡耳聽不聞諸聖呵呵笑師因官人來乃拈起帽子兩帶曰還會麽曰不會師曰莫怪老僧頭風不卸帽子師入園取菜次乃畫圓相圍却一株語衆曰輙不得動著這箇衆不敢動少頃師復來見菜猶在便以棒趂衆僧曰這一隊漢無一箇有智慧底師問新到甚麽處來曰鳳翔來師曰還將得那箇來否曰將得來師曰在甚麽處僧以手從頂擎捧呈之師即舉手作接勢抛向背後僧無語師曰這野狐兒師剗草次有講僧來參忽有一蛇過師以鉏斵之僧曰久嚮歸宗元來是箇麤行沙門師曰你麤我麤曰如何是麤師竪起鉏頭曰如何是細師作斬蛇勢曰與麽則依而行之師曰依而行之且置你甚處見我斬蛇僧無對雲巖來參師作挽弓勢巖良久作拔劒勢師曰來太遲生上堂吾今欲説禪諸子總近前大衆近前師曰汝聽觀音行善應諸方所問如何是觀音行師乃彈指曰諸人還聞否曰聞師曰一隊漢向這裏覓甚麽以棒趂出大笑歸方丈僧辭師問甚麽處去曰諸方學五味禪去師曰諸方有五味禪我這

裏秖有一味禪曰如何是一味禪師便打僧曰會也會也師曰道道僧擬開口師又打僧後到黄檗舉前話檗上堂曰馬大師出八十四人善知識問著箇箇屙漉漉地秖有歸宗較些子江州刺史李渤問教中所言須彌納芥子渤即不疑芥子納須彌莫是妄譚否師曰人傳使君讀萬卷書籍還是否曰然師曰摩頂至踵如椰子大萬卷書向何處著李俛首而已李異日又問一大藏教明得箇甚麼邊事師舉拳示之曰還會麼曰不會師曰這箇措大拳頭也不識曰請師指示師曰遇人即途中授與不遇即世諦流布師以目有重瞳遂將藥手按摩以致兩目俱赤世號赤眼歸宗焉後示滅謚至真禪師

明州大梅山法常禪師者襄陽人也姓鄭氏幼歲從師於荆州玉泉寺初參大寂問如何是佛寂曰即心是佛師即大悟遂之四明梅子真舊隱縛茆燕處唐貞元中鹽官會下有僧因採拄杖迷路至庵所問和尚在此多少時師曰秖見四山青又黄又問出山路向甚麼處去師曰隨流去僧歸舉似鹽官官曰我在江西時曾見一僧自後不知消息莫是此僧否遂令僧去招之師荅以偈曰摧殘枯木倚寒林幾度逢春不變心樵客遇之猶不顧郢人那得苦追尋一池荷葉衣無盡數樹松花食有餘剛被世人知住處又移茅舍入深居大寂聞師住山乃令僧問和尚見馬大師得箇甚麼便住此山師曰大師向我道即心是佛我便向這裏住僧曰大師近日佛法又別師曰作麼生曰又道非心非佛師曰這老

漢惑亂人未有了日任他非心非佛我秖管即心即佛其僧回舉似馬祖祖曰梅子熟也（僧問禾山大梅恁麼道意作麼生禾山云眞師子兒）龐居士聞之欲驗師實特去相訪纔相見士便問久嚮大梅未審梅子熟也未師曰熟也你向甚麼處下口士曰百雜碎師伸手曰還我核子來士無語自此學者漸臻師道彌著上堂汝等諸人各自囘心達本莫逐其末但得其本其末自至若欲識本唯了自心此心元是一切世間出世間法根本故心生種種法生心滅種種法滅心且不附一切善惡而生萬法本自如如問如何是佛法大意師曰蒲花柳絮竹針麻線夾山與定山同行言話次定山曰生死中無佛即無生死夾山曰生死中有佛即不迷生死互相不肯同上山見師夾山便舉問未審二人見處那箇較親師曰一親一踈夾山復問那箇親師曰且去明日來夾山明日再上問師曰親者不問問者不親（夾山住後自云當時失一隻眼）新羅僧參師問發足甚處曰欲通來處恐遭怪責師曰不可無來處也曰新羅師曰爭怪得汝僧作禮師曰是與不是知與不知秖是新羅國裏人忽一日謂其徒曰來莫可抑往莫可追從容間聞鼯鼠聲乃曰即此物非他物汝等諸人善自護持吾今逝矣言訖示滅永明壽禪師讚曰師初得道即心是佛最後示徒物非他物窮萬法源徹千聖骨眞化不移何妨出沒

洛京佛光如滿禪師（曾住五臺山金閣寺）唐順宗問佛從何方來滅向何方去既言常住世佛今在何處師荅曰佛從無爲來滅向無爲去法身

等虛空常住無心處有念歸無念有住歸無住來爲衆生來去爲衆生去清淨眞如海湛然體常住智者善思惟更勿生疑慮帝又問佛向王宮生滅向雙林滅住世四十九又言無法說山河與大海天地及日月時至皆歸盡誰言不生滅疑情猶若斯智者善分別師荅曰佛體本無爲迷情妄分別法身等虛空未曾有生滅有緣佛出世無緣佛入滅處處化衆生猶如水中月非常亦非斷非生亦非滅生亦未曾生滅亦未曾滅了見無心處自然無法說帝聞大悅益重禪宗

五燈會元卷第七

音釋

讖 楚禁切屠去聲驗也　邡 分房切音方什邡縣名　骰 徒侯切音頭骰子博陸采具　昕 許斤切音欣昕猶明也　鞔 莫官切音瞞覆也　潡 與滶同　踵 主勇切音踵脚後也　椰 同椰余遮切音耶椰子木出交州　郢 庚頃切音頴　鼯 訛瑚切音吾鼯鼠飛生

五燈會元卷第八

宋　沙門　大川　濟　纂

南嶽下二世

馬祖一禪師法嗣

婺州五洩山靈默禪師毗陵人也姓宣氏初謁馬祖遂得披剃受具後遠謁石頭便問一言相契即住不契即去石頭據坐師便行頭隨後召曰闍黎師回首頭曰從生至死秖是這箇回頭轉腦作麼師言下大悟乃㧞折拄杖而棲止焉（洞山云當時若不是五洩先師大難承當然雖如此猶涉在途長慶云險玄覺云那箇是涉在途處有僧云爲伊三寸途中薦得所以在途玄覺云爲復薦得自已爲復薦得三寸若是自已爲甚麼成三十若是三十爲甚麼悟去且道洞山意作麼生莫亂說子細好）唐貞元初住白沙道場復居五洩僧問何物大於天地師曰無人識得伊曰還可雕琢也無師曰汝試下手看問此箇門中始終事如何師曰汝道目前底成來得多少時也曰學人不會師曰我此問無汝問底曰和尚豈無接人處師曰待汝求接我即接曰便請和尚接師曰汝少欠箇甚麼問如何得無心去師曰傾山覆海晏然靜地動安眠豈采伊元和十三年三月二十三日沐浴焚香端坐告衆曰法身圓寂示有去來千聖同源萬靈歸一吾今漚散胡假興哀無自勞神須存正念若遵此命眞報吾恩儻固違言非吾之子時有僧問和尚向甚麼處去師曰無處去曰某甲何不見師曰非眼所覩（洞山云作家）言畢奄然順化

幽州盤山寶積禪師因於市肆行見一客人買猪肉語屠家曰精底割一斤來屠家放下刀叉手曰長史那箇不是精底師於此有省

又一日出門見人舁喪謌郎振鈴云紅輪決定沉西去未委魂靈往那方幕下孝子哭曰哀哀師忽身心踊躍歸舉似馬祖祖印可之住後僧問如何是道師便咄僧曰學人未領旨師曰去上堂心若無事萬法不生意絕玄機纖塵何立道本無體因體而立名道本無名因名而得號若言即心即佛今時未入玄微若言非心非佛猶是指蹤極則向上一路千聖不傳學者勞形如猿捉影上堂夫大道無中復誰先後長空絕際何用稱量空既如斯道復何說上堂夫心月孤圓光呑萬象光非照境境亦非存光境俱亡復是何物禪德譬如擲劍揮空莫論及之不及斯乃空輪無迹劍刃無虧若能如是心心無知全心即佛全佛即人人佛無異始爲道矣上堂禪德可中學道似地擎山不知山之孤峻如石含玉不知玉之無瑕若如此者是名出家故導師云法本不相礙三際亦復然無爲無事人猶是金鎖難所以靈源獨耀道絕無生大智非明真空無迹真如凡聖皆是夢言佛及涅槃並爲增語禪德直須自看無人替代上堂三界無法何處求心四大本空佛依何住璿璣不動寂爾無言覿面相呈更無餘事珍重師將順世告衆曰有人邈得吾真否衆將所寫真呈皆不契師意普化出曰某甲邈得師曰何不呈似老僧化乃打筋斗而出師曰這漢向後掣風狂去在師乃奄化謚凝寂大師

蒲州麻谷山寶徹禪師侍馬祖行次問如何是大涅槃祖曰急師曰急箇甚麼祖曰看水師使扇次僧問風性常住無處不周和尚爲

甚麼却摇扇師曰你秖知風性常住且不知無處不周曰作麼生是無處不周底道理師却摇扇僧作禮師曰無用處師僧着得一千箇有甚麼益問僧甚處來僧不審師又問甚處來僧珍重師下牀擒住曰這箇師僧問着便作佛法秖對曰大似無眼師放手曰放汝命通汝氣僧作禮師欲扭住僧拂袖便行師曰休將三歲竹擬比萬年松師同南泉二三人去謁徑山路逢一婆乃問徑山路向甚處去婆曰驀直去師曰前頭水深過得否婆曰不濕脚師又問上岸稻得與麼好下岸稻得與麼怯婆曰總被螃蠏喫却也師曰禾好香婆曰沒氣息師又問婆住在甚處婆曰秖在這裏三人至店婆煎茶一瓶携盞三隻至謂曰和尚有神通者即喫茶三人相顧間婆曰看老朽自逞神通去也於是拈盞傾茶便行僧問如何是佛法大意師默然僧又問石霜此意如何霜曰主人擎拳帶累闍黎拖泥涉水

湖南東寺如會禪師始興曲江人也初謁徑山後參大寂學徒既衆僧堂牀榻爲之陷折時稱折牀會也自大寂去世師常患門徒以即心即佛之譚誦憶不已且謂佛於何住而曰即心心如畫師而云即佛遂示衆曰心不是佛智不是道劒去遠矣爾方刻舟時號東寺爲禪窟焉相國崔公羣出爲湖南觀察使見師問曰師以何得師曰見性得師方病眼公譏曰既云見性其奈眼何師曰見性非眼眼病何害公稽首謝之（法眼別云是相公眼）公見鳥雀於佛頭上放糞乃問鳥雀還有佛性也無師

曰有公曰爲甚麼向佛頭上放糞師曰是伊爲甚麼不向鷂子頭上放仰山參師問汝是甚麼人仰曰廣南人師曰我聞廣南有鎮海明珠是否仰曰是師曰此珠如何仰曰黑月即隱白月即現師曰還將得來也無仰曰將得來師曰何不呈似老僧仰叉手近前曰昨到溈山亦被索此珠直得無言可對無理可伸師曰眞師子兒善能哮吼仰禮拜了却入客位具威儀再上人事師纔見乃曰已相見了也仰曰恁麼相見莫不當否師歸方丈閉却門仰歸舉似溈山溈曰寂子是甚麼心行仰曰若不恁麼爭識得他後復有人問師曰某甲擬請和尚開堂得否師曰待將物裹石頭煖即得彼無語（藥山代云石頭煖也）唐長慶癸卯歲歸寂謚傳明大師

虔州西堂智藏禪師虔化廖氏子八歲從師二十五具戒有相者覩其殊表謂之曰骨氣非凡當爲法王之輔佐也師遂參禮大寂與百丈海禪師同爲入室皆奉印記一日大寂遣師詣長安奉書于忠國師國師問曰汝師說甚麼法師從東過西而立國師曰秖這箇更別有師却從西過東邊立國師曰這箇是馬師底仁者作麼生師曰早箇呈似和尚了也尋又送書上徑山（語在國一章）屬連帥路嗣恭延請大寂居府應期盛化師回郡得大寂付授衲袈裟令學者親近僧問馬祖離四句絕百非請師直指西來意祖曰我今日勞倦不能爲汝說得問取智藏其僧乃來問師師曰汝何不問和尚僧曰和尚令某甲來問上座師曰我今日頭痛不能爲汝說得問取海兄

去僧又去問海百丈和尚海曰我到這裏却不會僧乃舉似馬祖祖曰藏頭白海頭黑馬祖一日問師曰子何不看經師曰經豈異邪祖曰然雖如此汝向後爲人也須得曰智藏病思自養敢言爲人祖曰子末年必興於世師便禮拜馬祖滅後師唐貞元七年衆請開堂李尚書嘗問僧馬大師有甚麼言教僧曰大師或說即心即佛或說非心非佛李曰總過這邊李却問師馬大師有甚麼言教師呼李翺李應諾師曰鼓角動也師普請次曰因果歷然爭奈何爭奈何時有僧出以手托地師曰作甚麼曰相救相救師曰大衆這箇師僧猶較些子僧拂袖便走師曰師子身中蟲自食師子肉僧問有問有荅賓主歷然無問無荅時如何師曰怕爛却邪後有僧舉問長慶慶云相逢盡道休官去林下何曾見一人制空禪師謂師曰日出太早生師曰正是時師住西堂後有一俗士問有天堂地獄否師曰有曰有佛法僧寶否師曰有更有多問盡荅言有曰和尚恁麼道莫錯否師曰汝曾見尊宿來邪曰某甲曾參徑山和尚來師曰徑山向汝作麼生道曰他道一切總無師曰汝有妻否曰有師曰徑山和尚有妻否曰無師曰徑山和尚道無即得俗士禮謝而去師元和九年四月八日歸寂憲宗謚大宣教禪師穆宗重謚大覺禪師

京兆府章敬寺懷暉禪師泉州謝氏子上堂至理亡言時人不悉强習他事以爲功能不知自性元非塵境是箇微妙大解脫門所有鑒覺不染不礙如是光明未曾休廢曩劫至今固無變易猶如日輪遠近斯照雖及衆色

不與一切和合靈燭妙明非假鍛鍊爲不了故取於物象但如捏目妄起空華徒自疲勞枉經劫數若能返照無第二人舉措施爲不虧實相僧問心法雙亡指歸何所師曰郢人無汙徒勞運斤曰請師不返之言師曰即無返句（後僧舉問洞山山云道即甚道罕遇作家）百丈和尚令僧來候師上堂次展坐具禮拜了起來拈師一隻靸鞋以衫袖拂却塵了倒覆向下師曰老僧罪過或問祖師傳心地法門爲是真如心妄想心非真非妄心爲是三乘教外別立心師曰汝見目前虛空麼曰信知常在目前人自不見師曰汝莫認影像曰和尚作麼生師以手撥空三下曰作麼生即是師曰汝向後會去在有僧來遶師三匝振錫而立師曰是是（長慶代云和尚佛法身心何在）其僧又到南泉亦遶南泉三匝振錫而立泉曰不是不是此是風力所轉終成敗壞僧曰章敬道是和尚爲甚麼道不是泉曰章敬即是是汝不是（長慶代云和尚是甚麼心行雲居錫云章敬未必道是南泉未必道不是又云這僧當初但持錫出去恰好）小師行脚回師問曰汝離此間多少年邪曰離和尚左右將及八年師曰辦得箇甚麼小師於地畫一圓相師曰秖這箇更別有小師乃畫破圓相便禮拜師曰不是不是僧問四大五蘊身中阿那箇是本來佛性師乃呼僧名僧應諾師良久曰汝無佛性唐元和十三年示滅謚大覺禪師

越州大珠慧海禪師建州朱氏子依越州大雲寺智和尚受業初參馬祖祖問從何處來曰越州大雲寺來祖曰來此擬須何事曰來求佛法祖曰我這裏一物也無求甚麼佛法

自家寶藏不顧拋家散走作麼曰阿那箇是慧海寶藏祖曰即今問我者是汝寶藏一切具足更無欠少使用自在何假外求師於言下自識本心不由知覺踊躍禮謝師事六載後以受業師老遽歸奉養乃晦迹藏用外示癡訥自撰頓悟入道要門論一卷法姪玄晏竊出江外呈馬祖祖覽訖告衆曰越州有大珠圓明光透自在無遮障處也衆中有知師姓朱者相推來越尋訪依附(時號大珠和尚)師謂曰禪客我不會禪並無一法可示於人不勞久立且自歇去時學侶漸多日夜叩激事不得已隨問隨答其辯無礙時有法師數人來謁曰擬伸一問師還對否師曰深潭月影任意撮摩問如何是佛師曰清譚對面非佛而誰衆皆茫然(法眼云是即沒交涉)僧良久又問師說何法度人師曰貧道未曾有一法度人曰禪師家渾如此師却問大德說何法度人曰講金剛經師曰講幾座來曰二十餘座師曰此經是阿誰說僧抗聲曰禪師相弄豈不知是佛說邪師曰若言如來有所說法則爲謗佛是人不解我所說義若言此經不是佛說則是謗經請大德說看僧無對師少頃又問經云若以色見我以音聲求我是人行邪道不能見如來大德且道阿那箇是如來曰某甲到此却迷去師曰從來未悟說甚却迷曰請禪師爲說師曰大德講經二十餘座却不識如來僧禮拜曰願垂開示師曰如來者是諸法如義何得忘却曰是諸法如義師曰大德是亦未是曰經文分明那得未是師曰大德如否曰如師曰木石如否曰如師曰大德如同木

石如否曰無二師曰大德與木石何別僧無對良久却問如何得大涅槃師曰不造生死業曰如何是生死業師曰求大涅槃是生死業捨垢取淨是生死業有得有證是生死業不脫對治門是生死業曰云何即得解脫師曰本自無縛不用求解直用直行是無等等曰禪師如和尚者實謂希有禮謝而去有行者問即心即佛那箇是佛師曰汝疑那箇不是佛指出看者無對師曰達即徧境是不悟永乖疎律師法明謂師曰禪師家多落空師曰却是座主家落空明大驚曰何得落空師曰經論是紙墨文字紙墨文字者俱是空設於聲上建立名句等法無非是空座主執滯教體豈不落空明曰禪師落空否師曰不落空明曰何得却不落空師曰文字等皆從智慧而生大用現前那得落空明曰故知一法不達不名悉達師曰律師不唯落空兼乃錯會名言明作色曰何處是錯處師曰未辨華竺之音如何講說明曰請禪師指出錯處師曰豈不知悉達是梵語邪明雖省過而心猶憤然（梵語具云婆曷剌他悉陀中國翻云一切義成舊云悉達多猶是訛略梵語也）又曰夫經律論是佛語讀誦依教奉行何故不見性師曰如狂狗趁塊師子齩人經律論是性用讀誦者是性法明曰阿彌陀佛有父母及姓否師曰阿彌陀姓憍尸迦父名月上母名殊勝妙顏明曰出何教文師曰出鼓音王經法明禮謝讚歎而退有三藏法師問眞如有變易否師曰有變易藏曰禪師錯也師却問三藏有眞如否曰有師曰若無變易決定是凡僧也豈不聞善知識者能回三毒爲

三聚淨戒回六識爲六神通回煩惱作菩提回無明爲大智眞如若無變易三藏眞是自然外道也藏曰若爾者眞如即有變易也師曰若執眞如有變易亦是外道曰禪師適來說眞如有變易如今又道不變易如何即是的當師曰若了了見性者如摩尼珠現色說變亦得說不變亦得若不見性人聞說眞如變易便作變易解會說不變易便作不變易解會藏曰故知南宗實不可測有道流問世間還有法過於自然否師曰有曰何法過得師曰能知自然者曰元氣是道不師曰元氣自元氣道自道曰若如是者則應有二也師曰知無兩人又問云何爲邪云何爲正師曰心逐物爲邪物從心爲正源律師問和尚修道還用功否師曰用功曰如何用功師曰饑來喫飯困來即眠曰一切人總如是同師用功否師曰不同曰何故不同師曰他喫飯時不肯喫飯百種須索睡時不肯睡千般計較所以不同也律師杜口韞光大德問禪師自知生處否師曰未曾死何用論生知生即是無生法無離生法有無生祖師曰當生即不生曰不見性人亦得如此否師曰自不見性不是無性何以故見即是性無性不能見識即是性故名識性了即是性喚作了性能生萬法喚作法性亦名法身馬鳴祖師云所言法者謂衆生心若心生故一切法生若心無生法無從生亦無名字迷人不知法身無象應物現形遂喚青青翠竹總是法身鬱鬱黃華無非般若黃花若是般若般若即同無情翠竹若是法身法身即同草木如人喫筍應

總喫法身也如此之言寧堪齒録對面迷佛長刼希求全體法中迷而外覓是以解道者行住坐卧無非是道悟法者縱横自在無非是法光又問太虚能生靈智否眞心緣於善惡否貪欲人是道否執是執非人同後心通否觸境生心人有定否住寂寞人有慧否懷傲物人有我否執空執有人有智否尋文取證人苦行求佛人離心求佛人執心是佛人此智稱道否請禪師一一爲說師曰太虚不生靈智眞心不緣善惡嗜欲深者機淺是非交爭者未通觸境生心者少定寂寞忘機者慧沉傲物高心者我壯執空執有者皆愚尋文取證者益滯苦行求佛者俱迷離心求佛者外道執心是佛者爲魔曰若如是畢竟無所有也師曰畢竟是大德不是畢竟無所有光踊躍禮謝而去問儒釋道三教同異如何師曰大量者用之即同小機者執之即異總從一性上起用機見差别成三迷悟由人不在教之同異也

洪州百丈山惟政禪師有老宿見日影透窻問師爲復窻就日日就窻師曰長老房中有客歸去好師問南泉諸方善知識還有不說似人底法也無曰有師曰作麼生曰不是心不是佛不是物師曰恁麼則說似人了也曰某甲即甚麼和尚作麼生師曰我又不是善知識爭知有說不說底法曰某甲不會請和尚說師曰我太煞與汝說了也僧問如何是佛佛道齊師曰定也師因入京路逢官人喫飯忽見驢鳴官人召曰頭陀師舉頭官人却指驢師却指官人（法眼别云但作驢鳴）

洪州泐潭法會禪師問馬祖如何是祖師西來意祖曰低聲近前來向汝道師便近前祖打一摑曰六耳不同謀且去來日來師至來日獨入法堂曰請和尚道祖曰且去待老漢上堂出來問與汝證明師忽有省遂曰謝大衆證明乃遶法堂一匝便去

池州杉山智堅禪師初與歸宗南泉行脚時路逢一虎各從虎邊過了泉問歸宗適來見虎似箇甚麽宗曰似箇猫兒宗却問師師曰似箇狗子又問南泉泉曰我見是箇大蟲師喫飯次南泉收生飯乃曰生聻師曰無生泉曰無生猶是末泉行數步師召曰長老泉回頭曰作麽師曰莫道是末普請擇蕨次南泉拈起一莖曰這箇大好供養師曰非但這箇百味珍羞他亦不顧泉曰雖然如是箇箇須嘗過始得(玄覺云是相見語不是相見語)僧問如何是本來身師曰舉世無相似

洪州泐潭惟建禪師一日在法堂後坐禪馬祖見乃吹師耳兩吹師起見是祖却復入定祖歸方丈令侍者持一椀茶與師師不顧便自歸堂

澧州茗溪道行禪師嘗曰吾有大病非世所醫(後僧問曹山古人曰吾有大病非世所醫未審是甚麽病山曰攢簇不得底病曰一切衆生還有此病也無山曰人人盡有曰和尚還有此病也無山曰正覓起處不得曰一切衆生爲甚麽不病山曰一切衆生若病即非衆生曰未審諸佛還有此病也無山曰有曰既有爲甚麽不病山曰爲伊惺惺)僧問如何修行師曰好箇阿師莫客作曰畢竟如何師曰安置即不堪問如何是正修行路師曰涅槃後有曰如何是涅槃後有師曰不洗面曰學人不會師曰無面得洗

撫州石鞏慧藏禪師本以弋獵爲務惡見沙門因逐鹿從馬祖庵前過祖乃逆之師遂問還見鹿過否祖曰汝是何人曰獵者祖曰汝解射否曰解射祖曰汝一箭射幾箇曰一箭射一箇祖曰汝不解射曰和尚解射否祖曰解射曰一箭射幾箇祖曰一箭射一羣曰彼此生命何用射他一羣祖曰汝旣知如是何不自射曰若教某甲自射直是無下手處祖曰這漢曠劫無明煩惱今日頓息師擲下弓箭投祖出家一日在廚作務次祖問作甚麼曰牧牛祖曰作麼生牧曰一回入草去驀鼻拽將回祖曰子眞牧牛師便休師住後常以弓箭接機(載三平章)師問西堂汝還解捉得虛空麼堂曰捉得師曰作麼生捉堂以手撮虛空師曰汝不解捉堂却問師兄作麼生捉師把西堂鼻孔拽堂作忍痛聲曰太煞拽人鼻孔直欲脫去師曰直須恁麼捉虛空始得衆參次師曰適來底甚麼處去也有僧曰在師曰在甚麼處僧彈指一聲問如何免得生死師曰用免作甚麼曰如何免得師曰這底不生死

江西北蘭讓禪師湖塘亮長老問承聞師兄畫得先師眞暫請瞻禮師以兩手擘胸開示之亮便禮拜師曰莫禮莫禮亮曰師兄錯也某甲不禮師兄師曰汝禮先師眞那亮曰因甚麼教莫禮師曰何曾錯

袁州南源道明禪師上堂快馬一鞭快人一言有事何不出頭來無事各自珍重僧問一言作麼生師乃吐舌云待我有廣長舌相即向汝道洞山參方上法堂師曰已相見了也

山便下去明日却上問曰昨日已參和尚慈悲不知甚麼處是與某甲已相見處師曰心心無間斷流入於性海山曰幾合放過山辭師曰多學佛法廣作利益山曰多學佛法即不問如何是廣作利益師曰一物莫違僧問如何是佛師曰不可道你是也

忻州酈村自滿禪師上堂古今不異法爾如然更復何也雖然如此這箇事大有人罔措在僧問不落古今請師直道師曰情知汝罔措僧欲進語師曰將謂老僧落伊古今曰如何即是師曰魚騰碧漢階級難飛曰如何免得此過師曰若是龍形誰論高下僧禮拜師曰苦哉屈哉誰人似我上堂除却日明夜暗更說甚麼即得珍重問如何是無諍之句師曰喧天動地

朗州中邑洪恩禪師每見僧來拍口作和和聲仰山謝戒師亦拍口作和和聲仰從西過東師又拍口作和和聲仰從東過西師又拍口作和和聲仰當中而立然後謝戒師曰甚麼處得此三昧仰曰於曹谿印子上脫來師曰汝道曹谿用此三昧接甚麼人仰曰接一宿覺仰曰和尚甚處得此三昧師曰我於馬大師處得此三昧仰問如何得見佛性義師曰我與汝說箇譬喻如一室有六窻內有一獮猴外有獮猴從東邊喚猩猩猩猩即應如是六窻俱喚俱應仰山禮謝起曰適蒙和尚譬喻無不了知更有一事秖如內獮猴睡着外獮猴欲與相見又且如何師下繩牀執仰山手作舞曰猩猩與汝相見了譬如蟭螟蟲在蚊子眼睫上作窠向十字街頭叫云土曠

人稀相逢者少雲居錫云中邑當時若不得仰山這一句語何處有中邑也崇壽稠云還有人定得此道理麼若定不得只是箇弄精魂脚手佛性義在甚麼處玄覺云若不是仰山爭得見中邑且道甚麼處是仰山得見中邑處

洪州泐潭常興禪師僧問如何是曹谿門下客師曰南來燕曰學人不會師曰養羽候秋風問如何是宗乘極則事師曰秋雨草離披南泉至見師面壁乃拊師背師問汝是阿誰曰普願師曰如何曰也尋常師曰汝何多事

汾州無業禪師商州上洛杜氏子母李氏聞空中言寄居得否乃覺有娠誕生之夕神光滿室甫及丱歲行必直視坐即跏趺九歲依開元寺志本禪師受大乘經五行俱下諷誦無遺十二落髮二十受具戒於襄州幽律師習四分律疏纔終便能敷演每爲衆僧講涅槃大部冬夏無廢後聞馬大師禪門愈盛特往瞻禮祖覩其狀貌奇偉語音如鐘乃曰巍巍佛堂其中無佛師禮跪而問曰三乘文學粗窮其旨常聞禪門即心是佛實未能了祖曰秖未了底心即是更無別物師曰如何是祖師西來密傳心印祖曰大德正閙在且去別時來師纔出祖召曰大德師回首祖曰是甚麼師便領悟乃禮拜祖曰這鈍漢禮拜作麼雲居錫云甚麼處是汾州正閙自得旨後詣曹溪禮祖塔及廬嶽天台徧尋聖迹後住開元精舍學者致問多荅之曰莫妄想唐憲宗屢召師皆辭疾不赴暨穆宗即位思一瞻禮乃命兩街僧録靈阜等齎詔迎請至彼作禮曰皇上此度恩旨不同常時願和尚且順天心不可言疾也師微笑曰貧道何德累煩世主且請前行吾從別道去矣乃澡身剃髮至中夜告弟子

惠惛等曰汝等見聞覺知之性與太虛同壽不生不滅一切境界本自空寂無一法可得迷者不了即爲境惑一爲境惑流轉不窮汝等當知心性本自有之非因造作猶如金剛不可破壞一切諸法如影如響無有實者經云唯此一事實餘二則非眞常了一切空無一物當情是諸佛用心處汝等勤而行之言訖跏趺而逝荼毘日祥雲五色異香四徹所獲舍利璨若珠玉弟子等貯以金鉼葬于石塔當長慶三年謚大達國師

澧州大同廣澄禪師僧問如何得六根滅去師曰輪劔擲空無傷於物問如何是本來人師曰共坐不相識曰恁麼則學人禮謝去也師曰暗寫愁腸寄與誰

信州鵝湖大義禪師衢州須江徐氏子唐憲宗嘗詔入内於麟德殿論義有法師問如何是四諦師曰聖上一帝三帝何在又問欲界無禪禪居色界此土憑何而立禪師曰法師秖知欲界無禪不知禪界無欲曰如何是禪師以手點空法師無對帝曰法師講無窮經論秖這一點尚不柰何師却問諸碩德曰行住坐臥畢竟以何爲道有對知者是道師曰不可以智知不可以識識安得知者是乎有對無分別者是師曰善能分別諸法相於第一義而不動安得無分別是乎有對四禪八定是師曰佛身無爲不墮諸數安在四禪八定邪衆皆杜口師却舉順宗問尸利禪師大地衆生如何得見性成佛利曰佛性猶如水中月可見不可取因謂帝曰佛性非見必見水中月如何攫取帝乃問何者是佛性師對

曰不離陛下所問帝默契眞宗益加欽重有一僧乞置塔李翺尚書問曰教中不許將屍塔下過又作麼生僧無對僧卻問師師曰他得大闡提元和十三年歸寂謚慧覺禪師

伊闕伏牛山自在禪師吳興李氏子初依國一禪師受具後參馬祖發明心地祖令送書與忠國師國師曰馬大師以何法示徒曰即心即佛國師曰是甚麼語話良久又問曰此外更有何言教師曰非心非佛或曰不是心不是佛不是物國師曰猶較些子師曰馬大師即恁麼未審和尚此間如何國師曰三點如流水曲似刈禾鐮師後居伏牛山上堂曰即心即佛是無病求藥句非心非佛是藥病對治句僧問如何是脫灑底句師曰伏牛山下古今傳示滅於隨州開元寺

京兆興善寺惟寬禪師衢州信安祝氏子年十三見殺生者盡然不忍食乃求出家初習毘尼修止觀後參大寂乃得心要唐貞元六年始行化於吳越間八年至鄱陽山神求受八戒十三年止嵩山少林寺僧問如何是道師曰大好山曰學人問道師何言好山師曰汝秖識好山何曾達道問狗子還有佛性否師曰有曰和尚還有否師曰我無曰一切衆生皆有佛性和尚因何獨無師曰我非一切衆生曰既非衆生莫是佛不師曰不是佛曰究竟是何物師曰亦不是物曰可見可思否師曰思之不及議之不得故曰不可思議元和四年憲宗詔至闕下侍郎白居易嘗問曰既曰禪師何以說法師曰無上菩提者被於身爲律說於口爲法行於心爲禪應用者三

其致一也譬如江湖淮漢在處立名名雖不一水性無二律即是法法不離禪云何於中妄起分别曰既無分别何以修心師曰心本無損傷云何要修理無論垢與淨一切勿念起曰垢即不可念淨無念可乎師曰如人眼睛上一物不可住金屑雖珍寶在眼亦爲病曰無修無念又何異凡夫邪師曰凡夫無明二乘執著離此二病是曰真修真修者不得勤不得忘勤即近執著忘即落無明此爲心要云爾僧問道在何處師曰秪在目前曰我何不見師曰汝有我故所以不見曰我有我故即不見和尚還見否師曰有汝有我展轉不見曰無我無汝還見否師曰無汝無我阿誰求見元和十二年二月晦日陞堂說法訖就化謚大徹禪師

鄂州無等禪師尉氏人也出家於龔公山容受心要出住隨州土門一日謁州牧王常侍辭退將出門牧召曰和尚師回顧牧敲柱三下師以手作圓相復三撥之便行後住武昌大寂寺一日大衆晚衆師見人人上來師前道不審迺謂衆曰大衆適來聲向甚麼處去也有一僧豎起指頭師曰珍重其僧至來朝上衆師乃轉身面壁而臥佯作呻吟聲曰老僧三兩日來不多安樂大德身邊有甚麼藥物與老僧些小僧以手拍淨缾曰這箇淨缾甚麼處得來師曰這箇是老僧底大德底在甚麼處曰亦是和尚底亦是某甲底

潭州三角山總印禪師僧問如何是三寶師曰禾麥豆曰學人不會師曰大衆欣然奉持上堂若論此事眨上眉毛早已蹉過也麻谷

便問貶上眉毛即不問如何是此事師曰蹉過也谷乃掀倒禪牀師便打（長慶代云悄然）

池州魯祖山寶雲禪師僧問如何是諸佛師師曰頭上有寶冠者不是曰如何即是師曰頭上無寶冠洞山來參禮拜起侍立少頃而出却再入來師曰秖恁麼秖恁麼所以如此山曰大有人不肯師曰作麼取汝口辯山便禮拜僧問如何是不言言師曰汝口在甚麼處曰無口師曰將甚麼喫飯僧無對（洞山代云他不飢喫甚麼飯）師尋常見僧來便面壁南泉聞曰我尋常向師僧道向佛未出世時會取尚不得一箇半箇他恁麼驢年去（玄覺云為復唱和語不肯語保福問長慶秖如魯祖節文在甚麼處被南泉恁麼道長慶云退己讓於人萬中無一箇羅山云陳老師當時若見背上與五火抄何故為伊解放不解收玄沙云我當時若見也與五火抄雲居錫云羅山玄沙總恁麼道為復一般別有道理若擇得出許上座佛法有去處玄覺云且道玄沙五火抄打伊着不着）

常州芙蓉山太毓禪師金陵范氏子因行食到龐居士前士擬接師乃縮手曰生心受施淨名早訶去此一機居士還甘否士曰當時善現豈不作家師曰非關他事士曰食到口邊被他奪却師乃下食士曰不消一句士又問馬大師著實為人處還分付吾師否師曰某甲尚未見他作麼生知他著實處士曰秖此見知也無討處師曰居士也不得一向言說士曰一向言說師又失宗若作兩向三向師還開得口否師曰直是開口不得可謂實也士撫掌而出寶曆中歸齊雲入滅諡大寶禪師

唐州紫玉山道通禪師廬江何氏子隨父守官泉南因而出家詣建陽謁馬祖祖尋遷龔

公山師亦隨之祖將歸寂謂師曰夫玉石潤山秀麗益汝道業遇可居之師不曉其言是秋遊洛回至唐州西見一山四面懸絶峯巒秀異因詢鄉人曰紫玉山師乃陟山頂見石方正瑩然紫色歎曰此其紫玉也先師之言懸記耳遂剪茅構舍而居焉後學徒四集僧問如何出得三界去師曰汝在裏許得多少時也曰如何出離師曰青山不礙白雲飛于頔相公問如何是黑風吹其船舫漂墮羅刹鬼國師曰于頔客作漢問恁麼事作麼于公失色師乃指曰這箇便是漂墮羅刹鬼國公又問如何是佛師喚相公公應諾師曰更莫別求（藥山聞曰噫可惜于家漢生埋向紫玉在紫玉山中公聞乃謁見藥山山問曰聞相公承聞有語相救今日特來山曰有疑但問公曰如何是佛山召于頔公應諾山曰是甚麼公於此有省）元和八年弟子金藏叅百丈回師曰汝其來矣此山有主也於是囑付訖策杖徑去襄州道俗迎之至七月十五日無疾而終

五臺山隱峯禪師邵武軍鄧氏子（時稱鄧隱峯）幼若不慧父母聽其出家初遊馬祖之門而未能覩奥復來往石頭雖兩番不捷（語見馬祖章）而後於馬祖言下相契師問石頭如何得合道去頭曰我亦不合道師曰畢竟如何頭曰汝被這箇得多少時邪石頭剗草次師在左側叉手而立頭飛剗子向師前剗一株草師曰和尚秖剗得這箇不剗得那箇頭提起剗子師接得便作剗草勢頭曰汝秖剗得那箇不解剗得這箇師無對（洞山云還有堆阜麼）師一日推車次馬祖展脚在路上坐師曰請師收足祖曰已展不縮師曰已進不退乃推車碾損祖脚

祖歸法堂執斧子曰適來碾損老僧脚底出來師便出於祖前引頸祖乃置斧師到南泉覩衆僧衆次泉指淨缾曰銅缾是境缾中有水不得動著境與老僧將水來師拈起淨缾向泉面前瀉泉便休師後到溈山便入堂於上板頭解放衣鉢溈聞師叔到先具威儀下堂內相看師見來便作臥勢溈便歸方丈師乃發去少間溈山問侍者師叔在否曰已去溈曰去時有甚麼語曰無語溈曰莫道無語其聲如雷師冬居衡嶽夏止清涼唐元和中薦登五臺路出淮西屬吳元濟阻兵違拒王命官軍與賊軍交鋒未決勝負師曰吾當去解其患乃擲錫空中飛身而過兩軍將士仰觀事符預夢鬬心頓息師既顯神異慮成惑衆遂入五臺於金剛窟前將示滅先問衆曰諸方遷化坐去臥去吾嘗見之還有立化也無曰有師曰還有倒立者否曰未嘗見有師乃倒立而化亭亭然其衣順體時衆議舁就荼毘屹然不動遠近瞻覩驚歎無已師有妹爲尼時亦在彼乃拊而咄曰老兄疇昔不循法律死更熒惑於人於是以手推之僨然而踣遂就闍維收舍利建塔

潭州石霜(亦作龍)大善禪師僧問如何是佛法大意師曰春日雞鳴曰學人不會師曰中秋犬吠上堂大衆出來出來老漢有箇法要百年後不累汝衆曰便請和尚說師曰不消一堆火

泉州龜洋無了禪師本郡沈氏子年七歲父攜入白重院視之如家因而捨愛至十八剃度受具於靈巖寺後參大寂了達祖乘即還

本院之北樵采路絶師一日策杖披榛而行遇六眸巨龜斯須而失乃庵此峯因號龜洋一日有虎逐鹿入庵師以杖格虎遂存鹿命洎將示化乃述偈曰八十年來辨西東如今不要白頭翁非長非短非大小還與諸人性相同無來無去兼無住了却本來自性空偈畢儼然告寂瘞于正堂垂二十載爲山泉淹没門人發塔見全身水中而浮閩王聞之遣使舁入府庭供養忽臭氣遠聞王焚香祝之曰可還龜洋舊址建塔言訖異香普熏傾城瞻禮本道奏謚眞寂大師塔曰靈覺後弟子慧忠壅于塔左今龜洋二眞身存焉忠得法於草庵義和尚

五燈會元卷第八

音釋

璿 旬緣切音旋美玉也　靸 悉合切音趿屐也　泐 歷德切音勒潭名　聻 乃里切音你梵書聻爲語助　翶 牛刀切音遨翶翔也　刈 倪制切音乂刈穫也　盡 迮力切音識邪視貌　頔 杜歷切音狄好也又人名　筞 策俗字　踣 匹候切音欲與仆同　瘞 壹計切音詣幽薶也

五燈會元卷第九

宋 沙門 大川 濟 纂

南嶽下二世

馬祖一禪師法嗣

南嶽西園蘭若曇藏禪師受心印於大寂後謁石頭瑩然明徹出住西園禪侶日盛師一日自燒浴次僧問何不使沙彌師撫掌三下僧舉似曹山山云一等是拍手撫掌就中西園奇恠俱胝一指頭禪盖爲承當處不諦當僧却問曹山西園撫掌豈不是奴兒婢子迹事山曰是云向上更有事也無山云有云如何是向上事山叱云這奴兒婢子師養一犬常夜經行時其犬銜師衣師即歸方丈又常於門側伏守忽一夜頻吠奮身作猛噬之勢詰旦東廚有一大蟒長數丈張口呀氣毒焰熾然侍者請避之師曰死可逃乎彼以毒來我以慈受毒無實性激發則强慈苟無緣冤親一揆言訖其蟒按首徐行倏然不見復一夕有羣盜至犬亦銜衣師語盜曰茅舍有可意物一任將去終無所吝盜感其言皆稽首而散

袁州楊岐山甄叔禪師上堂羣靈一源假名爲佛體竭形銷而不滅金流朴散而常存性海無風金波自涌心靈絶非萬象齊照體斯理者不言而偏歷沙界不用而功益玄化如何背覺反合塵勞於陰界中妄自囚執禪月問如何是祖師西來意師呈起數珠月罔措師曰會麼曰不會師曰某甲參見石頭來曰見石頭得何意旨師指庭前鹿曰會麼曰不會師曰渠儂得自由唐元和十五年歸寂荼毘獲舍利七百粒於東峯下建塔

磁州馬頭峯神藏禪師上堂知而無知不是無知而說無知便下座南泉云恁麼依師道始道得一半黃檗云

不是南泉駁他要圓前話

潭州華林善覺禪師常持錫杖夜出林麓間七步一振錫一稱觀音名號夾山問遠聞和尚念觀音是否師曰然山曰騎却頭時如何師曰出頭即從汝騎不出頭騎甚麼山無對僧叅方展坐具師曰緩緩曰和尚見甚麼師曰可惜許磕破鐘樓其僧從此悟入觀察使裴休訪之問曰還有侍者否師曰有一兩箇秖是不可見客裴曰在甚麼處師乃喚大空小空時二虎自庵後而出裴覩之驚悸師語二虎曰有客且去二虎哮吼而去裴問曰師作何行業感得如斯師乃良久曰會麼曰不會師曰山僧常念觀音

汀州水塘和尚問歸宗甚處人宗曰陳州人師曰年多少宗曰二十二師曰闍黎未生時老僧去來宗曰和尚幾時生師竪起拂子宗曰這箇豈有生邪師曰會得即無生曰未會在師無語

濛谿和尚僧問一念不生時如何師良久僧便禮拜師曰汝作麼生會曰某甲終不敢無慚愧師曰汝却信得及問本分事如何體悉師曰汝何不問曰請師荅話師曰汝却問得好僧大笑而出師曰秖有這僧靈利有僧從外來師便喝僧曰好箇來由師曰猶要棒在僧珍重便出師曰得能自在

温州佛嶴和尚尋常見人來以柱杖卓地曰前佛也恁麼後佛也恁麼問正恁麼時作麼生師畫一圓相僧作女人拜師便打問如何是佛法大意師曰賊也賊也問如何是異類師敲椀曰花奴花奴喫飯來

烏臼和尚玄紹二上座參師乃問二禪客發足甚麼處玄曰江西師便打玄曰久知和尚有此機要師曰汝既不會後面箇師僧秖對看紹擬近前師便打曰信知同坑無異土參堂去問僧近離甚處曰定州師曰定州法道何似這裏曰不別師曰若不別更轉彼中去便打僧曰棒頭有眼不得草草打人師曰今日打著一箇也又打三下僧便出去師曰屈棒元來有人喫在曰爭奈杓柄在和尚手裏師曰汝若要山僧回與汝僧近前奪棒打師三下師曰屈棒屈棒曰有人喫在師曰草草打着箇漢僧禮拜師曰却與麼去也僧大笑而出師曰消得恁麼消得恁麼

古寺和尚丹霞來參經宿明旦粥熟行者秖盛一鉢與師又盛一椀自喫殊不顧丹霞霞亦自盛粥喫者曰五更侵早起更有夜行人霞問師何不教訓行者得恁麼無禮師曰淨地上不要點汚人家男女霞曰幾不問過這老漢

石臼和尚初參馬祖祖問甚麼處來師曰烏臼來祖曰烏臼近日有何言句師曰幾人於此茫然祖曰茫然且置悄然一句作麼生師乃近前三步祖曰我有七棒寄打烏臼你還甘否師曰和尚先喫某甲後甘

本谿和尚因龐居士問丹霞打侍者意在何所師曰大老翁見人長短在士曰爲我與師同參方敢借問師曰若恁麼從頭舉來共你商量士曰大老翁不可共你說人是非師曰念翁年老士曰罪過罪過

石林和尚見龐居士來乃竪起拂子曰不落

丹霞機試道一句子士奪却拂子却自竪起拳師曰正是丹霞機士曰與我不落看師曰丹霞患瘂龐公患聾士曰恰是師無語士曰向道偶爾又一日問士某甲有箇借問居士莫惜言語士曰便請舉來師曰元來惜言語士曰這箇問訊不覺落他便宜師乃掩耳士曰作家作家

亮座主蜀人也頗講經論因參馬祖祖問見說座主大講得經論是否師曰不敢祖曰將甚麼講師曰將心講祖曰心如工伎兒意如和伎者爭解講得師抗聲曰心既講不得虛空莫講得麼祖曰却是虛空講得師不肯便出將下堦祖召曰座主師回首祖曰是甚麼師豁然大悟便禮拜祖曰這鈍根阿師禮拜作麼師曰某甲所講經論將謂無人及得今日被大師一問平生功業一時氷釋禮謝而退乃隱于洪州西山更無消息

黑眼和尚僧問如何是不出世師師曰善財拄杖子問如何是佛法大意師曰十年賣炭漢不知秤畔星

米嶺和尚僧問如何是衲衣下事師曰醜陋任君嫌不挂雲霞色師將示滅遺偈曰祖祖不思議不許常住世大衆審思惟畢竟秖這是言訖而寂

齊峯和尚龐居士來師曰俗人頻頻入僧院討箇甚麼士回顧兩邊曰誰恁麼道師乃咄之士曰在這裏師曰莫是當陽道麼士曰背後底聻師回首曰看看士曰草賊大敗士却問此去峯頂有幾里師曰甚麼處去來士曰可謂峻硬不得問著師曰是多少士曰一二

三師曰四五六士曰何不道七師曰纔道七便有八士曰住得也師曰一任添取士喝便出去師隨後亦喝

大陽和尚因伊禪師相見乃問伊禪近日有一般知識向目前指教人了取目前事作這箇爲人還會文彩未兆時也無曰擬向這裏致一問不知可否師曰荅汝已了莫道可否曰還識得目前也未師曰若是目前作麽生識曰要且遭人檢點師曰誰曰某甲師便喝伊退步而立師曰汝秖解瞻前不解顧後曰雪上更加霜師曰彼此無便宜

幽州紅螺山和尚有頌示門人曰紅螺山子近邊夷度得之流半是奚共語問醻都不會可憐秖解那斯祁

百靈和尚一日與龐居士路次相逢問曰南嶽得力句還曾舉向人也無士曰曾舉來師曰舉向甚麽人士以手自指曰龐公師曰直是妙德空生也讚歎不及士却問阿師得力句是誰得知師戴笠子便行士曰善爲道路師更不回首

鎭州金牛和尚每自做飯供養衆僧至齋時舁飯桶到堂前作舞呵呵大笑曰菩薩子喫飯來僧問長慶古人撫掌喚僧喫飯意旨如何慶云大似因齋慶讚僧問大光未審慶讚箇甚麽光作舞僧禮拜光云這野狐精東禪齊云古人自出手作飯舞了喚人來喫意作麽生還會麽秖如長慶與大光是明古人意別爲他分析今問上座每日持鉢掌盂時迎來送去時爲當與古人一般別有道理若道別且作麽生得別來若一般恰到他舞又被喚作野狐精有會處麽若未會行脚眼在甚麽處

洛京黑㵎和尚僧問如何是密室師曰截耳臥街曰如何是密室中人師乃換手搥胸

利山和尚僧問衆色歸空空歸何所師曰舌

頭不出口曰爲甚麼不出口師曰内外一如故問不歷僧祇獲法身請師直指師曰子承父業曰如何領會師曰貶剥不施曰恁麼則大衆有賴去也師曰大衆且置作麼生是法身僧無對師曰汝問我與汝道僧問如何是法身師曰空華陽燄問如何是西來意師曰不見如何曰爲甚麼如此師曰秖爲如此

韶州乳源和尚上堂西來的的意不妨難道衆中莫有道得者出來試道看時有僧出禮拜師便打曰是甚麼時節出頭來便歸方丈僧舉似長慶慶云不妨不妨資福代云爲和尚不惜身命仰山作沙彌時念經聲高師咄曰這沙彌念經恰似哭曰慧寂秖恁麼未審和尚如何師乃顧視仰曰若恁麼與哭何異師便休

松山和尚同龐居士喫茶士舉槖子曰人人盡有分爲甚麼道不得師曰秖爲人人盡有所以道不得士曰阿兄爲甚麼却道得師曰不可無言也士曰灼然灼然師便喫茶士曰阿兄喫茶爲甚麼不揖客師曰誰士曰龐公師曰何須更揖後丹霞聞乃曰若不是松山幾被箇老翁惑亂一上士聞之乃令人傳語霞曰何不會取未舉槖子時

則川和尚蜀人也龐居士相看次師曰還記得見石頭時道理否士曰猶得阿師重舉在師曰情知久參事慢士曰阿師老耄不啻龐公師曰二彼同時又爭幾許士曰龐公鮮健且勝阿師師曰不似勝我秖欠汝箇幞頭士拈下幞頭曰恰與師相似師大笑而已師摘茶次士曰法界不容身師還見我否師曰不是老師洎答公話士曰有問有答蓋是尋常

師乃摘茶不聽士曰莫怪適來容易借問師亦不顧士喝曰這無禮儀老漢待我一一舉向明眼人師乃拋却茶籃便歸方丈

忻州打地和尚自江西領旨常晦其名凡學者致問唯以棒打地示之時謂之打地和尚一日被僧藏却棒然後致問師但張其口僧問門人曰秖如和尚每日有人問便打地意旨如何門人即於竈内取柴一片擲在釜中

潭州秀溪和尚谷山問聲色純真如何是道師曰亂道作麼山却從東過西立師曰若不恁麼即禍事也山又從西過東立師乃下禪牀方行兩步被谷山捉住曰聲色純真事作麼生師便打一掌山曰三十年後要箇人下茶也無在師曰要谷山這漢作甚麼山呵呵大笑

江西椑樹和尚臥次道吾近前牽被覆之師曰作麼吾曰蓋覆師曰臥底是坐底是吾曰不在這兩處師曰爭奈蓋覆何吾曰莫亂道師向火次吾問作麼師曰和合吾曰恁麼即當頭脫去也師曰隔潤來多少時邪吾便拂袖而去吾一日從外歸師問甚麼處去來吾曰親近來師曰用簸這兩片皮作麼吾曰借師曰他有從汝借無作麼生吾曰秖爲有所以借

京兆草堂和尚自罷參大寂至海昌和尚處昌問甚麼處來師曰道場來昌曰這裏是甚麼處師曰賊不打貧人家僧問未有一法時此身在甚麼處師作一圓相於中書身字

洞安和尚有僧辭師曰甚麼處去曰本無所去師曰善爲闍黎曰不敢師曰到諸方分明

舉似僧侍立次師問今日是幾曰不知師曰我却記得曰今日是幾師曰今日昬晦

京兆興平和尚洞山來禮拜師曰莫禮老朽山曰禮非老朽師曰非老朽者不受禮山曰他亦不止洞山却問如何是古佛心師曰即汝心是山曰雖然如此猶是某甲疑處師曰若恁麼即問取木人去山曰某甲有一句子不借諸聖口師曰汝試道看山曰不是某甲山辭師曰甚麼處去山曰沿流無定止師曰法身沿流報身沿流山曰總不作此解師乃撫掌保福云洞山自是一家乃别云覓得幾人

道遙和尚鹿西和尚問念念攀緣心心永寂師曰昨晚也有人恁麼道西曰道箇甚麼師曰不知西曰請和尚說師以拂子驀口打西拂袖便出師召衆曰頂門上著眼

福谿和尚僧問古鏡無瑕時如何師良久僧曰師意如何師曰山僧耳背僧再問師曰猶較些子問如何是自己師曰你問甚麼曰豈無方便師曰你適來問甚麼曰得恁麼顛倒師曰今日合喫山僧手裏棒問緣散歸空空歸何所師乃召僧僧應諾師曰空在何處曰却請和尚道師曰波斯喫胡椒

洪州水潦和尚初參馬祖問曰如何是西來的的意祖曰禮拜著師纔禮拜祖乃當胸蹋倒師大悟起來撫掌呵呵大笑曰也大奇也大奇百千三昧無量妙義秖向一毫頭上識得根源去禮謝而退住後每告衆曰自從一喫馬祖蹋直至如今笑不休有僧作一圓相以手撮向師身上師乃三撥亦作一圓相却指其僧僧便禮拜師打曰這虛頭漢問如何

是沙門行師曰動則影現覺則冰生問如何是佛法大意師乃拊掌呵呵大笑凡接機大約如此

浮盃和尚凌行婆來禮拜師與坐喫茶婆乃問盡力道不得底句分付阿誰師曰浮盃無剩語婆曰未到浮盃不妨疑着師曰別有長處不妨拈出婆斂手哭曰蒼天中更添冤苦師無語婆曰語不知偏正理不識倒邪爲人即禍生後有僧舉似南泉泉曰苦哉浮盃被這老婆摧折一上婆後聞笑曰王老師猶少機關在澄一禪客逢見行婆便問怎生是南泉猶少機關在婆乃哭曰可悲可痛一罔措婆曰會麼一合掌而立婆曰伎死禪和如麻似粟一舉似趙州州曰我若見這臭老婆問教口瘂一曰未審和尚怎生問他州便打一曰爲甚麼却打其甲州曰似這伎死漢不打更待幾時連打數棒婆聞却曰趙州合喫婆手裏棒後僧舉似趙州州哭曰可悲可痛婆聞此語合掌歎曰趙州眼光爍破四天下州令僧問如何是趙州眼婆乃竪起拳頭僧回舉似趙州州作偈曰當機覿面提覿面當機疾報汝凌行婆哭聲何得失婆以偈荅曰哭聲師已曉已曉復誰知當時摩竭國幾喪目前機

潭州龍山和尚(亦云隱山)問僧甚麼處來曰老宿處來師曰老宿有何言句曰說則千句萬句不說則一字也無師曰恁麼則蠅子放卵僧禮拜師便打洞山與密師伯經由見溪流菜葉洞曰深山無人因何有菜隨流莫有道人居否乃共議撥草溪行五七里間忽見師羸

形異貌放下行李問訊師曰此山無路闍黎從何處來洞曰無路且置和尚從何而入師曰我不從雲水來洞曰和尚住此山多少時邪師曰春秋不涉洞曰和尚先住此山先住師曰不知洞曰爲甚麽不知師曰我不從人天來洞曰和尚得何道理便住此山師曰我見兩箇泥牛鬬入海直至于今絶消息洞山始具威儀禮拜便問如何是主中賓師曰青山覆白雲曰如何是賓中主師曰長年不出户曰賓主相去幾何師曰長江水上波曰賓主相見有何言説師曰清風拂白月洞山辭退師乃述偈曰三間茅屋從來住一道神光萬境閑莫把是非來辨我浮生穿鑿不相關因兹燒庵入深山不見後人號爲隱山和尚

襄州居士龐藴者衡州衡陽縣人也字道玄世本儒業少悟塵勞志求眞諦唐貞元初謁石頭乃問不與萬法爲侶者是甚麽人頭以手掩其口豁然有省後與丹霞爲友一日石頭問曰子見老僧以來日用事作麽生士曰若問日用事即無開口處乃呈偈曰日用事無別唯吾自偶諧頭頭非取捨處處没張乖朱紫誰爲號邱山絶點埃神通并妙用運水及搬柴頭然之曰子以緇邪素邪士曰願從所慕遂不剃染後參馬祖問曰不與萬法爲侶者是甚麽人祖曰待汝一口吸盡西江水即向汝道士於言下頓領玄旨乃留駐參承二載有偈曰有男不婚有女不嫁大家團欒頭共説無生話自爾機辯迅捷諸方嚮之因辭藥山山命十禪客相送至門首士乃指空中雪曰好雪片片不落別處有全禪客曰落

在甚處士遂與一掌全曰也不得草草士曰恁麼稱禪客閻羅老子未放你在全曰居士作麼生士又掌曰眼見如盲口說如瘂嘗遊講肆隨喜金剛經至無我無人處致問曰座主既無我無人是誰講誰聽主無對士曰某甲雖是俗人粗知信向主曰秖如居士意作麼生士以偈荅曰無我復無人作麼有疎親勸君休歷座不似直求真金剛般若性外絶一纖塵我聞并信受總是假名陳主聞偈欣然仰歎居士所至之處老宿多往復問醻皆隨機應響非格量軌轍之可拘也元和中北遊襄漢隨處而居有女名靈照常鬻竹漉籬以供朝夕士有偈曰心如境亦如無實亦無虛有亦不管無亦不拘不是賢聖了事凡夫易復易即此五蘊有真智十方世界一乘同無相法身豈有二若捨煩惱入菩提不知何方有佛地護生須是殺殺盡始安居會得箇中意鐵船水上浮士坐次問靈照曰古人道明明百草頭明明祖師意如何會照曰老老大大作這箇語話士曰你作麼生照曰明明百草頭明明祖師意士乃笑士因賣漉籬下橋喫撲靈照見亦去爺邊倒士曰你作甚麼照曰見爺倒地某甲相扶士將入滅謂靈照曰視日早晚及午以報照遽報日已中矣而有蝕也士出户觀次靈照即登父座合掌坐亡士笑曰我女鋒捷矣於是更延七日州牧于公頔問疾次士謂之曰但願空諸所有慎勿實諸所無好住世間皆如影響言訖枕于公膝而化遺命焚棄江湖緇白傷悼謂禪門龎居士即毘耶淨名矣有詩偈三百餘篇傳

於世

南嶽下三世

百丈海禪師法嗣

洪州黃蘗希運禪師閩人也幼於本州黃蘗山出家額間隆起如珠音辭朗潤志意沖澹後遊天台逢一僧與之言笑如舊相識熟視之目光射人乃偕行屬澗水暴漲捐笠植杖而止其僧率師同渡師曰兄要渡自渡彼即褰衣躡波若履平地回顧曰渡來渡來師曰咄這自了漢吾早知當斫汝脛其僧歎曰眞大乘法器我所不及言訖不見師後遊京師因人啓發乃往參百丈丈問巍巍堂堂從何方來師曰巍巍堂堂從嶺南來丈曰巍巍堂堂當爲何事師曰巍巍堂堂不爲別事便禮拜問曰從上宗乘如何指示丈良久師曰不可教後人斷絕去也丈曰將謂汝是箇人乃起入方丈師隨後入曰某甲特來丈曰若爾則他後不得孤負吾丈一日問師甚麼處去來曰大雄山下採菌子來丈曰還見大蟲麼師便作虎聲丈拈斧作斫勢師即打丈一摑丈吟吟而笑便歸上堂曰大雄山下有一大蟲汝等諸人也須好看百丈老漢今日親遭一口師在南泉普請擇菜次泉問甚麼處去曰擇菜去泉曰將甚麼擇師竪起刀泉曰秖解作賓不解作主師以刀點三下泉曰大家擇菜去泉一日曰老僧有牧牛歌請長老和師曰某甲自有師在師辭南泉泉門送提起師笠曰長老身材没量大笠子太小生師曰雖然如此大千世界總在裏許泉曰王老師聻師戴笠便行師在鹽官殿上禮佛次時唐

宣宗爲沙彌問曰不著佛求不著法求不著僧求長老禮拜當何所求師曰不著佛求不著法求不著僧求常禮如是事彌曰用禮何爲師便掌彌曰大麤生師曰這裏是甚麼所在說麤說細隨後又掌裴相國鎮宛陵建大禪苑請師說法以師酷愛舊山還以黃蘗名之公一日拓一尊佛於師前跪曰請師安名師召曰裴休公應諾師曰與汝安名竟公禮拜師因有六人新到五人作禮中一人提起坐具作一圓相師曰我聞有一隻獵犬甚惡僧曰尋羚羊聲來師曰羚羊無聲到汝尋曰尋羚羊跡來師曰羚羊無跡到汝尋曰尋羚羊蹤來師曰羚羊無蹤到汝尋曰與麼則死羚羊也師便休去明日陞堂曰昨日尋羚羊僧出來僧便出師曰昨日公案未了老僧休去你作麼生僧無語師曰將謂是本色衲僧元來秖是義學沙門便打趁出師一日捏拳曰天下老和尚總在這裏我若放一線道從汝七縱八橫若不放過不消一捏僧問放一線道時如何師曰七縱八橫曰不放過不消一捏時如何師曰普裴相國一日請師至郡以所解一編示師師接置於座畧不披閱良久曰會麼裴曰未測師曰若便恁麼會得猶較些子若也形於紙墨何有吾宗裴乃贈詩一章曰自從大士傳心印額有圓珠七尺身挂錫十年棲蜀水浮盃今日渡漳濱一千龍象隨高步萬里香花結勝因擬欲事師爲弟子不知將法付何人師亦無喜色自爾黃蘗門風盛于江表矣一日上堂大衆雲集乃曰汝等諸人欲何所求以拄杖趁之大衆不散

師却復坐曰汝等諸人盡是噇酒糟漢恁麼行脚取笑於人但見八百一千人處便去不可圖他熱閙也老漢行脚時或遇草根下有一箇漢便從頂門上一錐看他若知痛痒可以布袋盛米供養他可中總似汝如此容易何處更有今日事也汝等既稱行脚亦須著些精神好還知道大唐國内無禪師麼時有僧問諸方尊宿盡聚衆開化爲甚麼却道無禪師師曰不道無禪秖是無師闍黎不見馬大師下有八十四人坐道場得馬師正法眼者止三兩人廬山歸宗和尚是其一夫出家人須知有從上來事分始得且如四祖下牛頭横說竪說猶未知向上關捩子有此眼目方辨得邪正宗黨且當人事宜不能體會得但知學言語念向皮袋裏安著到處稱我會禪還替得汝生死麼輕忽老宿入地獄如箭我纔見汝入門來便識得了也還知麼急須努力莫容易事持片衣口食空過一生明眼人笑汝久後總被俗漢筭將去在宜自看遠近是阿誰面上事若會即便會若不會即散去珍重問如何是西來意師便打自餘施設皆被上機中下之流莫窺涯涘唐大中年終於本山謚斷際禪師

福州長慶大安禪師號懶安郡之陳氏子受業於黄蘗山習律乘甞自念言我雖勤苦而未聞玄極之理乃孤錫遊方將往洪井路出上元逢一老父謂師曰師往南昌當有所得師即造百丈禮而問曰學人欲求識佛何者即是丈曰大似騎牛覓牛師曰識得後如何丈曰如人騎牛至家師曰未審始終如何保任

丈曰如牧牛人執杖視之不令犯人苗稼師自茲領旨更不馳求同參祐禪師創居溈山師躬耕助道及祐歸寂衆請接踵住持上堂汝諸人總來就安求覓甚麼若欲作佛汝自是佛擔佛傍家走如渴鹿趁陽燄相似何時得相應去汝欲作佛但無許多顛倒攀緣妄想惡覺垢淨衆生之心便是初心正覺佛更向何處別討所以安在溈山三十年來喫溈山飯屙溈山屎不學溈山禪秖看一頭水牯牛若落路入草便把鼻孔拽轉來纔犯人苗稼即鞭撻調伏既乆可憐生受人言語如今變作箇露地白牛常在面前終日露逈逈地趁亦不去汝諸人各自有無價大寶從眼門放光照見山河大地耳門放光領采一切善惡音響如是六門晝夜常放光明亦名放光三昧汝自不識取影在四大身中內外扶持不教傾側如人負重擔從獨木橋上過亦不教失脚且道是甚麼物任持便得如是且無絲髮可見豈不見誌公和尚云內外追尋覓總無境上施爲渾大有珍重僧問一切施爲是法身用如何是法身師曰一切施爲是法身用曰離却五蘊如何是本來身師曰地水火風受想行識曰這箇是五蘊師曰這箇異五蘊問此陰已謝彼陰未生時如何師曰此陰未謝那箇是大德曰不會師曰若會此陰便明彼陰問大用現前不存軌則時如何師曰汝用得但用僧乃脫膊遶師三匝師曰向上事何不道取僧擬開口師便打曰這野狐精出去有僧上法堂顧視東西不見師乃曰好箇法堂秖是無人師從門裏出曰作麼僧

無對雪峯因入山採得一枝木其形似蛇於背上題曰本自天然不假雕琢寄與師師曰本色住山人且無刀斧痕僧問佛在何處師曰不離心又問雙峯上人有何所得師曰法無所得設有所得得本無得問黃巢軍來和尚向甚麼處迴避師曰五蘊山中曰忽被他捉著時如何師曰惱亂將軍師大化閩城唐中和三年歸黃蘗示寂塔于楞伽山謚圓智禪師

杭州大慈山寰中禪師蒲坂盧氏子頂骨圓聳其聲如鐘少丁母憂廬于墓所服闋思報罔極乃於并州童子寺出家嵩嶽登戒習諸律學後叅百丈受心印辭往南嶽常樂寺結茅于山頂一日南泉至問如何是庵中主師曰蒼天蒼天泉曰蒼天且置如何是庵中主師曰會即便會莫忉忉泉拂袖而出後住大慈上堂山僧不解荅話秖能識病時有僧出師便歸方丈法眼云衆中喚作病在目前不識玄覺云且道大慈識病不識病此僧出來是病不是病若言是病每日行住不可總是病若言不是病出來又作麼生趙州問般若以何爲體師曰般若以何爲體州大笑而出明日州掃地次師曰般若以何爲體州置帚拊掌大笑師便歸方丈僧辭師問甚麼處去曰江西去師曰我勞汝一段事得否曰和尚有甚麼事師曰將取老僧去得麼曰更有過於和尚者亦不能將去師便休僧後舉似洞山山曰闍黎爭合甚麼道曰和尚作麼生山曰得法眼別云和尚若去某甲提笠子山又問其僧大慈別有甚麼言句曰有時示衆曰說得一丈不如行取一尺說得一尺不如行取一寸山曰我不恁麼道曰和尚作麼生山曰

說取行不得底行取說不得底（雲居云行時無說路說時無行路不說不行時合行甚麼路洛浦云行說俱到即本分事無行說俱不到即本分事在）後屬武宗廢教師短褐隱居大中歲重剃染大揚宗旨咸通三年不疾而逝僖宗謚性空大師

天台平田普岸禪師洪州人也於百丈門下得旨後聞天台勝槩聖賢間出思欲高蹈方外遠追遐躅乃結茅薙草宴寂林下日居月諸爲四衆所知創平田禪院居之上堂神光不昧萬古徽猷入此門來莫存知解便下座僧參師打一拄杖其僧近前把住拄杖師曰老僧適來造次僧却打師一拄杖師曰作家作家僧禮拜師把住曰是闍黎造次僧大笑師曰這箇師僧今日大敗也臨濟訪師到路口先逢一嫂在田使牛濟問嫂平田路向甚麼處去嫂打牛一棒曰這畜生到處走到此路也不識濟又曰我問你平田路向甚麼處去嫂曰這畜生五歲尚使不得濟心語曰欲觀前人先觀所使便有抽釘拔楔之意及見師師問你還曾見我嫂也未濟曰已收下了也師遂問近離甚處濟曰江西黃檗師曰情知你見作家來濟曰特來禮拜和尚師曰已相見了也濟曰賓主之禮合施三拜師曰既是賓主之禮禮拜著有偈示衆曰大道虛曠常一真心善惡莫思神清物表隨緣飲啄更復何爲終千本院遺塔存焉

瑞州五峯常觀禪師僧問如何是五峯境師曰險曰如何是境中人師曰塞僧辭師曰甚麼處去曰臺山去師竪一指曰若見文殊了却來這裏與汝相見僧無語師問僧甚麼處

來曰莊上來師曰汝還見牛麼曰見師曰見左角見右角僧無語師代曰見無左右（仰山別云還辨左右麼）又僧辭師曰汝諸方去莫謗老僧在這裏曰某甲不道和尚在這裏師曰汝道老僧在甚麼處僧豎起一指師曰早是謗老僧也

潭州石霜山性空禪師僧問如何是祖師西來意師曰如人在千尺井中不假寸繩出得此人即荅汝西來意僧曰近日湖南暢和尚出世亦爲人東語西話師喚沙彌拽出這死屍著（沙彌即仰山山後問耽源如何出得井中人源曰咄癡漢誰在井中山復問溈山溈召慧寂山應諾溈曰出也仰山住後常舉前語謂衆曰我在耽源處得名溈山處得地）

福州古靈神贊禪師本州大中寺受業後行脚遇百丈開悟却回受業本師問曰汝離吾在外得何事業曰並無事業遂遣執役一日因澡身命師去垢師乃拊背曰好所佛堂而佛不聖本師回首視之師曰佛雖不聖且能放光本師又一日在牕下看經蜂子投牕紙求出師覩之曰世界如許廣濶不肯出鑽他故紙驢年去遂有偈曰空門不肯出投窻也大癡百年鑽故紙何日出頭時本師置經問曰汝行脚遇何人吾前後見汝發言異常師曰某甲蒙百丈和尚指箇歇處今欲報慈德耳本師於是告衆致齋請師說法師乃登座舉唱百丈門風曰靈光獨耀迥脫根塵體露真常不拘文字心性無染本自圓成但離妄緣即如如佛本師於言下感悟曰何期垂老得聞極則事師後住古靈聚徒數載臨遷化剃浴聲鐘告衆曰汝等諸人還識無聲三昧

否衆曰不識師曰汝等靜聽莫別思惟衆皆側聆師儼然順寂塔存本山

廣州和安寺通禪師婺州雙林寺受業自幼寡言時人謂之不語通因禮佛次有禪者問座主禮底是甚麼師曰是佛禪者乃指像曰這箇是何物師無對至夜具威儀禮問今日所問某甲未知意旨如何禪者曰座主幾夏邪師曰十夏禪者曰還曾出家也未師轉茫然禪者曰若也不會百夏奚爲乃命同參馬祖及至江西祖已圓寂遂謁百丈頓釋疑情有人問師是禪師否師曰貧道不曾學禪師良久召其人其人應諾師指椶櫚樹子其人無對師一日召仰山將牀子來山將到師曰却送本處着山從之師召慧寂山應諾師曰牀子那邊是甚麼物山曰枕子師曰枕子這邊是甚麼物山曰無物師復召慧寂山應諾師曰是甚麼山無對師曰去

江州龍雲臺禪師僧問如何是祖師西來意師曰昨夜欄中失却牛

京兆衛國院道禪師新到參師問何方來曰河南來師曰黃河清也未僧無對（溈山代云小小狐兒要過但過用疑作甚麼）師不安不見客有人來謁乃曰久聆和尚道德忽承法體遺和畧請和尚相見師將鉢鐼盛鉢楮令侍者擎出呈之其人無對

鎮州萬歲和尚僧問大衆雲集合譚何事師曰序品第一（歸宗柔別云禮拜了去）

洪州東山慧禪師遊山見一巖僧問此巖還有主也無師曰有曰是甚麼人師曰三家村裏覓甚麼曰如何是巖中主師曰汝還氣急

麼小師行脚回師問汝離吾在外多少時邪曰十年師曰不用指東指西直道將來曰對和尚不敢慢語師喝曰這打野㮇漢師同大于南用到茶堂有僧近前不審用曰我既不納汝汝亦不見我不審阿誰僧無語師曰不得平白地恁麼問伊用曰大于亦無語那于把定其僧曰是你恁麼累我亦然便打一摑用大笑曰朗月與青天大于侍者到師問金剛正定一切皆然秋去冬來且作麼生者曰不妨和尚借問師曰即今即得去後作麼生者曰誰敢問著某甲師曰大于還得麼者曰猶要別人點檢在師曰輔弼宗師不廢光彩侍者禮拜

清田和尚與瑫上座煎茶次師敲繩牀三下瑫亦敲三下師曰老僧敲有箇善巧上座敲有何道理瑫曰某甲敲有箇方便和尚敲作麼生師舉起盞子瑫曰善知識眼應須恁麼茶罷瑫却問和尚適來舉起盞子意作麼生師曰不可更別有也

百丈山涅槃和尚一日謂衆曰汝等與我開田我與汝說大義衆開田了歸請說大義師乃展兩手衆罔措洪覺範林間錄云百丈第二代法正禪師大智之高弟其先嘗誦涅槃經不言姓名時呼爲涅槃和尚住成法席師功最多使衆開田方說大義者乃師也黄檗古靈諸大士皆推尊之唐文人黄武翊撰其碑甚詳柳公權書妙絕今古而傳燈所載百丈惟政禪師又係於馬祖法嗣之列悞矣及觀正宗記則有惟政法正然百丈第代可數明教但皆見其名不能辨而俱存也今當以柳碑爲正

五燈會元卷第九

音釋

悸 其季切音痵心動也　椑 逋眉切音卑木名　㳅 以轉切音兗流行貌　鬻 余六切音育賣也　躡 尼輒切音聶蹈也　脛 形定切音經胻膝以下骨也　闋 傾雪切音缺止也終也　鐼 吁運切音訓鐵屬　榰 吉而切音支　榸 椿皆切音齘枯木根出　瑫 他刀切音饕美玉也

五燈會元卷第十

宋　沙　門　大　川　濟　纂

南嶽下三世

南泉願禪師法嗣

趙州觀音院(亦曰東院)從諗禪師曹州郝鄉人也姓郝氏童稚於本州扈通院從師披剃未納戒便抵池陽參南泉值泉偃息而問曰近離甚處師曰瑞像泉曰還見瑞像麼師曰不見瑞像秖見臥如來泉便起坐問汝是有主沙彌無主沙彌師曰有主沙彌泉曰那箇是你主師近前躬身曰仲冬嚴寒伏惟和尚尊候萬福泉器之許其入室他日問泉曰如何是道泉曰平常心是道師曰還可趣向也無泉曰擬向即乖師曰不擬爭知是道泉曰道不屬知不屬不知知是妄覺不知是無記若真達不疑之道猶如太虛廓然蕩豁豈可強是非耶師於言下悟理乃往嵩嶽瑠璃壇納戒仍返南泉一日問泉曰知有底人向甚麼處去泉曰山前檀越家作一頭水牯牛去師曰謝師指示泉曰昨夜三更月到牕泉曰今時人須向異類中行始得師曰異即不問如何是類泉以兩手拓地師近前一踏踏倒却向涅槃堂裏叫曰悔悔泉令侍者問悔箇甚麼師曰悔不更與兩踏南泉上堂師出問明頭合暗頭合泉便下座歸方丈師曰這老和尚被我一問直得無言可對首座曰莫道和尚無語好自是上座不會師便打一掌曰此掌合是堂頭老漢喫師到黃檗檗見來便閉方丈門師乃把火於法堂內叫曰救火救火檗開門捉住曰道道師曰賊過後張弓到寶壽

壽見來於禪牀上背坐師展坐具禮拜壽下禪牀師便出又到道吾纔入堂吾曰南泉一隻箭來也師曰看箭吾曰過也師曰中又到茱萸執拄杖於法堂上從東過西萸曰作甚麼師曰探水萸曰我這裏一滴也無探箇甚麼師以杖倚壁便下師將遊五臺有大德作偈留曰無處青山不道場何須策杖禮清涼雲中縱有金毛現正眼觀時非吉祥師曰作麼生是正眼德無對法眼代云請上座領某甲情同安顯代云是上座眼師自此道化被於北地衆請住觀音院上堂如明珠在掌胡來胡現漢來漢現老僧把一枝草爲丈六金身用把丈六金身爲一枝草用佛是煩惱煩惱是佛僧問未審佛是誰家煩惱師曰與一切人煩惱曰如何免得師曰用免作麼掃地次僧問和尚是大善知識爲甚麼掃地師曰塵從外來曰既是清淨伽藍爲甚麼有塵師曰又一點也師與官人遊園次兔見乃驚走遂問和尚是大善知識兔見爲甚麼走師曰老僧好殺問覺華未發時如何辨眞實師曰開也曰是眞是實師曰眞是實實是眞曰甚麼人分上事師曰老僧有分闍黎有分曰某甲不招納時如何師佯不聞僧無語師曰去石幢子被風吹折僧問陀羅尼幢子作凡去作聖去師曰也不作凡亦不作聖曰畢竟作甚麼師曰落地去也僧辭師曰甚處去曰諸方學佛法去師竪起拂子曰有佛處不得住無佛處急走過三千里外逢人不得錯舉曰與麼則不去也師曰摘楊花摘楊花問承聞和尚親見南泉是否師曰鎭州出大蘿蔔頭大衆晚參師曰今夜荅話

去也有解問者出來時有一僧便出禮拜師曰比來拋甎引玉却引得箇墼子（保壽云射虎不真徒勞沒羽長慶問覺上座云那僧纔出禮拜爲甚麼便收伊爲墼子覺云適來那邊亦有人恁麼問慶云向伊道甚麼覺云也向伊恁麼道玄覺云甚麼處却成墼子去叢林中道纔出來便成墼子秖如每日出入行住坐臥不可總成墼子且道這僧出來具眼不具眼）

上堂金佛不度爐木佛不度火泥佛不度水真佛内裏坐菩提涅槃真如佛性盡是貼體衣服亦名煩惱實際理地甚麼處著一心不生萬法無咎汝但究理坐看三二十年若不會截取老僧頭去夢幻空華徒勞把捉心若不異萬法一如既不從外得更拘執作麼如羊相似亂拾物安向口裏老僧見藥山和尚道有人問著但教合取狗口老僧亦教合取狗口取我是垢不取我是淨一似獵狗專欲得物喫佛法在甚麼處千人萬人盡是覓佛漢子於中覓一箇道人無若與空王爲弟子莫教心病最難醫未有世界早有此性世界壞時此性不壞一從見老僧後更不是別人秖是箇主人公這箇更向外覓作麼正恁麼時莫轉頭換腦若轉頭換腦即失却也僧問承師有言世界壞時此性不壞如何是此性師曰四大五陰曰此猶是壞底如何是此性師曰四大五陰（法眼云是一箇兩箇是壞不壞且作麼生會試斷看）師因老宿問近離甚處曰滑州宿曰幾程到這裏師曰一蹉到宿曰好箇捷疾鬼師曰萬福大王宿曰參堂去師應喏喏尼問如何是密密意師以手搯之尼曰和尚猶有這箇在師曰却是你有這箇在僧辭師問甚麼處去曰閩中去師曰彼中兵馬臨你須迴避始得曰向甚麼處迴避師曰恰好問如何是賓中主

師曰山僧不問婦曰如何是主中賓師曰山僧無丈人有僧遊五臺問一婆子曰臺山路向甚麼處去婆曰驀直去僧便去婆曰好箇師僧又恁麼去後有僧舉似師師曰待我去勘過明日師便去問臺山路向甚麼處去婆曰驀直去師便去婆曰好箇師僧又恁麼去師歸院謂僧曰臺山婆子爲汝勘破了也（玄覺云前來僧也恁麼道趙州去也恁麼道甚麼處是勘破婆子處又云非唯被趙州勘破亦被這僧勘破）問恁麼來底人師還接否師曰接曰不恁麼來底師還接否師曰接曰恁麼來者從師接不恁麼來者如何接師曰止止不須說我法妙難思師因出路逢一婆婆問和尚住甚麼處師曰趙州東院西婆無語師歸問衆僧合使那箇西字或言東西字或言棲泊字師曰汝等總作得鹽鐵判官曰和尚爲甚恁麼道師曰爲汝總識字（法燈別衆僧云已知去處）問如何是囊中寶師曰合取口（法燈別云莫說似人）有一婆子令人送錢請轉藏經師受施利了却下禪牀轉一匝乃曰傳語婆轉藏經已竟其人回舉似婆婆曰比來請轉全藏如何秖爲轉半藏（玄覺云甚麼處是欠半藏處且道那婆子具甚麼眼便與麼道）因僧侍次遂指火問曰這箇是火你不得喚作火老僧道了也僧無對復筴起火曰會麼曰不會師曰此去舒州有投子和尚汝往禮拜問之必爲汝說因緣相契不用更來不相契却來其僧到投子子問近離甚處曰趙州子曰趙州有何言句僧舉前話子曰汝會麼曰不會乞師指示子下禪牀行三步却坐問曰會麼曰不會子曰你歸舉似趙州其僧却回舉似師師曰還會麼曰不會師曰投子與麼不較多

也有新到謂師曰某甲從長安來橫擔一條拄杖不曾撥著一人師曰自是大德拄杖短同安顯別云老僧這裏不曾見恁麼人僧無對法眼代云呵呵同安顯代云也不短僧寫師眞呈師曰且道似我不似我若似我即打殺老僧不似我即燒却眞僧無對立覺代云留取供養問如何是祖師西來意師曰庭前柏樹子曰和尚莫將境示人師曰我不將境示人曰如何是祖師西來意師曰庭前柏樹子問僧發足甚處曰雪峯師曰雪峯有何言句示人曰尋常道盡十方世界是沙門一隻眼你等諸人向甚處屙師曰闍黎若回寄箇鍬子去師謂衆曰我向行腳到南方火爐頭有箇無賓主話直至如今無人舉著上堂至道無難唯嫌揀擇纔有語言是揀擇是明白老僧不在明白裏是汝還護惜也無時有僧問

既不在明白裏護惜箇甚麼師曰我亦不知僧曰和尚既不知爲甚道不在明白裏師曰問事即得禮拜了退別僧問至道無難唯嫌揀擇是時人窠窟否師曰曾有人問我老僧直得五年分疎不下又問至道無難唯嫌揀擇如何是不揀擇師曰天上天下唯我獨尊曰此猶是揀擇師曰田厙奴甚處是揀擇僧無語問至道無難唯嫌揀擇纔有語言是揀擇和尚如何爲人師曰何不引盡此語僧曰某甲祇念得到這裏師曰至道無難唯嫌揀擇問如何是道師曰墻外底曰不問這箇師曰你問那箇曰大道師曰大道透長安問道人相見時如何師曰呈漆器上堂兄弟若從南方來者即與下載若從北方來者即與上載所以道近上人問道即大道近下人問道

即得道師因與文遠行乃指一片地曰這裏好造箇巡鋪文遠便去路傍立曰把將公驗來師遂與一摑遠曰公驗分明過師與文遠論義曰鬬劣不鬬勝勝者輸果子遠曰請和尚立義師曰我是一頭驢遠曰我是驢胃師曰我是驢糞遠曰我是糞中蟲師曰你在彼中作甚麼遠曰我在彼中過夏師曰把將果子來新到參師問甚麼處來曰南方來師曰佛法盡在南方汝來這裏作甚麼曰佛法豈有南北邪師曰饒汝從雪峯雲居來秖是箇擔板漢（崇壽稠云和尚是據客置主人）問如何是佛師曰殿裏底曰殿裏者豈不是泥龕塑像師曰是曰如何是佛師曰殿裏底問學人乍入叢林乞師指示師曰喫粥了也未曰喫粥了也師曰洗鉢盂去其僧忽然省悟上堂纔有是非紛

然失心還有荅話分也無僧舉似洛浦浦扣齒又舉似雲居居曰何必僧回舉似師師曰南方大有人喪身失命曰請和尚舉師纔舉前語僧指傍僧曰這箇師僧喫却飯了作恁麼語話師休去問久嚮趙州石橋到來秖見畧彴師曰汝秖見畧彴且不見石橋曰如何是石橋師曰度驢度馬曰如何是畧彴師曰箇箇度人後有如前問師如前荅又僧問如何是石橋師曰過來過來（雲居錫云趙州為當扶石橋扶畧彴）師聞沙彌喝參向侍者曰教伊去者乃教去沙彌便珍重師曰沙彌得入門侍者在門外（雲居錫云甚麼處是沙彌入門侍者在門外這裏若會得便見趙州）問僧甚麼處來曰從南來師曰還知有趙州關否曰須知有不涉關者師曰這販私鹽漢問如何是西來意師下禪牀立曰莫秖這箇便是否師

曰老僧未有語在問菜頭今日喫生菜喫熟菜頭拈起菜呈之師曰知恩者少負恩者多問狗子還有佛性也無師曰無曰上至諸佛下至螻蟻皆有佛性狗子爲甚麽却無師曰爲伊有業識在師問一婆子甚麽處去曰偷趙州筍去師曰忽遇趙州又作麽生婆便與一掌師休去師一日於雪中臥曰相救相救有僧便去身邊臥師便起去問如何是趙州一句師曰老僧半句也無曰豈無和尚在師曰老僧不是一句師問新到曾到此間麽曰曾到師曰喫茶去又問僧僧曰不曾到師曰喫茶去後院主問曰爲甚麽曾到也云喫茶去不曾到也云喫茶去師召院主主應喏師曰喫茶去問二龍爭珠誰是得者師曰老僧秪管看問空劫中還有人修行也無師曰汝

喚甚麽作空劫曰無一物是師曰這箇始稱得修行喚甚麽作空劫僧無語問如何是玄中玄師曰汝玄來多少時邪曰玄之久矣師曰闍黎若不遇老僧幾被玄殺問萬法歸一一歸何所師曰老僧在青州作得一領布衫重七斤問夜生兜率晝降閻浮於其中間摩尼珠爲甚麽不現師曰道甚麽其僧再問師曰毗婆尸佛早留心直至如今不得妙問院主甚麽處來主曰送生來師曰鵶爲甚麽飛去主曰怕某甲師曰汝十年知事作恁麽語話主却問鵶爲甚麽飛去師曰院主無殺心師拈起鉢曰三十年後若見老僧留取供養若不見即撲破別僧曰三十年後敢道見和尚師乃撲破師在東司上見遠侍者過驀召文遠遠應諾師曰東司上不可與汝說佛法

僧辭師問甚麼處去曰雪峯去師曰雪峯忽若問和尚有何言句汝作麼生秖對曰某甲道不得請和尚道師曰冬即言寒夏即道熱又曰雪峯更問汝畢竟事作麼生僧又曰道不得師曰但道親從趙州來不是傳語人其僧到雪峯一依前語秖對峯曰也須是趙州始得（玄沙聞曰大小趙州敗闕也不知雲居錫云甚麼處是趙州敗闕若撿得出是上座眼）問如何是出家師曰不履高名不求苟得問澄澄絕點時如何師曰這裏不著客作漢問如何是祖師意師敲牀脚僧曰秖這莫便是否師曰是即脫取去問如何是毘盧圓相師曰老僧自幼出家不曾眼花曰豈不爲人師曰頗汝常見毘盧圓相官人問和尚還入地獄否師曰老僧末上入曰大善知識爲甚麼入地獄師曰我若不入阿誰教化汝眞定帥王公攜諸子入院師坐而問曰大王會麼王曰不會師曰自小持齋身已老見人無力下禪牀王尤加禮重翌日令客將傳語師下禪牀受之侍者曰和尚見大王來不下禪牀今日軍將來爲甚麼却下禪牀師曰非汝所知第一等人來禪牀上接中等人來下禪牀接末等人來三門外接因侍者報大王來也師曰萬福大王者曰未到在師曰又道來也師到一庵主處問有麼有麼主豎起拳頭師曰水淺不是泊船處便行又到一庵主處問有麼有麼主亦豎起拳頭師曰能縱能奪能殺能活便作禮問僧一日看多少經曰或七八或十卷師曰闍黎不會看經曰和尚一日看多少師曰老僧一日秖看一字文遠侍者在佛殿禮拜次師見以拄杖打一下曰作

甚麽者曰禮佛師曰用禮作甚麽者曰禮佛也是好事師曰好事不如無上堂正人說邪法邪法悉皆正邪人說正法正法悉皆邪諸方難見易識我這裏易見難識問如何是趙州師曰東門西門南門北門問初生孩子還具六識也無師曰急水上打毬子僧却問投子急水上打毬子意旨如何子曰念念不停留問和尚姓甚麽師曰常州有曰甲子多少師曰蘇州有問十二時中如何用心師曰汝被十二時辰使老僧使得十二時乃曰兄弟莫久立有事商量無事向衣鉢下坐窮理好老僧行脚時除二時粥飯是雜用心處除外更無別用心處若不如是大遠在僧問如何是古佛心師曰三箇婆子排班拜問如何是不遷義師曰一箇野雀兒從東飛過西問學人有疑時如何師曰大宜小宜曰大疑師曰大宜東北角小宜僧堂後問栢樹子還有佛性也無師曰有曰幾時成佛師曰待虛空落地時曰虛空幾時落地師曰待栢樹子成佛時問如何是毘盧師師便起立僧曰如何是法身主師便坐僧禮拜師曰且道坐者是立者是師謂衆曰你若一生不離叢林不語五年十載無人喚你作瘂漢已後佛也不奈你何你若不信截取老僧頭去師魚鼓頌曰四大由來造化功有聲全貴裏頭空莫嫌不與凡夫說秖爲宮商調不同師因趙王問師尊年有幾箇齒在師曰秖有一箇王曰爭喫得物師曰雖然一箇下下齩着師寄拂子與王曰若問何處得來但說老僧平生用不盡者師之玄言布於天下時謂趙州門風皆悚然

信伏矣唐乾寧四年十一月二日右脇而寂壽一百二十歲謚眞際大師

湖南長沙景岑招賢禪師初住鹿苑爲第一世其後居無定所但徇緣接物隨宜說法時謂之長沙和尚上堂我若一向舉揚宗教法堂裏須草深一丈事不獲已向汝諸人道盡十方世界是沙門眼盡十方世界是沙門全身盡十方世界是自己光明盡十方世界在自己光明裏盡十方世界無一人不是自己我常向汝諸人道三世諸佛法界衆生是摩訶般若光光未發時汝等諸人向甚麼處委悉光未發時尚無佛無衆生消息何處得山河國土來時有僧問如何是沙門眼師曰長長出不得又曰成佛成祖出不得六道輪迴出不得僧曰未審出箇甚麼不得師曰晝見日夜見星曰學人不會師曰妙高山色青又青問教中道而常處此菩提座如何是座師曰老僧正坐大德正立問如何是大道師曰没却汝問諸佛師是誰師曰從無始劫來承誰覆蔭曰未有諸佛已前作麼生師曰魯祖開堂亦與師僧東道西說問學人不據地時如何師曰汝向甚麼處安身立命曰却據地時如何師曰拖出死屍著問如何是異類師曰尺短寸長問如何是諸佛師師曰不可更拗直作曲邪曰請和尚向上說師曰闍黎眼瞎耳聾作麼遊山歸首座問和尚甚處去來師曰遊山來座曰到甚麼處師曰始從芳草去又逐落花回座曰大似春意師曰也勝秋露滴芙蕖師遣僧問同參會和尚曰和尚見南泉後如何會默然僧曰和尚未見南泉已

前作麽生會曰不可更別有也僧回舉似師師示偈曰百尺竿頭不動人雖然得入未爲眞百尺竿頭須進步十方世界是全身僧便問秖如百尺竿頭如何進步師曰朗州山澧州水曰不會師曰四海五湖皇化裏有客來謁師召尚書其人應諾師曰不是尚書本命曰不可離却即今秖對別有第二主人師曰喚尚書作至尊得麽曰恁麽總不秖對時莫是弟子主人否師曰非但秖對與不秖對時無始劫來是箇生死根本有偈曰學道之人不識眞秖爲從來認識神無始劫來生死本癡人喚作本來人有秀才看千佛名經問曰百千諸佛但見其名未審居何國土還化物也無師曰黃鶴樓崔顥題後秀才還曾題也未曰未曾師曰得閑題取一篇好問南泉遷化向甚麽處去師曰東家作驢西家作馬曰學人不會此意如何師曰要騎即騎要下即下皓月供奉問天下善知識證三德涅槃也未師曰大德問果上涅槃因中涅槃曰問果上涅槃師曰天下善知識未證曰爲甚麽未證師曰功未齊於諸聖曰功未齊於諸聖何爲善知識師曰明見佛性亦得名爲善知識曰未審功齊何道名證大涅槃師示偈曰摩訶般若照解脫甚深法法身寂滅體三一理圓常欲識功齊處此名常寂光曰果上三德涅槃已蒙開示如何是因中涅槃師曰大德是是月又問教中說幻意是有邪師曰大德是何言歟曰恁麽則幻意是無邪師曰大德是何言歟曰恁麽則幻意是不有不無邪師曰大德是何言歟曰如某三明盡不契於幻意

未審和尚如何明教中幻意師曰大德信一切法不思議否曰佛之誠言那敢不信師曰大德言信二信之中是何信曰如某所明二信之中是名緣信師曰依何教門得生緣信曰華嚴云菩薩摩訶薩以無障無礙智慧信一切世間境界是如來境界又華嚴云諸佛世尊悉知世法及諸佛法性無差別決定無二又華嚴云佛法世間法若見其眞實一切無差別師曰大德所舉緣信教門甚有來處聽老僧與大德明教中幻意若人見幻本來眞是則名爲見佛人圓通法法無生滅無滅無生是佛身月又問蚯蚓斷爲兩段兩頭俱動未審佛性在阿那頭師曰動與不動是何境界曰言不干典非智者之所談秖如和尚言動與不動是何境界出自何經師曰灼然言不干典非智者之所談大德豈不見首楞嚴云當知十方無邊不動虛空并其動揺地水火風均名六大性眞圓融皆如來藏本無生滅師示偈曰最甚深最甚深法界人身便是心迷者迷心爲衆色悟時刹境是眞心身界二塵無實相分明達此號知音月又問如何是陁羅尼師指禪牀右邊曰這箇師僧却誦得曰别還有人誦得否師又指禪牀左邊曰這箇師僧亦誦得曰某甲爲甚麼不聞師曰大德豈不知道眞誦無響眞聽無聞曰恁麼則音聲不入法界性也師曰離色求觀非正見離聲求聽是邪聞曰如何是不離色是正見不離聲是眞聞師示偈曰滿眼本非色滿耳本非聲文殊常觸目觀音塞耳根會三元一體達四本同眞堂堂法界性無佛亦無

人僧問南泉道三世諸佛不知有貍奴白牯却知有爲甚麼三世諸佛不知有師曰未入鹿苑時猶較些子曰貍奴白牯爲甚麼却知有師曰汝爭怪得伊僧問和尚繼嗣何人師曰我無人得繼嗣曰還叅學也無師曰我自叅學曰師意如何師有偈曰虛空問萬象萬象荅虛空誰人親得聞木叉丱角童問如何是平常心師曰要眠即眠要坐即坐曰學人不會意旨如何師曰熱即取涼寒即向火問向上一路請師道師曰一口針三尺線曰如何領會師曰益州布揚州絹問動是法王苗寂是法王根如何是法王師指露柱曰何不問大士師與仰山翫月次山曰人人盡有這箇秖是用不得師曰恰是倩汝用山曰你作麼生用師劈胷與一踏山曰囫直下似箇大蟲長慶云前彼此作家後彼此不作家乃別云邪法難扶自此諸方稱爲岑大蟲問本來人還成佛也無師曰汝見大唐天子還自種田割稻麼曰未審是何人成佛師曰是汝成佛僧無語師曰會麼曰不會師曰如人因地而倒依地而起地道甚麼三聖令秀上座問曰南泉遷化向甚麼處去師曰石頭作沙彌時叅見六祖秀曰不問石頭見六祖南泉遷化向甚麼處去師曰教伊尋思去秀曰和尚雖有千尺寒松且無抽條石筍師默然秀曰謝和尚荅話師亦默然秀回舉似三聖聖曰若恁麼猶勝臨濟七步然雖如此待我更驗看至明日三聖上問承聞和尚昨日荅南泉遷化一則語可謂光前絕後今古罕聞師亦默然僧問如何是文殊師曰牆壁瓦礫是曰如何是觀音師曰音聲語

言是曰如何是普賢師曰衆生心是曰如何是佛師曰衆生色身是曰河沙諸佛體皆同何故有種種名字師曰從眼根返源名文殊耳根返源名觀音從心返源名普賢文殊是佛妙觀察智觀音是佛無緣大慈普賢是佛無爲妙行三聖是佛之妙用佛是三聖之眞體用則有河沙假名體則總名一薄伽梵問色即是空空即是色此理如何師曰聽老僧偈礙處非墻壁通處沒虛空若人如是解心色本來同又曰佛性堂堂顯現住性有情難見若悟衆生無我我面何如佛面問第六第七識及第八識畢竟無體云何得名轉第八爲大圓鏡智師示偈曰七生依一滅一滅持七生一滅滅亦滅六七永無遷問蚯蚓斷爲兩段兩頭俱動未審佛性在阿那頭師曰妄想作麼曰其如動何師曰汝豈不知火風未散問如何轉得山河國土歸自巳去師曰如何轉得自巳成山河國土去曰不會師曰湖南城下好養民米賤柴多足四鄰僧無語師示偈曰誰問山河轉山河轉向誰圓通無兩畔法性本無歸華嚴座主問虛空爲是定有爲是定無師曰言有亦得言無亦得虛空有時但有假有虛空無時但無假無曰如和尚所說有何教文師曰大德豈不聞首楞嚴云十方虛空生汝心內猶如片雲點太清裏豈不是虛空生時但生假名又云汝等一人發眞歸源十方虛空悉皆消殞豈不是虛空滅時但滅假名老僧所以道有是假有無是假無又問經云如淨瑠璃中內現眞金像此意如何師曰以淨瑠璃爲法界體以眞金像爲

無漏智體能生智智能達體故云如淨瑠璃中內現眞金像問如何是上上人行處師曰如死人眼曰上上人相見時如何師曰如死人手問善財爲甚麼無量劫遊普賢身中世界不徧師曰你從無量劫來還遊得徧否曰如何是普賢身師曰含元殿裏更覓長安問如何是學人心師曰盡十方世界是你心曰恁麼則學人無著身處也師曰是你著身處曰如何是著身處師曰大海水深又深曰學人不會師曰魚龍出入任升沉問有人問和尚即隨因緣荅無人問和尚時如何師曰困則睡健則起曰教學人作麼生會師曰夏天赤骨力冬寒須得被問亡僧遷化甚麼處去也師示偈曰不識金剛體却喚作緣生十方眞寂滅誰在復誰行師讃南泉眞曰堂堂南泉三世之源金剛常住十方無邊生佛無盡現巳却還久依南泉有投機偈曰今日還鄉入大門南泉親道徧乾坤法法分明皆祖父回頭慙愧好兒孫泉荅曰今日投機事莫論南泉不道徧乾坤還鄉盡是兒孫事祖父從來不出門勸學偈曰萬丈竿頭未得休堂堂有路少人遊禪師願達南泉去滿目青山萬萬秋臨濟云赤肉團上有一無位眞人師因有偈曰萬法一如不用揀一如誰揀誰不揀即今生死本菩提三世如來同箇眼誠斫松竹偈曰千年竹萬年松枝枝葉葉盡皆同爲報四方玄學者動手無非觸祖公

鄂州茱萸山和尚初住隨州護國上堂擧起一橛竹曰還有人虛空裏釘得橛麼時有靈虛上座出衆曰虛空是橛師擲下竹便下座

趙州到雲居居曰老老大大何不覓箇住處曰甚麼處住得居曰山前有箇古寺基州曰和尚自住取後到師處師曰老老大大何不覓箇住處州曰向甚處住師曰老老大大住處也不知州曰三十年弄馬騎今日却被驢撲（雲居錫云甚麼處是趙州被驢撲處）衆僧侍立次師曰秪恁麼白立無箇說處一場氣悶僧擬問師便打曰爲衆竭力便入方丈有行者叅師曰會去看趙州麼曰和尚敢道否師曰非但茱萸一切人道不得曰和尚放某甲過師曰這裏從前不通人情曰要且慈悲心在師便打曰醒後來爲汝

衢州子湖巖利蹤禪師澶州人也姓周氏幽州開元寺出家依年受具後入南泉之室乃抵于衢州之馬蹄山結茅宴居唐開元二年邑人翁遷貴施山下子湖創院師於門下立牌曰子湖有一隻狗上取人頭中取人心下取人足擬議即喪身失命臨濟會下二僧叅方揭簾師喝曰看狗僧回顧師便歸方丈與勝光和尚鉏園次驀按钁回視光曰事即不無擬心即差光便問如何是事被師攔胸踏倒從此有省尼到叅師曰汝莫是劉鐵磨否曰不敢師曰左轉右轉曰和尚莫顛倒師便打師一夜於僧堂前叫曰有賊衆皆驚動有一僧在堂內出師把住曰維那捉得也捉得也曰不是某甲師曰是即是秪是汝不肯承當有偈示衆曰三十年來住子湖二時齋粥氣力麤無事上山行一轉借問時人會也無廣明中無疾歸寂塔于本山

荊南白馬曇照禪師常曰快活快活及臨終

時叫苦苦又曰閻羅王來取我也院主問曰和尚當時被節度使拋向水中神色不動如今何得恁麼地師舉枕子曰汝道當時是如今是院主無對法眼代云此時但掩耳出去

終南山雲際師祖禪師初參南泉問摩尼珠人不識如來藏裏親收得如何是藏泉曰與汝往來者是師曰不往來者如何泉曰亦是曰如何是珠泉召師祖師應諾泉曰去汝不會我語師從此信入

鄧州香嚴下堂義端禪師上堂兄弟彼此未了有甚麼事相共商量我三五日即發去也如今學者須了却今時莫愛他向上人無事兄弟縱學得種種差別義路終不代得自己見解畢竟著力始得空記持他巧妙章句即轉加煩亂去汝若欲相應但恭恭地盡莫停留纖毫直似虛空方有少分以虛空無鎖閉無壁落無形段無心眼時有僧問古人相見時如何師曰老僧不曾見古人曰今時血脉不斷處如何仰羨師曰有甚麼仰羨處問某甲不問閑事請和尚答話師曰更從我覓甚麼曰不爲閑事師曰汝教我道乃曰兄弟佛是塵法是塵終日馳求有甚麼休歇但時中不用挂情情不挂物無善可取無惡可棄莫教他籠罩著始是學處也問某甲曾辭一老宿宿曰去則親良朋附善友某今辭和尚未審有何指示師曰禮拜著僧禮拜師曰禮拜一任禮拜不得認奴作郎上堂僧問如何是直截根源師乃擲下拄杖便歸方丈上堂語是謗寂是誑語寂向上有路在老僧口門窄不能與汝說得便下座上堂問正因爲甚麼

無事師曰我不曾停留乃曰假饒重重剥得淨盡無停留權時施設亦是方便接人若是那邊事無有是處

池州靈鷲閑禪師上堂是汝諸人本分事若教老僧道即是與蛇畫足時有僧問與蛇畫足即不問如何是本分事師曰闍黎試道看僧擬再問師曰畫足作麽明水和尚問如何是頓獲法身師曰一透龍門雲外望莫作黄河點額魚仰山問寂寂無言如何視聽師曰無縫塔前多雨水僧問二彼無言時如何師曰是常曰還有過常者無師曰有曰請師唱起師曰玄珠自朗耀何須壁外光問今日供養西川無染大師未審還來否師曰本自無所至今豈隨風轉曰恁麽則供養何用師曰功力有爲不換義相涉

洛京嵩山和尚僧問古路坦然時如何師曰不前曰爲甚麽不前師曰無遮障處問如何是嵩山境師曰日從東出月向西頽曰學人不會師曰東西也不會問六識俱生時如何師曰異曰爲甚麽如此師曰同日子和尚因亞谿來參師作起勢谿曰這老山鬼猶見某甲在師曰罪過罪過適來失秖對谿欲進語師便喝谿曰大陣當前不妨難禦師曰是是谿曰不是不是趙州云可憐兩箇漢不識轉身句

蘇州西禪和尚僧問三乘十二分教則不問如何是祖師西來的的意師舉拂子示之其僧不禮拜竟參雪峯峯問甚麽處來曰浙中來峯曰今夏甚麽處曰西禪峯曰和尚安否曰來時萬福峯曰何不且在彼從容曰佛法不明峯曰有甚麽事僧舉前話峯曰汝作麽

生不肯伊曰是境峯曰汝見蘓州城裏人家男女否曰見峯曰汝見路上林木池沼否曰見峯曰凡覩人家男女大地林沼總是境汝還肯否曰肯峯曰秖如舉起拂子汝作麼生不肯僧乃禮拜曰學人取次發言乞師慈悲峯曰盡乾坤是箇眼汝向甚麼處蹲坐僧無語

宣州刺史陸亘大夫問南泉古人瓶中養一鵝鵝漸長大出瓶不得如今不得毀瓶不得損鵞和尚作麼生出得泉召大夫陸應諾泉曰出也陸從此開解即禮謝暨南泉圓寂院主問曰大夫何不哭先師陸曰院主道得即哭院主無對（長慶代云合哭不合哭）

池州甘贄行者一日入南泉設齋黄檗爲首座行者請施財座曰財法二施等無差別甘曰恁麼道爭消得某甲覷便將出去須臾復入曰請施財座曰財法二施等無差別甘乃行覷又一日入寺設粥仍請南泉念誦泉乃白椎曰請大衆爲貍奴白牯念摩訶般若波羅蜜甘拂袖便出泉粥後問典座行者在甚處座曰當時便去也泉便打破鍋子甘常接待往來有僧問曰行者接待不易甘曰譬如餧驢餧馬僧休去有住庵僧緣化什物甘曰有一問若道得即施乃書心字問是甚麼字曰心字又問妻甚麼字妻曰心字甘曰某甲山妻亦合住庵其僧無語甘亦無施又問一僧甚麼處來曰潙山來甘曰曾有僧問潙山如何是西來意潙山舉起拂子上座作麼生會潙山意曰借事明心附物顯理甘曰且歸潙山去好（保福聞之乃仰手覆手）

監官安國師法嗣

襄州關南道常禪師僧問如何是西來意師舉拄杖曰會麼曰不會師便打師每見僧來叅禮多以拄杖打趂或曰遲一剌或曰打動關南鼓而時輩鮮有唱和者

洪州雙嶺玄真禪師初問道吾無神通菩薩爲甚麼足跡難尋吾曰同道者方知師曰和尚還知否吾曰不知師曰何故不知吾曰去你不識我語師後於鹽官處悟旨焉

杭州徑山鑒宗禪師湖州錢氏子依本州開元寺大德高閑出家學通淨名思益經後往鹽官決擇疑滯唐咸通三年住徑山有小師洪諲以講論自矜諲即法濟大師師謂之曰佛祖正法直截亡詮汝筭海沙於理何益但能莫存知見泯絶外緣離一切心即汝眞性諲茫然遂禮辭遊方至溈山方悟玄旨乃嗣溈山師咸通七年示滅諡無上大師

歸宗堂禪師法嗣

福州芙蓉山靈訓禪師初叅歸宗問如何是佛宗曰我向汝道汝還信否曰和尚誠言安敢不信宗曰即汝便是師曰如何保任宗曰一翳在眼空華亂墜法眼云若無後語有甚麼歸宗也師辭宗問甚麼處去師曰歸嶺中去宗曰子在此多年裝束了却來爲子說一上佛法師結束了上去宗曰近前來師乃近前宗曰時寒途中善爲師聆此言頓忘前解歸寂諡弘照大師

漢南高亭和尚有僧自夾山來禮拜師便打僧曰特來禮拜何得打某甲僧再禮拜師又打趂僧回舉似夾山山曰汝會也無曰不會

山曰賴汝不會若會即夾山口瘂

新羅大茅和尚上堂欲識諸佛師向無明心内識取欲識常住不凋性向萬物遷變處識取僧問如何是大茅境師曰不露鋒曰爲甚麽不露鋒師曰無當者

五臺山智通禪師（自稱大禪佛）初在歸宗會下忽一夜連叫曰我大悟也衆駭之明日上堂衆集宗曰昨夜大悟底僧出來師出曰某甲宗曰汝見甚麽道理便言大悟試説看師曰師姑元是女人作宗異之師便辭去宗門送與提笠子師接得笠子戴頭上便行更不回顧後居臺山法華寺臨終有偈曰舉手攀南斗回身倚北辰出頭天外看誰是我般人

五燈會元卷第十

音釋

諗（式荏切音審念也又潛藏也）墼（古歷切音激未燒塼坯也）礿（職畧切音勺獨梁也）顥（合老切音昊顥顥光貌）丱（古患切音慣丱丱兩角貌）澶（時連切音蟬澶淵水在宗一曰衛地名）餧（於僞切音委飼也飲也）諲（伊真切音因敬也）

五燈會元卷第十一

宋　沙　門　大　川　濟　纂

南嶽下三世

大梅常禪師法嗣

新羅國迦智禪師僧問如何是西來意師曰待汝裏頭來即與汝道問如何是大梅的旨師曰酪本一時拋

杭州天龍和尚上堂大衆莫待老僧上來便上來下去便下去各有華藏性海具足功德無礙光明各各參取珍重僧問如何得出三界去師曰汝即今在甚麼處

佛光滿禪師法嗣

杭州刺史白居易字樂天久參佛光得心法兼稟大乘金剛寶戒元和中造于京兆興善法堂致四問（語見興善章）十五年牧杭州訪鳥窠和尚有問答語句（見鳥窠章）嘗致書于濟法師以佛無上大慧演出教理安有徇機高下應病不同與平等一味之說相反援引維摩及金剛三昧等六經闢二義而難之又以五蘊十二緣說名色前後不類立理而徵之並鉤深索隱通幽洞微然未覩法師醻對後來亦鮮有代荅者復受東都凝禪師八漸之目各廣一言而爲一偈釋其旨趣自淺之深猶貫珠焉凡守任處多訪祖道學無常師後爲賔客分司東都罄已俸修龍門香山寺寺成自撰記凡爲文動關教化無不讚美佛乘見于本集其歷官次第歸全代祀即史傳存焉

五洩默禪師法嗣

福州龜山正元禪師宣州蔡氏子嘗述偈示徒一曰滄溟幾度變桑田唯有虛空獨湛然

已到岸人休戀筏未曾渡者要須船二曰尋師認得本心源兩岸俱玄一不全是佛不須更覓佛秖因如此便忘緣咸通十年終于本山謚性空大師

蘇溪和尚僧問如何是定光佛師曰鴨吞螺師曰還許學人轉身也無師曰眼睛突出

盤山積禪師法嗣

鎮州普化和尚者不知何許人也師事盤山密受真訣而佯狂出言無度暨盤山順世乃於北地行化或城市或塚間振一鐸曰明頭來明頭打暗頭來暗頭打四方八面來旋風打虛空來連架打一日臨濟令僧捉住曰總不恁麼來時如何師拓開曰來日大悲院裏有齋僧回舉似濟濟曰我從來疑着這漢凡見人無高下皆振鐸一聲時號普化和尚或將鐸就人耳邊振之或附其背有回顧者即展手曰乞我一錢非時遇食亦喫嘗暮入臨濟院喫生菜濟曰這漢大似一頭驢師便作驢鳴濟謂直歲曰細抹草料著師曰少室人不識金陵又再來臨濟一隻眼到處爲人開師見馬步使出喝道師亦喝道作相撲勢馬步使令人打五棒師曰似即似是即不是師嘗於闤闠間搖鐸唱曰覓箇去處不可得時道吾遇之把住問曰汝擬去甚麼處師曰汝從甚麼處來吾無語師掣手便去臨濟一日與河陽木塔長老同在僧堂内坐正説師每日在街市掣風掣顛知他是凡是聖師忽入來濟便問汝是凡是聖師曰汝且道我是凡是聖濟便喝師以手指曰河陽新婦子木塔老婆禪臨濟小厮兒却具一隻眼濟曰這賊

師曰賊賊便出去唐咸通初將示滅乃入市謂人曰乞我一箇直裰人或與披襖或與布裘皆不受振鐸而去臨濟令人送與一棺師笑曰臨濟廝兒饒舌便受之乃辭衆曰普化明日去東門死也郡人相率送出城師厲聲曰今日葬不合青烏乃曰明日南門遷化人亦隨之又曰明日出西門方吉人出漸稀出已還返人意稍怠第四日自擎棺出北門外振鐸入棺而逝郡人奔走出城揭棺視之已不見唯聞空中鐸聲漸遠莫測其由

麻谷徹禪師法嗣

壽州良遂禪師參麻谷谷見來便將鉏頭去鉏草師到鉏草處谷殊不顧便歸方丈閉却門師次日復去谷又閉門師乃敲門谷問阿誰師曰良遂纔稱名忽然契悟曰和尚莫謾良遂良遂若不來禮拜和尚洎被經論賺過一生谷便開門相見及歸講肆謂衆曰諸人知處良遂總知良遂知處諸人不知

東寺會禪師法嗣

吉州薯山慧超禪師洞山來禮拜次師曰汝已住一方又來這裏作麼曰良价無奈疑何特來見和尚師召良价价應諾師曰是甚麼价無語師曰好箇佛秖是無光燄

西堂藏禪師法嗣

虔州處微禪師僧問三乘十二分教體理得妙與祖意是同是別師曰須向六句外鑒不得隨聲色轉曰如何是六句師曰語底默底不語不默總是總不是汝合作麼生僧無對問仰山汝名甚麼山曰慧寂師曰那箇是慧那箇是寂山曰秖在目前師曰猶有前後在

山曰前後且置和尚見箇甚麼師曰喫茶去

章敬暉禪師法嗣

京兆大薦福寺弘辯禪師唐宣宗問禪宗何有南北之名對曰禪門本無南北昔如來以正法眼付大迦葉展轉相傳至二十八祖菩提達磨來遊此方爲初祖暨第五祖弘忍大師在蘄州東山開法時有二弟子一名慧能受衣法居嶺南爲六祖一名神秀在北揚化其後神秀門人普寂者立秀爲第六祖而自稱七祖其所得法雖一而開導發悟有頓漸之異故曰南頓北漸非禪宗本有南北之號也帝曰云何名戒對曰防非止惡謂之戒帝曰云何爲定對曰六根涉境心不隨緣名定帝曰云何爲慧對曰心境俱空照覽無惑名慧帝曰何爲方便對曰方便者隱實覆相權巧之門也被接中下曲施誘迪謂之方便設爲上根言捨方便但說無上道者斯亦方便之譚乃至祖師玄言忘功絕謂亦無出方便之迹帝曰何爲佛心對曰佛者西天之語唐言覺謂人有智慧覺照爲佛心心者佛之別名有百千異號體唯其一無形狀非青黃赤白男女等相在天非天在人非人而現天現人能男能女非始非終無生無滅故號靈覺之性如陛下日應萬機即是陛下佛心假使千佛共傳而不念別有所得也帝曰如今有人念佛如何對曰如來出世爲天人師善知識隨根器而說法爲上根者開最上乘頓悟至理中下者未能頓曉是以佛爲韋提希權開十六觀門令念佛生於極樂故經云是心是佛是心作佛心外無佛佛外無心帝曰有

人持經念佛持呪求佛如何對曰如來種種開讚皆爲最上一乘如百川衆流莫不朝宗于海如是差别諸數皆歸薩婆若海帝曰祖師既契會心印金剛經云無所得法如何對曰佛之一化實無一法與人但示衆人各各自性同一法藏當時然燈如來但印釋迦本法而無所得方契然燈本意故經云無我無人無衆生無壽者是法平等修一切善法不住於相帝曰禪師既會祖意還禮佛轉經否對曰沙門釋子禮佛轉經蓋是住持常法有四報焉然依佛戒修身參尋知識漸修梵行履踐如來所行之迹帝曰何爲頓見何爲漸修對曰頓明自性與佛同儔然有無始染習故假漸修對治令順性起用如人喫飯不一口便飽師是日辯對七刺賜紫方袍號圓智禪師仍勅修天下祖塔各令守護

福州龜山智具禪師揚州栁氏子初謁章敬敬問何所而至師曰至無所至來無所來敬雖默然師亦自悟住後上堂動容瞬目無出當人一念淨心本來是佛仍說偈曰心本絶塵何用洗身中無病豈求醫欲知是佛非身處明鑑高懸未照時後值武宗沙汰有偈示衆曰勑命如雷下翠微風前垂淚脱禪衣雲中有寺不容住塵裏無家何處歸明月分形處處新白衣寧墜解空人誰言在俗妨修道金粟曾爲居士身忍僊林下坐禪時曾被歌王割截肢況我聖朝無此事秖令休道亦何悲暨宣宗中興乃不復披緇咸通六年終于本山謚歸寂禪師

金州操禪師請米和尚齋不排坐位米到展

坐具禮拜師下禪牀米乃坐師位師却席地而坐齋訖米便去侍者曰和尚受一切人欽仰今日坐位被人奪却師曰三日後若來即受救在米三日後果來曰前日遭賊（僧問鏡清古人道前日遭賊意旨如何清云祇見錐頭利不見鑿頭方）

朗州古堤和尚尋常見僧來但曰去汝無佛性僧無對或有對者莫契其旨仰山到參師曰去汝無佛性山乂手近前三步應喏師笑曰子甚麼處得此三昧來山曰我從耽源處得名潙山處得地師曰莫是潙山的子麼山曰世諦即不無佛法即不敢山却問和尚從甚處得此三昧師曰我從章敬處得此三昧山嘆曰不可思議來者難爲湊泊

河中府公畿和尚僧問如何是道如何是禪師以偈示之曰有名非大道是非俱不禪欲識箇中意黃葉止啼錢

永泰湍禪師法嗣

湖南上林戒靈禪師初參潙山山曰大德作甚麼來師曰介胄全具山曰盡卸了來與大德相見師曰卸了也山咄曰賊尚未打卸作甚麼師無對仰山代曰請和尚屏却左右潙山以手揖曰喏喏師後參永泰方諭其旨

五臺山祕魔巖和尚常持一木乂每見僧來禮拜即乂却頸曰那箇魔魅教汝出家那箇魔魅教汝行脚道得也乂下死道不得也乂下死速道速道學徒鮮有對者（法眼代云乞命法燈代但引頸示之玄覺代云老兒家放下乂子得也）霍山通和尚訪師纔見不禮拜便攛入懷裏師拊通背三下通起拍手曰師兄三千里外賺我來三千里外賺我來便回

湖南祇林和尚每叱文殊普賢皆爲精魅手持木劒自謂降魔纔見僧來叅便曰魔來也魔來也以劒亂揮歸方丈如是十二年後置劒無言僧問十二年前爲甚麼降魔師曰賊不打貧兒家曰十二年後爲甚麼不降魔師曰賊不打貧兒家

華嚴藏禪師法嗣

黄州齊安禪師上堂言不落句佛祖徒施玄韻不墜誰人知得僧問如何識得自己佛師曰一葉明時消不盡松風韻罷怨無人曰如何是自己佛師曰草前駿馬實難窮妙盡還須畜生行有人問師年多少師曰五六四三不得類豈同一二實難窮師有偈曰猛熾燄中人有路旋風頂上屹然棲鎮常歷劫誰差互杲日無言運照齊

南嶽下四世

黄檗運禪師法嗣

睦州陳尊宿諱道明江南陳氏之後也生時紅光滿室祥雲葢空旬日方散目有重瞳面列七星形相奇特與衆奪倫因往開元寺禮佛見僧如故知歸白父母願求出家父母聽許爲僧後持戒精嚴學通三藏遊方契旨於黄檗後爲四衆請住觀音院常百餘衆經數十載學者叩激隨問遽荅詞語峻險既非循轍故淺機之流往往嗤之唯玄學性敏者欽伏由是諸方歸慕咸以尊宿稱後歸開元今改兜率居房織蒲鞋以養母故有陳蒲鞋之號巢寇入境師標大草屨於城門巢欲棄之竭力不能舉歎曰睦州有大聖人舍城而去遂免攙攘一日晚叅謂衆曰汝等諸人還得箇入

頭處也未若未得箇入頭處須覓箇入頭處若得箇入頭處已後不得孤負老僧時有僧出禮拜曰某甲終不敢孤負和尚師曰早是孤負我了也又曰明明向你道尚自不會何況盖覆將來又曰老僧在此住持不曾見箇無事人到來汝等何不近前時有一僧方近前師曰維那不在汝自領去三門外與二十棒曰某甲過在甚麼處師曰枷上更著杻師尋常見衲僧來即閉門或見講僧乃召曰座主主應諾師曰擔板漢或曰這裏有桶與我取水一日在廊階上立僧問陳尊宿房在何處師脫草鞵驀頭打僧便走師召大德僧回首師指曰却從那邊去天使問三門俱開從那門入師喚尚書使應諾師曰從信門入使又見畫壁問曰二尊者對譚何事師摑露柱曰三身中那箇不說法座主衆師問莫是講唯識論否曰不敢師曰朝去西天暮歸唐土會麼曰不會師曰吽吽五戒不持師問一長老了即毛端吞巨海始知大地一微塵長老作麼生曰問阿誰師曰問長老曰何不領話師曰汝不領話我不領話問座主講甚麼經曰講涅槃經師曰問一段義得麼曰得師以脚踢空吹一吹曰是甚麼義曰經中無此義師曰脫空謾語漢五百力士揭石義却道無師見僧乃曰見成公案放汝三十棒曰某甲如是師曰三門頭金剛爲甚麼舉拳曰金剛尚乃如是師便打問如何是向上一路師曰要道有甚麼難曰請師道師曰初三十一中九下七問以一重去一重即不問不以一重去一重時如何師曰昨朝栽茄子今日種冬

瓜問如何是曹谿的的意師曰老僧愛嗔不愛喜曰爲甚麼如是師曰路逢劒客須呈劒不是詩人莫說詩問僧甚處來曰瀏陽師曰彼中老宿祇對佛法大意道甚麼曰徧地無行路師曰老宿實有此語否曰實有師拈拄杖打曰這念言語漢師問一長老若有兄弟來將何祇對曰待他來師曰何不道曰和尚欠少甚麼師曰請不煩葛藤僧參師曰汝豈不是行脚僧曰是師曰禮佛也未曰禮那土堆作麼師曰自領出去問某甲講兼行脚不會教意時如何師曰灼然實語當懺悔曰乞師指示師曰汝若不問老僧即緘口無言汝既問老僧不可緘口去也曰請師便道師曰心不負人面無慚色問一句道盡時如何師曰義墮也曰甚麼處是學人義墮處師曰三十棒教誰喫問高揖釋迦不拜彌勒時如何師曰昨日有人問趣出了也曰和尚恐某甲不實邪師曰拄杖不在苕帚柄聊與三十上堂我見百丈不識好惡大衆纔集以拄杖一時打下復召大衆衆回首乃云是甚麼有甚共語處又黃蘗和尚亦然復召大衆衆回首乃云月似彎弓少雨多風猶較些子問僧近離甚處僧便喝師曰老僧被你一喝僧又喝師曰三喝四喝後作麼生僧無語師便打曰這掠虛漢秀才訪師稱會二十四家書師以拄杖空中點一點曰會麼秀才罔措師曰又道會二十四家書永字八法也不識上堂裂開也在我捏聚也在我時有僧問如何是裂開師曰三九二十七菩提涅槃真如解脫即心即佛我且與麼道你又作麼生曰某甲不

與麼道師曰盞子撲落地楪子成七片曰如何是揑聚師乃歛手而坐問教意祖意是同是別師曰青山自青山白雲自白雲曰如何是青山師曰還我一滴雨來曰道不得請師道師曰法華鋒前陣涅槃句後收問僧今夏在甚麼處曰待和尚有住處即說師曰狐非師子類燈非日月明問僧甚處來僧瞪目視之師曰驢前馬後漢曰請師鑒師曰驢前馬後漢道將一句來僧無對師看經次陳操尚書問和尚看甚麼經師曰金剛經書曰六朝翻譯此當第幾師舉起經曰一切有爲法如夢幻泡影看經次僧問和尚看甚麼經師曰涅槃經荼毘品最在後問僧今夏在甚處曰徑山曰這喫夜飯漢曰尊宿叢林何言喫夜飯師以棒趂出師聞一老宿難親近躬往相訪纔入方丈宿便喝師側掌曰兩重公案宿曰過在甚麼處師曰這野狐精便退問僧近離甚處曰江西師曰踏破多少草鞋僧無對與講僧喫茶次師曰我救汝不得也曰某甲不曉乞師垂示師拈油餅曰這箇是甚麼曰色法師曰這入鑊湯漢紫衣大德到禮拜師拈帽子帶問曰這箇喚作甚麼曰朝天帽師曰恁麼則老僧不卸也復問所習何業曰唯識師曰作麼生說曰三界唯心萬法唯識師指門扇曰這箇是甚麼曰是色法師曰簾前賜紫對御譚經何得不持五戒德無對問某甲乍入叢林乞師指示師曰你不解問曰和尚作麼生師曰放汝三十棒自領出去問教意請師提綱師曰但問將來與你道曰請和尚道師曰佛殿裏燒香三門頭合掌問如何

是展演之言師曰量才補職曰如何是不展演之言師曰伏惟尚饗焦山借斧頭次師呼童子取斧來童取斧至曰未有繩墨且斫麤師便喝又問童曰作麼生是你斧頭童遂作斫勢師曰斫你老爺頭不得師問秀才先輩治甚經才曰治易師曰易中道百姓日用而不知且道不知箇甚麼才曰不知其道師曰作麼生是道才無對僧問一氣還轉得一大藏教也無師曰有甚饆饠䭔子快下將來問如何是一代時教師曰上大人丘乙已問如何是禪師曰猛火著油煎僧參師曰汝是新到否曰是師曰且放下葛藤會麼曰不會師曰擔枷陳狀自領出去僧便出師曰來來我實問你甚處來曰江西師曰泐潭和尚在汝背後怕你亂道見麼僧無對問寺門前金剛拓即乾坤大地不拓即絲髮不逢時如何師曰吽吽我不曾見此師却問先跳三千倒退八百你合作麼生曰諾師曰先責一紙罪狀好便打其僧擬出師曰來我共你葛藤拓即乾坤大地你且道洞庭湖水深多少曰不曾度量師曰洞庭湖又作麼生曰秖為今時師曰秖這葛藤尚不會便打問如何是觸途無滯底句師曰我不恁麼道曰師作麼生道師曰箭過西天十萬里却向大唐國裏等候看華嚴經次僧問看甚麼經師曰大光明雲青色光明雲紫色光明雲却指面前曰那邊是甚麼雲曰南邊是黑雲師曰今日須有雨問以字不成八字不是是何章句師彈指一聲曰會麼曰不會師曰上來講讚無限勝因蝦蟇跨跳上天蚯蚓驀過東海問僧近離甚處

曰河北師曰彼中有趙州和尚你曾到否曰某甲近離彼中師曰趙州有何言句示徒僧舉喫茶話師乃呵呵大笑曰慚愧却問趙州意作麼生曰秖是一期方便師曰苦哉趙州被你將一杓屎潑了也便打師却問沙彌你作麼生會彌便設拜師亦打其僧往沙彌處問適來和尚打你作甚麼彌曰若不是我和尚不打某甲新到參方禮拜師叱曰闍黎因何偷常住果子喫曰學人纔到和尚爲甚麼道偷果子師曰贓物見在問僧近離甚處曰仰山師曰五戒也不持曰某甲甚麼處是妄語師曰這裏不著沙彌師臨終召門人曰此處緣息吾當逝矣乃跏趺而寂郡人以香薪焚之舍利如雨乃收靈骨塑像于寺壽九十八臘七十六

杭州千頃山楚南禪師福州張氏子初參芙蓉蓉見曰吾非汝師汝師江外黃檗是也師禮辭遂參黃檗檗問子未現三界影像時如何師曰即今豈是有邪檗曰有無且置即今如何師曰非今古檗曰吾之法眼已在汝躬住後上堂諸子設使解得三世佛教如瓶注水及得百千三昧不如一念修無漏道免被人天因果繫絆時有僧問無漏道如何修師曰未有闍黎時體取曰未有某甲時教誰體師曰體者亦無問如何是易師曰著衣喫飯不用讀經看教不用行道禮拜燒身煉頂豈不易邪曰如何是難師曰微有念生便具五陰三界輪回生死皆從汝一念生所以佛敕諸菩薩云佛所護念師雖應機無倦而常寂然處定或逾月或浹旬文德六年五月遷化

塔于院之西隅大順二年宣州孫儒寇錢塘發塔覩師全身儼然爪髮俱長拜謝而去

福州烏石山靈觀禪師（時稱老觀）尋常扃戸人罕見之唯一信士每至食時送供方開一日雪峯伺便扣門師開門峯驀胷搊住曰是凡是聖師唾曰這野狐精便推出閉却門峯曰也秖要識老兄𠜂草次問僧汝何處去曰西院禮拜安和尚去時竹上有一青蛇師指蛇曰欲識西院老野狐精秖這便是師問西院此一片地堪著甚麼物院曰好著箇無相佛師曰好片地被兄放不淨汚了也引麵次僧參師引麵示之僧便去師至暮問小師適來僧在何處小師曰當時便去也師曰是即是秖得一橛（玄覺云甚麼處是少一橛）問如何是佛師出舌示之其僧禮謝師曰住住你見甚麼便禮拜曰謝和尚慈悲出舌相示師曰老僧近日舌上生瘡僧到敲門行者開門便出去僧入禮拜問如何是西來意師曰適來出去者是甚麼人僧擬近前師便推出閉却門曹山行脚時問如何是毗盧師法身主師曰我若向你道即別有也曹山舉似洞山山曰好箇話頭秖欠進語何不問爲甚麼不道曹却來進前語師曰若言我不道即瘂却我口若言我道即蹇却我舌曹山歸舉似洞山山深肯之

杭州羅漢院宗徹禪師湖州吳氏子上堂僧問如何是祖師西來意師曰骨剉也（師對機多用此語時號骨剉和尚）問如何是南宗北宗師曰心爲宗曰還看教也無師曰教是心問性地多昏如何了悟師曰煩雲風卷太虛廓清曰如何得明去師曰一輪皎潔萬里騰光

相國裴休居士字公美河東聞喜人也守新安日屬運禪師初於嶺南黄檗山捨衆入大安精舍混迹勞侶掃灑殿堂公入寺燒香主事祇接因觀壁畫乃問是何圖相主事對曰高僧眞儀公曰眞儀可觀高僧何在主事無對公曰此間有禪人否曰近有一僧投寺執役頗似禪者公曰可請來詢問得否於是遽尋檗至公覩之欣然曰休適有一問諸德吝辭今請上人代酬一語檗曰請相公垂問公舉前話檗朗聲曰裴休公應諾檗曰在甚麽處公當下知旨如獲髻珠曰吾師眞善知識也示人剋的若是何故汩没於此乎寺衆愕然自此延入府署執弟子禮屢辭不已復堅請住黄檗山薦興祖道有暇即躬入山頂謁或渴聞玄論即請入州中公既通徹祖意復博綜教相諸方禪學咸謂裴相不浪出黄檗之門也至還鎮宣城還思瞻禮亦創精藍迎請居之雖圭峯該通禪講爲裴之所重未若歸心於黄檗而傾竭服膺者也又撰圭峯碑云休與師於法爲昆仲於義爲交友於恩爲善知識於教爲内外護斯可見矣仍集黄檗語要親書序引冠於編首留鎮山門又親書大藏經五百函號迄今寶之又圭峯禪師著禪源詮原人論及圓覺經䟽注法界觀皆爲之序公篤志内典深入法會有發願文傳於世

長慶安禪師法嗣

益州大隨法眞禪師梓州王氏子妙齡夙悟決志尋師於慧義寺出家圓具後南遊初見藥山道吾雲巖洞山次至嶺外大潙會下數

載食不至充臥不求暖清苦鍊行操履不羣潙深器之一日問曰闍棃在老僧此間不曾問一轉話師曰教某甲向甚麼處下口潙曰何不道如何是佛師便作手勢掩潙口潙歎曰子眞得其髓從此名傳四海爾後還蜀寄錫天彭堋口山龍懷寺於路旁煎茶普施三年因往後山見一古院號大隨羣峯矗秀澗水清泠中有一樹圍四丈餘南開一門中空無礙不假斤斧自然一菴時自爲木禪菴師乃居之十餘載影不出山聲聞于外四方玄學千里趨風蜀主欽尚遣使屢徵師皆辭以老病署神照大師上堂此性本來清淨具足萬德但以染淨二緣而有差別故諸聖悟之一向淨用而成覺道凡夫迷之一向染用沒溺輪回其體不二故般若云無二無二分無別無斷故僧問劫火洞然大千俱壞未審這箇壞不壞師曰壞曰恁麼則隨他去也師曰隨他去僧不肯後到投子舉前話子遂裝香遥禮曰西川古佛出世謂其僧曰汝速回去懺悔僧回大隨師已殁僧再至投子子亦遷化問如何是大人相師曰肚上不貼榜問僧甚處去曰西山住菴去師曰我向東山頭喚汝汝便來得麼曰不然師曰汝住菴未得問生死到來時如何師曰遇茶喫茶遇飯喫飯曰誰受供養師曰合取鉢盂庵側有一龜僧問一切衆生皮裹骨這箇衆生爲甚骨裹皮師拈草履覆龜背上僧無語問如何是諸佛法要師舉拂子曰會麼曰不會師曰麈尾拂子問如何是學人自已師曰是我自已曰爲甚麼却是和尚自已師曰是汝自已問如何

是大隨一面事師曰東西南北問佛法徧在一切處教學人向甚麼處駐足師曰大海從魚躍長空任鳥飛問父子至親岐路各別時如何師曰爲有父子問如何是無縫塔師曰高五尺曰學人不會師曰鶻崙甎問和尚百年後法付何人師曰露柱火鑪曰還受也無師曰火鑪露柱行者領衆參師問參得底人喚東作甚麼曰不可喚作東師咄曰臭驢漢不喚作東喚作甚麼者無語問如何是和尚家風師曰赤土畫簸箕曰未審此理如何師曰簸箕有脣米跳不出問僧講甚麼教法曰百法論師拈杖曰從何而起曰從緣而起師曰苦哉苦哉問僧甚處去曰峨嵋禮普賢去師舉拂子曰文殊普賢總在這裏僧作圓相抛向後乃禮拜師喚侍者取一貼茶與這僧衆僧參次師以口作患風勢曰還有人醫得吾口麼衆僧競送藥以至俗士聞之亦多送藥師並不受七日後師自摑口令正乃曰如許多時鼓這兩片皮至今無人醫得即端坐而逝

韶州靈樹如敏禪師閩人也廣主劉氏奕世欽重署知聖大師僧問佛法至理如何師展手而已問如何是和尚家風師曰千年田八百主曰如何是千年田八百主師曰郎當屋舍沒人修問如何是西來意師曰童子莫傜兒曰乞師指示師曰汝從虔州來問是甚麼得恁麼難會師曰火官頭上風車子有尼送衲鉢與師師拈起問曰這箇出在甚麼處曰出在定州（法燈別云不遠此間）師乃撲破尼無對（保福代云歎敵者亡）問和尚年多少師曰今日生來朝死又

問和尚生緣甚麼處師曰日出東月落西師四十餘年化被嶺表頗有異迹廣主將興兵躬入院請師決臧否師已先知怡然坐化主怒知事曰和尚何時得疾對曰不曾有疾適封一函子令呈大王主開函得一帖子云人天眼目堂中上座主悟師旨遂寢兵乃召第一座開堂說法（即雲門也）龕塔塟儀廣主具辦謚靈樹禪師真身塔焉

福州靈雲志勤禪師本州長谿人也初在溈山因見桃華悟道有偈曰三十年來尋劒客幾回落葉又抽枝自從一見桃華後直至如今更不疑溈覽偈詰其所悟與之符契溈曰從緣悟達永無退失善自護持（有僧舉似玄沙沙云諦當甚諦當敢保老兄未徹在衆疑此語沙問地藏我恁麼道汝作麼生會藏云不是桂琛即走殺天下人）住後上堂諸仁者所有長短盡至不常且觀四時草木葉落花開何況塵劫來天人七趣地水火風成壞輪轉因果將盡三惡道苦毛髮不曾添減唯根蔕神識常存上根者遇善友伸明當處解脫便是道場中下癡愚不能覺照沈迷三界流轉生死釋尊爲伊天上人間設教證明顯發智道汝等還會麼僧問如何得出離生老病死師曰青山元不動浮雲任去來問君王出陣時如何師曰春明門外不問長安曰如何得覲天子師曰盲鶴下清池魚從脚底過問如何是佛法大意師曰驢事未去馬事到來曰學人不會師曰彩氣夜常動精靈日少逢雪峯有偈送雙峯末句云雷罷不停聲師別云雷震不聞聲峯聞乃曰靈雲山頭古月現峯後問曰古人道前三三後三三意旨如何師曰水中魚天上

鳥峯曰意作麼生師曰髙可射今深可釣僧問諸方悉皆雜食未審和尚如何師曰獨有閩中異雄雄鎮海涯問夂戰沙場爲甚麼功名不就師曰君王有道三邊靜何勞萬里築長城曰罷却干戈束手歸朝時如何師曰慈雲普潤無邊刹枯樹無華爭奈何長生問混沌未分時含生何來師曰如露柱懐胎曰分後如何師曰如片雲黙太清曰未審太清還受黙也無師不荅曰恁麼則含生不來也師亦不荅曰直得純清絶黙時如何師曰猶是真常流注曰如何是真常流注師曰似鏡長明曰向上更有事也無師曰有曰如何是向上事師曰打破鏡來與汝相見僧問如何是西來意師曰井底種林檎曰學人不會師曰今年桃李貴一顆直千金問摩尼珠不隨衆色未審作何色師曰白色曰恁麼則隨衆色也師曰趙壁本無瑕相如誑秦主問僧甚處去曰雪峯去師曰我有一信寄雪峯得麼曰便請師脫隻履抛向面前僧便去至雪峯峯問甚處來曰靈雲來峯曰靈雲安否曰有一信相寄峯曰在那裏僧脫隻履抛向峯面前峯休去

福州壽山師解禪師甞叅洞山山問闍黎生緣何處師曰和尚若實問某甲即是閩中人也曰汝父名甚麼師曰今日蒙和尚致此一問直得忘前失後住後上堂諸上座幸有真實言語相勸諸兄弟合各自體悉凡聖情盡體露真常但一時卸却從前虛妄攀緣塵垢心如虛空相似他時後日合識得此〻子好惡閩帥問壽山年多少師曰與虛空齊年曰虛

空年多少師曰與壽山齊年

饒州嶤山和尚僧問如何是西來意師曰仲冬嚴寒問如何是和尚深深處師曰待汝舌頭落地即向汝道問如何是丈六金身師曰判官斷案相公改長慶問從上宗乘此間如何言論師曰有願不負先聖慶曰不負先聖作麼生師曰不露慶曰恁麼則請師領話師曰甚麼處去來慶曰秖守甚麼處去來

泉州國歡崇福院文矩慧日禪師福州黃氏子生而有異及長爲縣獄卒每每棄役往神光觀和尚及西院安禪師所吏不能禁後謁萬歲塔譚空禪師落髮不披袈裟不受具戒唯以雜綵爲挂子復至神光光曰我非汝師汝禮西院去師攜一小青竹杖入西院法堂院遥見笑曰入涅槃堂去師應諾輪竹杖而入時有五百許僧染時疾師以杖次第點之各隨點而起閩王禮重創院以居之厥後頗多靈跡唐乾寧中示滅

台州浮江和尚雪峯領衆到問即今有二百人寄此過夏得麼師將拄杖畫一畫著不得即道峰休去

潞州渌水和尚僧問如何是祖師西來意師曰還見庭前華藥欄麼僧無語

廣州文殊院圓明禪師福州陳氏子叅大溈得旨後造雪峰請益法無異味嘗遊五臺山覩文殊化現乃隨方建院以文殊爲額開寶中樞密使李崇矩廵護南方因入院覩地藏菩薩像問僧地藏何以展手僧曰手中珠被賊偷却也李却問師既是地藏爲甚麼遭賊師曰今日捉下也李禮謝之

趙州諗禪師法嗣

洪州新興嚴陽尊者諱善信初參趙州問一物不將來時如何州曰放下著師曰既是一物不將來放下箇甚麼州曰放不下擔取去師於言下大悟住後僧問如何是佛師曰土塊曰如何是法師曰地動也曰如何是僧師曰契粥契飯問如何是新興水師曰面前江裏問如何是應物現形師曰與我拈牀子過來師常有一蛇一虎隨從手中與食

揚州光孝院慧覺禪師僧問覺華纔綻遍滿娑婆祖印西來合談何事師曰情生智隔曰此是教意師曰汝披甚麼衣服問一棒打破虛空時如何師曰困即歇去師問相國宋齊邱曰還會道麼宋曰若是道也著不得師曰是有著不得是無著不得宋曰總不恁麼師曰著不得底聻宋無對師領衆出見露柱乃合掌曰不審世尊僧曰和尚是露柱師曰啼得血流無用處不如緘口過殘春問遠遠投師師意如何師曰官家嚴切不許安排曰豈無方便師曰且向火倉裏一宿師到崇壽法眼問近離甚處師曰趙州眼曰承聞趙州有庭前栢樹子話是否師曰無眼曰往來皆謂僧問如何是祖師西來意州曰庭前栢樹子上座何得言無師曰先師實無此語和尚莫謗先師好張居士問爭奈老何師曰年多少張曰八十也師曰可謂老也曰究竟如何師曰直至千歲也未在俗士問某甲平生殺牛還有罪否師曰無罪曰爲甚麼無罪師曰殺一箇還一箇

隴州國清院奉禪師僧問祖意教意是同是

别師曰雨滋三草秀春風不裹頭曰畢竟是一是二師曰祥雲競起巖洞不虧問如何是和尚家風師曰臺盤椅子火爐牕牖問如何是出家人師曰銅頭鐵額鳥觜鹿身曰如何是出家人本分事師曰早起不審夜問珍重問牛頭未見四祖時爲甚麼百鳥銜花師曰如陝府人送錢財與鐵牛曰見後爲甚麼不銜花師曰木馬投明行八百問十二時中如何降伏其心師曰敲氷求火論劫不逢問十二分教是止啼之義離却止啼請師一句師曰孤峰頂上雙角女問如何是佛法大意師曰釋迦是牛頭獄卒祖師是馬面阿旁問如何是西來意師曰東壁打西壁問如何是撲不破底句師曰不隔毫釐時人遠嚮

婺州木陳從朗禪師僧問放鶴出籠和雪去時如何師曰我道不一色因金剛倒僧問既是金剛不壞身爲甚麼却倒地師敲禪牀曰行住坐臥師將歸寂有偈曰三十年來住木陳時中無一假功成有人問我西來意展似眉毛作麼生

婺州新建禪師不度小師有僧問和尚年老何不畜一童子侍奉師曰有瞽聵者爲吾討來僧辭師問甚處去曰府下開元寺去師曰我有一信附與了寺主汝將去得否曰便請師曰想汝也不奈何

杭州多福和尚僧問如何是多福一叢竹師曰一莖兩莖斜曰學人不會師曰三莖四莖曲問如何是衲衣下事師曰大有人疑著在曰爲甚麼如是師曰月裏藏頭

益州西睦和尚上堂有俗士舉手曰和尚便

是一頭驢師曰老僧被汝騎士無語去後三日再來白言某甲三日前著賊師拈杖趁出師有時驀喚侍者者應諾師曰更深夜靜共伊商量

長沙岑禪師法嗣

明州雪竇常通禪師邢州李氏子參長沙沙問何處人師曰邢州人沙曰我道汝不從彼來師曰和尚還曾住此否沙然之乃容入室住後僧問如何是密室師曰不通風信曰如何是密室中人師曰諸聖求覩不見僧作禮師曰千聖不能思萬聖不能議乾坤壞不壞虛空包不包一切無比倫三世唱不起問如何是三世諸佛出身處師曰伊不肯知有汝二世僧良乂師曰薦否不然者且向著佛不得處體取時中常在識盡功亡瞥然而起即是傷他而況言句乎天祐二年七月示寂塔於寺西南隅

五燈會元卷第十一

音釋

鐸達各切音度大鈴也 裰都括切音掇補裰破衣也 屹魚乞切音仡屹崒山貌 饆壁吉切音必饆饠餅屬 䭔都回切音碓蜀人呼蒸餅爲䭔 謇九件切音蹇吃也 堋逋鄧切棚去聲 傜餘招切音姚莫傜長沙郡有夷蠻名莫傜自言其先祖有功常免征役故以爲名 兂古文否字

五燈會元卷第十二

宋沙門大川濟纂

南嶽下四世

子湖蹤禪師法嗣

台州勝光和尚僧問如何是和尚家風師曰福州荔枝泉州剌桐問如何是佛法兩字師曰要道即道曰請師道師曰穿耳胡僧笑點頭龍華照和尚來師把住曰作麼生照曰莫錯師乃放手照曰久嚮勝光師默然照乃辭師門送曰自此一別甚麼處相見照呵呵而去

漳州浮石和尚上堂山僧開箇卜鋪能斷人貧富定人生死僧問離却生死貧富不落五行請師直道師曰金木水火土

紫桐和尚僧問如何是紫桐境師曰汝眼裡著沙得麼曰大好紫桐境也不識師曰老僧不諱此事其僧擬出去師下禪牀擒住曰今日好箇公案老僧未得分文入手曰賴遇某

茱萸和尚法嗣

石梯和尚因侍者請浴師曰既不洗塵亦不洗體汝作麼生者曰和尚先去某甲將皂角來師呵呵大笑有新到於師前立少頃便出去師曰有甚麼辨白處僧再回師曰辨得也曰辨後作麼生師曰埋却得也曰蒼天蒼天師曰適來却恁麼如今還不當僧乃出去一日見侍者拓鉢赴堂乃喚侍者者應諾師曰甚處去者曰上堂齋去師曰我豈不知汝上堂齋去者曰除此外別道箇甚麼師曰我秖問汝本分事者曰和尚若問本分事某甲實是上堂齋去師曰汝不謬爲吾侍者

甲是僧師拓開曰禍不單行

曰容遠和尚因齋上座叅師摑掌三下曰猛虎當軒誰是敵者齋曰俊鷂冲天阿誰捉得師曰彼此難當齋曰且休未要斷這公案師將拄杖舞歸方丈齋無語師曰死却這漢也

關南常禪師法嗣

襄州關南道吾和尚始經村墅聞巫者樂神云識神無忽然省悟後叅常禪師印其所解復遊德山之門法味彌著住後凡上堂戴蓮華笠披襴執簡擊鼓吹笛口稱魯三郎神識神不識神神從空裏來却往空裏去便下座有時曰打動關南鼓唱起德山歌僧問如何是祖師西來意師以簡揖曰喏有時執木劒橫肩上作舞僧問手中劒甚處得來師擲於地僧却置師手中師曰甚處得來僧無對師曰容汝三日內下取一轉語其僧亦無對師自代拈劒橫肩上作舞曰須恁麼始得趙州訪師師乃著豹皮裩執吉獠棒在三門下翹一足等候纔見州便高聲唱喏而立州曰小心祗候著師又唱喏一聲而去問如何是和尚家風師下禪牀作女人拜曰謝子遠來無可祗待問灌溪作麼生溪曰無位師曰莫同虛空麼溪曰這屠兒師曰有生可殺即不倦

漳州羅漢和尚初叅關南問如何是大道之源南打師一拳師遂有省乃為歌曰咸通七載初叅道到處逢言不識言心裏疑團若栲栳三春不樂止林泉忽遇法王氈上坐便陳疑懇向師前師從氈上那伽起袒膊當胸打一拳駭散疑團獦狚落舉頭看見日初圓從茲蹬蹬以碣碣直至如今常快活只聞肚裏

飽膨脝更不東西去持鉢又述偈曰宇內為閒客人中作野僧任從他笑我隨處自騰騰

高安大愚禪師法嗣

瑞州末山尼了然禪師因灌谿閑和尚到曰若相當即住不然即推倒禪牀便入堂內師遣侍者問上座遊山來為佛法來谿曰為佛法來師乃升座谿上參師問上座今日離何處曰路口師曰何不蓋却谿無對末山代云爭得到這裏始禮拜問如何是末山師曰不露頂曰如何是末山主師曰非男女相溪乃喝曰何不變去師曰不是神不是鬼變箇甚麼溪於是伏膺作園頭三載僧到參師曰太襤縷生曰雖然如此且是師子兒師曰既是師子兒為甚麼被文殊騎僧無對問如何是古佛心師曰世界傾壞曰世界為甚麼傾壞師曰寧無我身

杭州天龍和尚法嗣

婺州金華山俱胝和尚初住庵時有尼名實際來戴笠子執錫遶師三匝曰道得即下笠子如是三問師皆無對尼便去師曰日勢稍晚何不且住尼曰道得即住師又無對尼去後師歎曰我雖處丈夫之形而無丈夫之氣不如棄庵往諸方參尋知識去其夜山神告曰不須離此將有肉身菩薩來為和尚說法也逾旬果天龍和尚到庵師乃迎禮具陳前事龍竪一指示之師當下大悟自此凡有學者參問師唯舉一指無別提唱有一供過童子每見人問事亦竪指祇對人謂師曰和尚童子亦會佛法凡有問皆如和尚竪指師一日潛袖刀子問童曰聞你會佛法是否童曰

是師曰如何是佛童竪起指頭師以刀斷其指童叫喚走出師召童子童回首師曰如何是佛童舉手不見指頭豁然大悟師將順世謂衆曰吾得天龍一指頭禪一生用不盡言訖示滅長慶代衆云美食不中飽人喫玄沙云我當時若見拗折指頭玄覺云且道玄沙恁麼道意作麼生雲居錫云秖如玄沙恁麼道肯伊不肯伊若肯何言拗折指頭若不肯俱胝過在甚麼處先曹山云俱胝承當處鹵莽秖認得一機一境一等是拍手拊掌是他西園奇怪玄覺又云且道俱胝還悟也無若悟爲甚麼道承當處鹵莽若不悟又道用一指頭禪不盡且道曹山意在甚麼處

南嶽下五世

睦州陳尊宿法嗣

睦州刺史陳操尚書齋次拈起餬餅問僧江西湖南還有這箇麼曰尚書適來喫箇甚麼公曰敲鐘謝響又齋僧次躬自行餅一僧展手擬接公却縮手僧無語公曰果然果然問僧有箇事與上座商量得麼曰合取狗口公自摑口曰某甲罪過曰知過必改公曰恁麼則乞上座口喫飯得麼又齋僧自行食次乃曰上座施食僧曰三德六味公曰錯僧無對又與僚屬登樓次見數僧行來有一官人曰來者總是行脚僧公曰不是曰焉知不是公曰待來勘過須臾僧至樓前公驀喚上座僧皆舉首公謂諸官曰不信道又與禪者頌曰禪者有玄機機玄是復非欲了機前旨咸於句下遠

光孝覺禪師法嗣

昇州長慶道巘禪師廬州人也初侍光孝便領悟微言即於湖南大光山剃度既化緣彌盛出住長慶上堂彌勒朝入伽藍暮成正覺說偈曰三界上下法我說皆是心離於諸心

法更無有可得看他恁麼道也太殺惺惺若比吾徒猶是鈍漢所以一念見道三世情盡如印印泥更無前後諸子生死事大快須薦取莫爲等閑業識茫茫蓋爲迷巳逐物世尊臨入涅槃文殊請再轉法輪世尊咄曰吾四十九年住世不曾說一字汝請吾再轉法輪是吾曾轉法輪邪然今時衆中建立箇賓主問答事不獲巳蓋爲初心耳僧問如何是長慶境師曰闍黎履踐看問如何是佛法大意師曰今日三月三曰學人不會師曰止止不須說我法妙難思便下座咸平二年示寂

六祖大鑒禪師法嗣

吉州青原山靜居寺行思禪師本州安城劉氏子幼歲出家每羣居論道師唯默然聞曹谿法席乃往參禮問曰當何所務即不落階級祖曰汝曾作甚麼來師曰聖諦亦不爲祖曰落何階級師曰聖諦尚不爲何階級之有祖深器之會下學徒雖衆師居首焉亦猶二祖不言少林謂之得髓矣一日祖謂師曰從上衣法雙行師資遞授衣以表信法乃印心吾今得人何患不信吾受衣以來遭此多難況乎後代爭競必多衣即留鎮山門汝當分化一方無令斷絕師既得法歸住青原六祖將示滅有沙彌希遷（即石頭和尚）問曰和尚百年後希遷未審當依附何人祖曰尋思去及祖順世遷每於靜處端坐寂若忘生第一座問曰汝師巳逝空坐奚爲遷曰我稟遺誡故尋思爾座曰汝有師兄思和尚今住吉州汝因緣在彼師言甚直汝自迷耳遷聞語便禮辭祖龕直詣靜居參禮師曰子何方來遷曰曹

谿師曰將得甚麽來曰未到曹谿亦不失師曰若恁麽用去曹谿作甚麽曰若不到曹谿爭知不失遷又曰曹谿大師還識和尚否師曰汝今識吾否曰識又爭能識得師曰衆角雖多一麟足矣遷又問和尚自離曹谿甚麽時至此間師曰我却知汝早晚離曹谿曰希遷不從曹谿來師曰我亦知汝去處也曰和尚幸是大人莫造次他日師復問遷汝甚麽處來曰曹谿師乃舉拂子曰曹谿還有這箇麽曰非但曹谿西天亦無師曰子莫曾到西天否曰若到即有也師曰未在更道曰和尚也須道取一半莫全靠學人師曰不辭向汝道恐已後無人承當師令遷持書與南嶽讓和尚曰汝達書了速回吾有箇鈯斧子與汝住山遷至彼未呈書便問不慕諸聖不重己靈時如何嶽曰子問太高生何不向下問遷曰寧可永劫受沉淪不從諸聖求解脫嶽便休（玄沙曰大小石頭被南嶽推倒直至如今起不得）遷便回師問子返何速書信達否遷曰書亦不通信亦不達去日蒙和尚許箇鈯斧子秖今便請師垂一足遷便禮拜尋辭往南嶽荷澤神會來參師問甚處來曰曹谿師曰曹溪意旨如何會振身而立師曰猶帶瓦礫在曰和尚此間莫有眞金與人麽師曰設有汝向甚麽處著（玄沙云果然雲居錫云秖如玄沙道果然是眞金是瓦礫）僧問如何是佛法大意師曰廬陵米作麽價師既付法石頭唐開元二十八年十一月十三日陞堂告衆跏趺而逝僖宗謚弘濟禪師歸眞之塔

青原思禪師法嗣

南嶽石頭希遷禪師端州高要陳氏子毋初

懷娠不喜葷茹師雖在孩提不煩保母既冠然諾自許鄉洞獠民畏鬼神多淫祀殺牛釃酒習以爲常師輒往毀叢祠奪牛而歸歲盈數十鄉老不能禁後直造曹谿得度未具戒屬祖圓寂禀遺命謁青原乃攝衣從之（緣會語句青原章敘之）一日原問師曰有人道嶺南有消息師曰有人不道嶺南有消息曰若恁麼大藏小藏從何而來師曰盡從這裏去原然之師於唐天寶初薦之衡山南寺寺之東有石狀如臺乃結庵其上時號石頭和尚師因看肇論至會萬物爲已者其唯聖人乎師乃拊几曰聖人無已靡所不已法身無象誰云自他圓鑑靈照於其間萬象體玄而自現境智非一孰云去來至哉斯語也遂掩卷不覺寢夢自身與六祖同乘一龜游泳深池之內覺而

詳之靈龜者智也池者性海也吾與祖師同乘靈智遊性海矣遂著參同契曰竺土大仙心東西密相付人根有利鈍道無南北祖靈源明皎潔枝派暗流注執事元是迷契理亦非悟門門一切境回互不回互回而更相涉不爾依位住色本殊質像聲元異樂苦暗合上中言明明清濁句四大性自復如子得其母火熱風動搖水濕地堅固眼色耳音聲鼻香舌鹹醋然依一一法依根葉分布本末須歸宗尊卑用其語當明中有暗勿以暗相遇當暗中有明勿以明相覩明暗各相對比如前後步萬物自有功當言用及處事存函蓋合理應箭鋒拄承言須會宗勿自立規矩觸目不會道運足焉知路進步非近遠迷隔山河固謹白參玄人光陰莫虛度上堂吾之法

門先佛傳受不論禪定精進唯達佛之知見即心即佛心佛衆生菩提煩惱名異體一汝等當知自己心靈體離斷常性非垢淨湛然圓滿凡聖齊同應用無方離心意識三界六道唯自心現水月鏡像豈有生滅汝能知之無所不備時門人道悟問曹谿意旨誰人得師曰會佛法人得曰師還得否師曰不得曰爲甚麼不得師曰我不會佛法僧問如何是解脫師曰誰縛汝問如何是淨土師曰誰垢汝問如何是涅槃師曰誰將生死與汝師問新到從甚麼處來曰江西來師曰見馬大師否曰見師乃指一橛柴曰馬師何似這箇僧無對（却回舉似馬祖祖曰汝見橛柴大小曰没量大祖曰汝甚有力僧曰何也祖曰汝從南嶽負一橛柴來豈不是有力）問如何是西來意師曰問取露柱曰學人不會師曰我更不會大顛問古人云道有道無俱是謗請師除師曰一物亦無除箇甚麼師却問併却咽喉脣吻道將來顛曰無這箇師曰若恁麼汝即得入門道悟問如何是佛法大意師曰不得不知悟曰向上更有轉處也無師曰長空不礙白雲飛問如何是禪師曰碌甎問如何是道師曰木頭自餘門屬領旨所有問答各於本章出焉南嶽鬼神多顯迹聽法師皆與授戒廣德二年門人請下于梁端廣闡玄化貞元六年順寂塔于東嶺德宗謚無際大師塔曰見相

青原下二世

石頭遷禪師法嗣

澧州藥山惟儼禪師絳州韓氏子年十七依朝陽西山慧照禪師出家納戒于衡嶽希操律師博通經論嚴持戒律一日自嘆曰大丈

夫當離法自淨誰能屑屑事細行於布巾邪首造石頭之室便問三乘十二分教某甲粗知嘗聞南方直指人心見性成佛實未明了伏望和尚慈悲指示頭曰恁麼也不得不恁麼也不得恁麼不恁麼總不得子作麼生師罔措頭曰子因緣不在此且往馬大師處去師稟命恭禮馬祖仍伸前問祖曰我有時教伊揚眉瞬目有時不教伊揚眉瞬目有時揚眉瞬目者是有時揚眉瞬目者不是子作麼生師於言下契悟便禮拜祖曰你見甚麼道理便禮拜師曰某甲在石頭處如蚊子上鐵牛祖曰汝既如是善自護持侍奉三年一日祖問子近日見處作麼生師曰皮膚脫落盡唯有一真實祖曰子之所得可謂協於心體布於四肢既然如是將三條篾束取肚皮隨處住山去師曰某甲又是何人敢言住山祖曰不然未有常行而不住未有常住而不行欲益無所益欲爲無所爲宜作舟航無久住此師乃辭祖返石頭一日在石上坐次石頭問曰汝在這裏作麼曰一物不爲頭曰恁麼即閑坐也曰若閑坐即爲也頭曰汝道不爲不爲箇甚麼曰千聖亦不識頭以偈讚曰從來共住不知名任運相將秖麼行自古上賢猶不識造次凡流豈可明後石頭垂語曰言語動用沒交涉師曰非言語動用亦沒交涉頭曰我這裏針劄不入師曰我這裏如石上栽華頭然之後居澧州藥山海衆雲會師與道吾說著溪上世爲節察來吾曰和尚上世曾爲甚麼師曰我痿痿羸羸且恁麼過時吾曰憑何如此師曰我不曾展他書卷石霜別云書卷

不曾展院主報打鐘也請和尚上堂師曰汝與我擎鉢盂去曰和尚無手來多少時師曰汝秖是枉披袈裟曰某甲秖恁麼和尚如何師曰我無這箇眷屬謂雲巖曰與我喚沙彌來巖曰喚他來作甚麼師曰我有箇折脚鐺子要他提上挈下巖曰恁麼則與和尚出一隻手去也師便休園頭栽菜次師曰栽即不障汝栽莫教根生曰既不教根生大衆喫甚麼師曰汝還有口麼頭無對道吾雲巖侍立次師指按山上枯榮二樹問道吾曰枯者是榮者是吾曰榮者是師曰灼然一切處光明燦爛去又問雲巖枯者是榮者是巖曰枯者是師曰灼然一切處放教枯淡去高沙彌忽至師曰枯者是榮者是彌曰枯者從他枯榮者從他榮師顧道吾雲巖曰不是不是問如何得不被諸境惑師曰聽他何礙汝曰不會師曰何境惑汝問如何是道中至寶師曰莫諂曲曰不諂曲時如何師曰傾國不換有僧再來依附師問阿誰曰常坦師呵曰前也是常坦後也是常坦師久不陞堂院主白曰大衆久思和尚示誨師曰打鐘著衆纔集師便下座歸方丈院主隨後問曰和尚既許爲大衆說話爲甚麼一言不措師曰經有經師論有論師爭怪得老僧師問雲巖作甚麼巖曰擔屎師曰那箇聻巖曰在師曰汝來去爲誰曰替他東西師曰何不教並行曰和尚莫謗他師曰不合恁麼道曰如何道師曰還曾擔麼師坐次僧問兀兀地思量甚麼師曰思量箇不思量底曰不思量底如何思量師曰非思量問學人擬歸鄉時如何師曰汝父母徧身

紅爛臥在荆棘林中汝歸何所曰恁麼則不歸去也師曰汝却須歸去汝若歸鄉我示汝箇休糧方子曰便請師曰二時上堂不得齩破一粒米問如何是涅槃師曰汝未開口時喚作甚麼問僧甚處來曰湖南來師曰洞庭湖水滿也未曰未師曰許多時雨水爲甚麼未滿僧無語（道吾云滿也雲巖云湛湛地洞山云甚麼劫中曾增減來雲門云秖在這裏）師問僧甚處來曰江西來師以拄杖敲禪牀三下僧曰某甲粗知去處師拋下拄杖僧無語師召侍者點茶與這僧踏州縣困師問龎居士一乘中還著得這箇事麼士曰某甲秖管日求升合不知還著得麼師曰道居士不見石頭得麼士曰拈一放一未爲好手師曰老僧住持事繁士珍重便出師曰拈一放一的是好手士曰好箇一乘問宗今日失却也師曰是是上堂祖師秖教保護若貪嗔癡起來切須防禁莫教振觸是你欲知枯木石頭却須擔荷實無枝葉可得雖然如此更宜自看不得絕言語我今爲你說這箇語顯無語底他那箇本來無耳目等貌師與雲巖遊山腰間刀響巖問甚麼物作聲師抽刀驀口作斫勢（洞山舉示衆云看他藥山橫身爲這箇事今時人欲明向上事須體此意始得）遵布衲浴佛師曰這箇從汝浴還浴得那箇麼遵曰把將那箇來師乃休（長慶云邪法難扶玄覺云且道長慶恁麼道在賓在主衆中喚作浴佛語亦曰兼帶語且道盡善不盡善）問學人有疑請師決師曰待上堂時來與闍黎決疑至晚上堂衆集師曰今日請決疑上座在甚麼處其僧出衆而立師下禪牀把住曰大衆這僧有疑便與一推却歸方丈（玄覺曰且道與伊決疑否若決疑甚麼處是決疑若不與決疑又道待上堂時與汝決疑）師問

飯頭汝在此多少時也曰三年師曰我總不識汝飯頭罔測發憤而去問身命急處如何師曰莫種雜種曰將何供養師曰無物者師令供養主抄化甘行者問甚處來曰藥山來甘曰來作麼曰教化甘曰將得藥來麼曰行者有甚麼病甘便捨銀兩鋌意山中有人此物却回無人即休主便歸納疏師問曰子歸何速主曰問佛法相當得銀兩鋌師令舉其語主舉已師曰速送還他子著賊了也主便送還甘曰由來有人遂添銀施之[同安顯云早知行者恁麼問終不道藥山來]問僧見說汝解算是否曰不敢師曰汝試算老僧看僧無對[雲巖舉問洞山汝作麼生山曰請和尚生月]師書佛字問道吾是甚麼字吾曰佛字師曰多口阿師問已事未明乞和尚指示師良久曰吾今爲汝道一句亦不難秖宜汝於言下便見去猶較些子若更入思量却成吾罪過不如且各合口免相累及大衆夜參不點燈師垂語曰我有一句子待特牛生兒即向你道有僧曰特牛生兒也秖是和尚不道師曰侍者把燈來其僧抽身入衆[雲巖舉似洞山山曰這僧却會秖是不肯禮拜]問僧甚處來曰南泉來師曰在彼多少時曰粗經冬夏師曰恁麼則成一頭水牯牛去也曰雖在彼中且不曾上他食堂師曰口欲東南風那曰和尚莫錯自有拈匙把筯人在問達磨未來時此土還有祖師意否師曰有曰既有祖師又來作甚麼師曰秖爲有所以來看經次僧問和尚尋常不許人看經爲甚麼却自看師曰我秖圖遮眼曰某甲學和尚還得也無師曰汝若看牛皮也須穿[長慶云眼有何過玄覺云且道長慶會藥山意不會藥山意]問平田

淺草塵鹿成羣如何射得塵中主師曰看箭僧放身便倒師曰侍者拖出這死漢僧便走師曰弄泥團漢有甚麽限朗州刺史李翺問師何姓師曰正是時李不委却問院主某甲適來問和尚姓和尚曰正是時未審姓甚麽主曰恁麽則姓韓也師聞乃曰得恁麽不識好惡若是夏時對他便是姓熱師一夜登山經行忽雲開見月大嘯一聲應澧陽東九十里許居民盡謂東家明晨迭相推問直至藥山徒衆曰昨夜和尚山頂大嘯李贈詩曰選得幽居愜野情終年無送亦無迎有時直上孤峯頂月下披雲嘯一聲太和八年十一月六日臨順世叫曰法堂倒法堂倒衆皆持柱撑之師舉手曰子不會我意乃告寂塔于院東隅唐文宗謚弘道大師塔曰化城

鄧州丹霞天然禪師本習儒業將入長安應舉方宿於逆旅忽夢白光滿室占者曰解空之祥也偶禪者問曰仁者何往曰選官去禪者曰選官何如選佛曰選佛當往何所禪者曰今江西馬大師出世是選佛之塲仁者可往遂直造江西纔見祖師以手托幞頭額祖顧視良久曰南嶽石頭是汝師也遽抵石頭還以前意投之頭曰著槽厰去師禮謝入行者房隨次執爨役凡三年忽一日石頭告衆曰來日剗佛殿前草至來日大衆諸童行各備鍬钁剗草獨師以盆盛水沐頭於石頭前胡跪頭見而笑之便與剃髮又爲説戒師乃掩耳而出再往江西謁馬祖未參禮便入僧堂内騎聖僧頸而坐時大衆驚愕遽報馬祖祖躬入堂視之曰我子天然師即下地禮拜

曰謝師賜法號因名天然祖問從甚處來師曰石頭祖曰石頭路滑還蹉倒汝麼師曰若蹉倒即不來也乃杖錫觀方居天台華頂峯三年往餘杭徑山禮國一禪師唐元和中至洛京龍門香山與伏牛和尚爲友後於慧林寺遇天大寒取木佛燒火向院主訶曰何得燒我木佛師以杖子撥灰曰吾燒取舍利主曰木佛何有舍利師曰既無舍利更取兩尊燒主自後眉鬚墮落後謁忠國師問侍者國師在否曰在即在不見客師曰太深遠生曰佛眼亦覷不見師曰龍生龍子鳳生鳳兒國師睡起侍者以告國師乃打侍者二十棒遣出師聞曰不謬爲南陽國師明日再往禮拜見國師便展坐具國師曰不用不用師退後國師曰如是如是師却進前國師曰不是不是師遶國師一帀便出國師曰去聖時遥人多懈怠三十年後覓此漢也難得訪龐居士見女子靈照洗菜次師曰居士在否女子放下菜籃斂手而立師又問居士在否女子提籃便行師遂回須臾居士歸女子乃舉前話士曰丹霞在麼女曰去也士曰赤土塗牛妳天一日訪龐居士至門首相見師乃問居士在否士曰饑不擇食師曰龐老在否士曰蒼天蒼天便入宅去師曰蒼天蒼天便回師因去馬祖處路逢一老人與一童子師問公住何處老人曰上是天下是地師曰忽遇天崩地陷又作麼生老人曰蒼天蒼天童子噓一聲師曰非父不生其子老人便與童子入山去師問龐居士昨日相見何似今日士曰如法舉昨日事來作箇宗眼師曰秖如宗眼還

著得龐公麼士曰我在你眼裏師曰某甲眼窄何處安身士曰是眼何窄是身何安師休去士曰更道取一句便得此話圓師亦不對士曰就中這一句無人道得師與龐居士行次見一泓水士以手指曰便與麼也還辨不出師曰灼然是辨不出士乃戽水潑師二掬師曰莫與麼莫與麼士曰須與麼須與麼師却戽水潑士三掬師曰正與麼時堪作甚麼士曰無外物師曰得便宜者少士曰誰是落便宜者元和三年於天津橋橫臥會留守鄭公出呵之不起吏問其故師徐曰無事僧留守異之奉束素及衣兩襲日給米麪洛下翕然歸信至十五年春告門人曰吾思林泉終老之所時門人齊靜卜南陽丹霞山結庵三年間玄學者至盈三百衆建成大院上堂阿你渾家切須保護一靈之物不是你造作名邈得更說甚薦與不薦吾往日見石頭亦秖教切須自保護此事不是你談話得阿你渾家各有一坐具地更疑甚麼禪可是你解底物豈有佛可成佛之一字永不喜聞阿你自麼善巧方便慈悲喜捨不從外得不著方寸善巧是文殊方便是普賢你更疑趁逐甚麼物不用經求落空去今時學者紛紛擾擾皆是衆禪問道吾此間無道可修無法可證一飲一啄各自有分不用疑慮在在處處有恁看底若識得釋迦即老凡夫是阿你須自看取莫一盲引衆盲相將入火坑夜裏暗雙陸賽彩若爲生無事珍重有僧到衆於山下見師便問丹霞山向甚麼處去師指山曰青黯黯處曰莫秖這箇便是麼師曰眞師子兒一

撥便轉問僧甚麼處宿曰山下宿師曰甚麼處喫飯曰山下喫飯師曰將飯與闍黎喫底人還具眼也無僧無對（長慶問保福將飯與人喫感恩有分爲甚麼不具眼福云施者受者二俱瞎漢慶云盡其機來還成瞎不福云道某甲瞎得麼玄覺徵云且道長慶明丹霞意爲復自用家財）長慶四年六月告門人曰備湯沐浴吾欲行矣乃戴笠策杖受屨垂一足未及地而化門人建塔謚智通禪師塔曰妙覺

潭州大川禪師（亦曰大湖）江陵僧參師問幾時發足江陵僧提起坐具師曰謝子遠來下去僧繞禪牀一帀便出師曰若不恁麼爭知眼目端的僧拊掌曰苦殺人泊合錯判諸方師曰甚得禪宗道理（僧舉似丹霞霞曰於大川法道即得我這裏不然曰未審此間作麼生霞曰猶較大川三步在僧禮拜霞曰錯判諸方者多洞山云不是丹霞難分玉石）

潮州靈山大顛寶通禪師初參石頭頭問那箇是汝心師曰見言語者是頭便喝出經旬日師却問前者既不是除此外何者是心頭曰除却揚眉瞬目將心來師曰無心可將來頭曰元來有心何言無心無心盡同謗師於言下大悟異日侍立次頭問汝是參禪僧是州縣白蹋僧師曰是參禪僧頭曰何者是禪師曰揚眉瞬目頭曰除却揚眉瞬目外將你本來面目呈看師曰請和尚除却揚眉瞬目外鑒頭曰我除竟師曰將呈了也頭曰汝既將呈我心如何師曰不異和尚頭曰不關汝事師曰本無物頭曰汝亦無物師曰既無物即真物頭曰真物不可得汝心見量意旨如此也大須護持師住後學者四集上堂大學道人須識自家本心將心相示方可見道多

見時輩秖認揚眉瞬目一語一默驀頭印可以爲心要此實未了吾今爲你諸人分明説出各須聽受但除却一切妄運想念見量即汝眞心此心與塵境及守認靜默時全無交涉即心是佛不待修治何以故應機隨照泠泠自用窮其用處了不可得喚作妙用乃是本心大須護持不可容易僧問其中人相見時如何師曰早不其中也曰其中者如何師曰不作箇問韓文公一日相訪問師春秋多少師提起數珠曰會麼公曰不會師曰晝夜一百八公不曉遂回次日再來至門前見首座舉前話問意旨如何座扣齒三下及見師理前問師亦扣齒三下公曰原來佛法無兩般師曰是何道理公曰適來問首座亦如是師乃召首座是汝如此對否座曰是師便打趂出院文公又一日白師曰弟子軍州事繁佛法省要處乞師一語師良久公罔措時三平爲侍者乃敲禪牀三下師曰作麼平曰先以定動後以智拔公乃曰和尚門風高峻弟子於侍者邊得箇入處僧問苦海波深以何爲船筏師曰以木爲船筏曰恁麼即得度也師曰盲者依前盲瘂者依前瘂一日將痒和子廊下行逢一僧問訊次師以痒和子驀口打曰會麼曰不會師曰大顛老野狐不曾孤負人

潭州長髭曠禪師曹溪禮祖塔回參石頭頭問甚麼處來曰嶺南來頭曰大庾嶺頭一鋪功德成就也未師曰成就久矣秖欠點眼在頭曰莫要點眼麼師曰便請頭乃垂下一足師禮拜頭曰汝見箇甚麼道理便禮拜師曰

據某甲所見如紅爐上一點雪玄覺云且道長髭具眼秖對不具眼秖對若具眼爲甚麼請道點眼若不具眼又道成就久矣且作麼生商量法燈代云和尚可謂眼昏僧參遶禪牀一帀卓然而立師曰若是石頭法席一點也用不著僧又遶禪牀一帀師曰却是恁麼時不易道箇來處僧便出去師乃喚僧不顧師曰這漢猶少教詔在僧却回曰有一人不從人得不受教詔不落階級師還許麼師曰逢之不逢逢必有事僧乃退身三步師却遶禪牀一帀僧曰不唯宗眼分明亦乃師承有據師乃打三棒問僧甚處來曰九華山控石庵師曰庵主是甚麼人曰馬祖下尊宿師曰名甚麼曰不委他法號師曰他不委你不委曰尊宿眼在甚處師曰若是庵主親來今日也須喫棒曰賴遇和尚放過某甲師曰百年後討箇師僧也難得龐居士到師陞座衆集定士出曰各請自檢好却於禪牀右立時有僧問不觸主人翁請師答話師曰識龐公麼曰不識士便搊住曰苦哉苦哉僧無對士便拓開師少間却問適來這僧還喫棒否士曰待伊甘始得師曰居士秖見錐頭利不見鑿頭方士曰恁麼說話某甲即得外人聞之要且不好師曰不好箇甚麼士曰阿師秖見錐頭尖不見鑿頭利李行婆來師乃問憶得在絳州時事麼婆曰非師不委師曰多虛少實在婆曰有甚諱處師曰念你是女人放你拄杖婆曰某甲終不見尊宿過師曰老僧過在甚麼處婆曰和尚無過婆豈有過師曰無過的人作麼生婆乃竪拳曰與麼總成顛倒師曰實無諱處師見僧乃擒住曰師子兒野干屬僧以手作撥眉勢師

曰雖然如此猶欠哮吼在僧擒住師曰偏愛行此一機師與一摑僧拍手三下師曰若見同風汝甘與麼否曰終不由别人師作擬眉勢僧曰猶欠哮吼在師曰想料不由别人師見僧問訊次師曰步步是汝證明處汝還知麽曰某甲不知師曰汝若知我堪作甚麽僧禮拜師曰我不堪汝却好

京兆府尸利禪師問石頭如何是學人本分事頭曰汝何從吾覓曰不從師覓如何即得石頭曰汝還曾失麽師乃契會厥旨

潭州招提寺慧朗禪師始興曲江人也初參馬祖祖問汝來何求曰求佛知見祖曰佛無知見知見乃魔耳汝自何來曰南嶽來祖曰汝從南嶽來未識曹谿心要汝速歸彼不宜他往師歸石頭便問如何是佛頭曰汝無佛性師曰蠢動含靈又作麽生頭曰蠢動含靈却有佛性曰慧朗爲甚麽却無頭曰爲汝不肯承當師於言下信入住後凡學者至皆曰去去汝無佛性其接機大約如此時謂大朗

長沙興國寺振朗禪師初參石頭便問如何是祖師西來意頭曰問取露柱曰振朗不會頭曰我更不會師俄省悟住後有僧來參師召上座僧應諾師曰孤負去也曰師何不鑒師乃拭目而視之僧無語時謂小朗

汾州石樓禪師上堂僧問未識本來性乞師方便指師曰石樓無耳朵曰某甲自知非師曰老僧還有過曰和尚過在甚麽處師曰過在汝非處僧禮拜師便打問僧近離甚處曰漢國師曰漢國主人還重佛法麽曰苦哉賴遇問著某甲若問别人即禍生師曰作麽生

曰人尚不見有何佛法可重師曰汝受戒得多少夏曰三十夏師曰大好不見有人便打

鳳翔府法門寺佛陀禪師尋常持一串數珠念三種名號曰一釋迦二元和三佛陀自餘是甚麽椀躂邱乃過一珠終而復始事迹異常時人莫測

水空和尚一日廊下見一僧乃問時中事作麽生僧良久師曰秖恁便得麽曰頭上安頭師打曰去去已後惑亂人家男女在

澧州大同濟禪師米胡領衆來纔欲相見師便拽轉禪牀面壁而坐米於背後立少時却回客位師曰是即是若不驗破已後遭人貶剥令侍者請米來却拽轉禪牀便坐師乃遶禪牀一帀便歸方丈米却拽倒禪牀領衆便出師訪龐居士士曰憶在母胎時有一則語舉似阿師切不得作道理主持師曰猶是隔生也士曰向道不得作道理師曰驚人之句爭得不怕士曰如師見解可謂驚人師曰不作道理却成作道理士曰不但隔一生兩生師曰粥飯底僧一任檢責士鳴指三下師一日見龐居士來便掩却門曰多知老翁莫與相見士曰獨坐獨語過在阿誰師便開門纔出被士把住曰師多知我多知師曰多知且置閉門開門卷之與舒相較幾許士曰秖此一問氣急殺人師默然士曰弄巧成拙僧問此箇法則如何繼紹師曰冬寒夏熱人自委知曰恁麽則棠分付去也師曰頑囂少智動臘多癡問十二時中如何合道師曰汝還識十二時麽曰如何是十二時師曰子丑寅卯僧禮拜師示頌曰十二時中那事別子丑寅

卯吾今説若會唯心萬法空釋迦彌勒從茲決

五燈會元卷第十二

音釋

鈯陀沒切音突鈍也　釃想里切音躧下酒也　痿儒隹切音甤痺疾　羸盧回切音雷瘦也　躂他達切音闥足跌也　椀與盌同小盂也　勔美辨切音緬勉也　臔胡典切音峴肥也

五燈會元卷第十三

宋沙門大川濟纂

青原下三世

藥山儼禪師法嗣

潭州道吾山宗智禪師豫章海昬張氏子幼依槃和尚受教登戒預藥山法會密契心印一日山問子去何處來師曰遊山來山曰不離此室速道將來師曰山上烏兒頭似雪澗底遊魚忙不徹師離藥山見南泉泉問闍黎名甚麼師曰宗智泉曰智不到處作麼生宗師曰切忌道著泉曰灼然道著即頭角生三日後師與雲巖在後架把針泉見乃問智頭陀前日道智不到處切忌道著道著即頭角生合作麼生行履師便抽身入僧堂泉便歸方丈師又來把針巖曰師弟適來爲甚不祇對和尚師曰你不妨靈利巖不薦却問南泉適來智頭陀爲甚不祇對和尚某甲不會乞師垂示泉曰他却是異類中行巖曰如何是異類中行泉曰不見道智不到處切忌道著道著即頭角生直須向異類中行巖亦不會師知雲巖不薦乃曰此人因緣不在此却同回藥山山問汝回何速巖曰秖爲因緣不契山曰有何因緣巖舉前話山曰子作麼生會他這箇時節便回巖無對山乃大笑巖便問如何是異類中行山曰吾今日困倦且待別時來巖曰某甲特爲此事歸來山曰且去巖便出師在方丈外聞巖不薦不覺齩得指頭血出師却下來問巖師兄去問和尚那因緣作麼生巖曰和尚不與某甲說師便低頭僧問雲居切忌道著意作麼生居云此語最毒云如何是最毒底語居云一棒打殺龍蛇雲

巖臨遷化遣書辭師師覽書了謂洞山容師伯曰雲巖不知有我悔當時不向伊道雖然如是要且不違藥山之子玄覺云古人恁麼道還知有也未又云雲巖當時不會且道甚麼處是伊不會處藥山上堂曰我有一句子未曾說向人師出曰相隨來也僧問藥山一句子如何說山曰非言說師曰早言說了也師一日提笠出雲巖指笠曰用這箇作甚麼師曰有用處巖曰忽遇黑風猛雨來時如何師曰蓋覆著巖曰他還受蓋覆麼師曰然雖如是且無滲漏溈山問雲巖菩提以何爲座巖曰以無爲爲座巖却問溈山山曰以諸法空爲座又問師作麼生師曰坐也聽伊坐卧也聽伊卧有一人不坐不卧速道速道山休去溈山問師甚麼處去來師曰看病來山曰有幾人病師曰有病底有不病底山曰不病底莫是智頭陀麼師曰病與不病總不干他事速道速道山曰道得也與他没交涉僧問萬里無雲未是本來天如何是本來天師曰今日好曬麥雲巖問師弟家風近日如何師曰教師兄指點堪作甚麼巖曰無這箇來多少時也師曰牙根猶帶生澁在僧問如何是今時著力處師曰千人萬人喚不回頭方有少分相應曰忽然火起時如何師曰能燒大地師却問僧除却星與燄那箇是火曰不是火別一僧却問師還見火麼師曰見曰見從何起師曰除却行住坐卧別請一問有施主施裩藥山提起示衆曰法身還具四大也無有人道得與他一腰裩師曰性地非空空非性地此是地大三大亦然山曰與汝一腰裩師指佛桑花問僧曰這箇何似那箇曰

直得寒毛卓竪師曰畢竟如何曰道吾門下底師曰十里大王雲巖不安師乃謂曰離此殼漏子向甚麼處相見巖曰不生不滅處相見師曰何不道非不生不滅處亦不求相見雲巖補鞋次師問作甚麼巖曰將敗壞補敗壞師曰何不道即敗壞非敗壞師聞僧念維摩經云八千菩薩五百聲聞皆欲隨從文殊師利師問曰甚麼處去其僧無對師便打後僧問禾山山曰給侍者方諳師到五峰峰問還識藥山老宿否師曰不識峰曰爲甚麼不識師曰不識不識問如何是祖師西來意師曰東土不曾逢因設先師齋僧問未審先師還來也無師曰汝諸人用設齋作甚麼石霜問和尚一片骨敲著似銅鳴向甚麼處去也師喚侍者者應諾師曰驢年去唐太和九年九月示疾有苦僧衆慰問體候師曰有受非償子知之乎衆皆愀然越十日將行謂衆曰吾當西邁理無東移言訖告寂闍維得靈骨數片建塔道吾後雷遷於石霜山之陽

潭州雲巖曇晟禪師鍾陵建昌王氏子少出家於石門參百丈海禪師二十年因緣不契後造藥山山問甚處來曰百丈來山曰百丈有何言句示徒師曰尋常道我有一句子百味具足山曰鹹則鹹味淡則淡味不鹹不淡是常味作麼生是百味具足底句師無對山曰爭奈目前生死何師曰目前無生死山曰在百丈多少時師曰二十年山曰二十年在百丈俗氣也不除他日侍立次山又問百丈更說甚麼法師曰有時道三句外省去六句內會取山曰三千里外且喜沒交涉山又問

更說甚麼法師曰有時上堂大衆立定以拄杖一時趂散復召大衆衆回首丈曰是甚麼山曰何不早恁麼道今日因子得見海兄師於言下頓省便禮拜一日山問汝除在百丈更到甚麼處來師曰曾到廣南來曰見說廣州城東門外有一片石被州主移去是否師曰非但州主闔國人移亦不動山又問聞汝解弄師子是否師曰是曰弄得幾出師曰弄得六出曰我亦弄得師曰和尚弄得幾出曰我弄得一出師曰一即六六即一後到潙山潙問承聞長老在藥山弄師子是否師曰是曰長弄有置時師曰要弄即弄要置即置曰置時師子在甚麼處師曰置也置也僧問從上諸聖甚麼處去師良久曰作麼作麼問暫時不在如同死人時如何師曰好埋却問太保任底人與那箇是一是二師曰一機之絹是一段是兩段（洞山代云如人接樹）師煎茶次道吾問煎與阿誰師曰有一人要曰何不教伊自煎師曰幸有某甲在師問石霜甚麼處來曰潙山來師曰在彼中得多少時曰粗經冬夏師曰恁麼即成山長也曰雖在彼中却不知師曰他家亦非知非識石霜無對（道吾聞云得恁麼無佛法身心）住後上堂示衆曰有箇人家兒子問著無有道不得底洞山出問曰他屋裏有多少典籍師曰一字也無曰爭得恁麼多知師曰日夜不曾眠山曰問一段事還得否師曰道得却不道問僧甚處來曰添香來師曰還見佛否曰見師曰甚麼處見曰下界見師曰古佛古佛道吾問大悲千手眼那箇是正眼師曰如人夜間背手摸枕子吾曰我會也師曰作

麼生會吾曰遍身是手眼師曰道也太煞道秖道得八成吾曰師兄作麼生師曰通身是手眼掃地次道吾曰太區區生師曰須知有不區區者吾曰恁麼則有第二月也師竪起掃帚曰是第幾月吾便行(玄沙聞云正是第二月)問僧甚處來曰石上語話來師曰石還點頭也無僧無對師自代曰未語話時却點頭師作草鞋次洞山近前曰乞師眼睛得麼師曰汝底與阿誰去也曰良价無師曰設有汝向甚麼處著山無語師曰乞眼睛底是眼否山曰非眼師便喝出尼僧禮拜師問汝爺在否曰在師曰年多少曰年八十師曰汝有箇爺不年八十還知否曰莫是恁麼來者師曰恁麼來者猶是兒孫(洞山代云直是不恁麼來者亦是兒孫)僧問一念瞥起便落魔界時如何師曰汝因甚麼却從佛界來僧無對師曰會麼曰不會師曰莫道體不得設使體得也秖是左之右之院主遊石室回師問汝去入到石室裏許爲秖恁麼便回主無對洞山代曰彼中已有人占了也師曰汝更去作甚麼山曰不可人情斷絕去也會昌元年辛酉十月二十六日示疾命澡身竟喚主事令備齋來日有上座發去至二十七夜歸寂茶毗得舍利一千餘粒瘞於石塔謚無住大師

秀州華亭船子德誠禪師節操高邈度量不羣自印心於藥山與道吾雲巖爲同道交洎離藥山乃謂二同志曰公等應各據一方建立藥山宗旨予率性疎野唯好山水樂情自遣無所能也他後知我所止之處若遇靈利座主指一人來或堪雕琢將授生平所得以

報先師之恩遂分擕至秀州華亭泛一小舟隨緣度日以接四方往來之者時人莫知其高蹈因號船子和尚一日泊船岸邊閑坐有官人問如何是和尚日用事師豎橈子曰會麼官人曰不會師曰棹撥清波金鱗罕遇師有偈曰三十年來坐釣臺鉤頭往往得黃能金鱗不遇空勞力收取絲綸歸去來千尺絲綸直下垂一波纔動萬波隨夜靜水寒魚不食滿船空載月明歸三十年來海上遊水清魚現不吞鉤釣竿斫盡重栽竹不計功程得便休有一魚兮偉莫裁混融包納信奇哉能變化吐風雷下線何曾釣得來别人秖看採芙蓉香氣長粘遶指風兩岸映一船紅何曾解染得虛空問我生涯秖是船子孫各自睹機緣不由地不由天除却簑衣無可傳道吾後到京口遇夾山上堂僧問如何是法身山曰法身無相曰如何是法眼山曰法眼無瑕道吾不覺失笑山便下座請問道吾某甲適來秖對這僧話必有不是致令上座失笑望上座不吝慈悲吾曰和尚一等是出世未有師在山曰某甲甚處不是望爲說破吾曰某甲終不說請和尚却往華亭船子處去山曰此人如何吾曰此人上無片瓦下無卓錐和尚若去須易服而往山乃散衆束裝直造華亭船子纔見便問大德住甚麼寺山曰寺即不住住即不似師曰不似似箇甚麼山曰不是目前法師曰甚處學得來山曰非耳目之所到師曰一句合頭語萬劫繫驢橛師又問垂絲千尺意在深潭離鉤三寸子何不道山擬開口被師一橈打落水中山纔上船師又

曰道道山擬開口師又打山豁然大悟乃點頭三下師曰竿頭絲線從君弄不犯清波意自殊山遂問拋綸擲釣師意如何師曰絲懸渌水浮定有無之意山曰語帶玄而無路舌頭談而不談師曰釣盡江波金鱗始遇山乃掩耳師曰如是如是遂囑曰汝向去直須藏身處沒蹤跡沒蹤跡處莫藏身吾三十年在藥山秖明斯事汝今已得他後莫住城隍聚落但向深山裏钁頭邊覓取一箇半箇接續無令斷絕山乃辭行頻頻回顧師遂喚闍黎山乃回首師竪起橈子曰汝將謂別有乃覆船入水而逝

宣州椑樹慧省禪師洞山參師問來作甚麼山曰來親近和尚師曰若是親近用動這兩片皮作麼山無對曹山云一子親得僧問如何是佛師曰猫兒上露柱曰學人不會師曰問取露柱去

鄂州百巖明哲禪師藥山看經次師曰和尚休猱人好山置經曰日頭早晚也師曰正當午山曰猶有文彩在師曰某甲無亦無山曰汝太煞聰明師曰某甲秖恁麼和尚作麼生山曰跛跛挈挈百醜千拙且恁麼過洞山與密師伯到參師問二上座甚處來山曰湖南師曰觀察使姓甚麼曰不得姓師曰名甚麼曰不得名師曰還治事也無曰自有郎幕在師曰還出入也無曰不出入師曰豈不出入山拂袖便出師次早入堂召二上座曰昨日老僧對闍黎一轉語不相契一夜不安今請闍黎別下一轉語若愜老僧意便開粥相伴過夏山曰請和尚問師曰豈不出入山曰太

尊貴生師乃開粥同共過夏

澧州高沙彌初參藥山山問甚處來師曰南嶽來山曰何處去師曰江陵受戒去山曰受戒圖甚麼師曰圖免生死山曰有一人不受戒亦無生死可免汝還知否師曰恁麼則佛戒何用山曰這沙彌猶挂唇齒在師禮拜而退道吾來侍立山曰適來有箇跛脚沙彌却有些子氣息吾曰未可全信更須勘過始得至晚山上堂召曰早來沙彌在甚麼處師出衆立山問我聞長安甚鬧你還知否師曰我國晏然（法眼別云見誰說）山曰汝從看經得請益得師曰不從看經得亦不從請益得山曰大有人不看經不請益爲甚麼不得師曰不道他不得秖是不肯承當山顧道吾雲巖曰不信道師一日辭藥山山問甚麼處去師曰某甲在衆有妨且往路邊卓箇草菴接待往來茶湯去山曰生死事大何不受戒去師曰知是般事便休更喚甚麼作戒山曰汝既如是不得離我左右時復要與子相見師住菴後一日歸來值雨山曰你來也師曰是山曰可煞濕師曰不打這箇鼓笛雲巖曰皮也無打甚麼鼓道吾曰鼓也無打甚麼皮山曰今日大好一場曲調僧問一句子還有該不得處否師曰不順世藥山齋時自打鼓師捧鉢作舞入堂山便擲下鼓槌曰是第幾和師曰是第二和山曰如何是第一和師就桶舀一杓飯便出

鼎州李翺刺史嚮藥山玄化屢請不赴乃躬謁之山執經卷不顧侍者曰太守在此守性褊急乃曰見面不如聞名拂袖便出山曰太

守何得貴耳賤目守回拱謝問曰如何是道山以手指上下曰會麼守曰不會山曰雲在青天水在瓶守忻愜作禮而述偈曰錬得身形似鶴形千株松下兩函經我來問道無餘說雲在青天水在瓶（玄覺云且道李太守是讚他語明他語須是行脚眼始得）守又問如何是戒定慧山曰貧道這裏無此閑家具守莫測玄旨山曰太守欲得保任此事直須向高高山頂立深深海底行閨閤中物捨不得便爲滲漏守見老宿獨坐問曰端居丈室當何所務宿曰法身凝寂無去無來（法眼別云汝作甚麼來　法燈別云非公境界）

丹霞然禪師法嗣

京兆府翠微無學禪師初問丹霞如何是諸佛師霞咄曰幸自可憐生須要執巾帚作麼師退身三步霞曰錯師進前霞曰錯錯師翹一足旋身一轉而出霞曰得卽得孤他諸佛師由是領旨住後投子問未審二祖初見達磨有何所得師曰汝今見吾復何所得投子頓悟玄旨一日師在法堂內行投子進前接禮問曰西來密旨和尚如何示人師駐步少時子曰乞師垂示師曰更要第二杓惡水那子便禮謝師曰莫埰根子曰時至根苗自生師因供養羅漢僧問丹霞燒木佛和尚爲甚麼供養羅漢師曰燒也不燒著供養亦一任供養曰供養羅漢羅漢還來也無師曰汝每日還喫飯麼僧無語師曰少有靈利底

吉州孝義寺性空禪師僧叅師乃展手示之僧近前却退後師曰父母俱喪略不慘顏僧呵呵大笑師曰少間與闍黎舉哀僧打筋斗而出師曰蒼天蒼天僧叅人事畢師曰與麼

下去還有佛法道理也無曰某甲結舌有分師曰老僧又作麽生曰素非好手師便仰身合掌僧亦合掌師乃撫掌三下僧拂袖便出師曰烏不前兎不後幾人於此茫然走秖有闍黎達本源結舌何曾著空有

米倉和尚新到叅遶師三匝敲禪牀曰不見主人公終不下叅衆師曰甚麽處情識去來曰果然不在師便打一拄杖僧曰幾落情識師曰村草步頭逢著一箇有甚麽話處曰且叅衆去

丹霞山義安禪師僧問如何是佛師曰如何是上座曰恁麽即無異去也師曰誰向汝道

本童禪師因僧寫師真呈師曰此若是我更呈阿誰曰豈可分外也師曰若不分外汝却收取僧擬收師打曰正是分外强爲曰若恁麽即須呈於師也師曰收取收取

潭州川禪師法嗣

仙天禪師新羅僧參方展坐具擬禮拜師捉住云未發本國時道取一句僧無語師便推出曰問伊一句便道兩句僧參展坐具師曰這裏會得孤負平生去也曰不向這裏會得又作麽生師曰不向這裏會更向那裏會便打出僧參纔展坐具師曰不用通時暄還我文彩未生時道理來曰某甲有口瘂却即閑苦死覓箇臘月扇子作麽師拈棒作打勢僧把住曰還我未拈棒時道理師曰隨我者隨之南北不隨我者死住東西曰隨與不隨且置請師指出東西南北師便打披雲和尚來纔入方丈師便問未見東越老人時作麽生爲物雲曰秖見雲生碧嶂焉知月落寒潭師

曰秖與麼也難得曰莫是未見時麼師便喝雲展兩手師曰錯怪人者有甚麼限雲掩耳而出師曰死却這漢平生也洛瓶和尚參師問甚處來瓶曰南溪師曰還將南溪消息來麼曰消即消已息即未息師曰最苦是未息瓶曰且道未息箇甚麼師曰一回見面千載忘名瓶拂袖便出師曰弄死蛇手有甚麼限僧參擬禮拜師曰野狐兒見甚麼了便禮拜曰老禿奴見甚麼了便恁麼問師曰苦哉苦哉仙天今日忘前失後曰要且得時終不補失師曰爭不如此曰誰甘師呵呵大笑曰遠之遠矣僧四顧便出

福州普光禪師僧侍立次師以手開胷曰還委老僧事麼曰猶有這箇在師却掩胷曰不妨太顯曰有甚麼避處師曰的是無避處曰即今作麼生師便打

大顛通禪師法嗣

漳州三平義忠禪師福州楊氏子初參石鞏鞏常張弓架箭接機師詣法席鞏曰看箭師乃撥開胷曰此是殺人箭活人箭又作麼生鞏彈弓弦三下師乃禮拜鞏曰三十年張弓架箭秖射得半箇聖人遂拗折弓箭後參大顛舉前話顛曰既是活人箭為甚麼向弓上辨平無對顛曰三十年後要人舉此話也難得師問大顛不用指東劃西便請直指顛曰幽州江口石人蹲師曰猶是指東劃西顛曰若是鳳凰兒不向那邊討師作禮顛曰若不得後句前話也難圓師住三平上堂曰今時人出來盡學馳求造作將當自己眼目有甚麼相當阿汝欲學麼不要諸餘汝等各有

本分事何不體取作麼心憤憤口悱悱有甚麼利益分明向汝說若要修行路及諸聖建立化門自有大藏教文在若是宗門中事宜汝切不得錯用心僧問宗門中還有學路也無師曰有一路滑如苔曰學人還躡得否師曰不擬心汝自看問黑豆未生芽時如何師曰佛亦不知講僧問三乘十二分教某甲不疑如何是祖師西來意師曰龜毛拂子兎角拄杖大德藏向甚麼處曰龜毛兎角豈是有耶師曰肉重千斤智無銖兩上堂諸人若未曾見知識即不可若曾見作者來便合體取些子意度向巖谷間木食草衣恁麼去方有少分相應若馳求知解義句即萬里望鄉關去也珍重問侍者姓甚麼者曰與和尚同姓師曰你道三平姓甚麼者曰問頭何在師曰幾時問汝者曰問姓者誰師曰念汝初機放汝三十棒師有偈曰即此見聞非見聞無餘聲色可呈君箇中若了全無事體用何妨分不分陞座次有道士出衆從東過西一僧從西過東師曰適來道士却有見處師僧未在士出作禮曰謝師接引師便打僧出作禮曰乞師指示師亦打復謂衆曰此兩件公案作麼生斷還有人斷得麼如是三問衆無對師曰既無人斷得老僧爲斷去乃擲下拄杖歸方丈

馬頰山本空禪師上堂秖這施爲動轉還合得本來祖翁麼若合得十二時中無虛棄底道理若合不得喫茶說話徃徃喚作茶話在僧便問如何免得不成茶話去師曰你識得口也未曰如何是口師曰兩片皮也不識曰

如何是本來祖翁師曰大衆前不要牽爺恃娘曰大衆欣然去也師曰你試點大衆性看僧作禮師曰伊往往道一性一切性在僧欲進語師曰孤負平生行脚眼問去却即今言句請師直指本來性師曰你迷源來得多少時曰即今蒙和尚指示師曰若指示你我即迷源曰如何即是師示須曰心是性體性是心用心性一如誰別誰共妄外迷源秖者難洞古今凡聖如幻如夢

本生禪師拈拄杖示衆曰我若拈起你便向未拈起時作道理我若不拈起你便向拈起時作主宰且道老僧爲人在甚處時有僧出曰不敢妄生節目師曰也知闍黎不分外曰低低處平之有餘高高處觀之不足師曰節目上更生節目僧無語師曰掩鼻偷香空招罪犯

長髭曠禪師法嗣

潭州石室善道禪師作沙彌時長髭遣令受戒謂之曰汝回日須到石頭和尚處禮拜師受戒後乃參石頭一日隨頭遊山次頭曰汝與我斫却面前樹子免礙我師曰不將刀來頭乃抽刀倒與師曰何不過那頭來頭曰你用那頭作甚麼師即大悟便歸長髭髭問汝到石頭否師曰到即到秖是不通號髭曰從誰受戒師曰不依他髭曰在彼即恁麼來我這裏作麼生師曰不違背髭曰太忉忉生師曰舌頭未曾點著在髭喝曰沙彌出去師便出髭曰爭得不遇於人師尋值沙汰乃作行者居於石室每見僧便竪起杖子曰三世諸佛盡由這箇對者少得冥契長沙聞乃曰我

若見即令放下拄杖別通箇消息三聖將此語䄵對被師認破是長沙語杏山聞三聖失機乃親到石室師見杏山僧衆相隨潛入碓坊碓米杏曰行者接待不易貧道難消師曰開心椀子盛將來無蓋盤子合取去說甚麼難消杏便休仰山問佛之與道相去幾何師曰道如展手佛似握拳曰畢竟如何的當可信可依師以手撥空三下曰無恁麼事無恁麼事曰還假看教否師曰三乘十二分教是分外事若與他作對即是心境兩法能所雙行便有種種見解亦是狂慧未足爲道若不與他作對一事也無所以祖師道本來無一物汝不見小兒出胎時可道我解看教不解看教當恁麼時亦不知有佛性義無佛性義及至長大便學種種知解出來便道我能我解不知總是客塵煩惱十六行中嬰兒行爲最哆哆和和時喻學道之人離分別取捨心故讚歎嬰兒何況喻取之若謂嬰兒是道今時人錯會師一夕與仰山翫月山問這箇月尖時圓相甚麼處去圓時尖相又甚麼處去師曰尖時圓相隱圓時尖相在（雲巖云尖時圓相在圓時無尖相道吾云尖時亦不尖圓時亦不圓）仰山辭師送出門乃召曰闍黎山應諾師曰莫一向去却回這邊來僧問曾到五臺否師曰曾到曰還見文殊麼師曰見曰文殊向行者道甚麼師曰文殊道你生身父母在深草裏

青原下四世

道吾智禪師法嗣

潭州石霜山慶諸禪師廬陵新淦陳氏子依洪井西山紹鑾禪師落髮詣洛下學毗尼教

雖知聽制終爲漸宗回祗溈山爲米頭一日篩米次溈曰施主物莫抛散師曰不抛撒溈於地上拾得一粒曰汝道不抛撒這箇是甚麼師無對溈又曰莫輕這一粒百千粒盡從這一粒生師曰百千粒從這一粒生未審這一粒從甚麼處生溈呵呵大笑歸方丈溈至晚上堂曰大衆米裡有蟲諸人好看後參道吾問如何是觸目菩提吾喚沙彌彌應諸吾曰添淨缾水著良久却問師汝適來問甚麼師擬舉吾便起去師於此有省吾將順世垂語曰吾心中有一物久而爲患誰能爲我除之師曰心物俱非除之益患吾曰賢哉賢哉師後避世混俗于長沙瀏陽陶家坊朝遊夕處人莫能識後因僧自洞山來師問和尚有何言句示徒曰解夏上堂云秋初夏末兄弟或東去西去直須向萬里無寸草處去良久曰秪如萬里無寸草處作麼生去師曰有人下語否曰無師曰何不道出門便是草僧回舉似洞山山曰此是一千五百人善知識語因茲囊錐始露果熟香飄衆命住持上堂汝等諸人自有本分事不用馳求無你是非處無你齩嚼處一代時敎整理時人脚手凡有其由皆落今時直至法身非身此是敎家極則我輩沙門全無肯路若分則差不分則坐著泥水但由心意妄説見聞僧問如何是西來意師曰空中一片石僧禮拜師曰會麼曰不會師曰賴汝不會若會即打破汝頭問如何是和尚本分事師曰石頭還汗出麼問到這裏爲甚麼却道不得師曰脚底著口問真身還出世也無師曰不出世曰爭奈真身何

師曰瑠璃缾子口問如何是和尚深深處師曰無鬚鎖子兩頭揺師在方丈内僧在牕外問咫尺之間爲甚麽不覩師顔師曰徧界不曾藏僧舉問雪峰徧界不曾藏意旨如何峰曰甚麽處不是石霜師聞曰這老漢著甚麽死急峰聞曰老僧罪過東禪齊云秖如雪峰是會石霜意不會石霜意若會他爲甚麽道死急若不會雪峰作麽不會然法且無異柰以師承不同解之差別他云徧界不曾藏也須曾學來始得會亂說即不可裴相公來師拈起裴笏問在天子手中爲珪在官人手中爲笏在老僧手中且道喚作甚麽裴無對師乃留下笏示衆初機未覯大事先須識取頭其尾自至踈山仁參問如何是頭師曰直須知有曰如何是尾師曰盡却今時曰有頭無尾時如何師曰吐得黄金堪作甚麽曰有尾無頭時如何師曰猶有依倚在曰直得頭尾相稱時如何師曰渠不作箇解會亦未許渠在僧辭師問船去陸去曰遇船即船遇陸即陸師曰我道半途稍難僧無對僧問三千里外遠聞石霜有箇不顧師曰是曰秖如萬象歷然是顧不顧師曰我道不驚衆曰不驚衆是與萬象合如何是不顧師曰徧界不曾藏問如何是祖師西來意師乃齩齒示之僧不會後問九峰曰先師齩齒意旨如何峰曰我寧可截舌不犯國諱又問雲葢葢曰我與先師有甚麽冤讐問僧近離甚處曰審道師於面前畫一畫曰汝剌脚與麽來還審得這箇麽曰審不得師曰汝納衣與麽厚爲甚却審這箇不得曰某甲納衣雖厚爭柰審這箇不得師曰與麽則七佛出世也救你不得曰說甚七佛千佛出世也救某甲不得師曰太懵懂

生曰爭柰聻師曰參堂去僧曰喏喏問童子不坐白雲牀時如何師曰不打水魚自驚洞山問向前一箇童子甚了事如今向甚處去也師曰火焰上泊不得却歸清涼世界去也問佛性如虛空是否師曰卧時即有坐時即無問忘收一足時如何師曰不共汝同盤問風生浪起時如何師曰湖南城裡太煞鬧有人不肯過江西問如何是佛法大意師曰落花隨水去曰意旨如何師曰脩竹引風來問如何是塵劫來事師曰冬冬天則有夏天則無師頌洞山五位王子誕生曰天然貴胤本非功德合乾坤育勢隆始末一朝無雜種分宮六宅不他宗上和下睦陰陽順共氣連枝器量同欲識誕生王子父鶴冲霄漢出銀籠朝生曰苦學論情世莫羣出來凡事已超倫詩成五字三冬雪筆落分毫四海雲萬卷積功彰聖代一心忠孝輔明君鹽梅不是生知得金榜何勞顯至勲末生曰久棲巖壑用功夫草榻柴扉守志孤十載見聞心自委一身冬夏衣縑無澄凝含笑三秋思清苦高名上哲圖業就高科酬志極比來臣相不當途化生曰傍分帝位爲傳持萬里山河布政威紅影日輪凝下界碧油風冷暑炎時高低豈廢尊甲奉五袴蘇途遠近知妙印手持煙塞靜當陽那肯露纖機内生曰九重密處復何宣挂弊由來顯妙傳祇奉一人天地貴從他諸道自分權紫羅帳合君臣隔黃閣簾垂禁制全爲汝方隅宮屬戀遂將黃葉止啼錢師居石霜山二十年間學衆有長坐不卧屹若株杌天下謂之枯木衆也唐僖宗聞師道譽賜紫

衣師牢辭不受光啟四年示疾告寂塔於院之西北隅謚普惠大師

潭州漸源仲興禪師在道吾爲侍者因過茶與吾吾提起盞曰是邪是正師乂手近前目視吾吾曰邪則總邪正則總正師曰某甲不恁麼道吾曰汝作麼生師奪盞子提起曰是邪是正吾曰汝不虛爲吾侍者師便禮拜一日侍吾往檀越家弔慰師撫棺曰生邪死邪吾曰生也不道死也不道師曰爲甚麼不道吾曰不道不道歸至中路師曰和尚今日須與某甲道若不道打和尚去也吾曰打即任打道即不道師便打吾歸院曰汝宜離此去恐知事得知不便師乃禮辭隱于村院經三年後忽聞童子念觀音經至應以比丘身得度者即現比丘身忽然大省遂焚香遥禮曰信知先師遺言終不虛發自是我不會却怨先師先師既没唯石霜是嫡嗣必爲證明乃造石霜霜見便問離道吾後到甚處來師曰秖在村院寄足霜曰前來打先師因緣會也未師起身進前曰却請和尚道一轉語霜曰不見道生也不道死也不道師乃述在村院得底因緣遂禮拜石霜設齋懺悔他日持鍬復到石霜於法堂上從東過西從西過東霜曰作麼師曰覔先師靈骨霜曰洪波浩渺白浪滔天覔甚先師靈骨師曰正好著力霜曰這裏針劄不入著甚麼力源持鍬肩上便出（太原孚上座代云先師靈骨猶在）師後住漸源一日在紙帳内坐有僧來撥開帳曰不審師以目視之良久曰會麼曰不會師曰七佛以前事爲甚麼不會僧舉似石霜霜曰如人解射箭不虛發

一日寶蓋和尚來訪師便捲起簾子在方丈内坐蓋一見乃下却簾便歸客位師令侍者傳語長老遠來不易猶隔津在蓋擒住侍者與一掌者曰不用打某甲有堂頭和尚在蓋曰爲有堂頭老漢所以打你者回舉似師師曰猶隔津在

淥清禪師僧問不落道吾機請師道師曰庭前紅莧樹生葉不生華僧良久師曰會麼曰不會師曰正是道吾機因甚麼不會僧禮拜師打曰須是老僧打你始得問如何是無相師曰山青水緑僧參師以目視之僧曰是箇機關於某甲分上用不著師彈指三下僧遶禪牀一匝依位立師曰參堂去僧始出師便喝僧却以目視之師曰灼然用不著僧禮拜

雲巖晟禪師法嗣

涿州杏山鑒洪禪師臨濟問如何是露地白牛師曰吽吽濟曰瘂却杏山口師曰老兄作麼生濟曰這畜生師便休示滅後荼毗收五色舍利建塔

潭州神山僧密禪師師在南泉打羅次泉問作甚麼師曰打羅曰手打脚打師曰却請和尚道泉曰分明記取向後遇明眼作家但恁麼舉似（雲巖代云無手脚者始解打）師與洞山渡水山曰莫錯下脚師曰錯即過不得也山曰不錯底事作麼生師曰共長老過水一日與洞山鉏茶園山擲下钁頭曰我今日一點氣力也無師曰若無氣力爭解恁麼道山曰汝將謂有氣力底是裴大夫問僧供養佛佛還喫否僧曰如大夫祭家神大夫舉似雲巖巖曰這僧未出家在曰和尚又如何巖曰有幾般飯食

但一時下來巖却問師一時下來又作麼生師曰合取鉢盂巖肯之問一地不見二地時如何師曰汝莫錯否汝是何地問生死事乞師一言師曰汝何時死去來曰某甲不會請師說師曰不會須死一場始得師與洞山行次忽見白兎走過師曰俊哉洞曰作麼生師曰大似白衣拜相洞曰老老大大作這箇說話師曰你作麼生洞曰積代簪纓暫時落魄師把針次洞山問曰作甚麼師曰把針洞曰把針事作麼生師曰針針相似洞曰二十年同行作這箇語話豈有與麼工夫師曰長老又作麼生洞曰如大地火發底道理師問洞山智識所通莫不遊踐徑截處乞師一言洞曰師伯意何得取功師因斯頓覺下語非常後與洞山過獨木橋洞先過了拈起木橋曰過來師喚价闍黎洞乃放下橋木

幽谿和尚僧問大用現前不存軌則時如何師起遶禪床一匝而坐僧擬進語師與一蹋僧歸位而立師曰汝恁麼我不恁麼汝不恁麼我却恁麼僧再擬進語師又與一蹋曰三十年後吾道大行問如何是祖師禪師曰泥牛步步出人前問處處該不得時如何師曰夜半石人無影像縱橫不辨往來源

五燈會元卷第十三

音釋

齩 五巧切音咬齧也　曬 所賣切音曥暴乾物也　钁 厥縛切音矍大鉏也　悱 妃尾切音斐口欲言而未能之貌　淦 古暗切音紺水名　杌 五忽切音兀木無枝也　蹋 達合切音沓踐也

五燈會元卷第十四

宋沙門大川濟纂

青原下四世

船子誠禪師法嗣

澧州夾山善會禪師廣州廖氏子幼歲出家依年受戒聽習經論該練三學出住潤州鶴林因道吾勸發往見船子由是師資道契微眹不露語見船子章恭稟遺命遁世忘機尋以學者交湊廬室星布曉夕參依咸通庚寅海衆卜於夾山遂成院宇上堂有祖以來時人錯會相承至今以佛祖言句爲人師範若或如此却成狂人無智人去他秖指示汝無法本是道道無一法無佛可成無道可得無法可取無法可捨所以老僧道目前無法意在目前他不是目前法若向佛祖邊學此人未具眼在何故皆屬所依不得自在本秖爲生死茲茲識性無自由分千里萬里求善知識須具正眼求脫虛謬之見定取目前生死爲後實有爲復實無若有人定得許汝出頭上根之人言下明道中下根器波波浪走何不向生死中定當取何處更疑佛疑祖替汝生死有智人笑汝汝若不會更聽一頌勞持生死法唯向佛邊求目前迷正理撥火覓浮漚僧問從上立祖意教意和尚爲甚麼却言無師曰三年不喫飯目前無饑人曰既是無饑人某甲爲甚麼不悟師曰秖爲悟迷却闍黎復示偈曰明明無悟法悟法却迷人長舒兩脚睡無僞亦無眞問十二分教及祖意和尚爲甚麼不許人問師曰是老僧坐具曰和尚以何法示人師曰虛空無挂針之路子虛徒撚

線之功又曰會麼曰不會師曰金粟之苗裔舍利之眞身罔象之玄談是野狐之窟宅上堂不知天曉悟不由師龍門躍鱗不墮漁人之手但意不寄私緣舌不親玄旨正好知音此名俱生話若向玄旨疑去賺殺闍黎困魚止濼鈍鳥棲蘆雲水非闍黎闍黎非雲水老僧於雲水而得自在闍黎又作麼生西川座主罷講徧參到襄州華嚴和尚處問曰祖意教意是同是別嚴曰如車二輪如鳥二翼主曰將爲禪門別有長處元來無遜歸蜀後聞師道播諸方令小師持此語問師曰雕砂無鏤玉之談結草乖道人之意主聞舉遥禮曰元來禪門中別有長處上堂聞中生解意下丹青目前即美久蘊成病青山與白雲從來不相到機絲不挂梭頭事文彩縱橫意自殊

嘉祥一路智者知疏瑞草無根賢者不貴問如何是道師曰太陽溢目萬里不挂片雲曰不會師曰清清之水遊魚自迷問如何是本師曰飲水不迷源問古人布髮掩泥當爲何事師曰九烏射盡一翳猶存一箭墮地天下黯黑問祖意教意是同是別師曰風吹荷葉滿池青十里行人較一程問撥塵見佛時如何師曰直須揮劍若不揮劍漁父棲巢僧後問石霜撥塵見佛時如何霜曰渠無國土甚處逢渠僧回舉似師師上堂舉了乃曰門庭施設不如老僧入理深談猶較石霜百步問兩鏡相照時如何師曰蚌呈無價寶龍吐腹中珠問如何是寂默中事師曰寢殿無人師喫茶了自烹一椀過與侍者者擬接師乃縮手曰是甚麼者無對座主問若是教意某甲

即不疑秖如禪門中事如何師曰老僧秖解變生爲熟問如何是實際之理師曰石長無根樹山含不動雲問如何是出窟師子師曰虛空無影像足下野雲生師在潙山作典座潙問今日喫甚菜師曰二年同一春潙曰好好修事著師曰龍宿鳳巢問如何識得家中寶師曰怙中爭得作閑人問如何是相似句師曰荷葉團團團似鏡菱角尖尖尖似錐復曰會麼曰不會師曰風吹柳絮毛毬走雨打梨花蛺蝶飛問如何是一老一不老師曰青山元不動澗水鎮長流手執夜明符幾箇知天曉上堂金烏玉兎交互爭輝坐却日頭天下黯黑上唇與下唇從來不相識明明向君道莫令眼顪著何也日月未足爲明天地未足爲大空中不運斤巧匠不遺蹤見性不留佛悟道不存師尋常老僧道目睹瞿曇猶如黄葉一大藏教是老僧坐具祖師玄旨是破草鞋寧可赤脚不著最好僧問如何是佛師曰此問無賔主曰尋常與甚麼人對談師曰文殊與吾擕水去普賢猶未折花來上堂我二十年住此山未曾舉著宗門中事有僧問承和尚有言二十年住此山未曾舉著宗門中事是否師曰是僧便掀倒禪牀師休去至明日普請掘一坑令侍者請昨日僧至曰老僧二十年說無義語今日請上座打殺老僧埋向坑裡便請便請若不打殺老僧上座自著打殺埋在坑中始得其僧歸堂束裝潛去上堂百草頭薦取老僧鬧市裏識取天子虎頭上座參師問甚處來曰湖南來師曰會到石霜麼曰要路經過爭得不到師曰聞石霜

有毬子話是否曰和尚也須急著眼始得師曰作麽生是毬子曰跳不出師曰作麽生是毬杖曰没手足師曰且去老僧未與闍黎相見明日陞座師曰昨日新到在麽頭出應諾師曰目前無法意在目前不是目前法非耳目之所到頭曰今日難問要且不是師曰片月難明非關天地頭曰莫屭沸便作揿禪牀勢師曰且緩緩虧著上座甚麽處頭竪起拳曰目前還著得這箇麽師曰作家作家頭又作揿禪牀勢師曰大衆看這一員戰將若是門庭布列山僧不如他若據入理之談也較山僧一級地上堂眼不挂戸意不停玄直得靈草不生猶是五天之位珠光月魄不是出頭時此間無老僧五路頭無闍黎問如何是夾山境師曰猿抱子歸青嶂裏鳥銜華落碧巖前法眼云我二十年秖作境話會師問僧甚麽處來曰洞山來師曰洞山有何言句示徒曰尋常教學人三路學師曰何者三路曰玄路鳥道展手師曰實有此語否曰實有師曰軌持千里鈔林下道人悲師再闡玄樞迨於一紀唐中和元年十一月七日召主事曰吾與衆僧話道累歲佛法深旨各應自知吾今幻質時盡即去汝等善保護如吾在日勿得雷同世人輒生惆悵言訖奄然而逝塔於本山謚傳明大師

翠微學禪師法嗣

鄂州清平山安樂院令遵禪師東平人也初參翠微便問如何是西來的的意微曰待無人即向汝說師良久曰無人也請和尚說微下禪牀引師入竹園師又曰無人也請和尚

說微指竹曰這竿得恁麼長那竿得恁麼短師雖領其微言猶未徹其玄旨出住大通上堂舉初見翠微機緣謂衆曰先師入泥入水爲我自是我不識好惡師自此化導次遷清平上堂諸上座夫出家人須會佛意始得若會佛意不在僧俗男女貴賤但隨家豐儉安樂便得諸上座盡是久處叢林徧參尊宿且作麼生會佛意試出來大家商量莫空氣高至後一事無成一生空度若未會佛意直饒頭上出水足下出火燒身鍊臂聰慧多辯聚徒一千二千說法如雲如雨講得天華亂墜秖成箇邪說爭競是非去佛法大遠在諸人幸值色身安健不值諸難何妨近前著些工夫體取佛意好僧問如何是大乘師曰井索曰如何是小乘師曰錢貫問如何是清平家風師曰一斗麪作三箇蒸餅問如何是禪師曰猢猻上樹尾連顛問如何是有漏師曰笊籬曰如何是無漏師曰木杓曰覿面相呈時如何師曰分付與典座自餘逗機方便靡狥時情逆順卷舒語超格量天祐十六年終於本山謚法喜禪師

舒州投子山大同禪師本州懷寧劉氏子幼歲依洛下保唐滿禪師出家初習安般觀次閱華嚴教發明性海復謁翠微頓悟宗旨（語見翠微章）由是放意周遊後旋故土隱投子山結茅而居一日趙州和尚至桐城縣師亦出山途中相遇乃逆而問曰莫是投子山主麼師曰茶鹽錢布施我州先歸庵中坐師後攜一缾油歸州曰久嚮投子及乎到來秖見箇賣油翁師曰汝秖識賣油翁且不識投子州曰

如何是投子師提起油餅曰油油州問大死底人却活時如何師曰不許夜行投明須到州曰我早候白伊更候黑上堂汝諸人來這裏擬覓新鮮語句攢華四六圖口裏有可道我老兒氣力稍劣脣舌遲鈍亦無閑言語與汝汝若問我便隨汝答也無玄妙可及於汝亦不教汝垛根終不說向上向下有佛有法有凡有聖亦不存坐繫縛汝諸人變現千般總是汝自生見解擔帶將來自作自受我這裏無可與汝也無表無裏說似諸人有疑便問僧問表裏不收時如何師曰汝擬向這裏垛根便下座問大藏教中還有奇特事也無師曰演出大藏教問如何是眼未開時事師曰目淨修廣如青蓮問一切諸佛及諸佛法皆從此經出如何是此經師曰以是名字汝當奉持問枯木中還有龍吟也無師曰我道髑髏裏有師子吼問一法普潤一切羣生如何是一法師曰雨下也問一塵含法界時如何師曰早是數塵也問金鎻未開時如何師曰開也問學人擬欲修行時如何師曰虛空不曾爛壞巨榮禪客參次師曰老僧未曾有一言半句挂諸方脣齒何用要見老僧榮曰到這裏不施三拜要且不甘師曰出家兒得恁麼沒碑記榮乃遶禪牀一匝而去師曰有眼無耳朶六月火邊坐問一切聲是佛聲是不師曰是曰和尚莫屎沸盌鳴聲師便打問麤言及細語皆歸第一義是不師曰是曰喚和尚作頭驢得麼師便打問如何是十身調御師下禪牀立師指庵前一片石謂雪峰曰三世諸佛總在裏許峰曰須知有不在裏許

者師曰不快漆桶師與雪峰遊龍眠有兩路峰問那箇是龍眠路師以杖指之峰曰東去西去師曰不快漆桶問一槌便就時如何師曰不是性燥漢曰不假一槌時如何師曰不快漆桶峰問此間還有人參也無師將钁頭抛向峰面前峰曰恁麼則當處掘去也師曰不快漆桶峰辭師送出門召曰道者峰回首應諾師曰途中善為問故歲已去新歲到來還有不涉二途者也無師曰有曰如何是不涉二途者師曰元正啓祚萬物咸新問依稀似半月彷彿若三星乾坤收不得師於何處明師曰道甚麼曰想師秖有湛水之波且無滔天之浪師曰閑言語問類中來時如何師曰人類中來馬類中來問祖祖相傳傳箇甚麼師曰老僧不解妄語問如何是出門不見佛師曰無所覩曰如何是入室別爺娘師曰無所生問如何是火焰裏身師曰有甚麼掩處曰如何是炭庫裏藏身師曰我道汝黑似漆問的的不明時如何師曰明也問如何是末後一句師曰最初明不得問從苗辨地因語識人未審將何辨識師曰引不著問院中有三百人還有不在數者也無師曰一百年前五十年後看取問僧久嚮疎山薑頭莫便是否僧無對（法眼代云嚮重和尚日久）問抱璞投師請師雕琢師曰不為棟梁材曰恁麼則卞和無出身處也師曰擔帶即竛竮辛苦曰不擔帶時如何師曰不教汝抱璞投師請師雕琢問那吒析骨還父析肉還母如何是那吒本來身師放下拂子叉手問佛法二字如何辯得清濁師曰佛法清濁曰學人不會師曰汝適來

問箇甚麼問一等是水爲甚麼海鹹河淡師曰天上星地下木法眼別云大似相違問如何是祖師意師曰彌勒覓箇受記處不得問不斷煩惱而入涅槃時如何師作色曰這箇師僧好發業殺人問和尚自住此山有何境界師曰了角女子白頭絲問如何是無情説法師曰惡問如何是毗盧師曰已有名字曰如何是毗盧師師曰未有毗盧時會取問歷落一句請師道師曰好問四山相逼時如何師曰五蘊皆空問一念未生時如何師曰眞箇謾語問凡聖相去幾何師下禪牀立問學人一問即和尚答忽若千問萬問時如何師曰如鷄抱卵問天上天下唯我獨尊如何是我師曰推倒這老胡有甚麼罪過問如何是和尚師師曰迎之不見其首隨之罔眺其後問鑄像未成身在甚麼處師曰莫造作曰爭奈現不現何師曰隱在甚麼處問無目底人如何進步師曰徧十方曰無目爲甚麼徧十方師曰還更著得目也無問如何是西來意師曰不諱問月未圓時如何師曰吞却三箇四箇曰圓後如何師曰吐却七箇八箇問日月未明佛與衆生在甚麼處師曰見老僧嗔便道嗔見老僧喜便道喜問僧甚麼處來曰東西山禮祖師來師曰祖師不在東西山僧無語法眼代云和尚識祖師問如何是玄中的師曰不到汝口裏道問牛頭未見四祖時如何師曰與人爲師曰見後如何師曰不與人爲師問諸佛出世爲一大事因緣和尚出世當爲何事師曰尹司空請老僧開堂問如何是佛師曰幻不可求問千里投師乞師一接師曰今日老僧腰

痛萊頭請益師曰且去待無人時來頭明日伺得無人又來師曰近前來頭近前師曰輙不得舉似於人問併却咽喉脣吻請師道師曰汝秖要我道不得問達磨未來時如何師曰徧天徧地曰來後如何師曰蓋覆不得問如何是無情說法師曰莫惡口問和尚未見先師時如何師曰通身不奈何曰見後如何師曰通身撲不碎曰還從師得也無師曰終不相孤負曰恁麼則從師得也師曰得箇甚麼曰恁麼則孤負先師也師曰非但孤負先師亦乃孤負老僧問七佛是文殊弟子文殊還有師也無師曰適來恁麼道也大似屈已推人問金雞未鳴時如何師曰無這箇音響曰鳴後如何師曰各自知時問師子是獸中之王爲甚麼被六塵吞師曰不作大無人我

師居投子山三十餘載往來激發請益者常盈於室縱以無畏之辯隨問遽答啐啄同時微言頗多今録少分而已中和中巢寇暴起天下喪亂有狂徒持刃問師曰住此何爲師乃隨宜說法渠魁聞而拜伏脫身服施之而去乾化四年四月六日示微疾大衆請醫師謂衆曰四大動作聚散常程汝等勿慮吾自保矣言訖跏趺而寂謚慈濟大師

安吉州道場山如訥禪師僧問如何是教意師曰汝自看僧禮拜師曰明月鋪霄漢山川勢自分問如何得聞性不隨緣去師曰汝聽看僧禮拜師曰聾人也唱胡笳調好惡高低自不聞曰恁麼則闡性宛然也師曰石從空裏立火向水中焚問虛空還有邊際否師曰汝也太多知僧禮拜師曰三尺杖頭挑日月

一塵飛起任遮天問如何是道人師曰行運無蹤跡起坐絕人知曰如何即是師曰三爐力盡無煙燄萬頃平田水不流問一念不生時如何師曰堪作甚麼僧無語師又曰透出龍門雲雨合山川大地入無蹤師目有重瞳手垂過膝自翠微受訣止於此山薙草卓庵學徒四至廣闡法化遂成叢社焉

建州白雲約禪師僧問不坐徧空堂不居無學位此人合向甚麼處安置師曰青天無電影韶國師參師問甚麼處來韶曰江北來師曰船來陸來曰船來師曰還逢見魚鼈麼曰往往遇之師曰遇時作麼生韶曰咄縮頭去師大笑

孝義性空禪師法嗣

歙州茂源禪師因平田參師欲起身田乃把住曰開口即失閉口即喪去此二途請師速道師以手掩耳田放手曰一步易兩步難師曰有甚麼死急田曰若非此箇師不免諸方點檢師不對

棗山光仁禪師上堂衆集師於座前謂衆曰不負平生行脚眼目致箇問來還有麼衆無對師曰若無即陞座去也便登座僧出禮拜師曰負我且從大衆何也便歸方丈翌日有僧請辨前語意旨如何師曰齋時有飯與汝喫夜後有牀與汝眠一向煎迫我作甚麼僧禮拜師曰苦苦僧曰請師直指師乃垂足曰舒縮一任老僧

青原下五世

石霜諸禪師法嗣

潭州大光山居誨禪師京兆人也初造石霜

長坐不卧麻衣草履亾身爲法霜遂令主性空塔院一日霜知縁熟試其所得問曰國家每年放舉人及第朝門還得拜也無師曰有一人不求進霜曰憑何師曰他且不爲名霜曰除却今日别更有時也無師曰他亦不道今日是如是酬問往復無滯盤桓二十餘祀衆請出世僧問秖如達磨是祖否師曰不是祖曰既不是祖又來作甚麽師曰秖爲汝不薦曰薦後如何師曰方知不是祖問混沌未分時如何師曰時教阿誰叙上堂一代時教秖是整理時人手脚直饒剥盡到底也秖成得箇了事人不可將當衲衣下事所以道四十九年明不盡標不起到這裏合作麽生更若切切恐成負累珍重

瑞州九峰道虔禪師福州人也甞爲石霜侍者洎霜歸寂衆請首座繼住持師白衆曰須明得先師意始可座曰先師有甚麽意師曰先師道休去歇去冷湫湫地去一念萬年去寒灰枯木去古廟香爐去一條白鍊去其餘則不問如何是一條白鍊去座曰這箇秖是明一色邊事師曰元來未會先師意在座曰你不肯我那但裝香來香煙斷處若去不得即不會先師意遂焚香香煙未斷座巳脱去師拊座背曰坐脱立亾即不無先師意未夢見在住後僧問無間中人行甚麽行師曰畜生行曰畜生復行甚麽行師曰無間行曰此猶是長生路上人師曰汝須知有不共命者曰不共甚麽命師曰長生氣不常師乃曰諸兄弟還識得命麽欲知命流泉是命湛寂是身千波競涌是文殊境界一亘晴空是普賢

牀榻其次借一句子是指月於中事是話月從上宗門中事如節度使信旗相似且如諸方先德未建許多名目指陳已前諸兄弟約甚麼體格商量到這裏不假三寸試話會看不假耳試采聽看不假眼試辯白看所以道聲前拋不出句後不藏形盡乾坤大地都來是汝當人箇體向甚麼處安眼耳鼻舌莫但向意根下圖度作解盡未來際亦未有休歇分所以洞山道擬將心意學玄宗大似西行却向東珍重問承古有言向外紹則臣位向內紹則王種是否師曰是曰如何是外紹師曰若不知事極頭秖得了事喚則外紹是爲臣種曰如何是內紹師曰知向裏許承當擔荷是爲內紹曰如何是王種師曰須見無承當底人無擔荷底人始得同一色同一色了所以借爲誕生是爲王種曰恁麼則內紹亦須得轉師曰灼然有承當擔荷爭得不轉汝道內紹便是人王種你且道如今還有紹底道理麼所以古人道紹是功紹了非是功轉功位了始喚作人王種曰未審外紹還轉也無師曰外紹全未知有且教渠知有曰如何是知有師曰天明不覺曉問如何是外紹師曰不借別人家裏事曰如何是內紹師曰推爺向裏頭曰二語之中那語最親師曰臣在門裏王不出門曰恁麼則不出門者不落二邊師曰渠也不獨坐世界裏紹王種名外紹王種姓所以道紹是功名臣是偏中正紹了轉功名君是正中偏問誕生還更知聞也無師曰更知聞阿誰曰恁麼則莫便是否師曰若是古人爲甚麼道誕生王有父曰既有父

爲甚麽不知聞師曰同時不識祖問古人云直得不恁麽來者猶是兒孫意旨如何師曰古人不謾語曰如何是來底兒孫師曰猶守珍御在曰如何是父師曰無家可坐無世可與問諸聖間出秖是箇傳語底人豈不是和尚語師曰是曰秖如世尊生下一手指天一手指地云天上天下唯我獨尊爲甚麽喚作傳語底人師曰爲他指天指地所以喚作傳語底人僧禮拜而退問九重無信恩赦何來師曰流光雖徧闔内不周曰流光與闔内相去多少師曰緑水騰波青山秀色問人人盡言請益未審師將何拯濟師曰汝道巨嶽還曾乏寸土也無曰恁麽則四海參尋當爲何事師曰演若迷頭心自狂曰還有不狂者麽師曰有曰如何是不狂者師曰突曉途中眼不開問如何是學人自己師曰更問阿誰曰便恁麽承當時如何師曰須彌還更戴須彌問祖祖相傳復傳何事師曰釋迦慳迦葉富曰如何是釋迦慳師曰無物與人曰如何是迦葉富師曰國内孟嘗君曰畢竟傳底事作麽生師曰百歲老人分夜燈問諸佛非我道如何是我道師曰我非諸佛曰既非諸佛爲甚麽却立我道師曰適來暫喚來如今却遣出曰爲甚麽却遣出師曰若不遣出眼裏塵生問一切處覓不得豈不是聖師曰是甚麽聖曰牛頭未見四祖時豈不是聖師曰是聖境未忘曰二聖相去幾何師曰塵中雖有隱形術爭奈全身入帝鄉問古人道因眞立妄從妄顯眞是否師曰是曰如何是眞心師曰不雜食是曰如何是妄心師曰攀擾起倒是

曰離此二途如何是本體師曰本體不離曰爲甚麼不離師曰不敬功德天誰嫌黑暗女問盡乾坤都來是箇眼如何是乾坤眼師曰乾坤在裏許曰乾坤眼何在師曰正是乾坤眼曰還照矚也無師曰不借三光勢曰既不借三光勢憑何喚作乾坤眼師曰若不如是髑髏前見鬼人無數問一筆丹青爲甚麼邈誌公眞不得師曰僧繇却許誌公曰未審僧繇得甚麼人證旨却許誌公師曰烏龜稽首須彌柱問動容沉古路身沒乃方知此意如何師曰偷佛錢買佛香曰學人不會師曰不會即燒香供養本爺娘師後住泐潭而終謚大覺禪師

台州涌泉景欣禪師泉州人也自石霜開示而止涌泉一日不披袈裟喫飯有僧問莫成俗否師曰即今豈是僧邪彊德二禪客於路次見師騎牛不識師忽曰蹄角甚分明爭奈騎者不鑒師驟牛而去彊德憩於樹下煎茶師回却下牛問曰二禪客近離甚麼處彊曰那邊師曰那邊事作麼生彊提起茶盞師曰此猶是這邊事那邊事作麼生彊無對師曰莫道騎者不鑒好上堂我四十九年在這裏尚自有時走作汝等諸人莫開大口見解人多行解人萬中無一箇見解言語總要知通若識不盡敢道輪迴去在爲何如此蓋爲識漏未盡汝但盡却今時始得成立亦喚作立中功轉功就他去亦喚作就中功親他去我所以道親人不得度渠不度親人恁麼譬喻尚不會薦取渾崙底但管取性亂動舌頭不見洞山道相續也大難汝須知有此事若不

知有啼哭有日在上堂拍盲不見佛開眼遇途人借問途中事渠無丈六身不從五天來漢地不曾踏不是張家生誰云李家子三人拄一杖卧一牀似伊不似伊拈來搭肩上爲他十八兒論不柰伊何

潭州雲葢山志元圓淨禪師遊方時問雲居曰志元不柰何時如何居曰秪爲闍黎功力不到師不禮拜直造石霜亦如前問霜曰非但闍黎老僧亦不柰何師曰和尚爲甚麼不柰何霜曰老僧若柰何拈過汝不柰何師便禮拜僧問石霜萬戶俱閉即不問萬戶俱開時如何霜曰堂中事作麼生僧無對經半年方始下一轉語曰無人接得渠霜曰道即太煞道秖道得八成曰和尚又且如何霜曰無人識得渠師知乃禮拜乞爲舉霜不肯師乃拖霜上方丈曰和尚若不道打和尚去在霜曰得在師頻禮拜霜曰無人識得渠師於言下頓省住後僧問如何是佛師曰黄面底是曰如何是法師曰藏裏是問然燈未出時如何師曰昧不得問蛇爲甚麼吞却師師曰通身色不同問如何是衲僧師曰參尋訪道潭州道正表聞馬王乞師論義王請師上殿相見茶罷師就王乞劒師握劒問道正曰你本教中道恍恍惚惚其中有物是何物杳杳冥冥其中有精是何精道得不斬道不得即斬道正茲然便禮拜懴悔師謂王曰還識此人否王曰識師曰是誰王曰道正師曰不是其道若正合對得臣僧此秖是箇無主孤魂因茲道士更不紛紜

潭州谷山藏禪師僧問法尚應捨何况非法

如何是法尚應捨師曰空裏撒醍醐曰如何是非法師曰嵩山道士詐明頭問逼迫出來時如何師曰還曾撥著汝麽

潭州中雲蓋禪師僧問和尚開堂當爲何事師曰爲汝驢漢曰諸佛出世當爲何事師曰爲汝驢漢問祖佛未出世時如何師曰像不得曰出世後如何師曰闍黎也須側身始得問如何是向上一句師曰文殊失却口曰如何是門頭一句師曰頭上插花子問如何是超百億師曰超人不得肯

河中南際山僧一禪師僧問幸獲親近乞師指示師曰我若指示即屈著汝曰教學人作麽生即是師曰切忌是非問如何是衲僧氣息師曰還曾薫著汝也無問同類即不問如何是異類師曰要頭斫將去問如何是法身主師曰不過來問如何是毗盧師師曰不超越師終於長慶謚本淨大師

廬山棲賢懷祐禪師泉州人也僧問如何是五老峰前事師曰萬古千秋曰恁麽則成絶嗣去也師曰躊躇欲與誰問自遠趨風請師激發師曰他不憑時曰請師憑時師曰我亦不換問如何是法法無差師曰雪上更加霜上堂若會此箇事無有下口處問如何是祖師西來意師曰井底寒蟾天中明月

福州覆船山洪薦禪師僧問如何是本來面目師便閉目吐舌又開目吐舌曰本來有許多面目師曰適來見甚麽僧無語問如何是師子師曰善哮吼僧拊掌曰好手好手師曰青天白日却被鬼迷僧作掀禪牀勢師便打曰驢事未去馬事到來師曰灼然作家僧拂

袖便出師曰將甌盛水擬比大洋問如何是玄妙師曰未聞已前道吾問久嚮和尚會禪是否師曰蒼天蒼天吾近前掩師口曰低聲低聲師與一掌吾曰蒼天蒼天師把住曰得恁麼無禮吾却與一掌師曰老僧罪過吾拂袖便行師呵呵大笑曰早知如是不見如是僧參師便作起勢僧便出師曰闍黎且來人事僧回作抽坐具勢師却歸方丈僧曰蒼天蒼天師曰龍頭蛇尾僧近前叉手立師曰敗將投王不存性命問抱璞投師師還接否師以手拍香臺僧禮拜師曰禮拜則不無其中事作麼生僧却拍香臺師曰舌頭不出口師將示寂三日前令侍者喚第一座來師卧出氣一聲座喚侍者曰和尚渴要湯水喫師乃面壁而卧臨終令集衆乃展兩手出舌示之時第三座曰諸人和尚舌根硬也師曰苦哉苦哉誠如第三座所言舌根硬去也言訖而寂謚紹隆大師

鼎州德山存德慧空禪師僧問如何是一句師曰更請問問如何是和尚仙陁婆師曰昨夜三更見月明

吉州崇恩禪師僧問祖意教意是同是別師曰火林雖有月葱嶺不穿雲問如何是類師曰奈何橋畔嘶聲切劔樹林中去復來

石霜暉禪師僧問世尊出世先度五俱輪和尚出世先度何人師曰總不度曰爲甚麼不度師曰爲伊不是五俱輪

郢州芭蕉禪師僧問從上宗乘如何舉唱師曰已被人冷眼覷破了問不落諸緣請師直指師曰有問有答問如何是和尚爲人一句

師曰秖恐闍黎不問問如何是向去底人師曰董家稚子聲聲哭曰如何是却來底人師曰枯木驪龍露爪牙

潭州肥田慧覺伏禪師僧問如何是未出世邊事師曰髻中珠未解石女斂雙眉曰出世後如何師曰靈龜呈卦兆失却自家身問此地名甚麼師曰肥田曰宜種甚麼師便打師有偈曰修多好句枉工夫返本還源是大愚祖佛不從修證得縱行玄路也崎嶇

潭州鹿苑暉禪師僧問不假諸緣請師道師敲火爐曰會麼曰不會師曰瞌睡漢問牛頭未見四祖時如何師曰如月在水曰見後如何師曰如水在月問祖祖相傳未審傳箇甚麼師曰汝問我我問汝曰恁麼則緇素不分也師曰甚麼處去來

潭州寶蓋約禪師僧問寶蓋高高掛其中事若何請師言下旨一句不消多師曰寶蓋挂空中有路不曾通儻求言下旨便是有西東

越州雲門山拯迷寺海晏禪師僧問如何是衲衣下事師曰如齩硬石頭問如何是古寺一爐香師曰歷代無人齅曰齅者如何師曰六根俱不到問久嚮拯迷到來爲甚麼不見拯迷師曰闍黎不識拯迷

湖南文殊禪師僧問僧繇爲甚麼邈誌公眞不得師曰非但僧繇誌公也邈不得曰誌公爲甚麼邈不得師曰彩繪不將來曰和尚還邈得也無師曰我亦邈不得曰和尚爲甚麼邈不得師曰渠不以苟我顏色教我作麼生邈問如何是密室師曰斫不就曰如何是密室中人師曰不坐上色牛

鳳翔府石柱禪師遊方時到洞山時虔和尚垂語曰有四種人一人說過佛祖一步行不得一人行過佛祖一句說不得一人說得行得一人說不得行不得阿那箇是其人師出衆曰一人說過佛祖行不得者秖是無舌不許行一人行過佛祖一句說不得者秖是無足不許說一人說得行得者秖是函蓋相稱一人說不得行不得者如斷命求活此是石女兒披枷帶鎖山曰闍黎分上作麼生師曰該通分上卓卓寧彰山曰秖如海上明公秀又作麼生師曰幻人相逢拊掌呵呵

河中府棲巖山大通院存壽禪師初講經論後於石霜之室忘筌住後僧問如何是和尚得力處師曰不居無理位豈坐白牛車問蓮華未出水時如何師曰汝莫問出水後蓮華事麼僧無語師平居罕言叩之則應謚眞寂禪師

南嶽玄泰禪師沉靜寡言未嘗衣帛時謂之泰布衲始見德山陞於堂矣後謁石霜遂入室焉掌翰二十年與貫休齊已爲友後居蘭若曰金剛臺誓不立門徒四方後進依附皆用交友之禮嘗以衡山多被山民斬伐燒畬爲害滋甚乃作畬山謠曰畬山兒畬山兒無所知年年斫斷青山嵋就中最好衡嶽色杉松利斧摧貞枝靈禽野鶴無因依白雲回避青煙飛猿猱路絕巖崖出芝朮失根茆草肥年年斫罷仍再鉏千秋終是難復初又道今年種不多來年更斫當陽坡國家嶽域尚如此不知此理如之何遠邇傳播達於九重有詔禁止故嶽中蘭若無復延燎師之力也將

示滅乃召一僧令備薪蒸留偈曰今年六十五四大將離主其道自玄玄箇中無佛祖不用剃頭不須澡浴一堆猛火千足萬足端坐垂一足而逝闍維收舍利建塔於迎雲亭側

潭州雲蓋禪師僧問佛未出世時如何師曰月中藏玉兎曰出後如何師曰日裏背金烏問不可以情測時如何師曰無舌童兒機智盡風穴叅師問石角穿雲路攜筇意若何穴曰紅霞籠玉象擁嶂照川源師曰相隨來也穴曰和尚也須低聲師曰且坐喫茶

邵武軍龍湖普聞禪師唐僖宗太子也幼不茹葷長無經世意僖宗鍾愛之然百計陶寫終不能回中和初僖宗幸蜀師斷髮逸遊人無知者造石霜問曰祖師別傳事肯以相付乎霜曰莫謗祖師師曰天下宗旨盛大豈妄爲之耶霜曰是實事邪師曰師意如何霜曰待案山點頭即向汝道師於言下頓省辭去至邵武城外見山鬱然深秀遂撥草至煙起處有一苦行居焉苦行見師至乃曰上人當興此長揖而去師居十餘年一日有一老人拜謁師問住在何處至此何求老人曰住在此山然非人龍也行雨不職上天有罰當死願垂救護師曰汝得罪上帝我何能致力雖然可易形來俄失老人所在視坐傍有一小蛇延緣入袖至暮雷電震山風雨交作師危坐不傾達旦晴霽垂袖蛇墮地而去有頃老人拜而泣曰自非大士慈悲爲血腥穢此山矣念何以報斯恩即穴巖下爲泉曰此泉爲他日多衆之設今號龍湖邦人聞其事施財施力相與建寺衲子雲趨師闡化三十餘年

臨示寂聲鍾集衆説偈曰我逃世難來出家宗師指示箇歇處住山聚衆三十年尋常不欲輕分付今日分明説似君我斂目時齊聽取安然而逝塔於本山謚圓覺禪師

張拙秀才因禪月大師指參石霜霜問秀才何姓曰姓張名拙霜曰覓巧尚不可得拙自何來公忽有省乃呈偈曰光明寂照徧河沙凡聖含靈共我家一念不生全體現六根纔動被雲遮斷除煩惱重增病趣向眞如亦是邪隨順世緣無罣礙涅槃生死等空花

五燈會元卷第十四

音釋

湊千候切音輳聚也　撥北末切音鉢撥開也　撚乃殄切音涊執也　裔以制切音曳胄也　脩思留切音羞長也　薙他計切音替除草也又讀如鬀小兒頭之鬀　歙乞及切音吸縣名

五燈會元卷第十五

宋　沙　門　大　川　濟　纂

青原下五世

夾山會禪師法嗣

澧州洛浦山元安禪師鳳翔麟遊人也丱年出家具戒通經論問道臨濟後爲侍者濟嘗對衆美之曰臨濟門下一隻箭誰敢當鋒師蒙印可自謂已足一日侍立次有座主參濟濟問有一人於三乘十二分教明得有一人不於三乘十二分教明得且道此二人是同是別主曰明得即同明不得即別師曰這裏是甚麼所在說同說別濟顧師曰汝又作麼生師便喝濟送座主回問師汝豈不是適來喝老僧者師曰是濟便打師後辭濟濟問甚麼處去師曰南方去濟以拄杖畫一畫曰過得這箇便去師乃喝濟便打師作禮而去濟明日陞堂曰臨濟門下有箇赤稍鯉魚搖頭擺尾向南方去不知向誰家虀甕裏淹殺師遊歷罷直往夾山卓庵經年不訪夾山山乃修書令僧馳往師接得便坐却再展手索僧無對師便打曰歸去舉似和尚僧回舉似山山曰這僧若開書三日內必來若不開書斯人救不得也師果三日後至見夾山不禮拜乃當面叉手而立山曰鷄棲鳳巢非其同類出去師曰自遠趨風請師一接山曰目前無闍黎此間無老僧師便喝山曰住住且莫草草忽忽雲月是同谿山各異截斷天下人舌頭即不無闍黎爭教無舌人解語師佇思山便打因茲服膺（興化代云但知作佛莫愁衆生）一日問山佛魔不到處如何體會山曰燭明千里像闇室老

僧迷又問朝陽已昇夜月不現時如何山曰龍銜海珠游魚不顧山將示滅垂語曰石頭一枝看看即滅矣師曰不然山曰何也師曰他家自有青山在山曰苟如是即吾宗不墜矣暨夾山順世師抵於涔陽遇故人因話武陵事問曰倏忽數年何處逃難師曰秖在闤闠中曰何不向無人處去師曰無人處有何難曰闤闠中如何逃避師曰雖在闤闠中要且人不識故人罔測又問佛佛相應祖祖相傳彼此不垂曲時如何師曰野老門前不話朝堂之事曰合譚何事師曰未逢別者終不開拳曰有人不從朝堂來相逢還話會否師曰量外之機徒勞目擊師尋之澧陽洛浦山卜築宴處後遷止朗州蘇谿四方玄侶憧憧奔湊上堂末後一句始到牢關鎖斷要津不通凡聖尋常向諸人道任從天下樂欣欣我獨不肯欲知上流之士不將佛祖言教貼在額頭上如龜負圖自取喪身之兆鳳縈金網趍霄漢以何期直須旨外明宗莫向言中取則是以石人機似汝也解唱巴歌汝若似石人雪曲也應和指南一路智者知疏僧問潛然便見時如何師曰曉星分曙色爭似太陽輝又問恁麼來不立恁麼去不泯時如何師曰鬻薪樵子貴衣錦道人輕問供養百千諸佛不如供養一箇無心道人未審百千諸佛有何過無心道人有何德師曰一片白雲橫谷口幾多歸鳥盡迷巢問日未出時如何師曰水竭滄溟龍尚隱雲騰碧漢鳳猶飛問如何是本來事師曰一粒在荒田不耘苗自秀曰若也不耘莫被草埋却也無師曰肌骨異

蒭蕘稊稗終難隱問不傷物命者如何師曰眼花山影轉迷者謾彷徨問不譚今古時如何師曰靈龜無卦兆空殼不勞鑽曰爭奈空殼何師曰見盡無機所邪正不可立曰恁麽則無棲泊處也師曰玄象始於未形虛勞煩於飾彩問龍機不吐霧滋益事如何師曰道本無名不存明暗曰不挂明暗底事又作麽生師曰言中易舉意外難提問不生如來家不坐華王座時如何師曰汝道火爐重多少問祖意教意是同是别師曰師子窟中無異獸象王行處絕狐蹤問一時舉來時如何師曰獻璞不知機徒勞招刖足問僧近離甚處曰荆南師曰有一人與麽去還逢麽曰不逢師曰爲甚不逢曰若逢即頭粉碎師曰闍黎三寸甚密雲門於江西見其僧乃問還有此

語否曰是門曰洛浦倒退三千里問行不思議處如何師曰青山常舉足白日不移輪問枯盡荒田獨立事如何師曰鷺倚雪巢猶可辯烏投漆立事難分問如何是主中賓師曰逢人常問路足下鎮長迷曰如何是賓主雙舉師曰枯樹無橫枝鳥來難措足問終日朦朧時如何師曰擲寶混沙中識者天然異曰恁麽則展手不逢師也師曰莫將鶴淚悞作鶯啼問圓伊三點人皆會洛浦家風事若何師曰雷霆一震布鼓聲銷問正當亭午時如何師曰亭午猶虧半烏沈始得圓要會箇中意牛頭尾上安問如何是祖師西來意師曰颯颯當軒竹經霜不自寒僧擬進語師曰秖聞風擊響知是幾千竿上堂孫臏收鋪去也有卜者出來僧曰請和尚卜師曰汝家爺死

僧無對（法眼代拊掌三下）問如何是西來意師以拂子擊禪牀曰會麼曰不會師曰天上忽雷驚宇宙井底蝦蟇不舉頭問如何是佛法大意師曰雪覆孤峰峰不白雨滋石笋笋須生問法身無爲不墮諸數是否師曰惜取眉毛好曰如何免得斯咎師曰泥龜任你千年終不解隨雲鶴曰直是孫臏也遭貶剥師曰不穿鼻孔底牛有甚槃處僧便作牛吼師曰這畜生僧便喝師曰掩尾露牙終非好手問萬丈懸崖撒手去如何免得喪於身時如何師曰須彌繫藕絲曰是何境界師曰刹竿頭上仰蓮心曰恁麼則湛湛澄澄去也師曰須彌頂上再翻身曰恁麼則兢兢切切去也師曰空隨媒鴿走虛喪網羅身曰如何得不隨去師曰罌鵝餅項小擬透望天飛問露不垂羣木時如何師曰有虎鵝須喋無人鳥不驚問撥亂乾坤底人來師還接否師竪拂子僧曰恁麼則得遇明君去也師曰依稀似曲纔堪聽又被風吹别調中問佛魔不到處如何辨得師曰演若頭非失鏡中認取乖問如何是救離生死師曰執水苟延生不聞天樂妙問四大從何而有師曰湛水無波漚因風激曰漚滅歸水時如何師曰不渾不濁魚龍任躍問如何離得生死去師曰一念忘機太虛無玷問如何是道師曰存機猶滯迹去杌却通途問如何是一大藏教收不得者師曰雨滋三草秀片玉本來輝問一毫呑盡巨海於中更復何言師曰家有白澤之圖必無如是妖怪（保福別云家無白澤之圖亦無如是妖怪）問凝然時如何師曰時雷應節震嶽驚蟄曰千般運動不異箇凝然

時如何師曰靈鶴翥空外鈍鳥不離巢曰如何師曰白首拜少年舉世人難信問諸聖恁麼來將何供養師曰土宿雖持錫不是婆羅門問祖意教意是同是別師曰日月並輪輝誰家別有路曰恁麼則顯晦殊途事非一槩師曰但自不亾羊何須泣岐路問學人擬歸鄉時如何師曰家破人亾子歸何處曰恁麼則不歸去也師曰庭前殘雪日輪消室內游塵遣誰掃乃有偈曰決志歸鄉去乘船渡五湖舉篙星月隱停棹日輪孤解纜離邪岸張帆出正途到來家蕩盡免作屋中愚問動是法王苗寂是法王根根苗即不問如何是法王師舉拂子僧曰此猶是法王苗師曰龍不出洞誰人奈何侍者謂師曰肇法師制得四論甚奇怪師曰肇公甚奇怪要且不見祖師者無對(法燈代云和尚甚麼處是雲居錫云甚麼處是肇公不見祖師處莫是有許多言語麼又云肇公有多少言語)問如何是生機一路師曰敲空有響擊木無聲師兩山開法語播諸方光化元年八月誡主事曰出家之法長物不蓄播種之時切宜減省締搆之務悉從廢停流光迅速大道玄深苟或因循曷由體悟雖激厲懇切眾以爲常略不相儆至冬示微疾亦不倦參請十二月一日告眾曰吾非明即後也今有一事問汝等若道這箇是即頭上安頭若道不是即斬頭求活第一座對曰青山不舉足日下不挑燈師曰是甚麼時節作這箇語話時有彥從上座對曰離此二途請和尚不問師曰未在更道曰彥從道不盡師曰我不管汝盡不盡曰彥從無侍者祇對和尚師便休至夜令侍者喚從問曰闍黎今日

祇對甚有道理汝合體得先師意先師道目前無法意在目前不是目前法非耳目之所到且道那句是賓那句是主若擇得出分付鉢袋子曰彥從不會師曰汝合會曰彥從實不會師喝出乃曰苦苦（玄覺云且道從上座實不會是怕見鉢袋子拈着伊）二日午時別僧舉前話問師師曰慈舟不棹清波上劒峽徒勞放木鵝便告寂

撫州逍遥山懷忠禪師僧問不似之句還有人道得否師曰或即五日齋前或即五日齋後問劒鏡明利毫毛何惑師曰不空罥索問洪鑪猛燄烹鍛何物師曰烹佛烹祖曰佛祖作麼生烹師曰業在其中曰喚作甚麼業師曰佛力不如問四十九年不說一句如何是不說底句師曰隻履西行道人不顧曰莫便是和尚消停處也無師曰馬是官馬不用印問如何是一老一不老師曰三從六義曰如何是奇特一句師曰坐佛牀斫佛朴問祖與佛阿那箇最親師曰眞金不肯博誰肯換泥丸曰恁麼則不肯去也師曰汝貴我賤問懸劒萬年松時如何師曰非言可及曰當爲何事師曰爲汝道話曰言外事如何明得師曰日久年多筋骨成問不敵魔軍如何證道師曰海水不勞杓子舀問不住有雲山常居無底船時如何師曰果熟自然香曰更請師道師曰門前眞佛子曰學人爲甚麼不見師曰處處王老師

袁州蟠龍山可文禪師僧問亾僧遷化向甚麼處去也師曰石牛沿古路日裏夜明燈問如何是佛師曰癡兒捨父逃

撫州黃山月輪禪師福唐許氏子初謁三峯

機緣靡契尋聞夾山盛化乃往叩之山問名甚麼師曰月輪山作一圓相曰何似這箇師曰和尚恁麼語話諸方大有人不肯在山曰闍黎作麼生師曰還見月輪麼山曰闍黎恁麼道此間大有人不肯諸方師乃服膺參訊一日夾山抗聲問曰子是甚麼處人師曰閩中人山曰還識老僧麼師曰和尚還識學人麼山曰不然子且還老僧草鞋錢然後老僧還子廬陵米價師曰恁麼則不識和尚也未委廬陵米作麼價山曰眞師子兒善能哮吼乃入室受印依附七年衆請住黃山上堂祖師西來特唱此事自是諸人不薦向外馳求投赤水以尋珠就荆山而覓玉所以道從門入者不是家珍認影迷頭豈非大錯僧問如何是祖師西來意師曰梁殿不施功魏邦絶心迹問如何是道師曰石牛頻吐三春霧木馬嘶聲滿道途問如何得見本來面目師曰不勞懸石鏡天曉自鷄鳴問宗乘一句請師商量師曰黃峰獨脫物外秀年來月往冷颼颼問不辨中言如何指撥師曰劒去遠矣爾方刻舟問如何是衲衣下事師曰石牛水上卧東西得自由問如何是目前意師曰秋風有韻片月無方問如何是學人用心處師曰覺戶不掩對月莫迷問如何是青霄路師曰鶴棲雲外樹不倦苦風霜問過去事如何師曰龍吽清潭波瀾自肅師於同光三年示寂塔於院之西北隅

洛京韶山寰普禪師有僧到參禮拜起立師曰大才藏拙戶僧過一邊立師曰喪却棟梁材問如何是韶山境師曰古今猨鳥叫翠色

薄煙籠曰如何是境中人師曰退後看僧參師問莫是多口白頭因麼因曰不敢師曰有多少口曰通身是師曰尋常向甚麼處屙曰向韶山口裏屙師曰有韶山口即得無韶山口向甚麼處屙因無語師便打遵布衲訪師在山下相見遵問韶山路向甚麼處去師以手指曰嗚那青青黯黯處去遵近前把住曰久嚮韶山莫便是否師曰是即是闍黎有甚麼事遵曰擬伸一問師還答否師曰看君不是金牙作爭解彎弓射尉遲遵曰鳳凰直入煙霄去誰怕林間野雀兒師曰當軒畫鼓從君擊試展家風似老僧遵曰一句迥超千聖外松蘿不與月輪齊師曰饒君直出威音外猶較韶山半月程遵曰過在甚處師曰倜儻之辭時人知有遵曰恁麼則眞玉泥中異不撥萬機塵師曰魯班門下徒施巧妙遵曰學人即恁麼未審師意如何師曰玉女夜拋梭織錦於西舍遵曰莫便是和尚家風也無師曰耕夫製玉漏不是行家作遵曰此猶是文言如何是和尚家風師曰橫身當宇宙誰是出頭人遵無語師遂同歸山纔人事了師召近前曰闍黎有衝天之氣老僧有入地之謀闍黎橫吞巨海老僧背負須彌闍黎按劒上來老僧挃鎗相待向上一路速道速道遵曰明鏡當臺請師一鑒師曰不鑒遵曰爲甚不鑒師曰水淺無魚徒勞下釣遵無對師便打僧問如何是一如相師曰鷺飛霄漢白山遠色深青問是非不到處還有句也無師曰有曰是甚麼句師曰一片白雲不露醜終後諡無畏禪師

洪州上藍令超禪師初住瑞州上藍山唱夾山之道學侶俱會後於洪井創禪苑還以上藍爲名化道益甚僧問如何是上藍本分事師曰不從千聖借豈向萬機求曰秖如不借不求時如何師曰不可拈放汝手裏得麼問鋒前如何辨的師曰鋒前不露影莫向舌頭尋問如何是無舌人唱歌師曰韻震青霄宮商不犯問二龍爭珠誰是得者師曰其珠徧地目覩如泥問善財見文殊後爲甚却往南方師曰學淵入室知乃通方曰爲甚麼彌勒却遣見文殊師曰道廣無涯逢人不盡至唐大順正月初告衆曰吾本約住此十年今化事既畢當即行矣齋畢聲鐘端坐長往諡元眞禪師

鄆州四禪禪師僧問古人有請不背今請和尚入井還去也無師曰深深無別源飲者消諸患問如何是和尚家風師曰會得底人意須知月色寒問諸佛未出世時如何師曰王宮絕消息曰出世後如何師曰榮枯各不同

太原海湖禪師因有人請灌頂三藏供養敷座訖師乃就彼位坐時有雲涉座主問曰和尚甚麼年行道師曰座主近前來涉近前師曰秖如憍陳如是甚麼年行道涉茫然師喝曰這尿牀鬼問和尚院內人何太少定水院人何太多師曰草深多野鹿巖高獬豸稀問如何是無問而自答師曰松韻琴聲響

嘉州白水禪師僧問如何是西來意師曰四溟無窟宅一滴潤乾坤問曹溪一路合譚何事師曰澗松千載鶴來聚月中香桂鳳凰歸問如何是此經師曰拋梭石女遼空響海底

泥牛夜吽頻

鳳翔府天蓋山幽禪師僧問如何是天蓋水師曰四海滂沲不犯涓滴問學人擬看經時如何師曰既是大商何求小利問對境不動時如何師曰邊方雖有令不是太平年

清平遵禪師法嗣

蘄州三角山令珪禪師初叅清平平問來作麼師曰來禮拜平曰禮拜阿誰師曰特來禮拜和尚平咄曰這鈍根阿師師乃禮拜平以手斫師頸一下從此領旨住後僧問如何是佛師曰明日來向汝道如今道不得

投子同禪師法嗣

投子感温禪師僧問師昇寶座接示何人師曰如月赴千溪曰恁麼則滿地不虧也師曰莫恁麼道問父不投爲甚麼却投子師曰豈是別人屋裡事曰父與子還屬功也無師曰不屬曰不屬功底如何師曰父子各自脫曰爲甚麼如此師曰汝與我會師遊山見蟬蛻侍者問曰殼在這裏蟬向甚麼處去也師拈殼就耳畔摇三五下作蟬聲侍者於是開悟

福州牛頭微禪師上堂三世諸佛用一點伎倆不得天下老師口似匾擔諸人作麼生大不容易除非知有餘莫能知僧問如何是和尚家風師曰山畬脫粟飯野菜澹黄虀曰忽遇上客來又作麼生師曰喫即從君喫不喫任東西問不問驪龍頷下珠如何識得家中寶師曰忙中爭得作閑人

西川青城香山澄照禪師僧問諸佛有難向火燄裏藏身未審衲僧有難向甚麼處藏身師曰水精甕裏著波斯問如何是初生月師

曰大半人不見

陜府天福禪師僧問如何是佛法大意師曰黃河無滴水華嶽總平沈

興元府中梁山遵古禪師僧問空劫無人能問法即今有問法何安師曰大悲菩薩甕裏坐問如何是祖師西來意師曰道士擔漏巵

襄州谷隱禪師僧問如何是不觸白雲機師曰鶴帶鵶頹浮生不棄

安州九嵕山禪師僧問遠聞九嵕及乎到來秖見一嵕師曰闍黎秖見一嵕不見九嵕曰如何是九嵕師曰水急浪花麤

幽州盤山禪師二世僧問如何出得三界師曰在裏頭來多少時邪曰如何出得師曰青山不礙白雲飛問承教有言如化人煩惱如石女兒此理如何師曰闍黎直如石女兒去

九嵕敬慧禪師僧問解脫深坑如何過得師曰不求過曰如何過得師曰求過亦非

東京觀音院巖俊禪師者邢臺廉氏子初叅祖席徧歷衡廬岷蜀嘗經鳳林深谷欻覩珍寶發現同侶相顧意將取之師曰古人鉏園觸黃金若瓦礫符吾嘗覆頂須此供四方僧言訖捨去謁投子子問昨夜宿何處師曰不動道場子曰既言不動曷由至此師曰至此豈是動邪子曰元來宿不著處投子默許之尋住觀音衆常數百周高祖世宗二帝潛隱時每登方丈必施禮及即位特賜紫衣署淨戒大師示寂垂誡門人訖怡顏合掌而逝

濠州思明禪師在衆時僧問如何是上座沙彌童行師曰諾問如何是清淨法身師曰屎裏蛆兒頭出頭沒

鳳翔府招福禪師僧問東牙烏牙皆出隊和尚爲甚麼不出隊師曰住持各不同闍黎爭得恠

青原下六世

大光誨禪師法嗣

潭州谷山有緣禪師僧問岭㟞之子如何得歸向師曰會人路不通曰恁麼則無奉重處也師曰我道你鉢盂落地拈不起問一撥便轉時如何師曰野馬走時鞭轡斷石人撫掌笑呵呵

潭州龍興禪師僧問一撥便轉時如何師曰根不利問得坐披衣時如何師曰不端嚴曰爲甚麼不端嚴師曰不從修證得問如何是道中人師曰終日寂攢眉問文不加點時如何師曰無目童兒不出戶問賔主未分時如何師曰雙陸盤中不喝彩曰分後如何師曰骰子未曾拋

潭州伏龍山禪師第一世僧問攪長河爲酥酪變大地作黃金時如何師曰臂長衫袖短問隨緣認得時如何師曰雪內牡丹花問如何是祖師西來意師曰你得恁麼不識痛痒

京兆白雲善藏禪師僧問如何是和尚深深處師曰矮子渡深谿問赤脚時如何師曰何不脫却問如何是法法不生師曰萬類千差曰如何是法法不滅師曰縱橫滿目

伏龍山禪師第二世僧問隨緣認得時如何師曰汝道興國門樓高多少問子不譚父德時如何師曰闍黎且低聲

陝府龍峻山禪師僧問如何是不知善惡底人師曰千聖近不得曰此人還知有向上事

也無師曰不知曰爲甚麼不知師曰不識善惡說甚麼向上事曰畢竟如何師曰不見道犴狢問如何是佛向上人師曰不帶容問凡有展拓盡落今時不展拓時如何師曰不展不展曰畢竟如何師曰不拓不拓

伏龍山和尚第二世僧問行盡千山路玄機事若何師曰鳥道不曾棲問旣是師爲甚却無位次師曰古今排不出三際豈能安曰恁麼則某甲隨手去也師曰春風吹柳絮往復幾時休問如何是眞際師曰曠劫無異不存階級

九峰虔禪師法嗣

新羅國清院禪師僧問奔馬爭毬誰是得者師曰誰是不得者曰恁麼則不在爭也師曰直得不爭亦有過在曰如何免得此過師曰要且不曾失曰不失處如何鍛鍊師曰兩手捧不起

洪州泐潭神黨禪師僧問四威儀中如何辨主師曰正遇寶峰不脫鞋問如何是佛法大意師曰虛空駕鐵船岳頂浪滔天

袁州南源行修慧觀禪師亦曰光睦僧問如何是南源境師曰幾處峰巒猿鳥叫一帶平川遊子迷問如何是南源深深處師曰衆人皆見曰恁麼則淺也師曰也是兩頭搖問有口談不得無心未見伊時如何師曰古洞有龍吟不出巖前木馬嘶無形

泐潭明禪師一日下到客位衆請師歸方丈師曰道得即去時牟和尚對曰大衆請師乃上法堂僧問非思量處識情難測時如何師曰我不欲違古人曰不違古人意作麼生師

曰也合消得汝三拜僧問碓擣磨磨不得忘
却此意如何師曰虎口裏活雀兒問定慧不
生時如何師曰鐵牛草上卧昏昏不舉頭問
如何是道者師曰毛毶毶地曰如何是道者
家風師曰佛殿前逢尊者問如何是和尚終
日事師曰鉢盂裏無折筯曰如何是沙門日
用事師曰轟轟不借萬人機
吉州禾山禪師僧問如何是祖師西來意師
曰杉樹子問文殊以何爲師師曰風箏有韻
眞堪聽聽得由來曲不成
泐潭延茂禪師僧問如何是古佛心師曰終
不道土木瓦礫是問日落西山去林中事若
何師曰庭前花盛發室內不知春問如何是
閉門造車師曰失却斑猫兒曰如何是出門
合轍師曰坐地到長安問如何是和尚正主
師曰畫鼓連槌響耳畔不聞聲
洪州鳳棲同安院常察禪師僧問如何是鳳
棲家風師曰鳳棲無家風曰既是鳳棲爲甚
麽無家風師曰不迎賔不待客曰恁麽則四
海參尋當爲何事師曰盤飣自有旁人施問
如何是鳳棲境師曰千峰連岳秀萬嶂不知
春曰如何是境中人師曰孤巖倚石坐不下
白雲心問祖意教意是同是别師曰鐵狗吠
石牛幻人看月色問如何是披毛戴角底人
師曰蓑衣箬笠賣黄金幾箇相逢不解喚問
學人未曉時機乞師指示師曰參差松竹煙
籠薄重疊峰巒月上遲僧擬進語師曰劒甲
未施賊身已露僧曰何也師曰精陽不剪霜
前竹水墨徒誇海上龍僧遶禪牀而出師曰
閉目食蝸牛一場酸澁苦問返本還源時如

何師曰蟭螟雖脱殼不免抱寒枝問如何是猛利底人師曰石牛步步吼深潭紙馬聲聲火中叫新到持錫遶師三匝振錫一下曰凡聖不到處請師道師鳴指三下僧曰同安今日嚇得忘前失後師曰闍黎發足何處僧珍重便出師曰五湖衲子一錫禪人未到同安不妨疑著僧回首曰遠聞不如近見師曰貪他一杯酒失却滿船魚問如何是大没慚愧底人師曰老僧見作這業次問如何是祖師西來意師曰犀因翫月紋生角象被雷驚花入牙問如何是向去底人師曰寒蟬抱枯木泣盡不回頭曰如何是却來底人師曰火裏蘆花秀逢春恰似秋曰如何是不來不去底人師曰石羊遇石虎相看早晚休座主問三乘十二分教某甲粗知未審和尚説何法示

人師曰我説一乘法曰如何是一乘法師曰幾般雲色出峯頂一樣泉聲落檻前曰不問這箇如何是一乘法師曰你不妨靈利翫月次謂僧曰奇哉奇哉星明月朗足可觀瞻豈異道乎僧曰如何是道師曰汝試道奉曰彼自無瘡勿傷之也師曰負笈攻文不閑弓矢問僧近離何處曰江西師曰江西法道何似此間曰賴遇問著某甲若問別人則禍生也師曰老僧適來造次曰某甲不是嬰兒徒用止啼黄葉師曰傷鼈恕龜殺活由我問僧甚處來曰五臺師曰還見文殊麼僧展兩手師曰展手頗多文殊誰覩曰氣急殺人師曰不覩雲中鴈焉知沙塞寒問遠趨丈室乞師一言師曰孫臏門下徒話鑽龜曰名不浪得師曰吃茶去僧便珍重師曰雖得一場榮刖却

一雙足師看經次有僧來問訊師曰古佛今佛皆無別理曰和尚如何師打一掌僧曰如是如是師曰這風顛漢曰今古皆然師曰擬欲降龍却逢死虎曰同安甚生光彩師曰守株停船非汝而誰曰和尚齊師曰胡羊往楚抱屈而歸師問僧眼界無光如何得見曰北斗東轉南斗西移師曰夫子入太廟曰與麼則同安門下道絕人荒去也師曰橫抱嬰孩擬彰皇簡師聞鵲聲謂眾曰喜鵲鳴寒檜心印是渠傳僧出問曰何別師曰眾中有人在曰同安門下道絕人荒師曰胡人飲乳返怪良醫曰休休師曰老鶴入枯池不見魚蹤跡洪州泐潭匡悟禪師僧問如何是直截一路師曰恰好消息曰還通向上事也無師曰魚從下過問幽關未度信息不通時如何師曰客路如天遠侯門似海深問香煙馥郁大張法筵從上宗乘如何舉唱師曰莫錯舉似人曰恁麼則總應如是師曰還是沒交涉問六葉芬芳師傳何葉師曰六葉不相續花開果不成曰豈無今日事師曰若是今日即有曰今日事如何師曰葉葉連枝秀花開處處芳吉州禾山無殷禪師福州吳氏子七歲從雪峰出家依年受具謁九峰峰問汝遠遠而來睴睴隨眾見何境界而可修行由何徑路而能出離師曰重昏廓闢盲者自盲峰乃許入室後住禾山學徒濟濟諸方降歎江南李氏召而問曰和尚何處來師曰禾山來曰山在甚麼處師曰人來朝鳳闕山嶽不曾移國主重之命居楊州祥光院復乞入山以翠巖而棲止焉時上藍亦虛其室命師來往闡化號

澄源禪師僧問學人乍入叢林乞師指示師曰於汝不惜問仰山揷鍬意旨如何師曰汝問我曰玄沙踏倒鍬又作麽生師曰我問汝曰未辯其宗如何體悉師曰頭大尾尖問咫尺之間爲甚麽不覩師顏師曰且與闍黎道一半曰爲甚麽不全道師曰盡法無民曰不怕無民請師盡法師曰推倒禾山也問習學謂之聞絶學謂之隣過此二者謂之眞過如何是眞過師曰禾山解打鼓曰如何是眞諦師曰禾山解打鼓問即心即佛則不問如何是非心非佛師曰禾山解打鼓曰如何是向上事師曰禾山解打鼓問萬法齊興時如何師曰禾山解打鼓問如何是古佛心師曰世界崩陷曰爲甚如此師曰寧無我身問尊者撥眉擊目視育王時如何師曰卽今也恁麽曰學人如何領會師曰莫非摩利支山問摩尼寶殿有四角一角常露如何是露底角師舉手曰汝打我復曰汝還會麽曰不會師曰汝爭解打得我問如何是西來意師曰撲破著問已在紅爐請師烹鍊師曰槌下成器曰恁麽則烹鍊去也師曰池州和尚問四壁打禾中間剗草和尚赴阿那頭師曰甚麽處不赴曰恁麽則同於衆去也師曰小師弟子建隆元年二月示微疾三月二日辭衆乃曰後來學者未識禾山卽今識取珍重言訖而寂謚法性禪師

洪州泐潭牟禪師僧問如何是學人著力處師曰正是著力處上堂僧問百丈捲席意旨如何師曰珍重便下座

涌泉欣禪師法嗣

台州六通院紹禪師一日涌泉問甚麼處去來師曰燒畬來泉曰火後事作麼生師曰鐵蛇鑚不入住後僧問不出咽喉脣吻事如何師曰待汝一鑁斸斷巾子山我亦不向汝道問南山有一毒蛇如何近得師曰非但闍黎千聖亦近不得人問承聞南方有一劒話如何是一劒師曰不當鋒曰頭落又作麼生師曰我道不當鋒有甚麼頭其人禮謝而去問父母未生時那人何處立師曰卦兆未興孫臏失算問如何是大千頂師曰不與衆峰齊師休夏入天台山華頂峯晦迹莫知所終

雲蓋元禪師法嗣

潭州雲蓋山志罕禪師僧問如何是須彌頂上浪滔天師曰文殊正作鬧曰如何是正位中事師曰不向機前展大悲問如何是那邊人師曰鋒前不露影句後覔無蹤

新羅國卧龍禪師僧問如何是大人相師曰紫羅帳裏不垂手曰爲甚麼不垂手師曰不尊貴問十二時中如何用心師曰猢猻喫毛蟲問如何是潭中意師曰絲綸垂不到磻溪謾放鈎曰如何是潭外事師曰日裏金烏叫蟾中玉兎驚

彭州天台燈禪師僧問古佛向甚麼處去也師曰中央甲第高歲歲出靈苗問古鏡未磨時如何師曰不施功曰磨後如何師曰不照燭問如何是佛師曰紅蓮座上不襯天冠

谷山藏禪師法嗣

新羅國瑞巖禪師僧問黑白兩亡開佛眼時如何師曰恐你守内問如何是誕生王子師曰深宮引不出曰如何是朝生王子師曰宮

中不列位曰如何是末生王子師曰處處無標的不展萬人機

新羅國百嚴禪師僧問如何是禪師曰古塚不爲家曰如何是道師曰徒勞車馬迹曰如何是教師曰貝葉收不盡

新羅國大嶺禪師僧問古人道秖到潼關便即休會了便休未會便休師曰秖爲迷途中活計曰離却迷途還得其中活計也無師曰體即得當即不得曰既是體得爲甚麼當不得師曰體是甚麼人分上事曰其中事如何師曰不作尊貴問如何是一切處清淨師曰截瓊枝寸寸是寶析旃檀片片皆香問如何是用中無礙師曰一片白雲繚亂飛

中雲葢禪師法嗣

潭州雲葢山證覺景禪師僧問國土晏清功歸何處師曰銀臺門下不展賀曰轉功無位時如何師曰王家事宛然曰如何是閫外底事師曰畫鼓聲終後將軍不㸃頭

吉州禾山師陰禪師僧問王子未來登誰人當治化師曰閫外不行邊塞令將軍自致太平年曰恁麼則治化之功猶不當師曰亦有當曰如何是當師曰十方國土盡屬於王問久久尋源爲甚麼不見師曰爲歩數太多曰恁麼則不覓去也師曰還同避溺而投火問如何是佛師曰承當者不是好手

幽州柘溪從實禪師僧問如何是道師曰箇中無紫皂曰如何是禪師曰不與白雲連師問僧作甚麼來曰親近來師曰任你白雲朝嶽頂爭奈青山不展眉

五燈會元卷第十五

音釋

闤 胡關切音還市垣也
闠 胡對切音潰市外門也
稊 杜兮切音題草似稗
稗 傍卦切音粺禾別也
罌 么莖切音纓缶也
鄆 禹問切音運地名
巙 俗僂字音騪山名
蛆 千余切音疽蠅之子也
犴 俄干切音儺野狗似狐
斸 株玉切音瘃斫也

五燈會元卷第十六

宋沙門大川濟纂

青原下六世

洛浦安禪師法嗣

蘄州烏牙山彦賓禪師僧問未作人身已前作甚麽來師曰三脚石牛坡上走一枝瑞草目前分問疋馬單鎗直入時如何師曰饒你雄信解拈鎗猶較秦王百步在問久戰沙場爲甚麽功名不就師曰雙鵰隨箭落李廣不當名問百步穿楊中的者誰師曰將軍不上便橋金牙徒勞拈筈問蠨蝀飲雲根時如何師曰金輪天子下閻浮鐵縵頭上金花異曰鼓休停八佾音

正當恁麽時如何師曰當今不坐靈明殿畫

鳳翔府青峰傳楚禪師涇州人也一日洛浦問曰院主去甚麽處來師曰掃雪來浦曰雪深多少師曰樹上總是浦曰得即得汝向後住箇雪窟定矣後訪白水水曰見説洛浦有生機一路是否師曰是水曰止却生路向熟路上來師曰生路上死人無數熟路上不著活漢水曰此是洛浦底你底作麽生師曰非但洛浦夾山亦不奈何水曰夾山爲甚麽不奈何師曰不見道生機一路住後僧問佛魔未現向甚麽處應師曰諸上座聽祇對問大事已明爲甚麽也如喪考妣師曰不得春風花不開及至花開又吹落問如何是一色師曰全無一滴水浪激似銀山問如何是臨機一句師曰便道將來曰請和尚道師曰穿過髑髏不知痛痒問如何是明了底人一句師曰駿馬寸步不移鈍鳥昇騰出路

京兆府永安院善靜禪師郡之王氏子母夢金像覺而有娠師幼習儒學博通群言年二十七忽厭浮幻潛詣終南山禮廣度禪師披削唐天復中南謁洛浦浦器之容其入室乃典園務力營衆事一日有僧辭浦浦曰四面是山闍黎向甚麼處去僧無對浦曰限汝十日下語得中即從汝去其僧經行冥搜偶入園中師問曰上座既是辭去今何在此僧具陳所以堅請代語師曰竹密豈妨流水過山高那阻野雲飛其僧喜踊師囑之曰不得道是某甲語僧遂白浦曰誰語曰某甲語浦曰非汝語僧具言園頭見教浦至晚上堂謂衆曰莫輕園頭他日座下有五百人在後住永安衆餘五百果符洛浦之記僧問知有道不得時如何師曰知有箇甚麼曰不可無去也

師曰恁麼則合道得曰道即不無爭奈語偏師曰水凍魚難躍山寒花發遲問如何是和尚家風師曰木馬背斜陽入草無蹤跡問如何是一色師曰易分雪裏粉難辯墨中煤問如何是衲衣向上事師曰龍魚不出海水月不吞光問不可以智知不可以識識時如何師曰鶴鷺並頭踏雪睡月明驚起兩遲疑問牛頭未見四祖時如何師曰異境靈松覩者皆羨曰見後如何師曰葉落已枝摧風來不得韻問如何得生如來家師曰披衣望曉論劫不明曰明後如何師曰一句不可得曰如何是不坐如來座師曰抱頭石女歸來晚祇園會裡沒蹤由師往遊襲道避昭宗蒙塵之亂以漢開運丙午冬鳴揵槌集僧囑累入方丈東向右脇而化謚淨悟禪師

鄧州中度禪師僧問海內不逢師如何是寰中主師曰金鷄常報曉時人自不聞問如何是暗中明鏡師曰昧不得曰未審照何物師曰甚麼物不照問如何是實際理地不受一塵佛事門中不捨一法師曰眞常塵不染海納百川流曰請和尚離聲色外荅師曰木人常對語有性不能言

嘉州洞谿戒定禪師初問洛浦月樹無枝長覆蔭請師直指妙玄微浦曰森羅秀處事不相依渌水千波孤峯自異師於是領旨住後僧問蛇師爲甚麼被蛇吞師曰幾度扣門招不出將身直入裏頭看有官人問旣是淸淨伽藍爲甚打魚鼓師曰直須打出靑霄外免見龍門點額人

京兆府臥龍禪師僧問杲日符天際珠光照舊都浦津通法海今日意如何師曰寶劒揮時豈該明暗

逍遙忠禪師法嗣

泉州福清院師巍通玄禪師僧問枝分夾嶺的紹逍遙寶座旣登法雷請震師曰逍遙迥物外物外霞不生問如何是西來的的意師曰立雪未爲勞斷臂方爲的曰恁麼則一華開五葉芬芳直至今師曰因圓三界外果滿十方知

京兆府白雲無休禪師僧問路逢猛虎如何降伏師曰歸依佛法僧問如何是白雲境師曰月夜樓邊海客愁

蟠龍文禪師法嗣

廬山永安淨悟禪師僧問如何是出家底事師曰萬丈懸崖撒手去曰如何是不出家底

事師曰迴殊雪嶺安巢節有異許由挂一瓢問六門不通如何達信師曰闍黎外邊與誰相識問脫籠頭卸角馱來時如何師曰換骨洗腸投紫塞鴈門切忌更銜蘆問從上諸聖將何示人師曰有異祖龍行化節迴超棲鳳越揚塵問如何是解作客底人師曰寶御珍裝猶尚棄誰能歷劫傍他門問如何是西來意師曰海底泥牛吼雲中木馬嘶問衆手淘金誰是得者師曰黃帝不曾遊赤水神珠罔象也虛然問雪覆蘆華時如何師曰雖則冱凝呈瑞色太陽暉後却迷人

袁州木平山善道禪師初謁洛浦問一漚未發已前如何辨其水脉浦曰移舟諳水脉舉棹別波瀾師不契乃參蟠龍語同前問龍曰移舟不別水舉棹卽迷源師從此悟入僧問如何是西來意師曰石羊頭子向東看問如何是不動尊師曰挂杖孔問如何是正法眼師曰浪浪蕩蕩問如何是木平一句師曰畐塞虛空曰畐塞虛空卽不問如何是一句師便打凡有新到未許參禮先令運土三擔而示偈曰南山路側東山低新到莫辭三轉泥嗟汝在途經日久明明不曉却成迷師肉髻螺紋金陵李氏嚮其道譽迎請供養待以師禮甞問如何是木平師曰不勞斤斧曰爲甚麼不勞斤斧師曰木平法眼禪師有偈贈曰木平山裏人貌古言復少相看陌路同論心秋月皎壞衲線非蠶助歌聲有鳥城闕今日來一漚曾已曉滅後門人建塔謚眞寂禪師

崇福志禪師僧問供養百千諸佛不如供養一無心道人未審諸佛有何過無心道人有

何德師曰雪深宜近火身煖覺春遲問貧子獻珠時如何師曰甚麽處得來問如何是道師曰回車有分

陝府龍溪禪師上堂僧問如何是無縫塔師曰百寶莊嚴今已了四門開豁幾多時師乃曰直饒説似箇無縫塔也不免老僧下箇橛作麽生免得去衆無對師曰下去

黄山輪禪師法嗣

郢州桐或作潼泉山禪師參黄山山問天門一合十方無路有人道得擺手出漳江師曰蟄戸不開龍無龍句山曰是你恁麽道師曰是卽直言是不是直言不是山曰擺手出漳江山復問卞和到處荆山秀玉印從他天子傳時如何師曰靈鶴不於林下憩野老不重太平年山深肯之住後僧問如何是相傳底事

師曰龍吐長生水魚吞無盡漚曰請師挑剔師曰擂鼓轉船頭棹穿波裏月

韶山普禪師法嗣

潭州文殊禪師僧問如何是祝融峰前事師曰巖前瑞草生問仁王登位萬姓霑恩和尚出世有何祥瑞師曰萬里長沙駕鐵船問如何是本爾莊嚴師曰菊花原上景行人去路長

耀州容行禪師僧問容室之言請師垂示師曰南方水濶北地風多曰不會乞師再指師曰鳥棲林麓易人出是非難

濠州明禪師法嗣

襄州鷲嶺善本禪師浴次僧問和尚是離垢人爲甚麽却浴師曰定水湛然满浴此無垢人問祖意教意是同是别師曰鷲嶺峯上青

草參天鹿野苑中狐兎交横

青原下七世

潭州霞禪師法嗣

澧州藥山禪師上堂夫學般若菩薩不懼得失有事近前時有僧問藥山祖裔請師舉唱師曰萬機挑不出曰爲甚麽萬機挑不出師曰他緣岸谷問如何是藥山家風師曰葉落不如初問法雷哮吼時如何師曰宇宙不曾震曰爲甚麽不曾震師曰徧地娑婆未嘗哮吼曰不哮吼底事如何師曰闔國無人知

雲蓋景禪師法嗣

衡嶽南臺寺藏禪師僧問遠遠投師請師一接師曰不隔户問如何是南臺境師曰松韻拂時石不點孤峯山下壘難齊曰如何是境中人師曰巖前栽野菓接待往來賓曰恁麽則謝師供養師曰怎生滋味問如何是法堂師曰無壁落問不顧諸緣時如何師良久

潭州雲蓋山證覺禪師僧問如何是和尚家風師曰四海不曾通問如何是一塵含法界師曰通身體不圓曰如何是九世刹那分師曰繁興不布彩問如何是宗門中的的意師曰萬里胡僧不入波瀾

烏牙賓禪師法嗣

安州大安山興古禪師僧問亾僧遷化向甚麽處去也師曰昨夜三更拜南郊問維摩默然意旨如何師曰黯黒石牛兒超然不出户問如何是那邊事師曰黑漆牧童不展手銀籠鶴畔野雲飛

蘄州烏牙山行朗禪師僧問未作人身已前作甚麽來師曰海上石牛歌三拍一條紅線

掌問分問迦葉上行衣何人合得披師曰天然無相子不挂出塵衣

青峯楚禪師法嗣

西川靈龕禪師僧問如何是諸佛出身處師曰出處非干佛春來草自青問碌碌地時如何師曰試進一步看

京兆府紫閣山端己禪師僧問四相俱盡立甚麽爲眞師曰你甚麽處去來問渭水正東流時如何師曰從來無間斷

房州開山懷晝禪師僧問作何行業卽得不違於千聖師曰妙行無倫匹情玄體自殊問有耳不臨清水洗無心誰爲白雲幽時如何師曰無木挂千金曰挂後如何師曰杳杳人難辨問如何是塵中師師曰荆棘林中隨處到旃檀林裡任縱横問如何是祖師西來意師曰月隱澄潭金輝正午

幽州傳法禪師僧問教意祖意是同是别師曰華開金線秀古洞白雲深問别人爲甚麽徒弟多師爲甚麽無徒弟師曰海島龍多隱茅茨鳳不棲

益州淨衆寺歸信禪師僧問蓮華未出水時如何師曰菡萏滿池流曰出水後如何師曰葉落不知秋問不假浮囊便登巨海時如何師曰紅觜飛超三界外緑毛也解道煎茶問如何是自在底人師曰劒樹霜林去便行曰如何是不自在底人師曰釋迦在闍黎後

青峰山清勉禪師僧問久醖蒲萄酒今日爲誰開師曰飲者方知問如何是祖師西來意師曰耨池無一滴四海自滔滔

宋世玉音

宋太宗皇帝一日幸相國寺見僧看經問曰是甚麼經僧曰仁王經帝曰既是寡人經因甚卻在卿手裏僧無對（雪竇代云皇天無親唯德是輔）幸開寶塔問僧卿是甚人對曰塔主帝曰朕之塔爲甚麼卿作主僧無對（雪竇代曰合國咸知）一日因僧朝見帝問甚處來對曰廬山臥雲庵帝曰朕聞臥雲深處不朝天爲甚到此僧無對（雪竇代云難逃至化）僧入對次奏曰陛下還記得麼帝曰甚處相見來奏曰靈山一別直至如今帝曰卿以何爲驗僧無對（雪竇代曰貧道得得而來）京寺回祿藏經悉爲煨燼僧欲乞宣賜召問昔日摩騰不燒如今爲甚卻燒僧無對（雪竇代云陛下不志付囑）帝嘗夢神人報曰請陛下發菩提心因早朝宣問左右街菩提心作麼生發街無對（雪竇代云實謂今古罕聞）智寂大師進三界圖帝問朕在那一界中寂無對（保寧勇代曰陛下何處不稱尊）一日朝罷帝擎鉢問丞相王隨曰既是大庾嶺頭提不起爲甚麼卻在朕手裏隨無對

徽宗皇帝政和三年嘉州巡捕官奏本部路傍有大古樹因風催折中有一僧禪定鬚髮被體指爪遶身帝降旨令肩輿入京命西天總持三藏以金磬出其定遂問何代僧曰我乃東林遠法師之弟名慧持因遊峨嵋入定於樹遠法師無恙否藏曰遠法師晉人也化去七百年矣持不復語藏問師既至此欲歸何所持曰陳留縣復入定帝製三偈令繪像頒行偈曰七百年來老古錐定中消息許誰知爭如隻履西歸去生死何勞木作皮藏山於澤亦藏身天下無藏道可親寄語莊周休擬議樹中不是負趍人有情身不是無情彼

此人人定裏身會得菩提本無樹不須辛苦問盧能

孝宗皇帝宣問靈隱佛照光禪師曰釋迦佛入山修道六年而成所成者何事請師明說對曰將謂陛下忘却

未詳法嗣

實性大師因同參芙蓉訓禪師至上堂以右手拈拄杖倚放左邊良久曰此事若不是芙蓉師兄也大難委悉便下座

茶陵郁山主不曾行腳因廬山有化士至論及宗門中事教令看僧問法燈百尺竿頭如何進步燈云噁凡三年一日乘驢度橋一踏橋板而墮忽然大悟遂有頌云我有神珠一顆久被塵勞關鎖今朝塵盡光生照破山河萬朶因茲更不遊方師乃白雲端和尚得度師雲有贊曰百尺竿頭曾進步溪橋一踏沒山河從茲不出茶川上吟嘯無非囉哩囉

僧肇法師遭秦王難臨就刑說偈曰四大元無主五陰本來空將頭臨白刃猶似斬春風玄沙云大小肇法師臨死猶寱語

禪月貫休禪師有詩曰禪客相逢秖彈指此心能有幾人知大隨和尚舉問曰如何是此心師無對歸宗柔代云能有幾人知

先淨照禪師問楞嚴大師經中道若能轉物即同如來若被物轉即名凡夫秖如昇元閣作麼生轉嚴無對汾陽代云彼此老大

公期和尚因往羅漢路逢一騎牛公子師問羅漢路向甚麼處去公拍牛曰道道師喝曰這畜生公曰羅漢路向甚麼處去師却拍牛曰道道公曰直饒恁麼猶少蹄角在師便打

公拍牛便走

唐朝因禪師微時嘗運梽擊土次見一大塊戲梽猛擊之應碎豁然大悟後有老宿聞云盡山河大地被因禪師一擊百雜碎

福州東山雲頂禪師泉州人遺其氏以再下春闈往雲臺大吼寺剃染具戒即謁大愚芝神鼎謓後見羅漢下尊宿始徹巳事道學有聞叢林稱爲頂三教僧問如何是和尚日用事師曰我喫飯汝受飢曰法法不相到又作麼生師曰汝作罪我皆知問如何是和尚一枝拂師曰打破修行窟曰恁麼則本來無一物也師曰知無者是誰曰學人罪過師曰再思可矣居士問洞山道有一物上拄天下拄地未審是甚麼物師曰擔鐵枷喫鐵棒曰天地黑山河走師曰閻老殿前添一鬼北切山下卧千年士呌快活快活師曰也是野狐吞老鼠九龍觀道士并三士人請上堂儒門畫八卦造契書不救六道輪回道門朝九皇鍊真氣不達三祇劫數我釋迦世尊洞三祇劫數救六道輪回以大願攝人天如風輪持日月以大智破生死若劫火焚秋毫入得我門者自然轉變天地幽察鬼神使須彌鐵圍大地大海入一毛孔中一切衆生不覺不知我說此法門如虛空俱含萬象一爲無量無量爲一若人得一即萬事畢珍重

婺州雲幽重惲禪師今曰法雲初謁雪峰次依石霜乃開悟旋里隱居蔽形唯一衲住後上堂雲幽一隻箭虛空無背面射去徧十方要且無人見時有僧問如何是和尚一隻箭師曰盡大地人無髑髏

雙溪布衲如禪師因嵩禪師戲以詩悼之曰繼祖當吾代生緣行可規終身常在道識病懶尋醫貌古筆難寫情高世莫知慈雲布何處孤月自相宜師讀罷舉筆答曰道契平生更有誰閑卿於我最心知當初未欲成相別恐誤同參一首詩投筆坐亾於六十年後塔戶自啓其眞容儼然

舒州投子通禪師僧問達磨未來時如何師曰兩岸唱漁歌曰來後如何師曰大海涌風波問如何是孤峯頂上節操長松師曰能爲萬象主不逐四時凋問如何是和尚這裡佛法師曰東壁打西壁

處州法海立禪師因朝廷有旨革本寺爲神霄宮師陞座謂衆曰都緣未徹所以說是說非蓋爲不眞便乃分彼分此我身尚且不有身外烏足道哉正眼觀來一場笑具今則聖君垂旨更僧寺作神霄佛頭上添箇冠兒算來有何不可山僧今日不免橫檐拄杖高掛鉢囊向無縫塔中安身立命於無根樹下嘯月吟風一任乘雲仙客駕鶴高人來此呪水書符叩牙作法他年成道白日上昇堪報不報之恩以助無爲之化秖恐不是玉是玉也大奇然雖如是且道山僧轉身一句作麽生道還委悉麽擲下拂子竟爾趨寂郡守具奏其事奉旨改其寺曰眞身

汝州天寧明禪師改德士日師登座謝恩畢乃曰木簡信手拈來坐具乘時放下雲散水流去寂然天地空卽斂目而逝

蜀中仁王欽禪師僧問如何是佛師曰聞名不如見面曰如何是祖師西來意師曰鬧市

裏弄猢猻曰如何是道曰大蟲看水磨
金陵鐵索山主遺其名僧問久嚮鐵索未審作
何面目主打露柱僧曰謝見示主曰你據箇
甚麼便恁麼道僧却打露柱主曰且道索在
恁麼處僧作量勢主曰今日遇箇同衆
樓子和尚不知何許人也遺其名氏一日偶
經遊街市間於酒樓下整襪帶次聞樓上人
唱曲云你旣無心我也休忽然大悟因號樓
子焉
神照本如法師嘗以經王請益四明尊者者
震聲曰汝名本如師卽領悟作偈曰處處逢
歸路頭頭達故鄉本來成現事何必待思量
臨安府上竺圓智證悟法師台州林氏子依
白蓮僊法師問具變之道蓮指行燈曰如此
燈者離性絶非本自空寂理則具矣六凡四
聖所見不同變則在焉師不昇後因掃地誦
法華經至知法常無性佛種從緣起始諭旨
告蓮蓮然之師領徒以來嘗患本宗學者囿
於名相膠於筆録至以天台之傳爲文字之
學南宗鄙之乃謁護國此庵元禪師夜語次
師舉東坡宿東林偈且曰也不易到此田地
庵曰尚未見路徑何言到耶曰秖如他道溪
聲便是廣長舌山色豈非清淨身若不到此
田地如何有這箇消息庵曰是門外漢耳曰
和尚不吝可爲說破庵曰却秖從這裡猛著
精彩覷捕看若覷捕得他破則亦知本命元
辰落著處師通夕不寐及曉鐘鳴去其秘畜
以前偈别曰東坡居士太饒舌聲色關中欲
透身溪若是聲山是色無山無水好愁人特
以告此庵庵曰向汝道是門外漢師禮謝未

幾有化馬祖殿夙者求語發揚師書曰寄語江西老古錐從教日炙與風吹兒孫不是無料理要見冰消夙解時此庵見之笑曰須是這闍黎始得

本嵩律師因無爲居士楊傑請問宣律師所講毗尼性體師以偈答曰情智何嘗異犬吠虵自行終南的的意日午打三更

昔有一老宿一夏不爲師僧説話有僧歎曰我秖恁麼空過一夏不敢望和尚説佛法得聞正因兩字也得老宿聞乃曰闍黎莫讋速若論正因一字也無道了叩齒云適來無端不合與麼道隣壁有一老宿聞曰好一釜羹被一顆鼠糞汚却（雪竇代云誰家釜裏無一兩顆）

昔有一僧在經堂内不看經每日打坐藏主曰何不看經僧曰某甲不識字主曰何不問人僧近前义手鞠躬曰這箇是甚麼字主無對（大通本代云又道不識）

昔有一老宿住菴於門上書心字於牕上書心字於壁上書心字（法眼云門上但書門字牕上但書牕字壁上但書壁字立覺云門上不要書門字牕上不要書牕字壁上不要書壁字何故字義炳然）

昔有二庵主住庵旬日不相見忽相會上庵主問下庵主多時不相見向甚麼處去下庵主曰在庵中造箇無縫塔上庵主曰某甲也要造一箇就兄借取塔樣子下庵主曰何不早説恰被人借去了也（法眼云且道是借他樣不借他樣）

昔有一庵主見僧來竪起火筒曰會麼曰不會主曰三十年用不盡底僧却問三十年前用箇甚麼主無對（歸宗柔代云也要知）

昔有一老宿因江南國主問予有一頭水牯牛萬里無寸草未審向甚麼處放宿無對（歸宗

柔代云好處放

昔有一老宿問僧甚麼處來僧曰牛頭山禮拜祖師來宿曰還見祖師麼僧無對歸宗柔代云大似不相信

昔有一老宿有偈曰五蘊山頭一段空同門出入不相逢無量劫來賃屋住到頭不識主人公有老宿云既不識他當初問甚麼人賃

僧問老宿如何是客室中人老宿曰有客不答話玄沙云何曾客歸宗柔別老宿云你因甚麼得見

昔有一老宿因僧問魂兮歸去來食我家園甚如何是家園甚玄覺代云是亦食不得法燈云汚却你口

昔有一老宿曰祖師九年面壁爲訪知音若恁麼會得喫鐵棒有日在又一老宿曰祖師九年面壁何不慚惶若恁麼會得更買草鞋行脚三十年瑯琊覺云既不然且道祖師面壁意作麼生良久云欲得不招

無間業莫謗如來正法輪

昔有一老宿因僧問師子捉兔亦全其力捉象亦全其力未審全箇甚麼力老宿曰不欺之力法眼別云不會古人語

昔有一老宿曰這一片田地分付來多時也我立地待汝搆去法眼云山僧如今坐地待汝搆去還有道理也無那箇親那箇踈試裁斷看

昔有老宿畜一童子竝不知軌則有一行脚僧到乃教童子禮儀晚間見老宿外歸遂去問訊老宿怪訝遂問童子曰阿誰教你童曰堂中其上座老宿喚其僧來問上座傍家行脚是甚麼心行這童子養來二三年了幸自可憐生誰教上座教壞伊快束裝起去黃昏雨淋淋地被趂出法眼云古人恁麼顯露些子家風甚怪且道意在於何

昔有僧到曹溪時守衣鉢僧提起衣曰此是大庾嶺頭提不起底僧曰爲甚麼在上座手裏僧無對（雲門云彼此不了又云將謂是師子兒）

昔有僧因看法華經至諸法從本來常自寂滅相忽疑不决行住坐卧每自體究都無所得忽春月聞鶯聲頓然開悟遂續前偈曰諸法從本來常自寂滅相春至百花開黄鶯啼柳上

昔有老宿問一座主䟽鈔解義廣畧如何主曰鈔解疏疏解經宿曰經解甚麼主無對

昔高麗國來錢塘刻觀音聖像及舁上舩竟不能動因請入明州開元寺供養後有設問無刹不現身聖像爲甚不去高麗國（長慶稜云現身雖普覩相生徧法眼别云識得觀音未）

泗州塔前一僧禮拜有人問上座日日禮拜還見大聖麼（法眼代云汝道禮拜是甚麼義）

泗州塔頭侍者及時鎖門有人問既是三界大師爲甚麼被弟子鎖侍者無對（法眼代云弟子鎖大師鎖法燈代云還我鎖匙來又老宿代云吉州鎖虔州鎖）

聖僧像被屋漏滴有人問僧既是聖僧爲甚麼有漏僧無對（韶國師代云無漏不是聖僧）

有人問僧點甚麼燈僧曰長明燈曰甚麼時點曰去年點曰長明何在僧無語（長慶稜代云若不如此知公不受人謾法眼别云利動君子）

有座主念彌陀名號次小師喚和尚及回顧小師不對如是數四和尚叱曰三度四度喚有甚麼事小師曰和尚幾年喚他卽得某甲纔喚便發業（法燈代云咄叱）

有僧與童子上經了令持經著函内童子曰某甲念底著向那裏（法燈代云汝念甚麼經）

一僧注道德經人問曰久嚮大德注道德經僧曰不敢曰何如明皇法燈代云是弟子

有僧入冥見地藏菩薩藏問你平生修何業僧曰念法華經曰止止不須說我法妙難思爲是說是不說僧無對歸宗柔代云此回歸去敢爲流通

鹽官會下有一主事僧忽見一鬼使來追僧告曰某甲身爲主事未暇修行乞容七日得否使曰待爲白王若許卽七日後來不然須臾便至言訖不見至七日後復來覓其僧了不可得後有人舉問一僧若被覓著時如何抵擬他洞山代云被他覓得也

台州六通院僧欲渡船有人問旣是六通爲甚麼假船僧無對天台韶國師代云不欲驚衆

洪州太守宋令公一日大寧寺僧陳乞請第二座開堂公曰何不請第一座衆無語法眼代云不勞如此

江南相馮延巳與數僧遊鍾山至一人泉問一人泉許多人爭得足一僧對曰不教欠少延巳不肯乃別曰誰人欠少法眼別云誰是不足者

官人問僧名甚麼曰無揀官人曰忽然將一椀汝與上座又作麼生曰謝官人供養法眼別云此猶是揀底

廣南有僧住庵國主出獵左右報庵主大王來請起主曰非但大王來佛來亦不起王問佛豈不是汝師主曰是王曰見師爲甚麼不起法眼代云未足酬恩

福州洪塘橋上有僧列坐官人問此中還有佛麼僧無對法眼代云汝是甚麼人

昔有官人入鎭州天王院覩神像因問院主曰此是甚麼功德曰護國天王曰秖護此國

徧護餘國曰在秦爲秦在楚爲楚曰臘月二十九日打破鎮州城天王向甚處去主無對

昔有官人作無鬼論中夜揮毫次忽見一鬼出云汝道無我聻五祖演云老僧當時若見但以手作鵓鳩觜向伊道谷呱呱

昔有道流在佛殿前背佛而坐僧曰道士莫背佛道流曰大德本教中道佛身充滿於法界向甚麼處坐得僧無對法眼代云識得汝

有一行者隨法師入佛殿行者向佛而唾師曰行者少去就何以唾佛者曰將無佛處來與某甲唾師無對溈山云仁者却不仁者不仁者却仁者仰山代法師云但唾行者又云行者若有語即向伊道還我無行者處來

死魚浮於水上有人問僧魚豈不是以水爲命僧曰是曰爲甚麼却向水中死僧無對杭州天龍機和尚代云是伊爲甚麼不去岸上死

鴿子趂鴿子飛向佛殿欄干上顫有人問僧一切衆生在佛影中常安常樂鴿子見佛爲甚麼却顫僧無對法燈代云怕佛

昔有一僧去覆船路逢一賣鹽翁僧問覆船路向甚麼處去翁良久僧再問翁曰你患聾那僧曰你向我道甚麼翁曰向你道覆船路僧曰翁莫會禪麼翁曰莫道會禪佛法也會盡僧曰你試說看翁挑起鹽籃僧曰難翁曰你喚這箇作甚麼僧曰鹽翁曰有甚麼交涉僧曰你喚作甚麼曰不可更向你道是鹽

昔有婆子供養一庵主經二十年常令一二八女子送飯給侍一日令女子抱定曰正恁麼時如何主曰枯木倚寒巖三冬無暖氣女子舉似婆婆曰我二十年秖供養得箇俗漢遂遣出燒却庵

昔有一僧參米胡路逢一婆住菴僧問婆有眷屬否曰有僧曰在甚麽處曰山河大地若草若木皆是我眷屬僧曰婆莫作師姑來否曰汝見我是甚麽僧曰俗人婆曰汝不可是僧僧曰婆莫混濫佛法好婆曰我不混濫佛法僧曰汝恁麽豈不是混濫佛法婆曰你是男子我是女人豈曾混濫

龐行婆入鹿門寺設齋維那請意旨婆拈梳子插向髻後曰回向了也便出去

溫州陳道婆嘗徧扣諸方名宿後於長老山淨和尚語下發明有喝曰高坡平頂上盡是採樵翁人人盡懷刀斧意不見山花映水紅

昔有施主婦人入院行衆僧隨年錢僧曰聖僧前著一分婦人曰聖僧年多少僧無對法眼代云心明滿處即知

五燈會元卷第十六

音釋

筈古活切音括箭末曰筈　螮蝀上丁計切音帝下德紅切音東虹也　菡胡感切音頷猶含也未吐之貌　萏徒感切音髧芙蓉也　嘶先齊切音西悲聲也　賃女禁切音任庸也　葚時鴆切音甚桑實也

五燈會元卷第十七

宋沙門大川濟纂

青原下二世

石頭遷禪師法嗣

荊州天皇道悟禪師婺州東陽張氏子神儀挺異幼而生知年十四懇求出家父母不聽遂損減飲膳日纔一食形體羸悴父母不得已而許之依明州大德披削二十五詣杭州竹林寺具戒精修梵行推爲勇猛或風雨昏夜宴坐丘塚身心安靜離諸怖畏一日遊餘杭首謁徑山國一受心法服勤五載後棻馬祖重印前解法無異說依止二夏乃謁石頭而致問曰離卻定慧以何法示人頭曰我這裏無奴婢離箇甚麼曰如何明得頭曰汝還撮得虛空麼曰恁麼則不從今日去也頭曰未審汝早晚從那邊來曰道悟不是那邊人頭曰我早知汝來處也曰師何以贓誣於人頭曰汝身見在曰雖然如是畢竟如何示於後人頭曰汝道誰是後人師從此頓悟罄前二哲匠言下有所得心後卜荊州當陽紫陵山學徒駕肩接迹都人士女嚮風而至時崇業寺上首以狀聞於連帥迎入城郡之左有天皇寺乃名藍也因火而廢主僧靈鑒將謀修復乃曰苟得悟禪師爲化主必能福我乃中宵潛往哀請肩舁而至時江陵尹右僕射裴公稽首問法致禮勤至師素不迎送客無貴賤皆坐而揖之裴公愈加歸向由是石頭法道盛矣師因龍潭問從上相承底事如何師曰不是明汝來處不得潭曰這箇眼目幾人具得師曰淺草易爲長蘆僧問如何是

玄妙之說師曰莫道我解佛法好曰爭奈學人疑滯何師曰何不問老僧曰即今問了也師曰去不是汝存泊處元和丁亥四月示疾命弟子先期告終至晦日大衆問疾師驀召典座座近前師曰會麼曰不會師拈枕子拋於地上即便告寂壽六十臘三十五以其年八月五日塔于郡東

按景德傳燈錄稱青原下出石頭遷遷下出天皇悟悟下出龍潭信信下出德山鑒鑒下出雪峰存存下出雲門偃玄沙備備再傳爲法眼二㳂皆謂雲門法眼二宗來自青原石頭雖二家兒孫亦自謂青原石頭所自出不知其差悞所從來久矣道悟同時有二人一住荆南城西天王寺嗣馬祖一住荆南城東天皇寺嗣石頭其下出龍潭信者乃馬祖下天王道悟非石頭下天皇道悟也何以明之按唐正議大夫戶部侍郎平章事荆南節度使丘玄素所撰天王道悟禪師碑云道悟渚宮人姓崔氏子玉之後胤也年十五依長沙寺曇翥律師出家二十三詣嵩山受戒三十參石頭頻沐指示曾未投機次謁忠國師三十四與國師侍者應真南遊謁馬祖祖曰識取自心本來是佛不屬漸次不假修持體自如如萬德圓滿師於言下大悟祖囑曰汝若住持莫離舊處師蒙旨已便返荆門去郭不遠結草爲廬後因節使顧問左右申其端緒節使親臨訪道見其路隘車馬難通極目荒榛曾未修削覩茲發怒令人擒師拋於水中旌旆纔歸乃見徧衙火發內外烟燄莫可近之唯聞空中聲曰我是天王神我是天王神節使回心設拜烟燄都息宛然如初遂往江邊見師在水都不濕衣節使重伸懺悔迎請在衙供養於府西造寺額號天王師常云快活快活及臨終時叫苦苦又云閻羅王來取我也院主問曰和尚當時被節度使拋向水中神色不動如今何得恁麼地師舉枕子云汝道當時是如今是院主無對便入滅當元和三年戊子十一月十三日也年八十二坐六十三夏悟法一人曰崇信即龍潭也城東天皇道悟禪師者協律郎符載撰碑乃與景德傳燈合其碑云道悟姓張氏婺州東陽人十四出家依明州大德祝髮二十五受戒於杭州竹林寺初參國一留五年大曆十一年隱於大梅山建中初謁江西馬祖二年參石頭乃大悟遂隱當陽紫陵山後於荆南城東有天皇廢寺靈鑒請居之元和二年丁亥四月十三日以背痛入滅年六十坐三十五夏法嗣三人曰慧真曰文賁曰幽閑今荆南城東有天皇巷存焉唐聞人歸登撰南嶽讓禪師碑列法孫數人於後有天王道悟名圭峯答裴相國宗趣狀列馬祖法嗣六人首曰江陵道悟權德輿撰馬

祖塔銘載弟子慧海智藏等十一人道悟其一也又呂夏卿張無盡著書皆稱道悟嗣馬祖宗門反以爲悞然佛國白續燈録敘雪竇顯爲大寂九世孫祖源通要録中收爲馬祖之嗣達觀穎以丘玄素碑證之疑信相半葢獨見丘玄素碑而未見符載碑耳今以二碑參合則應以天皇道悟嗣石頭以慧眞文賁幽閑嗣之而於馬祖法嗣下增入天王道悟以龍潭崇信嗣之始爲不差悞矣

青原下三世

天皇悟禪師法嗣

澧州龍潭崇信禪師渚宮人也其家賣餠師少而英異初悟和尚爲靈鑒潛請居天皇寺人莫之測師家於寺巷常日以十餠饋之天皇受之每食畢常留一餠曰吾惠汝以蔭子孫師一日自念曰餠是我持去何以返遺我耶其別有旨乎遂造而問焉皇曰是汝持來復汝何咎師聞之頗曉玄旨因投出家皇曰汝昔崇福善今信吾言可名崇信由是服勤左右一日問曰某自到來不蒙指示心要皇曰自汝到來吾未嘗不指汝心要師曰何處指示皇曰汝擎茶來吾爲汝接汝行食來吾爲汝受汝和南時吾便低首何處不指示心要師低頭良久皇曰見則直下便見擬思即差師當下開解復問如何保任皇曰任性逍遥隨緣放曠但盡凡心別無聖解師後詣澧陽龍潭棲止僧問髻中珠誰人得師曰不賞玩者得曰安著何處師曰有處即道來有尼問如何得爲僧去師曰作尼來多少時也曰還有爲僧時也無師曰汝即今是甚麼曰現是尼身何得不識師曰誰識汝李翺刺史問如何是眞如般若師曰我無眞如般若李曰幸遇和尚師曰此猶是分外之言

青原下四世

龍潭信禪師法嗣

鼎州德山宣鑒禪師簡州周氏子丱歲出家依年受具精究律藏於性相諸經貫通旨趣常講金剛般若時謂之周金剛嘗謂同學曰一毛吞海海性無虧纖芥投鋒鋒利不動學與無學唯我知焉後聞南方禪席頗盛師氣不平乃曰出家兒千劫學佛威儀萬劫學佛細行不得成佛南方魔子敢言直指人心見性成佛我當摟其窟穴滅其種類以報佛恩遂擔青龍疏鈔出蜀至澧陽路上見一婆子賣餅因息肩買餅點心婆指擔曰這箇是甚麼文字師曰青龍疏鈔婆曰講何經師曰金剛經婆曰我有一問你若答得施與點心若答不得且別處去金剛經道過去心不可得現在心不可得未來心不可得未審上座點那箇心師無語遂往龍潭至法堂曰久嚮龍潭及乎到來潭又不見龍又不現潭引身曰子親到龍潭師無語遂棲止焉一夕侍立次潭曰更深何不下去師珍重便出却回曰外面黑潭點紙燭度與師師擬接潭復吹滅師於此大悟便禮拜潭曰子見箇甚麼師曰從今向去更不疑天下老和尚舌頭也至來日龍潭陞座謂衆曰可中有箇漢牙如劍樹口似血盆一棒打不回頭他時向孤峰頂上立吾道去在師將疏鈔堆法堂前舉火炬曰窮諸玄辯若一毫置於太虛竭世樞機似一滴投於巨壑遂焚之於是禮辭直抵溈山挾複子上法堂從西過東從東過西顧視方丈曰有麼有麼山坐次殊不顧盼師曰無無便出至門首乃曰雖然如此也不得草草遂具威

儀再入相見纔跨門提起坐具曰和尚山擬取拂子師便喝拂袖而出溈山至晚問首座今日新到在否座曰當時背却法堂著草鞋出去也山曰此子已後向孤峰頂上盤結草菴呵佛罵祖去在師住澧陽三十年屬唐武宗廢教避難於獨浮山之石室大中初武陵太守薛廷望再崇德山精舍號古德禪院將訪求哲匠住持聆師道行屢請不下山廷望乃設詭計遣吏以茶鹽誣之言犯禁法取師入州瞻禮堅請居之大闡宗風上堂若也於已無事則勿妄求妄求而得亦非得也汝但無事於心無心於事則虛而靈空而妙若毛端許言之本末者皆爲自欺何故毫氂繫念三塗業因瞥爾情生萬劫羈鎖聖名凡號盡是虛聲殊相劣形皆爲幻色汝欲求之得無累乎及其厭之又成大患終而無益小參示衆曰今夜不答話問話者三十棒時有僧出禮拜師便打僧曰某甲話也未問和尚因甚麼打某甲師曰汝是甚麼處人曰新羅人師曰未跨船舷好與三十棒（法眼云大小德山話作兩橛玄覺云叢林中喚作隔下語且從秪如德山道問話者三十棒意作麼生）僧參師問維那今日幾人新到曰八人師曰喚來一時生按著龍牙問學人仗鏌鎁劒擬取師頭時如何師引頸近前曰囫（法眼別云汝向甚麼處下手）牙曰頭落也師呵呵大笑牙後到洞山舉前話山曰德山道甚麼牙曰德山無語洞曰莫道無語且將德山落底頭呈似老僧看牙方省便懺謝有僧舉似師師曰洞山老人不識好惡這漢死來多少時救得有甚麼用處僧問如何是菩提師打曰出去莫向這裏屙問如何

是佛師曰佛是西天老比丘雪峯問從上宗乘學人還有分也無師打一棒曰道甚麽曰不會至明日請益師曰我宗無語句實無一法與人峯因此有省巖頭聞之曰德山老人一條脊梁骨硬似鐵拗不折然雖如此於唱教門中猶較些子（保福問招慶秖如巖頭出世有何言教過於德山便恁麽道慶云汝不見巖頭道如人學射久久方中福云中後如何慶云展闍黎莫不識痛痒福云和尚今日非唯舉話慶云展闍黎是甚麽心行明招云大小招慶錯下名言）示衆曰道得也三十棒道不得也三十棒臨濟聞得謂洛浦曰汝去問他道得爲甚麽也三十棒待伊打汝接住棒送一送看伊作麽生浦如教而問師便打浦接住送一送師便歸方丈浦回舉似臨濟濟曰我從來疑著這漢雖然如是你還識德山麽浦擬議濟便打（巖頭云德山老人尋常秖據一條白棒佛來亦打祖來亦打爭奈較些子東禪齊云秖如臨濟道我從來疑著這漢是肯底語不肯底語爲當別有道理試斷看）上堂問即有過不問猶乖有僧出禮拜師便打僧曰某甲始禮拜爲甚麽便打師曰待汝開口堪作甚麽師令侍者喚義存（即雪峯也）存上來師曰我自喚義存汝又來作甚麽存無對上堂我先祖見處即不然這裏無祖無佛達磨是老臊胡釋迦老子是乾屎橛文殊普賢是擔屎漢等覺妙覺是破執凡夫菩提涅槃是繫驢橛十二分教是鬼神簿拭瘡疣紙四果三賢初心十地是守古塚鬼自救不了有僧相看乃近前作相撲勢師曰與麽無禮合喫山僧手裏棒僧拂袖便行師曰饒汝如是也秖得一半僧轉身便喝師打曰須是我打你始得曰諸方有明眼人在師曰天然有眼僧擘開眼曰猫便出師曰黃河三千年一度清師見僧

來乃開門其僧敲門師曰阿誰曰師子兒師乃開門僧禮拜師騎僧項曰這畜生甚處去來雪峰問南泉斬猫兒意旨如何師乃打趂却喚曰會麼峯曰不會師曰我恁麽老婆心也不會僧問凡聖相去多少師便喝師因疾僧問還有不病者也無師曰有曰如何是不病者師曰阿哪阿哪師復告衆曰捫空追響勞汝心神夢覺覺非竟有何事言訖安坐而化卽唐咸通六年十二月三日也謚見性禪師

洪州泐潭寶峯和尚新到叅師問其中事卽易道不落其中事始終難道曰某甲在途中時便知有此一問師曰更與二十年行脚也不較多曰莫不契和尚意麽師曰苦瓜那堪待客問僧古人有一路接後進初心汝還知否曰請師指出古人一路師曰恁麽則闍黎知了也曰頭上更安頭師曰寶峯不合問仁者曰問又何妨師曰這裏不曾有人亂說道理出去巖頭僧來叅師竪起拂子曰落在此機底人未具眼在僧擬近前師曰恰落在此機僧回舉似巖頭頭曰我當時若見奪却拂子看他作麽生師聞乃曰我竪起拂子從伊奪總不將物時又作麽生巖頭聞得又曰無星秤子有甚辨處

青原下五世

德山鑒禪師法嗣

鄂州巖頭全奯禪師泉州柯氏子少禮青原誼公落髪往長安寶壽寺稟戒習經律諸部優游禪苑與雪峰欽山爲友自杭州大慈山邐迤造于臨濟屬濟歸寂乃謁仰山纔入門

提起坐具曰和尚仰山取拂子擬舉師曰不妨好手後參德山執坐具上法堂瞻視山曰作麽師便喝山曰老僧過在甚麽處師曰兩重公案乃下參堂山曰這箇阿師稍似箇行脚人至來日上問訊山曰闍黎是昨日新到否曰是山曰甚麽處學得這虛頭來師曰全奯終不自謾山曰他後不得孤負老僧一日參德山方跨門便問是凡是聖山便喝師禮拜有人舉似洞山山曰若不是奯公大難承當師曰洞山老人不識好惡錯下名言我當時一手擡一手搦雪峰在德山作飯頭一日飯遲德山擎鉢下法堂峰曬飯巾次見德山乃曰鐘未鳴鼓未響拓鉢向甚麽處去德山便歸方丈峰舉似師師曰大小德山未會末後句在山聞令侍者喚師去問汝不肯老僧那師密啓其意山乃休明日陞堂果與尋常不同師至僧堂前拊掌大笑曰且喜堂頭老漢會末後句他後天下人不奈伊何雖然也秖得三年活（山果三年後示滅）一日與雪峰欽山聚話峰驀指一椀水欽曰水清月現峰曰水清月不現師踢却水椀而去師與雪峰同辭德山山問甚麽處去師曰暫辭和尚下山去曰子他後作麽生師曰不忘曰子憑何有此說師曰豈不聞智過於師方堪傳受智與師齊減師半德曰如是如是當善護持二士禮拜而退師住鄂州巖頭值沙汰於湖邊作渡子兩岸各挂一板有人過渡打板一下師曰阿誰或曰要過那邊去師乃舞棹迎之一日因一婆抱一孩兒來乃曰呈橈舞棹即不問且道婆手中兒甚處得來師便打婆曰婆生七

子六箇不遇知音秖這一箇也不消得便抛向水中師後庵于洞庭卧龍山徒侶臻萃僧問無師還有出身處也無師曰聲前古毳爛問堂堂來時如何師曰刺破眼上堂吾嘗究涅槃經七八年覩三兩段義似衲僧説話又曰休休時有一僧出禮拜請師舉師曰吾教意如∴字三點第一向東方下一點點開諸菩薩眼第二向西方下一點點諸菩薩命根第三向上方下一點點諸菩薩頂此是第一段義又曰吾教意如摩醯首羅劈開面門竪亞一隻眼此是第二段義又曰吾教意猶如塗毒鼓擊一聲遠近聞者皆喪此是第三段義時小嚴上座問如何是塗毒鼓師以兩手按膝亞身曰韓信臨朝底嚴無語夾山下一僧到石霜纔跨門便道不審霜曰不必闍黎

僧曰恁麽則珍重又到師處如前道不審師噓一噓僧曰恁麽則珍重方回步師曰雖是後生亦能管帶其僧歸舉似夾山山上堂曰前日到巖頭石霜底阿師出來如法舉似前話其僧舉了山曰大衆還會麽衆無對山曰若無人道得山僧不惜兩莖眉毛道去也乃曰石霜雖有殺人刀且無活人劒巖頭亦有殺人刀亦有活人劒師與羅山卜塔基羅山中路忽曰和尚師回顧曰作麽山舉手指曰這裏好片地師咄曰瓜州賣瓜漢又行數里歇次山禮拜問曰和尚豈不是三十年前在洞山而不肯洞山師曰是又曰和尚豈不是嗣德山又不肯德山師曰是山曰不肯德山即不問秖如洞山有何虧闕師良久曰洞山好佛秖是無光山禮拜僧問利劒斬天下誰

是當頭者師曰瞎僧擬再問師咄曰這鈍漢出去問不歷古今時如何師曰卓朔地曰古今事如何師曰任爛問僧甚處來曰西京來師曰黃巢過後還收得劒麼曰收得師引頸近前曰囫曰師頭落也師呵呵大笑僧後到雪峰峰問甚處來曰巖頭來峰曰巖頭有何言句僧舉前話峰便打三十棒趂出問二龍爭珠誰是得者師曰俱錯僧問雪峰聲聞人見性如夜見月菩薩人見性如晝見日未審和尚見性如何峰打拄杖三下僧後舉前語問師師與三摑問如何是三界主師曰汝還解喫鐵棒麼德山一日謂師曰我這裏有兩僧入山住庵多時汝去看他怎生師遂將一斧去見兩人在庵內坐師乃拈起斧曰道得也一下斧道不得也一下斧二人殊不顧師擲下斧曰作家作家歸舉似德山山曰汝道他如何師曰洞山門下不道全無若是德山門下未夢見在僧參於左邊作一圓相又於右邊作一圓相又於中心作一圓相欲成未成被師以手一撥僧無語師便喝出僧欲跨門師却喚回問汝是洪州觀音來否曰是師曰秖如適來左邊一圓相作麼生曰是有句師曰右邊圓相聻曰是無句師曰中心圓相作麼生曰是不有不無句師曰秖如吾與麼又作麼生曰如刀畫水師便打瑞巖問如何是毗盧師師曰道甚麼巖再問師曰汝年十七八未問弓折箭盡時如何師曰去問如何是巖中的的意師曰謝指示曰請和尚答話師曰珍重問三界競起時如何師曰坐却著曰未審師意如何師曰移取廬山來卽向汝

道問起滅不停時如何師喝曰是誰起滅問輪中不得轉時如何師曰澁問路逢猛虎時如何師曰撥問如何是道師曰破草鞋與抛向湖裏著問萬丈井中如何得到底師曰吽僧再問師曰脚下過也問古帆未挂時如何師曰小魚吞大魚又僧如前問師曰後園驢喫草遶後人或問佛問法問道問禪者師皆作噓聲師嘗謂衆曰老漢去時大吼一聲了去唐光啓之後中原盜起衆皆避地師端居晏如也一日賊大至責以無供饋遂傳刃焉師神色自若大叫一聲而終聲聞數十里即光啓三年丁未四月八日也門人後焚之獲舍利四十九粒衆爲起塔諡清嚴禪師

福州雪峰義存禪師泉州南安曾氏子家世奉佛師生惡葷茹於襁褓中聞鐘梵之聲或見幡花像設必爲之動容年十二從其父遊莆田玉澗寺見慶立律師遽拜曰我師也遂留侍焉十七落髮謁芙蓉常照大師照撫而器之後往幽州寶刹寺受戒久歷禪會緣契德山唐咸通中回閩中雪峰創院徒侶翕然懿宗錫號眞覺禪師仍賜紫袈裟初與巖頭至澧州鼇山鎭阻雪頭每日秖是打睡師一向坐禪一日喚曰師兄師兄且起來頭曰作甚麼師曰今生不著便共文邃箇漢行脚到處被他帶累今日到此又秖管打睡頭喝曰噇眠去每日牀上坐恰似七村裏土地他時後日魔魅人家男女去在師自點胸曰我這裏未穩在不敢自謾頭曰我將謂你他日向孤峰頂上盤結草庵播揚大敎猶作這箇語話師曰我實未穩在頭曰你若實如此據你

見處一一通來是處與你證明不是處與你剗却師曰我初到鹽官見上堂舉色空義得箇入處頭曰此去三十年切忌舉著又見洞山過水偈曰切忌從他覓迢迢與我疎渠今正是我我今不是渠頭曰若與麼自救也未徹在師又曰後問德山從上宗乘中事學人還有分也無德山打一棒曰道甚麼我當時如桶底脫相似頭喝曰你不聞道從門入者不是家珍師曰他後如何即是頭曰他後若欲播揚大教一一從自己胷襟流出將來與我蓋天蓋地去師於言下大悟便作禮起連聲叫曰師兄今日始是鼇山成道師在洞山作飯頭淘米次山問淘沙去米淘米去沙師曰沙米一時去山曰大衆喫箇甚麼師遂覆却米盆山曰據子因緣合在德山洞山一日

問師作甚麼來師曰斫槽來山曰幾斧斫成師曰一斧斫成山曰猶是這邊事那邊事作麼生師曰直得無下手處山曰猶是這邊事那邊事作麼生師休去汾陽代云某甲早困也師辭洞山山曰子甚處去師曰歸嶺中去山曰當時從甚麼路出師曰從飛猿嶺出山曰今回向甚麼路去師曰從飛猿嶺去山曰有一人不從飛猿嶺去子還識麼師曰不識山曰爲甚麼不識師曰他無面目山曰子既不識爭知無面目師無對住後僧問和尚見德山得箇甚麼便休去師曰我空手去空手歸問祖意教意是同是別師曰雷聲震地室內不聞又曰闍黎行脚爲甚麼事問我眼本正因師故邪時如何師曰迷逢達磨曰我眼何在師曰得不從師問剃髮染衣受佛依蔭爲甚麼不

許認佛師曰好事不如無師問座主如是兩字盡是科文作麼生是本文主無對五雲代云更分三段著問如何是佛師曰寐語作甚麼問如何是覿面事師曰千里未是遠問如何是大八相師曰瞻仰即有分問文殊與維摩對談何事師曰義墮也問寂然無依時如何師曰猶是病曰轉後如何師曰船子下揚州問承古有言師便作臥勢良久起曰問甚麼僧再舉師曰虛生浪死漢問箭頭露鋒時如何師曰好手不中的曰盡眼沒標的時如何師曰不妨隨分好手問古人道路逢達道人不將語默對未審將甚麼對師曰喫茶去問僧甚處來曰神光來師曰晝喚作日光夜喚作火光作麼生是神光僧無對師自代曰日光火光棲典座問古人有言知有佛向上事方有語

話分如何是語話師把住曰道道棲無對師遂蹋倒棲當下汗流問僧甚處來曰近離浙中師曰船來陸來曰二途俱不涉師曰爭得到這裏曰有甚麼隔礙師便打問古人道覿面相呈時如何師曰是曰如何是覿面相呈師曰蒼天蒼天師謂衆曰此箇水牯牛年多少衆皆無對師自代曰七十九也僧曰和尚為甚麼作水牯牛去師曰有甚麼罪過問僧甚處去曰禮拜徑山和尚去師曰徑山若問汝此間佛法如何汝作麼生祇對曰待問即道師便打後舉問鏡清這僧過在甚麼處清曰問得徑山徹困師曰徑山在浙中因甚麼問得徹困清曰不見道遠問近對師曰如是如是一日謂長慶曰吾見溈山問仰山從上諸聖向甚麼處去他道或在天上或在人間

汝道仰山意作麽生慶曰若問諸聖出沒處恁麽道即不可師曰汝渾不肯忽有人問汝作麽生道慶曰但道錯師曰是汝不錯慶曰何異於錯問僧甚處來曰江西師曰與此間相去多少曰不遥師豎起拂子曰還隔這箇麽曰若隔這箇即遥去也師便打出問學人作入叢林乞師指箇入路師曰寧自碎身如微塵終不敢瞎却一僧眼問四十九年後事即不問四十九年前事如何師以拂子驀口打僧辭去參靈雲問佛未出世時如何雲舉拂子曰出世後如何雲亦舉拂子其僧却回師曰返太速乎曰某甲到彼問佛法不契乃回師曰汝問甚麽事僧舉前話師曰汝問我爲汝道僧便問佛未出世時如何師舉起拂子曰出世後如何師放下拂子僧禮拜師便打後僧舉問玄沙沙云汝欲會麽我與汝說箇喻如人賣一片園東西南北一時結契了也中心樹子猶屬我在崇壽稠云爲當打伊解處別有道理師舉六祖道不是風動不是幡動仁者心動乃曰大小祖師龍頭蛇尾好與二十拄杖時太原孚上座侍立不覺齩齒師曰我適來恁麽道也好喫二十拄杖師行脚時叅烏石觀和尚纔敲門石問誰師曰鳳凰兒石曰來作麽師曰來啗老觀石便開門搊住曰道道師擬議石拓開閉却門師住後示衆曰我當時若入得老觀門你這一隊噇酒糟漢向甚麽處摸索師問慧全汝得入處作麽生全曰共和尚商量了師曰甚麽處商量曰甚麽處去來師曰汝得入處又作麽生全無對師便打全坦問平田淺草麈鹿成羣如何射得麈中主師喚全坦坦應諾師曰喫茶去問僧甚處來曰溈山來

師曰溈山有何言句曰某甲曾問如何是祖師西來意溈山據坐師曰汝肯他否曰某甲不肯他師曰溈山古佛汝速去懺悔（玄沙云山頭老漢蹉過溈山也）閩王問曰擬欲葢一所佛殿去時如何師曰大王何不葢取一所空王殿曰請師樣子師展兩手（雲門云一舉四十九）僧問學人道不得處請師道師曰我爲法惜人師舉拂子示一僧其僧便出去（長慶舉似王延彬太傅了乃曰此僧合喚轉與一頓棒王曰和尚是甚麼心行曰幾放過）師問長慶古人道前三三後三三意作麼生慶便出去（鷲湖別云喏）問僧甚處來曰藍田來師曰何不入草（長慶云險）上堂南山有一條鼈鼻蛇汝等諸人切須好看長慶出曰今日堂中大有人喪身失命雲門以拄杖攛向師前作怕勢有僧舉似玄沙沙曰須是稜兄始得然雖如是我即不然曰和尚作麼生沙曰用南山作麼一日有兩僧來師以手拓庵門放身出曰是甚麼僧亦曰是甚麼師低頭歸庵僧辭去師問甚麼處去曰湖南師曰我有箇同行住巖頭附汝一書去書曰某書上師兄某一自鼇山成道後迄至于今飽不飢同參某書上僧到巖頭問甚麼處來曰雪峰來有書達和尚頭接了乃問僧別有何言句僧遂舉前話頭曰他道甚麼曰他無語低頭歸庵頭曰噫我當初悔不向伊道末後句若向伊道天下人不奈雪老何僧至夏末請益前話頭曰何不早問曰未敢容易頭曰雪峰雖與我同條生不與我同條死要識末後句秖這是上堂盡大地撮來如粟米粒大抛向面前漆桶不會打鼓普請看（長慶問雲門曰雪峰與麼道還有出頭不得處麼門曰有曰作麼生門曰不可總作野狐精見解又曰狼藉不

少問僧甚麼處去曰識得即知去處師曰你是了事人亂走作麼曰和尚莫塗汙人好師曰我即不塗汙你古人吹布毛作麼生與我說來看曰殘羹餿飯已有人喫了師休去有一僧在山下卓庵多年不剃頭畜一長柄杓溪邊舀水時有僧問如何是祖師西來意主曰溪深杓柄長師聞得乃曰也甚奇怪一日將剃刀同侍者去訪纔相見便舉前話問是庵主語否主曰是師曰若道得即不剃你頭主便洗頭胡跪師前師即與剃却師領徒南遊時黃涅槃預知師至揞策前迎抵蘇溪邂逅師問近離何處槃曰辟支巖師曰巖中還有主麼槃以竹策敲師轎師乃出轎相見槃曰曾郎萬福師遽展丈夫拜槃作女人拜師曰莫是女人麼槃又設兩拜遂以竹策畫地右繞師轎三匝師曰某甲三界內人你三界外人你前去某甲後來槃回師隨至止囊山憩數日槃供事隨行徒衆一無所缺上堂此事如一片田地相似一任諸人耕種無有不承此恩力者玄沙曰且作麼生是這田地師曰看沙曰是即是某甲不與麼師曰你作麼生沙曰秖是人人底三聖問透網金鱗以何爲食師曰待汝出網來向汝道聖曰一千五百人善知識話頭也不識師曰老僧住持事繁上堂盡大地是箇解脫門把手拽伊不肯入時一僧出曰和尚怪某甲不得又一僧曰用入作甚麼師便打玄沙謂師曰某甲如今大用去和尚作麼生師將三箇木毬一時拋出沙作斫牌勢師曰你親在靈山方得如此沙曰也是自家事一日陞座衆集定師輥出

木毬玄沙遂捉來安舊處師一日在僧堂內燒火閉却前後門乃叫曰救火救火玄沙將一片柴從窻櫺中拋入師便開門問古澗寒泉時如何師曰瞪目不見底曰飲者如何師曰不從口入僧舉似趙州州曰不從口入不可從鼻孔裏入僧却問古澗寒泉時如何州曰苦曰飲者如何州曰死師聞得乃曰趙州古佛遥望作禮自此不答話師因閩王封柑橘各一顆遣使送至東問既是一般顏色為甚名字不同師遂依舊封回王復馳問玄沙沙將一張紙蓋却問僧近離甚處曰覆船師曰生死海未渡為甚麼覆却船僧無語乃回舉似覆船船曰何不道渠無生死僧再至進此語師曰此不是汝語曰是覆船恁麼道師曰我有二十棒寄與覆船二十棒老僧自喫不干闍黎事問大事作麼生師執僧手曰上座將此問誰有僧禮拜師打五棒僧曰過在甚麼處師又打五棒喝出問僧甚處來曰嶺外來師曰還逢達磨也無曰青天白日師曰自己作麼生曰更作麼生師便打師送僧出行三五步召曰上座僧回首師曰途中善為問拈槌豎拂不當宗乘未審和尚如何師豎起拂子僧乃抱頭出去師不顧（法眼代云大衆看此一員戰將）問三乘十二分教為凡夫開演不為凡夫開演師曰不消一曲楊柳枝師謂鏡清曰古來有老宿引官人巡堂曰此一衆盡是學佛法僧官人曰金屑雖貴又作麼生老宿無對清代曰比來拋甎引玉（法眼別云官人何得貴耳賤目）上堂舉拂子曰這箇為中下僧問上上人來時如何師舉拂子僧曰這箇為中下師便打問國

師三喚侍者意如何師乃起入方丈問僧今夏在甚麽處曰涌泉師曰長時涌暫時涌曰和尚問不著師曰我問不著僧曰是師乃打普請次路逢一獼猴師曰人人有一面古鏡這箇獼猴亦有一面古鏡三聖曰曠劫無名何以彰爲古鏡師曰瑕生也聖曰這老漢著甚麽死急話頭也不識師曰老僧住持事繁閩帥施銀交牀僧問和尚受大王如此供養將何報答師以手拓地曰輕打我輕打我僧問踈山云雪峰道輕打我意作麽生山云頭上插瓜虀垂尾脚跟齊問呑盡毘盧時如何師曰福唐歸來還平善否上堂我若東道西道汝則尋言逐句我若羚羊挂角汝向甚麽處捫摸僧問保福秖如雪峰有甚麽言教便似羚羊挂角時福云我不可作雪峰弟子不得師之法席常不減千五百衆梁開平戊辰三月示疾閩帥命醫師曰吾非疾也竟不服藥遺偈付法五月二日朝遊藍田暮歸澡身中夜入滅

洪州感潭資國禪師白兆問家內停喪請師慰問師曰苦痛蒼天曰死却爺死却孃師打了趂出師凡接機皆如此

天台瑞龍慧恭禪師福州羅氏子謁德山山問會麽曰作麽山曰請相見曰識麽山大笑遂許入室洎山順世乃開法焉

泉州瓦棺和尚在德山爲侍者一日同入山斫木山將一椀水與師師接得便喫却山曰會麽師曰不會山又將一椀水與師師又接喫却山曰會麽師曰不會山曰何不成褫取不會底師曰不會又成褫箇甚麽山曰子大似箇鐵橛住後雪峰訪師茶話次峰問當時在德山斫木因緣作麽生師曰先師當時肯

我峰曰和尚離師太早時面前偶有一椀水峰曰將水來師便度與峰接得便潑却雲門云莫壓良爲賤

襄州高亭簡禪師參德山隔江纔見便云不審山乃摇扇招之師忽開悟乃横趨而去更不回顧

青原下六世

巖頭奯禪師法嗣

台州瑞巖師彥禪師閩之許氏子自幼披緇秉戒無缺初禮巖頭問曰如何是本常理頭曰動也曰動時如何頭曰不是本常理師良久頭曰肯即未脫根塵不肯即永沈生死師遂領悟便禮拜頭每與語徵𧨏無忒後謁夾山山問甚處來曰卧龍來山曰來時龍還起也未師乃顧視之山曰炙瘡瘢上更著艾燋曰和尚又苦如此作甚麽山休去師乃問山與麽即易不與麽即難與麽與麽即惺惺不與麽不與麽即居空界與麽不與麽請師速道山曰老僧謾闍黎去也師喝曰這老和尚而今是甚時節便出去後有僧舉似巖頭頭云苦哉將我一枝佛法與麽流將去師尋居丹丘瑞巖坐磐石終日如愚每自喚主人公復應諾乃曰惺惺著他後莫受人謾後有僧參玄沙沙問近離甚處云瑞巖沙云有何言句示徒僧舉前話沙云一等是弄精魂也甚奇怪乃云何不且在彼住云已遷化也沙云而今還喚得應麽僧無對師統衆嚴整江表稱之僧問頭上寶蓋現足下雲生時如何師曰披枷帶鎖漢曰頭上無寶蓋足下無雲生時如何師曰猶有杻在曰畢竟如何師曰齋後困鏡清問天不能覆地不能載豈不是師曰若是即被覆載清曰若不是瑞巖幾遭也師自稱曰師彥僧問如

何是佛師曰石牛曰如何是法師曰石牛兒曰恁麼即不同也師曰合不得曰爲甚麼合不得師曰無同可同合甚麼問作麼生商量即得不落階級師曰排不出曰爲甚麼排不出師曰他從前無階級曰未審居何位次師曰不坐普光殿曰還理化也無師曰名聞三界重何處不歸朝一日有村媪作禮師曰汝速歸救取數千物命媪回舍見兒婦拾田螺歸媪遂放之水濱師之異迹頗多茲不繁録逝後塔于本山諡空照禪師

懷州玄泉彥禪師僧問如何是道中人師曰日落投孤店問如何是佛師曰張家三箇兒曰學人不會師曰孟仲季也不會問如何是聲前一句師曰吽曰轉後如何師曰是甚麼

福州羅山道閑禪師長溪陳氏子出家於龜山年滿受具徧歷諸方嘗謁石霜問去住不寧時如何霜曰直須盡却師不契乃參巖頭亦如前問頭曰從他去住管他作麼師於是服膺閩帥飲其法味請居羅山號法寶禪師開堂陞座方斂衣便曰珍重時衆不散良久師又曰未識底近前來僧出禮拜師抗聲曰也大苦哉僧擬伸問師乃喝出問如何是奇特一句師曰道甚麼問當鋒事如何辨明師舉如意僧曰乞和尚垂慈師曰大遠也問急急相投請師一接師曰會麼曰不會師曰箭過也問九女不攜誰是哀提者師曰高聲問僧擬再問師曰甚麼處去也僧來參師問名甚麼曰明教師曰還會教也未曰隨分師竪起拳曰靈山會上喚這箇作甚麼曰拳教師笑曰若恁麼喚作拳教復展兩足曰這箇是

甚麼教僧無語師曰莫喚作脚教麼師在禾山送同行矩長老出門次把拄杖向面前一攛矩無對師曰石牛攔古路一馬生雙駒後僧舉似疎山山云石牛攔古路一馬生三寅僧辭保福福問甚處去曰禮拜羅山福曰汝向羅山道保福秋間上府朝覲大王置四十箇問頭問和尚忽若一句不相當莫言不道僧舉似師師呵呵大笑曰陳老師自入福建道洪塘橋下一寨未曾見有箇毛頭星現汝與我向從展道陳老師無許多問頭秖有一口劍一劍下須有分身之意亦有出身之路若不明便須成末僧回舉似福福曰我當時也秖是謾伊至秋朝覲師特爲辦茶筵請福福不赴却向僧曰我中間曾有謾語恐和尚問著僧歸舉似師曰汝向他道猛虎終不食伏肉僧又去福遂來無

軫上座問秖如巖頭道洞山好佛秖是無光未審洞山有何虧闕便道無光師召軫軫應諾師曰灼然好箇佛秖是無光曰大師爲甚麼撥無軫話師曰甚麼處是陳老師撥你話處快道快道軫無語師打三十棒趂出軫舉似招慶慶一夏罵詈至夏末自來問師乃分明舉似慶便作禮懺悔曰洎錯怪大師僧舉寒山詩問白鶴銜苦桃時如何師曰貞女室中吟曰千里作一息時如何師曰送客郵亭外曰欲往蓬萊山時如何師曰欹枕覷獼猴曰將此充糧食時如何師曰古劍髑髏前問如何是百草頭上盡是祖師意師曰刺破汝眼問如何是道師曰倚著壁問前是萬丈洪崖後是虎狼師子正當恁麼時如何師曰自在問三界誰爲主師曰還解喫飯麼臨遷化

上堂集衆良久展左手主事罔測乃令東邊師僧退後又展右手又令西邊師僧退後迺曰欲報佛恩無過流通大教歸去也歸去也珍重言訖莞爾而寂

福州香谿從範禪師新到叅師曰汝豈不是鼓山僧僧曰是師曰額上珠爲何不現僧無對僧辭師門送復召上座僧回首師曰滿肚是禪曰和尚是甚麽心行師大笑而已師披衲衣次説偈曰迦葉上行衣披來須捷機纔分招的箭密露不藏龜

福州聖壽嚴禪師補衲次僧叅師提起示之曰山僧一衲衣展似衆人見雲水兩條分莫教露鍼線速道速道僧無對師曰如許多時作甚麽來

吉州靈巖慧宗禪師福州陳氏子受業於龜山僧問如何是靈巖境師曰松檜森森密密遮曰如何是境中人師曰夜夜有猿啼問如何是學人自己本分事師曰抛却眞金拾瓦礫作麽

五燈會元卷第十七

音釋

㫒 雲俱切音余共舉也　摟 盧侯切音樓檻取也　奯 呼括切音豁空大也　邐 良以切音里邐迤旁行連延也　迤 養里切音以與迆同　傳 側吏切同剸音胾插刀也　舀 以沼切遥上聲挹彼注此謂之舀　媪 烏皓切音媪女老稱　軫 止忍切音胗轉也

五燈會元卷第十八

宋沙門大川濟纂

青原下六世

雪峰存禪師法嗣

福州玄沙師備宗一禪師閩之謝氏子幼好垂釣泛小艇於南臺江狎諸漁者唐咸通初年甫三十忽慕出塵乃棄舟投芙蓉訓禪師落髮往豫章開元寺受具布衲芒屨食纔接氣常終日宴坐衆皆異之與雪峯本法門昆仲而親近若師資峯以其苦行呼爲頭陀一日峰問阿那箇是備頭陀師曰終不敢誑於人異日峰召曰備頭陀何不徧恭去師曰達磨不來東土二祖不往西天峰然之暨登象骨山乃與師同力締構玄徒臻萃師入室咨決罔替晨昏又閱楞嚴發明心地由是應機敏捷與修多羅冥契諸方玄學有所未決必從之請益至與雪峰徵詰亦當仁不讓峰曰備頭陀再來人也雪峰上堂要會此事猶如古鏡當臺胡來胡現漢來漢現師出衆曰忽遇明鏡來時如何峰曰胡漢俱隱師曰老和尚脚跟猶未點地在住後上堂佛道閑曠無有程途無門解脫之門無意道人之意不在三際故不可昇沈建立乖眞非屬造化動則起生死之本靜則醉昏沈之鄉動靜雙泯即落空亡動靜雙收瞞頇佛性必須對塵對境如枯木寒灰臨時應用不失其宜鏡照諸像不亂光輝鳥飛空中不雜空色所以十方無影像三界絕行蹤不墮往來機不住中間意鐘中無鼓響鼓中無鐘聲鐘鼓不相交句句無前後如壯士展臂不藉他力師子遊行豈

求伴侶九霄絕翳何在穿通一段光明未曾昏昧若到這裏體寂寂常的的日赫焱無邊表圓覺空中不動揺吞爍乾坤迥然照夫佛出世者元無出入名相無體道本如如法爾天眞不同修證秖要虛閑不昧作用不涉塵泥箇中纖毫道不盡即爲魔王眷屬句前句後是學人難處所以一句當天八萬門永絕生死直饒得似秋潭月影靜夜鐘聲隨扣擊以無虧觸波瀾而不散猶是生死岸頭事道人行處如火銷冰終不却成冰箭既離弦無返回勢所以牢籠不肯住呼喚不回頭古聖不安排至今無處所若到這裏步步登立不屬邪正識不能識智不能知動便失宗覺即迷旨二乘膽顫十地魂驚語路處絕心行處滅直得釋迦掩室於摩竭淨名杜口於毗耶須菩提唱無説而顯道釋梵絕聽而雨花若與麼見前更疑何事沒棲泊處離去來今限約不得心思路絕不因莊嚴本來眞淨動用語笑隨處明了更無欠少今時人不悟箇中道理妄自涉事涉塵處處染著頭頭繫絆縱悟則塵境紛紜名相不實便擬凝心斂念攝事歸空閉目藏睛終有念起旋旋破除細想纔生即便遏捺如此見解即是落空亡底外道魂不散底死人冥冥漠漠無覺無知塞耳偷鈴徒自欺誑這裏分別則不然也不是隈門傍户句句現前不得商量不涉文墨本絕塵境本無位次權名箇出家兒畢竟無踪迹眞如凡聖地獄人天秖是療狂子之方虛空尚無改變大道豈有昇沉悟則縱横不離本際若到這裏凡聖也無立處若向句中作意

則没溺殺人若向外馳求又落魔界如如向上没可安排恰似焰爐不藏蚊蚋此理本來平坦何用剗除動靜揚眉是眞解脱道不彊爲意度建立乖眞若到這裏纖毫不受指意則差便是千聖出頭來也安一字不得久立珍重上堂我今問汝諸人且承當得箇甚麽事在何世界安身立命還辨得麽若辨不得恰似捏目生花見事便差知麽如今目前見有山河大地色空明暗種種諸物皆是狂勞花相喚作顛倒知見夫出家人識心達本源故號爲沙門汝今既巳剃髮披衣爲沙門相即便有自利利他分如今看著盡黑漫漫地墨汁相似自救尚不得爭解爲得人仁者佛法因緣事大莫作等閑相似聚頭亂説雜話趂讀過時光陰難得可惜許大丈夫兒何不自省察看是甚麽事秖如從上宗乘是諸佛頂族汝既承當不得所以我方便勸汝但從迦葉門接續頓超去此一門超凡聖因果超毘盧妙莊嚴世界海超他釋迦方便門直下永劫不教有一物與汝作眼見何不自急急究取未必道我且待三生兩生久積淨業仁者宗乘是甚麽事不可由汝用工莊嚴便得去不可他心宿命便得去會麽秖如釋迦出頭來作許多變弄説十二分教如瓶灌水大作一場佛事向此門中用一點不得用一毛頭伎倆不得知麽如同夢事亦如寐語沙門不應出頭來不同夢事蓋爲識得知麽識得即是大出脱大徹頭人所以超凡越聖出生離死離因離果超毘盧越釋迦不被凡聖因果所謾一切處無人識得汝知麽莫秖長戀

生死愛網被善惡業拘將去無自由分饒汝鍊得身心同虛空去饒汝到精明湛不揺處不出識陰古人喚作如急流水流急不覺妄爲恬靜恁麼修行盡出他輪回際不得依前被輪回去所以道諸行無常直是三乘功果如是可畏若無道眼亦不究竟何似如今博地凡夫不用一毫工夫便頓超去解省心力麼還願樂麼勸汝我如今立地待汝構去更不教汝加功煉行如今不恁麼更待何時還肯麼便下座上堂汝諸人如在大海裏坐沒頭浸却了更展手問人乞水喫夫學般若菩薩須具大根器有大智慧始得若有智慧即今便出脫得去若是根機遲鈍直須勤苦耐志日夜忘疲無眠失食如喪考妣相似恁麼急切盡一生去更得人荷挾尅骨究實不妨易得構去且況如今誰是堪任受學底人仁者莫秖是記言記語恰似念陀羅尼相似蹋步向前來口裏哆哆和和地被人把住詰問著沒去處便嗔道和尚不爲我答話恁麼學事大苦知麼有一般坐繩牀和尚稱善知識問著便揺身動手點眼吐舌瞪視更有一般說昭昭靈靈靈臺智性能見能聞向五蘊身田裏作主宰恁麼爲善知識大賺人知麼我今問汝汝若認昭昭靈靈是汝真實爲甚麼瞌睡時又不成昭昭靈靈若瞌睡時不是爲甚麼有昭昭時汝還會麼這箇喚作認賊爲子是生死根本妄想緣氣汝欲識根由麼我向汝道昭昭靈靈秖因前塵色聲香等法而有分別便道此是昭昭靈靈若無前塵汝此昭昭靈靈同於龜毛兎角仁者真實在甚麼

處汝今欲得出他五蘊身田主宰但識取汝祕密金剛體古人向汝道圓成正遍遍周沙界我今少分爲汝智者可以譬喻得解汝還見南閻浮提日麽世間人所作興營養身活命種種心行作業莫非皆承日光成立秖如日體還有許多般心行麽還有不周遍處麽欲識金剛體亦須如是看秖如今山河大地十方國土色空明暗及汝身心莫非盡承汝圓成威光所現直是天人羣生類所作業次受生果報有情無情莫非承汝威光乃至諸佛成道成果接物利生莫非盡承汝威光秖如金剛體還有凡夫諸佛麽有汝心行麽不可道無便得當去也知麽汝既有如是奇特當陽出身處何不發明取因何却隨他向五蘊身田中鬼趣裏作活計直下自謾去忽然無常殺鬼到來眼目諕張身見命見恁麽時大難支荷如生脫龜殼相似大苦仁者莫把瞌睡見解便當却去未解葢覆得毛頭許汝還知麽三界無安猶如火宅且汝未是得安樂底人秖大作羣隊干他人世這邊那邊飛走野鹿相似但求衣食若恁麽爭行他王道知麽國王大臣不拘執汝父母放汝出家十方施主供汝衣食土地龍神呵護汝也須具慚愧知恩始得莫孤負人好長連牀上排行著地銷將去道是安樂未在皆是粥飯將養得汝爛冬瓜相似變將去土裏埋將去業識茫茫無本可據沙門因甚麽到恁麽地秖如大地上蠢蠢者我喚作地獄劫住如今若不了明朝後日入驢胎馬肚裏牽犂拽耙銜鐵負鞍碓擣磨磨水火裏燒煮去大不容易受

大須恐懼好是汝自累知麽若是了去直下永劫不曾教汝有這箇消息若不了此煩惱惡業因緣不是一劫兩劫得休直與汝金剛齊壽知麽師因參次聞燕子聲乃曰深談實相善說法要便下座時有僧請益曰某甲不會師曰去誰信汝鼓山來師作一圓相示之山曰人人出這箇不得師曰情知汝向驢胎馬腹裏作活計山曰和尚又作麽生師曰人人出這箇不得山曰和尚與麽道却得某甲爲甚麽道不得師曰我得汝不得上堂衆集遂將拄杖一時趂下却回向侍者道我今日作得一解險入地獄如箭射者曰喜得和尚再復人身僧侍立次師以杖指面前地上白點曰還見麽曰見如是三問僧亦如是答師曰你也見我也見爲甚麽道不會師嘗訪三斗庵主纔相見主曰莫怪住山年深無坐具師曰人人盡有庵主爲甚麽無主曰且坐喫茶師曰庵主元來有在侍雪峰次有二僧從階下過峰曰此二人堪爲種草師曰某甲不與麽峰曰汝作麽生師曰便好與三十棒因雪峰指火曰三世諸佛在火焰裏轉大法輪師曰近日王令稍嚴峰曰作麽生師曰不許攙奪行市雲門曰火焰爲三世諸佛說法三世諸佛立地聽南際到雪峰峰令訪師師問古人道此事唯我能知長老作麽生際曰須知有不求知者歸宗柔別掴掌三下師曰山頭和尚喫許多辛苦作麽雪峰普請畬田次見一蛇以杖挑起召衆曰看看以刀芟爲兩段師以杖抛於背後更不顧視衆愕然峰曰俊哉侍雪峰遊山次峰指面前地曰這一片地好造箇

無縫塔師曰高多少峰乃顧視上下師曰人天福報即不無和尚若是靈山授記未夢見在峰曰你又作麽生師曰七尺八尺雪峰曰世界闊一尺古鏡闊一尺世界闊一丈古鏡闊一丈師指火爐曰火爐闊多少峰曰如古鏡闊師曰老和尚脚跟未點地在師初住普應院遷止玄沙天下叢林皆望風而賓之閩帥王公待以師禮學徒餘八百室户不閉上堂良久曰我爲汝得徹困也還會麽僧問寂寂無言時如何師曰寱語作麽曰本分事請師道師曰瞌睡作麽曰學人即瞌睡和尚如何師曰爭得恁麽不識痛癢又曰可惜如許大師僧千里萬里行脚到這裏不消箇瞌睡寱語便屈却去問如何是學人自巳師曰用自巳作麽問從上宗乘如何理論師曰少人聽曰請和尚直道師曰患聾作麽又曰仁者如今事不獲巳教我抑下如是威光苦口相勸百千方便如此如彼共汝相知聞盡成顛倒知見將此咽喉唇吻秖成得箇野狐精業謾汝我還肯麽秖如有過無過唯我自知汝爭得會若是恁麽人出頭來甘伏呵責夫爲人師匠大不易須是善知識始得知我如今恁麽方便助汝猶尚不能搆得可中純舉宗乘是汝向甚麽處安措還會麽四十九年是方便秖如靈山會上有百萬衆唯有迦葉一人親聞餘盡不聞汝道迦葉親聞底事作麽生不可道如來無説説迦葉不聞聞便得當去不可是汝修因成果福智莊嚴底事知麽且如道吾有正法眼藏付囑大迦葉我道猶如話月曹溪竪拂子還如指月所以道大唐

國内宗乘中事未曾見有一人舉唱設有人舉唱盡大地人失却性命如無孔鐵鎚相似一時亡鋒結舌去汝諸人賴遇我不惜身命共汝顛倒知見隨汝狂意方有伸問處我若不共汝恁麽知聞去汝向甚麽處得見我會麽大難努力珍重師有偈曰萬里神光頂後相沒頂之時何處望事已成意亦休此箇來蹤觸處周智者撩著便提取莫待須臾失却頭又曰玄沙遊遥別時人切須知三冬陽氣盛六月降霜時有語非關舌無言切要詞會我最後句出世少人知問四威儀外如何奉王師曰汝是王法罪人爭會問事問古人拈槌豎拂還當宗乘也無師曰不當曰古人意作麽生師舉拂子僧曰宗乘中事如何師曰待汝悟始得問如何是金剛力士師吹一吹

閩王送師上船師扣船召曰大王爭能出得這裏去王曰在裏許得多少時也歸宗柔別云不因和尚不得到這裏師問文桶頭下山幾時歸曰三五日師曰歸時有無底桶子將一擔歸文無對歸宗柔代云和尚用作甚麽師垂語曰諸方老宿盡道接物利生秖如三種病人汝作麽生接患盲者拈槌豎拂他又不見患聾者語言三昧他又不聞患瘂者教伊説又説不得若接不得佛法無靈驗時有僧出曰三種病人還許學人商量否師曰許汝作麽生商量其僧珍重出師曰不是不是羅漢曰桂琛現有眼耳口和尚作麽生接師曰慚愧便歸方丈中塔曰三種病人即今在甚麽處又一僧曰非唯謾他兼亦自謾法眼云我當時見羅漢舉此僧語我便會三種病人雲居錫云秖如此僧會不會若道會玄沙又道不是若道不會法眼爲甚麽道我因此僧語便會三種病人上

座無事上來商量大家要知有僧請益雲門門曰汝禮拜著僧禮拜起門以拄杖挃之僧退後門曰汝不是患盲麼復喚近前來僧近前門曰汝不是患聾麼門曰會麼曰不會門曰汝不是患瘂麼僧於是有省長慶來師問除却藥忌作麼生道慶曰放憨作麼師曰雪峰山椽子拾食來這裏雀兒放糞師因僧禮拜師曰因我得禮汝普請斫柴次見一虎天龍曰和尚虎師曰是汝虎歸院後天龍問適來見虎云是汝未審尊意如何師曰娑婆世界有四種極重事若人透得不妨出得陰界東禪齊云上座古人見了道我身心如大地虛空如今人還透得麼師問長生維摩觀佛前際不來後際不去今則無住汝作麼生觀生曰放皎然過有箇道處師曰放汝過作麼生道生良久師曰教阿誰委悉生曰徒勞側耳

師曰情知汝向鬼窟裏作活計崇壽稠別長生云喚甚麼作如來問古人皆以瞬視接人未審和尚以何接人師曰我不以瞬視接人曰學人爲甚道不得師曰畐塞汝口爭解道得法眼云古人恁麼道甚奇特且問上座口是甚麼問凡有言句盡落裷襀不落裷襀請和尚商量師曰拗折秤衡來與汝商量問承古有言舉足下足無非道場如何是道場師曰沒却你曰爲甚麼得恁麼難見師曰秖爲太近法眼曰也無可得近直下是上座師在雪峰時光侍者謂師曰師叔若學得禪某甲打鐵船下海去師住後問光曰打得鐵船也未光無對法眼代云和尚終不恁麼法燈代云請和尚下船玄覺代云貧兒思舊債師一日遣僧送書上雪峰峰開緘見白紙三幅問僧會麼曰不會峰曰不見道君子千里同風僧回舉似師曰山頭老漢蹉過也不知曰和尚

如何師曰孟春猶寒也不解道師問鏡清教中道不見一法爲大過患且道不見甚麼法清指露柱曰莫是不見這箇法麼（同安顯別云也知和尚不造次）師曰浙中清水白米從汝喫佛法未會在問承和尚有言盡十方世界是一顆明珠學人如何得會師曰盡十方世界是一顆明珠用會作麼僧便休師來日却問其僧盡十方世界是一顆明珠汝作麼生會曰盡十方世界是一顆明珠用會作麼師曰知汝向鬼窟裏作活計（玄覺云一般恁麼道爲甚麼却成鬼窟去）問如何是無縫塔師曰這一縫大小韋監軍來謁乃曰曹山和尚甚奇怪師曰撫州取曹山幾里韋指傍僧曰上座曾到曹山否曰曾到韋曰撫州取曹山幾里曰百二十里韋曰恁麼則上座不到曹山韋却起禮拜師曰監軍却須禮此僧此僧却具慚愧（雲居錫云甚麼處是此僧具慚愧若檢得出許上座有行脚眼）問如何是清淨法身師曰膿滴滴地問如何是親切底事師曰我是謝三郎西天有聲明三藏至閩帥請師辨驗師以鐵火筯敲銅爐問是甚麼聲藏曰銅鐵聲（法眼別云請大師爲大王法燈別云聽和尚問）師曰大王莫受外國人謾藏無對（法眼代云大師久受大王供養法燈代云却是和尚謾大王）師南遊莆田縣排百戲迎接來日師問小塘長老昨日許多喧鬧向甚麼處去也塘提起衲衣角師曰料掉沒交涉（法眼別云昨日有多少喧鬧法燈別云今日更好笑）問僧乾闥婆城汝作麼生會曰如夢如幻（法眼別敲物示之）師與地藏在方丈說話夜深侍者閉却門師曰門總閉了汝作麼生得出去藏曰喚甚麼作門（法燈別云和尚莫欲歇去）師以杖拄地問長生曰僧見俗見男見女見汝作麼生見曰和尚

還見皎然見處麼師曰相識滿天下問承和尚有言聞性遍周沙界雪峰打鼓這裏爲甚麼不聞師曰誰知不聞問險惡道中以何爲津梁師曰以眼爲津梁曰未得者如何師曰快救取好師舉誌公云每日拈香擇火不知身是道場乃曰每日拈香擇火不知眞箇道場（玄覺云秖如此二尊宿語還有親疏也無）師與韋監軍喫果子韋問如何是日用而不知師拈起果子曰喫韋喫果子了再問師曰秖這是日用而不知普請搬柴師曰汝諸人盡承吾力一僧曰既承師力何用普請師叱之曰不普請爭得柴歸師問明眞大師善財叅彌勒彌勒指歸文殊文殊指歸佛處汝道佛指歸甚麼處曰不知師曰情知汝不知（法眼別云喚甚麼作佛）大普玄通到禮覲師曰你在彼住莫誑惑人家男女曰玄通秖是開箇供養門晚來朝去爭敢作恁麼事師曰事難曰眞情是難師曰甚麼處是難處曰爲伊不肯承當師便入方丈拄却門僧問學人乍入叢林乞師指箇入路師曰還聞偃溪水聲麼曰聞師曰從這裏入泉守王公請師登樓先語客司曰待我引大師到樓前便昇却梯客司稟旨公曰請大師登樓師視樓復視其人乃曰佛法不是此道理（法眼云未昇梯時日幾度登樓）師與泉守在室中說話有一沙彌揭簾入見却退步而出師曰那沙彌好與二十拄杖守曰恁麼即某甲罪過（同安顯別云祖師來也）師曰佛法不是恁麼（鏡清云不爲打水有僧問不爲打水意作麼生清云青山碾爲塵敢保沒閑人）梁開平戊辰示寂閩帥爲之樹塔

福州長慶慧稜禪師杭州鹽官人也姓孫氏

稟性淳澹年十三於蘇州通玄寺出家登戒歷參禪苑後參靈雲問如何是佛法大意雲曰驢事未去馬事到來師如是往來雪峰玄沙二十年間坐破七箇蒲團不明此事一日捲簾忽然大悟乃有頌曰也大差也大差捲起簾來見天下有人問我解何宗拈起拂子劈口打峰舉謂玄沙曰此子徹去也沙曰未可此是意識著述更須勘過始得至晚衆僧上來問訊峰謂師曰備頭陀未肯汝在汝實有正悟對衆舉來師又有頌曰萬象之中獨露身唯人自肯乃方親昔時謬向途中覓今日看來火裏氷峰乃顧沙曰不可更是意識著述師問峰曰從上諸聖傳受一路請師垂示峰良久師設禮而退峰乃微笑師入方丈參峰曰是甚麼師曰今日天晴好普請自此醻問未嘗爽於玄旨師在西院問詵上座曰這裏有象骨山汝曾到麼曰不曾到師曰爲甚麼不到曰自有本分事在師曰作麼生是上座本分事詵乃提起衲衣角師曰爲當秪這箇別更有曰上座見箇甚麼師曰何得龍頭蛇尾保福辭歸雪峰謂師曰山頭和尚或問上座信作麼生秪對師曰不避腥羶亦有少許曰信道甚麼師曰教我分付阿誰曰從展雖有此語未必有恁麼事師曰若然者前程全自闍黎師與保福遊山福問古人道妙峰山頂莫秖這箇便是也無師曰是即是可惜許（僧問鼓山秖如長慶恁麼道意作麼生山云孫公若無此語可謂髑髏徧野）師來往雪峰二十九載天祐三年泉州刺史王延彬請住招慶開堂日公朝服趨隅曰請師說法師曰還聞麼公設拜師曰雖然如此

恐有人不肯僧問如何是正法眼師曰有願不撒沙一日王太傅入院見方丈門閉問演侍者曰有人敢道太師在否演曰有人敢道太師不在否法眼别云太傅識太師　閩帥請居長慶號超覺太師上堂良久曰還有人相悉麽若不相悉欺謾兄弟去也秖今有甚麽事莫有窒塞也無復是誰家屋裏事不肯擔荷更待何時若是利根參學不到這裏還會麽如今有一般行脚人耳裏總滿也假饒收拾得底還當得行脚事麽僧問行脚事如何學師曰但知就人索取曰如何是獨脫一路師曰何煩更問問名言妙義教有所詮不涉三科請師直道師曰珍重師乃曰明明歌詠汝尚不會忽被暗裏來底事汝作麽生僧問如何是暗來底事師曰喫茶去中塔代云便請和尚相伴問如何是

不隔毫端底事師曰當不當問如何得不疑不惑去師乃展兩手僧不進語師曰汝更問我與汝道僧再問師露膊而坐僧禮拜師曰汝作麽生會曰今日風起師曰恁麽道未定人見解汝於古今中有甚麽節要齊得長慶若舉得許汝作話主其僧但立而已師却問汝是甚處人曰向北人師曰南北三千里外學妄語作麽僧無對上堂良久曰莫道今夜較些子便下座僧問衆手淘金誰是得者師曰有伎倆者得曰學人還得也無師曰大遠在上堂撞著道伴交肩過一生參學事畢上堂淨潔打疊了也却近前問我覓我劈脊與你一棒有一棒到你你須生慚愧無一棒到你你又向甚麽處會問羚羊挂角時如何師曰草裏漢曰挂角後如何師曰亂叫唤曰畢

竟如何師曰驢事未去馬事到來問如何是合聖之言師曰大小長慶被汝一問口似匾擔曰何故如此師曰適來問甚麼上堂我若純舉唱宗乘須閉却法堂門所以道盡法無民僧問不怕無民請師盡法師曰還委落處麼問如何是西來意師曰香嚴道底一時坐却上堂總似今日老胡有望保福曰總似今日老胡絕望（玄覺云恁麼道是相見語不是相見語）安國瑫和尚得師號師去作賀國出接師曰師號來邪曰來也師曰是甚麼號曰明眞師乃展手國曰甚麼處去來師曰幾不問過問僧甚處來曰鼓山來師曰鼓山有不跨石門底句有人借問汝作麼生道曰昨夜報慈宿師曰劈脊棒汝又作麼生曰和尚若行此棒不虛受人天供養師曰幾合放過問古人有言相逢不

拈出舉意便知有時如何師曰知有也未（僧又問保福福云此是誰語云丹霞語福云去莫妨我打睡）師入僧堂舉起疏頭曰見即不見還見麼衆無對（法眼代云縱受得到別處亦不敢呈人）師到羅山見製龕子以杖敲龕曰太煞預備山曰拙布置師曰還肯入也無山乃吽吽上堂大衆集定師乃拽出一僧曰大衆禮拜此僧又曰此僧有甚麼長處便教大衆禮拜衆無對僧問如何是文彩未生時事師曰汝先舉我後舉其僧但立而已（法眼別云請和尚舉）師曰汝作麼生舉曰某甲截舌有分保福遷化僧問保福拋却殼漏子向甚麼處去也師曰且道保福在那箇殼漏子裏（法眼別云那箇是保福殼漏子）閩帥夫人崔氏（奉道自稱練師）遣使送衣物至曰練師令就大師請回信師曰傳語練師領取回信須臾使却來師前唱喏便回師明日

入府練師曰昨日謝大師回信師曰却請昨日回信看練師展兩手師問師曰練師適來呈信還愜大師意否師曰猶較些子（法眼別云這一轉語大王自道取）曰未審大師意旨如何師良久師曰不可思議大師佛法深遠後唐長與三年歸寂王氏建塔

漳州保福院從展禪師福州陳氏子年十五禮雪峰爲受業師遊吳楚閒後歸執侍峰一日忽召曰還會麽師欲近前峰以杖拄之師當下知歸嘗以古今方便詢于長慶一日慶謂師曰寧說阿羅漢有三毒不可說如來有二種語不道如來無語秖是無二種語師曰作麽生是如來語慶曰聾人爭得聞師曰情知和尚向第二頭道慶曰汝又作麽生師曰喫茶去（雲居錫云甚麽處是長慶向第二頭道處）因舉盤山道光境俱亡復是何物洞山道光境未亡復是何物師曰據此二尊宿商量猶未得勦絕乃問長慶如今作麽生道得勦絕慶良久師曰情知和尚向鬼窟裏作活計慶却問作麽生師曰兩手扶犂水過膝長慶問見色便見心還見船子麽師曰見曰船子且置作麽生是心師却指船子（歸宗柔別云和尚秖解問人）雪峰上堂曰諸上座望州亭與汝相見了也烏石嶺與汝相見了也僧堂前與汝相見了也師舉問鵝湖僧堂前相見即且置秖如望州亭烏石嶺甚麽處相見鵝湖驟步歸方丈師低頭入僧堂梁貞明四年漳州刺史王公創保福禪苑迎請居之開堂日王公禮跪三請躬自扶掖陞座師乃曰須起箇笑端作麽然雖如此再三不容推免諸仁者還識麽若識得便與古佛

齊肩時有僧出方禮拜師曰晴乾不肯去直待雨淋頭問郡守崇建精舍大闡眞風便請和尚舉揚宗教師曰還會麽曰恁麽則羣生有賴也師曰莫塗汙人好又僧出禮拜師曰大德好與莫覆却船子僧問泯默之時將何爲則師曰落在甚麽處曰不會師曰瞌睡漢出去上堂此事如擊石火似閃電光搆得搆不得未免喪身失命僧問未審搆得底人還免喪身失命也無師曰適來且置闍黎還搆得麽曰若搆不得未免大衆怪笑師曰作家作家曰是甚麽心行師曰一杓屎攔面潑也不知臭師見僧以杖打露柱又打其僧頭僧作忍痛聲師曰那箇爲甚麽不痛僧無對（玄覺代云貪行拄杖）問摩騰入漢一藏分明達磨西來將何指示師曰上座行脚事作麽生曰不會師曰不會會取莫傍家取人處分若是久在叢林粗委些子遠近可以隨處任眞其有初心後學未知次序山僧所以不惜口業向汝道塵劫來事秪在如今還會麽然佛法付囑國王大臣郡守昔同佛會今方如是若是福禄榮貴則且不論秪如當時受佛付囑底事還記得麽若識得便與千聖齊肩儻未識得直須諦信此事不從人得自己亦非言多去道轉遠直道言語道斷心行處滅猶未是在久立珍重上堂有人從佛殿後過見是張三李四從佛殿前過爲甚麽不見且道佛法利害在甚麽處僧曰爲有一分麤境所以不見師乃叱之自代曰若是佛殿即不見曰不是佛殿還可見否師曰不是佛殿見箇甚麽問十二時中如何據驗師曰恰好據驗曰學人爲

甚麽不見師曰不可更捏目去也問主伴重重極十方而齊唱如何是極十方而齊唱師曰汝何不教别人問問因言辯意時如何師曰因甚麽言僧低頭良久師曰掣電之機徒勞佇思師因僧侍立問曰汝得恁麽麁心僧曰甚麽處是某甲麁心處師拈一塊土度與僧曰拋向門前著僧拋了却來曰甚麽處是某甲麁心處師曰我見築著磕著所以道汝麁心師問羅山僧問巖頭浩浩塵中如何辨主頭曰銅沙鑼裏滿盛油意作麽生山召師師應諾山曰獼猴入道場山却問明招忽有人問你又作麽生招曰箭穿紅日影師問羅山巖頭道與麽與麽不與麽不與麽意作麽生山召師師應諾山曰雙明亦雙暗師禮謝三日後却問前日蒙和尚垂慈秖爲看不破

山曰盡情向汝道了也師曰和尚是把火行山曰若與麽據汝疑處問將來師曰如何是雙明亦雙暗山曰同生亦同死師又禮謝而退别有僧問師同生亦同死時如何師曰彼此合取狗口曰和尚收取口喫飯其僧却問羅山同生亦同死時如何山曰如牛無角曰同生不同死時如何山曰如虎戴角師見僧喫飯乃拓鉢曰家常僧曰和尚是甚麽心行有尼到衆師問阿誰侍者報曰覺師姑師曰既是覺師姑用來作麽尼曰仁義道中即不無師别云和尚是甚麽心行師聞長生卓庵乃往相訪茶話次生曰曾有僧問祖師西來意某甲舉拂子示之不知得不得師曰某甲爭敢道得不得有箇問有人讚歎此事如虎戴角有人輕毁此事分文不直一等是恁麽

事因甚麽毀讚不同生曰適來出自偶爾（老宿云毀又爭得又老宿云惜取眉毛好太原孚云若無智眼難辨得失）師問僧殿裏底是甚麽曰和尚定當看師曰釋迦佛曰和尚莫謾人好師曰却是汝謾我閩帥遣使送朱記到師上堂提起印曰去即印住住即印破僧曰不去不住用印奚爲師便打僧曰恁麽則鬼窟裏全因今日也師持印歸方丈問僧甚處來曰江西師曰學得底那曰拈不出師曰作麽生（法眼别云謾語）僧無對師舉洞山眞讚云徒觀紙與墨不是山中人僧問如何是山中人師曰汝試邈掠看曰若不黠兒幾成邈掠師曰汝是黠兒曰和尚是甚麽心行師曰來言不豐僧數錢次師乃展手曰乞我一錢曰和尚因何到恁麽地師曰我到恁麽地曰若到恁麽地將取一文去師曰汝因甚到恁麽地問僧甚處來曰觀音師曰還見觀音麽曰見師曰左邊見右邊見曰見時不歷左右（法眼别云如和尚見）問如何是入火不燒入水不溺師曰若是水火即被燒溺師問飯頭鑊闊多少曰和尚試量看師以手作量勢曰和尚莫謾某甲師曰却是汝謾我問欲達無生路應須識本源如何是本源師良久却問侍者適僧問甚麽其僧再舉師乃喝出曰我不患聾問學人近入叢林乞師全示入路師曰若教全示我却禮拜汝師問僧汝作甚麽業來得恁麽長大曰和尚短多少師却蹲身作短勢僧曰和尚莫謾人好師曰却是汝謾我師令侍者屈隆壽長老云但獨自來莫將侍者來壽曰不許將來爭解離得師曰太煞恩愛壽無對師代曰更謝和尚上足傳示閩帥奏命

服一日示微疾僧入丈室問訊師曰吾與汝相識年深有何方術相救曰方術甚有聞說和尚不解忌口（法燈別云和尚解忌口麼）又謂衆曰吾旬日來氣力困劣別無他秖是時至也僧問時既至矣師去即是住即是師曰道道曰恁麼則某甲不敢造次師曰失錢遭罪言訖而寂

福州鼓山神晏興聖國師大梁李氏子幼惡葷羶樂聞鐘梵年十二時有白氣數道騰于所居屋壁師題壁曰白道從兹速改張休來顯現作妖祥定祛邪行歸眞見必得超凡入聖鄉題罷氣即隨滅年甫志學遘疾甚亟夢神人與藥覺而頓愈明年又夢梵僧告曰出家時至矣遂依衛州白鹿山規禪師披削嵩嶽受具謂同學曰古德云白四羯磨後全體戒定慧豈準繩而可拘也於是杖錫徧扣禪關而但記語言存乎知解及造雪嶺朗然符契一日參雪峰峰知其緣熟忽起搊住曰是甚麼師釋然了悟亦忘其了心唯舉手搖曳而已峰曰子作道理邪師曰何道理之有峰審其懸解撫而印之後閩帥常詢法要創鼓山禪苑請舉揚宗旨上堂良久曰南泉在日亦有人舉要且不識南泉即今莫有識南泉者麼試出來對衆驗看時有僧出禮拜纔起師曰作麼生僧近前曰咨和尚師曰不才請退乃曰經有經師論有論師律有律師有函有號有部有帙各有人傳持且佛法是建立教禪道乃止啼之說他諸聖出興蓋爲人心不等巧開方便遂有多門受疾不同處方還異在有破有居空叱空二患既除中道須遣鼓山所以道句不當機言非展事承言者喪

滯句者迷不唱言前寧談句後直至釋迦掩室淨名杜口大士梁時童子當日一問二問三問盡有人了也諸仁者合作麽生時有僧出禮拜師曰高聲問曰學人咨和尚師喝曰出去曰已事未明以何爲驗師抗聲曰似未聞那其僧再問師曰一點隨流食咸不重問如何是包盡乾坤底句師曰近前來僧近前師曰鈍置殺人曰如何紹得師曰犴狢無風徒勞展掌曰如何即是師曰錯曰學人便承當時如何師曰汝作麽生承當法燈別云莫費力問如何是學人正立處師曰不從諸聖行法燈別云汝擬亂走問千山萬山那箇是正山師曰用正山作麽法燈別云千山萬山師與招慶相遇次慶曰家常師曰太無厭生慶曰且欵欵師却曰家常慶曰今日未有火師曰太鄙恡生慶曰穩便將取去上堂垂語曰鼓山門下不得咳嗽時有僧咳嗽一聲師曰作甚麽曰傷風師曰傷風即得僧問如何是宗門中事師乃側掌吽吽問如何是向上關棙子師便打問如何是鼓山正主師曰瞎作麽師問保福古人道非不非是不是意作麽生福拈起茶盞師曰莫是非好問如何是眞實人體師曰即今是甚麽體曰究竟如何師曰爭得到恁麽地問如何是佛法大意師曰金烏一點萬里無雲上堂欲知此事如一口劒僧問學人是死屍如何是劒師曰拽出這死屍著僧應喏便歸僧堂結束而去師至晚聞得乃曰好與拄杖東禪齊云這僧若不肯鼓山有甚過若肯何得便發去又云鼓山拄杖賞伊罰伊具眼底試商量看問僧鼓山有不跨石門句汝作麽生道僧曰請師便打問如何是古人省心力處師曰汝

何費力問言滿天下無口過如何是無口過師曰有甚麽過問如何是教外別傳底事師曰喫茶去師與閩帥瞻仰佛像帥問是甚麽佛師曰請大王鑒帥曰鑒即不是佛師曰是甚麽帥無對（長慶代云久承大師在衆何得造次）僧問從上宗乘如何舉唱師以拂子驀口打問如何是省要處師曰汝還恥麽師復曰今爲諸仁者剌頭入他諸聖化門裏抖擻不出所以向諸人道教排不到祖不西來三世諸佛不能唱十二分教載不起凡聖攝不得古今傳不得忽爾是箇漢未通箇消息向他恁麽道被他驀口摑還怪得他麽雖然如此也不得亂摑鼓山尋常道更有一人不跨石門須有不跨石門句作麽生是不跨石門句鼓山自住三十餘年五湖四海來者向高山頂上看山翫水未見一人快利通得箇消息如今還有人通得也未若通得亦不昧諸兄弟若無不如散去珍重師有偈曰直下猶難會尋言轉更賒若論佛與祖特地隔天涯師舉問僧汝作麽生會僧無語乃謂侍者曰某甲不會請代一轉語者曰和尚與麽道猶隔天涯在僧舉似師師喚侍者問汝爲這僧代語是否者曰是師便打趁出院

五燈會元卷第十八

音釋

顫（之善切音戰四肢寒動也）諢（古困切衮去聲諢言謔弄貌）譸（張流切音輈與輈通輈張驚懼貌）搘（陟栗切音窒擿搘也）詵（疏臻切音莘致言也）膊（匹各切音粕肩膊也）掖（夷益切音奕掖謂在傍扶之）

五燈會元卷第十九

宋 沙 門 大 川 濟 纂

青原下六世

雪峰存禪師法嗣

杭州龍華寺靈照眞覺禪師高麗人也萍遊閩越陞雪峰之堂冥符玄旨居唯一衲服勤衆務閩中謂之照布衲一夕指半月問溥上座曰那一片甚麽處去也溥曰莫妄想師曰失却一片也衆雖歎美而恬澹自持初住婺州齊雲山上堂良久忽舒手顧衆曰乞取些子乞取些子又曰一人傳虛萬人傳實僧問草童能歌舞未審今時還有無師下座作舞曰沙彌會麽曰不會師曰山僧蹋曲子也不會問還丹一粒點鐵成金至理一言轉凡成聖請師一點師曰還知齊雲點金成鐵麽曰點金成鐵前之未聞至理一言敢希垂示師曰句下不薦後悔難追次還越州鏡清上堂今日盡令去也時有僧出曰請師盡令師乃吽吽問如何是學人本分事師曰鏡清不惜口問請師彫琢師曰八成曰爲甚麽不十成師曰還知鏡清生修理麽問僧甚處來曰五峰來師曰來作甚麽曰禮拜和尚師曰何不自禮曰禮了也師曰鏡湖水淺問如何是第一句師曰莫錯下名言曰豈無方便師曰烏頭養雀兒問向上一路千聖不傳未審甚麽人傳得師曰千聖也疑我曰莫便是傳也無師曰晉帝斬嵇康問釋迦掩室於摩竭淨名杜口於毗耶此意如何師曰東廊下兩兩三三上堂諸方以毗盧法身爲極則鏡清這裏即不然須知毗盧有師法身有主僧問如何

是毗盧師法身主師曰二公爭敢論問古人道見色便見心此即是色阿那箇是心師曰恁麼問莫欺山僧麼問未剖以前請師斷師曰落在甚麼處曰失口即不可師曰也是寒山送拾得僧禮拜師曰住住闍黎失口山僧失口曰惡虎不食子師曰驢頭出馬頭回師驀問一僧記得麼曰記得師曰道甚麼曰道甚麼師曰淮南小兒入寺問是甚麼即俊鷹俊鷂趂不及師曰闍黎別問山僧別答曰請師別答師曰十里行人較一程問金屑雖貴眼裏著不得時如何師曰著不得還著得麼僧禮拜師曰深沙神問菩提樹下度衆生如何是菩提樹師曰大似苦練樹曰爲甚麼似苦練樹師曰素非良馬何勞鞭影晉天福丁未示寂塔于杭之大慈山

明州翠巖令參永明禪師安吉州人也僧問不借三寸請師道師曰茶堂裏貶剝去問國師三喚侍者意旨如何師曰抑逼人作麼上堂一夏與兄弟東語西話看翠巖眉毛在麼長慶云生也雲門云關保福云作賊人心虛翠巖芝云爲衆竭力禍出私門問凡有言句盡是點汙如何是向上事師曰凡有言句盡是點汙問如何是省要處師曰大衆笑汝問還丹一粒點鐵成金至理一言轉凡成聖學人上來請師一點師曰不點曰爲甚麼不點師曰恐汝落凡聖曰乞師至理師曰侍者點茶來問古人拈槌豎拂意旨如何師曰邪法難扶問僧繇爲甚寫誌公眞不得師曰作麼生合殺問險惡道中以何爲津梁師曰藥山再三叮囑問不帶凡聖當機何示師曰莫向人道翠巖靈利問妙機言句盡皆不

當宗乘中事如何師曰禮拜著曰學人不會師曰出家行脚禮拜也不會師後還龍册而終焉

越州鏡清寺道怤順德禪師永嘉陳氏子六歲不茹葷親黨强啖以枯魚隨即嘔噦遂求出家于本州開元寺受具遊方抵閩謁雪峰峰問甚處人曰温州人峰曰恁麼則與一宿覺是鄉人也曰秖如一宿覺是甚麼處人峰曰好喫一頓棒且放過一日師問秖如古德豈不是以心傳心峰曰兼不立文字語句師曰秖如不立文字語句師如何傳峰良久師禮謝峰曰更問我一轉豈不好師曰就和尚請一轉問頭峰曰秖恁麼爲別有商量師曰和尚恁麼即得峰曰於汝作麼生師曰孤負殺人雪峰謂衆曰堂堂密密地師出問是甚麼堂堂密密峰起立曰道甚麼師退步而立雪峰垂語曰此事得恁麼尊貴得恁麼綿密師曰道怤自到來數年不聞和尚恁麼示誨峰曰我向前雖無如今已有莫有所妨麼曰不敢此是和尚不已而已峰曰致使我如此師從此信入而且隨衆時謂之小怤布衲普請次雪峰舉溈山道見色便見心汝道還有過也無師曰古人爲甚麼事峰曰雖然如此要共汝商量師曰恁麼則不如道怤鉏地去師再參雪峰峰問甚處來師曰嶺外來峰曰甚麼處逢見達磨師曰更在甚麼處峰曰未信汝在師曰和尚莫恁麼粘泥好峰便休師後遍歷諸方益資權智因訪先曹山山問甚麼處來師曰昨日離明水山曰甚麼時到明水師曰和尚到時到山曰汝道我甚麼時到

師曰適來猶記得山曰如是如是師初住越州鏡清唱雪峰之旨學者奔湊副使皮光業者日休之子辭學宏贍屢擊難之退謂人曰怤師之高論人莫窺其極也新到參師拈起拂子僧曰久嚮鏡清猶有這箇在師曰鏡清今日失利問學人啐請師啄師曰還得活也無曰若不活遭人怪笑師曰也是草裏漢問僧近離甚處曰三峰師曰夏在甚處曰五峰師曰放你三十棒曰過在甚麽處師曰爲汝出一叢林入一叢林師一日於僧堂自擊鐘曰玄沙道底玄沙道底僧問玄沙道甚麽師乃畫一圓相僧曰若不久叅爭知與麽師曰失錢遭罪師住菴時有行者至徐徐近繩牀取拂子提起問某甲唤這箇作拂子庵主唤作甚麽師曰不可更安名立字也行者乃擲

却拂子曰著甚死急問僧外面是甚麽聲曰蛇齩蝦蟇聲師曰將謂衆生苦更有苦衆生師問靈雲行脚事大乞師指南雲曰浙中米作麽價師曰若不是道怤泊作米價會却問如何是靈源一直道師曰鏡湖水可煞深問如何是清淨法身師曰紅日照青山曰如何是法身向上事師曰風吹雪不寒問僧趙州喫茶話汝作麽生會僧便出去師曰邯鄲學唐步問學人未達其源請師方便師曰是甚麽源曰其源師曰若是其源爭受方便僧禮拜退侍者問和尚適來莫是成褫伊麽師曰無曰莫是不成褫伊麽師曰無曰未審意旨如何師曰一點水墨兩處成龍師在帳中坐有僧問訊師撥開曰當斷不斷反招其亂曰既是當斷爲甚麽不斷師曰我若盡法直恐

無民曰不怕無民請師盡法師曰維那拽出此僧著又曰休休我在南方識伊和尚來普請鉏草次浴頭請師浴師不顧如是三請師舉钁作打勢頭便走師召曰來來頭回首師曰向後遇作家分明舉似頭後到保福舉前語未了福以手掩其口頭却回舉似師師曰饒伊恁麼也未作家師問荷玉甚處來曰天台來師曰阿誰問汝天台曰和尚何得龍頭蛇尾師曰鏡清今日失利師看經次僧問和尚看甚麼經師曰我與古人鬬百草師却問汝會麼曰少年也曾恁麼來師曰如今作麼生僧舉拳師曰我輸汝也問辨不得提不起時如何師曰爭得到這裏曰恁麼則禮拜去也師曰鏡清今日失利師見僧學書廼問學甚麼書曰請和尚鑒師曰一點未分三分著地曰今日又似遇人又似不遇人師曰鏡清今日失利僧問聲前絶妙請師指歸師曰許由不洗耳曰爲甚麼如此師曰猶繫腳在曰某甲秖如此師意又如何師曰無端夜來鴈驚起後池秋錢王命居天龍寺後創龍册寺延請居焉上堂如今事不得已向汝道各自驗看實箇親切既恁麼親切到汝分上因何特地生踈秖爲拋家日久流浪年深一向緣塵致見如此所以喚作背覺合塵亦名捨父逃逝今勸兄弟未歇歇去好未徹徹去好大丈夫兒得恁麼無氣槩還惆悵麼終日茫茫地且覓取箇管帶路好也無人問我管帶一路僧問如何是管帶一路師嘘嘘曰要棒喫即道曰恁麼則學人罪過也師曰幾被汝打破蔡州問僧近離甚處曰石橋師曰本分事

作麽生曰近離石橋師曰我豈不知你近離石橋本分事作麽生曰和尚何不領話師便打僧曰某甲話在師曰你但喫棒我要這話行僧問一等明機雙扣爲甚麽却遭違貶師曰打水魚頭痛驚林鳥散忙問十二時中以何爲驗師曰得力即向我道僧曰諾師曰十萬八千猶可近問如何是方便門速易成就師曰速易成就曰爭奈學人領覽未的師曰代得也代却問如何是人無心合道師曰何不問道無心合人曰如何是道無心合人師曰白雲作可來青嶂明月那教下碧天問新年頭還有佛法也無師曰有曰如何是新年頭佛法師曰元正啓祚萬物咸新曰謝師答話師曰鏡清今日失利問學人問不到處請師不答和尚答不到處學人即不問師乃擱住曰是我道理是汝道理曰和尚若打學人學人也打和尚師曰得對相耕去問承師有言諸方若不是走人便是籠人罩人未審和尚如何師曰被汝致此一問直得當門齒落上堂衆集定師拋下拄杖曰大衆動著也二十棒不動著也二十棒時有僧出拈得頭上戴出去師曰鏡清今日失利問僧門外甚麽聲曰雨滴聲師曰衆生顛倒迷己逐物曰和尚作麽生師曰洎不迷己曰洎不迷己意旨如何師曰出身猶可易脫體道應難問如何是同相師將火筯插向爐中曰如何是別相師又將火筯插向一邊（法眼別云問不當理）有僧引一童子到曰此童子常愛問人佛法請和尚驗看師乃令點茶童子點茶來師啜了過盞槖與童子子近前接師却縮手曰還道得麽子

曰問將來法眼別云和尚更喫茶否僧曰此童子見解如何師曰也秖是一兩生持戒僧晉天福初示滅塔于龍册山

漳州報恩院懷岳禪師泉州人也僧問十二時中如何行履師曰動即死曰不動時如何師曰猶是守古塚鬼問如何是學人出身處師曰有甚麼纒縛汝曰爭奈出身不得何師曰過在阿誰問如何是報恩一靈物師曰喫如許多酒糟作麼曰還露脚手也無師曰這裏是甚麼處所問牛頭未見四祖時如何師曰萬里一片雲曰見後如何師曰廓落地問黑雲陡暗誰當雨者師曰峻處先傾問宗乘不却如何舉唱師曰山不自稱水無間斷問佛未出世時如何師曰汝爭得知問撥塵見佛時如何師曰甚麼年中得見來問師子在窟時如何師曰師子是甚麼家具曰師子出窟時如何師曰師子在甚麼處問如何是目前佛師曰快禮拜臨遷化上堂山僧十二年來舉揚宗敎諸人恠我甚麼處若要聽三經五論此去開元寺咫尺言訖告寂

福州安國院弘瑫明眞禪師泉州陳氏子參雪峰峰問甚麼處來曰江西來峰曰甚麼處見達磨曰分明向和尚道峰曰道甚麼曰甚麼處去來一日雪峰見師忽搊住曰盡乾坤是箇解脫門把手拽伊不肯入曰和尚恠弘瑫不得峰拓開曰雖然如此爭奈背後許多師僧何師舉國師碑文云得之於心猗蘭作旃檀之樹失之於旨甘露乃蒺藜之園問僧曰一語須具得失兩意汝作麼生道僧舉拳曰不可喚作拳頭也師不肯亦舉拳別云秖

爲喚這箇作拳頭出世囷山後閩帥命居安國大闡玄風僧問如何是西來意師曰是即是莫錯會問如何是第一句師曰問問問學人上來未盡其機請師盡機師良久僧禮拜師曰忽到別處人問汝作麼生舉曰終不敢錯舉師曰未出門巳見笑具問如何是達磨傳底心師曰素非後躅問不落有無之機請師全道師曰汝試斷看問如何是一毛頭事師拈起袈裟僧曰乞師指示師曰抱璞不須頻下淚來朝更獻楚王看問寂寂無言時如何師曰更進一步問凡有言句皆落因緣方便不落因緣方便事如何師曰桔槔之士頻逢抱甕之流罕遇問向上一路千聖不傳未審和尚如何傳師曰且留口喫飯著問如何是高尚底人師曰河濵無洗耳之叟磻谿絕垂釣之人問十二時中如何救得生死師曰執鉢不須窺衆樂履冰何得步參差問學人擬問宗乘師還許也無師曰但問僧擬問師便喝出問目前生死如何免得師曰把將生死來問知有底人爲甚麼道不得師曰汝爺名甚麼問如何是活人劒師曰不敢瞎却汝曰如何是殺人刀師曰秖這箇是問不犯鋒鋩如何知音師曰驢年去問苦澁處乞師一言師曰可煞沈吟曰爲甚麼如此師曰也須相悉好問常居正位底人還消得人天供養否師曰消不得曰爲甚麼消不得師曰是甚麼心行曰甚麼人消得師曰著衣喫飯底消得師舉稜和尚住招慶時在法堂東角立謂僧曰這裏好致一問僧便問和尚爲何不居正位稜曰爲汝恁麼來曰即今作麼生稜曰

用汝眼作麽師舉畢乃曰他家恁麽問別是箇道理汝今作麽生道後安國曰恁麽則大衆一時散去得也師自代曰恁麽即大衆一時禮拜

泉州睡龍山道溥弘教禪師福唐鄭氏子初住五峰上堂莫道空山無秖待便歸方丈僧問凡有言句不出大千頂未審頂外事如何師曰凡有言句不是大千頂曰如何是大千頂師曰摩醯首羅天猶是小千界問初心後學近入叢林方便門中乞師指示師敲門枋僧曰向上還有事也無師曰有曰如何是向上事師再敲門枋

南嶽金輪可觀禪師福唐薛氏子參雪峰峰曰近前來師方近前作禮峰與一蹋師忽契悟師事十二載復歷叢林住後上堂我在雪峰遭他一蹋直至如今眼不開不知是何境界僧問如何是西來意師曰不是大衆夜然後下堂師召大衆衆回首師曰看月衆乃看師曰月似彎弓少雨多風衆無對問古人道毗盧有師法身有主如何是毗盧師法身主師曰不可牀上安牀問如何是日用事師拊掌三下僧曰學人未領此意師曰更待甚麽問從上宗乘如何爲人師曰我今日未喫茶曰請師指示師曰過也問正則不問請師傍指師曰抱取猫兒去問僧甚處來曰華光師便推出閉却門僧無對問路逢達道人不將語默對未審將何對師咄曰出去問僧作麽生是覿面事曰請師鑒師曰恁麽道還當麽曰故爲即不可師曰別是一著問如何是靈源一路師曰蹋過作麽雪峰院主有書來招

曰山頭和尚年尊也長老何不再入嶺一轉師回書曰待山頭和尚别有見解即再入嶺僧問如何是雪峰見解師曰我也鶩

福州大普山玄通禪師本郡人也僧問驪龍頷下珠如何取得師乃拊掌瞬視問方便以前事如何師便推出其僧問如何是祖師西來意師曰皺骨頭漢出去問撥塵見佛時如何師曰脫枷來商量問急急相投請師接師曰鈍漢

福州長生山皎然禪師本郡人久依雪峰一日與僧斫樹次峯曰斫到心且住師曰斫却著峰曰古人以心傳心汝爲甚麽道斫却師擲下斧曰傳峯打一拄杖而去僧問雪峰如何是第一句峰良久僧舉似師師曰此是第二句峰再令其僧來問如何是第一句師曰蒼天蒼天普請次雪峰問古人道誰知席帽下元是昔愁人古人意作麽生師側戴笠子曰這箇是甚麽人語峰問師持經者能荷擔如來作麽生是荷擔如來師乃捧雪峰向禪床上普請次雪峰負一束藤路逢一僧便抛下僧擬取峰便踢倒歸謂師曰我今日踢這僧快師曰和尚却替這僧入涅槃堂始得峰便休去雪峰問光境俱亡復是何物師曰放皎然過有道處峰曰放汝過作麽生道曰皎然亦放和尚過峰曰放汝二十棒師便禮拜住後僧問古人有言無明即佛性煩惱不須除如何是無明即佛性師忿然作色舉拳呵曰今日打這師僧去也曰如何是煩惱不須除師以手拏頭曰這師僧得恁麽發人業問路逢達道人不將語黙對未審將甚麽對師

曰上紙墨堪作甚麼閩帥署禪主大師莫知所終

信州鵝湖智孚禪師福州人也僧問萬法歸一一歸何所師曰非但闍黎一人忙問虛空講經以何爲宗師曰闍黎不是聽衆出去問五逆之子還受父約也無師曰雖有自裁未免傷巳問如何是佛向上人師曰情知闍黎不柰何曰爲甚麼不柰何師曰未必小人得見君子問在前一句請師道師曰腳跟下探取甚麼曰即今見問師曰看闍黎變身不得問雪峰拋下拄杖意作麼生師以香匙拋下地僧曰未審此意如何師曰不是好種出去問如何是鵝湖第一句師曰道甚麼曰如何即是師曰妨我打睡問不問不答時如何師曰問人馬知問迷子未歸家時如何師曰不在途曰歸後如何師曰正迷在問如何是源頭事師曰途中覓甚麼問如何是一句師曰會麼曰恁麼莫便是否師曰蒼天蒼天鏡清問如何是即今底師曰何更即今清曰幾就支荷師曰語逆言順師一日不赴堂侍者來請赴堂師曰我今日在莊喫油糍飽者曰和尚不曾出入師曰你但去問取莊主者方出門忽見莊主歸謝和尚到莊喫油糍

杭州西興化度院師郁悟眞禪師泉州人也僧問如何是西來意師舉拂子僧曰不會師曰喫茶去問如何是一塵師曰九世刹那分曰如何含得法界師曰法界在甚麼處問谿谷各異師何明一師曰汝喘作麼問學人初機乞師指示入路師曰汝恠化度甚麼處問如何是隨色摩尼珠師曰青黃赤白曰如何

是不隨色摩尼珠師曰青黃赤白問如何是西來意師曰是東來西來問牛頭未見四祖時如何師曰鳥獸俱迷曰見後如何師曰山深水冷問維摩與文殊對談何事師曰唯有門前鏡湖水清風不㪅舊時波

漳州隆壽紹卿興法禪師泉州陳氏子因侍雪峰山行見芋葉動峰指動葉示之師曰紹卿甚生怕怖峰曰是汝屋裏底怕怖甚麼師於此有省尋居龍谿僧問古人道摩尼殿有四角一角常露如何是常露底角師舉拂子問糧不畜一粒如何濟得萬人飢師曰俠客面前如奪劒看君不是黠兒郎問耳目不到處如何師曰汝無此作曰恁麼即聞也師曰眞箇聾漢

福州僊宗院行瑫仁慧禪師泉州王氏子上堂我與釋迦同叅汝道叅甚麼人時有僧出禮拜擬伸問師曰錯便下座問如何是西來意師曰熊耳不曾藏問直下事乞師方便師曰不因汝問我亦不道問如何是西來意師曰白日無閑人

福州蓮華永福院從弇超證禪師僧問儒門以五常爲極則未審宗門以何爲極則師良久僧曰恁麼則學人造次也師曰好與拄杖問教中道唯有一乘法如何是一乘法師曰汝道我在這裏作甚麼曰恁麼則不知教意也師曰雖然如此却不孤負汝問不向問處領猶是學人問處和尚如何師曰喫茶去上堂長慶道盡法無民永福即不然若不盡法又爭得民時有僧曰請師盡法師曰我不要汝納稅問諸餘即不問聊徑處乞師垂慈師

曰不快禮三拜問大衆雲集請師説法師曰聞麽曰若更仱思應難得及師曰實即得問摩尼殿有四角一角常露如何是常露底角師曰不可更點師一日上堂於座邊立謂衆曰二尊不竝化便歸方丈

襄州雲蓋雙泉院歸本禪師京兆府人也初謁雪峰禮拜次峰下禪牀跨背而坐師於此有省住後僧問如何是雙泉師曰可惜一雙眉曰學人不會師曰不曾煩禹力湍流事不知問如何是西來的的意師乃搊住其僧變色師曰我這裏無這箇師手指纖長特異於人號手相大師

韶州林泉和尚僧問如何是一塵師曰不覺

成邱山

洛京南院和尚僧問如何是法法不生師曰生也有儒者博覽古今時呼爲張百會謁師師問莫是張百會麽曰不敢師以手於空畫一畫曰會麽曰不會師曰一尚不會甚麽處得百會來

越州洞巖可休禪師僧問如何是洞巖正主師曰開著問如何是和尚親切爲人處師曰大海不宿死屍問如何是向上一路師舉衣領示之問學人遠來請師方便師曰方便了也

定州法海院行周禪師僧問風恬浪靜時如何師曰吹倒南墻問如何是道中寶師曰不露光曰莫便是否師曰是即露也

杭州龍井通禪師僧問如何是龍井龍師曰意氣天然别神工畫不成曰爲甚麽畫不成師曰出羣不帶角不與類中同曰還解行雨

也無師曰普潤無邊際處處皆結粒曰還有宗門中事也無師曰有曰如何是宗門中事師曰從來無形段應物不曾虧

杭州龍興宗靖禪師台州人也初參雪峰誓充飯頭勞逾十載嘗於衆堂中袒一膊釘簾峰覩而記曰汝向後住持有千僧其中無一人衲子也師悔過回浙住六通院錢王命居龍興寺有衆千餘唯三學講誦之徒果如雪峰所誌僧問如何是六通奇特之唱師曰天下舉將去問如何是六通家風師曰一條布衲一斤有餘問如何是學人進前一路師曰誰敢謾汝曰豈無方便師曰早是屈抑也問如何是和尚家風師曰早朝粥齋時飯曰更請和尚道師曰老僧困曰畢竟作麼生師大笑而已

福州南禪契璠禪師上堂若是名言妙句諸方總道了也今日衆中還有超第一義者致將一問來若有即不孤負於人僧問如何是第一義師曰何不問第一義曰見問師曰已落第二義也問古佛曲調請師和師曰我不和汝雜亂底曰未審爲甚麼人和師曰甚麼處去來

越州越山師鼐鑒真禪師初參雪峰而染指後因閩王請於清風樓齋坐久舉目忽覩日光豁然頓曉而有偈曰清風樓上赴官齋此日平生眼豁開方信普通年遠事不從蔥嶺帶將來歸呈雪峰峰然之住後僧問如何是佛身師曰你問阿那箇佛身曰釋迦佛身師曰舌覆三千界師臨終示偈曰眼光隨色盡耳識逐聲消還源無别旨今日與明朝乃跏

趺而逝

泉州福清院玄訥禪師高麗人也泉守王公問如何是宗乘中事師叱之僧問如何是觸目菩提師曰闍黎失却半年糧曰爲甚麽如此師曰秖爲圖他一斗米問如何是清淨法身師曰蝦蟇曲蟮問教云唯一堅密身一切塵中現如何是堅密身師曰驢馬貓兒曰乞師指示師曰驢馬也不會問如何是物物上辨明師展一足示之

衢州南臺仁禪師僧問如何是南臺境師曰不知貴曰畢竟如何師曰闍黎即今在甚麽處

泉州東禪和尚初開堂僧問人王迎請法王出世如何提唱宗乘即得不謬於祖風師曰還奈得麽曰若不下水焉知有魚師曰莫閑言語問如何是佛法最親切處師曰過也問學人未後來請師最先句師曰甚處去來問如何是學人已分事師曰苦問如何是佛法大意師曰辛自可憐生剛要異鄉邑

杭州大錢山從襲禪師雪峰之上足也自本師印解洞曉宗要常曰擊關南鼓唱雪峰歌後入浙中謁錢王王欽服道化命居此山而闡法焉僧問不因王請不因衆聚請師直道西來的的意師曰那邊師僧過這邊著曰學人不會乞師再指師曰爭得恁麽不識好惡問閉門造車出門合轍如何是閉門造車師曰造車即不問作麽生是轍曰學人不會乞師指示師曰巧匠施工不露斤斧

福州永泰和尚僧問承聞和尚見虎是否師作虎聲僧作打勢師曰這死漢問如何是天

眞佛師乃拊掌曰不會不會

池州和龍壽昌院守訥妙空禪師福州林氏子僧問未到龍門如何湊泊師曰立命難存新到參師問近離甚處曰不離方寸師曰不易來僧亦曰不易來師與一掌問如何是傳底心師曰再三囑汝莫向人說問如何是從上宗乘師曰向闍黎口裏著得麽問省要處請師一接師曰甚是省要

建州夢筆和尚僧問如何是佛師曰不諱汝曰莫便是否師曰汝誑他閻王請齋問師還將得筆來也無師曰不是稽山繡管慚非月裏兎毫大王旣垂顧問山僧敢不通呈又問如何是法王師曰不是夢筆家風

福州極樂元儼禪師僧問如何是極樂家風師曰滿目看不盡問萬法本無根未審教學人承當甚麽師曰莫寐語問久處暗室未達其源今日上來乞師一接師曰莫閉眼作夜好曰恁麽即優曇華折曲爲今時向上宗風如何垂示師曰汝還識也無曰恁麽即息疑去也師曰莫向大衆前寐語問摩騰入漢即不問達磨來梁時如何師曰如今豈謬曰恁麽即理出三乘華開五葉師曰說甚麽三乘五葉出去

福州芙蓉山如體禪師僧問如何是古人曲調師良久曰聞麽曰不聞師示頌曰古曲發聲雄今時韻亦同若教第一指祖佛盡迷蹤

洛京憇鶴山和尚僧問如何是憇鶴師以兩手鬪云鵓鳩鳩（風穴云鶴唳一聲喧宇宙羣雞莫謂報知時）問駿馬不入西秦時如何師曰向甚麽處去

潭州潙山棲禪師僧問正恁麽時如何親近

師曰汝擬作麼生親近曰豈無方便師曰開元龍興大藏小藏問如何是速疾神通師曰新衣成弊帛問如何是黃尋橋師曰賺却多少人問不假忉忉如何是和尚家風師曰莫作野干聲

吉州潮山延宗禪師因資福來謁師下禪牀相接福問和尚住此山得幾年也師曰鈍鳥棲蘆困魚止濼曰恁麼則真道人也師曰且坐喫茶問如何是潮山師曰不宿屍曰如何是山中人師曰石上種紅蓮問如何是和尚家風師曰切忌犯朝儀

益州普通山普明禪師僧問如何是佛性師曰汝無佛性曰蠢動含靈皆有佛性學人爲何却無師曰爲汝向外求問如何是玄玄之珠師曰這箇不是曰如何是玄玄珠師曰失却也

隨州雙泉山梁家庵永禪師僧問達磨九年面壁意旨如何師曰腳不著師問護國長老隨陽一境是男是女各伸一問問各別長老將何祇對國以手空中畫一圓相師曰謝長老慈悲國曰不敢師低頭不顧問如何是頓息諸緣去師曰雪上更加霜

漳州保福院超悟禪師僧問魚未透龍門時如何師曰養性深潭曰透出時如何師曰纔昇霄漢衆類難追曰昇後如何師曰垂雲普覆潤及大千曰還有不受潤者也無師曰有曰如何是不受潤者師曰直杌撐太陽

太原孚上座初在揚州光孝寺講涅槃經有禪者阻雪因往聽講至三因佛性三德法身廣談法身妙理禪者失笑師講罷請禪者喫

茶白曰某甲素志狹劣依文解義適蒙見笑且望見教禪者曰實笑座主不識法身師曰如此解說何處不是曰請座主更說一遍師曰法身之理猶若太虛豎窮三際橫亘十方彌綸八極包括二儀隨緣赴感靡不周徧曰不道座主說不是秖是說得法身量邊事實未識法身在師曰既然如是禪德當爲我說曰座主還信否師曰焉敢不信曰若如是座主輟講旬日於室內端然靜慮收心攝念善惡諸緣一時放却師一依所教從初夜至五更聞鼓角聲忽然契悟便去扣門禪者曰阿誰師曰某甲禪者咄曰教汝傳持大教代佛說法夜來爲甚麼醉酒臥街師曰禪德自來講經將生身父母鼻孔扭捏從今已去更不敢如是禪者曰且去來日相見師遂罷講徧歷諸方名聞宇內嘗遊浙中登徑山法會一日於大佛殿前有僧問上座曾到五臺否師曰曾到曰還見文殊麼師曰見曰甚麼處見師曰徑山佛殿前見其僧後適閩川舉似雪峰峰曰何不教伊入嶺來師聞乃趣裝而邁初至雪峰廨院憩錫因分柑子與僧長慶問甚麼處將來師曰嶺外將來曰遠涉不易擔負得來師曰柑子柑子次日上山雪峰聞乃集衆師到法堂上顧視雪峰便下看知事明日却上禮拜曰某甲昨日觸忤和尚峰曰知是般事便休峰一日見師乃指日示之師搖手而出峰曰汝不肯我那師曰和尚搖頭某甲擺尾甚麼處是不肯峰曰到處也須諱却一日衆僧晚參峰在中庭臥師曰五州管內秖有這老和尚較些子峰便起去峰嘗問師

見說臨濟有三句是否師曰是曰作麼生是第一句師舉目視之峰曰此猶是第二句如何是第一句師叉手而退自此雪峰深器之室中印解師資道契更不他遊而掌浴焉一日玄沙上問訊雪峰峰曰此間有箇老鼠子今在浴室裏沙曰待與和尚勘過言訖到浴室遇師打水沙曰相看上座師曰已相見了沙曰甚麼劫中曾相見師曰瞌睡作麼沙却入方丈白雪峰曰已勘破了峰曰作麼生勘伊沙舉前話峰曰汝著賊也鼓山問師父母未生時鼻孔在甚麼處師曰老兄先道山曰如今生也汝道在甚麼處師不肯山却問作麼生師曰將手中扇子來山與扇子再徵前話師搖扇不對山罔測乃毆師一拳鼓山赴大王請雪峰門送回至法堂乃曰一隻聖箭直射九重城裏去也師曰是伊未在峰曰渠是徹底人師曰若不信待某甲去勘過遂趕至中路便問師兄向甚麼處去山曰九重城裏去師曰忽遇三軍圍繞時如何山曰他家自有通霄路師曰恁麼則離宮失殿去也山曰何處不稱尊師拂袖便回峰問如何師曰好隻聖箭中路折却了也遂舉前話峰乃曰奴渠語在師曰這老凍膿猶有鄉情在師在庫前立有僧問如何是觸目菩提師踢狗子作聲走僧無對師曰小狗子不消一踢保福簽瓜次師至福曰道得與汝瓜喫師曰把將來福度與一片師接得便去師不出世諸方目爲太原孚上座後歸維揚陳尚書留在宅供養一日謂尚書曰來日講一遍大涅槃經報答尚書書致齋茶畢師遂陞座良久揮尺

一下曰如是我聞乃召尚書書應諾師曰一時佛在便乃脱去

南嶽般若惟勁寶聞禪師福州人也師雪峰而友玄沙深入玄奧一日問鑑上座聞汝註楞嚴是否鑑曰不敢師曰二文殊作麽生註曰請師鑑師乃揚袂而去師嘗續寶林傳四卷紀貞元之後宗門繼踵之源流者又別著南嶽高僧傳皆行于世

感潭資國禪師法嗣

安州白兆志圓顯教禪師僧問諸佛心印甚麽人傳師曰達磨大師曰達磨爭能傳得師曰汝道甚麽人傳得問如何是直截一路師曰截問如何是佛法大意師曰苦問如何是道師曰普問如何是學人自己師曰失問如何是得無山河大地去師曰不起見問如何是畢鉢羅窟迦葉道場中人師曰釋迦牟尼佛問如何朱頂王菩薩師曰問那箇赤頭漢作麽

五燈會元卷第十九

音釋

怤 芳無切音敷思也悦也 嗢噦 上音搵下音駿嗢噦吐飲之貌 褫 丈爾切音豸奪衣也 陡 當口切音斗與阧同峻立也 喘 尺兗切音舛疾息也 璠 符袁切音煩璵璠魯之寶玉 廨 居隘切音解公廨也

五燈會元卷第二十

宋沙門大川濟纂

青原下七世

瑞巖彥禪師法嗣

南嶽横龍和尚初住金輪僧問如何是金輪第一句師曰鈍漢問如何是金輪一隻箭師曰過也問如何是祖師燈師曰八風吹不滅曰恁麽則暗冥不生也師曰白日沒閑人

溫州瑞峯院神祿禪師福州人也久爲瑞巖侍者後開山創院學侶依附師有偈曰蕭然獨處意沉吟誰信無絃發妙音終日法堂唯靜坐更無人問本來心時有朋彥上座問曰如何是本來心師召朋彥彥應諾師曰與老僧點茶來彥於是信入

玄泉彥禪師法嗣

鄂州黄龍山誨機超慧禪師清河張氏子初叅巖頭問如何是祖師西來意頭曰你還解救糍麽師曰解頭曰且救糍去後到玄泉問如何是祖師西來意泉拈起一莖皂角曰會麽師曰不會泉放下皂角作洗衣勢師便禮拜曰信知佛法無別泉曰你見甚麽道理師曰某甲曾問巖頭頭曰你還解救糍麽救糍也秖是解粘和尚提起皂角亦是解粘所以道無別泉呵呵大笑師遂有省住後僧問不問祖佛邊事如何是平常之事師曰我住山得十五年也問如何是和尚家風師曰琉璃鉢盂無底問如何是君王劒師曰不傷萬類曰佩者如何師曰血濺梵天曰大好不傷萬類師便打問佛在日爲衆生說法佛滅後有人說法否師曰慚愧佛問毛吞巨海芥納須

彌不是學人本分事如何是學人本分事師曰封了合盤市裏揭問急切相投請師通信師曰火燒裙帶香問如何是大疑底人師曰對坐盤中弓落盞曰如何是不疑底人師曰再坐盤中弓落盞問風恬浪靜時如何師曰百尺竿頭五兩垂師將順世僧問百年後鉢囊子甚麼人將去師曰一任將去曰裏面事如何師曰線綻方知曰甚麼人得師曰待海鷰雷聲即向汝道言訖而寂

洛京栢谷和尚僧問普滋法雨時如何師曰有道傳天位不汲鳳凰池問九旬禁足三月事如何師曰不墜蠟人機

懷州玄泉二世和尚僧問辭窮理盡時如何師曰不入理豈同盡問妙有玄珠如何取得師曰不似摩尼絕影藍碧眼胡人豈能見曰有口道不得時如何師曰三寸不能齊鼓韻瘂人解唱木人歌

潞府妙勝玄密禪師僧問四山相逼時如何師曰紅日不垂影暗地莫知音曰學人不會師曰鶴透羣峰何伸向背問雪峰一曲千人唱月裏挑燈誰最明師曰無音和不齊明暗豈能收

羅山閑禪師法嗣

婺州明招德謙禪師受羅山印記靡滯於一隅激揚玄旨諸老宿皆畏其敏捷後學鮮敢當其鋒者甞到招慶指壁畫問僧那箇是甚麼神曰護法善神師曰會昌沙汰時向甚麼處去來僧無對師令僧問演侍者演曰汝甚麼劫中遭此難來僧回舉似師師曰直饒演上座他後聚一千衆有甚麼用處僧禮拜請

別語師曰甚麽處去也次到坦長老處坦曰夫衆學一人所在亦須到半人所在亦須到師便問一人所在即不問作麽生是半人所在坦無對後令小師問師師曰汝欲識半人所在麽也秖是弄泥團漢清上座舉仰山揷鍬話問師古人意在叉手處揷鍬處師召清清應諾師曰還夢見仰山麽清曰不要上座下語秖要商量師曰若要商量堂頭自有一千五百人老師在又到雙巖巖請喫茶次曰某甲致一問若道得便捨院與闍黎住若道不得即不捨院遂舉金剛經云一切諸佛及諸佛阿耨多羅三藐三菩提法皆從此經出且道此經是何人說師曰說與不說拈向這邊著秖如和尚決定唤甚麽作此經巖無對師又曰一切賢聖皆以無爲法而有差別則以無爲法爲極則憑何而有差別秖如差別是過不是過若是過一切賢聖悉皆是過若不是過決定唤甚麽作差別巖亦無語師曰噫雪峯道底師訪保寧於中路相遇便問兄是道伴中人乃點鼻頭曰這箇礙塞我不徹與我拈却少時得麽寧曰和尚有來多少時師曰噫洎賺我踏破一緉草鞋便回國泰代曰非但某甲諸佛亦不柰何師曰因甚麽以巳方人師在婺州智者寺居第一座尋常不受淨水主事嗔曰上座不識觸淨爲甚麽不受淨水師跳下牀提起淨瓶曰這箇是觸是淨事無語師乃撲破自爾道聲遐播衆請居明招山開法四來禪者盈於堂室上堂全鋒敵勝罕遇知音同死同生萬中無一尋言逐句其數河沙舉古舉今滅胡種族向上一路

啐啄猶乖儒士相逢握鞭回首沙門所見誠實苦哉抛却真金隨隊撮土報諸稚子莫謾波波解得他玄猶兼瓦礫不如一擲騰過太虛秖者靈鋒阿誰敢近任君來箭方稱丈夫擬欲吞聲不消一攫僧問師子未出窟時如何師曰俊鷂趂不及曰出窟後如何師曰萬里正紛紛曰欲出不出時如何師曰嶮曰向去事如何師曰劄問如何是透法身外一句子師曰北斗後翻身問十二時中如何趣向師曰抛向金剛地上著問文殊與維摩對談何事師曰葛巾紗帽已拈向這邊著也問如何是和尚家風師曰巇得著是好手問放鶴出籠和煙去時如何師曰爭奈頭上一點何問無煙之火是甚麼人向得師曰不惜眉毛底曰和尚還向得麼師曰汝道我有多少莖眉毛在新到參纔上法堂師舉拂子却擲下其僧珍重便下去師曰作家作家問全身佩劒時如何師曰忽遇正恁麼時又作麼生僧無對一日天寒上堂衆纔集師曰風頭稍硬不是汝安身立命處且歸煖室商量便歸方丈大衆隨至立定師又曰纔到煖室便見瞌睡以拄杖一時趂下師問國泰古人道俱胝秖念三行呪便得名超一切人作麼生與他拈却三行呪便得名超一切人泰竪起一指師曰不因今日爭識得瓜洲客師有師叔在廨院不安附書來問曰某甲有此大病如今正受疼痛一切處安置伊不得還有人救得麼師回信曰頂門上中此金剛箭透過那邊去也會下有僧去住庵一年後却來禮拜曰古人道三日不相見莫作舊時看師撥開胸

曰汝道我有幾莖蓋膽毛僧無對師却問汝甚麼時離庵曰今朝師曰來時折脚鐺子分付與阿誰僧又無語師乃喝出問承師有言我住明招頂興傳古佛心如何是明招頂師曰換却眼曰如何是古佛心師曰汝還氣急麼問學人拏雲攫浪上來請師展鉢師曰捘破汝頂曰也須仙陀去師便打趂出師有頌示衆曰明招一拍和人稀此是真宗上妙機石火瞥然何處去朝生之子合應知臨遷化上堂告衆囑付訖僧問和尚百年後向甚麼處去師擡起一足曰足下看取中夜問侍者昔日靈山會上釋迦如來展開雙足放百寶光遂展足曰吾今放多少者曰昔日世尊今宵和尚師以手撥眉曰莫孤負麼乃說偈曰驀刀叢裏逞全威汝等諸人善護持火裏鐵牛生犢子臨岐誰解湊吾機偈畢端坐而逝塔院存焉

洪州大寧院隱微覺寂禪師豫章新淦楊氏子誕夕有光明貫室年七歲依本邑石頭院道堅禪師出家受具歷參宗匠至羅山山導以師子在窟出窟之要因而省悟後回江表會龍泉宰李孟俊請居十善道場闡揚宗旨上堂還有騰空底麼出來衆無出者師說偈曰騰空正是時應須貶上眉從茲出倫去莫待白頭兒僧問如何是十善橋師曰險曰過者如何師曰夜問資福和尚遷化向甚麼處去師曰草鞋破問如何是黃梅一句師曰即今作麼生曰如何通信師曰九江路絕問初心後學如何是學師曰頭戴天曰畢竟如何師曰脚踏地問如何是法王劒師曰露曰還

殺人也無師曰作麽問如何是龍泉劍師曰不出匣曰便請出匣師曰星辰失位問國界安寧為甚麽珠不現師曰落在甚麽處
衡州華光範禪師僧問靈臺不立還有出身處也無師曰有曰如何是出身處師曰出問如何是西來意師曰道問如何是佛法大意師曰驗問牛頭未見四祖時如何師曰自由自在曰見後如何師曰自由自在問如何是佛法中事師曰了
福州羅山紹孜禪師上堂有數僧爭出問話師曰但一齊出來問待老僧一齊與汝答僧便問學人一齊問請師一齊答師曰得問學人作入叢林祖師的的意請師直指師曰好
西川定慧禪師初參羅山山問甚麽處來師曰遠離西蜀近發開元却近前問即今事作麽生山揖曰喫茶去師擬議山曰秋氣稍熱去師出至法堂歎曰我在西蜀峨嵋山脚下拾得一隻蓬蒿箭擬撥亂天下今日打羅山寨弓折箭盡也休休乃下參衆山來日上堂師出問豁開户牖當軒者誰山便喝師無語山曰毛羽未備且去師因而摳衣乆承印記後謁台州勝光光坐次師直入身邊叉手而立光問甚處來師曰猶待答話在便出光拈得拂子趂至僧堂前見師乃提起拂子曰闍黎喚這箇作甚麽師曰敢死喘氣光低頭歸方丈
建州白雲令弇禪師上堂遣往先生門誰云對喪主珍重僧問已事未明以何為驗師曰木鏡照素容曰驗後如何師曰不爭多問三台有請四衆臨筵既處當仁請師一唱師曰

要唱也不難曰便請師曰夜靜水寒魚不食滿船空載月明歸

虔州天竺義澄常真禪師在羅山數載後因山示疾師問百年後忽有人問和尚以何指示山乃放身便倒師從此契悟即禮謝住後僧問如何是佛法大意師曰寒暑相催

吉州清平惟曠真寂禪師上堂不動神情便有輸贏之意還有麼出來時有僧出禮拜師曰不是作家便歸方丈問如何是第一句師曰要頭將取去問如何是活人劒師曰會麼曰如何是殺人刀師叱之問如何是師子兒

師曰毛頭排宇宙

婺州金柱山義昭禪師僧問如何是和尚家風師曰開門作活計曰忽遇賊來又作麼生師曰煞新到參師揭簾以手作除帽勢僧擬

欲近前師曰賺殺人因事有偈曰虎頭生角人難措石火電光須密布假饒烈士也應難懵底那能解回互

潭州谷山和尚僧問省要處乞師一言師便起去問羚羊挂角時如何師曰你向甚麼處覓曰挂角後如何師曰走

湖南道吾從盛禪師初住龍回僧問如何是覿面事師曰新羅國去也問如何是龍回家風師曰縱橫射直問窮子投師乞師拯濟師曰莫是屈著汝麼曰爭奈窮何師曰大有人見

福州羅山義因禪師上堂良久曰若是宗師門下客必不怪於羅山珍重僧問承古有言自從認得曹谿路了知生死不相關曹谿路即不問如何是羅山路師展兩手僧曰恁麼

則一路得通諸路亦然師曰甚麽諸路僧近前叉手師曰靈鶴煙霄外鈍鳥不離窠問教中道順法身萬象俱寂隨智用萬象齊生如何是萬象俱寂師曰有甚麽曰如何是萬象齊生師曰繩牀倚子

灌州靈巖和尚僧問如何是道中寶師曰地傾東南天高西北曰學人不會師曰落照機前異師頌石輩接三平曰解擘當胸箭因何秪半人爲從途路曉所以不全身

吉州匡山和尚示徒頌曰匡山路匡山路巖崖嶮峻人難措遊人擬議隔千山一句分明超佛祖白牛頌曰我有古壇真白牛父子藏來經幾秋出門直往孤峰頂回來暫跨虎溪頭

福州興聖重滿禪師上堂覿面分付不待文宣對眼投機喚作參玄上士若能如此所以宗風不墜僧問如何是宗風不墜底句師曰老僧不忍問昔日靈山會裏今朝興聖筵中和尚親傳如何舉唱師曰欠汝一問

潭州寶應清進禪師僧問如何是實相師曰沒却汝問至理無言如何通信師曰千差萬別曰得力處乞師指示師曰瞌睡漢

玄沙備禪師法嗣

漳州羅漢院桂琛禪師常山李氏子爲童兒時日一素食出言有異既冠親事本府萬歲寺無相大師披削登戒學毗尼一日爲衆陞臺宣戒本布薩已乃曰持戒但律身而已非真解脫也依文作解豈發聖智乎於是訪南宗初謁雲居雪峰參訊勤恪然猶未有所見後造玄沙一言啟發廓爾無惑沙問三界唯

心汝作麼生會師指倚子曰和尚喚這箇作甚麼曰倚子師曰和尚不會三界唯心曰我喚這箇作竹木汝喚作甚麼師曰桂琛亦喚作竹木曰盡大地覓一箇會佛法底人不可得師自爾愈加激勵沙每因誘迪學者流出諸三昧皆命師爲助發師雖處衆韜晦然聲譽甚遠時漳牧王公建精舍曰地藏請師開法因插田次見僧乃問從甚處來曰南州師曰彼中佛法如何曰商量浩浩地師曰爭如我這裏栽田博飯喫曰爭奈三界何師曰喚甚麼作三界問僧甚處來曰南方來師曰南方知識有何言句示徒曰彼中道金屑雖貴眼裏著不得師曰我道須彌在汝眼裏一日同中塔侍立沙打中塔一棒曰就名就體中塔不對沙乃問師作麼生會師曰這僧著一棒不知來處僧報曰保福已遷化也師曰保福遷化地藏入塔（僧問法眼古人意旨如何眼云蒼天蒼天）後遷羅漢大闡玄要上堂宗門玄妙爲當秪恁麼也更別有奇特若別有奇特汝且舉將來看若無去不可將兩箇字便當却宗乘也何者兩箇字謂宗乘教乘也汝纔道著宗乘便是宗乘道著教乘便是教乘禪德佛法宗乘元來由汝口裏安立名字作取說取便是也斯須向這裏說平說實說圓說常禪德汝喚甚麼作平實把甚麼作圓常傍家行脚理須甄別莫相埋沒得些子聲色名字貯在心頭道我會解善能揀辨汝且會箇甚麼揀箇甚麼記持得底是名字揀辨得底是聲色若不是聲色名字汝又作麼生記持揀辨風吹松樹也是聲蝦蟇老鵶叫也是聲何不那裏聽

取揀擇去若那裏有箇意度模樣底如老師口裏又有多少意度與上座莫錯即今聲色摐摐地爲當相及不相及若相及即汝靈性金剛祕密應有壞滅去也何以如此爲聲貫破汝耳色穿破汝眼因緣即塞却汝幻妄走殺汝聲色體爾不可容也若不相及又甚麽處得聲色來會麽相及不相及試裁辨看少間又道是圓常平實甚麽人恁麽道未是黄夷村裏漢解恁麽説是他古聖垂些子相助顯發今時不識好惡便安圓實道我別有宗風玄妙釋迦佛無舌頭不如汝些子便恁麽點胸若論殺盜婬罪雖重猶輕尚有歇時此箇謗般若瞎却衆生眼入阿鼻地獄吞鐵丸莫將爲等閑所以古人道過在化主不干汝事珍重僧問如何是羅漢一句師曰我若向汝道便成兩句也問不會底人來師還接否師曰誰是不會者曰適來道了也師曰莫自屈麽保福僧到師問彼中佛法如何曰有時示衆道塞却你眼教你覰不見塞却你耳教你聽不聞坐却你意教你分別不得師曰吾問你不塞你眼見箇甚麽不塞你耳聞箇甚麽不坐你意作麽生分別（東禪齊云那僧聞了忽然省去更不他遊上座如今還會麽若不會每日見箇甚麽）問以字不成八字不是未審是甚麽字師曰汝實不會那曰學人實不會師曰看取下頭註脚問如何是沙門正命食師曰喫得麽曰欲喫此食作何方便師曰塞却你口問如何是羅漢家風師曰不向你道曰爲甚麽不道師曰是我家風問如何是法王身師曰汝今是甚麽身曰恁麽即無身也師曰苦痛深上堂纔坐有二僧一時

禮拜師曰俱錯問如何是撲不破底句師曰撲問一佛出世普爲羣生和尚今日爲箇甚麽師曰甚麽處遇一佛曰恁麽即學人罪過師曰謹退問如何是諸聖玄旨師曰四楞塌地問大事未肯時如何師曰由汝問如何是十方眼師曰眨上眉毛著請保福齋令人傳語曰請和尚慈悲降重福曰慈悲爲阿誰師曰和尚恁麽道渾是不慈悲翫月次乃曰雲動有雨去有僧曰不是雲動是風動師曰我道雲亦不動風亦不動曰和尚適來又道雲動師曰阿誰罪過師見僧舉拂子曰還會麽曰謝和尚慈悲示學人師曰見我竪拂子便道示學人汝每日見山見水可不示汝又見僧來舉拂子其僧讚歎禮拜師曰見我竪拂子便禮拜讚歎那裏掃地竪起掃帚爲甚麽不讚歎問承教有言若見諸相非相即見如來如何是非相師曰燈籠子問如何是出家師曰喚甚麽作家問僧甚處來曰秦州師曰將得甚麽物來曰不將得物來師曰汝爲甚麽對衆謾語其僧無對師却問秦州豈不是出鸚鵡曰鸚鵡出在隴西師曰也不較多問僧甚處來曰報恩師曰何不且在彼中曰僧家不定師曰既是僧家爲甚麽不定僧無對玄覺代云謝和尚顧問王太傅上雪峰施衆僧衣時從弇上座不在師弟代上名受衣弇歸弟曰某甲爲師兄上名了弇曰汝道我名甚麽弟無對師代云師兄得恁麽貪又曰甚麽處是貪處又代云兩度上名雲居錫云甚麽處是弇上座兩度上名處師與長慶保福入州見牡丹障子保福曰好一朶牡丹花長慶曰莫眼花師曰可惜許一朶

花（玄覺云三尊宿語還有親疏也無秖如羅漢恁麼道落在甚麼處）問僧汝在招慶有甚麼異聞底事試舉看曰不敢錯舉師曰眞實底事作麼生舉曰和尚因甚麼如此師曰汝話墮也衆僧晚參聞角聲師曰羅漢三日一度上堂王太傅二時相助問如何是學人本來心師曰是你本來心問師居寶座說法度人未審度甚麼人師曰汝也居寶座度甚麼人問鏡裏看形見不難如何是鏡師曰還見形麼問但得本莫愁末如何是未師曰總有也師因疾僧問和尚尊候較否師以杖拄地曰汝道這箇還痛否曰和尚問阿誰師曰問汝曰還痛否師曰元來共我作道理天成三年秋復屆閩城舊止遍遊近城梵宇已乃示寂荼毗收舍利建塔於院之西隅謚眞應禪師

杭州天龍寺重機明眞禪師台州人也得法玄沙復回浙中錢武肅王請出世開法上堂若直舉宗風獨唱本分事便同於頑石若言絕凡聖消息無大地山河盡十方世界都是一隻眼此乃事不獲已恁麼道還會麼若更不會聽取一頌盲聾瘖瘂是仙陀滿眼時人不奈何秖向目前須體妙身心萬象與森羅僧問如何是璇璣不動師曰青山數重曰如何是寂爾無垠師曰白雲一帶問如何是歸根得旨師曰兔角生也曰如何是隨照失宗師曰龜毛落也問蓮花未出水時如何師曰誰人不知曰出水後如何師曰馨香目擊問朗月輝空時如何師曰正是分光景何消指玉樓

福州僊宗院契符清法禪師開堂日僧問師

登寶座合談何事師曰剔開耳孔著曰古人爲甚麽却道非耳目之所到師曰金櫻樹上不生梨曰古今不到處請師道師曰汝作麽生問問衆手淘金誰是得者師曰舉手隔千里休功任意看問飛岫巖邊華子秀仙境臺前事若何師曰無價大寶光中現暗客惛惛爭奈何曰優曇華拆人皆覩向上宗乘意若何師曰闍黎若問宗乘意不如靜處薩婆訶問如何是閩中諸佛境界師曰造化終難測春風徒自輕問如何是道中寶師曰雲孫淚亦垂問諸聖收光歸源後如何師曰三聲猿屢斷萬里客愁聽曰未審今時人如何湊得古人機師曰好心向子道切忌未生時

婺州國泰院瑫禪師上堂不離當處咸是妙明真心所以玄沙和尚道會我最後句出世少人知爭似國泰有末頭一句僧問如何是國泰末頭一句師曰闍黎問太遲生便歸方丈問如何是毘盧師曰某甲與老兄是弟子問達磨來時即不問如何是未來時事師曰親遇梁王問古鏡未磨時如何師曰古鏡未磨後如何師曰古鏡

福州升山白龍院道希禪師本郡人也上堂不要舉足是誰威光還會麽若道自家去處本自如是且喜沒交涉問如何是西來意師曰汝從甚處來問如何是佛法大意師曰汝早禮三拜問不責上來請師直道師曰得問如何是正真道師曰騎驢覓驢問請師答無賓主話師曰昔年曾記得曰即今如何師曰非但耳聾亦兼眼暗問情忘體合時如何師曰別更夢見箇甚麽問學人擬伸一問請師

裁師曰不裁曰爲甚麽不裁師曰須知好手問大衆雲集請師舉揚宗教師曰少遇聽者問不涉唇鋒乞師指示師曰不涉唇鋒問將來曰恁麽即羣生有賴師曰莫閑言語問請和尚生機答話師曰把紙筆來錄將去問如何是思大口師曰出來向你道曰學人即今見出師曰曾賺幾人來

福州安國院慧球寂照禪師（亦曰中塔）泉州莆田人也玄沙室中參訊居首因問如何是第一月沙曰用汝箇月作麽師從此悟入梁開平二年玄沙將示滅閩帥王氏遣子至問疾仍請密示繼踵說法者誰沙曰球子得王默記遺旨乃問皷山臥龍法席孰當其任皷山舉城下宿德具道眼者十有二人皆堪出世王亦默之至開堂日官僚與僧侶俱會法筵王忽問衆曰誰是球上座於是衆人指出師王氏便請陞座師良久曰莫嫌寂寞莫道不堪未詳涯際作麽生論量所以尋常用其音響聊撥一兩下助他發機若論來十方世界覓一人爲侶伴不可得僧問佛法大意從何方便頓入師曰入是方便問雲自何山起風從何澗生師曰盡力施爲不離中塔上堂我此間粥飯因緣爲兄弟舉唱終是不常欲得省要却是山河大地與汝發明其道既常亦能究竟若從文殊門入者一切無爲土木瓦礫助汝發機若從觀音門入者一切音響蝦蟇蚯蚓助汝發機若從普賢門入者不動步而到以此三門方便示汝如將一隻折箸攪大海水令彼魚龍知水爲命會麽若無智眼而審諦之任汝百般巧妙不爲究竟問學人近

入叢林不明已事乞師指示師以杖指之曰會麼曰不會師曰我恁麼爲汝却成抑屈人還知麼若約當人分上從來底事不論初入叢林及過去諸佛不曾乏少如大海水一切魚龍初生及至老死所受用水悉皆平等問不謬正宗請師眞實師曰汝替我道曰或有不辯者作麼生師曰待不辨者來問諸佛還有師否師曰有曰如何是諸佛師師曰一切人識不得上堂良久有僧出禮拜師曰莫教髑髏摋損僧參問曰去却僕從便請相見師曰眨上眉毛看曰不與麼時如何師曰山北去也問從上宗乘事如何師良久僧再問師便喝出問如何是大庾嶺頭事師曰料汝承當不得曰重多少師曰這般底論劫不柰何師問了院主秖如先師道盡十方世界是眞實人體你還見僧堂麼了曰和尚莫眼花師曰先師遷化肉猶煖在

衡嶽南臺誠禪師僧問玄沙宗旨請師舉揚師曰甚麼處得此消息曰垂接者何師曰得人不迷已問潭清月現是何境界師曰不干你事曰借問又何妨師曰覔潭月不可得問離地四指爲甚麼却有魚紋師曰有聖量在曰此量爲甚麼人施師曰不爲聖人

福州螺峰冲奥明法禪師上堂人人具足人人成現爭怪得山僧珍重僧問諸法寂滅相不可以言宣如何是寂滅相師曰問答俱備曰恁麼則眞如法界無自無他師曰特地令人愁問牛頭未見四祖時如何師曰德重鬼神欽曰見後如何師曰通身聖莫測問如何是螺峰一句師曰苦問如何是本來人師曰

惆悵松蘿境界危
泉州睡龍山和尚僧問如何是觸目菩提師以杖趂之僧乃走師曰住住向後遇作家舉看上堂舉拄杖曰三十年住山得他氣力時有僧問和尚得他甚麼氣力師曰過谿過嶺東拄西拄招慶云我不恁麼道僧問和尚作麼生道慶以杖下地拄行
天台山雲峯光緒至德禪師上堂但以衆生日用而不知譬如三千大千世界日月星辰江河淮濟一切含靈從一毛孔入一毛孔毛孔不小世界不大其中衆生不覺不知若要易會上座日用亦復不知時有僧問曰裏僧馱像夜裏像馱僧未審此意如何師曰闍黎豈不是從茶堂裏來
福州大章山契如庵主本郡人也素蘊孤操志探祖道預玄沙之室頴悟幽旨玄沙記曰子禪已逸格則他後要一人侍立也無師自此不務聚徒不畜童侍隱於小界山刳大杉若小庵但容身而已凡經遊僧至隨叩而應無定開示僧問生死到來如何回避師曰符到奉行曰恁麼則被生死拘將去也師曰阿㖿㖿問西天持錫意作麼生師拈錫杖卓地振之僧曰未審此是甚麼義師曰這箇是張家打僧擬進語師以錫攛之僧問雲臺欽和尚如何是真言欽曰南無佛陀耶師別云作麼作麼清谿冲煦二長老嚮師名未嘗會遇一旦同訪之值師採粟谿問道者如庵主在何所師曰從甚麼處來曰山下來師曰因甚麼得到這裏曰這裏是甚麼處所師揖曰那下喫茶去二公方省是師遂詣庵所頗味高論晤坐於左右不覺及夜覩豺虎奔至庵

前自然馴遶谿因有詩曰行不等閑行誰知去住情一餐猶未飽萬户匆聊生非道應難伏空拳莫與爭龍吟雲起處閑嘯兩三聲二公壽於大章山創庵請師居之兩處孤坐垂五十二載而卒

福州蓮華山永興神祿禪師閩王請開堂日未陞座先於座前立曰大王大衆聽已有真正舉揚也此一會總是得聞豈有不聞者若有不聞彼此相謾去也方乃登座僧問大王請師出世未委今日一會何似靈山師曰徹古傳今問如何是和尚家風師曰毛頭顯沙界日月現其中

天台國清寺師靜上座始遇玄沙示衆曰汝諸人但能一生如喪考妣吾保汝究得徹去師躡前語問曰秖如教中道不得以所知心測度如來無上知見又作麽生沙曰汝道究得徹底所從心還測度得及否師從此信入後居天台三十餘載不下山博綜三學操行孤立禪寂之餘常閱龍藏遐邇欽重時謂大靜上座嘗有人問弟子每當夜坐心念紛飛未明攝伏之方願垂示誨師曰如或夜閑安坐心念紛飛却將紛飛之心以究紛飛之處究之無處則紛飛之念何存反究究心則能究之心安在又能照之智本空所緣之境亦寂寂而非寂者葢無能寂之人也照而非照者葢無所照之境也境智俱寂心慮安然外不尋枝内不住定二途俱泯一性怡然此乃還源之要道也師因覩教中幻義乃述一偈問諸學流曰若道法皆如幻有造諸過惡應無咎云何所作業不忘而藉佛慈興接誘時

有小靜上座答曰幻人與幻幻輪圍幻業能招幻所治不了幻生諸幻苦覺知如幻幻無爲二靜上座竝終於本山

長慶稜禪師法嗣

泉州招慶院道匡禪師潮州人也稜和尚始居招慶師乃入室參侍遂作桶頭常與衆僧語話一日慶見乃曰尔每日口嘮嘮底作麽師曰一日不作一日不食慶曰與麽則磨弓錯箭去也師曰專待尉遲來慶曰尉遲來後如何師曰教伊筋骨遍地眼睛突出慶便出去洎慶被召師繼踵住持上堂聲前薦得孤負平生句後投機殊乖道體爲甚麽如此大衆且道從來合作麽生又曰招慶與諸人一時道却還委落處麽時有僧出曰大衆一時散去還稱師意也無師曰好與二十拄杖僧禮拜師曰雖有盲龜之意且無曉月之程曰如何是曉月之程師曰此是盲龜之意問如何是沙門行師曰非行不行問如何是西來意師曰蚊子上鐵牛問如何是在匣劒師良久僧罔措師曰也須感荷招慶始得問如何是提宗一句師曰不得昧著招慶其僧禮拜起師又曰不得昧著招慶囑汝作麽生是提宗一句僧無對問文殊劒下不承當時如何師曰未是好手人曰如何是好手人師曰是汝話墮也問如何是招慶家風師曰寧可清貧自樂不作濁富多憂問如何是南泉一線道師曰不辭向汝道恐較中更較去問如何是佛法大意師曰七顛八倒問學人根思遲回乞師曲運慈悲開一線道師曰這箇是老婆心曰悲華剖坼以領尊慈從上宗乘事如

何師曰恁麽須得汝親問始得問僧甚處去來曰劈柴來師曰還有劈不破底也無曰有師曰作麽生是劈不破底僧無語師曰汝若道不得問我我與汝道曰作麽生是劈不破底師曰賺殺人師拈鉢囊問僧你道值幾錢僧無對（歸宗柔代云留與人增價）因地動僧問還有不動者也無師曰有曰如何是不動者師曰動從東來却歸西去問法雨普霑還有不潤處否師曰有曰如何是不潤處師曰水灑不著問如何是招慶深深處師曰和汝沒却問如何是九重城裏人師曰還共汝知聞麽上堂次大衆擁法座而立師曰這裏無物諸人苦恁麽相促相挼作麽擬心早沒交涉更上門上户千里萬里今既上來各著精彩招慶一時抛與諸人好麽乃曰還接得也無衆無對師曰勞而無功便陞座復曰汝諸人得恁麽鈍看他古人一兩箇得恁麽快纔見便負將去也較些子若有此箇人非但四事供養便以琉璃爲地白銀爲壁亦未爲貴帝釋引前梵王隨後攬長河爲酥酪變大地作黄金亦未爲足直得如是猶更有一級在還委得麽珍重

婺州報恩院寶資曉悟禪師僧問學人初心請師示箇入路師遂側掌示之曰還會麽曰不會師曰獨掌不浪鳴問如何是報恩家風師曰也知闍黎入衆日淺問古人拈槌竪拂意旨如何師曰報恩截舌有分僧曰爲甚麽如此師曰屈著作麽問如何是文殊劒師曰不知曰秖如一劒下活得底人作麽生師曰山僧秖管二時齋粥問如何是觸目菩提師

曰背後是甚麽立地曰學人不會乞師再示師提拄杖曰汝不會合喫多少拄杖問如何是具大慙愧底人師曰開口取合不得曰此人行履如何師曰逢茶即茶逢飯即飯問如何是金剛一隻箭師曰道甚麽僧再問師曰過新羅國去也問波騰鼎沸起必全真未審古人意如何師乃叱之曰恁麽則非次也師曰你話墮也又曰我墮亦墮汝作麽生僧無對問去却賞罰如何是吹毛劒師曰延平屬劒州曰恁麽則喪身失命去也師曰錢塘江裏潮

處州翠峰從欽禪師上堂曰更不展席也珍重便歸方丈却問侍者還會麽曰不會師曰將謂汝到百丈來

襄州鷲嶺明遠禪師初參長慶慶問汝名甚麽師曰明遠慶曰那邊事作麽生師曰明遠退兩步慶曰汝無端退兩步作麽師無語慶曰若不退步爭知明遠師乃諭旨住後向火次僧問無一法當前應用無虧時如何師以手卓火其僧於此有省

杭州龍華寺彦球實相得一禪師開堂日謂衆曰今日既陞法座又爭解諱得秖如不諱底事此衆還有人與作證明麽若有即出來相共作箇牓樣僧問此座爲從天降下爲從地涌出師曰是甚麽曰此座高廣如何陞得師曰今日幾被汝安頓著問靈山一會迦葉親聞今日一會何人得聞師曰同我者擊其大節曰灼然俊哉師曰去搬水漿茶堂裏用去師復曰從前佛法付囑國王大臣及有力檀越今日郡尊及諸官僚特垂相請不勝荷

愧山僧更有末後一句子賤賣與諸人師乃起身立曰還有人買麼若有人買即出來若無人買即賤貨自收去也久立珍重僧問如何是學人自己師曰雪上更加霜

杭州保安連禪師僧問如何是保安家風師曰問有甚麼難問如何是吹毛劒師曰豫章鐵柱竪曰學人不會師曰漳江親到來問如何是沙門行師曰師僧頭上戴冠子問如何是西來意師曰死虎足人看問一問一答彼此與來如何是保安不驚人之句師曰汝到別處作麼生舉

福州報慈院光雲慧覺禪師上堂瘥病之藥不假驢駞若據如今各自歸堂去珍重問僧近離甚處曰臥龍師曰在彼多少時曰經冬過夏師曰龍門無宿客爲甚在彼許多時曰師子窟中無異獸師曰汝試作師子吼看曰若作師子吼即無和尚師曰念汝新到放汝三十棒問承聞超覺有鎖口訣如何示人師曰賴我拄杖不在手曰恁麼則深領尊慈也師曰待我肯汝即得閩王問報慈與神泉相去近遠師曰若說近遠不如親到師却問大王日應千差是甚麼心王曰甚麼處得心來師曰豈有無心者王曰那邊事作麼生師曰請向那邊問王曰大師謾別人即得問大衆臻湊請師舉揚師曰更有幾人未聞曰恁麼則不假上來也師曰不上來且從汝向甚麼處會曰若有處所即孤負和尚去也師曰秖恐不辨精麁問夫說法者當如法說此意如何師曰有甚麼疑訛問古人面壁意旨如何師便打問不假言詮請師徑直師曰何必更

待商量

五燈會元卷第二十

音釋

婺亡遇切音務州名　緉里養切音兩屨兩枚也　羺同羚郎丁切音靈似羊而大角有圓繞蹙文夜則懸角木上以防患　琛尹森切音棽美寶曰琛　摐初江切音窗撞也　箸治據切音宁匙箸飯具

五燈會元卷第二十一

宋沙門大川濟　纂

青原下七世

長慶稜禪師法嗣

廬山開先寺紹宗圓智禪師姑蘇人也江南李主廵幸洪井入山瞻謁請上堂令僧問如何是開先境師曰最好是一條界破青山色曰如何是境中人師曰拾枯柴煮布水國主益加欽重後終於本山靈塔存焉

杭州傾心寺法瑫宗一禪師上堂良久曰大衆不待一句語便歸堂去還有紹繼宗風分也無還有人酬得此問麼若有人酬得這裏與諸人爲怪笑若酬不得諸人與這裏爲怪笑珍重僧問如何朴實免見虛頭師曰汝問若當衆人盡鑒曰有恁麼來皆不丈夫秪如不恁麼來還有紹繼宗風分也無師曰出兩頭致一問來曰甚麼人辨得師曰波斯養兒問佛法去處乞師全示師曰汝但全致一問來曰爲甚麼却拈此問去師曰汝適來問甚麼曰若不遇於師幾成走作師曰賊去後關門問別傳一句如何分付師曰可惜許曰恁麼則別酬亦不當去也師曰也是閑辭問如何是不朝天子不羡王侯底人師曰每日三條線長年一衲衣曰未審此人還紹宗風也無師曰鵲來頭上語雲向眼前飛問承古有言不斷煩惱此意如何師曰又是發人業曰如何得不發業師曰你話墮也問請去賞罰如何是吹毛劒師曰如法禮三拜師後住龍册寺歸寂

福州水陸院洪儼禪師上堂大衆集定師下

座捧香鑪巡行大衆前曰供養十方諸佛便歸方丈僧問離却百非兼四句請師盡力與提綱師曰落在甚麼處曰恁麼則人天有賴去也師曰莫將惡水潑人好

杭州靈隱山廣嚴院咸澤禪師初參保福福問汝名甚麼師曰咸澤福曰忽遇枯涸者如何師曰誰是枯涸者福曰我是師曰和尚莫謾人好福曰却是汝謾我師後承長慶印記住廣嚴道場今法安院僧問如何是覿面相呈事師下禪牀曰伏惟尊體起居萬福問不與萬法爲侶者是甚麼人師曰城中青史樓雲外高峰塔問如何是佛法大意師曰幽澗泉清高峰月白問如何是廣嚴家風師曰一塢白雲三間茆屋曰畢竟如何師曰既無維那兼少典座問如何是廣嚴家風師曰師子石前

靈水響鷄籠山上白猿啼

福州報慈院慧朗禪師上堂從上諸聖爲一大事因緣故出現於世遞相告報是汝諸人還會麼若不會大不容易僧問如何是一大事師曰莫錯相告報麼曰恁麼則學人不疑也師曰爭奈一翳在目問三世諸佛盡是傳語人未審傳甚麼人語師曰聽曰未審是甚麼語師曰你不是鍾期問如何是學人眼師曰不可更撒沙

福州長慶常慧禪師僧問王侯請命法嗣怡山鎖口之言請師不謬師曰得曰恁麼則深領尊慈師曰莫鈍置人好問不犯宗風不傷物義請師滿口道師曰今日豈不是開堂問欲續雪峰印傳超覺不違於物不負於人不在當頭即今何道師曰違負即道曰恁麼則

善副來言淺深已辨師曰也須識好惡
福州石佛院靜禪師上堂若道素面相呈猶添脂粉縱離添過猶有負懲諸人且作麽生體悉僧問學人欲見和尚本來面目師曰洞上有言親體取曰恁麽則不得見去也師曰灼然客路如天遠侯門似海深
福州枕峰觀音院清換禪師上堂諸禪德若要論禪說道舉唱宗風秖如當人分上以一毛端上有無量諸佛轉大法輪於一塵中現寶王剎佛說衆生說山河大地一時說未嘗間斷如毗沙門王始終不求外寶既各有如是家風阿誰欠少不可更就别人處分也僧問如何是法界性師曰汝身中有萬象曰如何體得師曰虛谷尋聲更求本末
福州東禪契訥禪師上堂未曾暫失全體現前恁麽道亦是分外既恁麽道不得向兄弟前合作麽生道莫是無道處不受道麽莫錯會好僧問如何是現前三昧師曰何必更待道問已事未明乞師指示師曰何不禮謝問如何是東禪家風師曰一人傳虛萬人傳實
福州長慶院弘辯妙果禪師上堂於座前側立曰大衆各歸堂得也未還會得麽若也未會山僧謾諸人去也遂陞座僧問海衆雲臻請師開方便門示真實相師曰這箇是方便門曰恁麽則大衆側聆去也師曰空側聆作麽
福州東禪院可隆了空禪師僧問如何是道師曰正是道曰如何是道中人師曰分明向汝道上堂大好省要自不仙陀若是聽響之流不如歸堂向火珍重問如何是普賢第一

句師曰落第二句也
福州仙宗院守玭禪師久不上堂大衆入方丈祭師曰今日與大衆同請假未審還給假也無若未聞給假即先言者負珍重僧問十二時中常在底人還消得人天供養也無師曰消不得曰爲甚麽消不得師曰爲汝常在曰秖如常不在底人還消得也無師曰驢年問請師答無賓主話師曰向無賓主處問將來
撫州永安院懷烈淨悟禪師上堂顧視左右曰患聻作麽便歸方丈上堂良久曰幸自可憐生又被汚却也上堂大衆正是著力處切莫容易僧問怡山親聞一句請師爲學人道師曰向後莫錯舉似人
福州閩山令含禪師上堂還恩恩滿賽願願圓便歸方丈僧問既到妙峰頂誰人爲伴侶師曰到曰甚麽人爲伴侶師曰喫茶去問明明不會乞師指示師曰指示且置作麽生是你明明底事曰學人不會再乞師指師曰八棒十三
新羅國龜山和尚有人舉裴相國啟建法會問僧看甚麽經曰無言童子經公曰有幾卷曰兩卷公曰既是無言爲甚麽却有兩卷僧無對師代曰若論無言非唯兩卷
吉州資國院道殷禪師僧問如何是祖師西來意師曰普通八年遭梁怪直至如今不得雪問千山萬山如何是龍須山師曰千山萬山曰如何是山中人師曰對面千里問不落有無請師道師曰汝作麽生問
福州祥光院澄靜禪師僧問如何是道師曰

長安路上曰向上事如何師曰谷聲萬籟起松老五雲披問如何是和尚家風師曰門下平章事宮闈較幾重

杭州報慈院從瓌禪師福州陳氏子僧問承古有言今人看古教未免心中閙欲免心中閙應須看古教如何是古教師曰如是我聞曰如何是心中閙師曰那畔雀兒聲

杭州龍華寺彗盈廣辯周智禪師僧問如何是龍華境師曰翠竹搖風寒松鎖月曰如何是境中人師曰切莫唐突問如何是三世諸佛道場師曰莫別瞻禮曰恁麼則亘古亘今師曰是甚麼年中

太傅王延彬居士一日入招慶佛殿指鉢盂問殿主這箇是甚麼鉢主曰藥師鉢公曰秖聞有降龍鉢主曰待有龍即降公曰忽遇拏雲攫浪來時作麼生主曰他亦不顧公曰話墮也（玄沙曰盡你神力走向甚麼處去保福曰皈依佛法僧百丈恒作覆鉢勢雲門曰他日生天莫孤負老僧）長慶謂太傅曰雪峰豎拂子示僧其僧便出去若據此僧合喚轉痛與一頓公曰是甚麼心行慶曰洎合放過公到招慶煎茶朗上座與明招把銚忽翻茶銚公問茶爐下是甚麼朗曰捧爐神公曰既是捧爐神爲甚麼翻却茶朗曰事官千日失在一朝公拂袖便出明招曰朗上座喫却招慶飯了却向外邊打野榸朗曰上座作麼生招曰非人得其便

保福展禪師法嗣

潭州延壽寺慧輪禪師僧問寶劒未出匣時如何師曰不在外曰出匣後如何師曰不在內問如何是一色師曰青黃赤白曰大好一

色師曰將謂無人也有一箇半箇

漳州保福可儔禪師僧問如何是和尚家風師曰雲在青天水在瓶問如何是吹毛劒師曰瞥落也曰還用也無師曰莫鬼語

舒州海會院如新禪師上堂良久曰禮繁即亂便下座僧問從上宗乘如何舉唱師曰轉見孤獨曰親切處乞師一言師曰不得雪也聽他問如何是迦葉頓領底事師曰汝若領得我即不恪曰恁麼則不煩於師去也師曰又須著棒爭得不煩問牛頭橫說豎說猶未知向上關棙子如何是向上關棙師曰賴遇娘生臂短問如何是祖師意師曰要道何難曰便請師道師曰將謂靈利又不仙陀

洪州漳江慧廉禪師僧問師登寶座曲爲今時四衆攀瞻請師接引師曰甚麼處屈汝曰恁麼則垂慈方便路直下不孤人也師曰也須收取好問如何是漳江境師曰地藏皺眉曰如何是境中人師曰普賢斂袂問如何是漳江水師曰苦問如何是漳江第一句師曰到別處不得錯舉

福州報慈院文欽禪師僧問如何是諸佛境師曰雨來雲霧暗晴乾日月明問如何是妙覺明心師曰今冬好晚稻出自秋雨成問如何是妙用河沙師曰雲生碧岫雨降青天問如何是平常心合道師曰喫茶喫飯隨時過看水看山實暢情

泉州萬安院清運資化禪師僧問諸佛出世震動乾坤和尚出世未審如何師曰向汝道甚麼曰恁麼則不異諸聖去也師曰莫亂道問如何是萬安家風師曰苔羹倉米飯曰忽

遇上客來將何祗待師曰飯後三巡茶問如何是萬安境師曰一塔松蘿望海青

漳州報恩院道熈禪師初與保福送書上泉州王太尉尉問漳南和尚近日還爲人也無師曰若道爲人即屈著和尚若道不爲人又屈著太尉來問太尉曰道取一句尉曰待鐵牛能齧草木馬解含煙師曰某甲惜口喫飯尉良久又問驢來馬來師曰驢馬不同途尉曰爭得到這裏師曰特謝太尉領話住後僧問明言妙句即不問請師眞實道將來師曰不阻來意

泉州鳳凰山從琛洪忍禪師僧問如何是和尚家風師曰門風相似即無阻矣汝不是其人曰忽遇其人時又如何師曰不可預搔待褰問學人根思遲回方便門中乞師傍贊師曰傍贊曰深領師旨安敢言乎師曰太多也上堂有僧出禮拜起退身立師曰我不如汝僧應諾師曰無人處放下著問如何是學人自己事師曰暗算流年事可知問如何是鳳凰境師曰雪夜觀明月問如何是西來意師曰作人醜差曰爲人何在師曰莫屈著汝麼

福州永隆院明慧瀛禪師上堂謾言侵早起更有夜行人似則似是即不是珍重問無爲無事人爲甚麼却是金鎖難師曰爲斷麁纖貴重難留曰爲甚麼道無爲無事人逍遥實快樂師曰爲鬧亂且要斷送僧參師曰不要得許多般數速道速道僧無對上堂日出卯用處不須生善巧便下座僧問如何進向得達本源師曰依而行之

洪州清泉山守清禪師福州人也僧問如何

是佛師曰問曰如何是祖師曰答問和尚見古人得箇甚麼便住此山師曰情知汝不肯曰爭知某甲不肯師曰鑒貌辨色問親切處乞師一言師曰莫過於此問古人面壁爲何事師曰屈曰恁麼則省心力去也師曰何處有恁麼人問諸餘即不問如何是向上事師曰消汝三拜不消汝三拜

漳州報恩院行崇禪師僧問如何是佛法大意師曰碓搗磨磨問曹谿一路請師舉揚師曰莫屈著曹谿麼曰恁麼則羣生有賴師曰也是老鼠喫鹽問不涉公私如何言論師曰喫茶去問丹霞燒木佛意作麼生師曰時寒燒火向曰翠微迎羅漢意作麼生師曰別是一家春

潭州嶽麓山和尚上堂良久曰昔日毗盧今啼嶽麓珍重僧問如何是聲色外句師曰猿音鳥叫問師唱誰家曲宗風嗣阿誰師曰五月六律問截舌之句請師舉揚師曰日能熱朗能涼

朗州德山德海禪師僧問靈山一會何人得聞師曰闍黎得聞曰未審靈山說箇甚麼師曰即闍黎會問如何是該天括地句師曰千界搖動問從上宗乘以何爲驗師曰從上且置即今作麼生曰大衆總見師曰話墮也問如何是祖師西來意師曰擘

泉州後招慶和尚僧問末後一句請師商量師曰塵中人自老天際月常明問如何是和尚家風師曰一缾兼一鉢到處是生涯問如何是佛法大意師曰擾擾忩忩晨雞暮鐘

鼎州梁山簡禪師問僧甚處來曰藥山來師

曰還將得藥來否曰和尚住山也不錯師便休

洪州建山澄禪師僧問如何是法王劒師曰可惜許曰如何是人王劒師曰塵埋牀下履風動架頭巾問一代時教接引今時未審祖宗如何示人師曰一代時教已有人問了也曰和尚如何示人師曰惆悵庭前紅莧樹年年生葉不生花問故歲已去新歲到來還有不受歲者也無師曰作麼生曰恁麼則不受歲也師曰城上已吹新歲角牕前猶點舊年燈曰如何是舊年燈師曰臘月三十日

泉州招慶院省僜淨修禪師初叅保福福一日入大殿覩佛像乃舉手問師曰佛恁麼意作麼生師曰和尚也是横身福曰一橛我自收取師曰和尚非唯横身福然之後住招慶開堂陞座良久乃曰大衆向後到處遇道伴作麼生舉似他若有人舉得試對衆舉看若舉得免孤負上祖亦免埋沒後來古人道通心君子文外相見還有這箇人麼況是曹谿門下子孫合作麼生理論合作麼生提唱僧問如何得不傷於已不負於人師曰莫屈著汝這問麼曰恁麼上來已蒙師指也師曰汝又屈著我作麼問當鋒一句請師道師曰嗄僧再問師曰瞌睡漢問僧近離甚處曰報恩師曰僧堂大小曰和尚試道看師曰何不待問問學人全身不會請師指示師曰還解笑得麼乃曰叢林先達者不敢相觸忤若是初心後學未信直須信取未省直須省取不用掠虛諸人本分去處未有一時不顯露未有一物解蓋覆得如今若要知不用移絲髮地

不用少許工夫但向博地凡夫位中承當取豈不省心力既能省得便與諸佛齊肩依而行之緣此事是箇白淨去處今日須得白淨身心合他始得自然合古合今脫生離死古人云識心達本解無爲法方號沙門如今諸官大衆各須體取好莫全推過師僧分上佛法平等上至諸佛下至一切共同此事既然如此誰有誰無王事之外亦須努力適來說如許多般蓋不得已而已莫道從上宗門合恁麼語話秖如從上宗門合作麼生還相悉麼若有人相悉山僧今日雪得去也久立大衆珍重示坐禪方便頌曰四威儀內坐爲先澄濾身心漸坦然瞥爾有緣隨濁界當須莫續是天年修持秖學從功路至理寧論在那邊一切時中常管帶因緣相湊豁通玄示執坐禪者曰大道分明絶點塵何須長坐始相親遇緣儻解無非是處憒那能有故新散誕肯齊支遁侶逍遙曷與慧休隣或遊泉石或闤闠可謂煙霞物外人

福州康山契穩法寶禪師初開堂僧問威音王佛已後次第相承未審師今一會法嗣何方師曰象骨舉手龍谿點頭問圓明湛寂非師意學人因底却無明師曰辨得也未曰恁麼則識性無根去也師曰隔靴搔痒

泉州西明院琛禪師僧問如何是和尚家風師曰竹箸瓦碗曰忽遇上客來時如何祇待師曰黃虀倉米飯問如何是祖師西來意師曰問取露柱看

鼓山晏國師法嗣

杭州天竺子儀心印水月禪師溫州樂清陳

氏子初遊方謁鼓山問曰子儀三千里外遠投法席今日非時上來乞師非時答話山曰不可鈍置仁者師曰省力處如何山曰汝何費力師於此有省後回浙中錢忠懿王命開法於羅漢光福二道場上堂久立大衆更待甚麽不辭展拓却恐悮於禪德轉迷歸路時寒珍重僧問如何是從上來事師曰住曰如何薦師曰可惜龍頭翻成蛇尾有僧禮拜起將問話師曰如何且置僧乃問秖如興聖之子還有相親分也無師曰秖待局終不知柯爛問如何是維摩默師曰謗曰文殊因何讚師曰同案領過曰維摩又如何師曰頭上三尺巾手裏一枝拂問如何是諸佛出身處師曰大洋海裏一星火曰學人不會師曰燒盡魚龍問丹霞燒木佛意旨如何師曰寒即圍

爐向猛火曰還有過也無師曰熱即竹林溪畔坐問如何是法界義宗師曰九月九日浙江潮問諸餘即不問如何是光福門下超毘盧越釋迦底人師曰諸餘奉納曰恁麽則平生慶幸去也師曰慶幸事作麽生僧罔措師便喝將下堂僧問下堂一句乞師分付師曰攜履已歸西國去此山空有老猿啼問鼓山有掣鼓奪旗之說師且如何師曰敗將不忍誅曰或遇良將又如何師曰念子孤魂賜汝三奠問世尊入滅當歸何所師曰鶴林空變色真歸無所歸曰未審必定何之師曰朱實殞勁風繁英落素秋曰我師將來復歸何所師曰子今欲識吾歸處東西南北柳成絲問如何修行即得與道相應師曰高卷吟中箔濃煎睡後茶

建州白雲智作眞寂禪師永眞朱氏子容若梵僧禮鼓山披剃一日鼓山上堂召大衆衆皆回眸山披襟示之衆罔措唯師朗悟厥旨入室印證又參次山召曰近前來師近前山曰南泉喚院主意作麼生師斂手端容退身而立山莞然奇之住後上堂還有人向宗乘中致得一問來麼待山僧向宗乘中答時有僧出禮拜師便歸方丈問如何是枯木裏龍吟師曰火裏蓮生曰如何是髑髏裏眼睛師曰泥牛入海問如何是主中主師曰汝還具眼麼曰恁麼則學人歸堂去也師曰猢猻入布袋問如何是延平津師曰萬古水溶溶曰如何是延平劒師曰速須退步曰未審津與劒是同是異師曰可惜許次遷奉先僧問如何是奉先境師曰一任觀看曰如何是境中人師曰莫無禮問如何是奉先家風師曰即今在甚麼處曰恁麼則大衆有賴也師曰干汝甚麼事問如何是爲人一句師曰不是奉先道不得

鼓山智嚴了覺禪師上堂多言復多語由來反相悞珍重僧問石門之句即不問請師方便示來機師曰問取露柱問國王出世三邊靜法王出世有何恩師曰還會麼曰幸遇明朝輒伸呈獻師曰吐却著曰若不禮拜幾成無孔鐵鎚師曰何異無孔鐵鎚

福州龍山智嵩妙虛禪師上堂幸自分明須作這箇節目作麼到這裏便成節目便成增語便成塵玷未有如許多事時作麼生僧問古佛化導今祖重興人天輻輳於禪庭至理若爲於開示師曰亦不敢孤負大衆曰恁麼

則人天不謬殷勤請頻使凡心作佛心師曰仁者作麽生曰退身禮拜隨衆上下師曰我識得汝也

泉州鳳凰山彊禪師僧問燈傳鼓嶠道化温陵不跨石門請師通信師曰若不是今日攔胸撞出曰恁麽則今日親聞師子吼他時終作鳳凰兒師曰又向這裏塗汙人問白浪滔天境何人住太虚師曰靜夜思堯鼓回頭聞舜琴

福州龍山文義禪師上堂若舉宗乘即院寂徑荒若留委問更待箇甚麽還有人委悉麽出來驗看若無人委悉且莫掠虚好便下座問如何是人王師曰威風人盡懼曰如何是法王師曰一句令當行曰二王還分不分師曰適來道甚麽

福州鼓山智岳了宗禪師本郡人也初遊方至鄂州黄龍問久嚮黄龍及乎到來秖見赤斑蛇龍曰汝秖見赤斑蛇且不識黄龍師曰如何是黄龍龍曰滔滔地師曰忽遇金翅鳥來又作麽生龍曰性命難存師曰恁麽則被他吞却去也龍曰謝闍黎供養師便禮拜住後上堂我若全舉宗乘汝向甚麽處領會所以道古今常露體用無妨不勞久立珍重問虚空還解作用也無師拈起拄杖曰這箇師僧好打僧無語

襄州定慧禪師僧問如何是佛向上事師曰無人不驚曰學人未委在師曰不妨難向問不借時機用如何話祖宗師曰闍黎還具慚愧麽僧便喝師休去

福州鼓山清諤宗曉禪師僧問亡僧遷化向

甚麼處去也師曰時寒不出手

金陵淨德院冲煦慧悟禪師福州和氏子僧問如何是大道師曰我無小徑曰如何是小徑師曰我不知大道

金陵報恩院清護崇因妙行禪師福州長樂陳氏子六歲禮皷山披削於國師言下發明開堂日僧問諸佛出世天花亂墜和尚出世有何祥瑞師曰昨日新雷發今朝細雨飛問如何是諸佛玄旨師曰草鞵木履開寶三年示寂茶毗收舍利三百餘粒并靈骨歸於建州鷄足山卧雲院建塔

龍華照禪師法嗣

台州瑞巖師進禪師僧問如何是瑞巖境師曰重重疊嶂南來遠北向皇都咫尺間曰如何是境中人師曰萬里白雲朝瑞嶽微微細雨灑簾前曰未審如何親近此人師曰將謂闍黎親入室元來猶隔萬重關

台州六通院志球禪師僧問全身佩劒時如何師曰落曰當者如何師曰熏天炙地問如何是六通境師曰滿目江山一任看曰如何是境中人師曰古今自去來曰離此二途還有向上事也無師曰有曰如何是向上事師曰雲水千徒與萬徒問擁毳玄徒請師指示師曰紅爐不墜鴈門關曰如何是紅爐不墜鴈門關師曰青霄豈悋衆人攀曰還有不知者也無師曰有曰如何是不知者師曰金榜上無名問如何是和尚家風師曰萬家明月朗問如何是第二月師曰山河大地

杭州雲龍院歸禪師僧問久戰沙場爲甚麼功名不就師曰過在這邊曰還有昇進處也

無師曰冰消瓦解
杭州功臣院道閑禪師僧問如何是功臣家風師曰俗人東畔立僧衆在西邊問如何是學人自己師曰如汝與我曰恁麼則無二去也師曰十萬八千
福州報國院照禪師上堂我若全機汝向甚麼處摸索葢爲根器不等便成不具慚愧還委得麼如今與諸仁者作箇入底門路乃敲繩牀兩下曰還見麼還聞麼若見便見若聞便聞莫向意識裏卜度却成妄想顛倒無有出期珍重佛塔被雷霹有問祖佛塔廟爲甚麼却被雷霹師曰通天作用曰既是通天作用爲甚麼却霹佛師曰作用何處見有佛曰爭奈狼籍何師曰見甚麼
台州白雲迺禪師僧問荆山有玉非爲寶囊裏真金賜一言師曰我家本貧曰慈悲何在師曰空慙道者名

翠巖叅禪師法嗣

杭州龍冊寺子興明悟禪師僧問正位中還有人成佛否師曰誰是衆生曰若恁麼則總成佛去也師曰還我正位來曰如何是正位師曰汝是衆生問如何是無價珍師曰卞和空抱璞曰忽遇楚王還進也無師曰凡聖相繼續問古人拈布毛意作麼生師曰闍黎舉不全曰如何舉得全師乃拈起袈裟
溫州雲山佛㠗院知默禪師僧問如何是佛㠗家風師曰送客不離三步內邀賓秖在草堂前上堂山僧如今看見諸上座恁麼行脚喫辛喫苦盤山涉澗終不爲觀看州縣參尋名山勝跡莫非爲此一大事如今且要諸人

於本分參問中通箇消息來雲山敢與證明非但雲山證明乃至禪林佛刹亦與證明還有麼若無不如散去便下座

鏡清怤禪師法嗣

越州清化師訥禪師僧問十二時中如何得不疑惑去師曰好曰恁麼則得遇於師去也師曰珍重僧來禮拜師曰子亦善問吾亦善答曰恁麼則大衆久立師曰抑逼大衆作甚麼問去却賞罰如何是吹毛劒師曰錢塘江裏好渡船問如何是西來意師曰可煞新鮮衢州南禪遇緣禪師因有俗士謂之鐵脚忽騎馬至僧問師既是鐵脚爲甚麼却騎馬師曰腰帶不因遮腹痛幞頭豈是禦天寒官人問師和尚恁麼後生爲甚麼却爲尊宿師曰千歲秖言朱頂鶴朝生便是鳳凰兒上堂此箇事得恁麼難道時有僧出曰請師道師曰睦州溪苔錦軍石耳問衆手淘金誰是得者師曰谿畔披砂徒自困家中有寶速須還曰恁麼即始終不從人得去也師曰饒君便有擎山力未免肩頭有擔胝

福州資福院智遠禪師福州人也參鏡清問如何是諸佛出身處清曰大家要知師曰如斯則衆眼難瞞去也清曰理能伏豹師因此發悟玄旨住後僧問師唱誰家曲宗風嗣阿誰師曰雪嶺峰前月鏡湖波裏明問諸佛出世天雨四華地搖六動和尚今日有何祥瑞師曰一物不生全體露目前光彩阿誰知問如何是直示一句師曰是甚麼師乃曰還會麼會去即今便了不會塵沙算劫秖據諸賢分上古佛心源明露現前匝天徧地森羅萬

象自巳家風佛與衆生本無差別涅槃生死幻化所爲性地眞常不勞修證珍重

衢州烏巨山儀晏開明禪師呉興許氏子於唐乾符三年將誕之夕異香滿室紅光如晝光啟中隨父鎭信安强爲娶師不願遂遊歷諸方機契鏡清歸省父母乃於郭南刱別舍以遂師志舍旁陳司徒廟有禀禪師像師往瞻禮失師所之後郡守展祀祠下見師入定於廟後叢竹間蟻蠹其依敗葉沒脛或者云是許鎭將之子也自此三昧或出或入子湖訥禪師未知師所造淺深問曰子所住定盖小乘定耳時方啜茶師呈起槖曰是大是小訥駭然尋謁栝蒼唐山德嚴禪師嚴問汝何姓曰姓許嚴曰誰許汝曰不別嚴默識之遂與剃染嘗令摘桃浹旬不歸往尋見師攀桃倚石泊然在定嚴鳴指出之開運中遊江郎巖覩石龕謂弟子慧興曰予入定此中汝當壘石塞門勿以吾爲念興如所戒明年興意師長往啟龕視師素髮被肩胸臆尚暖徐自定起了無異容復回烏巨侍郎愼公鎭信安稔師之道命義學僧守榮詰其定相師不與之辯榮意輕之時信安人競圖師像而尊事皆獲舍利榮因媿服禮像謝愆亦獲舍利歎曰此後不敢以淺解測度矣錢忠懿王感師見夢遣使圖像至適王患目疾展像作禮如夢所見隨兩舍利目疾頓瘳因錫號開明及述偈讚寶器供具千計端拱初太宗皇帝聞師定力詔本州加禮津發赴闕師力辭僧再至諭旨特令肩輿入對便殿命坐賜茗咨問禪定奏對簡盡深契上旨丐歸復詔入對得

請還山送車塞途淳化元年示寂壽一百十五臘五十七闍維白光屬天舍利五色邦人以骨塑像至今州郡兩暘禱之如響斯答

報恩岳禪師法嗣

潭州妙濟院師浩傳心禪師僧問擬即第二頭不擬即第三首如何是第一頭師曰收問古人斷臂當爲何事師曰我寧可斷臂問如何是學人眼師曰須知我好心問如何是香山劒師曰異曰還露也無師曰不忍見問如何是松門第一句師曰切不得錯舉問如何是妙濟家風師曰左右人太多問如何是佛法大意師曰兩口一無舌問如何是香山一路師曰滔滔地曰到者如何師曰息汝平生問如何是世尊密語師曰阿難亦不知曰爲甚麼不知師曰莫非仙陀問如何是香山寶師曰碧眼胡人不敢定曰露者如何師曰龍王捧不起僧舉聖僧塑像被虎齩問師既是聖僧爲甚麼被大蟲齩師曰疑殺天下人問如何是無慚愧底人師曰闍黎合喫棒

安國瑫禪師法嗣

福州白鹿師貴禪師開堂日僧問西峽一派不異馬頭白鹿千峰何似雞足師曰大衆驗看問如何是白鹿家風師曰向汝道甚麼曰恁麼則便知時去也師曰知時底人合到甚麼田地曰不可更口喃喃也師曰放過即不可問牛頭未見四祖時百鳥銜花供養見後爲甚麼不來師曰曙色夫分人盡望及乎天曉也如常

福州羅山義聰禪師上堂僧問如何是出窟師子師曰甚麼處不震裂曰作何音響師曰

聾者不聞問手指天地唯我獨尊爲甚麽却被傍觀者責師曰謂言胡鬚赤曰秖如傍觀者有甚麽長處師曰路見不平所以按劒師乃曰若有分付處羅山即不具眼若無分付處即勞而無功所以維摩昔日對文殊且問如今會也無久立珍重

福州安國院從貴禪師僧問禪宫大敞法侣雲臻向上一路請師决擇師曰素非時流上堂禪之與道拈向一邊著佛之與祖是甚麽破草鞋恁麽告報莫屈著諸人麽若道屈著即且須行脚若道不屈著也須合取口始得珍重上堂直是不遇梁朝安國也謾人不過珍重僧問請師舉唱宗乘師曰今日打禾明日搬柴問牛頭未見曰祖時如何師曰香爐對繩牀曰見後如何師曰門扇對露柱問如何是和尚家風師曰若問家風即答家風曰學人不問家風時作麽生師曰胡來漢去問諸餘即不問省要處乞師一言師曰還得省要也未復曰純陀獻供珍重

福州怡山長慶藏用禪師上堂集衆以扇子抛向地上曰愚人謂金是土智者作麽生後生可畏不可總守愚去也還有人道得麽出來道看時有僧出禮拜退後而立師曰別更作麽生曰請和尚明鑑師曰千年桃核問如何是伽藍師曰長溪莆田曰如何是伽藍中人師曰新羅白水問如何是靈泉正主師曰南山北山問如何是和尚家風師曰齋前厨蒸南國飯午後爐煎北苑茶問法身還受苦也無師曰地獄豈是天堂曰恁麽則受苦去也師曰有甚麽罪過

福州永隆院彥端禪師上堂大衆雲集師從座起作舞謂衆曰會麽對曰不會師曰山僧不捨道法而現凡夫事作麽生不會問本自圓成爲甚麽却分明晦師曰汝自撿責看

福州林陽瑞峰院志端禪師本州人也初參安國見僧問如何是萬象之中獨露身國舉一指其僧不薦師於是冥契玄旨乃入室白曰適來見那僧問話志端有箇省處國曰汝見甚麽道理師亦舉一指曰這箇是甚麽國然之師禮謝住後上堂舉拂子曰曹溪用不盡底時人喚作頭角生山僧拈來拂蚊子薦得乾坤陷落僧問如何是西來意師曰木馬走似煙石人趂不及問如何是禪師曰今年旱去年曰如何是道師曰冬田半折耗問如何是學人自巳師與一蹋僧作接勢師便與一摑僧無語師曰賺殺人問如何是迴絶人煙處佛法師曰嶺山哨峙碧芬芳曰恁麽則一真之理華野不殊師曰不是這箇道理問如何是佛法大意師曰竹箸一文一雙有僧夜參師曰阿誰曰某甲師曰泉州砂糖舶上檳榔僧良久師曰會麽曰不會師曰你若會即廓清五蘊吞盡十方開寳元年八月遺偈曰來年二月二別汝暫相棄燒灰散四林免占檀那地明年正月二十八日州民競入山瞻禮師尚無恙參問如常至二月一日州牧率諸官同至山詰伺經宵二日齋罷上堂辭衆時圓應長老出問雲愁露慘大衆嗚呼請師一言未在告別師垂一足應曰法鏡不臨於此土寳月又照於何方師曰非君境界應曰恁麽則漚生漚滅還歸水師去師來是本

常師長噓一聲下座歸方丈安坐至亥時問衆曰世尊滅度是何時節衆曰二月十五日子時師曰吾今日前時前言訖長往

福州仙宗院明禪師上堂曰幸有如是門風何不烜赫地紹續取去若也紹得不在三界若出三界即壞三界若在三界即礙三界不礙不壞是出三界是不出三界恁麽徹去甚爲佛法種子人天有賴時有僧問拏雲不假風雷便迅浪如何透得身師曰何得棄本逐末

福州安國院祥禪師上堂良久失聲曰大是無端雖然如此事不得已於中若有未覯者更開方便還會麽時有僧問不涉方便乞師垂慈師曰汝問我答即是方便問應物現形如水中月如何是月師提起拂子僧曰古人爲甚麽道水月無形師曰見甚麽問如何是宗乘中事師曰淮軍散後問如何是和尚家風師曰衆眼難謾

五燈會元卷第二十一

音釋

瓌 與瑰同玫瑰珠名　齧 魚列切音臬噬也　怱 與悤同麤叢切音聰怱怱急遽也　覓 侯禰切賫去聲棄也　陛 部比切音陛　瘳 丑鳩切音抽疾病瘳也　暘 移章切音陽日乾物也　莆 薄胡切音蒲縣名屬興化

U0138066